剑来

笼中雀

壹

◎ 烽火戏诸侯

著

浙江文艺出版社

Zhejiang Literature & Art Publishing House

图书在版编目(CIP)数据

剑来．笼中雀 / 烽火戏诸侯著．-- 杭州 : 浙江文

艺出版社，2025.5(2025.5重印)．-- ISBN 978-7-5339-7886-0

Ⅰ．Ⅰ247.5

中国国家版本馆CIP数据核字第2025WL3330号

选题策划　柳明晔　张　可
出版统筹　许龙桃　王晶琳
责任编辑　张　可　关俊红
营销编辑　宋佳音
装帧设计　居　居
责任印制　吴春娟

剑来·笼中雀

烽火戏诸笑 著

出版　　浙江文艺出版社
地址　　杭州市环城北路177号
邮编　　310003
电话　　0571-85176953(总编办)
　　　　0571-85152727(市场部)
制版　　浙江新华图文制作有限公司
印刷　　浙江海虹彩色印务有限公司
开本　　710毫米×1000毫米　1/16
字数　　566千字
印张　　40
插页　　7
版次　　2025年5月第1版
印次　　2025年5月第4次印刷
书号　　ISBN 978-7-5339-7886-0
定价　　168.00元（全2册）

世间好物不坚牢

彩云易散琉璃脆

那咱们就从小说里找补回来，多好。

——烽火戏诸侯

序言

关于《笼中雀》

《剑来》第一卷，叫《笼中雀》，将近四十万字，其实大致脉络和一些伏笔已经水落石出，骊珠洞天的这座小镇，其实就是其他小说里的一个高级副本，这个主角来过，拿走了一份机缘或是宝物，走了，换下一个主角继续，至于这个副本里的NPC（非玩家角色）是怎么想的，他们的命值不值钱，他们有没有自己想说的话，要告诉这个世界，有人在意吗？

第一卷里，宋集薪、马苦玄、赵繇、刘羡阳等等，其实都比陈平安更像主角，这当然不是怎么讨喜的做法，尤其是第一卷有很多篇幅，陈平安好像完全消失了，前期他的性格也很模糊，怎么看都像是个一根筋的滥好人而已，其实我不是没有担心，哪怕我有信心在第一卷之后的第二、第三卷里，把陈平安的形象真正立起来，也会让他作为唯一的主线推进故事情节，但是作者怎么想，毕竟是一回事，读者的观感如何，又是一回事，因为读者只会遵循最基本的规则——故事必须好看。所以为此我做了一些细纲上的修改，比如一些人物的稍稍提早登场。

《剑来》的伏笔很多，跟《雪中悍刀行》完全是两个概念，《雪中悍刀行》是踩着西瓜皮滑到哪里是哪里，所以一章章写得尤为（自认为的）风流写意，酣畅淋漓，一直到第二卷才开始收敛。但是《剑来》大不一样，处处是伏笔。《剑来》的第一卷，看着确实比较烦人拖沓，希望大家可以稍稍放慢一点看，否则可能会

错过很多细节和伏笔。

再就是《剑来》第一卷展现出来的修行世界，好像全是钩心斗角，尔虞我诈，一点也没有仙气和高人风范。一处是非地，能有几个清净人？与世无争的仙人，《剑来》里当然有，可是这些人物，怎么会跑来骊珠洞天争抢机缘？嗯，好吧，其实也是有的，比如年轻道士陆沉，就很潇洒嘛，还有风雷园的刘灞桥，话痨的背后，其实是一肚子的硬气，"很多道理我憋在心里，想跟这个世界好好说上一说"，刘灞桥的这个说法，其实也是我这个作者想要说的。

我有很多话，想要跟这个世界说。

很希望将来有一天，《剑来》完本很久很久之后，有人偶尔想起，会有"言念剑来，温其如玉"的美好感觉。

其余更多的话，都在书里了。

烽火戏诸侯

今日南假 公公哒

目录

二月二，龙抬头。

暮色里，小镇名叫泥瓶巷的僻静地方，有个孤苦伶仃的清瘦少年。此时，他正按照习俗，一手持蜡烛，一手持桃枝，照耀房梁、墙壁、木床等处，用桃枝敲敲打打，试图借此驱赶蛇蝎、蜈蚣等。他嘴里念念有词，是这座小镇祖祖辈辈传下来的老话：二月二，烛照梁，桃打墙，人间蛇虫无处藏。

少年姓陈，名平安，爹娘早逝。

小镇的瓷器极负盛名，本朝开国以来，就承担起"奉诏监烧献陵祭器"的重任，有朝廷官员常年驻扎此地，监理官窑事务。无依无靠的陈平安，很早就成了烧瓷的窑匠。起先只能做些杂事粗活，跟着一个脾气糟糕的半路师傅，辛苦熬了几年，刚刚琢磨到一点烧瓷的门道，结果世事无常，小镇突然失去了官窑造办这张护身符，小镇周边数十座形若卧龙的窑炉，一夜之间全都被官府勒令关闭熄火。

陈平安放下新折的那根桃枝，吹灭蜡烛，走到屋外，坐在台阶上，仰头望去，星空璀璨。

他至今仍然清晰记得，那个只肯认自己做半个徒弟的老师傅姓姚。去年暮秋时分的一个清晨，姚老头被人发现坐在一张小竹椅上，正对着窑头方向，闭了眼。不过如姚老头这般钻牛角尖的人，终究是少数。

世世代代都只会烧瓷一事的小镇匠人，既不敢僭越烧制贡品官窑，也不敢将库藏瓷器私自贩卖给百姓，只得纷纷另谋出路。十四岁的陈平安也被扫地出门，回到泥瓶巷后，继续守着这栋早已破败不堪的老宅，面对着差不多家徒四壁的惨淡场景，便是他想要当败家子，也无从下手。

当了一段时间飘来荡去的孤魂野鬼，陈平安实在找不到挣钱的营生，靠着那点微薄的积蓄，只能勉强填饱肚子。前几天听说几条街外的骑龙巷，来了个姓阮的外乡铁匠，对外宣称要收七八个打铁的学徒，不给工钱，但管饭，陈平安就赶紧跑去碰运气，不承想那中年汉子只是斜瞥了他一眼，就把他拒之门外。当时陈平安就纳闷，难道打铁这门活计，不是看臂力大小，而是看面相好坏？要知道陈平安虽然看着屠弱，但力气不容小觑，这是他这些年拉坯烧瓷锻炼出来的身体底子。除此之外，陈平安还跟着姓姚的老人，跑遍了小镇方圆百里的山山水水，尝遍了四周各种土壤的滋味，任劳任怨，什么脏活累活都愿意做，毫不拖泥带水。可惜姚老头始终不喜欢陈平安，嫌弃他没有悟性，是榆木疙瘩不开窍，远远不如大徒弟刘羡阳。这也怪不得老人偏心，师父领进门，修行在个人，同样是枯燥乏味的拉坯，刘羡阳短短半年功力，就抵得上陈平安辛苦三年的水准。

虽然这辈子都未必用得着这门手艺，但陈平安仍是像以往一般，闭上眼睛，想象自己身前搁置有青石板和轱辘车，开始练习拉坯，熟能生巧嘛。

大概每过一刻钟，他就会歇息少许时分，抖抖手腕，如此循环反复，直到整个人彻底精疲力尽，才起身，一边在院中散步，一边缓缓舒展筋骨。从来没有人教过陈平安这些，是他自己瞎琢磨出来的门道。

天地间原本万籁俱寂，陈平安却听到一阵刺耳的讥讽笑声。他停下脚步，果不其然，看到那个同龄人蹲在墙头上，咧着嘴，毫不掩饰他的鄙夷。

此人是陈平安的老邻居，据说更是前任督造大人的私生子。那个大人唯恐清流非议、言官弹劾，最后孤身返回京城述职，把孩子交由颇有私交情谊的接任官员，帮着看管照拂。如今小镇莫名其妙地失去官窑烧制资格，负责替朝廷监理窑务的督造大人，自己都泥菩萨过江自身难保了，哪里还顾得上官场同僚的私生子，所以丢下一些银钱，就火急火燎赶往京城打点关系去了。

不知不觉已经沦为弃子的邻居少年，日子倒是依旧过得优哉游哉，成天带着他的婢女在小镇内外逛荡，一年到头游手好闲，却从来不曾为银子发过愁。

泥瓶巷家家户户的黄土院墙都很低矮，其实邻居少年完全不用踮起脚，就可以看到这边院子的景象，可每次跟陈平安说话，他偏偏喜欢蹲在墙头上。

相比陈平安这个名字的粗浅俗气，邻居少年的就要雅致许多，叫宋集薪，就连与他相依为命的婢女，也有个文绉绉的称呼——稚圭。

稚圭此时就站在院墙那边，她有一双杏眼，怯怯弱弱。

院门那边，有个嗓音响起："你这婢女卖不卖？"

宋集薪愣了愣，循着声音转头望去，是个眉眼含笑的锦衣少年，站在院外，一张全然陌生的面孔。锦衣少年身边站着一个身材高大的老者，面容白皙，脸色和蔼，轻轻眯眼打量着两座毗邻院落中的少年少女。老者的视线在陈平安身上一扫而过，并无停滞，但是在宋集薪和婢女稚圭身上，多有停留，笑意渐渐浓郁。

宋集薪斜眼道："卖！怎么不卖！"

那锦衣少年微笑道："那你说个价。"

稚圭瞪大眼眸，满脸匪夷所思，像一头惊慌失措的年幼麋鹿。

宋集薪翻了个白眼，伸出一根手指，晃了晃："白银一万两！"

锦衣少年脸色如常，点头道："好。"

宋集薪见那锦衣少年不像是开玩笑的样子，连忙改口道："是黄金万两！"

锦衣少年嘴角翘起，道："逗你玩的。"

宋集薪脸色阴沉。

锦衣少年不再理睬宋集薪，偏移视线，望向陈平安："今天多亏了你，我才能买到那条鲤鱼，买回去后，我越看越欢喜，想着一定要当面跟你道一声谢，于是就让吴爷爷带我连夜来找你。"

锦衣少年拿出一只沉甸甸的绣袋，抛给陈平安，笑容灿烂，道："这是酬谢，你我就算两清了。"

陈平安刚想要说话，锦衣少年已经转身离去。

陈平安皱了皱眉头。白天自己无意间看到有个中年人，提着一只鱼篓走在大街上，捕获的一尾巴掌长短的金黄鲤鱼正在竹篓里蹦跳得厉害。陈平安只瞥了一眼，就觉得很喜庆，于是开口询问，能不能用十文钱买下它。中年人本来只是想着犒劳犒劳自己的五脏庙，眼见有利可图，就坐地起价，狮子大开口，非要三十文钱才肯卖。囊中羞涩的陈平安哪里有这么多闲钱，又实在舍不得那条金灿灿的鲤鱼，就眼馋地跟着中年人，软磨硬泡，想着把价格砍到十五文，哪怕是二十文也行。就在中年人有松口迹象的时候，锦衣少年和高大老者正好路过，他们二话不说，用五十文钱买走了鲤鱼和鱼篓，陈平安只能眼睁睁看着他们扬长而去，无可奈何。

死死盯住那对爷孙愈行愈远的背影，宋集薪收回恶狠狠的眼神，跳下墙头，似乎记起什么，对陈平安说道："你还记得正月里的那条四脚吗？"

陈平安点了点头。怎么会不记得，简直就是记忆犹新。

按照这座小镇传承数百年的风俗，如果有蛇类往自家屋子钻，是好兆头，主人绝对不要将其驱逐打杀。宋集薪在正月初一的时候，坐在门槛上晒太阳，然后就有条俗称四脚蛇的小玩意儿，在他的眼皮子底下往屋里蹿。宋集薪一把抓住就往院子里摔出去，不承想那条已经被摔得七荤八素的四脚蛇，愈挫愈勇，把从来不信鬼神之说的宋集薪给气得不行，一怒之下就把它甩到了陈平安院子里。哪里想得到，宋集薪第二天就在自己床底下看到了那条盘踞蜷缩起来的四脚蛇。

宋集薪察觉到稚圭扯了扯自己袖子。他与她心有灵犀，下意识就将已经到了嘴边的话语，重新咽回了肚子里。

他想说的是，那条奇丑无比的四脚蛇，最近额头上有隆起，如头顶生角。

宋集薪换了一句话说出口："我和稚圭可能下个月就要离开这里了。"

陈平安叹了口气："路上小心。"

宋集薪半真半假道："有些物件我肯定搬不走，你可别趁我家没人，就肆无忌惮地偷东西。"

陈平安摇了摇头。

宋集薪蓦然哈哈大笑，用手指点了点陈平安，嬉皮笑脸道："胆小如鼠，难怪寒门无贵子，莫说是这辈子贫贱任人欺，说不定下辈子也逃不掉。"

陈平安默不作声。

各自返回屋子，陈平安关上门，躺在坚硬的木板床上，他闭上眼睛，呢喃道："碎碎平，岁岁安；碎碎平安，岁岁平安……"

天微微亮，尚未鸡鸣，陈平安就已经起床。单薄的被褥，实在留不住热气，而且陈平安在当烧瓷学徒的时候，已养成了早起晚睡的习惯。他打开屋门，来到泥土松软的小院子，深呼吸一口气后，伸了个懒腰，走出院子，转头看到一个纤弱身影，弯着腰，双手拎着一木桶水，正用肩膀顶开自家院门，正是宋集薪的婢女稚圭，她应该是刚从杏花巷那边的铁锁井打水回来。

陈平安收回视线，穿街过巷，向小镇东面一路小跑而去。泥瓶巷在小镇西边，最东边的城门那儿有个人负责小镇商旅进出和夜禁巡防，平时也收取、转交一些从外边寄回来的家书，陈平安接下来要做的事情，就是把那些信送给小镇百姓，酬劳是一封信一枚铜钱，这还是他好不容易求来的挣钱门路。陈平安已经跟那边约好，在二月二龙抬头之后，就开始接手这摊子买卖。

用宋集薪的话说就是天生穷苦命，哪怕有福气进了家门，他陈平安也兜不住留不下。宋集薪经常说一些晦涩难懂的话语，约莫是从书籍上搬来的内容，陈平安总是听不太懂，例如前两天宋集薪念叨什么料峭春寒冻杀少年，陈平安就完全不明白。至于每年熬过了冬天，入春之后有段时日反而更冷，他倒是有切身体会。宋集薪说那就叫倒春寒，跟沙场上的回马枪一样厉害，所以很多人会死在这些个鬼门关上。

小镇并无城墙环绕，毕竟别说流寇匪徒，就是小偷毛贼都少有，所以名义上是城门，其实就是一排东倒西歪的老旧栅栏，马马虎虎有那么个让行人车辆通过的地方，就算是这座小镇的脸面了。

陈平安小跑路过杏花巷的时候，看到不少妇人孩子聚在铁锁井旁，水井辘轳一直在吱呀作响。

再绕过一条街，陈平安就听到不远处传来一阵熟悉的读书声。那里有座乡塾，是小镇几个大户人家合伙凑钱开的。教书先生是外乡人，陈平安小的时候，经常跑去躲在窗外，偷偷蹲着，竖起耳朵。先生虽然教书的时候极为严苛，但是对陈平安这些"蹭读书蹭蒙学"的孩子，并不呵斥拦阻，后来陈平安去了小镇外的一座龙窑做学徒，就再没有去过学塾。

再往前，陈平安路过一座石牌坊。由于牌坊楼修建有十二根石柱，当地人喜欢把它称为螃蟹牌坊。这座牌坊的真实名字，宋集薪和刘羡阳的说法很不一样。宋集薪信誓旦旦地说一本叫地方县志的老书上，称这里为大学士坊，是皇帝老爷的御赐牌坊，为了纪念历史上一位大官的文治武功。与陈平安一般土包子的刘羡阳，则说这就是螃蟹牌坊，咱们都喊了几百年了，没理由叫什么狗屁不通的大学士坊。刘羡阳还问了宋集薪一个问题："大学士的官帽子到底有多大，是不是比铁锁井的井口还大？"问得宋集薪满脸通红。

此时陈平安绕着十二脚牌坊跑了一圈，牌坊每一面都有四个大字，字体古怪，显得各不相同，分别是"当仁不让""希言自然""莫向外求"和"气冲斗牛"。听宋集薪说，除了某四个字，其余三处匾额石刻，都曾被涂抹、篡改过。陈平安对这些懵懵懂懂，从未深思，当然，就算他想要刨根问底，也是徒劳，他连宋集薪经常挂在嘴边的地方县志到底是什么书都不知道。

过了牌坊没多远，很快就看到一棵枝繁叶茂的老槐树。树底下，有一段不知被谁挪来此地的树干，略作劈砍后，首尾两端下边垫上两块青石板，这截大树便被当作了简易的长凳。每年夏天的时候，小镇百姓都喜欢在这边乘凉，家境富裕的人家，长辈还会从水井里捞出一篮子的冰镇瓜果，孩子们吃饱喝足，就拉帮结派，在树荫下嬉戏打闹。

陈平安习惯了上山下水，跑到栅栏门口附近，在那座孤零零的黄泥房门口停下，心不跳气不喘。

小镇外人来往得不多，照理说，如今官窑烧制这棵摇钱树都倒了，就更加不会有新面孔。姚老头在世的时候，曾经有次喝高了，就跟陈平安和刘羡阳这些徒弟们说，咱们做的是天底下独一份的官窑生意，是给皇帝陛下制作御用瓷器，其他老百姓哪怕再有钱，哪怕当的官再大，胆敢沾碰，那可都是要被砍头的。那天的姚老头，精气神格外不一样。

今天陈平安望向栅栏外，却发现好些人在等着开城门，不下七八人之多，男女老少都有，而且都是陌生人。小镇当地百姓的进进出出，无论是去烧瓷还是做庄稼活，都很少走东门，理由很简单，小镇东门的道路延伸出去，没有什么龙窑和田地。

此时陈平安和那些外乡人，隔着一道木栅栏，两两相望。

那一刻，穿着自编草鞋的陈平安，只是有些羡慕那些人身上穿着的厚实衣衫。肯定很暖和，能抗冻。

门外那些人，明显分作好几拨，并不是一伙人，但都望向门内的清瘦少年，大多脸色漠然，偶有一两人，视线早已越过陈平安的身影，望向小镇更远处。

陈平安有些奇怪，难道这些人还不知道朝廷已经封禁了所有龙窑？还是说他们正因为知道真相，所以觉得有机可乘？

有个头戴古怪高冠的年轻人，身材修长，腰间悬有一块绿色玉佩。他似乎等得不耐烦了，独自走出人群，想要去推开本就无锁的栅栏大门。只是在手指就要触碰到木门的时候，他猛然停下，缓缓收回手，双手负后，笑眯眯地望向门内的陈平安，也不说话，就是笑。

陈平安的眼角余光，无意间发现年轻人身后的那些人，好像有人失望，有人玩味，有人皱眉，有人讥讽，情绪微妙，各不相同。

就在此时，一个头发乱糟糟的中年汉子猛然打开门，对着陈平安骂骂咧咧道："小王八蛋，是不是掉钱眼里了？这么早就来催命叫魂，你赶着投胎去见你死鬼爹娘啊?!"

陈平安翻了个白眼，对这些尖酸刻薄的言语，不以为意。一来生活在这个总共没几本书籍的乡野地方，如果被人骂几句就恼火，干脆找口水井跳下去得了，省心省事。二来这个看门的中年光棍，本身就是个经常被小镇百姓取笑打趣的对象，尤其是那些胆大泼辣的妇人，别说嘴上骂他，动手打他的都有不少。加上这人还极其喜欢跟穿开裆裤的小孩吹牛，比如什么老子当年在城门口，好一场厮杀，打得五六个大汉满地找牙，满地都是血，城门前整条两丈宽的道路，就跟下雨天的泥泞道路差不多！

他对陈平安没好气地说道："你那点破烂事，等会儿再说。"

小镇没谁把这个家伙当回事。但是外乡人能不能进入小镇，中年汉子却掌握着生杀大权。

中年汉子一边提着裤子，一边走向木栅栏门。

这个背对着陈平安的中年汉子打开门后，时不时跟人收取一个小绣袋，放入自己袖口，然后一一放行。

陈平安很早就让出了道路。八个人大致分作五批，走向小镇，除了那个头戴高冠、腰悬绿佩的年轻人，还先后走过两个七八岁的孩子，男孩穿着一件颜色喜庆的红色袍子，女孩长得粉粉嫩嫩，跟上好瓷器似的。

男孩比陈平安要矮大半个脑袋，跟陈平安擦身而过的时候，张了张嘴，虽然并没有发出声响，但是有明显的口型，应该是说了两个字，充满了挑衅。牵着男孩的中年妇人，轻轻咳嗽了一下，男孩这才稍稍收敛。

中年妇人和男孩身后的小女孩被一个满头霜雪的魁梧老人牵着，小女孩转头对着陈平安说了一大串话，还不忘对身前的同龄男孩指指点点。陈平安根本听不懂小女孩在说什么，不过猜得出，她是在告状。

魁梧老人斜瞥了一眼陈平安。

只是被人有意无意看了一眼，陈平安纯粹下意识地后退了一步。如鼠见猫。

看到这一幕后，原本叽叽喳喳像只小黄雀的小女孩，顿时没了煽风点火的兴致，转过头不再多看陈平安一眼，好像再多看一眼就会脏了她的眼睛。

陈平安的确没见过世面，但不等于看不懂脸色。

等到这行人远去，看门的中年汉子笑问道："想不想知道他们说了什么？"

陈平安点头道："想啊。"

中年汉子乐了，笑嘻嘻道："夸你长得好看呢，全是好话。"

陈平安扯了扯嘴角，心想："你当我傻啊？"

中年汉子看破陈平安心思，笑得更加开心："你要是不傻，老子能让你来送信？"

陈平安没敢反驳，生怕惹恼了这家伙，即将到手的铜钱就要飞走了。

中年汉子转过头，望向那些人，伸手揉着胡子拉碴的下巴，低声啧啧道："刚才那婆娘，两条腿能夹死人啊。"

陈平安犹豫了一下，好奇问道："那位夫人练过武？"

中年汉子愕然，低头看着陈平安，一本正经道："你小子，是真傻。"

陈平安一头雾水。

中年汉子让陈平安等着，大步走向屋子，回来的时候，手里多了一摞信封，不厚不薄，约莫十封。中年汉子递给陈平安后，问道："傻人有傻福，好人有好报。你信不信?"

陈平安一手拿信，一手摊开手掌，眨了眨眼睛:"说好了一封信一文钱的。"

中年汉子恼羞成怒，将事先准备好的五枚铜钱，狠狠地拍在陈平安手心后，大手一挥，豪气干云道:"剩下五文钱，先欠着!"

小镇不大不小，六百多户人家，镇上穷苦人家的门户，陈平安大多认得，至于家底殷实的有钱人家，门槛高，泥腿子少年可跨不进去，一些个大户扎堆的宽敞巷弄，陈平安甚至都没有踏足过。那边的街道，多铺以大块大块的青石板，下雨天，绝不会一脚踩下去泥浆四溅。那些质地绝佳的青石板，经过千百年来人马车辆的踩踏碾压，早已被磨得光滑如镜。

卢、李、赵、宋四个姓氏，在小镇这边是大姓，乡塾就是这几家出钱设的，他们在城外大多拥有两三座大龙窑。历任窑务督造官的官邸，就和这几户人家在一条街上。

不凑巧，陈平安今天要送的十封信，几乎全是小镇出了名的阔绰户。这也很合情合理，龙生龙凤生凤，老鼠生儿打地洞，能够寄信回家的远方游子，家世肯定不差，否则也没那底气出门远行。其中九封信，陈平安其实就去了两个地方，福禄街和桃叶巷。第一次踩在大如床板的青石板上，陈平安有些忐忑，放缓了脚步，竟然有些自惭形秽，忍不住觉得自己的草鞋脏了街面。

陈平安送出去的第一封信，是祖上得到过一柄皇帝御赐玉如意的卢家。陈平安站在门口，越发局促不安。

有钱人家就是讲究多，卢家宅子大不说，门口还摆放着两尊石狮子，等人高，气势凌人。宋集薪说这玩意儿能够避凶镇邪，陈平安根本不清楚何谓凶邪，只是很好奇等人高的狮子嘴里，好像还含着一颗圆滚滚的石球，这又是如何雕琢出来的?陈平安强忍住去触摸石球的冲动，走上台阶，叩响那个青铜狮子门首，很快就有个年轻人开门走出，一听说是来送信的，面无表情，用双指拈住信封一角，接过那封家书后，便重重关上了贴有彩绘财神像的大门，转身快步走入宅子。

之后陈平安的送信过程，也是这般平淡无奇。桃叶巷街角有户名声不显的人家，开门的是个慈眉善目的矮小老人，收起信后，笑着说了句："小伙子，辛苦了。要不要进来歇歇，喝口热水？"

陈平安腼腆地笑了笑，摇摇头，跑着离开了。

矮小老人将那封家书轻轻放入袖子，没有着急回宅院，而是抬头望向远方，双目浑浊。最后视线由高到低，由远及近，凝视着街道两旁的桃树，貌似老朽昏聩的矮小老人这才挤出一丝笑意，转身离去。

没过多久，一只颜色可爱的小黄雀停到桃树枝头，喙啄犹嫩，轻轻啁鸣。

留到最后的那封信，陈平安需要送给在乡塾授业的教书先生，其间路过一个算命摊子。身穿老旧道袍的年轻道人，挺直腰杆坐镇桌后，他头戴一顶高冠，高冠像一朵绽放的莲花。

年轻道人看到快步跑过的陈平安后，赶紧打招呼："年轻人，走过路过不要错过，来抽一支签，贫道帮你算上一卦，可以帮你预知吉凶福祸。"陈平安没有停下脚步，不过转过头，摆了摆手。

年轻道人犹不死心，身体前倾，提高嗓门："年轻人，往日贫道替人解签，要收十文钱，今儿破个例，只收你三文钱！当然了，若是抽出了一支上签，你不妨再多加一文喜钱；如果鸿运当头，是上上签，那贫道也只收你五文钱。如何？"

远处陈平安的脚步，明显停顿了一下，年轻道人已经火速起身，趁热打铁，高声道："大早上的，年轻人你是头位客人，贫道干脆就好人做到底，只要你坐下抽签，实不相瞒，贫道会写一些黄纸符文，可以帮你为先人祈福，积攒阴德。以贫道的能耐，不敢说一定让人投个大富大贵的好胎，可要说多出一两分福报，终归是可以尝试一下的。"

陈平安愣了愣，将信将疑地转身返回，坐在摊子前的长凳上。

一朴素道士，一寒酸少年，两个大小穷光蛋，相对而坐。

年轻道人笑着伸出手，示意陈平安拿起签筒。陈平安犹豫不决，突然说道："我不抽签，你只帮我写一份黄纸符文，行不行？"

在陈平安的记忆中，好像这位云游至此的年轻道爷，在小镇已经待了至少五六年，模样倒是没什么变化，对谁也都和和气气的，平时就是帮人摸骨看相、算卦抽签，偶尔也能代写家书。有意思的是，桌案上那只簇拥着一百零八支竹签的签筒，这么多年来，小镇男男女女抽签，既没有谁抽出过上上签，也没有谁从签筒摇晃出一支下签，仿佛整整一百零八签，签签中上，无坏签。所以若是逢年过节，纯粹为了讨个好彩头，小镇百姓花上十文钱，也能接受，可真遇上烦心事，肯定不会有人愿意来这里当冤大头。若说这个年轻道人是彻头彻尾的骗子，倒也冤枉了人家。小镇就这么大，如果真只会装神弄鬼、坑蒙拐骗，早就给人撵了出去。所以说这个年轻道人的功力，肯定不在相术、解签两事上。倒是有些小病小灾，很多人喝了道人的一碗符水，很快就能痊愈，颇为灵验。

年轻道人摇头道："贫道行事，童叟无欺，说好了解签加写符一起，收你五文钱的。"

陈平安低声反驳道："是三文钱。"

年轻道人哈哈笑道："万一抽出上上签，可不就是五文钱了嘛。"

陈平安下定决心，伸手去拿签筒，突然抬头问道："道长是如何知道我身上恰好有五文钱的？"

年轻道人正襟危坐："贫道看人福气厚薄，财运多寡，一向很准。"

陈平安想了想，拿起那只签筒。

年轻道人微笑道："年轻人，不要紧张，命里有时终须有，命里无时莫强求，以平常心看待无常事，便是第一等万全法。"

陈平安重新将签筒放回桌上，神情郑重，问道："道长，我把五文钱都给你，也不抽签了，只请道长将那张黄纸符文，写得比平时更好一些，行不行？"

年轻道人笑意如常，略作思量，点头道："可。"

桌案上，笔墨纸砚早就备好，年轻道人仔细问过了陈平安爹娘的姓名籍贯生辰，抽出一张黄色符纸，很快就写完了，一气呵成。

至于写了什么，陈平安茫然不知。

搁下笔，提起那张符纸，年轻道人吹了吹墨迹："拿回家后，人站在门槛内，将黄纸烧在门槛外，就行了。"

陈平安郑重其事地接过那张符纸，小心翼翼地珍藏起来后，没有忘记把五枚铜钱放在桌案上，鞠躬致谢。年轻道人挥挥手，示意陈平安忙自己的事情去。陈平安撒开腿跑去送最后一封信。

年轻道人懒洋洋地靠在椅子上，瞥了眼铜钱，弯腰伸手将它们搂到身前。就在此时，一只小巧玲珑的黄雀，从高空飞扑到桌面上，轻啄了一下某枚铜钱，很快便没了兴致，振翅远去。

"黄雀始欲衔花来，君家种桃花未开。"年轻道人悠悠然念完这句诗后，故作潇洒地轻轻挥袖，叹气道，"命里八尺，莫求一丈啊。"

这一挥袖，就有两支竹签从袖子里滑落，掉在地上，年轻道人哎哟一声，赶紧捡起来，然后鬼鬼祟祟四处张望，发现暂时无人留心这边，这才如释重负，重新将那两支竹签藏入宽松的袖口里。年轻道人咳嗽一声，板起脸，继续守株待兔，等待下一位客人。他有些感慨，果然还是赚女子的钱，更容易一些。

其实，年轻道人袖中所藏两支竹签，一支是上上签，一支是下下签，都是用来挣大钱的。不足为外人道也。

陈平安自然不清楚这些奥妙玄机，一路脚步轻盈，来到那座乡塾馆舍外，附近竹林郁郁，绿意欲滴。

陈平安放缓脚步，屋内响起中年人的醇厚嗓音："日出有曜，羔裘如濡。"随后便有一阵齐整清脆的稚嫩嗓音响起："日出有曜，羔裘如濡。"

陈平安抬头望去，旭日东升，煌煌泱泱。他不禁怔怔出神。

等他回过神，蒙学孩童正在摇头晃脑，按照先生的要求，娴熟背诵一段文章："惊蛰时分，天地生发，万物始荣。夜卧早行，广步于庭，君子缓行，以便生志……"

陈平安站在学塾门口，欲言又止。两鬓微霜的中年儒士转头望来，轻轻走出屋子。

陈平安将书信双手递出去，恭敬道："这是先生的书信。"

一袭青衫的中年儒士接过信封后，温声说道："以后无事的时候，你可以多来这里旁听。"

陈平安有些为难，毕竟他未必真有时间来此听这位先生教书，他不愿欺骗先生。

中年儒士笑了笑，善解人意道："无妨，道理全在书上，做人却在书外。你去忙吧。"

陈平安松了口气，告辞离去。

陈平安跑出去很远后，鬼使神差地转头回望。只见那个先生始终站在门口，身影沐浴在阳光中，远远望去，恍若神人。

如果没有去过福禄街或是桃叶巷，陈平安可能这辈子都不会意识到泥瓶巷的阴暗狭窄。不过他非但没有生出失落的感觉，反而终于感到心安。他笑着伸出双手，刚好掌心触碰到两边的黄泥墙壁，记得大概三四年前，他还只能双手指尖触及泥墙。

走到自家屋前，发现院门大开，以为遭贼的他连忙跑进院子，结果看到刘羡阳坐在门槛上，背靠上锁的屋门，正百无聊赖地打着哈欠。看到陈平安后，刘羡阳火烧屁股一般站起身，跑到陈平安身前，一把攥紧陈平安的胳膊，狠狠拽向屋子，压低嗓音道："赶紧开门，有要紧事要跟你说！"

陈平安没能挣脱开这家伙的束缚，只得被拉去开了屋门。比他年长两岁且身体健壮的刘羡阳，很快就甩开陈平安，蹑手蹑脚地摸上了陈平安的木板床，将耳朵死死贴在墙壁上，听起了隔壁的墙根。

陈平安好奇地问道："刘羡阳，你在干什么？"

刘羡阳对陈平安的问话置若罔闻，约莫半炷香后，终于恢复正常，坐在木板床边缘，脸色复杂，既有些释然，也有些遗憾。

刘羡阳此时才发现陈平安正在做一件古怪的勾当，蹲在门内，身体向外倾，用一截只剩下拇指大小的蜡烛，烧掉一张黄纸，灰烬都落在门槛外。貌似陈平安嘴里还念念有词，只是离得有些远，他听得不真切。

刘羡阳，正是一座老字号龙窑老师傅姚老头的关门弟子，至于资质鲁钝的陈平安，老人从头到尾根本就没真正认下这个徒弟。在当地，徒弟没有敬拜师茶，或是师父没有喝过那杯茶，就等于没有师徒名分。

陈平安和刘羡阳不是邻居，双方祖宅离得挺远，之所以刘羡阳当时向姚老头介绍陈平安，源于两个少年有过一段陈年恩怨。刘羡阳曾是小镇出了名的顽劣少年，爷爷去世前，家里好歹还有个长辈管着，等到爷爷病逝后，十二三岁就人高马大不输青壮男子的刘羡阳，成了令街坊邻居人人头疼的混世魔王。后来不知为何，刘羡阳惹恼了一伙卢家子弟，结果被人死死堵在泥瓶巷里，结结实实一顿毒打。对方都是年轻气盛的少年，下手从不计较轻重，刘羡阳很快被打得呕血不止，住在泥瓶巷的十多户人家，多是在小龙窑讨碗饭吃的底层匠户，哪敢蹚这浑水。

当时的宋集薪全然不怕，反而乐滋滋地蹲在墙头上看热闹，唯恐天下不乱。

到最后，只有一个枯瘦如柴的孩子，偷偷溜出院子后，跑到了巷口，对着大街撕心裂肺地喊道："死人啦！死人啦……"

听到"死人"二字，卢家子弟这才悚然惊醒，看到地上满身血污的刘羡阳已奄奄一息，那些富家少年郎总算感到一阵后怕，面面相觑后，便从泥瓶巷另一端跑掉了。

但是在那之后，刘羡阳非但没有感激那个救了自己命的孩子，反而隔三岔五就来这边捉弄戏耍。孤儿倔，不管刘羡阳如何欺负，就是不肯哭，让他越发愤懑。只是后来有一年，刘羡阳眼见着那个姓陈的小孤儿，估计是实在扛不过冬天的样子，终于良心发现，于是已经在龙窑拜师学艺的他，便带着孤儿去往那座位于宝溪边上的龙窑。出了小镇往西走，大雪天的几十里山路，刘羡阳到现在还是没有想明白，那个长得跟木炭似的小家伙，两条腿分明细得跟毛竹竿子差不多，是怎么走到龙窑的？姚老头虽然最后还是留下了陈平安，但对待两人却是天壤之别，对关门弟子刘羡阳，也打也骂，但瞎子也能感受得到其中的良苦用心。例如有次下手重了，砸得刘羡阳额头渗出血来，刘羡阳皮糙肉厚，没觉得有什么，反而是当师傅的姚老头，很是后悔。这个在徒弟面前威严惯了的闷葫芦老头，碍于面子不好说什么，结果在自家屋子里兜圈子兜了大半夜，仍是不放心刘羡阳，最后只得喊来陈平安，给刘羡阳送去一瓶药膏。

陈平安这么多年，一直很羡慕刘羡阳。不是羡慕刘羡阳天赋高、力气大、人缘好，而是羡慕刘羡阳的天不怕地不怕，走到哪里都没心没肺，也从来不觉得独自活着，是什么糟糕的事情。刘羡阳不管到了什么地方，跟谁相处，都能很快地勾肩搭背，称兄道弟，喝酒划拳。刘羡阳因为他爷爷身体不好，很早就自力更生，成为孩子王一般的存在，捕蛇捉鱼掏鸟窝，无不娴熟；木弓鱼竿，弹弓捕鸟笼，好像什么都会做，尤其是在乡间田埂抓泥鳅和钓黄鳝这两件事，刘羡阳无疑是小镇上最厉害的。其实刘羡阳当年从乡塾退学的时候，那位齐先生还特意去找了刘羡阳病榻上的爷爷，说可以不收一文钱，但是刘羡阳死活不答应，说他只想挣钱，不想读书，齐先生说他可以出钱雇用刘羡阳当自己的书童，刘羡阳依然不肯点头。事实上，刘羡阳活得挺好，哪怕姚老头死了，龙窑被封禁，没过几天他就被骑龙巷的铁匠相中，开始在小镇南边搭建茅屋、炉子，忙碌得很。

刘羡阳看着陈平安将蜡烛吹灭，放在桌上，低声问道："你平时清晨有没有听到过古怪的声响，就像……"

陈平安坐在长凳上，静待下文。

刘羡阳犹豫片刻，破天荒微微脸红："就像春天猫叫一样。"

陈平安问道："是宋集薪学猫叫，还是稚圭？"

刘羡阳翻了个白眼，不再对牛弹琴，双手撑在床板上，缓缓弯曲手肘，然后伸直手臂，屁股离开床板，双脚离开地面。他的屁股悬在空中，撇嘴讥讽道："什么稚圭，分明是叫王朱，姓宋的从小就喜欢瞎显摆，不知道从哪里看到'稚圭'两个字，就胡乱用了，根本不管两个字的意思好不好。王朱摊上这么个公子，也真是上辈子作孽，否则不至于来宋集薪身边遭罪吃苦。"

陈平安没附和刘羡阳的说法。

一直保持那个姿势的刘羡阳冷哼道："你当真不明白？为什么你帮王朱那丫头提了一次水桶，那之后她就再也不跟你聊天说话了？保准是宋集薪那个小肚鸡肠的，打翻了醋坛子，威胁王朱不许跟你眉来眼去，要不然就要家法伺候，不但打断她的腿，还要丢到泥瓶巷子里……"

陈平安实在听不下去了，打断刘羡阳的话语："宋集薪对她不坏的。"

刘羡阳恼羞成怒道："你知道什么是好什么是坏？"

陈平安眼神清澈，轻声道："有些时候她在院子里做事，宋集薪偶尔坐在板凳上，看他那本什么地方县志，她看宋集薪的时候，经常会笑。"

刘羡阳眼神呆滞。

骤然间，单薄木板床支撑不住刘羡阳的重量，从中断成两半，高大少年一屁股坐在了地面上。

陈平安蹲在地上，双手按住脑袋，唉声叹气，有些头疼。

刘羡阳挠挠头，站起身，也没说什么愧疚的话，只是轻轻踹了一脚陈平安，咧嘴笑道："行了，不就一张小破床嘛。我今天来，就是给你带来一个天大的好消息，怎么都比你这破床值钱！"

陈平安抬起头。

刘羡阳得意扬扬道："我家阮师傅出了小镇后，在南边那条溪边上，突然就说要挖几口井，原先人手不够，需要喊人帮忙，我就随口提了提你，说有个矮冬瓜，气力还凑合。阮师傅也答应了，让你这两天就自己过去。"

陈平安猛然起身，正要道一声谢，刘羡阳抬起一只手掌："打住打住！大恩不言谢！记在心里就好！"

陈平安龇牙咧嘴。

刘羡阳环顾四周，墙角斜放着一根鱼竿，窗口躺着一只弹弓，墙壁上挂着木弓，他欲言又止，最后还是忍住没开口。刘羡阳大步跨过门槛，靴子明显故意绕过了那些符纸的灰烬。陈平安看着那个高大背影。

刘羡阳突然转过身，面对门槛内的陈平安，一矬腰，脚不离地，直冲数步后，重重挥出一拳，然后收拳挺腰，大声笑道："阮师傅私底下跟我说，这拳法我只需要练一年，就能打死人！"

刘羡阳似乎觉得犹不过瘾，做了个稀奇古怪的踢腿动作，笑道："这叫好腿必入裆，踢死闷倒驴！"

最后刘羡阳伸出拇指，指了指自己胸膛，趾高气扬道："阮师傅传授我拳法的时候，我有些想法心得，便与他说了闲话，比如我对姚老头制瓷的独门绝学'跳刀'的感悟，阮师傅夸我是百年一遇的练武奇才。以后你只管跟着我混，少不了你吃香的喝辣的！"

刘羡阳眼角余光瞥见那隔壁丫鬟已经进了屋子，便一下子没了扮演英雄好汉的兴致，对陈平安随口说道："对了，方才我经过老槐树的时候，那边多了个自称'说书人'的老头儿，正在摆弄摊子，还说他积攒了一肚子的奇人趣事，要跟咱们念叨念叨，你有空可以去瞅瞅。"陈平安点了点头。

刘羡阳大步离开泥瓶巷。

关于这个独来独往的桀骜少年，小镇流传诸多说法，但是刘羡阳喜欢自称祖上是带兵打仗的将军，所以他家才会有那件一代代传承下来的宝甲。说是宝甲，陈平安亲眼看过一次，其实模样丑陋，既像是人身上的瘊子，也像是老树的疤节。不过刘羡阳的同龄人，可不这么说。只讲刘羡阳的祖辈，是个逃兵，是逃到了小镇这边，给人做了上门女婿，运气好才躲过官府追捕。说得板上钉钉，好似亲眼见过刘羡阳的祖辈如何逃离战场，又如何一路颠沛流离到了这座小镇。

陈平安想了想，蹲在门槛旁边，低头吹散那些灰烬。

宋集薪不知何时站在院墙那边，身边跟着婢女稚圭，他喊道："要不要跟咱们一起去槐树那边耍？"

陈平安抬起头："不去了。"

宋集薪扯了扯嘴角："没意思。"

他转头对自家丫鬟笑道："稚圭，咱们走！去给你买一整个将军肚子罐的桃花粉。"

稚圭羞赧道："小小的蛐蛐罐就够了。"

宋集薪双手负后，昂首挺胸，大步前行："我宋家人，钟鸣鼎食，世代簪缨，如何能够小家子气，岂非有辱家风？！"

陈平安坐在门槛上，揉了揉额头。这个宋集薪，其实不说那些怪话胡话的时候，给人感觉并不差，但是比如现在这种时候，刘羡阳在场的话，就一定会说他很想朝宋集薪的后脑勺一板砖敲下去。

陈平安斜靠着屋门，想着明天的光景，多半会像今天，后天的光景，则会像明天，如此反复，于是他陈平安这辈子就会一直这样走下去，直到最后跟姚老头差不多。

人吃土一生，土吃人一回。

最后闭眼，再睁开眼，可能就是下辈子的事情了。

他低头看着脚上的草鞋，突然就笑了起来。

踩在青石板上，跟踩在烂泥滩里，感觉是不太一样。

刘羡阳离开小巷，经过算命摊子的时候，那年轻道人招手道："来来来，贫道看你气色如烈火烹油，绝非吉兆啊，不过莫怕便是，贫道有一法，可以帮你消灾……"

刘羡阳有些惊讶，记得这年轻道人以前给人解签算命，且不说准不准，但还真没有主动招徕过生意，几乎全都属于愿者上钩。难不成如今龙窑给朝廷官府关闭，这道士也要跟着倒霉，揭不开锅了，所以宁肯错杀不愿错放？

刘羡阳笑骂道："你的法门就是破财消灾，对不对？滚你大爷的，想从我兜里骗钱，下辈子吧！"

年轻道人也不恼火，对刘羡阳大声喊道："指望今年百事昌，谁知命里有祸殃。无灾不肯念神仙，欲得安稳当烧香……应当烧香啊……"

刘羡阳冷不丁转身，快步如飞跑向算命摊子，一边摩拳擦掌，一边嚷着："烧香是吧，我先烧了你的摊子！"

年轻道人显然被吓得不轻，起身后也顾不得摊子了，抱头鼠窜。

刘羡阳站在摊子旁边，看着年轻道人的狼狈身影，哈哈大笑，瞥见桌上的签筒，随意伸手将其推倒，竹签哗啦啦滑出签筒，最后在桌上呈现出扇形模样。

刘羡阳伸手指了指在远处停步的年轻道人："以后见你一次打一次！"

年轻道人抱拳作揖，求情讨饶。刘羡阳这才罢休。

年轻道人等到刘羡阳走远，才敢重新落座，叹了口气："世道艰辛，人心不古，害得贫道也糊口不易啊。"

就在此时，年轻道人眼前一亮，赶紧闭上眼睛，朗声道："池塘盈满蛙声乱，刺人肚肠是人心。此处功名水上萍，只宜风动四方行！"

那对少年少女显然听到了年轻道人的话语，只可惜没有要停步的意思。

年轻道人微微睁开一丝眼缝，眼见着又要错过生意，只得一巴掌拍在桌案上，提高嗓门："状元本是人间子，宰相无非世上人。学贯天人名动城，得意扬扬精气神！"

宋集薪和婢女稚圭只是继续前行。

年轻道人灰心丧气，低声咕哝道："这日子没法过了。"

宋集薪毫无征兆地转过头，向年轻道人远远抛去一枚铜钱，灿烂笑道："借你吉言！"

年轻道人匆忙接住铜钱，摊开手心一看，愁眉不展，只是最小额的一文钱。不过年轻道人将这枚铜钱轻轻放在桌上。转瞬之间，便有一只黄雀疾坠于桌面，低垂头颅，对着那枚铜钱轻轻一啄，之后将其衔在嘴中，抬头望向年轻道人，黄雀眼眸灵动，与人无异。

年轻道人轻声道："去吧，此地不宜久留。"黄雀一闪而逝。

年轻道人环顾四周，最后视线停留在远处那座高高的牌坊楼，恰好对着"气冲斗牛"四字匾额，感慨道："可惜了。"最后年轻道人补上一句："若是能拿到外边去卖，怎么都有千八百两银子吧？"

宋集薪带着婢女稚圭来到老槐树下，发现树荫里人满为患，将近半百号人坐在自家搬来的板凳椅子上，陆陆续续还有孩童扯着长辈过来凑热闹。

宋集薪和稚圭并肩站在树荫边缘，看到一个老人站在树底下，一手托大白碗，一手负身后，神色激昂，正大声说道："方才说过了大致的龙脉走向，我再来说说这真龙。啧啧，这可就真了不得了，约莫三千年前，天底下出了一个了不得的神仙人物，先是在某座洞天福地潜心修行，证了大道，便独自仗剑游历天下，手中三尺气概，锋芒毕露。不知为何，此人偏偏与蛟龙不对付，整整三百个春秋，有蛟龙处斩蛟龙，杀得世间再无真龙，这才罢休，最后不知所终。有人说他是去了极高的道法张本之地，与道祖坐而论道；也有说是去了极远的西方净土佛国，与佛陀辩经说法；更有人说他亲自坐镇酆都地府的大门，防止魑魅魍魉为祸人间……"

老人说得唾沫四溅，底下所有小镇百姓却都无动于衷，人人满脸茫然。

婢女稚圭低声好奇问道："三尺气概是什么？"

宋集薪笑道："就是剑。"

稚圭没好气道："公子，这位老人家，也忒喜欢卖弄学问了，话也不好好说。"

宋集薪瞥了眼老人，幸灾乐祸道："咱们小镇识字的没几个，这位说书先生算是媚眼抛给瞎子看了。"

稚圭又问道："洞天福地又是什么？世上真有人能够活三百岁吗？还有那酆都地府，不是死人才能去的地方吗？"

宋集薪被问住了，却不愿露怯，便随口道："尽是胡说八道，估计看过几本不入流的稗官野史，拿来糊弄乡野村夫的。"

这一刻，宋集薪敏锐地发现，那老人有意无意看了自己一眼，虽然只是蜻蜓点水的视线，很快就一掠而过，但宋集薪仍是细心地捕捉到了，只是他并没有上心，只当是巧合而已。

稚圭抬头望向老槐树，细细碎碎的光线透过树叶缝隙，洒落下来，她下意识眯起眼眸。宋集薪转头望去，突然愣住了。

如今自己这个婢女，有着一张刚开始褪去婴儿肥的侧脸，她好像跟记忆里那个瘦瘦小小、干干瘪瘪的小丫鬟，有了很大的出入。

按照小镇的习俗，女子嫁人时，便会聘请一位父母子女皆健在的福气齐全人，请她绞去新娘脸上的绒毛，剪齐额发和鬓角，谓之开面，或是升眉。

宋集薪还从书上看到过一个小镇没有的习俗，所以在稚圭十二岁那年，他便买了小镇上最好的新酿之酒，搬出那只偷藏的釉色极美、犹如青梅的瓷瓶，把酒倒入其中后，将其小心泥封，最后埋入地下。

宋集薪突然开口说道："稚圭，虽说姓陈的家伙，按照我们读书人老祖宗的说法，属于'朽木不可雕也，粪土之墙不可圬也'，但是不管怎么说，他这辈子总算还是做了一件有意义的事情。"

稚圭并未答话，低敛眼眉，依稀可见睫毛微微颤动。

宋集薪自顾自说道："陈平安呢，人倒是不坏，就是性子太死板，做什么事情只认死理，虽说当了窑匠，但他再勤劳苦练，也注定做不出一件有灵气的好东西来，所以刘羡阳的师父，那个姚老头，对陈平安死活看不上眼，是有其独到眼光的，这叫朽木不可雕。至于粪土之墙不可圬嘛，大致意思就是说陈平安这种穷酸鬼，哪怕你给他穿上件龙袍，他照样是个土里土气的泥腿子……"宋集薪说到这里的时候，自嘲道："我其实比陈平安还惨。"

稚圭不知道如何安慰自家公子。

宋集薪和他的婢女稚圭，在这座小镇上，一直是福禄街和桃叶巷的富人们，茶余饭后的重要谈资，这要归功于宋集薪的那个"便宜老爹"宋大人。

小镇没有什么大人物，也没有什么风浪，故而被朝廷派驻此地的窑务督造官，无疑就是戏本上的那种青天大老爷。历史上数十位督造官中，以上任督造官宋大人最得民心。宋大人不像之前那些高高在上的官老爷，他不但没有躲在官署，修身养性，也没有闭门谢客，一心在书斋治学，而是对官窑瓷器的烧造事必躬亲，简直比匠户窑工更像是乡野百姓。十余年间，这个原本满身书卷气的宋大人，皮肤被晒得黝黑发亮，平日里装束与庄稼汉无异，待人接物，从无架子。只可惜小镇龙窑烧造而出的御用瓷器，无论是釉色品相，还是大器小件的形制，始终不尽如人意，准确说来，比起以往的水准，甚至还要稍逊一筹，让老窑头们百思不得其解。

最后大概朝廷那边觉得兢兢业业的宋大人，没有功劳也有苦劳，将其调回京城的吏部敕令文书上，好歹得了个"良"的考评。宋大人在返京之前，竟然千金散尽，出资建造了一座廊桥。后来发现宋大人离去的车队当中，没有捎带某个孩子后，小镇几个大姓门庭便恍然大悟。可以说，宋大人与小镇积攒过一份不俗的香火情，加上现任督造官的刻意照拂，少年宋集薪这些年在小镇的生活，衣食无忧，逍遥自在。如今改名为稚圭的丫鬟，关于她的身世来历，众说纷纭。住在泥瓶巷的当地人，说是一个鹅毛大雪的冬天，有个外地女孩沿路乞讨至此，昏死在宋集薪家院门口，如果不是有人发现得早，女孩就要去阎王爷那边转世投胎了。官署那边做杂事的老人，有另外的说法，信誓旦旦地说是宋大人早年让人从别处买下的孤儿，为的就是给私生子宋集薪物色一个知冷暖的体己人，弥补一下父子不得相认的亏欠。不管如何，婢女被宋集薪取名为稚圭后，算是彻底坐实了两人的父子关系，因为小镇大族豪绅都晓得，宋大人最钟情的一方砚台，便刻有"稚圭"二字。

宋集薪回过神，笑脸灿烂起来："不知为何，想起那条死皮赖脸的四脚蛇了。稚圭你想啊，我都把它摔到陈平安的院子了，它依然要往咱们家蹿，你说陈平安的狗窝，得是多么不招人待见，才会寒酸到连一条小蛇都不愿意进去？"

稚圭认真想了想，回答道："有些事，也讲缘分的吧？"

宋集薪伸出大拇指，开怀道："正是这个道理！他陈平安就是个缘浅福薄之人，能活着就知足吧。"

稚圭没有说话。

宋集薪自言自语道："咱们离开小镇后，屋子里的东西交由陈平安照看，这家伙会不会监守自盗啊？"

稚圭轻声道："公子，不至于吧？"

宋集薪笑道："哟，稚圭，监守自盗的意思也懂？"

稚圭眨了眨那双秋水长眸："难道不是字面的意思？"

宋集薪笑了，望向南方，心神露出一抹向往："我听说京城那个地方的藏书，比我们小镇的花草树木还要多！"

就在此时，说书先生说道："世上虽已无真龙，龙之从属，如蛟、虬、螭等等，仍是真真正正、实实在在活在人世间，说不定就……"老人故意卖了一个关子，眼见听众们无动于衷，根本不懂得捧场，只得继续说道："说不定就隐匿在我们身边，道教神仙称之为潜龙在渊！"

宋集薪打了个哈欠。头顶突然飘落一片槐叶，苍翠欲滴，刚好落在他的额头上。宋集薪伸手抓住树叶，双指拧转叶柄。

想着还是到城东门去一次讨下债的陈平安，在临近老槐树的时候，也看到了眼前有槐叶飘落，于是他加快步子，想要伸手去接住。只是一阵清风拂过，树叶从他手边滑过。

陈平安身形矫健，快速横移一步，想要拦截下这片树叶。偏偏树叶在空中又打了一个旋儿。

他不信邪，几次辗转腾挪，最后仍是没能抓住槐叶。陈平安无可奈何。

一个从乡塾逃学的青衫少年，与陈平安擦肩而过。青衫少年自己都不知道，肩头上不知何时停留了一片槐叶。

陈平安继续去往城东门，哪怕要不到钱，催一催也是好的。

远处算命摊子那边，年轻道人闭目养神，自言自语道："是谁说天运循环无厚薄？"

陈平安来到东门，看到那中年汉子盘腿坐在栅栏门口的树墩上，懒洋洋晒着初春的日头，闭着眼睛，哼着小曲，双手拍打着膝盖。

陈平安蹲在中年汉子身边。对陈平安来说，讨债的事情，实在难以启齿。他只好安静地望向东边的宽阔大路，大路蜿蜒而漫长，像一条粗壮的黄色长蛇。

他习惯性抓起一把泥土，攥在手心，缓缓揉搓。

他曾跟随姚老头在小镇周边翻山越岭，背着沉甸甸的行囊，行囊里装有柴刀、锄头等各色物件，满满当当。在姚老头的带领下，他们会在各处走走停停。陈平安经常需要"吃土"，抓起一把泥土直接放入嘴中，咀嚼，细细品尝滋味。久而久之，熟能生巧，陈平安哪怕只是手指研磨一番，就能清楚土壤的质地。以至于到后来，市面上一些老窑口的破碎瓷片，陈平安掂量一下，就能知道是哪座窑口，甚至是哪位师傅烧出来的。

姚老头性子孤僻，不近人情，动辄打骂陈平安。曾经有一次，姚老头嫌弃陈平安悟性太差，简直就是个不开窍的蠢货，一气之下就把他丢在荒郊野岭，独自返回了窑口。等到陈平安走了六十里山路，临近那座龙窑的时候，已是深夜时分。那天大雨滂沱，当在泥泞中蹒跚而行，终于遥遥看到一点光亮的时候，倔强的陈平安在独立讨生活后，第一次有想哭的冲动。可是他从未埋怨过老人，更不会记恨。

陈平安家世贫穷，没有读过书，但是他明白一个书本外的道理，世上除了爹娘，再没有人是理所应当对你好的。而他的爹娘，走得早。

陈平安耐得住性子发呆，邋遢汉子好像觉得多半是没法子蒙混过关了，眯眼笑道："不就五文钱嘛，男人这么小气，以后不会有大出息的。"

陈平安满脸无奈："你不就在计较吗？"

中年汉子咧嘴，露出一嘴参差不齐的大黄牙，嘿嘿笑道："所以啊，如果不想以后变成我这样的光棍，就别惦记那五文钱。"

陈平安叹了口气，抬起头，认真道："你要是手头紧，这五文钱就算了吧，可是事先说好，以后一封信一枚铜钱，不能再赖账的。"

浑身透着一股酸腐味的中年汉子转头，笑眯眯道："小家伙，就你这种茅坑臭石头的脾气，将来很容易吃大亏的。难道没有听过一句老话，吃亏是福？

你要是小亏也不愿意吃……"

他瞥见陈平安手中的泥土,略作停顿,促狭道:"就是面朝黄土背朝天的命了。"

陈平安反驳道:"我方才不是说了,不要五文钱吗?难道不算吃小亏?"

中年汉子有些吃瘪,神色恼火,挥手赶人:"滚滚滚,跟你小子聊天真费劲。"

陈平安松开手指,丢了泥土,起身后说道:"树墩子潮气重……"

中年汉子抬头笑骂道:"老子还需要你来教训?年轻人阳气壮,屁股上能烙饼!"

中年汉子转头瞥了眼陈平安的背影,歪歪嘴,嘀咕了一句,好像是骂老天爷的丧气话。

塾师齐先生今天不知为何,破天荒早早结束了授业。

学塾后头有个院子,北面开了一个矮矮的小柴门,能够通往竹林。

宋集薪和婢女稚圭在老槐树下听故事的时候,有人喊他去下棋。宋集薪不太情愿,只是那人说是齐先生的意思,想要看一看他们棋力有无长进。宋集薪对于不苟言笑的齐先生,有一种说不清道不明的观感,大概可以称之为既敬且畏,所以齐先生亲自下了这道"圣旨",宋集薪不得不赴约,但是他一定要等说书先生讲完故事,再去学塾后院。帮先生传话的青衫少年,只得先行打道回府,不忘叮嘱宋集薪千万别太晚到,絮絮叨叨,还是老调重弹那一套,什么我家先生是最讲究规矩的,不喜欢别人言而无信,等等。

宋集薪当时挖着耳朵,不厌其烦,说:"知道了,知道了。"

当宋集薪带着稚圭来到学塾后院时,凉风习习,文质彬彬的青衫少年郎如往常一般,已经在南边的凳子上,腰杆挺直,正襟危坐。宋集薪一屁股坐在青衫少年对面,坐北朝南。齐先生坐在西面,一向观棋不语。

婢女稚圭每逢自家少爷与人下棋，都会去竹林散步，以免打扰到三位读书人，今天也不例外。

偏居一隅的小镇，没有什么所谓的书香门第，所以读书人堪称凤毛麟角。

按照齐先生订立下来的老规矩，宋集薪和青衫少年要猜子，执黑先行。

宋集薪和对面的同龄人，几乎是同时开始学棋的，只是宋集薪天资聪颖，棋力进步神速，一日千里，所以被传授两人棋艺的齐先生视为高段者。猜子之时，由宋集薪先从棋盒中掏出一把白棋，数目不等，秘不示人。青衫少年随后拈出一枚或是两枚黑子，猜对白子奇偶后，就能够执黑先行，也就有了先行的优势。宋集薪在头两年的对弈当中，无论是执白后行，还是执黑先行，无一败绩。

不过宋集薪对下棋兴致不大，三天打鱼两天晒网，反观资质逊色的青衫少年，既是乡塾学生，又担任书童，与齐先生朝夕相处，哪怕只是旁观先生枯坐打谱，也是受益匪浅，所以青衫少年从执黑才能偶尔侥幸获胜，到如今只要执黑，胜负就能与宋集薪在五五之间，棋力手筋的进步，显而易见。对于这种此消彼长，齐先生不置一词，袖手旁观而已。

宋集薪刚要去抓棋子，齐先生突然说道："今日你们下一盘座子棋，执白先行。"

两个少年一头雾水，皆不知"座子棋"为何物。

齐先生语速不急不缓，仔细解释了下规矩，规矩并不烦琐，只是在四星位分别放下黑白两子。

齐先生拈子、落子，动作娴熟，行云流水，让人赏心悦目。

平时最喜欢恪守规矩的青衫少年，听闻"噩耗"后，目瞪口呆，痴痴看着棋盘，最后小心翼翼说道："先生，如此一来，好像很多定式用不上了。"

宋集薪皱眉思索片刻，很快眼前一亮，眉头舒展道："是棋盘格局变小了。"

然后宋集薪邀功一般，抬头笑问道："对吧，齐先生？"

齐先生点头道："确实如此。"

宋集薪朝着对面的同龄人挑了一下眉头，笑问道："要不要先让两子，否则你这家伙肯定输。"

对面的青衫少年顿时面红耳赤，嚅嚅嗫嗫，因为他心知肚明，自己获胜次数越来越多，除了棋力增长之外，其实真正的原因是宋集薪这两年下棋越来越心不在焉，甚至有些不胜其烦了。很多胜负手，宋集薪会故意放水，或是先手布局占优后，棋至中盘，会刻意为了屠大龙而兵行险着。

对于才华横溢的宋集薪来说，下棋好不好玩，有不有趣，才是首选。

对于青衫少年来说，从第一次拈子落于棋盘，他就执着于"胜负"二字。

齐先生望向自己的学塾弟子："你可以执白先行。"

接下来青衫少年落子缓慢，谨小慎微，步步为营。宋集薪依旧是落子如飞，大开大合，羚羊挂角。双方性情，天壤之别。

不过八十余手，青衫少年就输得一塌糊涂，紧抿着嘴唇，垂头不语。

宋集薪手肘抵在桌面上，托着腮帮，一手双指拈子，轻轻敲击石桌，凝视着棋局。

按照齐先生的规矩，双方对弈，投子无声认输即可，绝对不可言"我输了"三字。

青衫少年尽管不甘心，仍是缓缓投子。

齐先生对青衫少年吩咐道："练字去吧，不用收拾残局，写三百个'永'字。"

青衫少年赶紧起身，毕恭毕敬作揖告辞。

宋集薪在青衫少年身影消失后，才轻声问道："先生也要离开这里了？"

双鬓霜白的儒雅文士点头道："一旬之内，就会离开。"

宋集薪笑道："那正好，我还能为先生送行。"

齐先生犹豫片刻，终于还是开口说道："无须为我送行。宋集薪，你以后到了小镇之外，记得不要太过张扬。我身无别物，三本蒙学书籍，《小学》《礼乐》《观止》，你可以一并拿去，经常温习，须知读书百遍，其义自见。若是能读书破万卷，自是下笔如有神，此间真意……你以后自然会知晓的。至于三本闲杂书，术算《精微》，棋谱《桃李》，文集《山海策》，不妨闲暇时翻阅，也可怡情养性。"

宋集薪满脸惊讶，有些尴尬，壮着胆子说道："先生像是在'托孤'，让我好不适应。"

齐先生满脸笑意，柔声道："没你说的这么夸张，人生何处不相逢，以后总有再见面的一天。"

齐先生微笑之时，让人如沐春风。

齐先生突然说道："你去赵繇那边看看，就当提前道别。"

宋集薪起身笑道："好嘞。那这棋局就劳烦先生收拾喽。"说完欢快跑去。

齐先生俯身收拾棋子，看似东一颗西一枚，杂乱无序，实则先黑后白，从宋集薪最后落子的那枚黑子开始捡起，顺序倒推而去，一子不差。

不知何时，婢女稚圭已经从竹林折返，只是站在柴门外，并不踏足院子。

齐先生没有转头，沉声道："好自为之。"

在泥瓶巷长大的少女稚圭，此时满脸懵懂神色，柔柔弱弱怯怯，楚楚可怜。温文尔雅的儒士隐约露出一抹怒容，缓缓转头望去，眼神冷漠。少女稚圭依然是迷迷糊糊的模样，天真无邪。

齐先生站起身，玉树临风，望向稚圭，冷笑道："孽障逆种！"稚圭缓缓收敛脸上的无辜神色，眼神逐渐冷冽，嘴角挂起讥讽笑意。她好像在说，你能奈我何？

她就这样与齐先生直直对视。小院内外，仿佛有一双蟒蛟在对峙。两者互视对方为仇寇。

远处，宋集薪高声喊道："稚圭，回家啦。"

稚圭立即踮起脚尖，乖巧回了一句："哎，好的，公子。"

她推开柴门，小跑着与教书先生擦身而过，跑出几步后，不忘转身，对那个背影施了个万福，嗓音婉约可人："先生，稚圭先走了。"

许久过后，齐先生叹了口气。

春风和煦，竹叶摇曳，如翻书声。

头戴莲花冠的年轻道人收拾着摊子，唉声叹气，相熟的小镇百姓问起缘由，他也只是摇头晃脑不作答。

最后一个曾经在此算姻缘的新嫁妇人，路过此地，眼见着年轻道人如此反常，羞羞涩涩停下脚步，嗓音软糯，嘴上问着问题，那双会说话的水润眼眸，却在年轻道人的英俊脸庞上使劲徘徊。

年轻道人不露声色地瞥了眼女子，视线微微向下，是一幅鼓囊囊的风景。年轻道人咽了咽口水，说了一句神叨叨的卦语："今日贫道给自己算了一签，下签，大凶啊。"

　　杏花巷有口水井，名叫铁锁井。一根粗如青壮手臂的铁链，年复一年，垂挂于井口内，何时有此水井有此铁链，又是何人做此无聊奇怪事，早已无人知晓真相，就连小镇岁数最大的老人，也说不出个子丑寅卯来。

　　传闻小镇曾经有好事者，不顾老人们的劝阻，试图检验铁链到底有多长。对于"拽铁链出井口者，每出一尺，折寿一年"这口口相传的老规矩，那人根本没当回事。结果使劲拉扯了一炷香后，拔出一大堆铁链，仍是没有看到尽头的迹象。那人已是精疲力尽，便任由那些拽出井口的铁链盘曲在水井辘轳旁，说是明天再来，他就偏偏不信这个邪了。那人回到家后，当天便七窍流血，暴毙在床上，而且死不瞑目，不管家人如何费劲折腾，尸体就是闭不上眼睛。最后有一个世世代代住在水井附近的老人，让那户人家抬着尸体到水井旁边，"眼睁睁"看着老人将那些铁链放回水井。等到整条铁链重新笔直没入井口深水中，那具尸体终于闭了眼。

　　一老一小缓缓走向那口铁锁井，小家伙，是个还挂着两条鼻涕虫的孩子，可是说起这个故事来，口齿清晰，有条不紊，根本不像是个才蒙学半年的乡野小娃娃。此时孩子正仰起头，大大的眼睛，像两颗黑葡萄，轻轻抽了抽鼻子，两条鼻涕小蛇就缩了回去。孩子望着那个一手托着大白碗的说书先生，努努嘴，说道："我说完了，你也该给我看看你碗里装着啥了吧？"

　　老人笑呵呵道："别急别急，等到了水井边上坐下来，再给你看个够。"

孩子"善意"提醒道:"不许反悔,要不然你不得好死,刚到铁锁井旁边就会一头栽进去,到时候我可不会给你捞尸体;要不然就突然打个雷,刚好把你劈成一块焦炭,到时候我就拿块石头,一点点敲碎……"

老人听着孩子竹筒倒豆子,一大串不带重复的恶毒晦气话,实在有些头疼,赶紧说道:"肯定给你看。对了,你这些话是跟谁学的?"

孩子斩钉截铁道:"跟我娘呗!"

老人感慨道:"不愧是人杰地灵,钟灵毓秀。"

孩子突然停下脚步,皱眉道:"你骂人不是?我知道有些人喜欢把好话反着说,比如宋集薪!"

老人连忙否认,然后岔开话题,问道:"小镇上是不是经常发生一些怪事?"

孩子点点头。

老人道:"说说看。"

孩子指了指老人,一本正经道:"比如说你托个大白碗,又不肯让人放铜钱进去。你还没说完故事的时候,我娘就说你讲得不坏,云里雾里,一看就是坑蒙拐骗惯了的,所以让我给你送几文钱,你死活不要,碗里到底有啥?"老人哭笑不得。

原来是先前在老槐树下说完故事的说书先生,让这个孩子领着自己去杏花巷看那口水井。孩子起先不乐意,老人就说他这大白碗可有大讲究,装着了不得的稀罕玩意儿。那孩子天生活泼好动,被爹娘说成是个投胎的时候忘了长屁股的,他很小就喜欢跟着刘羡阳那帮浪荡子四处瞎逛,但是为了钓上一条黄鳝或是泥鳅,这小屁孩也能够在太阳底下暴晒半个时辰,一动不动,耐心惊人。所以当老人说那白碗里装着什么时,孩子立即就咬饵上钩了。

哪怕老人一开始提了个古怪要求,说要试试提起他,看他到底有多沉,想知道有没有四十斤重,孩子毫不犹豫就点头答应了,反正给人提儿下也不会掉块肉。但是让孩子一次次翻白眼的事情发生了：左手掌心托碗的老人，铆足劲用右手足足提了他五六次，可一次也没能把他成功提起来。孩子最后斜瞥了眼老人的细胳膊细腿，摇了摇头，心想同样是瘦杆子，陈平安那个穷光蛋的力气，就比这个老头子大多了。只是想着自己还没瞧见白碗里头的光景，仿佛天生早早开窍的孩子，就忍着没说一些会让老人下不来台的言语，要知道，在泥瓶巷杏花巷这一带，论吵架骂街，尤其是阴阳怪气说话，这个孩子能排第三，第二是读书人宋集薪，第一则是这个孩子他娘。

老人来到水井旁，但是没有坐在井口上。

古井由青砖堆砌，井口不大，老人一眼望去，竟是深不见底，不但如此，隐约之间，还让老人有种被他人凝视之感。

无形之中，老人呼吸沉重起来。

孩子走到水井旁，背对着井口，往后一蹦，屁股刚好坐在井口上。

这一幕看得老人冷汗直流，这要是一个不留神，兔崽子可就直接掉下去了啊，以这口古井的历史渊源，收尸都难。

老人缓缓向前几步，眯起眼，俯身审视着那条铁链，一端捆绑死结于水井辘轳底部。

"风水胜地，甲于一洲。"

老人环顾四周，百感交集，心想："不知道此件重器，最后会花落谁家？"

老人伸出空闲的左手，凝视手心。掌心纹路，斑驳复杂。但是出现了一条崭新纹路，正在缓缓延伸，如同瓷器崩裂出来的缝隙。

神人观掌，如看山河。只不过这个老人，当下只是在看自身罢了。

老人皱起眉头，惊叹道："不过短短半天，就已是这般惨淡光景，那几位岂不是？"

孩子已经站在井口上，一手叉腰，一手指着老人，大声催促道："你到底给不给我看白碗？！"

老人无奈道："你赶紧下来，赶紧下来，我这就给你看！"

孩子将信将疑，最后还是跳下井口。

老人犹豫片刻，脸色肃穆："小娃儿，你我有缘，给你看看这碗的玄妙，也无不可，但是看过之后，你不许对外人提起，便是你那位娘亲，也不行。你若是做得到，我便让你见识见识，若是做不到，便是被你小娃儿戳脊梁骨，也不给你看半眼。"

孩子眨了眨眼睛："开始吧。"

老人郑重其事地向前走到井口旁边，一低头，发现兔崽子这次换成双脚岔开坐在井口上，老人有些后悔自己招惹这个无法无天的小娃儿了。

老人收敛杂念，面朝井口，五指抓住大白碗的碗底，掌心开始微微倾斜，幅度微不可察。

孩子感觉等了挺久，也没见头顶那个白碗有丝毫动静，老头子始终保持着那个姿势。

就在孩子的两条鼻涕虫快要挂到嘴边，耐心耗尽的前一刻，只见手指粗细的一股水流，从白碗中倾泻而出，坠入水井深处，无声无息。

孩子龇牙，就要破口大骂，却突然闭上嘴巴，有些惊讶，片刻后，孩子的脸色已经从震惊变成茫然。再然后，孩子开始恐惧，猛然回过神，一下子跳下井口，往自己家逃去。

原来，老人用那只白碗倒入水井中水的分量，早就一大水缸都不止了。可是一直有水从白碗中向外倒出。

孩子觉得自己肯定是白天见鬼了。

刘羡阳随手从路边折了一根刚抽芽的树枝，开始练剑，整个人跟滚动的车轱辘似的，癫狂旋转，根本不心疼脚上那双新靴子，小路上扬起无数尘土。

刘羡阳出了小镇，一路由北向南，只要走过宋大人出钱建造的廊桥，再走三四里路，就到了阮家父女开办的那个铁匠铺。其实刘羡阳一向心高气傲，但是阮师傅只用一句话，就让他佩服得五体投地："我们来这里，只为开炉铸剑。"

铸剑好啊，刘羡阳一想到自己将来就能有一把真剑，就忍不住兴奋起来，丢了树枝，开始边跑边喊。

刘羡阳想着阮师傅私下传授的那几个拳架子，就开始练习起来，倒也有模有样，虎虎生风。

刘羡阳与廊桥越来越近。廊桥北端的台阶上，坐着四个人：姿态婀娜的丰腴美妇，怀里抱着一个身穿大红袍子的男孩，男孩高高扬起下巴，像是一位刚刚获得大捷的将军；台阶那一头，坐着个满头霜雪的高大老人，老人正在小声安慰一个气鼓鼓的小女孩。小女孩粉雕玉琢，宛如世上最精巧的瓷娃娃，她的稚嫩肌肤在阳光照耀下晶莹剔透，以至于能够清晰看到皮肤下的一条条青筋脉络。

两个孩子刚刚吵完架，小女孩泫然欲泣，小男孩越发得意。

老人身材魁梧，如同一座小山，旁边的妇人投来一个致歉的眼神，威严老人对此却视而不见。

台阶底下，还站着个姓卢的年轻人，正是卢氏家主的嫡长孙，叫卢正淳。兴许真的是一方水土养育一方人，在小镇土生土长的人物，皮相总要生得比别处男女更好些。只不过卢正淳早就被酒色掏空了底子，落在台阶上坐着的四人眼中，就更是不堪入目。卢家拥有的龙窑，无论数目还是规模，都冠绝于小镇，卢氏也是族内子弟去外地开枝散叶最多的一个姓氏。可是以往在小镇威风八面的卢正淳，神色拘谨，脸色苍白，整个人都紧绷起来，好像稍有纰漏就会被人抄家诛九族。

男孩说着小镇百姓听不懂的话："娘亲，这个姓刘的小虫子，祖上真是那位……"

当他刚要说出姓名，妇人立即捂住男孩嘴巴："出门前，你爹与你叮嘱过多少次了，在这里，不可轻易对谁指名道姓。"

男孩掰开妇人的手，眼神炙热，压低嗓音问道："他家当真代代传承了宝甲和剑经？"

妇人宠溺地摸着男孩的脑袋，柔声道："卢氏用半部族谱担保，两件东西还藏在那少年家中。"

男孩突然撒娇道："娘亲娘亲，咱们能不能跟小白家换一下宝物啊，咱们谋划的那具宝甲实在太丑了。娘亲你想啊，换成那部剑经的话，就能够梦中飞剑取头颅，当真是神不知鬼不觉，岂不是比一个乌龟壳厉害太多？"

不等妇人解释其中缘由，旁边的女孩已经怒气冲冲道："就凭你也想染指我们失传已久的镇山之宝？此次我们来此，是名正言顺的物归原主，可不像某些不要脸的家伙，是做强盗、做小偷，甚至是做乞丐来着！"

男孩转头做了个鬼脸，然后讥笑道："臭丫头你自己也说了，是镇'山'之宝，山门辈分而已，了不起啊？"

男孩突然变换嬉笑脸色，从妇人怀中站起身后，眼神怜悯地俯视小女孩，像是学塾先生在训斥幼稚蒙童："大道长生，逆天行事，只在争字。你连这点道理都不懂，以后如何继承家业，又如何恪守祖训？你们正阳山后裔，历代子孙务必每隔三十年，就要拔高正阳山至少一百丈。臭丫头，你以为从你爷爷到你爹，做得很轻松不成？"

小女孩有些输了气势，神色萎靡，耷拉着脑袋，不敢正视男孩。

满头霜雪的魁梧老人沉声道："夫人，虽说童言无忌，但是万一害得我家少主道心蒙尘，你们自己掂量后果。"

妇人妩媚一笑，重将脸色阴沉的幼子拽回怀中，绵里藏针道："孩子吵架拌嘴而已，猿前辈何须如此上纲上线，莫要坏了咱们两家的千年友谊。"

不承想老人脾气刚烈至极，直接顶回去一句："我正阳山，开山两千六百年，有恩报恩，虽千年不忘；有怨报怨，从无过夜仇！"

妇人笑了笑，没有做意气之争。

此次小镇之行，人人身负重任，尤其是她，更是将自己的身家性命、儿子的前程、娘家的底蕴三者都孤注一掷，豪赌一场。

这个妇人，虽然衣裳朴素，却气度雍容，只是小镇百姓没有见过世面，不知其中关窍玄机。

从头到尾，卢正淳始终背对着廊桥台阶。

之前第一次在卢氏大宅见到这些贵客，自己的那个亲弟弟，不过是年轻气盛，定力不够，这才一时忘却祖父的告诫，忍不住偷瞄了一眼美妇人的胸脯，便被气得浑身发抖的祖父让人拖下去，活活杖杀在庭院中，好像行刑的时候嘴里塞满了棉布，所以继续陪着祖父在大堂议事的卢正淳，既听不到弟弟的凄惨哀号，也见不到血肉模糊的画面。等到商议完毕，一起出门寻找那个姓刘的少年，卢正淳跨出大堂门槛，才发现庭院当中，血迹早已清洗干净。那四位远道而来的客人，哪怕是如同金童玉女的那两个小孩子，对此竟也丝毫不以为异，仿佛这就是天经地义的事情。那一刻，卢正淳有些茫然。

死了一个人，怎么像是比死了一条狗还不如？何况那个人还姓卢，前一天深夜，与他这个哥哥喝酒壮胆的时候，无比雀跃，说是以后一定要飞黄腾达，光耀门楣，兄弟二人再不做井底之蛙了，要联手在外边闯出一片天地。直到走出卢家大宅后，卢正淳的脑子仍是一片空白。

卢正淳开始心生恐惧。陌生贵人们问话的时候，他说话嗓音会颤抖，带路的时候，走路步伐会飘忽。他知道自己这个样子，会贻笑大方，会让祖父失望，会让家族蒙羞，但是年轻人实在是控制不住自己的恐惧，好像全身都在从骨子里渗出寒气。

祖父在去年年关，带他们兄弟走入一间密室，告诉他们一个消息，卢家很快就要为某些贵人办事。这是天大的福分，一定要小心应对，做成了，卢家会将报酬变成栽培兄弟二人的敲门砖，只要贵人愿意点点头，那么以后他们兄弟脚下，就会出现一条阳关大道，他们就会平步青云，最终获得无法想象的荣华富贵。那个时候，他才明白自己和弟弟为何需要从小就学习那么多种稀奇古怪的方言。

卢正淳看着那个越来越靠近廊桥的刘羡阳，他突然开始无比仇恨这个人。这个曾经被自己带人堵在小巷里的穷光蛋，曾经死狗一般躺在地上，如果不是某个小王八蛋跑到巷口那边喊"死人了"，他和几个死党原本按照约定，正要脱裤子，给地上那个不识抬举的少年当头降下一场甘霖。卢正淳直到现在，也不明白这些高高在上的贵人，为何会对刘羡阳刮目相看。至于他们所谓的什么宝甲、剑经，什么正阳山，什么长生大道，还有什么争机缘抢气运等等，卢正淳好像都听得懂，其实又都听不懂。但是卢正淳能够很确定一件事，就是他无比希望刘羡阳死在这里。至于真正的原因，卢正淳不敢承认，也不愿深思。

在内心深处，卢正淳绝对不希望卑贱如狗的刘羡阳，见到自己这个锦衣玉食的卢家大少，竟然沦落到跟他姓刘的一个鸟样。奇耻大辱，莫过于此。

美妇人望着刘羡阳喃喃道："来了。"

刘羡阳一路打拳而来，到后来出拳迅猛，越打越快，以至于身形都被拳势裹挟，有些踉跄。

在行家眼中，粗具雏形的拳意当中，已经透出一丝刚柔并济的大成风范。

武道拳法一途，有句入门口诀：不得拳真意，百年门外汉。一悟拳真意，十年打鬼神。

美妇人如释重负，果不其然，这个姓刘的少年就是他们要找之人，确实天赋不俗，哪怕是在他们的那些仙家府邸里，根骨资质也不容小觑。当然了，在美妇人和魁梧白发老人的广袤世界里，数量最多的，也正是这种人。

美妇人站起身，对台阶底下的卢正淳吩咐道："你去告诉那少年，问他想要什么，才愿意拿出铠甲和剑经这两样传家宝。"

卢正淳转过身的同时，就已经低头躬身，同样用小镇百姓绝对如同听天书的某种方言，回答道："是，夫人。"

美妇人淡然道："记住，你与那少年说话的时候，要和颜悦色，注意分寸。"

男孩伸出手指，居高临下，厉色道："坏了大事，本公子就将你剥皮抽筋，再把你的魂魄炼制成灯芯，要让你灯灭之前，时时刻刻生不如死！"

卢正淳吓得打了个激灵，弯腰更多，惶恐不安道："小人绝不会误事！"

小女孩终于觉得扳回一城，嗤笑道："在这些凡夫俗子面前，倒是威风十足，不知道是谁在来的路上，被同道中人当面骂作野种，也不敢还手。"

魁梧老人对那对势利眼母子，其实一开始就观感极差，于是补了一句："小姐说错了，哪里是不敢还手，分明是不敢还嘴。"

一袭鲜艳红袍的男孩，咬牙切齿，死死盯住小女孩，脸色阴森，但是并没有撂什么狠话，最后反而展颜一笑，很是灿烂。

美妇人更是视线始终放在前方道路上，脸上云淡风轻，至于她是否心有芥蒂，天晓得。

小女孩冷哼一声，跑下台阶，蹲在溪边，低头望向水里的游鱼。偶尔有成群结队的鲤鱼在她视线里游弋而过，数目不等，红青两色皆有。

一些小镇上上了岁数的老人，在老槐树底下闲聊的时候，经常说在雷雨天气里，他们经过廊桥时，都曾看到桥底下游出过一尾金灿灿的鲤鱼。只是有老人说那条金色鳞片的鲤鱼，大小不过手掌长短；也有人说那条奇怪鲤鱼大得很，最少也有半人长，简直就是快成精了。众说纷纭，老人们争来争去，以至于听故事的孩子们谁也不愿意当真。

此时，小女孩凝视着那条清澈见底的小溪，双手托着腮帮，目不转睛。

魁梧老人蹲坐在她身边，轻声笑道："小姐，如果卢家没有说谎，这份大机缘已经落入别人口袋了。"

小女孩转过头，咧嘴笑道："猿爷爷，说不定有两条的！"于是她露出缺了一颗门牙的滑稽光景。小女孩很快意识到这一点，赶紧伸手捂住嘴巴。

魁梧老人忍住笑意，解释道："还未走江的蛟龙之属，最讲究划分地盘，不允许同类靠近。所以……"

小女孩哦了一声，重新转过头，双手托着腮帮发呆，喃喃道："万一有呢。"

在小女孩这边始终慈眉善目的老人，第一次流露出威严长辈的神色，伸手轻轻按住小女孩的脑袋，沉声道："小姐，切记，这'万一'二字，委实是我辈头号死敌，决不可心存侥幸！小姐你虽是金枝玉叶之身……"

小女孩抽出一只手，使劲挥动，娇憨抱怨道："知道啦知道啦，猿爷爷，我的耳朵要起茧子啦。"

魁梧老人说道："小姐，我去盯着那边的动静了，对方虽然是咱们正阳山台面上的盟友，但是那一大家子人的秉性品行，呵，不提也罢，省得脏了小姐的耳朵。"

小女孩只是挥手赶人。

魁梧老人只好无奈离去。

这个身份像是家奴的魁梧老人，双手垂膝，走路之时，后背微驼，如负重而行。

岸边的小女孩，突然使劲揉了揉眼睛。她发现小溪里的水位，分明开始缓缓上涨，肉眼可见！

若是在小镇之外，例如在正阳山，或是在家乡任何地方，哪怕是整条小溪流水瞬间干涸，她也不会有半点惊奇。

小女孩疑惑道："不是说在这里天然封禁一切玄术、神通和道法吗？而且越是修为高深，反噬越是厉害吗？猿爷爷就说过，哪怕是传说中的那个人，在这里待的时间久了，如今差不多也是泥菩萨过河的艰难处境，很难真正阻止谁动手争夺……"她最后晃了晃脑袋，懒得再想这个谜题。

小女孩转头望去，看着猿爷爷的高大背影。

她欢快想着，等到这里彻底开禁之后，她就请求猿爷爷将那座名叫披云山的山峰搬走。带回家乡后，当作她的小花圃。

陈平安回到院子后，眼皮就一直在跳，左眼跳财，右眼跳灾。

于是陈平安坐到门槛上，开始想象自己在拉坯，双手悬空，很快，就进入了忘我状态。勤勉是一方面，此举能够扛饿，也很重要，所以陈平安养成了一有心事就拉坯的习惯。

烧瓷一事，最讲天意，因为开窑之前，谁都不知道一件瓷器的釉色和器形最终是否契合心意，只能听天由命。不过在烧窑之前，拉坯无疑又是重中之重，只不过陈平安被姚老头认为资质差，多是做些练泥的体力活，而且他多是只能在旁边仔细观摩，然后自己练泥，自己拉坯，寻找手感。

隔壁院子响起柴门推开的声音，原来是宋集薪带着婢女稚圭从学塾返回，英俊少年一个冲刺，轻松跨上矮墙，蹲下后，松开手掌，手掌里全是指甲盖大小的石子，色彩多样，如羊脂、豆青、白藕等等。这种不值钱的石头，大小不一，在小镇溪滩里随处可见，其中以一种如同渗满鸡血的鲜红石头最为讨喜，学塾里的齐先生就为弟子赵繇雕刻了一枚印章，宋集薪觉得挺有眼缘，好几次想要拿东西跟那家伙换，可对方死活不肯。

宋集薪丢出一颗石子，力道不重，砸在陈平安的胸口，后者无动于衷。再丢，这一次丢中了陈平安的额头，陈平安仍是岿然不动。

宋集薪对此见怪不怪，噼里啪啦，一把石子七八颗，先后都丢了出去。虽说宋集薪有意让陈平安吃痛分心，但仍是没有直接砸陈平安的手臂、十指，因为宋集薪觉得那样做就是胜之不武了。

宋集薪丢完石子，拍了拍手掌。陈平安长呼一口气，抖了抖手腕，根本不理睬宋集薪，想了想，低下头，左手五指作握刻刀状。

跳刀这门技艺，在小镇老窑匠当中，并不算谁的独门绝活，但老姚头的跳刀手法，不管谁看到了，都会伸出大拇指。

老姚头先后收了几个徒弟，始终没有人能让他真正满意，到了刘羡阳这里，才认为找到了可以继承衣钵的人。以前刘羡阳练习的时候，陈平安只要手头没事，就会蹲在一旁使劲盯着。

刘羡阳最好面子，也知道陈平安口风紧，就经常拿老姚头的秘传口诀来震慑他，例如："想要刀的线路走得稳，手就要不能是死板的稳，归根结底，是心稳。"不过当陈平安追问什么叫心稳时，刘羡阳就抓瞎了。

宋集薪看了一会儿，觉得无趣乏味，就跳下墙头进了屋子。

婢女稚圭站在墙边，她若是不踮脚，刚好只露出上半张脸庞，即便如此，已经隐约可见是个美人坯子。

她想了想，轻轻踮起脚跟，视线落在陈平安四周，最后在地上找到了两颗心仪的石子，一颗色泽猩红且剔透，一颗雪白莹润，都是她家公子方才丢掉不要的。

她犹豫了一下，压低嗓音，怯生生道："陈平安，你能不能帮我把那两颗石子捡起来，我挺喜欢的。"

陈平安缓缓抬起头，手上动作并未停歇，依然很稳，眼神示意她稍等片刻。

稚圭嫣然一笑，如入春后的枝头第一抹绿芽儿，极美。

只是陈平安已经低下了头，错过了这幕动人景象。

稚圭嘴角翘起，一双眼眸流光溢彩，似有极细微的活物在其中悠然游弋。

等到陈平安停下手头事情，询问到底是哪两颗石子的时候，婢女稚圭的眼神便恢复正常了，一如既往，柔软得像是雨后春泥。

陈平安按照她手指指向的方位，捡起那两颗石子，走到墙边，稚圭刚抬起手，他就已经将石子放在墙头上了。

稚圭拿起两枚石子，紧紧握在手心。

有心人刻意寻觅此物，便是大海捞针，十年难遇。有缘人哪怕无心，却好似烂大街的破烂货，唾手可得，全看心情收不收了。

陈平安笑问道："就不怕鼻涕虫堵在你们门口骂半天？"

她没有承认自家公子偷拿别人东西，但好像也没脸皮否认事实，就笑着不说话。

泥瓶巷住着一对母子，两人的骂架功夫，小镇无敌，也就只有宋集薪能够与他们过过招。那孩子特别顽劣，常年挂着两条鼻涕虫，喜欢去溪滩里摸鱼、捡石子，抓来的鱼都养在一只大水缸里，石子就堆积在水缸旁边。宋集薪偏偏喜欢招惹这个小刺头，隔三岔五就去顺手牵羊儿颗石子，一天两天看不出，可是经不住宋集薪经常摸走。一旦孩子确认自己少了宝贝，就会乍毛，跟踩中尾巴的小野猫似的，能够在院门外骂一个时辰，他娘亲也从不管劝，反而还会可劲儿煽风点火，专门故意挑破宋集薪是前任督造官私生子的事情。好几次把宋集薪气得牙痒痒，差点就要拎着板凳出门干架，婢女稚圭好说歹说，才劝阻下来。

蓦然间，一个尖锐嗓子响起："宋集薪宋集薪，快来捉奸，你家婢女跟陈平安正眉来眼去，明摆着是勾搭上了！你再不管管你家通房丫鬟，说不定今晚她就翻墙去敲陈平安的门了！赶紧滚出来，啧啧啧，陈平安的手都摸上那小娘们的脸蛋了，你是没看到，陈平安笑得贼恶心人了……"

宋集薪根本没有露面，在屋里直接喊道："这算什么，我昨晚还看到陈平安跟你娘亲拉拉扯扯，被我撞见后，陈平安才把爪子从你娘衣领里使劲'拔'出来。这也怪你娘亲，她那儿呀，实在太壮观太饱满了，可怜陈平安累得满头是汗……"

小巷里有人狠狠踹着宋集薪家院门，愤怒道："宋集薪，出来，单挑！你输了，就把稚圭送给我当丫鬟，每天给我喂饭铺床洗脚！我输了，就把陈平安给你当下人杂役，咋样？就问你敢不敢，反正谁不敢谁就是缩头乌龟！"

屋内宋集薪懒洋洋道："一边凉快去！你爹我翻了翻皇历，今天不适宜打儿子，顾璨，算你运气好！"

屋外的孩子使劲捶门："稚圭，你跟着这么个孬种少爷，多憋屈啊，你还是跟刘羡阳私奔算了，反正那傻大个看你的眼神，就像是要吃了你。"

婢女稚圭转身走向屋子。屋内，宋集薪正在仔细擦拭一只翠绿葫芦，是年代不详的老物件，也是那位宋大人留下的"家产"之一。宋集薪起先并不上心，后来无意间发现每逢雷雨天，葫芦内便嗡嗡作响，可是宋集薪拔掉盖子后，不管如何挥动摇晃，也不见有任何东西滑出，往里头灌水、装沙子，倒出来还是水和沙子，一点不多，一点不少。宋集薪实在没辙了，加上有次被门外顾璨的泼辣娘亲，一口一个"有娘生没爹养的私生子"骂得心烦意乱，就拿刀对着葫芦一顿劈砍，结果让他瞠目结舌的是，刀刃已经翻卷，葫芦依旧完好无损，一丝一毫的痕迹都没留下。

早年被宋集薪烧掉的一封信上写道："官署搬至小院的金银铜钱，保证你们主仆二人衣食无忧，闲暇时候，可以搜罗一些见之心喜的古董，权当陶冶性情。小镇虽小，粗粮可以养胃，书籍可以养气，景致可以养目，寂寥可以养心。今日起，尽人事听天命，潜龙在渊，日后必有福报。"

宋集薪虽然怨恨那个男人，但是有钱不花天打雷劈，在民风淳朴的小镇上，想要大手大脚都很难。这么多年来，宋集薪还真就喜欢上了收破烂的行当，满满当当一大朱漆箱子，全是翠绿葫芦这样的偏门玩意儿。只不过宋集薪有一种玄之又玄的直觉，一大箱子，五花八门，三十余件物件，这只葫芦最为贵重，其次是一只锈迹斑斑的紫金铃铛，摇晃起来，明明看见悬锤在撞击内壁，本该发出清脆声响，却是无声无息，让宋集薪既毛骨悚然，又心生惊奇。最后是一把落款为"山魈"的古朴茶壶，其余物件，宋集薪喜欢得粗浅，称不上一见钟情。

名叫顾璨的孩子站在门外，破口大骂，中气十足。没过多久，骂声戛然而止。然后陈平安看到顾璨猛然推开自己家院门，满脸惊慌，闩上门闩后，蹲在门旁，不断给自己使眼色，要自己也蹲到他身边。陈平安不明就里，但是猫着腰跑到顾璨身边，蹲下后轻声问道："顾璨，你做什么？又惹你娘发火了？"

顾璨使劲抽了抽鼻子，压低嗓音道："陈平安，我跟你说，刚才我碰到个怪人，他手里那只白碗，能够一直往外倒水，你看啊，才这么点大的碗，我亲眼看到他倒水倒了一个时辰！那家伙刚才路过咱们泥瓶巷巷口的时候，好像停了下来，该不是看到我了吧？惨了惨了……"

顾璨双手比画了一下白碗的大小，然后拍了拍胸口，感慨道："真是吓死宋集薪他爹了。"

陈平安问道："你是说那个槐树下的说书先生？"

顾璨使劲点头："可不是，老头手上力气没几斤，连我也提不起，可那口破碗是真瘆人啊，瘆人得很！"

顾璨突然抓住陈平安的手臂："陈平安，我这次是真没骗你！我可以发誓，如果骗你，就让宋集薪不得好死！"

陈平安竖起一根手指，做了个噤声的手势。顾璨立即闭嘴。

门外有一阵脚步声，渐渐响起，渐渐落下。

一物降一物。原本天不怕地不怕的孩子，一屁股坐在地上，伸手胡乱擦了一把脸，脸色发白。显而易见，这个名叫顾璨的鼻涕虫，是真的被吓得半死。

顾璨冷不丁问道："陈平安，那家伙不会是去我家了吧？咋办啊？"

陈平安无奈道："我陪你回你家看看？"

顾璨大概就等着陈平安这句话了，猛然起身，又颓然坐下，哭丧着脸道："陈平安，我腿软走不动路啊。"

陈平安站起身，弯腰扯住顾璨的后领口，一手拎着他，一手打开门闩，走出院子。

顾璨家离陈平安家不远，也就百来步路程。果不其然，顾璨看到那个老头子就在他家院子里，他娘亲竟然还给那老头子拿了一条凳子。那一刻，顾璨觉得天都塌下来了，所以他选择躲在陈平安身后，让高个子的顶上去。陈平安也没有让他失望，有意无意护在他身前。

熊孩子顾璨握住陈平安的袖口，没来由立即满腔豪气了。

老人对此不以为意，坐在板凳上，略作思量，手中那只白碗，凭空消失不见了。

顾璨立即又腿软了，整个人躲在陈平安身后，战战兢兢。

老人看了眼那个神色出奇平静的乡野村妇，又看了眼眉头紧皱的陈平安，最后对缩头缩脑的顾璨说道："小娃儿，知不知道你家水缸里养着什么？"

顾璨在陈平安身后喊道："还能有啥，我从溪里摸上来的鱼虾螃蟹，还有从田里钓上来的泥鳅黄鳝！你要是喜欢，就拿走好了，别客气……"孩子的嗓音越来越低，显然底气不足。

妇人捋了捋鬓角发丝，望向陈平安，柔声道："平安。"

陈平安领会她的意思，揉了揉顾璨的脑袋，然后转身离去。

妇人眼神深处，对这个草鞋少年，隐藏有一抹愧疚。

她摒弃杂念，转头对老人问道："这位远道而来的仙师，对于这份机缘，是要买，还是抢？"

老人摇头笑道："买？我可买不起。抢？我也抢不走。"

妇人也摇头："以前是如此，以后未必了。"

原本意态闲适的老人听闻此言，如遭雷击，猛然挥袖，五指掐动如飞。

老人喟然长叹道："何至于此啊！"

妇人脸色冷漠，讥笑道："仙长以为这座小镇，能有几个好人？"

老人站起身，深深看了眼懵懵懂懂的孩子，似乎下了一个天大的决定。他手腕一晃，白碗重新浮现。

老人走到半人高的大水缸旁，迅速用白碗舀了一碗水。

妇人虽然故作镇定，其实手心里全是汗水。

老人坐回凳子，朝顾璨招手道："小娃儿，过来瞅瞅。"

顾璨望向娘亲，她点了点头，充满鼓励的眼神。

顾璨走近后，老人朝碗中水面轻轻吹了一口气，涟漪阵阵。

老人笑道："张嘴。"与此同时，老人随手一抹，便从顾璨身上不知何处摸出一片槐叶。双指虚拈，并未实握。

顾璨下意识啊了一声。

老人屈指一弹，这片苍翠欲滴的槐叶没入顾璨嘴中。顾璨愣在当场，然后发现自己嘴中好像并没有任何异样。

老人不给他询问的机会，指了指掌心所托的白碗："仔细看看有什么。"

顾璨瞪大眼睛，凝神望去，先是看到一个极其微小的黑点，然后渐渐变成一条稍稍醒目的黑线，最终缓缓壮大，好像变成了一条土黄色的小泥鳅，在白碗水面的涟漪中欢快翻滚。

脑子一团糨糊的顾璨灵光乍现，惊呼道："我记得它！是我从陈平安那边……"

妇人一巴掌打在自己儿子脸上，怒道："闭嘴！"

老人对此毫不意外，淡然道："我辈修士，为证长生，大逆不道。这点争夺，不算什么。不用如此紧张，该是你儿子的，逃不掉；不该是那个少年的，也守不住。"

这个叫顾璨的孩子，体重不足四十斤。但是其"根骨"之重，匪夷所思。所以这个身负神通的托碗老人，之前破例施展祖传秘术，对其摸骨称重，却是拎不动。

这便是他收徒的前提。否则三岁小儿，持金过市，不是自找死路吗？

老人洒然一笑，眼神却冰冷，缓缓道："当然了，就算原本是那少年的，又如何？如今有老夫亲自坐镇，也就不是他的了。"

顾璨噤若寒蝉，牙齿打战。妇人如释重负。

老人重新换上那副慈祥和蔼的脸庞："孩子，这只碗，装着整条江水，如今还养着一条小蛟。从现在起，你就是我的嫡传弟子了。

"老夫是一位'真君'，只差半步就是'开宗'之祖，虽是下宗……总之，以后你自然会明白，真君和开宗这四个字的分量。"

老人哈哈笑道："只会比这一碗江水更重。"

顾璨突然哭了起来："这样不对！它是陈平安的！"

妇人恼羞成怒，高高抬起手臂，又要教训这个猪油蒙心的蠢儿子。

老人摆摆手，笑了笑，轻描淡写道："有此心肠，并非全是坏事。"

顾璨低下头，用手背擦拭泪水，以及鼻涕。

妇人悄然望向老人。老人会心一笑，点了点头。

同道中人，一切尽在不言中。

顾璨抬起头后，他的娘亲，和莫名其妙就从天上掉下来的半路师父，已是笑意淡淡。

顾璨转过头，陈平安离开的时候，没有忘记关上院门。

小镇就像是一块庄稼地，赶上了大年份，丰收的季节。

不过有些人，只是夹杂在稻谷之中的一株稗草，被人看过一眼，就再无第二眼。

例如孤孤单单走在泥瓶巷里的草鞋少年陈平安。

一男一女拐入泥瓶巷中。年轻男人头戴高冠，腰悬绿佩，比起小镇首富卢氏的子孙，更像是个富贵公子哥儿。女子年龄不好辨认，乍一看，少女模样，肌肤水嫩，尖尖的下巴，像是冬天挂在屋檐边上的冰锥子。又一看，三十来岁的风情，丹凤眼眸，身姿妖娆，从头到脚，有着一股倾泻直下的风流，走起路来，腰肢拧转，有着小镇女子绝没有的韵味。

女子左顾右盼，满是好奇，甚至伸手去触摸黄泥墙壁，实在察觉不出蛛丝马迹，好奇问道："苻南华，这里真是你说的隐蔽福地之一？为何我家老祖之前给出的堪舆形势图上，对这条巷弄并未着重标注？"

苻南华答非所问："若是你我真在此地得了意外之喜，你如何报答我？"

女子侧过身，十指交错放在身后，衬托得胸口风光越发饱满丰硕，她半真半假柔声笑道："任君采撷，如何？"

苻南华不承想她如此直白，反倒是没了章法，何况来此"访亲寻友"，担负着整个家族百年兴衰，甚至是千年昌盛的重任，他再花花心肠，也绝不敢在"众目睽睽之下"的小镇，与眼前女子来一场露水鸳鸯姻缘。所以他很快转移话题，用手指向小巷深处，笑道："蔡仙子，朋友归朋友，生意归生意。我不得不再重复一遍，按照之前的约定，这条泥瓶巷里的两户人家，一对主仆，一对母子，我可以由你先任选其一，押注的本钱，便是你们云霞山的特产云根石，每年送给我们老龙城十块。"

女子点头，笑意妖媚："当然可以呀。"

苻南华缓缓前行，继续说道："接下来，你一旦在此获得家族预期之外的机缘，那件物品必须交由你我双方祖师鉴定，给出一个公道价格，之后你们云霞山就得拿出一半的等价云根石。蔡金简，你可有异议？或者说，你能否确定，你在此时此地答应此事后，能够在利益得手、落袋为安的事后，也能够说服你们云霞山的那几位祖师爷们，点头认可这项赌约？"

女子已经变了脸色，肃穆端庄，与先前判若两人，像是沦落风尘的青楼花魁，摇身一变，成了母仪天下的皇后娘娘，这个被称为云霞山蔡金简的女子，斩钉截铁道："可以！"

符南华眯起眼，脸色晦暗，停下脚步，正视身高不输自己的蔡金简："丑话说在前头。你我今日能够结盟，互利互惠，可不是你我二人如何一见钟情，意气相投，只是老龙城与云霞山数百年来，历代祖师长辈们辛苦积攒下来的香火情。万一我们搞砸了，惹来那帮老头子们的雷霆震怒，别说我符南华，或是你蔡金简，就算是我们的父母师父，也一样担待不起！"

蔡金简笑道："所以在小镇这段时日，我们一定要坦诚相见，精诚合作，对吧？"

符南华在这条阴暗巷弄，也尽显英俊风流，笑道："除此之外……"

符南华转头看了一眼，收回视线后，压低嗓音道："咱俩还需小心那两人才是，毕竟他们不是正阳山，称不上是有口皆碑的名门正派，而且听说那两个家伙，本来就路子极野，不太讲规矩。"

蔡金简眯起那双会说话的丹凤眸子，像是在娇滴滴说着：所以我蔡金简才会选中你符大公子嘛。

符南华轻声道："走吧，虽说此地有圣贤镇压，平衡各方势力，但是还是小心为妙，阴沟里翻船就不好了。总之，你我能否鲤鱼跳龙门，在此一举。"

这位名动一方的天之骄子，道心越发坚定，在心中默念道："大道可期，阻我前路，仙佛可杀！"

他望向小巷深处，看到一个清瘦少年从对面遥遥走来。这是他们第二次见面了。

两人继续悠悠然前行，如同一对落在凡间的神仙眷侣。

蔡金简也看到了那个少年，打趣道："门那边，小巷里，两次碰着了，你说这个少年会不会？"

她话只说了一半，符南华当然知道她的言下之意，哭笑不得道："我的蔡大仙子，小镇六百户人家，加上十姓大族豢养的奴婢杂役，将近五千人，再是藏龙卧虎，也有个定数。何况这么多年来，那些个有根骨有福运有渊源的好坏子，早就被暗中瓜分殆尽了，我们这次之所以能够'捡漏'，无非是那些心思难料的大神通人物，在故意卖漏而已。"

蔡金简也是自嘲一笑，为自己的天真想法感到赧颜。

犹豫一下，苻南华仍是说道："我不知你祖师如何传授天机，我爹倒是跟我说过一番言语：进入此地后，若是有人让你心生寒意，必须主动退避，敬而远之，绝不可轻易忤逆挑衅。毕竟此地藏龙卧虎，深不可测。心生恶感之人，多半就是此次小镇探幽寻宝的对手了。至于让你心生亲近之人，可能是此方地域的福禄厚重之人，并且有望转为自己的机缘，到时候只要别轻易杀人，不要坏了那几条雷打不动的老规矩，除此之外，是买是骗，还是强取豪夺，就看……"

蔡金简嘴角翘起："就看我们的心情了。"

她突然皱了皱眉头："苻公子，你为何不让我带上扎根本地的赵氏子孙，虽说我临行前也学了一些此地方言……"

苻南华打断蔡金简的话语，摇头道："那些大姓门户，跟外边一直有藕断丝连的秘密渠道，能够在圣人眼皮子底下，传递一些不痛不痒的消息，而不被视为越过雷池。一代代积累下来，底蕴深厚。这些姓氏的真正靠山，我们老龙城和云霞山仍是略逊一筹。再者假借外人之力，终究不美，容易横生枝节，贻误大事。等下你要是不愿说话，我来代劳便是。"

蔡金简笑道："没关系，说些拗口话罢了，我还不至于如此娇气。"

苻南华一笑置之，蔡金简也未多说什么。

归根结底，半路结盟的朋友，比不得一家人。更何况，在某些野心勃勃、志在证道的人眼中，祖孙父子夫妻兄弟，又算什么？

苻南华笑容恬淡，雍容华贵，如人间头等豪阀的世家子。

他之所以泄露天机，将他爹秘传自己的"心法"说给蔡金简听，理由其实很简单。相较先前同行人中的其余两个——木讷的男子和冷峻的黑衣少女，苻南华在踏入小镇栅栏城门的第一步，就对身边这个盟友女子云霞山的蔡金简，心生杀意！

苻南华下意识伸手握住腰间那枚绿佩。

老龙布雨，巧夺天工。君子无故，玉不去身。

蔡金简想了想，闭上眼睛，片刻后睁眼说道："宋集薪，顾璨……我选顾璨好了。"

苻南华挑了一下眉头："好。一言为定！"

两人视野中，那少年一路左拐右跳地走到了小巷一处，就要开锁推门而入。苻南华带着蔡金简快步上前，笑道："很巧，咱们又见面啦。"

寒酸少年正是从顾璨家出来的陈平安，听到声音后，转过身，点头问道："有事吗？"

苻南华用娴熟流畅的小镇方言说道："这里是叫泥瓶巷吧？想问你这边是不是住着一个叫宋集薪的人，还有一个叫顾璨的小孩子。我是京城人氏，我们家与宋集薪父亲是世交，我身边这位姐姐，姓蔡，是顾璨他娘亲的娘家人，所以我们两个结伴而行，刚好都在一条巷子里。你说巧不巧，感觉什么都凑一起了，真是无巧不成书。"

苻南华笑意从容，与市井底层的少年说话，身材修长的他为了照顾对方，微微弯腰，并始终保持这个姿态，既不显得矫揉造作，让人觉得居心不良，又会让旁人觉得温良恭俭让，谦谦君子。

仰着脑袋的陈平安嗯了一声，笑容腼腆，轻声道："是很巧。"

苻南华笑意更浓，温声道："那么这两家人是住在？"

不承想陈平安摇头道："我前不久还是一口龙窑的学徒，在小镇外边住了很多年，刚搬来这儿，还不熟悉街坊邻居，你要不要问问别人？"

苻南华笑了笑，没有急于说话，似乎在酝酿措辞。

蔡金简笑道："小弟弟，说谎可不好，你觉得我们像是坏人吗？退一万步说，光天化日之下，我们能做什么坏事？"

陈平安眨眨眼："可是我真的不知道。"

蔡金简恢复了平时的言语，对符南华问道："这孩子是不是想要报酬？"

符南华脸色如常："不像。"

蔡金简眉眼间露出一抹隐藏得极浅淡的烦躁："实在不行，我们挨家挨户问过去，一样能找到人。"

符南华对她摆摆手，耐着性子对陈平安循循善诱："帮我们一个小忙，我就送你一样东西，如何？"

陈平安挠挠头，身形单薄，眼神清澈。

符南华猛然站直身体。结果看到一个满身书卷气的少年，蹲在不远处的墙头上，正在打量他们。

衣衫素雅的少年附近，站着一个少女，露出上半张脸庞，清清秀秀，干干净净，眉眼如黛。

那一刻，符南华心思大定。眼前少年，必然是自己的囊中之物了。

那少年站起身大声问道："你们找人？"

符南华和蔡金简只得仰起头，前者说道："对，我找你。我身边这位姐姐，要找顾璨，你能帮忙吗？"

少年皱眉道："你认识我？"

符南华笑道："我当然不认识你，但是我认识如今在礼部任职的宋大人。"

宋集薪开门见山问道："帮你找鼻涕虫顾璨，可以。好处是什么？"

符南华二话不说，摘下腰间绿佩，高高抛给站在矮墙上的宋集薪："归你了。"

宋集薪入手后，微微心惊，脸色却并无异样，低头对婢女稚圭说道："你去吧。"

稚圭点了点头，出了院子，当少女安静站在狭窄巷弄中时，整条泥瓶巷仿佛刹那间鲜亮起来。

苻南华对陈平安笑道："小家伙，送你一句话，天雨虽宽不润无根之草。"

然后他率先走向稚圭那边。

蔡金简没有挪步，眼神玩味，对陈平安低声问道："你知道是什么意思吗？"

她眼神熠熠，没来由来了兴致，不等陈平安回答，就开怀笑道："其实就是告诉你，你错过了一桩大机缘。这位公子，只要从他指甲缝里抠出一点来，也足以让你这辈子里，在'山下'活得无比滋润。不过运气好的是，你应该这辈子都不晓得今天错过了什么，真是不幸中的万幸，要不然你得悔青肠子。"

苻南华听在耳朵里，觉得她是在对牛弹琴。

小镇之外，人与人之间的差距，尤其是高低之分，比阴阳之隔还要巨大。

蔡金简倒退着走向那名婢女，所以是面朝陈平安："天雨虽宽不润无根之草，记住哦。"

陈平安一直没有什么神色变化，只是蓦然大声道："小心身后的……"

蔡金简猛然身体僵硬。

陈平安放低嗓音："狗屎。"

蔡金简当时后退着行走，其实当那一脚踩下去后，她就已经意识到事情不妙了。

比踩中狗屎更加无法忍受的事情，当然是踩到了，结果还被别人看在眼中，而比这更惨烈的事情，无疑是看到的人，还开口告诉你，你真的踩到狗屎了。

蔡金简不是心性浅薄的女子，更不是吃不得苦的娇柔千金。她身为云霞山山主的众多子嗣之一，能够脱颖而出，赢得最终名额，就很能说明问题。云霞山总计大小十八峰，终年烟雾缭绕，盛产的云根石，是道家丹鼎派炼制外丹的一味重要材料，以"无瑕无垢"著称于世，独树一帜。所以云霞山上的人，必须讲究清洁素雅，故大多有洁癖，蔡金简当然也不例外。如果不是小镇牵连太大，蔡金简这辈子都不会踏足，更别提让她一脚一脚走在充满鸡粪狗屎的泥瓶巷。最尴尬的是，来此之后，他们这些原本高高在上的神仙中人，就像一条条被抛上岸的小鱼，突然之间失去了所有倚仗，占据某一处洞天福地的家族，搬山倒海、御风凌空的通玄修为，降妖伏魔、敕神驭鬼的玄妙法宝，全部都没了。然后，就有了蔡金简踩中狗屎这一幕。

苻南华原本觉得有趣，纤尘不染的云霞山蔡仙子，一靴子黏糊糊的臭狗屎，说出去，谁敢相信？

但是下一刻，苻南华就沉声喝道："蔡金简，住手！"

站在泥墙上的宋集薪瞳孔微缩，攥紧手心的那枚雕龙绿佩。

只见巷弄之中，蔡金简好像一步就跨到了陈平安身前，她那只晶莹如羊脂美玉的纤手，迅猛拍向陈平安的天灵盖。在身后苻南华出声阻止的瞬间，她骤然停下手掌，最后轻轻提起，柔柔拍下。做完这个仿佛长辈宠溺晚辈的亲昵动作后，她弯下腰，凝视着陈平安那双眼眸——像一汪清澈见底的清泉，蔡金简几乎能够从那里瞧见自己的脸庞。只可惜她当下心情糟糕至极，皮笑肉不笑道："小家伙，我知道你说话的时候，故意放慢了速度。"

苻南华松了口气，如果蔡金简果真胆敢在此悍然杀人，极有可能被逐出小镇，连累整座云霞山沦为天下的笑柄。

他脸色阴沉，用正统的官话雅言提醒她："蔡金简，请你三思而后行，如果你接下来还是这么冲动，我觉得有必要放弃盟约，我不想被你害得竹篮打水一场空。"

背对着老龙城少城主的蔡金简，小声快速念道："上品见佛速，下品见佛迟……实实有净土，实实有莲池……"

她很快转过头，对苻南华歉意一笑："是我失态了。我保证，之后绝对不会发生类似的事情。"

符南华冷笑道："你确定？"

蔡金简一笑置之，没有跟符南华如何信誓旦旦，重新低头望向陈平安，以盛行一洲的官话雅言自顾自说道："我云霞山源于佛门五宗之一，最讲求降伏心猿、拴住意马，可是我来此之前，连心猿意马到底为何物，也捉摸不透，家族长辈对此也从不愿拔苗助长，只是让我自行摸索。不承想今日在你们泥瓶巷，踩中了一坨狗屎，反而让我察觉到一丝端倪……"

陈平安提醒道："这位姐姐，你踩中狗屎，已经大半天了，为啥还不赶紧刮蹭掉？"

蔡金简原本感觉自己已经跻身一种佛家净土心境，闻言之后，顿时破功，堕回俗世，脸色铁青。只是符南华的告诫还在耳畔回荡，只得泄愤一般，伸出一根手指在陈平安额头轻轻戳了一下，瞪眼道："小小年纪，难道没人教过你，气性乖张是早夭之相，尖酸刻薄是削福之人？！"

陈平安皮糙肉厚，没在意，只是看向不远处的宋集薪，也不说话。

后者跳脚大骂道："陈平安，你看我干什么，真是晦气！"

符南华惊奇发现，自己竟然还没有跨入宋集薪的院子，便有些脸色不悦了，毫不掩饰自己的讥讽："蔡金简！真是有意思，世上还有人为了一坨狗屎，耽误了长生大道的脚步。"

蔡金简破天荒没有恼火，深深看了眼貌不惊人的陈平安，转身就走。

突然，身后的陈平安轻声说道："姐姐，你的睫毛很长。"

粗鄙至极的世俗蝼蚁，也敢调戏仙家神女？蔡金简勃然大怒，猛然转头。

打定主意，哪怕折损一些气数，也要教训这个貌似憨厚实则奸猾的村野贱坏子。虽说蔡金简他们进入此地，如犯人被拘押入牢笼，束手束脚，四处碰壁，一切术法器物，暂时都已经无法驾驭，可是自幼修行的禅益，犹如登堂入室，得以反哺身躯，好似时时刻刻在淬炼筋骨，虽然效果并不显著，远远比不得专注于此道的武道中人，但是凭此底子，对付一个在市井泥泞里摸爬滚打的少年，信手拈来，随手一掌，在某些重要窍穴上动点手脚，使其种下病根，折其阳寿，还是轻而易举。但是略显昏暗的巷弄里，她只看到一张黝黑的脸庞，和一双明亮的眼眸。

海上生明月。

蔡金简先是眼前一亮，随即泛起些女子天生的怜悯情绪，最后她那双丹凤眼眸中，一点点褪去那些可惜，她越发笑容灿烂，恍然大悟。

斩却心魔，正是机缘。

须知近佛远道的云霞山一脉，自开山鼻祖云霞老仙起始，就始终推崇一个观点：每次缘起缘灭，即是一次渡劫。当然，这渡劫之法，并无定理定数定势，一切需要当局者自行解谜破局。比如当下的蔡金简。

她觉得找到了需要镇压降伏的心猿意马，正是那个看似无辜、实则障碍的少年。于是她再次抬起一只手掌，覆盖在陈平安心口上，轻轻一按。这一切动作，行云流水，快若奔雷。哪怕陈平安有意识向后退出半步，仍是敌不过她的出手。

苟南华死死盯着那个诱人心魄的婀娜背影，心中非但没有半点旖旎涟漪，反而杀意腾腾，几乎要凝聚成一副铁石心肠。他刻意掩饰自己的杀机，故意大声怒道："先前你手指轻戳少年额头，使得他接下去常年疾病缠身，如此惩戒一次，就够了！为何还要……蔡金简，你是不是失心疯了？难道真想为了个贱种，连大道机缘也不管不顾?！"

蔡金简置若罔闻，苟南华放低嗓音，恢复世家子弟雍容气度，啧啧笑道："堂堂云霞山蔡金简，跟一个市井少年斤斤计较，传出去，不嫌丢人？"

蔡金简转过身，笑道："这条小巷真是与我有缘，哪里想到这都能让我捞到一份机缘，虽然不大，可蚊子肉也是肉，好兆头啊。我对那个叫顾璨的小孩，更有信心了！"

苟南华愕然。难不成这娘们当真有所顿悟？

蔡金简抬起一只脚，看到那份不堪入目的恶心污秽，笑呵呵道："真是走狗屎运了。"

宋集薪脸色阴沉不定，看不出心思变化。

无人关注的婢女稚圭，站在原地，寂静无声，某个瞬间，她眼眸当中，浮现出两双淡金色的眼瞳，一眼双瞳。

符南华隐约间心生模糊感应，猛然间转头，快速张望，没有察觉到丝毫异样，最后上下打量了一番少女丫鬟，并无不妥之处，他只好将这股不适感，当作是蔡金简的所作所为，惹来了小镇上那位天人圣贤的凝视目光。

蔡金简心情舒畅，之前积攒诸多的种种凝滞念头，洪水决堤一般直流而下。

何止是小机缘？

若非内囊中空的云霞山，确实需要一件足够分量的"仙家重器"，用来镇住不断外泄的山门气运，她也需要以此来奠定自己下任山主的地位，否则她蔡金简恨不得立即离开此地，回到云霞山闭关十年二十年。

蔡金简走向符南华身后的那个陌巷婢女。

身后的陈平安问道："你是不是对我做了什么？"

蔡金简头也没回："小家伙，你想多了。"

陈平安沉默下去。

蔡金简回眸一笑："你最多半年时间就要死了。"

陈平安愣了一下。

蔡金简柔媚笑道："还真信啊，姐姐骗你的！"

陈平安咧嘴一笑。

蔡金简和符南华这对仙家男女，几乎同时在心头冒出一个想法。井底之蛙，山下蝼蚁。

蹲在墙头上看戏的宋集薪，双手揉着太阳穴，脸色极其罕见地有些认真。

　　哪怕稚圭已经带着那个性情古怪的姐姐去找鼻涕虫顾璨了，而那个一言不合就一掷千金当冤大头的年轻家伙，也走进了自家院子，心思玲珑的宋集薪仍是蹲在那里发呆。天资卓绝的少年视线之中，有个清瘦少年，站在泥瓶巷当中，看了会儿高挑女子的背影，很快就收敛视线，走向自家院门，但是柴门久久不见推开。

　　宋集薪很讨厌这种感觉，有个家伙平时不显山不露水，可在某些时候，就像是一块茅坑里的石头，不搬，碍眼，搬走，嫌脏。以至于苻南华在他身后的言语，他也未听清楚。

　　这位老龙城少城主，只得重复一遍："宋集薪，你知不知道这世上有一种人，与你们大不相同？"

　　宋集薪终于回过神，转身继续蹲着，俯视着高冠风流、锦衣华服的苻南华，平淡道："我知道。"

　　苻南华只得把已经跑到嘴边的一句话，强行咽回肚子，不过仍是有些不甘心，笑问道："真知道？"

　　身世神秘的宋集薪，眼神冷漠，冷笑道："你是不是想说，他们生死人，肉白骨，长生久视，道法无边？！"

　　苻南华点了点头，欣慰道："我们能算半个道友。"

　　宋集薪眼角余光瞥了一下隔壁院门，略显心不在焉，不合时宜。

　　苻南华开诚布公道："那我就打开天窗说亮话了。不管你有什么，只要你肯开价，我砸锅卖铁，也要买下来！"

　　宋集薪疑惑道："我看得出来，你和那个女子之间，你的家世地位，要高出一筹，既然她都能够那么对待隔壁那家伙，为何你愿意对我如此……"

　　苻南华主动接过话："平起平坐？"

　　宋集薪点了点头，夸奖道："你这人挺上道，和你说话不吃力。"

　　苻南华没有在乎宋集薪的居高临下，无论是位置，还是说话的倨傲口气。

与蔡金简视陈平安为卑微蝼蚁截然不同，苻南华对宋集薪不但心生亲近，对泥瓶巷这一片地带，始终心怀敬畏，说不清道不明。所以苻南华的的确确，将眼前少年当作了同道中人。

这条大道之上，越是前行，身份贵贱，男女之别，年龄大小，皆是虚妄，毫无意义。

宋集薪跳下院墙，低声道："去屋里说。"

苻南华点头道："好。"

宋集薪在跨入门槛的时候，漫不经心问道："随便问问，你跟那个一看就是好生养的姐姐，是什么关系？"

苻南华毫不犹豫道："暂时是一伙的，但不是一路人。"

宋集薪哦了一声，说了些莫名其妙的话："那你们做事情也太拖泥带水了，一点都不爽利。我以前听说外头的那个世界，神仙妖魔，光怪陆离，但只要是修行中人，有了恩怨，不该是斩草除根永绝后患吗？"

苻家大公子，终究是老龙城长大的仙家后裔，见惯了大风大浪，听到这番话后，脸上并未流露出什么情绪。

他笑问道："你们之间有仇？"

宋集薪睁大眼睛，故作惊讶道："你在说什么？"

似乎是发现眼前男人根本不信，于是宋集薪收敛了脸上浮夸做作的神色，率先在大堂椅子上落座，伸手示意苻南华也坐下，然后认真说道："我跟隔壁很小就没了父母的陈平安，当了这么多年邻居，从来没吵过架，信不信由你。"

苻南华瞬间就听明白了宋集薪的隐晦意思。

隔壁少年，无依无靠，无根浮萍罢了。

如果死了也就死了，不会有谁追究此事。

老龙城少城主哭笑不得，突然意识到这条小巷的风波，发生得有些荒诞滑稽。

隔壁那个贫寒少年，可以说，正是为了刻意隐瞒宋集薪主仆二人的地址，而惹来一场飞来横祸，甚至会为此遭殃丧命。

恰恰是方才，这个仿佛出身钟鸣鼎食之家的宋家少年，却要借刀杀人，置人于死地。一刀不够，再来一刀。

苻南华不禁满心感慨，难怪《尸子》有云：虎豹之子，虽未成文，已有食牛之气。

顾璨家的院子里，顾璨已经被他娘锁在内屋房间，妇人和自称"真君"的老人相对而坐。

老人收起掌心纹路纵横交错的手掌，微笑道："大局已定。"

妇人疑惑道："敢问仙师刚才做了什么，才能让那陈平安……"

说到这里，她发现老人眼神骤然绽放锋芒，吓得她赶紧闭嘴不言。

老人望向院门那边，轻轻拂袖，带起一股清风。那股清风在小院旋转不定，徘徊不去，老人这才道："如我这般身份的人物，越是涉足此地，越是深陷于泥菩萨过河的无奈境地，虽然目前还谈不上自身难保，但是时间越久，就越……嗯，如宋集薪那少年所说，叫作拖泥带水，只能混一个沾惹满身因果的下场。好就好在那人，天怨人怒，哪怕已经作退一步想，仍是晚节不保，难逃灭顶之灾。可惜啊，原本有望享受千秋香火的局势，急转直下，惨不忍睹……趁此机会，我才能够为你儿子做些谋划，看看能否既了结那少年的性命，又掐断以后某些圣人仙师的顺藤摸瓜，免了秋后算账的后顾之忧，好让我这个新收弟子在未来登仙路上，挟风雷之势，最终化龙……"

妇人坐在一旁，断断续续，听得大汗淋漓。

老人笑问道："是不是很奇怪，分明是餐霞饮露、不理俗事的世外之人，为何潜心修道，修来修去，好像只修出了这般城府戾气？比你这眼窝子浅的无知村妇，也好不到哪里去？"

妇人连忙低头颤声道："万万不敢作此想！"

老人一笑置之，安静等待云霞山蔡金简敲门。

修行路上，术法无边，神通无穷。理有大小，道有高低。

蔡金简视你们如蝼蚁，本真君何尝不是视她与苟南华为蝼蚁？

与脚下蝼蚁，讲甚道理？

　　一位双鬓如霜的儒士带着青衫少年郎，离开乡塾，来到那座牌坊楼下。这位小镇学问最大的教书先生，脸色有些憔悴，伸手指向头顶的一块匾额："'当仁不让'，四字何解？"

　　少年赵繇，既是学塾弟子，又是齐先生书童，顺着视线抬头望去，毫不犹豫道："我们儒家以仁字立教，匾额四字，取自'当仁，不让于师'，意思是说我们读书人应该尊师重道，但是在仁义道德之前，不必谦让。"

　　齐先生问道："不必谦让？修改成'不可'，又如何？"

　　赵繇相貌清逸，而且比起宋集薪的咄咄逼人、锋芒毕露，气质要更为温润内敛，就像是初发芙蓉，自然可爱。当先生问出这个暗藏玄机的问题后，他不敢掉以轻心，小心斟酌，觉得是先生在考教自己的学问，岂敢随意？

　　齐静春看着弟子如临大敌的拘谨模样，会心一笑，拍了拍赵繇的肩头："只是随口一问而已，不必紧张。看来是我之前太拘着你的天性了，雕琢过繁，让你活得像是文昌阁里摆放的一尊塑像似的，板着脸，处处讲规矩，事事讲道理，累也不累……不过目前看来，反倒是件好事。"

　　赵繇有些疑惑不解，只是齐静春已经带他绕到另外一边，仍是仰头望向那四字匾额。齐静春神色舒展，不知为何，这个不苟言笑的教书先生，竟是说起了许多趣闻公案，对弟子娓娓道来："之前'当仁不让'四字匾额，写此匾额的人，曾是当世书法第一人，引起了很多争辩，例如'格局''神意'的筋骨之争，'古质''今妍'的褒贬之争，至今仍未有定论。韵、法、意、姿，书法四义，千年以来，此人夺得双魁首，简直是不给同辈宗师半条活路。至于此处的'希言自然'，便有些好玩了，你若是仔细端详，应该能够发现，四字虽然用笔、结构、神意都相似相近，但事实上，是由四位道教祖庭大真人分开写就的，当时有两位老神仙还书信来往，好一番争吵来着，都想写玄之又玄的'希'字，不愿意写俗之又俗的'言'字……"

然后齐静春带着赵繇再绕至"莫向外求"下，左顾右盼，视线幽幽："原本你读书的那座乡塾，很快就会因为没了教书先生，而被几个大家族停办，或者干脆推倒，建成小道观或是立起一尊佛像，供香客朝拜，有个道人或是僧人主持，年复一年，直至甲子期限。其间兴许会'换人'两三次，以免小镇百姓心生疑惑，其实不过是粗劣的障眼法罢了。只不过，在这里完成一门芝麻大小的术法神通，如果搁在外边，兴许就等于天神敲大鼓、春雷震天地的恢宏气势了吧……"

到后边，齐静春说话的嗓音细如蚊蝇，哪怕读书郎赵繇竖起耳朵，也听不清楚了。

齐静春叹了口气，语气有些无奈和疲惫："很多事情，本是天机不可泄露，事到如今，才越来越无所谓，但我们毕竟是读书人，还是要讲一讲脸面的。更何况我齐静春若是带头坏了规矩，无异于监守自盗，吃相就真的太难看了。"

赵繇突然鼓起勇气说道："先生，学生知道你不是俗人，这座小镇也不是寻常地方。"

齐静春好奇笑道："哦？说说看。"

赵繇指了指气势巍峨的十二脚牌坊："这处地方，加上杏花巷的铁锁井，还有传言桥底悬挂有两柄铁剑的廊桥，老槐树，桃叶巷的桃树，以及我赵家所在的福禄街，每年张贴的谷雨帖、重阳帖等等，都很奇怪。"

齐静春打断赵繇："奇怪？怎么奇怪了，你自幼在这里长大，根本从未走出去过，难道你见识过小镇以外的风光景象？既无对比，何来此言？"

赵繇微沉声道："先生那些书，内容我早已烂熟于心，桃叶巷的桃花，就和书上诗句描述，出入很大。再有，先生教书，为何只传蒙学三书，重在识字，蒙学之后，我们该读什么书？读书，又为了做什么？书上'举业'为何？何谓'朝为田舍郎，暮登天子堂'？何谓'天子重英豪，文章教尔曹'？先后两位窑务督造官，虽然从不与人谈及朝廷、京城和天下事，但是……"

齐静春欣慰笑道："可以了，多说无益。"赵繇立即不再说话。

齐静春小声道："赵繇，以后你需要谨言慎行，切记祸从口出，所以儒家贤人大多守口如瓶。贤人之上的君子，则讲慎独，饬躬若璧，唯恐有瑕疵。至于圣人，比如七十二座书院的山主们……这些人啊，就能够如道教大真人、佛家金身罗汉一般，一语成谶，言出法随。这拨人与诸子百家里的高人，到达此境界后，大致统称为陆地神仙，算是一只脚迈入门槛了。不过这些人物，人人如龙，一些高高在上，像是道观寺庙里的神像，高不可攀，一些神龙见首不见尾，寻常人根本找不到。"赵繇听得迷迷糊糊，如坠云雾。

赵繇忍不住问道："先生，你今天为什么要说这些？"

齐静春脸色豁达，笑道："你有先生，我自然也有先生。而我的先生……不说也罢，总之，我本以为还能够苟延残喘几十年的，突然发现有些幕后人，连这点时日也不愿意等了。所以这次我没办法带你离开小镇，需要你自己走出去。有些无伤大雅的真相，也该透露一些给你，你只当是听个故事就行。只是希望你明白一个道理，天外有天，人上有人，不管你赵繇如何'得天独厚，鸿运当头'，都不可以志得意满，心生懈怠。"

井水下降，槐叶离枝，皆是预兆。

齐静春提醒道："赵繇，还记得我让你收好的那片槐叶吗？"

赵繇使劲点头："与先生赠送的那枚印章一起放好了。"

"天底下哪有树叶离开枝头的时候，如此苍翠欲滴，新鲜娇嫩？小镇数千人，得此'福荫'之人，屈指可数。那片槐叶，可以经常把玩，以后说不定还有一桩机缘。"

齐静春眼神深邃："除此之外，这些年来，我一直让你在小镇行善举结善缘，无论对谁都要以礼相待、以诚相交，以后你就会慢慢明白其中玄机。那些看似不起眼的琐碎小事，滴水穿石，最终收获的裨益，未必比抱着一部《地方县志》要差。"

赵繇发现有一只黄鸟停在石梁上，偶尔蹦蹦跳跳，叽叽喳喳叫着。

齐静春双手负后，仰头望着黄鸟，神情凝重。

赵繇看不出有任何异样。

齐静春突然望向泥瓶巷那边，越发眉头紧皱。

他轻轻叹息道："蛰虫渐闻春声，破土而出。只是身为客人，在主人眼皮子底下鬼鬼祟祟，行那鬼蜮伎俩，是不是也太托大了？当真以为靠着自作主张的小半碗水，就能在这里为所欲为？"

赵繇忧心忡忡："先生？"

齐静春摆摆手，示意此事与他无关，只是带着他来到最后一面匾额下。

少年赵繇就好像骤然间听到一声春雷的蛰虫，猛然间停下脚步，眼神直直呆呆。

只见不远处，有一个头戴帷帽的黑衣少女，薄纱遮挡了容颜，身材匀称，既不纤细，也不丰腴，她腰间分别悬佩一把雪白剑鞘的长剑和一柄绿鞘狭刀。站在"气冲斗牛"匾额下的她，双臂环胸，扬起脑袋。

齐静春感到好笑，轻轻咳嗽一声。

赵繇只是呆若木鸡，根本没有领会先生"非礼勿视"的提醒。

齐静春会心一笑，竟是没有出声呵斥，反而不再大煞风景地咳嗽出声，任由身旁少年痴痴望向那个少女。

少女好像始终没有察觉到少年的视线。

她似乎格外欣赏"气冲斗牛"这四个大字，相较其余三块正楷匾额的端庄肃穆，这块匾额的大字独独以行楷写就，其中神韵，简直是近乎恣意妄为。她喜欢！

赵繇突然惊醒过来，原来是齐静春拍了一下他的肩头，笑道："赵繇，你该回学塾搬东西回家了。"

赵繇涨红了脸，低着头，跟着先生一起返回学塾。

少女这才缓缓松开了握住刀柄的五指。

远处，齐静春打趣道："赵繇啊赵繇，我可是救了你一命啊。"

赵繇震惊道："先生？"

齐静春犹豫了一下，神色认真道："以后见到她，你一定要绕道而行。"

温文尔雅的青衫读书郎，有些惊讶，也有些失落："先生，这是为什么啊？"

齐静春想了想，说了一句盖棺定论的言语："她虽锋锐无匹，但注定是一把无鞘剑。"

赵繇欲言又止。

齐静春笑道："当然了，如果只是偷偷喜欢谁，道祖佛陀也拦不住。便是我们条条框框最多的读书人，咱们那位至圣先师，也不过告诫非礼勿言、视、听、动而已，没有说过非礼勿思。"

赵繇这一刻像是突然鬼迷心窍，脱口而出大声道："她很香啊！"话一说出口，赵繇就蒙了。

齐静春有些头疼，倒不是生气，而是局面比较棘手，沉声道："赵繇，转过身去！"赵繇下意识转身，背对先生。

牌坊楼下，少女转头，杀气冲天。

她先是双手下垂，两只手的拇指各自按在剑柄、刀柄之上。然后开始小步助跑，四五步后，手脚骤然发力，雪白剑鞘的三尺长剑，碧绿刀鞘的纤细狭刀，率先出鞘，上斜向前。与此同时，她身形弹地而起，双手迅速握住刀剑，二话不说，当头劈下！

黑衣少女和小镇那对师生之间，被两条并不粗壮的胳膊，拉伸、爆绽出两条光芒璀璨的弧月。

绝非神通，更非术法。纯粹是一个"快"字！

齐静春神色闲适，没有任何躲避的意思，只是轻轻一跺脚，一阵涟漪激荡而出。

下一刻，少女身体紧绷，杀意更重。

原本势如破竹的一刀一剑，彻底落空不说，她整个人站在了刀剑出鞘时的地方。

齐静春微笑道："不错，狮子搏兔亦用全力。只不过话说回来，我这个弟子，确实冒犯了姑娘，可是罪不至死吧？"

少女故意将嗓音弄得成熟沉闷，将剑缓缓放入鞘内，变成单手握刀的姿态，以刀尖直指齐静春："你怎么'觉得'，那是你的事情，我不管。"

少女一步跨出："我怎么做，是我的事情。当然，你可以……管管看！"说完迅猛前冲。

她前后脚所踩的地面，顿时塌陷出两个小坑。

齐静春一手负后，一手虚握拳头，放于腹部，笑道："兵家武道，唯快不破。只可惜此方天地，哪怕分崩离析在即，可只要是在那之前，便是十位陆地神仙联手破阵，也不过是蚍蜉撼大树。何况是你？"

少女下一刻，再次无缘无故出现在了齐静春左边十数步外。

她略作思量，闭上眼睛。

齐静春摇头笑道："并非是你以为的障眼法，此方天地，类似佛家所谓的小千世界，在这里，我就是……"

"咦？"

他突然惊讶出声，便停下话语，瞬间来到少女身边，一探究竟，双指轻轻拈住刀尖。

齐静春问道："是谁教你的刀法和剑术？"

少女没有睁眼，左手握住刚刚归鞘的剑柄，一道寒光横扫齐静春腰间，试图将其拦腰斩断。

双指拈住刀尖的齐静春轻喝道："退！"

地面上响起一阵稀里哗啦的声响，尘土飞扬。片刻后，露出头戴帷帽少女的身影。少女双脚一前一后站定，她脚下，到齐静春身前，出现一条沟壑，就像是被犁出来的。

少女双手血肉模糊。

刀出鞘了，剑也出鞘了，但是她竟然沦落到被人空手夺白刃的地步。而且她心知肚明，敌人除了对此方天地的"构架"之外，一直将实力修为压制在与自己等同的境界上。

这是技不如人，而非修为不到。

她整个人像是处于暴走的边缘。

恐怕少女自己都没有意识到，以她为圆心的四周，光线都出现了扭曲。

这位学塾先生到底是最讲道理的人，善解人意地劝说道："你暂时最好别跟我比较，有可能会妨碍你的武道心境。武道登顶，循序渐进，至关重要。"

学塾先生此时的样子有些古怪，一手提着剑尖，一手横拿着剑身。

他突然笑了起来，模仿少女说话的口气，"老气横秋"道："听不听，是你的自由；说不说，就是我的事情了。"

少女沉默片刻，嗓音低沉道："受教！"

齐静春笑着点了点头，并非一味气焰跋扈的骄横女子，这就很好，他轻轻将刀抛给少女，说道："刀先还你。"

他低头看着手指尖的长剑，微微颤鸣。

雏凤清于老凤声。

齐静春惋惜道："这把剑的质地相当不俗，但距离顶尖，仍是有些差距，导致最多只能承载两个字的分量，其实都有些勉强了，否则以你的资质根骨，不说全部拿走四个字，三个字，肯定绰绰有余……"

他叹息的时候，顺便抬起手，轻喝道："敕！"

两团刺眼光芒从"气冲斗牛"匾额上飞掠而出，被他挥袖连拍两下，拍入长剑之中。

匾额上，"气""牛"二字，气势犹在，"冲""斗"二字，仿佛是一个病榻上的迟暮老人，回光返照之后，终于彻底失去了精气神。

齐静春漫不经心地抖动手腕，那柄长剑眨眼间就回到了主人的剑鞘，因为已经归鞘，所以暂时无人知晓，剑身上有两股气息游走如蛟龙。

接下来的一幕，让历经沧桑的齐静春都感到了震惊。

少女缓缓摘下剑鞘，随手一甩，剑鞘倾斜着钉入黄土地面，帷帽垂落的薄纱后，她眼神坚毅："这不是我追求的剑道。"

齐静春瞥了眼被少女舍弃的剑，内心深处感到一种久违的沉重，不得不问了个有失身份的问题："你知道我是谁吗？"

少女点点头，又摇摇头："我听说这里每隔甲子时光，就会换上一位三教中的圣人，来此主持一座大阵的运转，已经好几千年了。时不时有人从这里出去，要么身怀异宝，要么修为突飞猛进，所以我就想来看看。看到你的时候，我就确定你的身份了，不然当时我出手，就不会那么直截了当。"

齐静春又问道："那你知不知道，刚才自己到底放弃了什么？"

少女默不作声。

地上那把剑鞘中，长剑颤抖不止，如倾国佳人在哀怨呜咽，苦苦哀求情人的回心转意。

少年读书郎赵繇早已偷偷转头，小心翼翼望着远处的少女。

齐静春不可谓不学识渊博，对此仍是百思不得其解，但总不好将那把蕴含巨大气数的长剑，强塞给少女，最后只好出声提醒道："姑娘，最好收起那把剑。接下来，小镇会很不……太平。多一样东西防身，终归是好事情。"

少女也不说话，转身就走，仍是不愿带上那把剑。

齐静春有些无奈，挥了挥衣袖，将那柄剑钉入一根牌坊石柱高处，若是有人强行拔走，必然会惊扰到坐镇中枢的自己，就像之前"说书先生"一明一暗，两次出手，都没有逃过他的遥遥关注。

亲自将赵繇一路从学塾送到福禄街赵家大宅，齐静春缓缓而行，他每迈出一步，大街两侧庭院深深的高门大宅，有些隐蔽地方，便会有些不易察觉的流光，一闪而逝。

齐静春呢喃道："奇了怪哉，哪里来的小丫头？莫不是本洲之外的仙家子弟？"

他回到学塾后，坐在案前，案上摆放着一柄玉圭，长约一尺二寸，在四角雕刻有四镇之山，寄寓四方安定，正面刻有密密麻麻的小篆铭文，不下百余字。

依循儒教礼制，原本唯有一国天子，可执镇圭。足可见这座小镇意义重大。

将其翻过来，玉圭背面只刻了寥寥两个字。字迹法度严谨，又丰神独绝。筋骨极壮，神意极长。

书案上，还有一封刚到没多久的密信。

双鬓霜白的齐静春眼眶微红："先生，学生无能，只能眼睁睁看你受辱至此……"

他望向窗外，并无太多的悲喜，只是神色有些寂寞："齐静春愧对恩师，苟活百年，只欠一死。"

当宋集薪从内屋拿出一样东西，放在桌上时，苻南华不管如何掩饰，都藏不住脸上的狂喜。

一把不起眼的小壶，壶底落款为"山魈"。

宋集薪双手叠放在桌面上，身体前倾，笑眯眯问道："这把壶值多少？"

老龙城少城主苻南华好不容易从小壶上收回视线，抬头坦诚道："放在世俗王朝贩卖，一两银子都不值。但是如果交由我来卖，能买回来一座城池。"

宋集薪问道："几万人？"

苻南华伸出三根手指。

宋集薪哦了一声，撇撇嘴："原来是三十万。"

苻南华愣了愣，哈哈大笑。

他原本以为宋集薪会说三万人。

杏花巷那边，有个木讷男子蹲在铁锁井旁边，盯着那根绑死在辘轳车底座上的铁链，像是在纠结如何搬走它。

黑衣帷帽、气质冷峻的少女，在小镇上随意走动，漫无目的，此时只悬佩了那柄绿鞘狭刀，双手只是用布条潦草包扎而已。

她刚刚走入一条不知名巷弄。嗖一下，某物破空而至，然后在少女身后乖乖停下，嗡嗡作响。

少女皱了皱眉头，头也不转，从牙缝里蹦出一个字："滚！"

又是嗖一下。那柄出鞘长掠至此的"飞剑"，吓得果真躲回了剑鞘。

骄傲的少女。乖巧的飞剑。

黑衣少女走向小巷深处，偶尔会有人家挂出喜庆的大红灯笼。相比其他人，帷帽少女没有什么家族的精心铺垫，没有什么草蛇灰线伏延千里，她就这么孑然一身，闯入小镇。

小巷不远处，站着一个锦衣少年，双手正高高捧起一方青色玉玺，稚童巴掌大小，雕刻有龙盘虎踞，在阳光的照射下，熠熠生辉，玉玺内隐约有丝丝缕缕的霞光亮起。锦衣少年抬头眯眼望着手中这方至宝，满脸陶醉。在他身边，有个高大老人单膝跪地，正在用袖口仔细擦拭少年靴子上的泥土。

锦衣少年的眼角余光，其实早早就已发现了奇怪少女。少女头戴浅露款式的帷帽，悬佩一柄绿鞘狭刀，步伐沉稳，显而易见，她绝不会是小镇本地人。

只不过锦衣少年毫不在意，仍然仔细端详着那方沉寂千年的古老玉玺，内心深处，他甚至希望那少女心生夺宝念头，要不然实在是太无趣了。

反正他已经两样东西到手，收获之丰，远超预想，如果再不找点事情做做，他就只能带着老奴就此离去。对这个锦衣少年而言，会觉得缺少了点什么。

就好比他在小镇万里以外的那个家里，身上穿着一袭金黄色的九蟒大袍子，只可惜，始终少了一爪。

来此小镇，每个选定之人，可携带三个信物，分别装入锦囊绣袋，之前交给看门人一只袋子，属于必须掏出来的过路费。不管那个看门人身份高低，不论城门如何破烂不堪，即便是一国君主，或者一宗祖师来此，也得老老实实按照这个规矩来。其余两只锦囊绣袋，意思是在此最多捞取两件宝物带出小镇，否则任你在这里搜刮到十件、百件宝贝，也要一一还回去。袋子里的信物，是三种形制特殊的铜钱，分别是市井百姓用以庆贺上梁的压胜钱，皇宫每年悬挂于桃符上的迎春钱，以及被城隍爷塑像托在掌心的供养钱。说是铜钱，其实质地是珍稀异常的金精。对于"山下"大多数凡夫俗子而言，连官家纹银都不常见，更何况是一袋子沉甸甸的"黄金"，确实足以让人心甘情愿来兜售传家宝。

锦衣少年对于三种不见于正史记载的铜钱，钻研了一路，也琢磨不出任何门道。

前方，浑身散发出一种冷峻气息的少女，笔直前行，将小巷主仆二人视若无物。

锦衣少年临时改变主意，收起了那方玉玺，装入一只早就准备好的布袋子，系挂在腰间，但是依然站在小巷中央，没有要让路的意思。

身材高大、皮肤白皙的老人也站起身，嗓音阴柔，细声细气道："殿下，此人是个登堂入室的练家子，不可掉以轻心。若是在小镇以外，自然不用在意。可是在此地，便是咱家这副走纯粹武道的体魄，也时时刻刻承受此方世界的压制，极为难受。一旦全力运转气息、窍穴大开，就会像是江海倒灌，经脉窍穴都会洪水泛滥，一发不可收拾。到时候咱家死了事小，殿下安危事大啊。如果由于咱家照顾不周，使得殿下修道的千秋大业出现丁点儿纰漏，回去之后，咱家如何跟陛下和娘娘交代？"

锦衣少年促狭道："吴爷爷，你出宫之后，话变得多了。以前在宫里头，你一年到头就是翻来倒去那几句话，比我姐饲养的那只笨鹦鹉还不如。"

老人自称"咱家"，处处骨子里透着卑躬屈膝，只能是忠心耿耿的宫中阉人。

他见这位小主人好像没有听明白自己的言下之意，只得更加直白说道："殿下，小巷此人在此地，已经有可能对殿下造成威胁。"

锦衣少年懒洋洋笑道："虽然我早就听闻修行路上，三教九流鱼龙混杂，许多邪门歪道，更多旁门左道。但是我和她不过一场萍水相逢，她这就要见财起意，杀人夺宝？不太可能吧？要是'山上'人人如此，岂不是早就天下大乱了？"

老人叹了口气，山下王朝和山上仙家，双方貌合神离，其实是相看两相厌的立场。

锦衣少年有些心灰意冷："算啦算啦，把这笔烂账算在一个丫头头上，不算大丈夫所为。"

黑衣少女走到他身前，左手按住刀柄。

锦衣少年笑了笑，侧过身，示意少女先行。

黑衣少女也稍稍放缓脚步，微微侧身，帷帽后的眼神，充满戒备警惕。

当年迈宦官发现少女用棉布包扎的受伤双手时，忍不住眉头紧皱。

"放肆！"

骤然间老宦官一声怒喝，如舌绽春雷，双脚好似一滑，高大身影便来到锦衣少年身前，老宦官后背轻轻一靠，以巧劲将锦衣少年推到小巷墙壁上，同时左手张开五指。手心处传来一记沉闷的撞击声。

原来是有人以石子作为暗器，砸向锦衣少年头颅侧面。声势惊人，力道几乎足以贯穿一堵墙壁。

老宦官砰然捏碎手心拳头大小的石子，却不是杀向那名刺客，而是右手一拳轰向那个黑衣少女。

悬刀少女略作犹豫，强行压抑下拔刀出鞘的本能，歪过脑袋，刚好躲过这势大力沉的刚猛一拳。拳风之烈，瞬间吹乱少女的帷帽薄纱。

老宦官变直拳为横扫，拳头正好砸向少女的脑袋。拳势圆转如意，毫无凝滞。

少女只得迅速抬起双臂，双手手背叠放在一起，护在耳畔之外，呈现出十字交错的防御姿态，挡在拳路前方。

下一刻，少女整个人侧滑出去十多步。少女轻轻吐出一口浊气，伸出手心鲜血渗透棉布更多的那只手，扶正了头顶有些歪斜的帷帽。她有些生气。

少女转过身，望着那个左右张望了一下的老宦官，一板一眼说道："如果不是我，他已经是个死人了。"

老宦官置若罔闻，只是相较之前，这个对于刺杀偷袭可谓经验丰富的老宦官，已经将少女的危害程度，下降为第二位，第一把交椅，则让位给了小巷另一侧的出手之人。

当然，小巷除了主仆二人，真正的外人，也就只有两个。

小巷那边，站着个高高瘦瘦的蒙面人。手臂却极其粗壮，隆起的肌肉如铁球。

蒙面人腰间悬挂两只袋子，装着满满当当的圆状物体。

他就站在原地，好像在说，之前的偷袭，其实只是提醒罢了。

阴冷的视线，掠过少女身上的时候，男人偷偷咧了咧嘴角，眼神炙热。

少女呵呵一笑，说了两个字："回来！"

话音刚落，一剑过头颅。男人命丧当场。

莫名其妙的刺杀，莫名其妙的身死。天下杀敌最快者，剑修飞剑。

飞剑来到少女身边，环绕她急速旋转，如稚童撒娇。

她没好气道："滚！"飞剑一闪而逝。

主仆二人，呆若木鸡。

年老宦官并非震惊于这一手飞剑术本身。而是对于少女能够在此地随意驾驭飞剑，感到由衷的恐惧。这种感觉，让老人恍惚之间，像是回到了少年时代，初次入宫，战战兢兢，某天遥遥看着那位身穿大红蟒服、行走于宫墙下的前辈。当然不是敬畏那个连名字都不知道的宦官本人，而是害怕那一抹刺眼的猩红。

锦衣少年回过神后，笑了笑，充满自嘲，向前走出一步，关心问道："吴爷爷，没事吧？"

白发苍苍的老宦官脸色沉重，摇头道："小心为妙。实在不行，咱家就……"

锦衣少年赶紧摆手，问道："要不然咱们道个歉？"

老宦官有些措手不及，继而悲愤和自责。

主辱臣死。尤其是帝王家！

但是锦衣少年已经笑道："吴爷爷，做了错事，说句对不起，有什么难的。"

老宦官仍是觉得此举不妥，但锦衣少年已经向少女走去。

刹那之间，老宦官百感交集。原来锦衣少年后背并无半点泥屑。

帷帽少女没有理睬走向自己的锦衣少年，视线越过少年肩头，望向那个亦步亦趋的高大老人，她神色郁郁道："方才你一言不合就要杀人，虽然你有你的理由，但是我觉得这样不对。"

锦衣少年在冷峻少女七八步距离外，停下身形，眼神真诚道："我叫高楦，是大隋弋阳郡人氏。吴爷爷若有得罪之处，我愿意向姑娘道歉和补偿。"

老宦官站在锦衣少年身后，心情复杂。所谓的大隋弋阳郡高氏子弟，其实不过是个含蓄的说法罢了。大隋国祚一千二百年，坐龙椅的人都姓高，太祖皇帝便是龙兴于弋阳郡。

少女对此无动于衷，抬起双手系紧绷带，对老宦官说道："若是在外边，面对一位极有可能已经'御风远游'的武道大宗师，我绝非对手。但是此时此刻，我只要假借飞剑，你必死无疑。"

老宦官冷笑道："只要那名刺客事先知晓你的杀手锏，以他那副小宗师巅峰的体魄，只要护住要害，任你刺穿十剑又如何？他尚且如此，更何况我比他高出两个境界，其中一道门槛还被视为武道天堑。小姑娘，我不知道你哪来的底气，才说得出来'必死无疑'四个字。"

少女皱了皱眉头，一只手悄然扶住刀柄："我是很怕麻烦的人，更讨厌跟人吵架，不然我们出手试试真假？谁赢了谁有道理，如何？"

极少有机会被人威胁的老宦官有些恼火。如果不是身处于这个神憎鬼厌的诡谲地方，就少女这般修为，任她再天赋异禀，老人一只手也能碾压虐杀十个。退一步说，如果不是重任在身，需要照顾被大隋举国寄予厚望的少年殿下，老人哪怕拼着被此处自行循环的大道镇压重伤，也要好好教训一下这个不知天高地厚的少女。初生牛犊不怕虎，勇气可嘉，仅此而已，可这并不意味着猛虎就不会把牛犊吃得一干二净。

自称高积的锦衣少年赶紧打圆场道："如果姑娘一定要追究，我愿意拿出此物作为弥补。"

高积低头打开腰间那只布囊，掏出那方玉玺，单手托着，递向远处的帷帽少女："以表诚意，只求姑娘不要追究先前吴爷爷的无心冒犯，他毕竟是出于忠义，并无害人之心。"

眉发皆白的高大老宦官顿时悚然，单膝下跪，惶恐不安道："殿下不可！老奴何等腌臜，此方玉玺却是殿下机缘所在，是世间罕有的纯粹宝物，甚至能够承载民间香火，两者如何能够相提并论，殿下这是要活活逼死老奴啊！"

出身天潢贵胄的高姓少年脸色僵硬。

少女好似有些不耐烦，讥讽笑道："偏居一隅的井底之蛙，倒是人人都喜欢敝帚自珍。将那方玉玺收回去吧，我一直很喜欢一句话，叫君子不夺人所好。"

少女行事干脆利落，转身就走。

高积如释重负："起来吧，吴爷爷，跪着多不像话。我大隋十二位大貂寺，素来只跪帝王。这要是被六科言官或是礼部的人瞧见，拿出来说事，咱们俩都要倒霉。行了，这趟小镇之行，我承蒙祖宗庇护，圆满完成，我们就不要横生枝节了，速速离开此地，而且在外头跟自己人接应后，也不可掉以轻心。要知道大骊王朝内的六大柱国，其中袁、曹两家虽是对立阵营，但是很不凑巧，这两根大骊砥柱，与我们大隋高氏有不共戴天之仇，一旦吴爷爷你在此有了意外，战力受损，我很难安然无恙地返回大隋。"

老宦官点点头，缓缓起身："老奴知晓事情的轻重缓急。"

当老宦官说到"急"这个字眼的时候，帷帽少女已经走出去二十余步。

高积身边拂过一阵清风，鬓角发丝和锦衣袍袖都被吹得飘荡起来。

原来身边这位在大隋权柄煊赫的老人，根本就没有放过少女的心思，此时已经一冲而去，前三步重重踩踏在小巷地面上，声响沉闷，直透地面底下一丈有余，第四步的时候，老人已经高高跃起，一拳砸向少女后背。

帷帽少女腰肢猛然拧转，以左脚脚尖为支撑点，右手拔刀出鞘，小巷当中出现一抹比阳光更耀眼的雪白光辉。

老宦官以压顶之势扑杀而至，一拳直直砸在刀锋上，手背竟然只被锋芒气盛的刃口割出一条血痕。老宦官双脚轰然落地后，继续前冲，推得持刀少女一直向后倒退，随即轻描淡写伸出一掌，看似缓慢从容，实则闪电一般推在了少女额头。老宦官加重力道，打算一掌碎裂这颗隐藏在帷帽下的脑袋，连忙挪动脚步，身形横移一尺，扑哧一声，低头一看，有利器从后背穿透自己右边胸口，是剑尖。老宦官脸色不变，双指并拢夹住剑尖，向后一推，将那柄循着少女心意来此的凌厉飞剑，硬生生推出自己的胸口。

因为受到飞剑的阻滞，老宦官并没能一掌拍碎少女头颅，那个身体倒飞出去摔在小巷中的少女，借此喘息机会，起身后身形矫健如狸猫，很快消失在一条小巷岔道。

高积脸色阴沉得可怕，双拳紧握，气势勃发，满脸怒容道："御马监掌印太监，吴钺吴貂寺！你为何不肯听从我的暗示，非要如此偏执行事，当真以为这座小镇就数你吴貂寺最为天下无敌？明明是我们做错在先，事后她也未曾咄咄逼人，已经愿意息事宁人，为何你还要如此毒辣，简直就是欺人太甚！"

老宦官从少女逃离小巷的方向，收回视线，转身走回，腰杆挺直，越发显得气势巍峨。他一步一步缓缓走回，像是重重踩在心坎上。

高积感受到那股令人窒息的威势，被一个奴才压迫，更是令他满腔怒火，遂瞪大双眼，咬牙切齿道："御马监吴貂寺，你这是死罪！"

老宦官淡然道："殿下，死罪活罪，需要陛下亲自定夺。在咱家看来，殿下的安危，是山岳之重，摆在最首要的位置。而小镇少女存在本身，在咱家看来，已经成为燃眉之急，所以真正想要万事大吉，只有对她痛下杀手。她死了，咱家才能安心。"

看到高積眼眸中几乎压抑不住的熊熊怒火，老宦官叹了口气，轻声道："在皇宫大内任职六十余年，咱家见过太多太多的钩心斗角，血腥的，不沾血的，不计其数，对于人心，咱家实在是没有丝毫信心。仅是护驾途中的刺杀事件，大大小小，咱家就亲手解决了不下三十余起。殿下，那些刺客杀手的阴险狡诈，绝对出乎想象，尤其是一些丧心病狂的死士，根本不可理喻，就拿刚才的蒙面杀手和帷帽少女来说……"

高積伸出手指，指向脸色冷漠的老宦官，愤怒指责道："闭嘴！你这个老阉人！我不想听你胡说八道！我只确定你毁了我的精心拉拢。就是个瞎子，也知道那个能够驾驭飞剑的少女，是如何天赋异禀、惊才绝艳！哪怕放于山上的修行之人当中，她也是最拔尖的天才！这样的角色，莫说是大隋或是大骊，便是整个东宝瓶洲，她也是凤毛麟角的存在！我只需要培养她十年，最多二十年，她就能够成为我身后影子里最厉害的刺客！任你是陆地神仙，是武道大宗师，算得了什么？！结果呢？我是高積，是大隋王朝的未来太子！是你这个吴老阉人的主子！"

很奇怪，饱经沧桑的年迈宦官，非但没有被一口一个"老阉人"惹恼，反而眼神越发欣慰。等到高積发泄完毕，终于停下骂街行为，老人看着气喘吁吁的少年，微笑道："殿下，虽然你可能因为有些事情未曾亲身经历过，所以不知世道诡谲和人心险恶，但是殿下有件事做得很好，很有陛下当年的风采。"

气氛尴尬。高積冷静之后，应该是意识到自己大错特错了，在尚未被钦定成为太子之前，就对一位御马监掌印太监兼大隋皇宫三位看门人之一的老人如此不敬，而且关键此人还深得父皇母后两人的信赖。皇子高積张了张嘴巴，却看到那个被自己骂作老阉人的权势宦官笑道："殿下，记住一点，不要跟下人随随便便说对不起，没有必要，还白白作践了身份，下人也未必领情。哪怕心怀愧疚，也应该深深埋在心底，须知被誉为人间真龙的皇帝君王，是口含天宪的九五之尊……"

高积道："吴爷爷，以我如今的身份，说这个太早了。"

老宦官突然身体紧绷，如临大敌，一把将锦衣少年拉到自己身后，自己则望向蒙面杀手尸体那边。

有个身材修长的中年儒士，突兀出现在小巷尽头处，缓缓走入，来到杀手尸体附近。儒士蹲下后，摘下杀手脸上的面巾，只看到一张奇怪的脸庞，无眉毛，被削鼻，脸上刻字。此人生前曾经是刑徒，这一点毋庸置疑。

儒士默然，果然是早有预谋，恐怕这场谋划，要从那座文庙开始算起。

高积眼神炽热，从老宦官身后走出来，弯腰作揖，不管如何，先行礼再说，然后才抬头恭敬问道："敢问可是山崖书院的齐先生？"

齐静春站起身，对高积说道："若非你率先占据了一份大机缘，你们两人今日无法如此轻松离开。"

外来人士在小镇上相互厮杀，按照最早四位圣人订立的规矩，惩罚并不重，但也不能算轻，相较于滥杀小镇凡夫俗子必然会被驱逐，外人之间的争斗，就存在一个明显的"漏洞"，让人可以亡羊补牢。高积在内的三拨人，之所以都携带一名"扈从"，也正是为此做了最坏的准备，以便在关键时刻推出来做替罪羊。要不然仅仅是一个名额，就要耗费大隋高氏皇帝内库的一半积蓄，好歹是一位泱泱上国皇帝陛下的私房钱，整整一半家底子，金额之大，可想而知，所以谁肯无缘无故当这么个冤大头？其实说得通俗一点，就是花钱消灾罢了。只不过在这里的开销，用搬空一座金山银山来形容也不为过，世俗市井所谓的一掷千金，对比起来简直就是儿戏。

被下了逐客令的高积，继续自顾自说道："齐先生，以后有机会的话，能否去我大隋书院讲学？我大隋愿意专门为先生，将'国师'虚位以待！"

老宦官想了想，还是没有阻止少年的僭越言论。

如果真的能够说服这个读书人，日后为大隋高氏出谋划策，大隋皇帝肯定龙颜大悦。

齐静春笑了笑，不曾答话。

老宦官对待萍水相逢的帷帽少女，杀伐果决，心狠手辣，此时面对这位坐镇此处的定海神针，山崖书院的齐先生，就呈现出另一种极端姿态，低头抱拳道："齐先生，多有叨扰，还望海涵。方才对一个晚辈出手，实在是无奈之举，希望先生体谅咱家作为高家奴仆的苦心。"

齐静春一挥袖："速速离去。"

高積和老宦官只得告辞离去，刚好走了一条帷帽少女撤退的路线。

高積低声问道："她死了？"

老宦官摇头道："肯定命不久矣。飞剑无非是让她多活片刻，于事无补。"

高積犹豫了一下，好奇问道："吴爷爷是什么时候看出她驾驭飞剑，其实远远没有表面看上去那么轻松惬意？"

老宦官说道："过犹不及，她的早慧露了马脚。"

高積讶异不解。

老宦官带着高積拐出原先小巷，轻声道："咱家问殿下一个问题，殿下见多了世间富贵豪奢的珍奇物件，还会对小镇寻常瓷器感兴趣吗？"

高積拍了拍腰间口袋，笑道："当然不会，只有这方玉玺，或者跟它差不多水准的玩意儿，才能让我感到欣喜。"

老宦官点头道："正是此理。那个少女在御剑杀人的时候，心如止水，极其镇定从容，就像……常人的吃喝拉撒。而且事后察觉到我的真实武道修为后，便果断放弃争斗的念头，尤其是害怕我反过来看穿她的色厉内荏，才故意主动挑衅我们。她的真实意图，是好给双方各自找一个台阶下，是怕咱家心存杀心，宁肯误杀也不愿错放，对她斩草除根，所以她必须要破局。当然，事实证明她做得并不好。不过说到底，小小年纪，有此心思，已经很不简单。但越是如此，一旦放虎归山，任其茁壮成长，将来对殿下的威胁就越大。"

老宦官感慨道："少年少女，正值意气风发，若是热血杀人，或是慷慨赴死，其实咱家都不奇怪，但是缓缓思量之后的从容赴死，或是生不起半点心湖涟漪的杀人，就很反常。甚至可以说，这只能是被阅历磨砺出来的性情，跟一个人的天赋高低、资质好坏，都没有太大关系。无论修士还是武夫，许多天才早夭，就在于性情短板太过明显，一遇坎坷就容易坏事。"

高積哀叹道："不管怎么说，都可惜了。"

老宦官半真半假玩笑道："殿下，如果这样一个人物的生死，都要叹气一次，那么等到殿下以后真正站在山顶，应该会很忙的。"

高積笑道："我不信。"

老宦官突然说道："不知是否错觉，咱家感觉到那位齐先生，虽一身通天修为，却好像出了不小的问题。"

这位大隋皇子满脸无所谓道："反正原本只要能够拿到这方'龙门'玺，就算大功告成，哪里想到这方价值连城的宝玺，竟然'沦为'了大买卖的小添头，所以咱们是该见好就收了。一说起那条金色鲤鱼，我就忍不住想到那个草鞋少年……"

老宦官笑道："殿下是想着以后找个机会，感谢一下那个少年？"

高積摇头道："哪里啊，我是心疼那一袋子铜钱。"

老宦官哑然失笑。

以后大隋说不定会有一位勤俭皇帝？

一条南北向的僻静小巷，唯有车辘辘声。

有个头顶莲花冠的年轻道人，今天早早不做生意了，正在推车前行，想着回到住处后，收拾收拾，赶紧打道回府，这个烂摊子，谁掺和谁倒灶。

有个身材苗条的黑衣人，突然从东西向的小巷岔口处，踉踉跄跄走出来，最后背靠着墙壁，缓缓移动，一手越过帷帽浅露薄纱，使劲捂住嘴巴，一手指向年轻道人。

年轻道人赶紧低头，默念道："看不到我……看不到我……太上老君急急如律令……就算了吧，还是佛祖保佑，菩萨显灵……"

一个道士事到临头，不求三清老祖，反而去求佛拜菩萨，实在是有些不像话。果然，佛祖菩萨好像是不乐意搭理别教门下的徒子徒孙，那帷帽少女不知从哪里冒出的最后一点气力，摇摇晃晃冲向道人，扑通一声重重摔倒，但是一只手已死死攥住了道人的脚踝。

年轻道人双手捧住脑袋，一脸崩溃的凄惨模样，好像是在仰头问天："这么大一个因果砸过来，不等于让贫道在额头刻上'一心求死'四个字吗？贫道这些年云游四方，风餐露宿，跋山涉水，经常走在街上被狗咬……很辛苦的好不好！干你娘的大隋高氏，还有姓吴的老狗，你们给贫道等着，这笔账没有五百年，根本算不清楚……贫道的道行修为这么浅，真的挑不起什么重的担子啊……"

已经语无伦次的年轻道人低下头，只差没有泪流满面了："小姑娘，你发发慈悲心，放过贫道好不好，回头贫道就帮你找一处山清水秀的地方，风水极好，肯定能够福泽子嗣……哦，不对，姑娘还是黄花大闺女，那就……"

少女已经彻底晕死过去。年轻道人眼见四下无人，蹲下身就要悄悄掰开少女的五指。

嗖一下。飞剑凌空悬停，剑尖距离年轻道人眉心不过三寸。

年轻道人不露声色地松开手，满脸怜悯，大义凛然道："人非草木，岂能没有恻隐之心？贫道这一生光风霁月，岂是那种见死不救之人?!"

年轻道人盘膝而坐，整张英俊的脸庞都快要皱成一团了："接下来送往何处，也是麻烦啊。"

一直距离年轻道人眉心三寸的那把飞剑，迅猛前移一寸。

年轻道人耐心解释道："想要让你主人活下来，贫道还需要一个帮手。对了，你去老槐树那边戳一片槐叶过来，贫道先替她吊住这一口元气。你家主人有些特殊，贫道不想为了救人而胡乱救人，到时候不小心耽误了她的修行前程，这一桩新因果……又他娘的让贫道想死了一了百了啊……"

飞剑好似在犹豫，剑尖微微颤抖。

年轻道人没好气道："早去一分，你家主人就能从鬼门关早走回来一步。去晚了，大家一起完蛋！"

飞剑眨眼间便消失不见。

年轻道人低声气愤道："郎有情妾有意，才成良人美眷，你齐静春齐大先生倒好，乱点鸳鸯谱，拉屎也不擦屁股！"

年轻道人一手托腮帮，一手掐指算卦："容贫道来算算，将你送到小镇哪户人家，你既能活下来，对方也不至于家破人亡。先从卢家……卢家不行，跟赵家差不多，已经机缘在身，那就宋家？"

这边小巷里的年轻道人话音未落，福禄街上的宋家门庭，张贴在大小门扉上的所有门神，瞬间失去神采，黯淡无光，还有凡人肉眼不可见的缕缕青烟升起。

庭院深深处，有一个沧桑老人推门而出，赤脚站在院子里跳脚怒骂道："是哪个王八蛋在谋害我宋氏基业？！出来一战！"

年轻道人咳嗽一声，自言自语："福禄街的刘家，瞧着香火鼎盛，像是能扛事的主儿，试试看？"

刘家那块传承千年的家族厅堂匾额，砰然碎裂，出现一条条触目惊心的裂缝。

有老妪嗓音浑厚，以龙头拐杖重重敲击地面："何方神圣，能否出来一见？！"

年轻道人假装什么都没有发生："那就桃叶巷的魏家？一看你们家就是积善积德的，肯定承受得起这份因果。"

很快就有老人以秘术传音，向学塾那边怒吼道："齐静春！你不管管？！你要是管不了，或是不敢管，就赶紧滚蛋，把位置让给阮邛！让他来收拾这个鬼鬼祟祟的家伙！还是说这一切，就是你齐静春本人在发泄私怨？"

有个男人在小镇廊桥以南的小溪畔，正在领着人挖井，站直身后，他面向北方嘴唇微动。仿佛一声声春雷，在福禄街和桃叶巷上空滚滚响动："够了！不许对齐先生不敬，而且我阮某人也绝不会在春分之前，涉足小镇事务！"

一时间，天地寂寥，万籁寂静。

而那个小巷推车旁边坐着的罪魁祸首，正在抓起黑衣少女的一只手，然后将那片飞剑带来的翠绿槐叶，丢在她鲜血模糊的手心上。

槐叶触及少女手心伤口后，如冰雪消融，转瞬消散。

年轻道人感慨道："每每见到此情此景，都要为这份天地造化之功，感到……"酝酿了半天，他也没能想出让自己满意的言语。

年轻道人最后低头，看着微微有些气色流转的少女，有些犯难："既然你牵扯到的气数，比贫道想象的还要大，那就只能逆其道而行了。小镇之上，六百户人家，盘根交错，世世代代浸染此方秘境的气息，你要说让贫道找个有气数萦绕的家伙，轻而易举，可是找个穷光蛋，比登天还难啊。这就像是在朝会大殿上，找个当大官的，容易，找个乞丐，你让贫道怎么找？"

年轻道人咦了一声。还真找到这么一个可怜虫。

他没有丝毫惊喜，反而悚然，闭上眼睛，扪心自问。

年轻道人叹了口气："不管怎么样，先看你会如何选择，贫道绝不强求，你若是不愿，贫道便自己担起这份因果好了。"

最后他学僧人双手合十："佛祖保佑，菩萨显灵，一定要让贫道渡过此劫啊。"

泥瓶巷中。

年轻道人弯腰推着一辆双轮车，来到一处院门外停下，敲门后，问道：

"陈平安在吗？"

推车上，角落缝隙里，放着一把雪白鞘的长剑，鞘内飞剑病恹恹的，像是在嫌弃年轻道人找了这么个破落户。

年轻道人已经想好一大堆措辞，来应对陈平安那个"是谁"的问题，但是出人意料，院门很快打开，显而易见，陈平安直接跳过了那个环节。

泥瓶巷是小镇最为狭窄逼仄的巷弄，年轻道人的双轮木推车不可能放在外头拦路，好在陈平安虽然看着骨瘦如柴，没几斤气力，事实上膂力不小，帮着年轻道人将颇为沉重的推车一起弄进了院子，并不怎么费劲。从头到尾，陈平安都没有说什么，这就让关上门后的年轻道人有些尴尬了。这就像一个人厚着脸皮去登门借钱，主人好茶好酒好肉殷勤招待着，客人但凡剩下点良心，都会越发难以启齿。

年轻道人想着横竖是难堪，不如来个痛快，就掀开覆在推车上的一张棉布褥子，露出一个身体侧卧蜷缩的黑衣少女，歪歪斜斜却不掉落的帷帽，仍然倔强地遮挡着主人的容颜，不知为何，当掀开那层单薄被褥后，顿时有一股血腥气扑面而来，陈平安这时候才发现少女一身黑衣，隐约有鲜血渗透出来。陈平安倒是没有想到一块小小被褥，为何就能完全掩饰住这股浓重气味，只是后退数步，问道："道长，你要做什么？"

年轻道人说道："救人！她受了重伤，小镇上无人愿意救她，也怪不得他们各扫门前雪，所以贫道思来想去，觉得你有可能会是个例外。"

陈平安一语命中要害，问道："她怎么受的伤？"

年轻道人脸不红心不跳，道："贫道方才推车经过牌坊楼的时候，见这个外乡年轻女子，竟然说是去对'气冲斗牛'这幅匾额进行拓碑，带着拓包、刷子等物，噌噌噌就爬了上去。至于拓碑啊，怎么说呢，就是这么个临摹勾当，大体是读书人吃饱了撑的，一时半会儿贫道也说不明白，反正这个小姑娘爬上去后，低头弯腰坐在横梁上，看得贫道心惊胆战，只得停下来，时不时提醒她一声，哪里想到她最后仍是太过入神，冷不丁，啪叽一下，就结结实实摔在地面上了。你也知道，牌坊那边地面，不比你们泥瓶巷，硬得跟福禄街青石板差不多，这下可好，摔得估计五脏六腑都伤到了。贫道是出家人，必须要慈悲为怀啊，不能不管，对不对？这一路过来，家家户户都嫌弃她一身鲜血，刚过完年没多久，太晦气，哪里愿意抬着她进家门。贫道也知道这是人之常情，所以这不实在没法子，才找到你这里来。说句难听的，要是连你也不愿收留她，贫道也不是什么能够从鬼门关拉人的神仙，就只能等着这位姑娘咽下最后一口气，再尽力找处地方，挖个坑，立块碑，就当了事。"

年轻道人故意讲得语速极快，咬字也不清晰，显然是想着把陈平安给兜圈子兜迷糊了，先蒙混过关再说。万事开头难，只要起个开头，之后就能走一步算一步，天无绝人之路，总有柳暗花明的时候。

陈平安眼神复杂，看了眼满脸希冀的年轻道人，又瞥了眼死气沉沉的黑衣少女，一番天人交战后，点头道："怎么救？"

年轻道人顿时神采飞扬起来："得嘞！有你陈平安这句话，就算成了一半，别看她看着伤势可怕，感觉像是阎王爷在生死簿上勾去姓名了，其实没你想的那么夸张……当然了，方才贫道所说也句句是真，这其中涉及种种玄机。譬如这位姑娘的求生欲望极其强烈；另外，她身上好像也有些家传门道，能够护住她至关重要的心窍和丹室等；还有就是咱们小镇，是个很有意思的地方，奇奇怪怪的玩意儿很多，吃了，或者抓了，大有裨益。"

年轻道人回过神，意识到自己泄露了很多天机，干笑道："反正你也听不懂，对吧？"

陈平安认真道："听不懂，但是大多记得住。"

年轻道人试探性问道："所以你在屋子里一听敲门嗓音，就知道是贫道这个摆摊的算命先生了？"

陈平安犹豫了一下，说道："对。"

年轻道人又好奇问道："你记性很好？有多好？"

陈平安看了眼奄奄一息的黑衣少女，年轻道人笑着解释道："她现在处于一种比较玄之又玄的状态，不能随意挪动身体，最好稍等片刻。"

陈平安将信将疑："我看东西，比听别人说话，更容易记得住。"

年轻道人追问道："打个比方？"

陈平安想了想："比如我们那座龙窑的窑头，姚师傅，他的'跳刀'技术，是小镇所有老师傅里最厉害的，我其实看一遍就记住所有细节了，但是……"

年轻道人笑着接过话题："但是你的手脚始终跟不上，对不对？"

陈平安眼睛一亮，使劲点头。

年轻道人会心一笑："那你有没有想过，姚老头的那手绝活，真正厉害在什么地方？"

陈平安脸色晦暗："以前怎么都想不通，后来刘羡阳跟我说，姚老头说跳刀这门手艺，想要做到最好，一定要心稳，而不仅仅是手稳。我听到这些话后，就有些明白了。我之前太着急，越心急，手越乱，越乱就越容易出错，一出错，我看得一清二楚，知道自己哪里做得不像姚老头，接下去就更心急，所以在龙窑那边拉坯，我一直是最差的。"

年轻道人淡然道："有句老话叫，师傅领进门，修行在个人。可人家当师傅的，根本就没想着把你领进门，你又如何修行？"

陈平安摇头道："我手脚笨，不说跟刘羡阳比，就是一般的学徒，我也比不上。姚老头看不上我，不奇怪。"

年轻道人突然笑道："陈平安，你知不知道'心稳'两个字，有多难悟？很难想明白的，你不可妄自菲薄。"

陈平安仍是摇头道："就像小溪里抓鱼，我站在水深不到膝盖的地方，弯个腰抓到鱼，是抓。有的人水性好，到大深坑里一个猛子扎下去，憋气很久抓到鱼，那也是抓。同样是抓到了鱼，道长，但是这两者不一样的，对吧？"

年轻道人哈哈大笑，不置可否，突然说道："咱们可以救人了。"

陈平安愣在原地，年轻道人也愣了愣："发什么呆，将这个姑娘抱到屋里床上啊！"

陈平安纹丝不动："然后呢？"

年轻道人天经地义道："当然是先帮姑娘换上一身洁净的衣裳，然后再去药铺抓几味补气养元的药材，到那个时候，就需要贫道亲自出山，一展身手了。"

陈平安黑着脸问道："姑娘醒过来后，我会不会被她打死？"

年轻道人斩钉截铁道："不会！你可是她的救命恩人，世间岂会有如此忘恩负义之人？！"

陈平安默不作声。

年轻道人咳嗽一声，气势骤降："大概不会吧？"

陈平安叹了口气，试探性问道："隔壁家有个姑娘叫稚圭，让她来做这些事情？"

年轻道人无奈道："不可以，问题症结就在这里。"

陈平安也没有坚持，蹲在地上，双手挠着脑袋。

年轻道人突然问道："你就没有想问的？你问出口的话，贫道未必可以全部解惑，但尽量挑一些可以回答的，如何？"

陈平安叹了口气，起身道："先救人。"

年轻道人笑逐颜开："善！"

他悄然拂袖，将一柄蠢蠢欲动的飞剑，死死压制在鞘内。

陈平安背起少女往屋内走，将她轻轻放在垫有被褥的木板床上。先前被刘羡阳一屁股坐塌的木板床，刚刚修好没多久，床底下垫了条板凳。

年轻道人跟在身后跨入门槛，环顾四周，家徒四壁，不过如此。

年轻道人一拍脑袋，出门去拿纸笔，准备开个方子让陈平安去抓药。

回到屋子后，年轻道人摇了摇头，故意不去看木板床那边，心想着这贫寒少年，板上钉钉是要吃不了兜着走了。原来坐在床沿上的陈平安，已经摘下黑衣少女的帷帽，露出一张满脸血污的苍白脸庞。

所谓的七窍流血，大概就是陈平安眼皮子底下这幅画面。

陈平安连忙起身，先从桌边拿了条凳子放在床边，然后快步跑去一处角落，那边搭了一个小木架，整齐地放着锅碗瓢盆，木架旁边，有一只覆以木板遮挡蚊蝇的小水缸，水缸里装满了从杏花巷铁锁井那边打来的井水。陈平安拿了只木盆和葫芦瓢，蹲在水缸旁，从陶缸里舀出清水快速倒入木盆，然后将一块干净棉布搭在盆沿上，端到床边放在凳子上，开始帮摘去帷帽的少女擦拭血污。

年轻道人转过头，扬起手里一张纸："福禄街那边有家小药铺，你拿这个方子去抓药。"

陈平安疑惑道："道长先前不是说……"

年轻道人一脸懵懂，眨眨眼道："对啊，贫道是说让你抓药的时候小心一些，不要过于高调张扬，以免弄得满城风雨，坏了姑娘的名声。"

陈平安哦了一声，一边清洗棉布一边问道："道长有没有抓药的钱？"

年轻道人顿时紧张起来："你没有？"

陈平安将木盆放在桌上，把一枚不知从何处取出的金色铜钱，轻轻按在桌面上："道长，我拿这个跟你换普通铜钱，至于怎么个换法，道长你说了算。"

年轻道人思量片刻："桌上这枚铜钱，就够买药方上的东西了。贫道这就去给你取钱。"

很快，年轻道人就拿回一袋子普通铜钱，还有几粒碎银子，一股脑儿交给陈平安。

陈平安叮嘱道："这盆水，回头我来倒，道长不用帮忙，住在隔壁的宋集薪，比较喜欢新鲜事情，让他瞧见了，不好。"

年轻道人郑重其事道："陈平安，你难道就没有想问的问题？"

陈平安站在原地，大致掂量过铜钱和碎银子，做到心中有数后，小心翼翼收起来，眼神示意出去说话。两人走出门槛后，陈平安抬起头，缓缓道："我知道你们都不是常人。姚老头很早喝醉酒时就说过，我们小镇不同寻常，哪里都奇怪，人人都奇怪，但是什么地方奇怪，姚老头也说不出个什么来，我当然就更不懂了。这次顾璨说那个说书先生，一只普普通通的大白碗，能倒出一大缸的水。顾璨虽然挺惹人烦，可这件事情，我知道他没有说谎。就像……"

他停顿了一下，继续说道："就像今天有个子很高的女人，在门外这条巷子里，她用手指弹了我额头一次，手掌拍了我心口一下，最后她说我很快就要死了，我知道她说的话，是真的。"

年轻道人脸色沉重。

陈平安最后说道："道长你说你写的符纸，烧了后，能够给我爹娘带去好运，我其实是相信道长的。所以道长找上门来，说让我救人，我刚才没有说什么，但是我希望道长答应我一件事情，如果答应，接下来道长不管要我做什么，都没有问题，如果道长不答应，这趟抓了药，再帮道长煎完，我就会赶人了。"

年轻道人问道："什么条件，你说说看。"

给人印象一直很平稳老练的陈平安，竟是有些忐忑，回答道："我爹娘去世得早，当时我很小，不知为什么，小时候很多事情，我都记得，就是我爹娘的模样，总是模模糊糊，记不真切。后来吃了一段时间的百家饭，是靠着街坊邻居才活下来的。有一次我无意间听人说起，我是五月初五那天出生的，听他们口气，应该不是一个怎么吉利的日子，隔壁有个人说得更直接坦白一些……"

陈平安一直在绕弯子，停了停，终于直奔主题，低下头，语气沉闷："帮道长救了人之后，如果，我是说如果，如果我有一天突然死了，道长能不能帮我下辈子投胎，还投胎做我爹娘的孩子？"

年轻道人沉默不言。

陈平安咧嘴一笑，挠挠头："不行就算了。确实，天底下哪有这样的事情，是我为难道长了。"

年轻道人苦笑道："那位姑娘咋办？"

陈平安猛然转过身，背对着年轻道人，扬起拳头挥了挥，破天荒开起了玩笑："她长那么俊俏，不救是傻子！"

年轻道人望着故作轻松、推门离去的草鞋少年。

走在泥瓶巷里的陈平安，好像想起了谁，一下子就泪流满面了。

陈平安走出泥瓶巷的时候，刚好碰到宋集薪的婢女稚圭，她在将蔡金简送去顾璨家后，没有急于回家，而是穿过巷弄那头，去逛了一遍杏花巷那边的小铺子，虽然没有购买什么物件，心情仍是不错，一路蹦蹦跳跳，欢快轻盈。

生长于乡野，好似带着一股青草香的少女，与那些高檐大宅、庭院深深的大家闺秀，做派到底是不一样的。

她见到陈平安后，没有像以往那般低敛眉眼，微微加快步伐侧身而过，反而停下了脚步，凝视着这个不经常打交道的邻居，欲言又止。

陈平安对她笑了笑，小跑着擦肩而过，然后跑得越来越快。

稚圭安安静静站在泥瓶巷口子上，转头望去，阳光下奔跑的寒酸少年，挺像一只生命力顽强的野猫，四处流窜，长得不咋样，但好像也饿不死。

稚圭在小镇上并不讨喜，受累于少年宋集薪的性情古怪，被取名稚圭的她不管是去铁锁井打水，还是赶集买东西，或是给少年添置文房用品，总给人一种不合群的感觉。她也没有什么同龄的玩伴，遇上熟人从来不爱多说话，对于偏好热闹喜庆的小镇百姓而言，这样的少女，实在是很难亲近起来。

在这方面，陈平安的境况和婢女稚圭，其实有些相似。不同的是，陈平安虽然也不爱说话，但其实本身性格绝对不惹人厌，相反，陈平安生性温和友善，从来没有什么刺人的锋芒，只是家境败落的关系，又早早去了龙窑烧瓷讨生计，才显得和邻里之间关系没有那么熟络。当然，泥瓶巷的街坊们，对于陈平安的生日，确实会有一些说不清道不明的忌惮。五月初五，在小镇乡俗里，属于五毒并出的"恶日"，陈平安在这一天出生，加上他爹娘的纷纷去世，他早早成了家里最后一根独苗，自然而然会让人心里头犯嘀咕。尤其是上了岁数、喜欢在老槐树那边凑热闹的老人，对于这个泥瓶巷的少年，尤为疏远，私下也会告诫自家孩子不要接近，但是每当孩子满脸不情愿，刨根问底问为什么的时候，老人们又说不出个所以然。

此时一个修长身形从小巷走出，站在少女身边，婢女稚圭转过头，一言不发，只是向前走。那人便转身与她并肩走在泥瓶巷里，那人正是学塾先生齐静春，小镇唯一的读书人，正儿八经的儒家门生。

稚圭脚步不停，脸色冷漠："我们两个，井水不犯河水，不好吗？而且先生你别忘了，之前确实是你占据天时地利人和，我一个小小的贱籍奴婢，当然只能忍气吞声。但是从最近开始，先生你那座远在不知几千万里外的法脉道场，好像出了点问题，对吧？所以现如今先生只是井水，而我才是河水！"

泥瓶巷的不速之客齐先生微微一笑，道："王朱，罢了，暂且入乡随俗喊你稚圭便是。稚圭，你有没有想过，你虽是天地眷顾，应运而生，可是当真以为我没有压胜的手段？还是说你觉得几千年前，四位神龙见首不见尾的圣人，联袂莅临此地，亲自订立规矩，只是嘴上说说而已，没有留下半点后手？说到底，你只是坐井观天罢了。苍穹之高，大地广袤，远远不是井口那点光景模样啊。"

稚圭皱了皱眉头："齐先生，你也莫要拿话来唬我，我不是我家少爷宋集薪，对你那套冠冕堂皇的说辞，不感兴趣，也从来不信。先生不妨打开天窗说亮话，打生打死也好，好聚好散也罢，我都接着。"

齐静春缓缓道："劝你脱离此处樊笼后，不要得寸进尺。涸泽而渔，无论对谁都没有好处。尤其是你和他踏上修行大道之后，不管是否结为道侣，都应当收敛锐气，不可跋扈恣睢。这并非什么威胁，而是离别之际，我的一些肺腑之言，也算是善意的提醒。"

照理说，两人身份天壤之别，婢女稚圭却极为不卑不亢，甚至当下气势还要隐约压过齐静春半头。她讥笑道："善意？数千年来，你们这些了不得的修行中人，高高在上，画地为牢，拿此地作为一块庄稼地，今年割一茬明年拔一捆，年复一年，千年不变，怎么到了现在，才开始想起要同我这孽障'与人为善'了。哈哈，我听少爷说过一句话，被你们很多人奉为圭臬，叫作'非我族类，其心必异'，对吧？所以也怪不得齐先生，毕竟……"

齐静春继续前行，轻轻踏出一步，似笑非笑："哦？"

一步之后。婢女稚圭脸色微变。

两人不知何时站在了一处地方，四处漆黑，伸手不见五指，唯有遥遥的头顶上方，有无数孕育着神圣气息的光线洒落而下。

他们如同置身于一口深不见底的水井井底，那些金黄色的阳光从井口缓缓落下。

齐静春一袭青衫，衣衫上有阵阵流光，流转不息。浩然之气，正大光明。

稚圭先是面容狰狞，只是很快就恢复了脸色淡漠的麻木模样，呢喃道："六十年佛门梵音，如耳畔打雷，声声不歇。六十年道家符箓，如附骨之疽，竭力撕咬。六十年浩然正气，遮天蔽日，无处可躲。六十年兵家剑气，如地牛翻身，无处不被溅射。每一个甲子就是一次轮回，整整三千年了，永无宁日……我就是想知道你们所谓大道根柢，到底在哪里，先生书本上的白纸黑字，先生传道授业解惑时的微言大义，我看得到听得到，但是找不到……"

她痴痴望向那位正气凛然的中年男人，既是穷乡僻壤籍籍无名的教书匠，也是儒家山崖书院的齐静春，一个连大隋王朝权势大貔寺也要尊称一声"先生"的读书人。

稚圭突然笑了，问道："先生何以教我，要如何劝我向善？如果我没有记错，你们儒家那位至圣先师，以及道祖之一，都曾提出过'有教无类'？"

齐静春摇头道："跟你讲一万句圣人教诲，也没用。"

稚圭看似在和这位儒士云淡风轻地闲聊，实则整个人就像一张紧绷的弓，眼角余光不断打量四周，寻找破局的蛛丝马迹。

齐静春对此视而不见，冷笑道："我知道你其实有无穷无尽的愤怒、怨恨、杀意。我并非容不得异类，只是你要知道，随意起恻隐之心，泛滥施行慈悲之举，从来不是真正的三教教义。"

"我们家少爷经常念叨，跟读书人掰扯道理，最没意思了。"稚圭扯了扯嘴角，眯起那双诡异的黄金重瞳，"原来齐先生是真的回光返照了，自然比起以往更加不好惹……"

齐静春一笑置之："道理讲不通无妨，但是只要我齐静春在世一天，还有资格坐镇此地一日，你这忘恩负义的孽障，就别想张牙舞爪！"

稚圭伸手指了指自己，笑问道："我忘恩负义？"

齐静春怒色道："当年在你最虚弱之时，不得不低头俯首，主动与人缔结契约，是谁在泥瓶巷的大雪天救了你？！又是谁这么多年来，一点点蚕食掉他的仅剩气数？！"

稚圭笑道："饿了，就要找东西吃，把肚子填饱，这不是一件天经地义的事情吗？再说了，他本来就没什么大的机缘，早死早投胎，说不定下辈子还有点渺茫希望，若是任由他这种无根浮萍留在小镇，嘿，那可就真是……"

齐静春一挥大袖，轻声喝道："住嘴！"

他怒斥道："大道之玄，天理昭昭，岂是你可以一言断之？！人生各有命数缘法，你有什么资格替他人做出选择？！"

稚圭头顶凭空出现一只光芒璀璨的金色大手，气势威严，如佛陀一掌降伏天魔，又如道祖一手镇压邪祟，迅猛按在她脑袋上，迫使她瞬间跪下，额头重重磕在地面。磕头声，砰然作响。

低头的稚圭，双手撑在地上，挣扎着起身，不见容颜的她，发出一阵阴恻恻的笑声："你们可以压我低头，但我绝对不认错！"

那只威势磅礴的金色大手，扯住稚圭的脑袋，一提起一按下，又是一次磕头。此次声响重如春雷。

齐静春沉声道："别忘了！这一线生机，是圣人们给你的，并非你争取而来！否则别说镇压你三千年，三万年又有何难？！"

始终被按住脑袋的稚圭嗓音沙哑："你们的狗屁大道，我偏不走！"

齐静春高高抬起手臂，对着身前虚空猛然拍下："放肆！给我镇！"

从井口投下的金黄光线中央，浮现出一方白玉印章，丈余长宽，方方正正，印章篆刻有八个古老文字，有极其鲜红刺眼的沁色，无数紫色雷电萦绕印章，嗞嗞作响。

随着齐静春一声令下，真可谓是传说中的言出法随，巨大印章从天而降，砸在本就跪在地上的稚圭的背脊。

这一枚蕴含天道威压的巨大印章，好像不是实物，没有将稚圭压得整个人匍匐在地，而是裹挟风雷迅速嵌入地面，再无踪迹，好似雨点大雷声小。但是一瞬间后，稚圭整个人像是被重物砸断了浑身骨肉，一摊烂泥般瘫在地上，无比凄惨。即便如此，少女有一只手五指如钩，使尽全力，五指指甲好像正在地面上刻字。

齐静春面无表情，冷声道："三次磕头，是要你分别礼敬天地！苍生！大道！"

稚圭眼神呆滞，没有回应。

齐静春轻轻挥袖，散去那股令人窒息的磅礴威严："我齐静春不过是圣人门下一介腐儒，就能压得你三磕头，你出去之后，一旦为所欲为，真不怕遇上比你更不讲理的存在，一根手指就将你碾碎？"

齐静春叹了口气："你在此地，确是被镇压拘押，不得自由，但是你有没有想过，世间哪里有绝对的自由。我儒家至圣制定种种礼仪，何尝不是在为万物苍生谋取另一种自由？只要你不逾矩，不违制，只需恪守礼节，有朝一日，天大地大，何处去不得？"

稚圭抬起头，死死盯住齐静春。

齐静春走出一步。天地恢复正常，他和婢女稚圭重返泥瓶巷，阳光温暖，春风和煦。

稚圭摇摇晃晃站起身，笑容惨白，微微露出森森的牙齿："先生今日教诲，奴婢记下了。"

齐静春不再说话，转身离去。

稚圭突然问道："就算我对陈平安忘恩负义，但是先生身为出类拔萃的圣人门生，为何会袖手旁观？为何只对弟子赵繇和我家少爷，青眼相加，对于身世平常的陈平安，不过尔尔？这何尝不是与商贾做买卖无异，若是奇货可居，便精心栽培，对待粗劣货物，便敷衍应付，能否卖出好价格，根本不在乎？"

齐静春笑了："天行健，君子以自强不息。"

稚圭茫然。

当齐静春身影消失在小巷尽头时，稚圭顿时浮现出满脸不屑，狠狠呸了一声。

她一瘸一拐返回自家院子，经过陈平安家的时候，皱了皱鼻子，拧了拧眉头，她有些犯迷糊。只是由于那个该死的读书人的道行崩坏，当下小镇已是处处天机泄露，就像一艘四处漏水的小船，她尚且自顾不暇，更要为将来仔细谋划一番，也就懒得去斤斤计较了。

当她推开院门后，一条粗看不起眼的四脚蛇，不知道从哪个旮旯角落蹿出，飞快爬到她脚边，被她气呼呼地一脚踢飞。

陈平安屋子里，年轻道人端坐在桌旁，眼观鼻鼻观心。

前不久还是将死之人的黑衣少女，竟然已经能够自己坐在床上，盘腿而坐，也没有戴上帷帽，露出一张让人记忆深刻的脸庞。

倒不是说少女如何倾国倾城，只是过于英气勃发，很大程度上让人忘记了她的出彩容貌。

少女双眉不似柳叶似狭刀。当她以一种充满审视的意味，凝视年轻道人的时候，后者有些难得的局促，分明没做任何坏事，却有些心虚。

年轻道人咳嗽一声，赶紧撇清自己："姑娘，事先说好，你是贫道救下的，但背你进屋子，帮你摘去帷帽，再给你洗脸，等等，可都是另有其人。他叫陈平安，这栋破败宅子的主人，是个黑炭似的穷苦少年，父母双亡，当过烧瓷的窑匠，还跟贫道求过一张符纸来着。大体上就是这么多，姑娘你如果还有什么想问的，贫道一定知无不言，言无不尽。"

陈平安这就给卖得一干二净了。

少女点了点头，没有恼羞成怒，只是大大方方诚心诚意说了句："感谢道长救命之恩。"

更加心里打鼓的年轻道人干笑道："无妨无妨，举手之劳，姑娘无恙就好。"

黑衣少女问道："道长不是东宝瓶洲人氏？"

年轻道人反问道："姑娘也不是，对吧？"

她嗯了一声。年轻道人也跟着嗯了一声。

头顶莲花冠的年轻道人笑道："贫道姓陆名沉，并无道号。平时称呼陆道人即可。"

少女轻轻点头，瞥了眼陆沉的道冠。

陆沉犹豫了一下，壮起胆子道："那少年虽然有些事情不合礼节，但是事急从权，加上贫道也不曾想到姑娘痊愈如此之快，故而有所冒犯的地方，希望姑娘不要怪罪。"

少女笑道："陆道长，我不是蛮不讲理的人。"

陆沉打哈哈道："那就好，那就好。"

少女挑了一下眉头，陆沉的笑容便随之刻板僵硬起来。

她环视四周，眼神平淡，随口说道："我听说此洲铸剑第一的'阮师'，打算在这里开炉铸剑，我就一路跟到这里，希望他能够帮我打造一把剑。"

陆沉感慨道："如果真是他的话，让他亲自铸剑可不容易。"

黑衣少女明显也有些烦恼："是很难。"

这个时候，陈平安左手拎着一兜草药包，右手拎着个小包裹，先象征性敲了敲房门，才快步跨过门槛，将药材放在桌上，轻声道："道长，你看看有没有抓错，如果有，我马上去换。"

陈平安始终拎着包裹，转身望向少女，盘膝坐在木板床上的黑衣少女，与陈平安对视。

黑衣少女平静道："你好，我爹姓宁，我娘姓姚，所以我叫宁姚。"

陈平安下意识道："你好，我爹姓陈，我娘也姓陈，所以……"他有些神色尴尬，但是很快就坦然笑道："我叫陈平安！"

宁姚倒是没什么，陆沉忍不住哈哈大笑起来。

陆沉突然意识到气氛有些不对劲，连忙转移话题："绿水潭龙鳞桦的嫩叶，哦，在咱们这儿就叫三春柳，它的叶子采摘时候不对，晚了七八天。还有这包龙飞草，俗名叫姑娘腰，研磨粉末的时候也太马虎了，还有这纸堆花，杨家铺子更是不像话，说好了三两，怎么少了一钱的分量？"

陆沉竹筒倒豆子，挑了一大堆毛病，几乎就没一样是满意的，感觉像是跟杨家药铺有什么私人恩怨，但最后来了一个大转折，盖棺定论道："这铺子掌柜的良心给狗吃了，不过桌上这些药材，煎药救人倒是够了。当然了，这主要归功于这位宁姚姑娘的身体底子好，跟杨家铺子至多有半枚铜钱的关系。”

陆沉一拍脑袋，摊开一张素白纸张，一边提笔写字，一边叮嘱道："差点忘了，贫道这就再给你写一份煎药的方子，这是件实打实的细致活，陈平安你可马虎不得。贫道这药方既是疗伤，同时也能固本培元，是兵家在立于不败之地的前提下，以战养战的上乘路数。而且好就好在性子温，不伤人，顶多就是所耗时日多一些，多买些药材，无非是开销银子的事情。何时武火急煎，何时文火慢煎，贫道都已详细写在纸上，甚至什么时辰煎药，也有讲究。总之，接下来一句，陈平安你多辛苦。男人嘛，本就是扛担子的人，要不然怎么会有顶天立地大丈夫一说？切不可推脱责任，白白叫人家姑娘小看了去……"

说到"顶天立地"四字的时候，陆沉不易察觉地摇了摇头。

一服药方不过半张纸，如何煎药倒是用了两张纸，字体是很平常的小楷，方方正正，规规矩矩。

陈平安有些着急，问道："道长难道之后就不管了？这种生死大事，道长是不是亲自盯着更稳妥些？"

陆沉无奈道："贫道这就要离开小镇了，南涧国境内有贫道这一脉的宗门，有个典礼要举行，贫道想去亲眼看看。"

陈平安更加无奈："道长，可是我不识字啊！"

陆沉愣了愣，笑道："没关系，宁姑娘认得字，煎药之前，你多问她相关事宜便是。"

少女点头。陈平安还想要说话，陆沉猛然记起一事，从袖中掏出一枚青玉印章，小巧玲珑，对着印面轻轻呵了一口气，然后对着书写药方的那张纸，重重按下，从纸面提起印章后，颇为满意。印章收入袖子后，陆沉连同两张纸一起递给陈平安："好好收着，小镇上书籍多是私人家藏，你购买不易，如果真想学字，可以从贫道这服药方学起。"

陆沉向宁姚笑道："一叶浮萍归大海，人生何处不相逢。宁姑娘，那咱们后会有期？"

宁姚正色道："陆道长，后会有期！大恩不言谢，将来只要需要在下帮忙，就可以飞剑传书至倒悬山，只是道长记得，千万别忘了署名'陆沉'二字，否则倒悬山未必会允许飞剑进入山门。"

听到"倒悬山"这个名称后，陆沉显然有些惊讶，欲言又止，宁姚微微摇头，他很快领会心意，不再刨根问底。有些事情，对屋内的陈平安而言，不知道更好。

陆沉率先离开屋子，不忘拉上陈平安的手臂："陈平安，贫道最后与你说些话。"

陈平安先将那包裹放在床上，跟宁姚说是新买的衣裳。

之后两人来到院子，陆沉直接低声问道："以你的记性，想必早已认得第一服药方上的字，再加上隔壁就住着个读书种子，'不识字'这个说法，不是你拦着贫道离开的真正理由。"

陈平安回答道："以道长的本事，肯定知道原因。"

陆沉哑然失笑："你是觉得自己必死无疑，所以怕无人照顾那个小姑娘？"

陈平安点头道："当时我既然开了门，就要负责到底。"

陆沉站在推车旁边，双指并拢，悄然一抹，那柄被儒士齐静春按入两字剑气的白鞘长剑悄悄飞进屋内，应该是宁姚不愿吓到陈平安，便默认了这把飞剑的僭越之举。陆沉思量片刻，他思考问题的时候，会下意识伸出一根手指，敲击头顶的莲花冠，最后说道："来此之前，听一位师兄说过，做事情要讲道理，做人要近人情……既然如此，贫道也不好太过死板苛刻，虽说世人各有各的缘法，可既然贫道所在宗门的根本教义，本就与一般道统宗门的法旨有所偏差……相逢已是缘，勉强还算是一段善缘，贫道不妨顺势而为，那签筒和一百零八支签，无法赠送给你，因果太乱，一旦理不清，又斩不断，很是麻烦。至于那方私印，有点重啊，送给你，小镇一旦没了禁制，所有事物都暴露在光天化日之下，贫道不是害你是什么。唉，难不成要送点金银铜钱？这未免也太不讲究，太俗气了些，贫道哪里好意思……"

不料陈平安斩钉截铁道："陆道长，送钱的话，很讲究，不俗气！"

陆沉玩味笑道："之前两样东西，你听不懂，但是肯定晓得意义不小，为何不开口讨要？"

陈平安缓缓道："能够最少装下一大缸水的白碗，可以烧符纸给阴间长辈的道长，受了重伤、奇奇怪怪的姑娘，还有那一袋子二十八枚金子做的铜钱，以前是姚老头嘴上说我们这里很奇怪，但是现在是我亲眼看到了。如果遇上那两个外乡男女之前，我肯定会躲着你们所有人，今天门也不会打开。"

陆沉斜靠在推车上，沉声道："那名外乡女子，用手指点了你的眉心，是一门强行开人窍穴的下作勾当，在武学上被称呼为'指点'，手法有高低之别，用意也有好坏之分。打个比方，你家院门并不牢固，对不对，她便故意用铁锤敲打，门当然可以进，但其实坏了根基。试想一下，在以后风霜雨雪的天气里，那个开门之人，早就脚底抹油，但是你这个常年居住院中的主人，怎么办？"

陈平安犹豫了一下："我还算能够吃苦。"

看着一点不像是说笑话的陈平安，陆沉气笑道："这才是她第一次出手害你，若是筋骨强健、气血旺盛，你活到三四十岁不难；之后她以手掌拍打你心口之举，才是真正的致命伤，坏了你身躯本元不说，还断了你的长生之路……准确说来，你本来剩下一线机缘，借着此方天地翻覆、乾坤倒转的大运势，未必没有可能续上大道修行。这就像滚滚洪流直下，河中竟是蛟龙鱼虾无数，运气好的人，当然收获大，但是哪怕运气最不好的，别人捞起蛟龙蛇鼋，他说不定沾沾光，也能抓条小鱼小虾之类的。"

陈平安没有满脸骇然或是惊慌失措，安安静静站在那里，甚至没有丝毫故作镇定的迹象。

陆沉既无欣赏，也无贬低，轻声叹息道："陈平安，年纪轻轻，看淡生死，可不是什么好事啊。你是不是觉得能活着是最好，但是如果真的没法子，老天爷实在不让自己活了，死就死，也不怕，对不对？因为死这件事，其实对你而言，反而是一次有希望重逢的机会？"陈平安没有否认。

陆沉突然骂道："那你有没有想过，哪怕你能够在浩浩渺渺的阴冥之间，侥幸与你爹娘相逢，当他们看到你的时候，是什么心情？"

陆沉越说越气，伸出一根手指，使劲戳着陈平安的脑袋，像是要把这颗榆木脑袋给戳得开了窍："稗官野史和志怪小说里的白无常，头顶高高的白帽子，每当他来到阳间拘押死人魂魄的时候，死人便能清晰看到白帽上头，写着四个大字：你也来了！陈平安！我问你，你爹娘见到你的时候，会不会很高兴地问你陈平安：'儿子，你也来了啊？'他们还能够安心去投胎吗？你真以为世间有几人，有那洪福齐天的气数，能够生生世世做子女或是夫妻？贫道明明白白告诉你，休想！便是那些一言可让山河变色的上宗掌教，也无此通天本事，更何况是你陈平安，一个朝不保夕、三顿饱饭都没有的穷光蛋?！"说到最后，陆沉疾言厉色，极为严肃。

陈平安茫然失措。这是他懂事后，生平第一次感到如此恐惧，手脚冰凉。

陈平安蹲下身，双手抱着头，这一次没有挠头。

陆沉低头看着那个瘦小的身影："罢了罢了，为了救人，贫道欠你一个人情，本想着能赖账是最好，不然剩下点放在来世再说，如今看来，还是全部都还你，以后就两清了。贫道与你说三件事，你一一记清楚。第一件事，是等宁姑娘身体好些，带着她去小镇外南边溪边，找一对姓阮的父女。切记，是带着她一起去，否则你自己去一百趟都没用。去了之后，哪怕死皮赖脸撒泼打滚，你也要争取做他们的帮工学徒，挖井搬石也好，铸剑打铁也行，总归都是找到了一处荫凉的落脚处。如此一来，宁姑娘也算是还清了你的人情，你也别觉得自己是占人家便宜。第二件事，是五月初五之后，你要经常去廊桥底下的小溪，捡石头也好，抓鱼摸虾也罢，随你，总之经常去，心烦意乱的时候去，心生感应的时候更要去，至于收获如何，以你的那点机缘，天晓得，但好歹是'勤能补拙'了。若是这样还一无所获，你小子就认命吧。"

陆沉说完两件事后，开始推车，看到陈平安仍然蹲着不动，只不过面朝自己。"起来帮忙！"陈平安起身后，去帮着推车，好奇问道："不是说好三件事吗？"

陆沉冷哼一声："早就跟你说了，自己想去！"陈平安愕然。

之后，陆沉又叮嘱了一些事情。

"那些铜钱挺金贵，好好留着。

"接下来一段时间，少出门。

"多笑笑，总板着长脸，模样又不英俊，你小子给谁看呢？"

絮絮叨叨，陆沉倒像是个长辈了。

将车子弄出院子，陈平安说他来推出泥瓶巷，陆沉也没有拒绝。

一前一后走在小巷里，陆沉最后说道："有句话，还是说了吧。按照贫道推算的命数来看，你爹娘早逝，并非你的过错。"

陆沉停顿很久，直到推车马上要离开泥瓶巷，这才轻声说道："不但如此，你此生命途坎坷，还是受累于你爹娘。"陈平安默不作声。

最后陆沉坚持不让陈平安送行，独自推车向东门远远离去。

回首望去，陈平安依然站在小巷口，朝自己使劲挥手，笑脸灿烂，全然不像是一个将死之人。

第四章———捕蛇鹰

老龙城的少城主苻南华，此时端坐在宋集薪对面，双手小心握住那只底款"山魈"的小壶，仔细打量底款刻痕，如同欣赏一位倾城佳人的曼妙身躯，百看不厌。端详、摩挲、呵气，苻南华已经翻来覆去折腾了小半个时辰，爱不释手。总有些人或物，会让人一见钟情，心生欢喜。对于眼光挑剔的苻南华而言，这把养心壶，正是此类。虽说捡漏和打眼，只有一线之隔，可苻南华坚信自己这次是前者，而且捡的漏还不小。他所在的老龙城，在东宝瓶洲南方众多宗门当中，名列前茅，所以苻南华是真正见识过大富贵的仙家子弟，这也是先前蔡金简处处示弱的缘由。

宋集薪打了个哈欠，缩在椅子里，换了个更舒服的姿势，懒洋洋问道："苻兄，既然东西真假已经确认无误，那我们是不是该谈谈价钱了？"

很少被人称兄道弟的苻南华，压下心头淡淡的不适感，恋恋不舍地放下山魈壶，笑道："在下诚意如何，宋老弟肯定心里有数，要不然我绝对不会开诚布公，一见面就直接说破此壶的真实价值，更不会如此磨磨蹭蹭，直白显露我对此壶的志在必得，为的就是以免双方漫天要价坐地还钱，空耗光阴，还伤了兄弟情分。宋老弟，我苻南华已经将你视为未来修行路上的知己，目前是可以放心做买卖，以后能否福祸相依，甚至是托付生死，就看咱们今天这第一步，走得踏实不踏实了。"

宋集薪伸出一根手指，点了点这位神情真挚的高冠公子，笑眯眯道："苻兄啊，我这人特俗气，浑身铜臭，当然了，朋友也会认。只是到了大家坐下来谈生意的时候，如果有人跟我讲兄弟情，我难免就会在心里问自己，这么一号人，会不会以后需要他讲兄弟情的时候，他其实在心里打小算盘做买卖？"

苻南华脸色冷了下来，身体后仰，靠在椅背上，一根手指轻轻敲击桌面，动作轻柔，悄然无声。

对于苻南华的态度变化，宋集薪好像浑然不觉："喊你一声苻兄，拿出这把壶给你过眼，就是我的诚意了。既然大家都想着做成买卖，那就干脆利落点。苻兄你给出价钱，我点头或者摇头，我给你两次出价的机会，两次过后，等于过了这村儿没这店儿，任你许诺给我金山银海，对不住兄弟，我不卖了。"

"先前那块玉佩，算是我的见面礼，名为'老龙布雨'，算不得什么威力巨大的仙家法宝，只是能够祛暑、清心和避秽，尤其对冥想坐忘大有裨益，如果有一门道家上宗秘传的口诀作为辅助，就可事半功倍。"

苻南华笑容真诚，脸上并无半点倨傲施舍的神色。他将一只绣袋放在桌上，用手心推向宋集薪那边，郑重其事道："我这袋子铜钱，叫供养钱，是世间诸多香火钱之一，一般供奉于城隍庙或是文昌阁的神像上，含在嘴里，藏在肚子里，托在手掌上，皆有可能，而且各有各的讲究和功用。但这些都不是最重要的，真正关键的地方，在于这些瞧着像是黄金的钱币，是远远比黄金贵重的'金精'，仙人曾言'水碧或可采，金精秘莫论'，便是说此物。这一袋子金精供养钱，作为买壶钱，不好说绰绰有余，终归是个公道价格，若是再加上那块老龙佩，我苻南华敢说宋老弟你绝对是赚的。"

说完这些"肺腑之言"，苻南华静等回复。

宋集薪沉默片刻，眨眨眼，问道："完啦？"

苻南华苦笑道："说完了。"

宋集薪骤然翻脸，一巴掌拍在桌面上："姓苻的，滚你大爷！当小爷是好糊弄的三岁稚童？！你们进入小镇之前，会有三袋铜钱，除去一袋子买路钱，之后每得手一份宝贝，无论大小，照理要送出一袋。一袋子铜钱，多则三十枚，少则二十枚，可你这只干瘪瘪的钱袋子，里头有没有十二枚？！做买卖，连这点诚信也不讲，也敢从小爷手里换机缘？"

苻南华手指加重力道，由慢及快，一次次轻叩桌面。

宋集薪心口一颤，莫名其妙就呼吸困难起来，满脸涨红，眼眶泛出血丝。他赶紧伸出一手，按住心口处，心跳剧烈如同擂鼓，咚咚咚，简直就像是要撞破胸腔。

苻南华逐渐放缓手指敲击的速度，宋集薪脸色好转。苻南华笑眯眯问道："既然第一次开价，没谈拢，那我就再开一次价格，二十四枚金精供养钱，你这把山魈壶，卖不卖？"

大汗淋漓的宋集薪犹豫不决，眼见着对方有所动作，他正要设法缓和形势，那位习惯了众星捧月的老龙城少城主，已经再次加快敲打速度，如一场突如其来的夏日骤雨。

宋集薪双手按住胸口，英俊的脸庞早已扭曲，狰狞中带着一丝狠辣笑意。

苻南华差点没忍住，想着将这头狼崽子敲死算了，但是最后关头，步步登天、证道长生的大诱惑，仍是压过了个人好恶，于是他停下手指动作，放了宋集薪一马。

宋集薪大口喘气，眼神炙热，沙哑笑着。苻南华对此百思不得其解。宋集薪眼中似乎没有什么恨意，苻南华倒是没觉得这是一件值得惊悚的事情，修行路上，光怪陆离，多的是怪胎奇人，只是疑惑问道："你在笑什么？"

宋集薪呼吸越来越平稳，瘫靠在椅背上，抹去额头汗水，眼神熠熠道："我一想到不久的将来，自己也能够拥有你这样的本事，弹指杀人，就无比开心。"

苻南华一笑置之，不愧是让自己惺惺相惜的同道中人。

这种人，最好打交道，只要你位置比他好；也可能最不好打交道，一旦被他爬到头顶上去……

不过老龙城的少城主，可不觉得自己在此成功截获机缘后，会比不上一个九岁之前始终没能被人带离小镇的少年。

宋集薪看了眼桌上的那把小壶，半袋铜钱，抬头道："符南华，我有两个条件，只要你答应，我除了卖给你一把山魈壶，再拿出一件不输给它的老物件。"

符南华压下心中喜悦，尽量语气平淡道："说说看。"

宋集薪也不卖关子兜圈子，语不惊人死不休："第一，我要你给我三袋子金精钱币，而不是两袋！"

符南华毫不犹豫道："可以！"

宋集薪死死盯着对方的眼睛。

符南华笑道："信不信由你。同时，我今天出门之前，你必须拿出那件值两袋金精的东西，让我亲自掌眼。"

宋集薪也点头道："当然！"

符南华问道："那么第二个条件是？"

宋集薪缓缓道："替我杀一个人。"

符南华摇头道："你既然连一袋子有多少枚铜钱都晓得，也就应该知道我们这些'外乡人'，是不可以在此随意杀人的，否则就要被立即逐出小镇，甚至有可能被削去一部分根骨，圣人会再以仙家手段剥掉相关机缘，惨不忍睹，更连累家族失去此地一切机缘。"

宋集薪嘴角翘起："你先别急着拒绝，可以静观其变，如何？"

符南华笑问道："我很好奇，你想杀谁？"

宋集薪半真半假道："我也在想呢。"

符南华重新拿起那把小壶，感受着壶身的细腻肌理，随口道："那我就拭目以待了。"

桌对面，宋集薪下意识揉了揉自己的脖子，脸色奇差无比。

之前稚圭将蔡金简送到顾家院门外，便自顾自逛街去了。蔡金简推门而入后，如遭雷击，站在原地不敢动弹。她望着那个坐在长凳上的老人，颤声问道："前辈可是在书简湖潜修的截江真君？"

老人问道："你是如何认得老夫？"

蔡金简恭敬道："晚辈云霞山蔡金简。十年前曾经跟随家父去往书简湖，观看老鼋驮碑出水的奇景，有幸远远看到前辈的风采，记忆犹新，至今难忘。"

老人点头道："知道了。"

蔡金简心情略微沉重："真君，晚辈是想……"

被称为"截江真君"的"说书先生"，瞥了她一眼，淡然道："看在云霞老祖的分上，老夫便不计较你的不请自来，下不为例。出了院子，记得关门。"

蔡金简只是沉默片刻，便点头道："晚辈先行告退。"

她还真就这么走了，而且没有忘记乖乖关上门，动作轻缓，滴水不漏。

院内，妇人望向院门那边，担忧问道："仙长，她不像是会善罢甘休的人，有没有麻烦？"

拥有"真君"尊号的老人嗤笑道："进了小镇，呼口气放个屁，可能都会有麻烦，难道为此就不要机缘了？"妇人无言以对。

老人笑了："我且问你，顾氏，如果你可以选择，是愿意让顾璨去往云霞山修行，还是跟随我去往书简湖？"

"莫急着回答。"老人摆摆手，让妇人不要急于表态，缓缓道，"云霞山，是我东宝瓶洲二流垫底的山门，不过你若是觉得这云霞山就不值一提，则是大错特错。云霞山出产的云根石，是真正的天材地宝，别说是在东宝瓶洲，便是整座天下，也只此一家，故而云霞山地位超然，大家都愿意敬其三分，尤其是道家丹鼎派的宗门道观，与云霞山更是香火绵延千年，有着很深的关系。而老夫，不过是书简湖的修士之一，只占据着一座湖心岛，弟子屈指可数，奴仆不足百人。"

妇人顾氏嫣然一笑，徐娘半老，风韵犹存："我与那云霞山女子的差距，便是她与仙长你的差距，我怎么可能让顾璨放着洞天福地不去住，却跟随那女子去田地里刨食吃？"

截江真君爽朗而笑，突然记起一事，沉声道："那少年身世如何？顾氏，你往细了说，以防万一。"

顾氏愣了愣，捋了捋鬓角发丝，这才轻声说道："那可怜孩子叫陈平安，爹娘都是镇上长大的人。他娘亲跟我关系还很好，模样一般，性子是真好，我好像从没有见她和谁红过脸。她男人那相貌，上不了台面，还真有点配不上她，不过烧瓷手艺不错，如果不是死得早，指不定熬个二十年，就能当上那座大龙窑的窑头。至于是怎么死的，有说是那个暴雨夜，怕断了窑火，匆忙赶路，一失足跌入了溪间；也有说是去砍柴烧炭，贪图小便宜，闯入朝廷封禁的山头，给野兽叼进深山老林了。总之，尸体都没找着。那男人，几棍子打不出个屁的闷葫芦脾气，对自家孩子倒是好，每次回镇上都要捎带些小礼物，小鼓、糖菩萨、老碎瓷，大体上说来，那一家三口，在男人死前，还算安稳。

"陈平安他爹死后，他娘大概是有了心病，精神气很快就撑不住了，本来就不结实的身子，说垮就垮，不到一年时间，就病倒了，瘦得皮包骨头，看得我们这些老邻居见了都发慌，完全认不出是当年那个顶水灵的俊俏女子。那个时候，就是陈平安那孩子照顾着她，那么点大的孩子，买药熬药、烧饭炒菜，什么都做，孩子当时个子太矮，烧菜还得踩在板凳上，还有，为了省钱给他娘亲买药，有些容易见着的药材，便漫山遍野找去，多了就卖给药铺。

"估摸着有次是吃错了药草，背着背篓回到泥瓶巷的时候，那孩子突然就摔在地上，口吐白沫，满地打滚。吓得我们以为这一家三口，就这么全没了。当时我婆婆还在世，就说这一家子都走了才好，省得留下谁吃苦，都走了，在阴间还能有个全家团圆。后来，孩子不知怎么的，自己就好了，扛过了那场病，只是孩子他娘还是没能熬过那个冬天。哦，对了，仙师，陈平安那孩子是五月初五生的，咱们小巷老一辈的街坊邻居都说，这算是一年当中最不吉利的一天了，很容易招来脏东西，还会连累家人。

"所以那孩子爹娘走了之后，家里已经找不出一枚铜钱了，甚至那些个他爹送的小物件，几乎都被他拿到小镇别处地方，找那些同龄人换了吃食……"

顾氏说到这里，截江真君终于开口说话："五月初五？有点意思，容我算算。"五指掐诀，袖有乾坤。

见顾氏发呆，截江真君笑道："你继续说便是。"

顾氏哦了一声："念在那么多年邻居情分上，我们这些住在泥瓶巷中的人，虽然不太敢把陈平安往自己家里带，但是时不时救济一下他，送几碗饭菜过去，这点小事情还是能做到的。人心都是肉长的，说实话，如果不是那孩子的生日实在让人犯怵，没谁不打心眼里心疼这个懂事的孩子。当然了，有一说一，街坊里也有不厚道的，一些个见不得别人好的家伙，就喜欢故意作践那个孩子，害得他最后只好去当了窑工学徒。要知道他娘亲临死前，可是要孩子答应她，将来哪怕当个乞丐，也绝对不许去龙窑做活的。那么孝顺听话一孩子，能够让他违背誓言，肯定不是一般的事情。"

截江真君问道："陈平安的爹娘，两人的姓名和生辰八字，你知不知道？"

顾氏只说知道名字，生辰八字就没人清楚了。截江真君说不碍事，片刻之后，冷笑道："雕虫小技，鬼蜮伎俩！"

顾氏一头雾水。

截江真君解释道："那男子死于非命，多半是无意间知晓了小镇的秘密，只可惜运气远不如你们家好，祖荫更比不得你家多，最后男人为了他儿子的安危，偷偷打碎了那只本命瓷瓶。如此一来，自然让小镇外的某座宗门落了空，这可是好大一笔投入，一个小窑工，哪里赔得起，就只好以命相抵，一条命不够，就加上他媳妇的。说来可笑，大概是那个窑工的死，对某些人来说太过轻巧，实在懒得耗费多余精力，故而用以瞒天过海的遮掩术法，竟然施展得如此简陋，也太不当回事了。"

顾氏脸色黯然。

截江真君一眼便洞穿了顾氏的心思，笑问道："怎么，愧疚反悔了？"

顾氏惨然一笑："是有愧疚，终究是我看着长大的孩子，肯定有。但是要说反悔，绝对没有！"

截江真君点头道："看出来了。"

顾氏自言自语道："如果换成陈平安他娘，处于我现在的位置，相信她也会这么做的。"

截江真君摇头道："那倒未必。"

顾氏没来由大声道："她肯定会！"

截江真君也未生气她的无礼，只是感慨道："可怜天下父母心。"

陈平安坐在门槛上："宁姑娘，我能不能问你一些事情？"

宁姚背靠墙壁，盘腿而坐，绿鞘狭刀横放膝前："当然。但是涉及机密和隐私的话，我不回答。"

陈平安问道："你们来这里，一般会待上多久才离开？"

宁姚皱了皱眉头："不一定，有些人运气好，可能当天来回，有些人运气差，一辈子就交待在这里了。如果一定要我给出一个推断的话，也行，但是未必准，你自己看着办。比如我们这拨人，一行八人，两拨属于狗大户，人傻钱多，他们一看就不像是能来去匆匆的，怎么都该在小镇上待个几天；那个戴高冠挂玉佩的公子哥，估摸着会相对顺利一些；有个傻大个儿，一门心思要对付那口水井，能不能得逞，就看老天爷赏不赏这碗饭给他吃了。"

陈平安追问道："还有个人呢？"

"谁？"

"就是个子高高的、岁数不大的那个女人。"

"你喜欢她？"

门口的陈平安笑了笑，根本就没有当真。

宁姚大概也觉得自己说了个不好笑的笑话，神色沉重起来："我其实听到你和陆道长的聊天了，你和她有恩怨，所以想……报仇？"

她叹了口气："劝你一句，像你们这些半山腰上的人，在山顶那些人眼中，其实跟山脚的人没什么两样。不是人家眼高于顶，而是他们确实有资格看低你们，到了这个'末法之地'后，不说那个云霞山的女子，就是那个穿大红袍子的小孩子，他一拳打在你胸口上，也能要你呕血一大碗，反过来你使劲打他一拳，不敢说是挠痒，但最多也就是让他感到一阵气闷，绝对伤不到脏腑。至于原因，很难掰扯清楚，主要还是我不擅长讲这个。"

陈平安背对屋子，望向门口，道："我想知道，她为什么要杀我，我们明明才第一次见面。"

宁姚酝酿了半天，才开口道："她未必是那种滥杀无辜的人。怎么说呢，修行路上，跋山涉水，有宽有窄，有阳关道，有独木桥，走得快了，不小心踩死了蚂蚁，饿了从江河里抓几条鱼，道法有所小成，随意施展开来，误杀了鸟雀蛇鼠，皆有可能。我说得不太好，你听得懂我的意思吧？"

陈平安嗯了一声，道："大致懂了。"

然后他有些沉闷，重新望向院门口。其实他一点都不懂，不懂为什么那些人，可以如此无视别人的性命。

很久之后，陈平安转头笑道："要是姑娘不嫌弃，就住在这里好了。需要什么，只管说。"

"那你呢？"

"我认识一个人，这两天就去他那边住，你不用担心，他叫刘羡阳，是我的……朋友。好朋友！"

宁姚看着门槛上那个瘦弱背影，笑道："谢谢！"

陈平安咧嘴一笑，挠挠头，没说什么客套话。他犹豫片刻，最后终于鼓起勇气，再次转头道："宁姑娘，如果有一天我回不来了，你就把我那袋子金色铜钱交给刘羡阳，让他以后帮我照看这栋宅子，也不用打扫，偶尔修补一下，加些新瓦，不让它漏雨就行。还有就是墙别塌，院门也别太破了。如果能够在大年三十的时候，贴上门神和春联的话，是最好了！如果觉得这件事太麻烦，不做也没关系。"

宁姚看到陈平安说到门神和春联的时候，眼睛里闪着异样的光彩。

显而易见，这个泥瓶巷的孤儿，希冀着过年的时候，家门上能够有门神，门楣上能够有春字，已经想了很多很多年了。爹娘死后有多少年，便想了有多少年。

所以当这个了无牵挂也无心结的少年，轻轻吐出一口浊气，拍了拍膝盖，缓缓站起身的时候，搁置在屋内桌面上的鞘内飞剑，骤然嘶鸣。

苻南华走出屋子的时候，发现那个清清秀秀的婢女，就坐在院子里的小板凳上，手里拿了一把玉米，正在喂鸡，老母鸡带着一群黄毛绒绒的鸡崽，低头啄食。

见到她后，苻南华微微一笑，少女不知是性格腼腆，还是天生冷漠，扯了扯嘴角，就当是回礼了。

苻南华拉开院门后，发现蔡金简竟然等在小巷，兴致不高。他转身关上门，透过渐渐狭窄的门缝，看到一张抬起头望过来的容颜。苻南华突然发现这个丫鬟，这个本该满身泥土气息的贫贱少女，竟然有一双颇为不俗的眼眸，衬托得她宛如一抹初春绽放的嫩绿。不过苻南华也未多想，姿色出众的女子，环肥燕瘦，风姿绰约，对于老龙城少城主的他而言，实在是看腻了。

和蔡金简并肩而行，符南华问道："怎么了，不顺利？机缘一事，本就好事多磨，未必能够次次一锤定音，不用灰心丧气。"

蔡金简天生风情柔媚，修行之后，洗髓伐骨，仅就身体而言，比起世俗女子当然更是净如琉璃。山下女子，一眼看去再惊为天人，归根到底，终究是一副臭皮囊罢了。

此时云霞山的仙子脸色不太好看，可见她的心情有多糟糕，否则也不至于如此明显摆在脸上，应该之前在小巷等待就憋了一肚子火气，实在是不吐不快："有位高人捷足先登了，是书简湖的地头蛇之一，截江真君刘志茂。连一点商量的余地都没有，见面就搬出我云霞山的掌门师祖，来压我一个晚辈，从头到尾我只说了几句话，就被他赶出了那个顾璨的院子。"

符南华若有所思，提醒道："出了泥瓶巷再聊。"

蔡金简疑惑道："此地不是一律术法禁绝吗？"

符南华笑道："能够来此地寻找机缘的人物，谁没有点压箱底本事？如你我这样的年轻人，可能还好。根据小镇的规矩，越是修为高深，被镇压的力度越大，圣人之下，境界越是临近圣人，照理说就越是孱弱如稚童，对吧？但是你有没有想过，若是有得道高人拼着道行折损，也要施展神通的话，难不成当真还不如我们这些后进之辈？"

蔡金简反驳道："有圣人在此，他截江真君还敢明目张胆对我出手？"

符南华劝说道："我们来此是找善缘的，不是来结怨的，哪怕没有性命之忧，跟前辈们恶了关系，终归不美。"

蔡金简并非钻牛角尖的人物，点头道："符兄所言甚是，是老成持重之论。"

她苦着脸，楚楚可怜："可是我真的不甘心啊，已经送给你十块云根石，若是竹篮打水一场空，回去如何跟祖师爷们交代？"

走出泥瓶巷后，符南华和蔡金简几乎同时精神一振，这绝非光线骤然明亮那么简单，两人面面相觑，然后视线迅速错开。

原本极为兴奋雀跃的苻南华，也冷静了许多，他仔细思量这趟小巷之行，与蔡金简的结盟，没有露出任何马脚才对，跟少年宋集薪的交易，也无纰漏才是，本就是一桩符合规矩的公平买卖，那位坐看此地风来风走、水起水落的圣人，岂会有插手的闲情逸致？那么这股压力来自何处？难道是那个连名号也没听过的截江真君？相比苻南华的心思深远，蔡金简的想法更加简单，以为是被苻南华说中，截江真君确实动用了某种神通法术，对自己进行了监视。她一阵后怕，幸亏只是说了些埋怨言语，不曾放狠话说气话。

各怀心事的两人走在大街上，距离泥瓶巷越远，两人心头的沉闷感觉便越轻，苻南华觉得那是机缘气数之重，蔡金简则感觉是家族负担之重。

抬头望着远处那座牌坊，苻南华好奇问道："书简湖的截江真君？我怎么根本没印象？即便我老龙城位于一洲极南之地，可是真君之位，何其煊赫，我再孤陋寡闻，也该有所了解啊。"

蔡金简压低嗓音，冷笑道："什么真君，旁门里还算位置靠前的真人而已，最是道貌岸然，也根本没资格称为真君，好事之徒的阿谀之词罢了。想那元武帝何等精明，自然不会敕封此人为真君，一个萝卜一个坑，真君的头衔，给出去一个，很可能意味着两百年都拿不回来。何况加上元武帝祖辈们的大手大脚，到了他手里，就只剩下两个真君的名额，更不会随随便便给一个沽名钓誉的旁门野修。"

苻南华恍然："原来如此。"

每一位真君坐镇王朝，都可以为君主收拢、压制和增长国运。

道家真君之位，几乎可谓道教宗门中人在世俗王朝的庙堂顶点，兵家的上柱国，儒家的大学士，也在此列。

蔡金简看似随意问道："那个宋集薪如何？"

苻南华也随口回答道："那个少年啊，野心勃勃，天生聪颖，靠山不小，就是格局……"

蔡金简笑道："不大？"

苻南华哈哈笑道："不能说不大，只是不够大。"

两人走到牌坊下，苻南华意气风发，喃喃道："时来天地皆同力。"

蔡金简抬头望着"莫向外求"四字，心头空落落的，只觉得怅然若失，好像先前在泥瓶巷得到的顿悟，又全盘还给了这座小镇。这让她异常烦躁起来。

宋集薪的宅子，在泥瓶巷属于大户门庭，除了悬挂匾额的大堂，还有左右偏房。

大堂匾额为"怀远堂"，并无署名，宋集薪总觉得仅凭字迹来看，不是什么大家手笔。

主仆二人此刻待在宋集薪的主屋，宋集薪在翻箱倒柜，稚圭站在门口，柔柔问道："公子，生意没谈拢？"

宋集薪放下一串铃铛，坐回屋内唯一一张椅子上，双手抱着后脑勺，跷着二郎腿："那个老龙城的苻南华，不全是蠢货，一开始就没把我当作不谙世事的冤大头，只不过也聪明不到哪里去，想要与我套交情，真是好玩。他后来被我随便一诈，就露出了狐狸尾巴，以为故弄玄虚，来点雷霆手段，就能恩威并施，唬住少爷我，比起让人捉摸不透的齐先生，差了十万八千里。"

稚圭说道："十万八千里。公子，你这个说法太夸张了。"

宋集薪做了个鬼脸，道："那就差了十条泥瓶巷！"

宋集薪丢给自家婢女一个袋子："瞧瞧，这就是那封密信上所说的铜钱了。之前隔壁姓陈的，也得了一袋子，我当时就估摸着，他有这份天大财运砸头上，未必是什么好事。果不其然，这不就惹恼了那对狗男女？我看接下来，姓陈的还有苦头要吃。对了，稚圭，我跟你说，来咱们家的家伙，自称是老龙城的少城主，听他口气，再看做派，至少不是个绣花枕头，还有这枚玉佩，说是什么'老龙布雨'，肯定值钱！"

宋集薪拍了拍那枚碧绿可人的玉佩，已经被他挂在自己腰间。宋集薪心底，觉得自己距离齐先生那种读书人，又近了一大步。

稚圭打开那只精美绣袋，轻声问道："公子，能不能多挣些'铜钱'回来？"

宋集薪笑问道："你喜欢？"

稚圭双指拈住一枚金色铜钱，摇了摇，开心笑道："金晃晃的，瞧着多喜庆啊。"

宋集薪哑然失笑："这也行？行吧，既然你喜欢，我就多弄几袋子回来。这些钱在外边，分别是放在横梁上的压胜钱，桃符上的迎春钱，佛像肚子里或者手上的供养钱。不过呢，老百姓有老百姓的讲究，仙家有仙家的说法。"

稚圭笑眯起的眼睛像两条月牙儿，问道："陈平安那袋？"

宋集薪皱了皱眉头："他？"

稚圭察觉到自家公子的异样情绪，小心翼翼收起铜钱，系紧袋子，小声问道："咋了？"

宋集薪撇撇嘴，双手捂住脖子，拧了拧，云淡风轻道："没事，想起一些破烂事。姓陈的那边，不着急，省得惹祸上身。倒是赵繇那书呆子，多半也会得到铜钱，他好骗，公子我保管给你弄回一袋子来。"

看到稚圭有些奇怪，宋集薪也没有继续解释。见自家公子没有说话的兴致，稚圭也就不去打破砂锅问到底了。

稚圭走出屋子，来到院中，看到那条天生碍眼的四脚蛇，半死不活趴在地面上，晒着太阳，不时还打个滚，很享受的模样。一阵火大的她快步走去，一脚就踩在四脚蛇脑袋上，脚尖狠狠拧动。可怜的小家伙悲鸣不已。

稚圭抬起脚，四脚蛇嗖一下窜走，满院子飞奔，不断撞墙。

自家这条土黄的四脚蛇。

贪食误入鱼篓的金色鲤鱼。

被顾璨养在水缸里的黑色泥鳅。

金木水火土，五出其三了。

看着那条头顶生角的四脚蛇，稚圭咧嘴一笑，满脸鄙夷："蠢东西！"

孩子顾璨家的院子里，截江真君刘志茂和顾氏仍是相对而坐，前者伸出手掌，看着掌心纹路蔓延的情况，心情并不轻松。

他收起手，抬头问道："顾氏，像你这样嫁给外乡男子的妇人，小镇上多不多？"

顾氏摇头道："应该不多，反正泥瓶巷、杏花巷这边，就我一个。"

刘志茂犹豫了一下，仍是泄露了一些天机给她："女孩六岁、十二岁，男童九岁和十八岁，分别是两个大门槛，前者需要自己跨过去，后者尚且能够凭借外力推一把，之后还有一事，就能够有更多把握了，越是富贵之家，越有优势。开门，登堂，入室，三件事情，前两步，真正只能看机缘命数，尤其是第一步，成与不成，只看老天爷赏不赏饭吃。"

顾氏眼眸里满是笑意："能够被仙长一眼看中，我家顾璨是能够自己走出第一步的人吧？"

刘志茂似笑非笑，道："只要是留在小镇长大的孩子，就意味着根骨资质其实并不出众，你家顾璨虽然没有九岁，但也不例外。"

顾氏瞬间脸色难看至极。

刘志茂抬起脚，跺了跺地面，微笑道："放心，根骨好坏，当然重要，却并不是首位的。老天爷看着顺眼，就是路边一条狗、一根野草，也能慢慢修成大道，最终登天凌云。此次小镇破例允许这么多外人进入，也是不得已而为之。一块庄稼地，水土再好，经过持续数千年的开垦、耕耘和收获，加上其间还有多次不计代价的涸泽而渔，也会没落衰败，总有彻底贫瘠的一天。此地风水底蕴，终于迎来了最后一个大年份，每当一个人将死之时，回光返照，那时候的精气神，会变得尤其雄壮，你家顾璨，正是受惠于此，机缘之大，远超想象，以至于远远超过之前那些天赋异禀的小镇孩子。"

顾氏嘴唇颤抖，竭力压抑自己的惊喜，一双眼眸水汪汪的，也流淌出了几分诱人韵味。

刘志茂瞥了她一眼，笑道："当然，你也别贪心，有此大机缘之人，绝对不止你儿子一人。说句难听的，偌大一座东宝瓶洲，有资格独占这份气运的人，就算有，也一定还没生出来呢。"

顾氏双手捧在心口，呢喃道："足够了，足够了。"

刘志茂想起那个云霞山的晚辈女子，讥讽道："忙忙碌碌，殚精竭虑，只知道求一些身外物，真是捡了芝麻丢了西瓜，愚不可及。"

随即刘志茂笑了笑："也对，云霞山那帮老东西，眼界从来不大，要不然也不至于让老夫得了这份先机。拥有一座几乎取之不尽用之不竭的宝山，本该财源滚滚，蒸蒸日上，竟然沦落到需要靠一个徒子徒孙来撑场面的地步。"

屋内，对着房门拳打脚踢许久的顾璨，站在一条凳子上，趴在窗口，苦着脸乞求道："娘亲，放我出去好不好，我保证听你的话！"

顾氏看了眼老仙长刘志茂，后者点点头。她这才去开了门，牵着顾璨的手一起走到院子里，板着脸轻声道："小璨，不许捣乱，知不知道？！娘亲从来没有打过你，你要是敢不听话，娘亲真的会打你一次。"顾璨哦了一声，耷拉着脑袋，病恹恹的。

顾璨搬来一条小板凳，自顾自坐下，跟娘亲和刘志茂，呈现三足鼎立之势。他双手托起腮帮："娘，你刚才和说书先生到底说了啥，我在屋里头听不清楚，你们再说说呗。"

刘志茂咦了一声，略作思量后，手腕摇晃，那口大白碗重新出现在掌心，他低头凝神望去，眼神晦暗不明。只见白碗的水面上，涟漪阵阵，偶有水花溅起，一条黑线在白碗里飞快游弋，时不时撞击碗壁，他自言自语道："罢了罢了，便随你去吧。"

为了收下这个徒弟，先前泥瓶巷中，刘志茂费尽心思，拼着折损数十年修为道行，才成功动了三次手脚。一次是让蔡金简踩中狗屎。最后一次是以秘术让其深信自己开悟。若是在小镇之外，当然绝无此可能，便是一位名副其实的道家真君，恐怕也不敢如此作为，可小镇之上，蔡金简无异于凡人，老人不惜付出巨大代价，便有了可乘之机。其中第二次，则最是精巧，甚至连他自己都觉得是神来之笔，便是让蔡金简误以为陈平安的善意提醒，实则是狡黠报复。他当时让陈平安开口出声，放慢了一些，又恰好让蔡金简捕捉到这个细节。不可谓不处心积虑。

修行路上，同道中人，善缘孽缘，一线之间。

此时，院中妇人顾氏一颗心悬了起来，生怕老仙长刘志茂说出什么坏消息。

刘志茂扯了扯嘴角，眼角余光之中，一个孩子蹑手蹑脚站起身，然后撒腿就跑向院门。顾氏尖叫出声。

刘志茂手托白碗，不急不缓站起身："徒弟，为师先给你看看何谓天地之大，省得你不知轻重，坏了你我师徒二人的千秋大业！"

顾氏眼前一黑，昏厥在地。

刘志茂猛然挥袖。下一刻，刚要碰到院门门闩的顾璨一个踉跄，摔倒在地，但是等到他发现不对劲后，茫然四顾，最后抬起头，看着站在自己身边的说书先生："这是哪儿？"

刘志茂双手负后，淡然道："碗中。"

顾璨越发茫然，突然听到刘志茂暴喝一声："起来！"

顾璨本能站起身，一动不动。

顾璨发现自己好像站在悬崖边上，正前方的远处，云海滔滔。

然后，他骇然瞪大眼睛，只见一片白茫茫之中，有一条巨大的躯干破开云雾，缓缓移动。但是它实在太大了，根本无法露出完整的面貌。

顾璨吓得就要后退一步，却很快被刘志茂以手掌按住脑袋，厉色道："此时一退，以后修行路上，你就寸步难行！给我站稳了！"

顾璨吓得泪水一下子就流出了眼眶，这个一向无法无天的顽劣孩子，竟是连哭都不敢出声了。

顾璨完全克制不住自己的身体，双腿打战，嘴唇抖动。

远处云海，沸腾起来。雾蒙蒙的白云，似乎在逐渐淡去。

于是天空中显现出更多的黑色，极长极大，就像……自家水缸里养着的那条小泥鳅，暴长之后。

顾璨脑海中，没来由地蹦出这么个想法。

那一刻，顾璨魂不守舍，不由自主就向前跨出一步，伸出纤细的手臂，朝向天空。一颗巨大如山峰的头颅，从云海中缓缓游弋而至。

顾璨眼睛发亮，丝毫不惧，甚至还招招手，喊道："快来快来！原来你长这么大了啊，难怪我总觉得丢到水缸里的鱼虾螃蟹，第二天总会少掉很多。"

站在顾璨身后的书简湖截江真君刘志茂百感交集，既有浓重的失落嫉妒，也有油然而生的欣慰。

虽然自己肯定已无此等天大福缘，但是有此徒儿，也算幸事，绝对不枉此行！

刘志茂亲眼看到那颗头颅临近，呢喃道："天下奇观。"

陈平安突然跟宁姚说要进屋一趟，最后蹲在角落，背对着她，将一件东西藏在手心。

陈平安出门后，说是去给她买煎药的陶罐，家里缺这个。

宁姚在他快步离去后，瞥了眼角落阴暗处，立着一只老旧罐子。

其实她听力很好。陈平安手心之物，是一片碎瓷片，极其锋利。

在陈平安即将跑出院子的时候，宁姚突然喊道："等等，我有些事情要跟你说。"

陈平安假装没听到，正要打开院门的时候，宁姚提高嗓门："陈平安！"

陈平安只得转身跑回门槛那边，宁姚脸色已经比之前红润了几分，只是嗓音依旧有些沙哑。她道："第一，我们这些外人来到小镇之后，虽然如之前跟你所说，体魄强健胜过常人，但是除此之外，跟你们没什么两样。第二，外人不可以在这里杀人，一旦违反，无论什么原因，都会被驱逐出去，注定一无所获，这个代价很大，大到超出你的想象。第三，你也要想清楚，我们这些外人，到了危急时刻，哪怕可能两手空空，也一定会出手，毕竟有命活下去，才是最根本的事情。"

陈平安想了想，问道："是不是说做事情，出手一定要快？"

宁姚咧嘴一笑，神采飞扬，熠熠生辉的眼神，仿佛使得整间屋子都亮堂起来，她拍了拍横在膝盖上的绿色刀鞘，点头道："对！出手要很快，更快，甚至是最快！比如我，佩刀也佩剑，我就是要做到无论是拔刀，还是出剑，都是全天下最快的那个人！"

她停顿了一下，突然从一个慷慨激昂的远方女侠，变成了一个想要显摆的邻家少女，眯眼笑问道："喂，你知不知道这个天下到底有几座？"

陈平安一脸茫然。

宁姚好像也看出他不感兴趣，顿时索然无味，挥挥手赶人："最好把罐子买回来，我等着喝药呢。"

陈平安这次离开院子的脚步慢了些，也平稳了很多。

他离开泥瓶巷没多久，不曾上锁的院门便被人轻轻推开，屋内宁姚睁开眼睛，她刚才正以一种奇怪的方式进行呼吸吐纳，此刻她望向门口那边，如临大敌。

桌上雪白剑鞘内的飞剑，蓦然寂静无声，无形中却多出一股肃杀之气，仿佛当下的倒春寒，能够冻骨杀人。

婢女稚圭悠悠然走到门口，就像寻常走门串户的街坊邻居。她没有跨过门槛，而是向屋内探头探脑，四处张望，对于小床板上膝上横刀的宁姚，反而视而不见。

稚圭打量许久，才终于看到那个大活人，满脸天真无邪道："这位姐姐，你是谁呀？怎么坐在陈平安床上，我可没听说他有远房亲戚。"

宁姚看了不请自来的少女一眼，便闭上眼睛，不闻不问。

稚圭见她装聋作哑，也不生气，只是轻轻晃了晃脑袋，撇撇嘴，一脸嫌弃。

稚圭看了眼桌上那柄剑鞘雪白的长剑，眼眸深处隐藏着极深的恨意和惧意，隐约有金色丝线在瞳孔中疯狂游走。她犹豫了一下，仍是抬起一只脚，准备跨过门槛，突然又收回脚，咳嗽一声，装模作样道："我进来了哦。不说话就是不反对，对吧？也是，这本来就是陈平安的宅子，我跟他认识好多年了……你该不会听不懂我说的话吧？没关系，反正我们也没啥好聊的，我就是来看看这边，有没有缺什么东西，我们马上就要搬走了，很多物件都可以留给陈平安。你是不知道，这些年他过得很不容易啊。"絮絮叨叨，心心念念，让她和陈平安，像极了青梅竹马的少年少女。

稚圭走入屋子后，风平浪静，她径直走到小桌旁，坐在凳子上，眼角余光一直在那柄剑上打转。

与此同时，宁姚也掏出了陆沉留给陈平安的三张纸，细细揣摩，试图琢磨出一点门道来，只可惜翻来覆去仔细看了两遍，仍是不得其法，失望道："这些字，写得真是没有……味道。"

她清楚记得，家乡的那堵长墙之上，断断续续有十八个字，皆是有人以剑刻就，每一个字都蕴含着镇压万妖的磅礴气势。

在她还是稚童的岁月里，她最大的爱好，就是站在那些大字的某一笔画当中，举目眺望。故而对于小镇四字匾额"气冲斗牛"，她是真的看不上眼。

稚圭转过身，悄悄挺直纤细的腰肢，双手叠放在膝盖上，约莫是尽量让自己更像一位大家闺秀，面对着宁姚，笑眯眯柔声道："唉，姑娘你也太不小心了。"

宁姚忍不住问道："你是谁？"

稚圭哎呀一声，摸了摸自己胸口，故作惊讶："姑娘你会说咱们这边的方言啊？"

宁姚又问道："你有事？"

稚圭伸手指了指桌上的长剑："你的？"

宁姚皱眉不言语。

宁姚不说话，稚圭也无所谓，站起身走到墙角，看着木架上的瓶瓶罐罐，那些不值钱的家当，这个婢女看得很仔细。

当窑工学徒的时候，陈平安光脚走遍了小镇周围的山山水水，一个人去山上挖土、砍柴，上山下山跑得很快。只要别人肯教他东西，不管是粗浅入门的，还是晦涩难学的，他都会花十二分力气去做，至于最后能够做到什么程度，他不管，当然想管也管不着。就像姚老头教他烧瓷手艺，总是抠抠搜搜，从不愿意拿出真正的压箱底绝活，但只要是姚老头开口说过、出手做过，他就会做得异常认真。后来刘羡阳教他制作木弓、鱼竿等，他也同样学得一丝不苟。隔壁宋集薪说话向来刻薄，说他的这种习性，按照书上说的，叫作尽人事听天命，只可惜啊，他陈平安根本没有什么好命，既然如此，还不如混吃等死，破罐子破摔得了。

稚圭挥挥手，笑容灿烂道："走啦走啦，姑娘你好好养伤，有需要就喊一声。我叫稚圭，住在隔壁院子。"

宁姚面无表情。

稚圭离开屋子，走到院子后，以屋内宁姚刚好能听到的嗓音，嘀咕道："也没有多好看嘛。"

宁姚也有意无意轻轻说了一句："这名字真俗气。"

稚圭关上院门的时候，有些用力，砰然作响。

宁姚重新闭目养神。

对于奇怪少女的造访，宁姚心无波澜。

不过她是真的很不喜欢这座小镇，尤其不喜欢来此寻求机缘的修行中人，钩心斗角，蝇营狗苟，说是仙人高人，只是站在山上的缘故，并非自身有多高。

在宁姚心中，大道不该如此小。

陈平安走出泥瓶巷后，阳光有些刺眼，他伸出右手遮在额头，轻轻呼出一口气。然后他开始慢跑，脚步轻快，哪怕已经多次穿街过巷，仍然毫不疲惫，毕竟对于习惯了上山下水的他来说，这点路程实在太不值一提。真正称得上艰辛的事情，是上山烧炭，一座龙窑每年需要用掉木炭两三万斤，尤其是大雨天的时候，住在山上砍柴烧炭，那真是遭罪，他曾经差点就死于一座建造时坍塌的炭窑里。陈平安这些年所做的事情，几乎都是体力活，也讲些技巧，但是入门之后，就纯粹是靠力气吃饭了，所以表面上的瘦小羸弱，只是假象，他拥有一种内在经受过千锤百炼后的精悍。

陈平安在一处十字巷口停下脚步，背靠墙壁，蹲下身，一手始终握拳，一手系紧草鞋。

这一刻，他心如止水，只是有些想念小镇上唯一的朋友刘羡阳。

那个家伙曾经神神秘秘跟陈平安炫耀，说他爷爷讲过一个故事，他爷爷小时候，亲眼看到过有人站在溪畔，只是小跑几步，就一步跃过了整条小溪。后来刘羡阳和陈平安去尝试，挑了一处溪面最窄的地段，两人同时后退助跑，同时起跳，结果比陈平安还大几岁的刘羡阳一跃之后，很快力竭落水，然后发现头顶有个黑影，嗖一下，继续向前，最终落在很远处。那之后，刘羡阳就再也没提过什么一步跨溪的神仙了。

那之后的之后，刘羡阳知道陈平安会经常自己去溪边，助跑，起跳，腾空，飞跃，摔落。陈平安一次比一次接近对岸，乐此不疲。

有一次忍不住偷偷远观，当刘羡阳看到那震撼人心的一幕后，觉得那时候的黝黑少年，好像跟印象中的笨蛋不太一样。

陈平安飞跃溪水的时候，就像一只经常盘旋在小镇天空的捕蛇鹰。

符南华见蔡金简有些兴致低落，便带着她四处随便走走，两人并肩而行，权且当作散心，间或谈些关于东宝瓶洲南方的奇闻逸事。蔡金简仍然有些强颜欢笑，不过比起离开泥瓶巷后的烦躁，心情确实好了许多。

她对于这位老龙城的贵公子，印象渐好。要知道老龙城虽然底蕴深厚，英才辈出，距离顶尖宗门只有一线之隔，照理说比二流垫底的云霞山要高出许多，但是云霞山这类传承有序、根正苗红的正统仙家，对老龙城这类偏居一隅的南方蛮夷，拥有一种先天的优越感，若是以往遇见，不背后嘀咕一声南蛮子就算修养好的了。

蔡金简苦涩道："符兄，云根石虽是我们云霞山的命根子，但既然事先说定，我便不会赖账，哪怕倾家荡产，也会偿还给符兄。"

符南华安慰道："顾璨家的机缘，是否已是板上钉钉的局面，目前还不好说。"

蔡金简脸色黯然，摇头道："截江真君刘志茂，声名狼藉不假，手段却不弱，否则也没办法在书简湖占有一席之地。这桩机缘，强求不得了。一旦惹恼刘志茂，我如何扛得住一个旁门大真人的威势。怕就怕已经被刘志茂记恨上，一旦离开小镇，没了圣人坐镇和规矩约束，天晓得刘志茂会做出什么过激举动。想必苻兄在边境上，也看出了一些蛛丝马迹，山门这趟随我来此寻宝的扈从，实力不济，完全不是他的对手。"

苻南华笑道："放心便是，哪怕是为了那十块云根石，我老龙城也会护送你安然回到云霞山。"

蔡金简转头朝他嫣然一笑，剪水秋瞳，脉脉含情。

苻南华颇为自得，习惯性地想要抚摸那块玉佩，却摸了一个空，才记起自己的老龙布雨佩，已经送给了那个叫宋集薪的少年。

蔡金简松了口气，走路的时候，脚步稍稍向左倾斜些许，于是她的肩头轻轻触碰了一下苻南华。

泥瓶巷之行，蔡金简做了一次计划外的押注，属于临时起意，却也小心权衡过，只不过事实证明她赌输了，代价就是十块价值连城的云根石，这让她对接下来的小镇之行，充满了焦虑，无形中也对苻南华产生了依赖感，或者说产生了赌徒心性，十块云根石是赌，五十块不一样是赌？赌赢了，狠狠赚一个盆满钵盈，赌输了……蔡金简觉得自己不会输，绝对不会，她可是云霞山修行天赋第一人蔡金简！修行路上，一帆风顺，境界提升，势如破竹，蔡金简不相信自己会在这条臭水沟翻船。

蔡金简心情好转的同时，感到大局已定的苻南华，也有了真正欣赏蔡仙子容貌身段的闲情逸致，不可否认，她是天生妖媚的女子，一旦与这种女子结为道侣，朝夕相处，无论修行还是床笫，皆可渐入佳境。

蔡金简曾被一位德高望重的前辈大佬，亲口誉为"云根山风，飞天之姿"，言下之意，其实是极为难得的道侣人选。靠山吃山、做惯了生意的云霞老祖们，这些年不计代价栽培蔡金简，未尝没有待价而沽的私心，仙家联姻的天作之合，比起世俗王朝豪阀大姓的嫁娶，要更为慎重，看得也更加长远。

只是苻南华对云霞山实在没什么好感，将山门命运就放在蔡金简一个女人的肩头，实在不像话，这也是苻南华对云霞山观感不佳的原因所在。

符南华提醒道："万一宋集薪隔壁的少年，也是外边某方势力的选定之人，还留着那件本名瓷器，那么你这次出手，就会惹来麻烦，容易被人顺藤摸瓜，找到云霞山和你。再者，宋集薪主仆和截江真君刘志茂，都有可能察觉此事。"

蔡金简笑道："符兄可能专注于机缘线索，不曾在意此地一些不成文的规矩，小镇当地出生之人，男孩在九岁的时候，若是没能被等了将近十年的'买瓷人'找机会带离小镇，就意味着根骨先天不行，已经不太值钱，往后岁数越大，越廉价。那些宗门帮派与其花一笔天价'领养钱'，来当冤大头，显然远远不如用重金培养几个亲传子弟来得实惠。"

蔡金简一提起那个草鞋少年，就满心厌恶："凡夫俗子就该有凡夫俗子的觉悟！"

符南华尽量小心措辞，劝说道："理是这个理，可是那少年见识短浅，哪里晓得你云霞山蔡仙子的尊贵，便是有所冒犯，教训一次也够了，何须两次出手。"

符南华觉得蔡金简的悍然出手，事出反常必有妖，说不定暗藏玄机，与机缘有关，所以他希望套出些话来，看能不能找到一些蛛丝马迹，以免螳螂捕蝉黄雀在后，自己将她当作秋蝉，其实她才是黄雀。

老龙城历尽千辛万苦，加上给出远比正阳山、云霞山更加夸张的价格，只得到一些只言片语的零碎秘闻。也正是从这些只言片语中符南华才得以知道小镇三千年以来，所谓机缘，在那场荡气回肠的惨烈战事之后，除了那群天资卓绝的小镇孩子之外，确实一直只是前辈祖师们遗落此地的法宝器物而已。但是当这块福地面临彻底崩溃之际，就没有这么简单了。

末代王朝，山河破碎，必有神兵重器出世，以迎新王朝新气象。

蔡金简有些闷闷不乐："别提他了，想起来就恶心。"随即秋水长眸中流露出一抹罕见的戾气，只不过不愿坏了自己在符南华心目中的仙子形象，才没有将心中所想诉之于口。

如果将来在小镇之外遇上那贱种，她一定让他死个痛快，而不只是让他拖着一副病秧子身躯，继续苟活十几二十年。

蔡金简尤其讨厌少年那双眼眸。内心深处，她有个自己从未深思的执念。那种干干净净的眼神，她在以"无垢澄澈"著称的云霞山，修行这么多年，从头到尾都不曾见到过几次，生长于陋巷的贫寒少年，有什么资格日复一日、年复一年拥有这份美好？

蔡金简歪头揉着眼皮子，这个动作使得她的那双远山黛眉越发纤长。

一直打量四周景象的苻南华随意打趣道："在我们老龙城的井坊间，有个流传很广的说法，叫左眼跳财右眼跳灾，你是左眼跳还是右眼跳？"

蔡金简手指被烫似的赶紧缩回手，瞪了他一眼，她当下显然是右眼皮在跳。

自讨苦吃的苻南华连忙亡羊补牢，笑道："凡夫俗子的瞎讲究，当不得真。"

蔡金简嘴角翘起，侧过身，凝望着苻南华的侧脸，得意扬扬道："被骗了吧？"

苻南华愣了愣，看着小女娇憨作态的蔡金简，他没来由地有些心动。

苻南华突然有些犹豫，对蔡金简的杀心开始摇摆不定，是不是与之成为一双神仙美眷，会更有利于老龙城势力北上的谋划？蔡金简一旦在此成功获得机缘，回到山门后，地位势力必水涨船高，运作得当，甚至不是没有机会成为云霞山的女主人。在历史悠久的云霞山祖谱上，也不是没有女子当家的先例。如此一来，老龙城就等于有了一块跳板，名正言顺渗透到东宝瓶洲的腹地版图，从此南北呼应，进可攻退可守，正是王霸基业，可使老龙城摆脱空有实力却只能偏安割据的尴尬局面，摆脱数百年来只能饱受排斥之苦。

前方不远处，几步外，就是横竖两条巷弄交错的十字路口了。

苻南华看到那个岔口，猛然惊醒，似有所悟，眼神重新坚毅起来。

头戴高冠的苻南华，额头瞬间渗出了细密汗珠。

乱我心志者，必杀之，以坚道心！

这一刻，苻南华再看向蔡金简，他的眼神、气态和心境，便恢复了之前的洒脱，纯粹像是在欣赏一幅画面，美人美景，皆可以养目，如今能多看几眼就几眼，毕竟蔡金简在离开小镇后，注定要在他手上香消玉殒。

杀人放火金腰带，修路铺桥无骸骨。听听，有些市井底层的名言警句，真是放之四海而皆准啊。

苻南华心胸豁然开朗。

蔡金简侧着身，嗓音柔媚，笑问道："南华，想到什么了，这么开心？"她悄悄换了个更亲昵的称呼。

苻南华摇摇头笑了笑，正要说话，眼角余光瞥见一抹黑影。

一个身材消瘦的少年，仿佛只用了一步，就从那条横向巷弄跨到了蔡金简身前，左手迅猛上挑，与此同时，右手一拳已经砸在云霞山仙子蔡金简腹部，势大力沉，尺寸间的骤然发力，竟然隐约有呼啸风声，迫使蔡金简不得不弯腰低头。虽然少年右手劲道已经远超同龄人，但他其实是个左撇子，所以左手握住的利器，完完全全没入蔡金简的喉咙，直接刺透口腔下部。少年犹不罢休，右手一拳砸在蔡金简胸膛，左手仍是向上一抬。保证这场偷袭不会有丝毫意外。

那一刻，蔡金简原本纤细白皙的脖子上鲜血喷涌。

再接下去，少年腰肢、脚踝发力，以肩头撞向蔡金简心口，将其整个人狠狠撞入横向小巷中。

苻南华双脚扎根地面，死死站在原地。这位老龙城少城主，头脑一片空白。

苻南华回过神，环顾四周，连小巷屋顶都没有放过，没有察觉到任何异样，迅速深呼吸一口气，既没有向前迈出，也没有后退。他再次下意识去抓那枚祖传玉佩，落空后，赶紧默念了一段残篇断章的道家口诀。此诀不是术法神通，不过是帮助自己静心凝气。如果说心境如泛湖小舟，那么此诀就是船锚。

他开始侧身背向一堵墙壁，横步走到两条小巷的岔口上。他身体肌肉紧绷，做出防御姿势，不敢有丝毫掉以轻心，死死盯住那条小巷。只见视线中，草鞋少年站在蔡金简倒在血泊的身躯旁边，身体小幅度弓腰，保持着一种微妙的进攻态势，同样死死盯住苻南华，双方虎狼对峙，一为解惑，一为求生，各有不同。横空出世的少年，目标应该只有蔡金简，对于苻南华的出现，陌巷少年凭借本能展现出来的姿势，更多是一种你不犯我我不犯人的含义。

苻南华问了一个很多余的问题："你杀了她？"

少年默不作声，始终手握杀人凶器，那是一片破碎瓷片，略小于他的手心，露出拳头的部分，极为锋利。少年满手鲜血淋漓，不知是蔡金简的鲜血，还是瓷器刺破手心的结果，滴落在小巷地面上。苻南华在确定四周再无他人后，既觉得荒诞不经，又觉得如释重负。最后他便将视线投在蔡金简那具娇躯上，哪怕如此落魄场景，依然无损她的天生丽质，婀娜多姿，丰满的胸脯微微起伏，猩红血液不断从脖颈和嘴巴中涌出，生机即将彻底断绝，但是经过气机反复淬炼的强健体魄，使得她承受的痛苦，会比常人更加沉重和漫长。

苻南华脸上有了些笑意，不过骨子里带着严酷寒意，问道："为什么要杀她？你和这位姐姐无冤无仇，难道就因为她跟你在泥瓶巷开了个玩笑，你就要杀人？小镇什么时候这么无法无天了？你知不知道，杀人偿命，欠债还钱，到哪里都是一样的啊。"

少年就像个哑巴，不言不语。苻南华不在意少年所思所想，开始缓缓走向前，步伐坚定。

苻南华知道蔡金简死定了，这里不是仙气缭绕的神仙洞府云霞山，此处是术法禁绝的天道牢笼，除非出现一位修为通天的陆地神仙，或是金身罗汉，愿意拿大半修为来换取她的性命，才有可能镇压住魂魄，帮她起死回生。很可惜蔡金简绝对不会有这样的泼天福缘，小镇上那位圣人身负重任，俯瞰苍生，绝不会厚此薄彼，只会顺势而为。

　　修行路上，莫名其妙夭折于阳关大道，或是死于争一线机缘的独木桥上，都有，虽说不算太多，但绝对不是稀罕事。若是证道长生，能够事事循序渐进，步步为营，无灾无厄，尽享好处而不担风险，那么市井百姓眼中的无忧仙人，好像也太不值钱了。所以符南华对于小镇此行，甚至做过一番搏命厮杀的最坏准备，但是要说在小镇里，在一方圣人的眼皮子底下，亲眼看到并肩而行的临时盟友，这么被人以迅雷不及掩耳之势宰掉，老龙城少城主是第一次。没有眼花缭乱的法宝对攻，没有惊天动地的仙家手笔，就这么给一个最低贱的乡野泥腿子杀了？符南华震惊之余，根本无法接受这个荒诞事实。如果不是这座小镇，草鞋少年这种命贱如野草的小人物，哪怕是遥遥看到云霞山蔡金简一面，都是遥不可及的天大奢望。

　　符南华脸色肃穆，沉声道：“我虽然来不及救下蔡仙子，也无法杀你，为蔡仙子报仇，但是既然亲眼看到你行凶，不做点什么的话，一旦传出去，老龙城的金字招牌就要砸了。所以于情于理，我都该教训教训你，至于之后云霞山那边如何处置应对，如何给蔡仙子一个公道，那就是你的事情了。”

　　老龙城少城主这些冠冕堂皇的言语，是说给此方圣人听的，属于客套话，省得自己之后吃相太难看，惹来那位圣人的恶感。将来也有一个可能，是说给云霞山那帮老祖师听的，符南华无非是要一个摆在桌面上的仁至义尽。要不然，对蔡金简早已心存必杀念头的他，真想好好酬谢一番眼前的少年，误打误撞，鲁莽行事，省了他好大的周章，真可谓是自己的一员福将。

　　符南华一边前行，一边说道：“见你方才杀人的手法，意味着你这副臭皮囊的瞬间爆发力，比起寻常青壮男子只大不小，这其实颇为难得，如果没有今天这场风波，你只要有机会投身行伍，敢杀敢拼，再有些机缘巧合，得到某位兵家大佬、沙场世家武将的青睐，丢给你一份兵家铸身口诀心法，慢慢打熬身体，二三十年后，你这小子未必没有一番新天地。”

在苻南华向前走的时候，少年开始缓缓后退，面朝这位高冠大袖的老龙城少城主。

身材修长的苻南华走在小巷中，玉树临风，有一种气质天成的富贵雍容。

苻南华伸出一只手，掌心向下，垂放在腰间，笑道：“可惜了。你的命不太好，要不然，依照我的说法，你就有机会达到这么高的成就……是不可能的。”

苻南华被自己这个笑话逗乐，笑意更浓，向前跨出一步的时候，那只脚突然悬在离地面半尺的空中：“不好意思，是这么高才对。”

苻南华很难不开心。进入小镇之后，先是和泥瓶巷少年宋集薪的交易，获利之巨，远超预期。然后是极有可能是自己大道阻碍的蔡金简暴毙于眼前，自己不但可以两手干净不染鲜血，还能白白得到她身上的两袋金精铜钱，说不定还能搜出一两件云霞山的秘宝，哪怕不是镇山之宝，也肯定差不到哪里去，他可不相信蔡金简全然没有护身符傍身。比如他苻南华，除了那块仅是障眼法的老龙布雨佩，就还带着两件品相极好、品阶极高的小东西，几乎算是老龙城压箱底的宝物。故而在旁门左道的野路子修士当中，流传着一句脍炙人口的口头禅：替人收尸，必有好报。

苻南华经过蔡金简尸体的时候，看都没有看她一眼。反倒是淡淡的血腥气，让他整个人处于一种莫名的亢奋状态。

一进一退，两人始终距离十余步。

苻南华只需要确定少年跑不出小巷，否则到时候他再想要逮到一个在此土生土长的少年，无异于大海捞针，何况身后尚且温热的美人尸体，就是前车之鉴。一旦给少年足够喘息的机会，“惊喜”就可能砸在自己头上。

苻南华看似在猫抓耗子，实则是在调整自己的身体节奏，毕竟他九岁正式踏足修行之后，从没有过纯粹依靠近身肉搏来分胜负的机会。

他当然不用跟少年分出生死，那会让自己得不偿失，连同蔡金简，就是两份唾手可得的机缘，但是务必要让这个出人意料的少年近期乖乖躺在床上，不给少年丁点儿整幺蛾子的可能性。

符南华突然笑问道："对了，你叫什么名字来着？"

满手鲜血流个不停的少年答非所问，黝黑的脸庞上，满是乡土野草似的坚韧："你和她可能都不清楚，我的眼力很好，所以在泥瓶巷里，她跟我聊天的时候，你看她的眼神，跟现在看我，其实一模一样。"

符南华愣了愣，这下是真的对少年刮目相看了，啧啧笑道："有点意思，真是有点意思。"

符南华的言行举止看似云淡风轻，其实他一直留意到少年的左手依旧在持续滴血。这说明少年的手劲一直没有放松，寻常人恐怕早就拗不过那份刺骨疼痛。

符南华这个时候才觉得先前"可惜了"这个随口评语，原来真是一语中的。

符南华觉得时机差不多了，问了最后一个感兴趣的问题："你杀她杀得如此果决，肯定是有人跟你通风报信了，我倒是不好奇他的身份，我想不通的是，你一个在这里长大的孩子，怎么就那么快跨过了自己心里那个坎儿，杀人杀得如此……心安理得，这个说法，听得懂吗？要知道，就算是我，第一次杀人后，等到那股兴奋劲头退去，整个人就开始颤抖，念了很久的静心诀才好受些。哪像你，平平静静，跟吃饭喝水差不多，这不合理……"

一直面无表情的少年，突然露出惊骇的眼神和恐慌的脸色，视线直勾勾望向符南华身后，仿佛是那个死了的蔡金简活了过来。

谨小慎微的符南华下意识转头，脖子转到一半的时候，心头巨震。等到回转过去，因为身高悬殊的缘故，符南华正前方且偏低的视线中，竟然没了少年的踪迹！

千钧一发。

原来，在出现那种眼神和脸色后，刹那之间，草鞋少年毫不犹豫地开始爆发冲刺，三步之后，左脚骤然发力，整个人高高跳起，最终右脚踩在小巷一侧墙壁上，迅猛弹射转折之后，少年朝高冠男子高高举起左手……少年真像一只捕蛇鹰。

乡塾一座不挂匾额的草堂书屋内，中年儒士齐静春正在枯坐打谱，打的并非什么流传千古的名局，也不是棋坛国手之争的复盘。

他正要将一枚白子落在棋盘上，叹息一声，在原本早有定数的棋子生根处，他突然开始举棋不定。他收回手后，棋子却依旧悬停空中，距离棋盘仍有寸余高度。

齐静春依然正襟危坐，作为负责坐镇此地的当代圣人，儒家七十二书院之一山崖书院的前任山主，哪怕被贬谪至此戴罪立功，他仍是当之无愧的当世醇儒。

对于小镇普通百姓而言，草木一岁一枯荣，甲子春秋转瞬即逝，教书先生已经换了好几个，模样不同，岁数不同，唯有那股说不清道不明的读书人气质，如出一辙，古板、苛刻、寡言，总之，都很无趣。没有人想到那几位来来去去的乡塾教书匠，其实是同一人，不但如此，在小镇之外的广袤天地，深居简出的齐先生，曾经拥有超然的崇高地位，还身负正气浩然的无上神通。

下一刻，齐静春元神出窍远游，如一身雪白衣袂飘飘的仙人，从躯壳牢笼当中瞬间挣脱束缚，飘然去往小镇一条巷弄。

齐静春转瞬之间来到巷弄，他先去看了倒在血泊中的女子——云霞山的蔡金简，三魂七魄晃荡消散，如风中残烛。

齐静春停留片刻之后，终于来到苻南华和陈平安两人身旁。

高冠大袖的老龙城少城主，身体有些后倾，目瞪口呆，肌肤如玉的英俊脸庞上，神色复杂，交织着震惊、疑惑和绝望。

陈平安保持那个高高跃起、向前扑杀的凌厉姿势，左手握有一片锐利如刀刃的瓷片，哪怕是这种你生我死一线间的关键时刻，身体腾空的他，依然眼神坚毅，脸色平静，根本不像是一个出生于陋巷小宅、成长于山野的无知少年。仅剩符合少年身份的，大概是隐藏在眼神深处的无奈。对于这种无奈，走出书斋和书院很多年的读书人，已经不陌生了，就像看着一个靠天吃饭的庄稼汉，蹲在旱季干裂的荒芜田垄上，抬头看着烈日，其实不会有撕心裂肺的情绪，而只会是深深的无奈，还有茫然。

作为一方天地的临时主人，齐静春当然知晓陈平安一家三口的来龙去脉，甚至往上追溯百年千年，他哪怕没有亲眼看到过陈平安的祖辈，大致上也能推演而出。道理很简单，就像是县衙的县太爷，真想要看治下百姓的身世传承，只需要去掌管户籍的户房，查询档案，便一目了然。

小镇经过三千余年的繁衍发展，枝叶蔓延于小镇之外，盘根交错，因为每一代都有几个惊才绝艳的人物，虽然不能衣锦还乡，却能够通过秘密渠道反哺家族，最终造就了如今小镇最为兴盛的四姓十族。

陈平安的这个家族，历史同样悠久，祖上也曾飞黄腾达、很是阔绰过，但是经过两次跌宕起伏的风云变幻之后，在藩国无数、王朝如林的东宝瓶洲，逐渐沉寂衰败，让位于其他姓氏。千年以降，江河日下，到了陈平安父亲这一辈，小镇陈氏这一脉，几乎算是在整个东宝瓶洲彻彻底底衰败了，更别提小镇所在的大骊王朝版图，仿佛是被君王敕令"世世代代不得出仕"的官员，家族再无起复的可能。

齐静春来此主持大阵运转后，六十余年，谨守"方正平和"四字师训，绝不以个人好恶，擅自更改小镇百姓的命运轨迹。否则在这位也曾疾恶如仇的读书人眼中，小镇高门大户里有太多的污秽，陋巷小户里也有太多的贫苦。不过齐静春在冷眼旁观之后，看到大姓大宅也有他们的徒劳无奈，小门小户也有他们的穷凶极恶。久而久之，齐静春如同高高在上的神像，既不享受香火，也不承人情，只是袖手端坐，对世事不闻不问。

齐静春微微讶异，上前一步，定睛望去，轻轻点头，原来气势如虹的陈平安，对于这次扑杀看似势在必得，不杀苻南华决不罢休，但其实按照目前的姿态来看，最后他只是手腕重重砸在苻南华脖子上，苻南华比起蔡金简的下场，要好太多了。苻南华应该是被重重一击，整个人横着摔向墙壁，然后被陈平安一手掐住脖子，一手以瓷片抵住腹部。

齐静春有些好奇，为何陈平安这次没有痛下杀手，大好机会，稍纵即逝，后患无穷。齐静春是醇儒，恪守礼节，却不会死守教条，不是那种只会摇头晃脑掉书袋的迂腐酸儒。他对于苻南华之流，无论资质根骨还是性情脾气，实在是再熟悉不过，哪怕在今日小巷中，被陈平安威胁得暂时放弃报复，但此事绝对会是苻南华生平仅见的奇耻大辱，上纲上线到道心魔怔都不为过，到时候要跟陈平安斤斤计较的，可就不是苻南华本人了，而是整座南海之主老龙城了。

齐静春之所以来此阻挠陈平安连续杀人，有一定的私心，更是为了公道。如今小镇就像一件出现裂纹的瓷器，迟早会爆裂炸开，齐静春必须要延缓这个大势不可挡的过程，要尽量为更多的人安排好退路，最好是能够安安稳稳交到那个铁匠"阮师"手上。撑过最后一个甲子时光，就能够勉强皆大欢喜，山上人得机缘，山下人得安稳。要知道以山上人绝大多数时候的一贯性子，每逢道路崩塌、新旧交替、机缘四起、长生可期之际，几百几千山脚蝼蚁的死活，算得了什么?！世俗王朝的天家无情，比起很多修士推崇的大道无私，实在不值一提。

齐静春思量片刻，悄然隐去身形。

天地运转，流畅无碍。之前止境，悄然破碎。

陈平安手腕"终于"重重砸在苻南华脖子上，后者脑袋一晃，横摔向小巷墙壁，被巨大的劲道摔得七荤八素，落地后的陈平安，迅猛贴身靠近，一记肘击轰在符南华腹部。

符南华并未站直，背靠墙壁，陈平安肘击打得他几乎吐出苦水来，身体本能弯曲起来。

陈平安一手掐住符南华脖子，一手用瓷片抵住这个高冠公子哥的腹部。

符南华很难想象，比自己矮一个头的瘦弱少年，为何五指力道如此巨大，尤其是腹部瓷片的锋利和冰冷，让老龙城少城主再次感受到死亡的逼近，一线之隔，就是阴阳之隔。

符南华当然不会知道，一个年幼时分就需要漫山遍野去寻找草药的稚童，因为某个比自己求生更强烈的执念所迸发出来的无穷潜力，是何等惊人。

当那个少年误食草药而在小巷绞痛得满地打滚的时候，那种执念，甚至能够让一个原本该在乡塾蒙学的孩子想着便是爬也要爬回家中，要将那竹篓救命草药放回家中。

之后砍柴烧炭、拉坯烧瓷、挖泥尝土等等，没有哪件事情，不需要考验少年的体力和耐力。

在小镇之外，符南华随便施展一点仙家术法，就能够肆意碾压一百个、一千个少年，但是选择在小镇内与之生死相向，还真是好运气到了尽头，踢到了铁板。

符南华被剧痛和耻辱双重打击，冲昏了头脑，脸色狰狞道：“你杀了我，你是死路一条！你不杀我，还是难逃一死！小杂种，总归你是死定了！”

陈平安微微仰头，盯着这个满脸癫狂神色的男人，说道：“你知道，我不想杀你，我跟你无冤无仇，只是你想害我，我才还手的。”

符南华狞笑道：“小杂种，也配跟我符南华讲道理？！”

他竭力加重语气道：“你配吗？！”

陈平安沉默片刻，问道：“你是不是一定要杀我？”

当符南华看到黝黑少年的那双眼眸时，突然冷静下来。

被掐住脖子的苻南华满脸涨红，很快变青再转紫，其实陈平安五指力道并未加重，但是足够让一个青壮男子窒息致死。

苻南华艰难道："我说我不杀你，你信不信？"他剧烈挣扎了一下。

但是陈平安几乎同时加重了力道，让苻南华五指微动的一条手臂颓然下垂。

陈平安摇了摇头。

苻南华越发头晕目眩，虽然心中恨不得一巴掌拍碎这个杂种的头颅，但是表面上仍然尽量和颜悦色，补充了一句："如果我对天发誓呢？我们这种人，是不可以随便发誓的。"

苻南华耍了一个心机，佛家发大宏愿，和修士心头起誓，确实有着极大约束力，但是显而易见，苻南华只说了一半真话，他哪怕发誓，也只会在嘴上信誓旦旦，并非"不立文字，却无异于刻字丹室心壁"的沉重心誓，所以事后遵守与否，只看心情。再者，修行之人的心誓，也不是没有破解之法，代价大小而已。大体上，代价大小与修士境界高低、发誓内容轻重，有着绝对关系。

不料陈平安竟然还是摇头。

越来越呼吸困难的苻南华，已经失去讨价还价的精气神，没来由地有些神情恍惚。

就要死了吗？跟蔡金简那个可怜虫一般无二，还是死在一个小贱种的手里？那么当这个噩耗传回老龙城，会不会成为全城上下的笑谈？他甚至都没有机会，伸手去触发腰间玉带的隐秘机关。他腰间所系的白玉腰带，实则是一条地蛟之属的残余精魄。

"可以了。"

一个嗓音在两人耳畔响起，对于苻南华而言等于是天籁之音，只不过他正好晕厥过去，不确定是不是自己的幻觉。

陈平安愕然转头，结果看到一个满身雪亮、虚无缥缈的齐先生。后者微笑不语。

陈平安眼神复归坚定不移，右手五指始终没有松开。

齐静春既没有好心被当成驴肝肺的恼火，也没有仿佛看到一副可造之材的欣慰，只是朝着陈平安轻轻挥袖，像是"捞取"了一件物品到手中。

这位儒家圣人摊开手心一看，哑然失笑。一团污秽如墨迹。原来某人在陈平安身上种下的心意，黯淡无光，分明早已消亡。

再抬头望向少年陈平安，齐静春有些遗憾，感慨道："难怪先生说世间成事者，超世之才不过其次，坚忍不拔之志，方为首要。陈平安，你替先生又给我上了一课。只可惜，我齐静春如今已经没有了收取关门弟子的机会。"

说完这句话后，齐静春自嘲一笑，如今他齐静春的弟子，有什么金贵值钱的？坐满一屋子的蒙学孩童，每人收取束脩，不过一年三百文钱，有些家境贫寒的孩子，不过是腊肉三条而已。

齐静春望向坚持己见不愿松手的陈平安，问道："你在内心深处，其实不愿意杀他，但问题是这个人看上去无论如何都要杀你，所以是杀了他，一干二净，暂时保全自身性命，明日事明日了？还是希冀着息事宁人，大事化小小事化了？对不对？"

经常旁听隔壁读书种子朗诵诗文的陈平安，脱口而出道："先生何以教我？"

齐静春笑道："陈平安，你不妨先松开右手试试看，再决定要不要随我四处走走。有些事情我难辞其咎，必须要给你一个交代。"

陈平安犹豫片刻，松开右手五指后，赫然发现苻南华没有丝毫动静，眼神、发丝、呼吸，悉数静止。

在齐静春运转大阵后，小镇重返止境。

齐静春轻声道："跟紧我的脚步，尽量不要走出十步之外。"

衣袂飘飘、身躯空灵的齐静春率先走向小巷尽头，陈平安紧随其后，其间低头看了一眼左手手心，血肉模糊，可见白骨，但是那些肉眼可见的鲜血，偏偏不再流淌。

齐静春走在前边，微笑问道："陈平安，你信不信，这世上有神仙精灵、妖魔鬼怪？"

陈平安点了点头："信的，小时候我娘亲经常说些老故事，要我相信善有善报恶有恶报。这句话娘亲说得最多，所以我记得很清楚。其他像小溪里会有拖拽小孩的水鬼，城北破祠堂那边有专门在夜间审案的冥官老爷，我们张贴的门神其实到了晚上，就会活过来，帮我们保护宅子……这些东西，我以前其实不太信的，但是……现在，我觉得多半是真的。"

齐静春轻声道："她说的这些，有些真有些假。至于善有善报恶有恶报一说，则很难定论，因为对于善恶的定义，老百姓、帝王将相和长生仙家，三者是各有不同的，所以各自得出的结论，会很不一样。"

陈平安藏起瓷片，加快脚步，和齐静春并肩而行，抬头问道："齐先生，我能问一个问题吗？"

齐静春好似看穿他的心思，平静道："这座小镇，是世间最后一条真龙的葬身之所、埋骨之地。天底下不计其数的蛟龙之属，都认为此地气运最为鼎盛，注定要在某一天'出龙'的。事实上，三千多年来，'出龙'一事，迟迟不至，倒是这座小镇出生的孩子，根骨、性情和机缘，确实要远远好过外边的同龄人，东宝瓶洲许多大名鼎鼎的仙府道侣，他们结合生下的后代，也不过如此。当然了，也不是小镇每个孩子都有惊才绝艳的天赋。"

齐静春笑了笑，不在此事上深入解释，大概是怕伤了陈平安的心，遂转换话题："当初参与那场屠龙浩劫的前辈修士，几乎无人不身负重伤，很多人便在此定居，结茅修行，可谓从容赴死，也有双双侥幸活下来的道侣，也有的在并肩作战后，水到渠成地结成良缘。小镇经过三千余年的繁衍生息，便有了如今的规模，在大骊王朝版图上，此地最先被称为大泽乡，后来被一位圣人亲自提笔改为龙渊，再之后避讳某位大骊皇帝的'渊'字，又做修改……"

一直把话憋在肚子里的陈平安，终于忍不住了，轻声打断齐静春的言语，双手握拳，充满渴望和期待："先生，其实我想问的问题，是我爹娘……他们到底是怎样的人……"

齐静春陷入沉思："既然那远游道人陆沉已经对你泄露了天机，我也可以顺着他破开的口子，与你说些事情。在我的记忆里，你爹是个憨厚温和的人，天资平平，不值得被人带离小镇，自然就成了某些人眼中的鸡肋，被视为一笔亏本买卖。也许是一怒之下，也许是生活实在窘迫，总之小镇外的买瓷人，便在你爹的本命瓷上动了手脚。在那之后，不但他命途多舛，也连累你和你娘一起吃苦。后来他不知为何，无意间知晓了本命瓷的秘密，知道一旦被人开窑后带离小镇，就会一辈子沦为牵线木偶，他就偷偷砸碎了属于你的那只本命瓷，如果我没有记错的话，应该是一只瓷镇纸。"

齐静春沉声道："你要知道，小镇每年出生的婴儿，都有个存入密档的代号，镇上也专门有人，会以独门秘术，抽取出一滴心头血，灌注于日后烧制的那只本命瓷当中。女孩本命瓷一烧就要烧六年，男孩的更久，窑火一日不可断，持续烧九年。孩子的天赋如何，就像是普通烧窑的瓷器品相如何，只能听天由命看运气，但是押注后进行'赌瓷'的出价，很大。虽然说如今你资质同样平平，但是在你爹毅然决然打碎那件瓷镇纸的时候，小镇外买瓷人的震怒，可想而知。

"至于你娘亲，是一位性情淑静的女子。"

齐静春说到这里，突然笑了："当时你娘亲嫁给你爹的时候，小镇好些同龄人都很郁闷来着。不过说实话，真要我说你爹娘在世时的生活细节，是为难我了，来到这里后，我除了教书授业，还有很多事情要做。"

陈平安嗯了一声，轻轻扭过头，用手胡乱抹了一把脸，他大概是忘记了左手的糟糕情况，弄得满脸血污，又实在舍不得用衣袖擦拭。

两人经过了十二脚牌坊楼。

齐静春没有看陈平安，与他打开天窗说亮话："当年真龙陨落于此，四位圣人亲自露面，在这里订立契约，规定每六十年，换一人坐镇此地，帮忙看顾那条真龙死去后留下的残余气数，其实当时是否斩草除根，也不是没有争执……不过与你说这些不可告人的天机，便是害你了。大体上，儒释道三教中人，加上一个兵家，四方为主，其余东宝瓶洲的诸子百家、洞天福地、仙家门第、豪阀大族等等，皆有一定的份额和机会，来分润这里的好处。说来可笑，百年内有无'买瓷'的名额，几乎成了界定一个宗门、世家是否一流地位的标志。"

陈平安说道："先生说这些，我听不懂，但都记下了。不过今天知道我爹娘是好人，我就知足了。"

齐静春笑道："我也不奢望你当下能听明白，只不过是些铺垫，否则简单劝你别杀符南华，你肯定听不进去。之所以要你别杀人，不是我齐静春物伤其类、兔死狐悲什么的，更不是我希望他符南华和老龙城因此感恩，以后我好要些好处，不是这样的。事实上，正好相反，我儒家门生弟子，推崇入世，对于修行中人的肆无忌惮，最是抵触，双方明争暗斗了无数年，若我齐静春是刚去山崖书院拜师求学的岁数，那截江真君刘志茂也好，老龙城少城主符南华也罢，现在哪里还有活命的机会，早给我一掌打得灰飞烟灭了。"

陈平安发现这个时候的齐先生，虽然说话语气依旧温和，走路姿势同样文雅，但是给人的感觉完全判若两人。

就像姚老头喝酒喝高了，说我们烧出的瓷器，是给皇帝老爷用的，谁能比？

齐先生说一掌打得别人灰飞烟灭的时候，虽跟那时候的姚老头语气不同，但是神色一模一样。

齐静春皱了皱眉头，抬头望向泥瓶巷那边，像是在听着别人说话，虽然没有流露出厌烦表情，但是眼神中的不悦毫不遮掩。他最后冷声道："速速离去！"

陈平安一脸茫然。

齐静春解释道："是那说书先生，本名刘志茂，道号截江真君，其实是旁门里的道人，修为尚可，品行低劣，蔡金简、符南华两人与你的恩怨，大半是他在兴风作浪，最后还在你心头种下了一道歪门邪道的符箓，那是一幅四字真言，将'一心求死'四字，偷偷刻于你心田，手段极为歹毒。"

陈平安默默记住了刘志茂这个名字。

齐静春叹了口气，问道："你就不好奇，为何我不出手？"

陈平安摇头。

齐静春自顾自说道："此方天地，如同风吹日晒三千年的老旧瓷器，支离破碎在即，你们终究是外人，又有大阵护持，如何作为，只要不要太过分，远远不至于让瓷器崩碎。可我是那个手捧瓷器的人，我的任何举动，都会牵扯到这件瓷器的裂缝，事实上不管我做什么，只会让那些纹路加速蔓延。若只是瓷器碎了，也就罢了，可是这小镇五六千人今生来世的命运，尽在我手，我如何能掉以轻心？"

只是这些积郁多年、不吐不快的言语，齐先生说得太小声，陈平安竖起耳朵也听不清楚。

齐静春看着时不时用右手擦拭脸庞的陈平安，两人已经走到杏花巷铁锁井附近，那边有妇人正在弯腰汲水，齐静春问道："若有陌生人掉进水井，你若救人，就会死，你救不救？"

陈平安想了想，反问道："我想知道，真的救得了那个人吗？"

齐静春没有回答陈平安的问题，只是笑道："记住，君子不救。"

陈平安愣了愣，疑惑道："君子？"

齐静春犹豫了一下，蹲下身，先帮陈平安正了正衣襟，然后用手帮他擦去血迹，柔声道："遇见不幸事，先有恻隐心，但是君子并不是迂腐人，他可以去井边救人，但绝对不会让自己身陷死地。"

似乎被这个问题勾起了心思。陈平安认真问道："先生，我现在还能活下去吗？如果能，那么我还能活多久？"

齐静春仔细想了想，缓缓站起身，斩钉截铁道："你要是不怕前路坎坷，吃大苦头，就肯定能活下去。"

陈平安顿时笑容灿烂，天经地义道："我可不怕吃苦！"

齐静春想着这一路行来，陈平安的泰然处之，便释然了："走，带你去一个地方。虽然我齐静春不能帮你什么，但事已至此，让你渡过此劫，绝不算破坏规矩，其实本来就该补偿你一份机缘才对。"

陈平安懵懵懂懂。

两人来到老槐树下，不知为何，小镇内外寂静无声，唯有这棵老槐像是唯一的例外，树叶微晃，摇曳生姿。

齐静春站定后，脸色凝重，作揖后，抬头问道："齐静春能否向你们求一片槐叶，让陈平安日后能够安安稳稳离开小镇，最少在三年内，不受那反扑而来的横祸灾厄？"

千年老槐，无声无息。

齐静春又问道："齐静春坐镇此地五十九年，没有功劳也有苦劳，难道还求不来一片祖荫槐叶？何况陈平安本就是你们小镇人氏，诸位先贤，何以如此吝啬？"

老槐仍是没有回响。

此刻的寂静如同无声的讥讽。你齐静春神通广大，可到底是这天地方圆中的一个，更是主持大阵枢纽的那个可怜人，我们就是不愿白白施舍这份香火情，你能奈我何？

齐静春脸色阴晴不定，最后唯有叹息一声，低头望去，满怀愧疚。

陈平安咧嘴一笑，反过来安慰道："陆道长说我只要去小镇南边，找到一个姓阮的铁匠，当他的学徒，就有希望活下去。齐先生，没有这……槐叶，相信也没啥问题的！"

齐静春笑问道："真心话？"

陈平安挠挠头，腼腆道："假的。"

齐静春会心一笑。

突然，一片苍翠欲滴的鲜嫩槐叶，从树冠极高处，飘然坠落。

陈平安只是伸出手掌，树叶便自行落在他手心。

树叶上，有一个金色字体，一闪而逝。

齐静春有些惊愕，片刻之后，沉声道："此字为姚，陈平安，你可愿意为姚家报恩，无论生死？！实不相瞒，哪怕没有这片树叶，你也未必没有一线生机，这一点，我可以明确告诉你。所以你千万要想清楚！"

陈平安问道："是姚师傅的那个'姚'字吗？"

齐静春点了点头："正是。"

陈平安双手合十，将槐叶轻轻夹在手心，抬头大声道："只要我活着一天，只要是跟你有关的姚姓人，就像齐先生之前所说，哪怕他坠入井中，哪怕救人必死，但我陈平安必救之！"

天籁寂静。

齐静春笑道："走吧。"

带着陈平安离去之时，齐静春悄然转头，望向槐树最高处，面露讥讽。

姓"陈"的槐叶并非没有，事实上还不止一两片，可是到最后，明知道此地即将崩坏，宁肯另寻宿主，哪怕不姓陈也无所谓，也仍是没有一份香火祖荫，愿意看好泥瓶巷的草鞋少年。

齐静春转回头，摸了摸陈平安的脑袋，打趣道："如果是宋集薪、赵繇、顾璨这些人，像你之前那般发此宏愿，说不定就要引发天地共鸣了。"

陈平安笑容阳光："那我可管不着，我只做好自己的事情。"

齐静春又问道："这次是真心话？"

陈平安笑道："是！"

桃叶巷的一栋宅子里，有位慈眉善目的老人，坐在廊下的藤椅上，身边坐着一个模样俏皮可爱的丫鬟，丫鬟穿着鹅黄纹彩长裤，外边罩穿着浅罗碧色的纱裙，一边听老人说故事，一边缓缓扇风。

老人突然开口问道："桃芽，风呢，又打盹儿啦？不是吓唬你，若是在小镇之外的大家宅子，你这样偷懒，可是要挨罚的。"

没有任何回应，对下人一直优容宽厚的老人，正想继续调笑几句，脸色骤变，抬头望向远方，神情凝重起来。原来小院内，不仅是少女丫鬟所持之扇，没有丝毫动静，事实上就连无形的清风也静止了。老人赶紧屏气凝神，默念口诀，坐忘入定，以免在这场光阴长河的短暂逆流当中，白白折损修为道行。老人轻轻叹息，最为恪守规矩礼数的齐静春，也终于破例出手，如此一来，真是山雨欲来风满楼了。

铁锁井，身材魁梧的外乡年轻人蹲在不远处，使劲盯着辘轳车。但是眼角余光，却偷偷瞥向一个丰腴村妇的侧影，村妇正弯腰从井口中提起一只水桶，弧度惊人的臀部，沉甸甸坠下的胸脯，整个人略显夸张的曲线，玲珑毕露，身躯绽放出一股饱满麦穗的野性气息，让原本不过中人之姿的她，也多出一些别样韵味来。当年轻人意识到周围环境出现诡异静止后，他人没有动，只是壮着胆子，正视那幅妇人汲水的美妙画面，年轻人偷偷咽了咽口水，赶紧扭转身体，换了个蹲姿。

难怪师父说，山下女子，是出林虎，功力大减了，可要是一旦带上山，就要成为称王称霸的座山虎，是会吃人的。师父喝酒之后，总说天底下的英雄豪杰，全输给自家的入山虎了，没一个例外。但是年轻人觉得出林虎就已经很厉害了，比如眼前那妇人，明明长得普通，却妖娆得让他心痒痒，要是她二话不说给他一耳光，完全不讲道理，年轻人觉得自己也根本不敢还手，说不得妇人一笑，他还会跟着笑呢。

年轻人想到这些，就有些灰心丧气，低头瞥了眼裤裆，骂骂咧咧："没骨头，难怪没骨气！"

泥瓶巷内，宋集薪正在翻阅一本厚重陈旧的地方县志。宋集薪摸索出很多规律，例如大体上是每六十年一增补，所以宋集薪私下将此书取名为《甲子志》。还有就是小镇百姓在年少时被远房亲戚带出去后，几乎就没有人回到过家乡，好像很不喜欢落叶归根，属于墙里开花墙外香，很多家族姓氏就在外面开枝散叶，甚至成长为一棵棵根深蒂固的参天大树，所以宋集薪又将其昵称为《墙外书》。

宋集薪此时正在翻阅一页人物传，描述了一个叫曹曦的人的生平事迹，笔墨吝啬，是这本县志的又一特色。宋集薪翻来覆去看了至少七八遍，对于这本书早已滚瓜烂熟，所以如今闲暇时翻阅，只会拣选一些光怪陆离的人物故事，当作一位说书先生描述的演义传奇，真实性如何无从考据，宋集薪当然也不在意。他只记得那个身穿官服的男人，在赴京述职离开小镇之前，深夜独自来此，男人以一种无比郑重的态度，告诉他要牢记一件事情，就是背诵记住书中每一个出现过的人名，以及成百上千的人数，和他们身后祖辈们在小镇的各自根脚，尤其是跟四姓十族的关系脉络。

此时宋集薪纹丝不动，就像小镇东南那些个破碎不堪的泥塑神像，一座座随意倒在草丛中、泥地里，无论风吹雨打，只是岿然不动。从窗户透过洒在书桌上的光线，保持着一种反常的静止状态。

这栋宅子里，唯一能动的人和物，是婢女稚圭和那条不起眼的四脚蛇，她很早就察觉到异样，脑海中冒出的第一个想法是去隔壁院子，找那个面瘫少女，骂她个狗血淋头，但是当她意识到那柄剑的存在后，便打消了这个诱人的念头。她先是来到自家少爷的房间，斜瞥一眼书页内容，看到"曹曦"两个字就嫌烦，便帮少爷向后翻了几页，看到有关"谢实"的篇幅后，才开心地笑了笑。只不过很快她就悻悻然了，又将书页翻了回去，以免泄露天机，害得自己露了马脚。这些年来，精明且有城府的少爷不过出于好奇，怀疑过她的身份来历罢了，但从未抓到过真正的确凿证据，她可不想在大功告成之际，功亏一篑。她跟随少爷经常去乡塾，觉得读书人有些话，说得很虚伪混账，比如"舍生而取义者也"，有些话则说得还不错，比如"行百里者半于九十"，真是把道理给说通透了。

那条土黄色的四脚蛇，正趴在门槛上晒太阳，此时它寂然静止，便恢复了"真身"，光线映照下，只见它流光溢彩，晶莹剔透，身躯通体像一块琉璃。

隔壁院子屋内，黑衣少女宁姚陷入一种玄之又玄的胎息状态，不以口鼻嘘吸，如婴儿仍在胞胎之中，神气归根而止念。

雪白剑鞘内，飞剑如获大赦，缓缓出鞘后，在主人四周轻快飞掠，有小鸟依人之温驯亲昵，又有少女衣裙飘逸之美感。它并非胡乱飞行，而是灵犀画符一般，为正在疗伤的主人营造出一块最佳的风水之地，果不其然，四周的气息迅猛涌入没有丝毫呼吸迹象的宁姚体内，宁姚如鲸吞水，疯狂汲取这方天地间的本源灵气。于是这一刻，小镇的死寂沉沉，与这栋宅子的风生水起，形成了鲜明的对比。

小镇外的南方溪畔有个五短身材的汉子，浓眉大眼，锐气逼人，袒胸露腹，手持铁锤正在打铁，一锤下去，火星四溅、满室光辉。无数星星点点的火光，在空旷的屋子里随处乱窜，绚烂壮观。一次抡锤，就能砸出一幅画面。

汉子对面，站着一个扎着条清清爽爽马尾辫的少女，身材娇小，她披了件黄牛皮质的罩袍，防止火星溅射到身上，寻常棉布衣衫，很容易被烧穿出一个个窟窿来。

当一次捶打之后，千万点火星，骤然间在屋内全部停滞。

马尾辫少女皱眉问道："爹？"

汉子沉声道："换你来锤打剑条，正好借此机会锤炼你的神意。"

少女放下那根老剑条，拨开身前两侧火星，火星被她随手挥退，牵一发而动全身，本该静止在光阴长河里的火星，不断撞击着火星，一次次相互撞击，使得屋内的光线，显得紊乱无比。

相比小镇内那些好似潜龙在渊的高龄前辈，一个个凝神屏气静心入定，少女的所作所为，实在是过于横行霸道了点。

尤其是换成她来抢锤后，势大力沉，动作迅猛，甚至比起经验老到的汉子还要更加狂野不羁。

每一次捶打溅射出来的火星，在止境当中并不会消失，所以一次次叠加之后，密密麻麻的火星，如璀璨繁星，簇拥在空中。

铸剑之室，火星亿万。

男子死死盯住那根通红的剑坯子，沉声吩咐道："心中默念《铸剑经》的撼龙篇！"

少女气势骤然下降，低声道："爹？"

男人恼火道："干啥子？"

少女气势再降，怯生生道："中午吃得少了，肚子饿，捶不动了。"

男人更加火大，如果不是在铸剑，差点就要调教骂人："明明是让你背书就跟要你命一样，找什么借口……他娘的，闺女你这胃口，饿也很正常，还真不是借口……"

少女偷着笑，嘴上说饿，其实手上动作没有丝毫减弱，刹那之间灵犀一动，少女大喝一声后，竭尽全力一锤砸下，鬼使神差道："给我出来！"

这一次溅射出来的火星极其繁多，尤为刺眼。

汉子脸上不露声色，心中却道："成了。"

顾璨家的院子，顾氏缓缓醒来，头痛如裂，在顾璨的搀扶下坐回长凳，截江真君刘志茂正在闭目养神，袖中拇指食指缓缓掐动。

妇人顾氏将顾璨按在自己身边坐着，轻声问道："仙长，怎么回事？"

刘志茂没有睁眼，道："老夫收了个好徒弟，你有个好儿子。顾氏你就安心等着母凭子贵吧。"

顾氏大喜过望，热泪盈眶，抱住顾璨，细细碎碎呢喃道："孩子他爹，你听到了没有，我们顾璨一定会有大出息的……"

刘志茂突然咦了一下，惊讶出声，睁眼低头观看掌心纹路，好似岔出来一条新路，自言自语道："这是为何？不应该啊。少年没死，反倒是那仙家子弟，莫名其妙死了？"

他不得不站起身，在院中缓缓踱步，掐指飞快："废物！栽在一个市井少年手里，云霞山辛苦积攒下来的千年声望，就此毁于一旦。"

顾氏忐忑不安道："老仙长，既然我们家璨儿已经拜师了，不如就放过陈平安吧？"

刘志茂怒喝道："妇人之仁！真要有一副慈悲心肠，你我初见时，就不该起杀心。这个时候来跟老夫装女菩萨，要脸不要脸？"

顾氏被骂得满脸惨白，嗫嗫嚅嚅不敢说半个字。

刘志茂犹不解气，伸手指着顾氏大骂："乡野村妇，见识短浅！以后顾璨随我返回书简湖后，你们母子相见的次数，绝不可太过频繁，以免妨碍了他的修行，可有异议？"

顾氏赶紧摆手道："不敢。"

刘志茂眼神阴森。

顾氏愣了愣，很快回过神来，哭丧着脸，可怜兮兮道："没有异议，绝对没有！"

刘志茂使劲一挥袖子，冷哼道："气煞老夫！"

先前眼见顾氏还算有些别致风韵，刚刚有了将她收为贴身奴婢的念头，她便表现得如此俗不可耐，活该她错过一份有望步入修行门槛的福气。

刘志茂突然如临大敌，环顾四周，果然此方天地被人为静止为"止境"了。止境是世间诸多小洞天的一种，陆地神仙、金身罗汉也休想开辟而成。

这种大神通，可谓登峰造极，虽说很大程度上归功于那座大阵，但依然让人倍感敬畏。

试想一下，只要身处此方天地当中，任你是仙佛神魔鬼怪，来此皆需向我磕头，那是何种感受？

截江真君刘志茂做梦都想要达到此等高度。术高莫用？去你的鬼吧！刘志茂恨不得有此小洞天之后，将佛陀、道祖、儒教教主这三位的第三代弟子，全部拉进来，不敢说要他们低头弯腰，好歹大家一起平起平坐，同辈相称。

他毫无征兆地吐出一口鲜血，手心也鲜血溅射，像是被人用利器使劲割出一条血槽。另外一只手上，也不由自主地显现出那只白碗，水面波纹混乱，黑线乱窜，四处撞壁。

他没有丝毫犹豫，手心叠放在手背上，身为道家旁门中人，却以儒家方式作揖行礼，一弯到底，虔诚至极，颤声道："书简湖青峡岛岛主刘志茂，恳请齐先生怜悯晚辈赤忱求道之心，若有冒犯之处，还望先生大人……圣人不记小人过！"

良久之后。

"速速离去！"四字如春雷炸响在这个真君耳畔。

刘志茂狂喜道："先生放心，晚辈这就携带顾氏母子离开小镇。"

一直以晚辈自居的他记起一事，小心问道："敢问先生，晚辈身上这两袋子金精铜钱，应该如何处置？"

威严嗓音再度响起："一人一物，刚好是两份机缘，留在院中即可。三十

165

年内，你不许离开书简湖半步。"

刘志茂如释重负，这次总算没有那般谄媚，故意行儒生揖礼，而只是打了个庄重的道家稽首："长者赐不敢辞，齐先生的大恩大德，晚辈铭感五内，没齿难忘！"

在这之后，齐静春的声音并未出现，止境也很快随之消失，刘志茂不废话，立即让顾氏带着顾璨随他离开小镇。顾氏正要说话，被刘志茂一个凶狠至极的眼神瞪过来，吓得噤若寒蝉。刘志茂掏出两只袋子，虽然心中有些恋恋不舍，但是这个志在一个名副其实真君头衔的旁门道人，仍是毫不犹豫地放在了长凳上，只是刚走到小院院门的时候，他突然问道："你们家有没有留下什么老物件？"

顾氏茫然，鬼头鬼脑的顾璨立即提醒道："爹不是留下个多宝榼嘛，就是藏在床底下吃灰的那个。"

刘志茂眼前一亮，二话不说就让顾氏带路，去一探究竟。

既然那位圣人认可了顾璨本身即是机缘，那就意味着这个孩子可以带走属于他自己的机缘。至于这些机缘的最终归属，在小镇上，恐怕天王老子来了，也得听齐静春的，但是到了书简湖，可就不好说了。

终于无人看管的顾璨等到两人进屋后，一手一把抓起两只袋子，轻轻拔出门闩，撒腿飞奔向泥瓶巷另一端。

屋内妇人顾氏跪在地上，探入床底去搬箱子，箱子不大却很沉，有些费劲，搬得她气喘吁吁。

结果她的丰盈臀部被截江真君狠狠踢了一脚，刘志茂调笑道："顾氏，你亏得后天保养不错，不过就凭这个，在青峡岛做个二等丫鬟，还是有些勉强，不过当个三等丫鬟，绰绰有余。老夫瞧你是瞧不上眼，不过青峡岛上，倒是有几位客卿散人，说不得好你这一口，到时候你可要好好争取，莫要羞怯，白白错失了一桩福缘。"

顾氏身体微微僵硬，她此时大半身体仍在床底，看不清表情。

走到一条巷口，齐静春对陈平安说道："蔡金简和苻南华，就交由我处置。如今你有了这片祖荫槐叶，就更不要看轻生死，好好活下去，才是对你爹娘最大的回报。至于之后云霞山、老龙城和截江真君三方势力，我不敢说他们永远不会找你的麻烦，但是十年内肯定不会来寻你的麻烦，运气好的话，你就一直是个市井平民，也能够三十年安然无恙。"

齐静春笑道："也无须对小镇心存忌讳，以后……过不了多久，应该就再没有那些算计了。如果你想要二三十年安稳日子，不妨就在这里找个姑娘娶了，成家立业便是。如果想要去小镇之外，见识一下真正的天地景象，也是好事情。读万卷书，行万里路，是我们读书人必须要做的事情。你以后就会发现，在小镇上是读书难，走路容易，到了外头，很多读书人是买书、看书、藏书都很容易，可就是不喜欢走远路，嫌吃苦，所谓的负笈游学，不过是乘车郊游罢了。"

陈平安惊讶道："齐先生，走路也算吃苦？"

齐静春开怀大笑："先不说小镇以外，只说身边好了，你见过福禄街、桃叶巷有几个同龄人，像你这样漫山遍野乱跑的？"

陈平安点头道："还真是。"

齐静春想了想，伸手拔出插在发髻上的一根碧玉发簪，弯腰递给陈平安："就当是离别赠礼好了。并非贵重物件，更非仙家物品，放心收下。其实我与你一样，曾是陋巷少年，发奋苦读，经历重重磨难、坎坷，当然也有种种际遇，这才进入山崖书院。拜师求学的那段时光，是我齐静春这辈子最开心的岁月。后来先生出山之时，便交给我这根簪子，算是对我的一种期许和嘱托。只可惜如今回头来看，这么多年来，我做得一直不好，相信如果先生在世的话，一定会失望的。"

陈平安哪里敢接下这份礼物。这根碧玉簪子，似乎还蕴含着先生和齐先生的师徒情谊，情意重不用说，何况礼也不轻啊。陈平安再没见识，到底也是烧御用瓷出身的人物，对于一件东西的好坏，还是有些鉴赏力的。

齐静春温声道："留在我这里，恩师遗物就要随我一起埋没了，还不如转赠给你。何况你其实是无功不受禄，我在小镇逗留了将近六十年，一直有个小心结，不得解开，可惜恩师已逝，原本以为这辈子都得不到答案，是你无意间帮我解惑了，所以我将这根簪子送你，于情于理于礼，都很合适。陈平安，只能帮你求来一片槐叶，无法给你再多机缘了。"

陈平安双手接过那根材质普通的玉簪子，抬头真诚道："先生已经做了很多了。"

齐静春一笑置之，眼见着陈平安被自己说服收下簪子，便去了一块心病，簪子确实普通平凡，可到底是恩师遗物，能够赠送给一个不辱玉簪铭文的少年，很好。

所以齐静春最后叮嘱道："陈平安，记住，以后不管遇到什么，你都不要对这个世界失去希望。"

　　泥瓶巷一栋宅子外头，挂着鼻涕虫的顽劣孩子顾璨正在凶狠踹门，骂骂咧咧，唾沫四溅："陈平安！再不滚出来，我就找人砍死你，把你家一堆破烂都砸了！我知道你在家里，忙啥呢，难道是在跟宋集薪的小媳妇，跟稚圭在那个啥？大白天的，也不晓得照顾一下宋集薪的感受？好好好，不出来是吧，我走了，我可真走了啊？我这一走，你这辈子就别想见着我啦，我那些宝贝，本来想着都留给你，陈平安！快出来啊！"

　　不知为何，骂到最后，顾璨竟然带着点哭腔，狠狠将两条鼻涕虫抽回了老窝。

　　猛然间他觉得脑壳一阵生疼，赶紧转身望去，看到那张熟悉面孔后，破口大骂道："陈平安！你大爷的……"

　　陈平安脸色不太好看，顾璨赶紧见风转舵地补了一句："身体还好吗？"

　　行云流水，转折如意，毫不生硬。

　　习惯了这兔崽子的没心没肺，提着个新陶罐的陈平安没好气道："好不好，你还不知道？"

　　顾璨意识到自己还有正事，赶紧把陈平安扯到院门口，然后将两只绣工精美的袋子，一股脑塞到陈平安手里，压低嗓音问道："还记得我去年跟你要的那条小泥鳅不？"

　　陈平安一头雾水，拿着沉甸甸的袋子，东西并不陌生，当时强行买走那条金色鲤鱼的锦衣少年，事后就专程送了一袋子铜钱给自己。陈平安四处张望，泥瓶巷两头并无行人，仍是赶紧开门，把顾璨带进院子，将陶罐放在一旁后，直截了当问道："有外乡人跟你买那条泥鳅，对不对?! 顾璨，我劝你千万别卖! 打死都别卖，你不是想着以后让你娘过上好日子吗，你一定要留着那条泥鳅，知不知道?!"

顾璨哇一下就哭出声来，双手抓住陈平安的袖子，哽咽道："我想把泥鳅还你的，可是娘亲不让，还打了我一耳光。娘亲从小到大都没打过我。还有那个说书先生，不知道是神仙还是鬼怪，吓人得很，先是把我给带到了白碗里，然后那条泥鳅一下子就变得很大很大，比我家大水缸还要粗很多很多……"

陈平安一把捂住顾璨的嘴巴，脸色严肃，瞪眼道："泥鳅送给你了，就是你的! 顾璨，你还想不想以后让你娘亲过好日子? 能每天都吃上肉，能让你娘用上胭脂水粉，买那种摸上去滑溜溜的绸缎衣裳?"

顾璨抽了抽鼻子，使劲点头。

陈平安松开手，蹲下身，问道："两袋子钱是怎么回事，是不是你偷拿出来的?"

顾璨眼珠子一转，刚想骗人，陈平安跟他实在是再熟悉不过，小王八蛋刚撅起屁股他就知道要拉什么屎，便直接又赏了顾璨一个爆栗，厉色道："拿回去!"

顾璨犟脾气也上来了："就不!"

陈平安被气得脸色铁青，扬起手就要来个货真价实的爆栗，只不过看到顾璨死犟死犟的表情，又有些心软，缓了缓语气，想了想，问道："到底是怎么回事，你给我说说。"

顾璨就将事情原原本本说了一遍，不否认这个孩子平时让人恨得牙痒痒，但确实早慧得很，从老槐树到铁锁井，再到泥瓶巷院子，把那个说书先生要收他为徒的奇遇，跟陈平安说了个清楚明白。陈平安这一刻心里大致有数了，顾璨多半就是小镇上自己得到祖荫槐叶的人物之一。祖坟冒青烟也好，像齐先生、陆道长所说有机缘福气也罢，顾璨应该会被那个说书先生带离小镇。但是一想到那个截江真君刘志茂，陈平安就心弦紧绷。按照齐先生的说法，此人品行实在低劣，更想将自己除之而后快，且不惜用上了仙家神通来陷害自己和蔡金简，顾璨认了此人做师父，真是好事？不过退一步说，此人愿意收顾璨为徒，而不是坑蒙拐骗，或强买强卖，是不是可以说明顾璨暂时不会有性命之忧？

鬼灵精怪的顾璨眼珠子急转，趁着陈平安想问题的时候，冷不丁抓起陈平安手里的两只钱袋，一下子砸向屋内，然后转身就跑。结果被陈平安一把抓住后领口，扯回原地。

顾璨双手抱头，模样可怜兮兮的。

陈平安虽然把顾璨强行拽了回来，但是如何处置，犹豫不决，涉及的事情太大，他很怕做出错误的选择，害得顾璨和他娘亲被连累。若只是自己的事，这个无依无靠的草鞋少年，恐怕要干脆利落很多。

宁姚不知何时已经下床，站在门槛后头："我娘曾经说过，各人有各人的缘法，这个孩子一看就是祸害遗千年，以后也不缺狗屎运的那种人。"

顾璨眼睛一亮，赶紧把两条鼻涕擦掉，咧着嘴，露出缺牙的光景，笑脸谄媚道："姐姐你长得真俊，长得跟我家二姐一模一样！这里地方小，去我家坐坐？"

陈平安无奈道："你娘啥时候改嫁给你爹的？"

被拆穿后的顾璨立即翻了个白眼，换了一种脸色和语气，啧啧道："陈平安，可以啊，出息了，啥时候拐骗了个婆娘回家？要闹洞房吗？可惜我是赶不上了，要不然我一定蹲墙根，听你们在床上神仙打架……"

陈平安一巴掌按在顾璨的脑袋上，对宁姚歉意道："他就这样，别生气。"

宁姚瞥了眼顾璨："熊样！"

顾璨正要发挥一下家传本事，察觉到自己脑袋上的手掌悄悄加重了力道，立即病恹恹的，有气无力道："姐姐你长得这么水灵，说啥都对。"

宁姚没搭理顾璨，转头望向陈平安，含有深意道："那两袋子铜钱，你最好收下，省得以后反目成仇。而且这孩子将来一旦修道有成，你今天不让他少一些愧疚，极有可能害得他道心不稳，导致化外天魔乘隙而入。"

这话顾璨爱听，对着宁姚伸出大拇指："头发长，见识也长，果然比隔壁某个小娘们靠谱儿！"

宁姚挑了挑眉头，竟欣然接受。

泥瓶巷远处，响起一声火急火燎的怒吼："顾璨！"

顾璨脸色微白："走了走了，陈平安，我走了啊！"

嘴上说要走了，其实顾璨自己都没有意识到，他抓住陈平安的五指越发用力。可能在潜意识里，顾璨早已把陈平安当作娘亲之外唯一的亲人了。

陈平安带着顾璨走出院子，蹲下身，悄悄说道："顾璨，记得小心你师父。还有，照顾好你娘亲，男子汉大丈夫，你娘亲以后只能靠你了，别总让她担心。"

顾璨嗯了一声。

陈平安又说道："到了外边，多做事少说话，管住自己这张嘴巴，吃些亏就吃些亏，别总想着嘴上讨回便宜，外边的人，不像我们，会很记仇的。"

顾璨红着眼睛，唱反调道："我们这边的人，也很记仇的，就你不是。"

陈平安哭笑不得，一时无言。

陈平安猛然惊醒，沉声问道："顾璨，你有没有拿到一片槐叶？"

如果没有的话，陈平安不觉得顾璨是得了仙家机缘，说不定那说书先生的到来，就是一张催命符。

顾璨一听这个就来气，哗啦一下从兜里掏出一大把，习惯性骂娘道："不知道哪个挨千刀的混账，偷偷往我兜里塞了这么多破烂叶子，我也是刚才偷溜出家的时候，藏那两袋子钱才发现的。不是赵小胖，就是刘梅那丫头片子！要是给我娘洗衣服的时候看到，可不又得骂我不省心了！亏得我这就要离开了，不然看我不偷偷往他们茅坑里砸石头……"

顾璨骂得起劲，陈平安先是目瞪口呆，然后如释重负，眼见这家伙要使劲往地上丢，赶紧阻止他的举动，神情无比凝重道："顾璨，收好它们！一定要收好！如果可以的话，这些槐树叶子，最好连你娘亲也不要给她看到，这很有可能是为了她好。"

顾璨茫然，但仍是点头道："好的。"

陈平安长呼出一口气，自言自语道："这下子我是真的放心了。"

顾璨突然身体前倾，使劲用脑门磕了一下陈平安的脑袋，呜咽道："对不起！"

陈平安揉着他的小脑袋，笑骂道："傻样！"

顾璨突然在他耳畔窃窃私语。陈平安愣在当场。

顾璨转身跑开，一边慢跑，一边转头挥手："听那老头子说，要带我和我娘去一个叫书简湖青峡岛的地方，以后你要是混得媳妇也娶不起，就去找我，不是我吹牛，隔壁稚圭这种姿色的臭婆娘，我一送就送你十七八个！"

陈平安站在原地，点了点头，有些伤感。

毕竟这个家伙，就像是他的弟弟，所以什么事情，陈平安都愿意让着顾璨。

陈平安望着顾璨渐渐远去的身影，怔怔出神。

他的人生总是这样，真正在意的人，好像如何也挽留不住。陈平安咧嘴一笑。老天爷挺小气的。

隔壁院门轻轻打开，走出婢女稚圭，她亭亭玉立，如一株池塘里的荷花。

陈平安问道："先前顾璨说你坏话，都听见了？"

她眨了眨那双秋水长眸，道："就当没听到，反正我吵架吵不赢他们娘俩。"

陈平安有些尴尬，只好帮顾璨那个兔崽子说好话，打圆场道："其实他心眼不坏的，就是说话难听了点。"

稚圭面无表情地扯了扯嘴角："顾璨心眼好坏，我不知道，她那个寡妇娘亲，不是什么省油的灯，我很确定。"

陈平安不知如何作答，只好跟她现学现用，假装什么也没听到。

稚圭突然问了一个莫名其妙的问题："陈平安，你真不后悔？"

陈平安愣了愣："啥？"

稚圭见他不像是装傻扮痴，叹了口气，转身返回院子，关上木门。

眼力极好的陈平安一直站在巷中，终于看到远处顾璨家院门打开，走出三人，其中母子二人各自背着大小行囊，缓缓走向泥瓶巷另一头。陈平安甚至清晰看到，那个说书先生转过头，瞥了自己一眼，笑意玩味。

三人身影消失在小巷尽头后，陈平安回到自己院子，看到宁姚竟然已经能够自己坐在门槛上。她的身子骨是铁打的不成？

陈平安先将齐先生赠送的玉簪子，以及顾璨拿来的两袋子铜钱，都放在桌上，然后开始烧水、抓药、煎药，熟门熟路，不像是窑工出身，反而像是在药铺里待了很多年的伙计。

宁姚有些疑惑，却也没有开口询问，百无聊赖的她起身来到桌旁，想了想，又自顾自将陈平安藏在一只瓶肚里的钱袋拿出来。

她坐下后，桌面上摆着三袋钱和一根玉簪，当然还有一把识趣"龟缩"在角落的灵性长剑。

陈平安没阻拦她取钱，但是转头叮嘱道："玉簪是齐先生送给我的，宁姑娘你小心些。"

大概是生怕宁姚不上心，陈平安又赧颜提醒道："真的要小心。"

宁姚翻了个白眼。

三袋子金精铜钱，迎春钱、供养钱、压胜钱，很巧，刚好凑齐了。

宁姚一手托着腮帮，一手伸出手指，拨弄着三枚铜钱，随口问道："你的事情如何了？能不能跟我说说？"

陈平安蹲在窗口那边的墙根，小心盯着火候，时不时翻看一下三张药方，听到问话后，说："合适说吗？"

宁姚皱眉道："你都混到这般凄惨田地了，还担心我听了秘密后，被谁杀人灭口？陈平安，不是我说你，实在是你这种滥好人，我劝你这辈子都别离开小镇，否则怎么死的都不知道。"

宁姚很是哀其不幸，怒其不争。

这种古板性格的少年，哪怕是一位兼具罗汉金身、天君道术的强大剑仙，只要丢到她家乡那边，一年之内必死无疑，而且尸骨无存。

陈平安乐呵呵道："那我就给你说说看？"

宁姚用三根手指按住三枚铜钱，在桌面上抹来抹去："爱说不说。"

陈平安便将齐先生出现之前的事情经过跟宁姚说了一遍，之后的事情，选择性说了一些。

宁姚听完之后，云淡风轻道："那截江真君刘志茂，显然是罪魁祸首，不过蔡金简和苻南华，也都不是什么好鸟。若不是齐先生出来捣糨糊，你以后就算逃到天涯海角，也逃不出三方势力的围剿捕杀。说句难听的，杀你真的很容易。如果不是在小镇上，别说刘志茂，就是那个云霞山的女子，一根手指头就能将你碾压得魂飞魄散。"

陈平安点头道："我知道。"

宁姚气呼呼道："你知道个屁！"

陈平安没有反驳，继续煎药。

她问道："你之所以有这场劫难，全是因为那条泥鳅，为什么不告诉那个孩子真相？"

陈平安这次没有沉默，也没有转头，坐在小板凳上，低头看着青红色的火焰，轻声道："这样做不对。"

宁姚欲言又止，最后望向那个瘦弱背影，感慨道："那你知不知道，你的拳头不硬的话，就没有人会在乎你的对错。"

陈平安摇头道："不管别人听不听，道理就是道理。"

他好像有些不确定，便转头笑问道："对吧？"

宁姚怒目相向："对你个大头鬼！"

陈平安悻悻然重新转过头，继续熬药。

宁姚拿起那根碧玉簪子，凝神望去，发现上面篆刻有一行小字。

她瞥了眼叫陈平安的少年。

簪子上有八个字，便是仅算粗通文墨的他，也觉得极为动人：言念君子，温其如玉。

煎药是一件类似线穿针眼的细致活，陈平安做得有板有眼，沉浸其中，身上散发出一种莫名其妙的快乐。

不过宁姚不是个耐心好的，事实上除去练刀练剑，她对什么事情都不太提得起兴趣。小小年纪便背井离乡，独自游历四方，很粗糙地活着，所以对家徒四壁的少年小宅，她没有任何不适的感觉。实在是她自己风餐露宿得太多了，风里来雨里去，原本再精致讲究的人，也会变得很不讲究。

宁姚问道："你的左手没事情？"

左手用棉布条包扎的陈平安，正用双手端来一碗药，在她接手后，笑道："没事，我回巷子之前，找了些草药捣烂，给伤口敷上了。以前我当窑工那会儿跌打割伤，都用这个，百试百灵，是很久之前杨家铺子一个老人告诉我的秘方。不过我当初答应老人不外传，要不然宁姑娘你走南闯北，说不定用得着。你要是想要，我可以去找找杨家铺子的老人，跟他求一求。只是今天去药铺比较急，也没见着那个老人，只希望他是临时走开了。"

宁姚喝药的时候，那双不似柳叶却似狭刀的长眉，微微皱了一下，但仍是面不改色地喝完了药汤。将瓷碗还给一旁等待的陈平安后，她嘀咕道："滥好人，难怪穷得叮当响，活该被人欺负。"

不等陈平安反应过来，她又添加了一句："别介意，我这个人说话比较直。"

宁姚大概不知道，后边这句话更伤人。

陈平安欲言又止。

宁姚用拇指擦拭掉嘴角的药汤残渍，然后端正坐姿，一本正经道："如今坐镇此方天地的圣人，也就是你所说的那位学塾先生，虽然有心帮你收尾，好让你今后性命无忧，但是你要知道，人力终有穷尽之时，哪怕是圣人也不例外。更何况那位齐先生的处境不太妙，有点泥菩萨过河自身难保的意思，怕就怕他之后管不着你的生死。我宁姚为人处世，滴水之恩，也会涌泉相报，瞪我一眼，就要睚眦必报！"

人力有尽时，涌泉相报，睚眦必报，泥菩萨过河……

此时宁姚内心，充满不为人知的骄傲。听听，我这番话说得是不是很有学问？

只可惜陈平安隔壁，就住着个学识不浅的读书种子，几乎每天清晨黄昏两次，邻居就要诵读圣贤书以明志，按照宋集薪自己的说法是"吾善养浩然气"。所以陈平安没吃过猪肉也见过猪跑，对于读书人文绉绉的那套说法，并不陌生，即便有些晦涩词语，通过上下文来解析，也能猜个八九不离十。

宁姚死死盯着陈平安，试图从他脸上寻找出震惊、仰慕和疑惑，可陈平安偏偏是一脸"我听明白了，姑娘你接着说"的欠揍表情。

宁姚很是灰心丧气，本来意气风发的神采，锋芒锐减，没好气道："比如你救了我一命，我事后自会帮你杀掉老龙城的苻南华，或是书简湖的刘志茂，但是你想要两个都杀的话，永绝后患，就得破财消灾。因为咱俩萍水相逢一场，可没那么深厚的情分，所以你需要用一袋子金精铜钱，作为报酬。"

宁姚很快用手指了指那袋子迎春钱："比如这袋，我就很喜欢，其他两袋子供养钱、压胜钱的铜钱样式，不好看，铸文也不讨喜。"

接下来宁姚微微扬起下巴："如果在做成这笔买卖之外，你愿意支付给我两袋子铜钱，我就帮你摆平老龙城和云霞山。当然，如果我早早死在刘志茂手里，一切休提。毕竟我现在修为不高，武道九境，才刚刚跻身第六境，作为纯粹武夫的体魄坚韧程度，还不成大气候。至于修行登山的十五重楼，十五层境界，更是只到达中五境里的龙门境。丹室之内，我有六幅图案，尚未成功画龙点睛，也未让天女飞天……"

这下子陈平安是真的听迷糊了，一头雾水。

宁姚顿时有些恼羞成怒。境界低下，一直被她引以为耻，陈平安这种"姑娘你再给我解释解释"的痴呆模样，无疑是戳中了她的最伤心处。

看到宁姚阴沉的脸色，陈平安就是傻子也知道形势不妙，赶紧转移话题："为何姑娘你先前伤得那么重，现在就像痊愈大半了？"

宁姚眉目低敛些许，双手环胸，嗓音沙哑道："当时的确是快死了，如果陆道长没有救下我，我就要……反正我欠了你一个天大人情，我更不该趁火打劫，让你拿出三袋子金精铜钱。我宁姚的一条性命，哪里是刘志茂之流可以媲美的，所以是我不对，你就当我什么都没有说。等离开小镇之后，我会尽力而为，争取帮你解决那些后顾之忧。但是丑话说在前头，我宁姚只会量力而为，不会心知必死依然去跟人拼命……换命。"

大概是自己低头认错，太过稀罕难得，所以宁姚心情极其失落。

陈平安问道："供养钱是哪袋子？"

宁姚指了指其中一只金黄绣袋。

陈平安从里头拿出三枚铜钱，握在手心后，用手臂将三只袋子横推到少女身前，笑道："这些，送给你了。"

宁姚目瞪口呆，久久回神后，问道："陈平安，你小时候脑子被门板夹过？"

陈平安无奈道："没有，小时候帮人放牛的时候，经常被牛尾巴甩。"

宁姚蓦地勃然大怒，一拍桌子，质问道："你是不是喜欢我?!"

陈平安呆若木鸡。

宁姚咧嘴一笑，朝陈平安伸出大拇指道："眼光不错!"

然后她弯曲大拇指，指向了自己，神采奕奕道："但是我可不会答应。我宁姚喜欢的男人，一定要是全天下最厉害的剑仙。全天下! 最厉害! 大剑仙! 什么道祖佛陀，什么儒家至圣，在他一剑之前，也要低头，都要让路!"

陈平安涨红了脸，挠挠头道："宁姑娘你误会了，我没喜欢你啊……"

宁姚一挑眉毛，想了想，身体前倾，眯起一眼，抬起一手，拇指食指之间空出寸余距离，心虚问道："这么点喜欢，也没有？"

陈平安斩钉截铁，语气坚定道："没有! 宁姑娘你放心!"

宁姚收回手，重重叹了口气，怜悯道："陈平安啊，你以后就算侥幸娶了媳妇，多半也是个缺心眼的。"

陈平安坐在桌子对面，开心笑道："只要她人好就行。"

宁姚对此不置可否。

混吃等死，小富即安，飞黄腾达，就像她娘亲说的，是因为各有各的缘法，未必有高下之分。只不过她爹对此有不同意见，命里无时莫强求。可不强求，并不意味着一点都不求，求还是要求一下的，如果最后仍是求而不得，则是另外一回事。当然，这些话她爹是绝不敢跟她娘当面说的。

陈平安随口问道："宁姑娘也是来咱们小镇求机缘来的？"

宁姚没有任何藏藏掖掖，回答道："我耗尽所有奇遇积攒下来的家底，加上一个人情，才换来进入小镇的这个名额，不过我跟那些人不一样，我不求什么机缘气数，只是想着让人帮我铸一把剑，最好能够合我的心意。至于锋利不锋利，能否承载海量剑气，是很其次的事情。"

陈平安疑惑道："铸剑？"

宁姚说道："就是那个打铁的阮师傅，他在你们这儿名声很大，还有个'铁打不动'的规矩，每三十年只铸一把剑，他之所以愿意来此顶替齐静春，就是觉得此地适合开炉铸剑。我去碰碰运气，看他愿不愿意为我铸剑。实在不行的话，我也没辙，就当自己运气不好。"

陈平安笑道："好人有好报。"

宁姚有气无力道："没辙。"

她瞥了眼陈平安："你左手不疼？"

陈平安愣了愣："疼啊。"

她怀疑道："那你怎么看着不像啊。"

陈平安天经地义道："我就算满地打滚，大喊大叫，也不会就不疼了啊。"

宁姚一拍额头："真没辙了。跟我爹一个德行，不过你本事比他差远了。"

陈平安笑着不说话了，安安静静望向屋外的院子。

宁姚将那三袋子铜钱推回去："我不要。"

陈平安收回视线，轻声道："宁姑娘，你有没有想过，我留着它们，不一定是好事情。见过齐先生之后，我更加确定这点。"

一件事情宁姚决定之后，就再也不会更改了，她摇头道："那就是你的事情了，跟我无关。我想好了，救命之恩，我以后一定会偿还，而且绝对不偷工减料，要对得起'宁姚'这个名字！但是你在这些年，一定要好好的，别一不留神就死了。你只要熬过这段时间……"

一直很好说话的陈平安，第一次主动打断宁姚的言语："救你的是陆道长，宁姑娘，所以你不用觉得亏欠我什么。我如果当时不是觉得自己死定了，想着能够让陆道长为我爹娘多做点什么，我根本就不会开门。"

宁姚冷哼道："那是你的事情！"

陈平安笑着重复她的话："那是你的事情。"

大眼瞪小眼。

宁姚竟然率先败下阵来，自顾自头疼道："假如你喜欢我，可我真的不能答应你啊。"

陈平安双手抱住头。摊上这么个一根筋的奇怪姑娘，他也没辙啊。

此时有人从院墙爬入院子，会这么做的人不作他想，肯定是刘羡阳。他小跑到门槛后，正要扯开嗓子，却像是突然给人掐住脖子，一个字也说不出口。

陈平安赶紧起身，来到刘羡阳身边低声道："我这两天能不能去你那边住，这位姑娘可能要住我这里。"

刘羡阳一把推开陈平安的脑袋，如苍蝇搓爪一般，搓手殷勤道："姑娘，我家宅子大，物件也齐全，姑娘不嫌弃的话，去我家住，如何？"

背对两人的宁姚平淡道："嫌弃。"

刘羡阳龇牙咧嘴，看着那个纤细动人的佩刀背影，不死心道："姑娘，你是不晓得，之前就有两伙人在廊桥那边堵住我的路，哭着喊着求我把祖传宝物卖给他们，我都没答应。倒霉催的，那帮人害我差点被阮师傅骂死。姑娘你也是来小镇碰运气的外乡人吧，我刘羡阳虽然也未必卖给你，但是让姑娘过过目，开开眼界，肯定没问题啊！"

宁姚依然冷漠道："不需要。"

刘羡阳自顾自坐在原先陈平安的位置上，看到宁姚的容貌后，两眼放光道："姑娘，你别这么见外，我和陈平安挤在这破宅子就是了，姑娘你去我大宅子后，也就不会感到拘束了，好像连手脚都没地方搁放。"

宁姚板着脸回答道："好意心领，人一边凉快去！"

刘羡阳也不觉得尴尬，起身道："得嘞，金窝银窝不如自家的草窝，了解了解。"

刘羡阳把陈平安拉扯到门槛外，用手肘顶了一下陈平安："咋回事？"

陈平安为难道："一时半会说不清楚。你就说我能不能去你那边住？"

刘羡阳白眼道："这有啥能不能的，但是你得答应我，帮我盯着稚圭，千万别让宋集薪那个小畜生强行糟蹋了，到时候你可得帮我保住我未来媳妇的清白！"

陈平安毫不犹豫道："别想！"

刘羡阳拍了拍陈平安的肩膀，语重心长道："就当你答应了。"

屋内宁姚突然转头说道："你知不知道自己是一个天生的剑坯子？买瓷人之所以在你九岁的时候没有带你出去，应该是想让你在这里汲取更多的灵气。这个选择，是对的。所以你在阮师傅那边，一定要抓住机会，让他收你为徒。记住，至少是入室弟子，最好是嫡传门生。至于关门弟子，不用奢望，你的根骨天资，还没有好到那夸张的份儿上。"

刘羡阳笑着使劲点头，嘴上说着好的好的，然后回头望向陈平安，指了指屋里的宁姚，然后指了指自己脑袋。

陈平安说道："她说的是实话，你别不当真。"

刘羡阳不再嬉皮笑脸，沉默下来，低声道："我觉得事情不太对劲，廊桥两拨人，你猜是谁领头带路的？是福禄街卢正淳那个龟孙子！这不是黄鼠狼给鸡拜年吗？我又没掉钱眼里去，凭啥要跟他们做买卖。何况那件铠甲是我家一代代留下的老物件，我要卖了，以后在梦里梦着我爷爷，还不得给他骂个半死啊！"

陈平安听到这一切后如临大敌："你要小心，卢正淳和那些外乡人，不好惹！"

陈平安转头问道："宁姑娘，知道那些人的来历吗？"

宁姚点头道："老人和女娃娃，来自正阳山，算是你们东宝瓶洲的名门正派。老人非人……总之，他比起苻南华或是蔡金简，要厉害百倍。妇人和他儿子，也不简单。其实能够结伴进入小镇的，当然不是一般有钱的有钱人。那个妇人城府很深，小男孩也不像是个心思良善的，所以我劝你朋友，赶紧让阮师傅认了弟子，就等于有一张保命符傍身。在小镇上，靠山再高，背景再厚，也还没有人敢跟一位圣人掰手腕。"

陈平安又问刘羡阳："你有没有把握做那个阮师傅的徒弟？"

刘羡阳有些纠结，吞吞吐吐道："这不当时第一天去当学徒帮工，阮师傅看我的眼神，就跟姚老头那会儿差不多，估计是观察我一段时间再做决定要不要收徒弟吧。只是……"

陈平安狠狠瞪眼。

刘羡阳讪笑道："只是阮师傅有个宝贝女儿，特别能吃，把我给震惊到了，于是就稍稍玩笑了几句。没想到那闺女打铁的时候，抡起锤头来，那叫一个生猛霸道，偏偏平时又特别腼腆害羞，我哪里想得到她这么开不起玩笑，当时就把她给惹哭了，又不凑巧给他多撞了个正着，看我的眼神就不对劲了，认徒弟保准没影了。不过反正我也没想着给人做牛做马当徒弟，伺候过姚老头一个怪脾气的，就够咱们受的了，我这不就想着在铁匠铺那边混碗饭吃嘛……"

陈平安抬头，黑着脸。个子比他高出大半个脑袋的刘羡阳，低着头，不敢正视他。

这一幕场景，让宁姚感到有些疑惑不解。

这也是宁姚第一次看到陈平安真正生气的模样。

陈平安低声问道："你经过老槐树那边的时候，身上有没有莫名其妙多出一些槐叶？"

刘羡阳摇头道："没有啊，倒是那个老喜欢偷瞄妇人的算命道人，跟我说了些晦气话，我差点把他的摊子给砸了。"

陈平安脸色微变，眉头紧皱，转头望向屋内，问道："宁姑娘，作为交换，三袋子金精铜钱，行不行？还有就是，会不会让你有大麻烦，这一点，请你务必事先说清楚。"

宁姚仔细想了想："麻烦不小，但问题不大。不过这两天一定要小心，让你朋友别满大街乱窜，毕竟我眼下情况不太妙。"

她又说道："两拨人，两袋钱。让阮师傅认徒一事，又一袋钱。总之做成几件事，我收几袋钱。放心，我既然答应下来，就算是有保底两袋的收成了。"

陈平安跑进屋子，赶紧将迎春钱在内的两袋钱，火速推给宁姚："收下吧。"

宁姚本就不是拖泥带水的性子，没有拒绝，收起两袋子铜钱后，皮笑肉不笑道："天底下多的是往自己兜里搂钱的人，还有你这种喜欢当散财童子的？"

陈平安这一次没有反驳，点头笑道："钱是很重要，很重要很重要。"

一直被蒙在鼓里的刘羡阳火急火燎道："陈平安，你疯了吧，为啥把钱给她？整整两袋子铜钱，够你花多久了？"

陈平安没好气道："我的钱，你管得着？"

刘羡阳理直气壮道："你的钱，不就是我的钱吗？你想啊，我要是跟你借钱，你有脸皮催债要我还？"

陈平安不说话，陷入沉思。刘羡阳也意识到自己的插科打诨不合时宜，遂闭嘴不言。一时间屋子里的气氛有些沉重。

陈平安开口问道："宁姑娘，你真的不会因此……"

宁姚瞥了眼桌上的白鞘长剑，点头道："没问题！"

之后她实在忍不住，说道："婆婆妈妈，你烦不烦？你还说你不是滥好人？"

陈平安笑了笑。

刘羡阳想了想，没有说话。

刘羡阳最后把话藏在肚子里，心想姑娘你大概是没见过这家伙的另外一面吧。

陈平安很少有不好说话的时候，可一旦不好说话，真的会很不好说话。

他刘羡阳见过。隔壁的宋集薪应该也见过。

刘羡阳来到泥瓶巷没多久，小巷又来了个稀客——气度翩翩的青衫读书郎赵繇，颇有几分神似教书先生齐静春。

赵繇是小镇四大姓之一赵家的嫡长孙，比起卢正淳那些游手好闲的纨绔子弟，同样出身富贵的赵繇，口碑就很好。小镇许多孤寡老人都受过他的恩惠，若说这是书本上所谓"名士养望于野"的手腕，好像太高估赵繇的心志，有点小人之心度君子之腹，毕竟少年从十岁起，就已是这般与人为善的心性，年复一年，并无丝毫懈怠。哪怕是福禄街看着少年郎长大的老人，也都要伸出大拇指，每次训斥自家子弟，总会把赵繇拎出来作为例子，这就使得赵繇在同龄人当中没有几个交心的朋友。

卢正淳那拨人心性自由，也不爱跟一个成天之乎者也的书呆子打交道。试想一下大伙儿兴致勃勃去爬墙头偷窥俏寡妇，结果有人在旁边念叨非礼勿视，岂不是大煞风景。总之，少年赵繇这些年喜欢跟福禄街以外的人打交道，大大小小的巷弄，他几乎都走过，除了泥瓶巷。因为这条小巷里住着宋集薪，一个让赵繇经常感到自惭形秽的同龄人。

不过真要说朋友的话，赵繇大概只认宋集薪这个棋友，虽说这么多年下棋一直输给宋集薪，但是胜负心归胜负心，想赢棋的执念归执念，对于天资高绝的宋集薪，赵繇其实心底一直很佩服。只不过赵繇有些失落，是因为直觉告诉他，宋集薪虽然跟自己嘻嘻哈哈，平时交往亲密无间，可好像从来没把他看作真正的知己。

赵繇虽然之前没有拜访过宋集薪家，但是当他一眼看到某栋宅子，就知道这里肯定就是宋集薪的家了。这源于门口张贴的那副春联，字极多，且一看就是宋集薪的字，理由很简单，委实是风格太多变了，几乎可以说是字字不同。

例如"御风"二字，一气呵成，随心所欲，大有飘然之意。"渊"一字，水字边，尤为深意绵长。"奇"一字，那一大提起，气魄极大，雷霆万钧！"国"一字，又写得中正平和，如圣贤端坐，挑不出半点瑕疵。

赵繇站在院门口，几乎忘了敲门，身体前倾，痴痴望着那些字，失魂落魄，只觉得自己快要没了敲门的胆气。正因为他勤恳练字，临帖众多，才更加知道那些字里的气力之大、分量之重、精神之盛。

赵繇黯然伤神，掏出一只钱袋子，弯腰放在门口，准备不告而别。

这时候院门骤然打开，赵繇抬头看去，宋集薪好像正要和婢女稚圭出门，两人言笑晏晏。

宋集薪故作惊讶，打趣道："赵繇你行此大礼，所欲何为？"

赵繇有些尴尬地拿起钱袋子，正要开口解释其中缘由，就被宋集薪一把拿走绣袋，笑嘻嘻道："哟呵，赵繇是登门送礼来啦，收下了收下了。不过事先说好，我是穷苦人家，可没有能让赵兄入法眼的礼物，来而不往就非礼一回吧。"

赵繇苦笑道："这袋子压胜钱，就当是我的临别赠礼吧，无须往来回礼。"

宋集薪转头对自家婢女会心一笑，将钱袋子交给她："看吧，我就说赵繇是小镇最懂礼数的读书人，如何？"

稚圭接过钱袋子后，捧在胸口，笑得眯起双眼，很是开心，稍稍侧身施一个万福："谢过赵公子，我家少爷说过，积善之家有余庆，行善之人有福田，奴婢在这里预祝赵公子青云直上，鹏程万里。"

赵繇赶紧回礼作揖道："感谢稚圭姑娘的吉言。"

宋集薪摸着后脑勺，打着哈欠："你们不累啊。"

稚圭笑眯眯道："若是每次都能拿到一袋子钱，奴婢施一万次万福也不累。"

赵繇有些汗颜道："要让稚圭姑娘失望了。"

宋集薪大手一挥："走，喝酒去！"

赵繇一脸为难，宋集薪激将道："草包一个！读书只读出死板规矩，不读出点名士风流，怎么行？"

赵繇试探性问道："小酌怡情？"

宋集薪白眼道："大醉酩酊！"

赵繇正要说话，就被宋集薪搂住脖子拖拽离去。

婢女稚圭锁门的时候，那条四脚蛇想要偷偷溜出来，被她一脚踹回了院子。

经过隔壁宅子的时候，她悄然踮起脚，斜瞥了几眼，看到了刘羡阳的高大身影。后者也发现了她，立即笑脸灿烂起来。刘羡阳正要跟她打招呼，她已经收回视线，快步走掉了。

小镇有酒楼，只是虽然不大，开销却不小。不过赵繇毕竟是赵家子弟，风评又好，出了名的铁公鸡酒楼掌柜，今天也不知道哪根筋搭错了，拍胸脯说不收一文钱，能够让两位读书人赏脸来店里喝酒，是他家酒楼蓬荜生辉了，两位公子收他钱才对。宋集薪立马就笑呵呵伸出手，当场讨要银子。掌柜的悻悻然地给自己找台阶下，说"欠着欠着，明儿就让人给宋公子送几坛子好酒去"。赵繇当时恨不得挖个地洞钻进去。掌柜的素来晓得泥瓶巷宋大少爷的古怪脾性，倒也没真生气，亲自给三人在二楼找了个雅静的靠窗位置。

宋集薪和赵繇说话不多，宋集薪也没劝酒坑人，这让原本视死如归的赵繇反而觉得很奇怪。

从酒楼二楼窗户望去，正好能够看到十二脚牌坊的一块匾额：当仁不让。

宋集薪问道："齐先生真的不跟你一起离开小镇？"

赵繇点头道："先生临时改变了行程，说要留在学塾，教完倒数第二篇《知礼》。"

宋集薪感慨道："那么齐先生是要讲一个大道理了，为儒家至圣传授世人，告诉我们世间最初是没有律法一事的，圣人便以礼教化众生。那时候的君主皆崇尚礼仪，认为悖理出礼则入刑，于是就有了法，礼法礼法，先礼后法……"

赵繇已经微醺，有些口齿模糊，问道："你觉得对吗？先生又为何不干脆传授最后一篇《恪礼》？"

宋集薪答非所问："走出小镇之前，如山魈水鬼，神仙精怪，信则有，不信则无。至于齐先生怎么教，学生如何听，各安天命吧。"

婢女稚圭也喝了一杯酒，一副晕晕乎乎的俏皮模样，从头到尾都没看那座巍峨的牌坊。

十二脚牌坊，石柱底座分别是龙之九子的九种异兽，之外便是白虎、玄武和朱雀。小镇老百姓世代居住于此，早已见怪不怪了。

赵繇忍不住打了个酒嗝，摇摇晃晃站起身，道："与君一别，希望再会。"

宋集薪想了想，也跟着起身，微笑道："肯定会再见的。赵繇，莫愁前路无知己啊。"

两眼发花的赵繇咬着舌头，诚心诚意道："宋集薪，你也早日离开小镇，天下谁人不识君，你一定可以的！"

宋集薪明显没怎么当真，摆手道："走啦走啦，醉话连篇，有辱斯文。"

赵繇和宋集薪出了酒楼后，就分道扬镳了。赵繇在离开之前，约莫是酒壮怂人胆，问了一句："宋集薪，要不要去窑务督造官的官邸看一看，我能说服门房的……"

宋集薪冷着脸从牙缝蹦出一个字："滚！"

赵繇黯然离去。

婢女稚圭看着那个背影，低声道："少爷，人家也是好意嘛。"

宋集薪冷笑道："世上好人的好心好意，到头来办坏事结恶果，少吗？"

她想了想，好像还真是这么个乏味无趣的道理，便不再坚持。

赵繇所住的福禄街在小镇北面，泥瓶巷在贫户扎堆的西边。宋集薪和婢女稚圭并肩走过牌坊的时候，稚圭抬头看了眼，"气冲斗牛"匾额已如同迟暮老人了。本名王朱的她，笑不露齿。

赵繇回到福禄街的祖宅后，下人告诉他老祖宗在书房等他，他必须马上过去，一刻也不能停。一身酒气的读书郎立即头大，硬着头皮赶往书房。

赵家在小镇不显山不露水，富贵内敛，不像卢家那般气焰外露，而是自诩书香门第，故书房很古色古香。

手持拐杖的老妪正站在一张书案旁，抚摸着桌面，她那张沧桑脸庞，满是伤感的追忆神色。

老妪闻到门外嫡长孙的浓郁酒气后，也不生气，笑着招手道："繇儿，进来啊，杵在门口作甚？男儿喝点酒算什么，又不是喝马尿，不丢人！"

赵繇苦笑着跨过门槛，毕恭毕敬给老祖宗行礼，老妪不耐烦道："书读多了，就是这点不好，条条框框的，搞得读书人一辈子都在鬼打墙，腻歪得很。就说你爷爷吧，啥都个顶个拔尖，唯独与我说起大道理来，絮絮叨叨，真是烦人啊。尤其那做派那神态，啧啧，尤为欠打。可我偏偏说不过他，真是让人恨不得一拐杖砸过去……"

老妪突然被自己逗乐了，哈哈大笑起来："差点忘了，那会儿我可用不着拐杖。"

她笑问道："怎么，是跟姓宋的小白眼狼一起喝酒了？"

赵繇无奈道："奶奶，跟你说多少回了，宋集薪很有才气的，悟性很高，学什么都快人一步。"

老妪嗤笑道："他啊，聪明是最聪明了，只不过你爷爷生前早就三岁看老，看死了那小东西，想知道你爷爷是咋说的不？"

赵繇赶紧答道："孙儿不想知道！"

老妪才不管宝贝孙子愿不愿意听，自顾自道："你爷爷说啊，'小小年纪，城府深重，只可惜败祖辈家声者，必此人也'。"

　　然后她指了指赵繇："你爷爷还说，'温良恭俭，初无甚奇，培子孙之元气者，必吾孙也'！"

　　老妪说完后，笑了笑："死老头子，酸了一辈子，最后总算说了句顺耳的好话。"

　　有些疑惑的赵繇刚要说话，只听奶奶唏嘘感叹道："老喽老喽！"

　　赵繇只得收回话，笑着上前挽住老妪的手臂："奶奶寿比南山，还年轻得很。"

　　老妪伸出干枯的手掌，拍了拍宝贝孙子的手背："比你爷爷强，读书不只会讲狗屁道理，也会说好话给人听。"

　　赵繇笑道："爷爷是真有学问的，齐先生也说爷爷治学有道，解'义'字，极有心得。"

　　老妪立即露出狐狸尾巴了，遮掩不住的扬扬得意，却要故作冷哼道："那可不，也不看是谁挑中的男人！"

　　赵繇紧抿嘴唇，忍住笑。

　　老妪带着赵繇来到书案后的椅子旁，赵繇发现书案上摆放着一尊卧龙木雕，栩栩如生，只是不知为何，仔细观察后，就发现这条青色木龙，有眼无珠。

　　老妪拿起一支早已蘸满墨汁的毛笔，是一支由老槐枝制成木管的崭新小锥笔，双手捧住，颤颤巍巍递给嫡长孙。

　　赵繇不明就里地接过毛笔后，肩头一沉，原来是奶奶将手按在了自己肩上，他顺势坐在那张只有赵氏家主才能落座的位置上。

　　老妪向后退出一步，无比庄严肃穆道："赵繇，落座！今天就由你替赵家列祖列宗，为龙点睛！"

　　一尊尊破败不堪的泥塑神像，在荒草丛生的地面上，横竖歪斜，无人问津。千百年来皆是如此，甚至会不断有泥像沦落此地。小镇百姓不只是对很多事物见怪不怪，其实见到这些神像也早就没有太多敬意了。

老人偶尔会唠叨几句，让自家孩子不要来这边玩耍，可是稚童们仍是喜欢来此捉迷藏、捉蟋蟀等等。可能等到这些孩子长大成人，再变成了垂垂老矣的老人，也一样会跟孩子们说不要来此嬉戏，一代一代，就这么过来了，也无风雨也无波澜，平淡无奇。

只见这里，滚落的头颅，断裂的躯干，分开的手掌，好像被人勉强拼凑在一起，才堪堪维持大致原貌，但也仅剩下这点颜面了。

陈平安从泥瓶巷那边匆匆忙忙跑到这里，他手心紧攥着三枚供养钱，当他来到这里后，一路绕来绕去，还碎碎念着，然后无比娴熟地找到一尊神像，蹲下身，环顾四周，并无人影，这才将铜钱悄悄放入神像破裂的缝隙中。起身后又去找第二尊、第三尊，皆是如此作为。

陈平安离去之前，独自站在绿意郁郁的草丛中，双手合十，低头默念道："碎碎平安，碎碎平安，希望你们保佑我爹娘下辈子不要吃苦了……如果可以的话，请你们告诉我爹娘，我现在过得很好，不用担心……"

黄昏时分，陈平安返回小镇路过城东门的时候，看门的邋遢汉子还在那里哼着曲子，正唱到"一寸光阴不可轻，荣华富贵皆可抛"。兴许是被陈平安的急促脚步惊扰，他睁开眼，刚好和小跑入门的陈平安对视。汉子看到是这个催债鬼后，扫兴至极，没好气地挥手道："去去去，你小子的光阴值个鸟钱，'荣华富贵'四个字，你要能有一个字沾边，就烧高香吧。"

陈平安跑过之后，高高抬起一只手掌，五指张开，使劲晃了晃。显然是在提醒那看门汉子，他们两人之间，可是有着五文钱的香火情。

看门汉子狠狠吐了口唾沫，骂道："也不是啥好鸟！"

陈平安身影很快消失，看门汉子抬头看了眼蔚蓝色的澄净天空，就像一层漂亮的釉色。

看门汉子揉着满是胡茬子的下巴，啧啧道："齐先生说过一句诗，什么来着，好物、琉璃？"

一辆牛车缓缓驶出小镇，车上坐着那位有口皆碑的青衫读书郎赵繇，车夫是个神色木讷的中年汉子。

看门汉子立即招手，大声笑道："繇哥儿，你先别忙着走，哥哥我有句话掉肚子里了，只记得'好物、琉璃'啥的，其他是如何也想不起来了，你小子学问大，给说道说道！"

神采飞扬的赵繇怀里抱着一只行囊，朗声道："世间好物不坚牢，彩云易散琉璃脆！"

汉子伸出大拇指："不愧是繇哥儿，学问顶呱呱，以后出息了，莫忘记回家乡看看老哥，说不得到时候还能代替你先生，给咱们小镇孩子当个教书先生，也很好嘛。"

赵繇愣了愣，随即抱拳微笑道："承老哥吉言！"

看门汉子一高兴，从袖子里掏出一只绣袋，一抖腕，高高抛给赵繇，咧嘴笑道："这么多年白让你写了那么多副春联，关键是你小子也厚道，从来不觉得麻烦。老哥看人从来没错，送你点小玩意儿，一路顺风！"

赵繇连忙接住钱袋："后会有期！"

看门汉子笑着点头，朝赵繇的牛车摆摆手，只是呢喃道："难喽。"

陈平安向小镇深处走，赵繇的牛车则奔赴小镇以外的天地，彼此擦肩而过。

坐在树墩子上的看门汉子掰着手指头数着："拎着竹篓金鲤鱼的大隋少年，泥瓶巷顾寡妇的崽子，再加上福禄街的繇哥儿，这就已经三个啦。可是接下来还有那么多人，一头撞进来，还不得只剩下捡破烂的活计？要不然，我也趁机找个能揉肩敲背的孝顺徒弟？"

看门汉子伸出手扒拉一下皱巴巴的黝黑脸颊，嘿嘿笑道："若是个盘儿亮、条儿顺的漂亮女徒弟，就最好了。嗯，脸蛋差些也能忍，可腿一定要长！"

这个小镇出了名的光棍汉子，双手抱住后脑勺，仰头望着天空，独乐乐偷着乐呵。在想到这些开心事后，便一下子没了忧愁，只觉得天地之间有大美。

陈平安离开泥瓶巷之前，就跟刘羡阳和宁姚约好了，到时候直接在刘羡阳家的宅子碰头。等到陈平安跑到刘羡阳家，门没锁，他便推门而入，到了正堂，看到刘羡阳正在用洁净棉巾清洗、擦拭那副祖传宝甲。

黑衣少女宁姑娘重新戴上了浅露帷帽，腰间佩刀，那柄雪白剑鞘的长剑，则被她随意拎在手里。不知为何，陈平安总觉得宁姑娘好像有些嫌弃这把剑。

桌上那件刘家代代相传的压箱底老物件，说是宝甲，在陈平安看来是真的丑陋吓人。巨大甲胄上，布满了枯树瘤子似的铁筋，更有五条并列的深刻抓痕，从左肩头一路倾斜向下，一直抹到右边腰间。

关于这一点，两个少年百思不得其解，实在想象不出，到底得是多么庞大的山林猛兽，才能造就这幅恐怖光景。后来朝廷多次封禁山峰，不让百姓进山砍柴烧炭，陈平安和刘羡阳几乎从不逾越禁例，很大一部分原因便在这里。

陈平安有些奇怪，这副黑炭似的铁甲，丑归丑，但是刘羡阳是真打心眼里将它当作了传家宝。哪怕是陈平安这样的交情，这么多年也就只给看了一回，不到半炷香就又小心翼翼搬回朱漆箱子，供奉了起来。

不过眼见着刘羡阳时不时偷瞄宁姚的情形，陈平安有些释然，刘羡阳从来就是这种德行，见着好看的女子就管不住眼睛，但他其实不是真的喜欢心动，只是喜欢显摆炫耀。比如以前夏天在廊桥那边，在小溪里光膀子洗澡，若是有提着秧苗或是牵着黄牛的同龄少女经过，刘羡阳是必然要来三板斧的。先火烧屁股般地爬到岸边的大青石上，然后大声咳嗽——宋集薪将此点评为"昭告天下"——最后再一个扎猛子。眼力很好的陈平安，其实能清楚看见远处少女们的眼神、脸色，所以他一直很想告诉刘羡阳真相：那些相貌好看的姐姐们，有翻白眼的，有嘀嘀咕咕骂人的，更多的是根本视而不见，唯独没有眼睛一亮、觉得你是一条英雄好汉的。

当然，后来刘羡阳看上了宋集薪的婢女稚圭，莫名其妙就深陷其中。在那之后，刘羡阳好像眼里头就再没有其他的漂亮女子了。哪怕此时此刻跟宁姚摆阔绰，也更多是希望傲气冷漠的宁姚不要小看他：别以为挎着刀提着剑，就能跩得天王老子似的，我刘羡阳的这件传家宝，那也是小镇独一份。

宁姚等到陈平安后，环顾四周，最后将长剑横放在一个彩绘戗金花卉的老旧博古柜上。彩漆斑驳翻裂，她为了给长剑腾地方，挪开了许多瓶罐杂物，发现柜子后壁镶嵌有一幅图案：一株金色桂树，正值圆月当空。

宁姚转头说道："剑放在这里，你们不要动它，否则后果自负，我没有开玩笑。"

刘羡阳忙着擦拭宝甲，时不时低头呵口气，直接用手指轻轻摩挲，已经真正乐在其中了。

陈平安承诺道："一定。"

宁姚对刘羡阳说道："这只柜子不值钱，但是这幅金桂挂月的镶嵌图案，你别轻易贱卖了。"

刘羡阳头也不抬，道："那玩意儿，我打小就不喜欢，姑娘你要中意，自己刮下来便是。"

宁姚当然不会做此焚琴煮鹤之举，只是好奇问道："这幅图案的材料是什么？"

刘羡阳回头瞥了眼："好几百年的物件了，我哪晓得，就连我爷爷也说不出个一二三四来。"

陈平安轻声道："应该是从小溪滩里捡来的石子，有很多种颜色。不过刘羡阳的长辈，当年肯定是只拣选了金黄色的，先碾碎了再粘在一起。我们把这种石头叫蛇胆石。"

宁姚问道："石子？溪里多不多？"

陈平安笑道："宁姑娘你要是想要，我能给你一天捡一大箩筐来。我们这边没谁待见这个，就顾璨喜欢，经常自己一个人去捡。"

宁姚叹了口气，深深望着泥瓶巷的贫寒少年："住在金山银山上的穷光蛋啊。"

陈平安惊讶道："这种石子在外边值钱？"

宁姚扶了扶帷帽，说道："价格高低，也看落在谁手里。除此之外，哪怕落入懂行的人手上，成不成，还要看运气。运气好，一颗就够，运气不好，堆积成一座山的石子也不成事。不过不管如何，是值钱的，而且很值钱。就是不知道能否带出小镇，这点很关键。"

刘羡阳插了一句话："这石头有一点比较古怪，只要拿出小溪之后，一旦风吹日晒，颜色就会变淡，尤其是下过雨雪之后，掉色掉得更厉害。除此之外，就没啥了。"

宁姚惋惜道："果然如此。"

陈平安犹豫了一下："要不然我明天去捡一大箩筐回来，试试看？万一有例外的呢？"

宁姚摇头道："对我来说，没有意义。"

刘羡阳已经将那具宝甲搬回屋内藏好，此时斜靠着房门，笑道："陈平安是个大财迷，说不定今晚就去小溪摸石头去了。"

宁姚撂下一句："走了。"

她走到门口的时候，转头问道："簪子和药方，我会替你妥善保管。不过明天还是需要你去泥瓶巷，帮着熬药。"

陈平安点头道："没问题。"

她想了想，脸色凝重，提醒道："跟我差不多时候进入小镇的这拨外乡人，最厉害的，应该就是正阳山的那个老头子，这趟是专程护送小女孩的，接下来才是打伤我的那个大隋宦官，之后是带走顾璨的刘志茂，那个笑里藏刀的妇人也别小觑。所以你们只要遇上正阳山那个老家伙，尽量别争执，可一旦起了冲突，只管拖延时间，不许跟人动手，不要有任何侥幸心理，一定要拖到我出现为止。"

刘羡阳低声道："在咱们地盘上，这些个人生地不熟的外地佬，真敢杀人不成？"

陈平安看了他一眼，点头道："敢。"

刘羡阳咽了咽口水。

陈平安突然问道："还记得陆道长……也就是那个摆摊的算命先生，是怎么跟你说的吗？"

刘羡阳一阵头大，使劲回忆之后，抓耳挠腮道："这我哪里记得清楚，只知道是些不好听的晦气话，反正就是说什么有大祸、要烧香之类的，乱七八糟。我当时只当他是胡说八道，坑人骗钱……"

陈平安转头望向宁姚。

宁姚恶狠狠道："他自己记不牢签文，我怎么给他解签？真当我是神仙啊！"

陈平安有些摸不着头脑，想不通宁姑娘为何突然如此恼火。

宁姚大步离开宅子，比来时的慢慢悠悠，雷厉风行了许多。

宁姚走在宽敞巷弄，心想是不是回头抽空找几本书啃啃？

她一想到自己以后行走四方，干脆利落地飞剑斩头颅之后，再来几句慷慨激昂的即兴诗词，哪怕四下无人，也觉得真的很帅气啊！

正当宁姚充满憧憬的时候，一个熟悉身影飞一般擦肩而过。

"宁姑娘明天见啊。"

嗓音落地的时候，身影几乎已经在小巷尽头了。

草鞋少年，背着箩筐，健步如飞。

宁姚呆若木鸡，喃喃自语："真有这样的财迷啊？"

陈平安一路踩着细碎星光，出了小镇一直往小溪去，虽然是在夜幕里，可是陈平安跑得不比白天慢。他刻意绕开了水位最深的廊桥位置，那边的溪水要远远高出其他地方。陈平安拣选了一段溪水仅仅没过膝盖的溪流，摘下背后那只竹编大箩筐，弯腰拿起藏在里头的一只小竹篓，紧紧系挂在腰间，脱掉草鞋，卷起裤管，这才下水去摸石子。

他左手被碎瓷割破的伤口还在刺心地疼，自然不能浸水，就只能用右手在小溪里翻翻拣拣。其实干涸河床的石子最容易拾取，但是就像刘羡阳说的那样，颜色会褪得厉害。如今陈平安从宁姚那边粗略知晓了其中玄机，并不难理解，觉得这些石子，其实就像是早年自己跟随姚老头翻山越岭，四处嚼尝过的各座山头的土壤。看似平常的泥土，有些地方哪怕只隔着一座山头，到了嘴里，也是截然不同的滋味。

姚老头说这叫树挪死人挪活，泥土挪窝成了佛。一把抓在手里的泥，只要离开了原本的土地，很快就会变味。

小溪没有名字，小溪里那些大如拳头、小若拇指的石子，五颜六色。可小镇百姓，世世代代见惯了它们静静躺在清澈的溪水当中，自然没谁觉得是什么稀罕玩意。谁要是往家里搬这些石头，肯定要被当成傻子，吃饱了撑的，有这份气力，不去多干点农活，不是傻子是什么。

弯腰蹚水的陈平安不断搬开、翻动溪底的大石块，已经捡了七八颗石子放入竹篓，大小不一，颜色各异，石子皮色有的像秋天高挂枝头的金黄橘子，也有的白皙细嫩得像是婴儿的肌肤，还有的一团漆黑，而且黑得发亮，还有的鲜艳得像大红桃花，又以虾背青的颜色最多，不一而足。

这些村野俗名叫蛇胆石的石子，多半不大，握在手里滑腻沉重。如果是白天在阳光下高高举起，或是深夜里用烛光映照，石头内在的肌理纹路，纤毫毕现，隐约如丝，如细微的蛇鱼蜿蜒，稍稍拉开一段距离观看，皮色又如闪闪发光的鱼鳞、蛇鳞。

将近一个时辰，陈平安腰间鱼篓差不多已经装满，他原路回到安放箩筐草鞋的溪畔，先去岸边拔了几大把芦苇、野芹和狗尾巴草，垫在箩筐底部，这才将石子一颗颗放入箩筐。拎着草鞋，系着鱼篓，背着箩筐，上岸而行，到了之前折返处的小溪岸边，再次放下草鞋箩筐，下小溪继续翻挪石头。

捡了半篓后，陈平安直起腰，仰头望着星空，希冀着能够看到流星划过夜空，只不过今晚显然没有这么好的运气。陈平安回神后，继续凭借依稀星光和过人眼力，做一个财迷该做的事情。

每次成功翻拣出石子，陈平安就油然生出一股喜悦。对他来说，每颗石子，都像一份希望。

不知不觉，陈平安已经拣了大半箩筐石子，总计八十余颗，其中最大的一颗比他拳头还大，几乎没有瑕疵裂纹，色彩极为醒目，如同凝结成团的鸡血，色艳而正，丝毫没有给人不舒服的感觉。此时陈平安走在岸上，走向下一段溪流，手里正把玩一颗中等大小的蛇胆石，浅绿色，比起小镇瓷器里的梅子青要淡许多，石子圆润光滑，十分可爱，陈平安一眼就喜欢上了。

陈平安走向岸边的巨大青石崖，崖下溪水尤其深，最深的一个坑得有两个陈平安那么高，是这条小溪水深仅次于廊桥下深潭的地方。小镇孩子在炎炎夏日多在这段溪水洗澡，水性好的少年，最喜欢在这里比拼谁在水坑底下待的时间长。

陈平安之所以选择这个深坑，是因为他以前和刘羡阳在这里洗澡的时候，发现坑底的蛇胆石极其繁多。刘羡阳有次为了显摆自己水性出众，甚至故意腋下夹着一块蛇胆石上浮。陈平安记得那块石头最少得有顾璨的脑袋那么大，石头微白透明，里头竟然有鲜红色的细细点点，就像被冰冻起来的桃花瓣。

刘羡阳当时觉得此举颇有意义，便让陈平安帮他把那么大块石子扛回家，结果到了小镇上，没个定性的刘羡阳又觉得没劲，就让陈平安自己解决掉石头。陈平安那次刚走进泥瓶巷，就发现隔壁的稚圭莫名其妙地跟在自己身后，也不说话，一直死死盯着他怀里那块石头，眼神就跟陈平安每次瞧见杏花巷贩卖的肉包差不多。陈平安实在扛不住她的眼馋，就将石头送给了她，结果她一开始还搬不动，差点砸了脚，陈平安只好干脆搬到宋集薪家的院子里去，至于之后石头的最终下落，陈平安便不得而知了。

石头清白如水，桃花漂浮其中，就像桃叶巷那边的雨后桃花，霁色葱茏。

哪怕今天之前，陈平安根本不晓得这种石头的玄妙，他也始终打心底觉得那块大石头是真的好看。

陈平安叹了口气，突然停下脚步。

三十步外，溪畔青色石崖上，坐着个青衣少女，腮帮鼓鼓的，可她还在往嘴里塞东西。

陈平安脑子里的第一个想法是，少女应该是饿死鬼投胎吧，才会大半夜饿得这么可怜兮兮。

陈平安想了想，就不再走近了，生怕打搅了少女吃宵夜的心情。只不过也没掉头就走，毕竟他已经打定主意，今晚一定要去那个水坑碰碰运气。陈平安水性没刘羡阳那么好，但也不算差。每次摸一两块石头上岸便是，次数多了，总能成功。再者这个水坑里的蛇胆石，比起小溪其他地方，更大，色彩似乎也更加鲜艳。

陈平安没有想到那陌生少女吃完了一样，又从身边拿起一样吃食，就没有空闲停歇过，腮帮就没有不鼓胀的时候。陈平安背着大半箩筐沉甸甸的石头，想着等下下水摸石也是体力活，就侧过身摘下箩筐放在地上。

陈平安低估了那个青衣少女的听力，只是这轻轻一放，少女就蓦然竖起耳朵，眼神瞬间直接扫过来。

陈平安又不好说姑娘你慢慢吃便是了，只好尴尬笑着。

少女表情有些呆滞，接连打了两个饱嗝，然后她好像噎到了，赶紧挺起胸膛，伸手使劲拍打胸脯。

陈平安这才发现她年纪不大，但脖子往下那边的风景真是壮观，胸前衣衫紧绷得厉害，竟然完全不输很多生养过孩子的妇人。

陈平安赶紧收回视线，没有任何邪念遐想。

青衣少女这才想起自己带了水壶，不忘侧过身背对着陈平安，仰头灌了一大口水，呼吸这才顺畅了。

拎着草鞋的陈平安，当时其实只有一个简单念头：这位姑娘身上衣裳的布料一定不是便宜货，否则吃不住这么大劲。

青衣少女继续吃东西，这次含蓄了许多，至少腮帮子没那么夸张，低头小口小口啃咬，时不时拿眼光斜瞥奇奇怪怪的小镇少年。一双桃花似的狭长眼眸，眼尾微微上翘，让她天生就像一头年幼狐魅。

她好像在用眼神询问陈平安：你咋回事，继续赶路啊。

陈平安满脸无奈，只得伸手指了指青色石崖外的溪水，喊道："我不是路过这里，我要到你那边去溪里。"

少女看着清瘦的陈平安，就是不说话。

陈平安赶紧从箩筐里拿起一块石子，继续解释道："我要去溪里捡这些石头。"

少女像是突然记起要紧事情的模样，伸出手指竖在嘴边，示意陈平安不要说话，然后她挪了挪位置，显然是让陈平安过去，表示她不会妨碍他下水捡石头。

陈平安只得背起箩筐，硬着头皮走过去，好在青色石崖很大，能站十多个人，而且少女已经主动坐到边缘，不像之前双腿伸直了，而是规规矩矩盘腿而坐。她膝盖上放着一个打开的包裹，里面堆满了形形色色的糕点小吃，像一座小山。目前为止，才被少女吃掉一个小山头而已。

陈平安放下草鞋、箩筐和竹篓，原本是想着三更半夜的，可以赤膊下水，现在就别想了。旁边就坐着个陌生的黄花大闺女，且不说她会不会尖叫，这要是给她家长辈看到或是听到，陈平安估计自己被人打断两条腿，还不冤枉。

陈平安来到石崖边，一个扎猛子，冲入水坑底部。很快就摸上来一块石头，手掌大小，可惜不是蛇胆石，只得抹了一把脸，继续下潜。三次过后，终于摸起一块青黑色的蛇胆石。陈平安浑身湿漉漉地爬上石崖，将石子放入箩筐，然后继续扎入水中。

从头到尾，少女都背对着这边，忙着吃东西。

不到半个时辰，陈平安就已经摸出七八块石头，除了第一块颜色偏暗，其余石头皆是个大且鲜艳。

最后一次扎猛子下去，他却没有拿石头上岸，而是抓了条手掌长短的活鱼上来，小镇俗称石板鱼。这鱼肉味极美，但一遇见人就喜欢躲藏在石块下，一般不过是比手指稍长，很少有陈平安手中这尾这么大的。陈平安之前其实也在坑底石头缝隙摸到过几条，只不过当时为了石头，给放了。这次是灵光一现，突然觉得若是今夜能够抓个十来条鱼，明天炖锅鱼汤给宁姑娘，也挺不错。

陈平安上岸后，将鱼随手丢入竹篓。

第二次抓鱼上岸的时候，陈平安突然发现那个少女就蹲在鱼篓旁边，看着躺着孤零零一条鱼的鱼篓，能看得她满脸神采焕发，就跟当年稚圭在巷子瞧见那块石头差不多。

陈平安把第二条石板鱼丢入竹篓。

少女缓缓抬起头。赤着脚的陈平安已经转身快步走去，又下了小溪。

少女听着陈平安扑通一声后，迅速从竹篓一手抓起一条鱼，低头望着还在蹦跳的它们，神情严肃，点头道："厉害的厉害的！"

青衣少女知道这座小镇有很多怪异的景象，杏花巷的那口水井，所挂铁链不知有多长；不远处的廊桥，前身其实是一座横跨小溪三千年的石拱桥，桥底有一把锈迹斑斑的铁剑，剑尖所指，是一座深不见底的碧绿水潭。还有那座长着十二只脚的螃蟹牌坊；祠堂外草丛里横七竖八的破败泥像；北方有座瓷山，堆积着历朝历代被督造官亲笔判定为残次品的瓷器，一律被敲碎打烂；等等。

她甚至知道大半缘由。

她很小就跟随爹走南闯北，所以属于当之无愧见过大世面的。

但是当陈平安第三次抓着石板鱼上岸后，双手已经空空的少女，依旧蹲在鱼篓旁，只是两只手还在偷偷擦拭着衣角。她仰头看着陈平安走近，就像老百姓看待神仙的眼神。

陈平安被她的古怪眼神看得浑身不对劲，试探性问道："你想要这些鱼？"

少女下意识使劲点头。

陈平安笑道："那这三条就都给你好了。之后我再抓。"

少女眨了眨眼睛，然后开心地笑了，狐魅且狐媚。

陈平安很熟悉这种眼神，和自己小时候看待刘羡阳是一般无二的。那会儿的刘羡阳，是杏花巷、泥瓶巷这一带的孩子王，抓蛇捕鸟捞鱼，好像天底下就没有他刘羡阳不会的事情。到后来，原本跟在刘羡阳屁股后头当跟班的同龄人，有些去了龙窑当学徒，更多是散入小镇各个杂货铺子当伙计，或是给亲戚帮忙管账，也有如宋集薪所说，最没出息的人，才会去庄稼地里刨食吃，最后还跟刘羡阳混在一块儿的，就只剩下他了。

陈平安将送给少女的三条石板鱼，用几根狗尾巴草穿过鱼鳃串在一起，递给少女。少女接过这串鱼，拎了拎，有些轻，感觉不像是能凑足一碟青椒炒鱼的，她便歪头瞥了眼小溪水坑，满是期待。陈平安心领神会，歉意道："接下来抓起的鱼，我要熬汤给朋友补身体，不能送给你了。"

少女指了指不远处那只打开的包裹，示意可以用那些糕点来换鱼，陈平安摇头笑道："不行，糕点好吃，也能填饱肚子，但是不如鱼汤养人。"

少女点点头，没有强人所难，默默坐回原位，小心翼翼将鱼放在脚边，然后继续她"坐吃山空"的大业。

陈平安虽然好奇她的身份，但也没有多嘴询问，看她穿着打扮，不像是福禄街、桃叶巷那边的大家闺秀，倒有些像隔壁邻居稚圭，秀里秀气的，也不爱说话。陈平安突然有些担心，她不会是偷了家里东西出来吃的小丫鬟吧，听说那些大宅里的规矩厉害得很，刘羡阳和宋集薪两人总喜欢反着说话，唯独在这件事情上是个例外。只不过刘羡阳的说法很吓人，说是丫鬟婢女在那些院墙高高的宅子里头，一个走路姿势不对，就会被眼神跟捕蛇鹰一样锐利的管家派人打断腿，丢到墙外的街上等死。宋集薪则说刘羡阳以讹传讹，才没那么夸张，只不过大家门户里的丫鬟嬷嬷，确实走路都跟猫似的，听不着半点声音。当时刘羡阳瞥见一旁偷着乐的婢女稚圭，立即就恼羞成怒了，大骂宋集薪："鹅什么鹅，你家的鹅能说话啊？"

陈平安最后抓上来七八条石板鱼，竹篓被它们撞得摇摇晃晃，脸色惨白的少年知道自己差不多已经到极限了。春天的水冷，是往骨子里钻的那种冷，最主要的当然还是受伤的左手经不住。陈平安最后一次上岸后，快步跳下青色石崖，钻入溪畔草丛里，发出一阵窸窸窣窣的声响，没过多久就拔出三四样草，不少草根带着泥土，握在手心里有一大把。他捡了块普通石子，回到石崖后，找到石崖一处手心大小的天然小坑洼，擦干抹净后，开始轻轻捣捶草药。草药很快就变成了一团青色的糯糊，汁水散发出春季水畔野草的独有芬芳。

背对着少女，陈平安深吸一口气，咬紧牙关，开始拆解左手上的棉布，他额头上很快渗出汗水，一下子覆盖了从头发滑落的冰冷溪水。血肉模糊的伤口，虽然比起包扎前的白骨可见，已经好了一些，但仍然称得上触目惊心。陈平安来时并没有想到左手会触碰溪水，所以没有准备棉布条，之前满脑子都是蛇胆石可以挣钱以及抓鱼炖汤两件事，这时候才意识到自己犯了一个大错。他正有点蒙，突然一只手掌出现在眼前，手上摊放着几条干燥洁净的布条，原来是青衣少女不知何时撕下了一截袖管。陈平安惨然一笑，顾不得跟少女客气，往手心伤口涂抹上草药后，靠近嘴边，用牙齿咬住一端，右手扯紧，绕手背两圈后打结，一系列动作，有条不紊，又如蝴蝶绕枝，让旁观者眼花缭乱。

绑扎完毕后，陈平安缓缓抬起右臂擦拭满脸的汗水，两条胳膊颤抖不止，根本不受控制。

蹲在附近的青衣少女，朝陈平安伸出一根大拇指，满脸你很厉害的表情。

陈平安右手指了指自己眼睛，苦笑道："其实痛得我眼泪都流出来了。"

少女转头瞥了眼陈平安自己编织的大箩筐和青竹鱼篓，有些疑惑。

陈平安神色尴尬："那些石头能挣钱的，而且抓鱼也很重要。"

少女懵懵懂懂，但仍是没有开口说话，两眼有些放空，扭头怔怔望着波光粼粼的溪水。潺潺溪水摩挲着那些露出水面的石头，哗啦啦作响。

那一刻，星空璀璨，天地寂寥，人间好像唯有一双少年少女。

陈平安的身体逐渐安静平稳下来，原先急促的呼吸，开始下意识放缓，转为悠远绵长。就像从山洪暴发的小溪，变成了春秋枯水期的溪水。

这种悄然转变，陈平安自己根本没有在意，浑然天成，水到渠成。

陈平安知道自己一身湿漉漉的，不能被初春的冷风吹太长时间，得赶紧回到小镇换身衣衫去。陈平安自然不会懂医书上的那些养生和病理，但是这辈子最怕生病一事的他，对于四季节气变换和自身身体的适应，早就培养出一种敏锐直觉。所以他很快穿上草鞋，在腰间系上鱼篓，背起箩筐，跟青衣少女挥挥手，笑道："我走了，姑娘你也早些回家。"

陈平安一边走下石崖，一边忍不住转头提醒道："廊桥那边水特别深，千万小心别脚底打滑啊。回家的时候，最好靠着水田这边，哪怕摔倒了，一身泥总好过掉溪里去……"

陈平安说着说着，突然意识到自己说的话有些不吉利，听着不像是好话，反倒是泥瓶巷顾璨他娘最擅长的那种咒人的混账话，所以很快就闭上了嘴巴，不再唠叨，加快脚步，向北跑向小镇。

箩筐很沉，可是陈平安格外开心。

解开那个近乎死结的心结后，陈平安第一次觉得自己要好好活下去，好好的。

比如说要有钱！能买得起带着独特墨香的春联、彩绘门神，吃得上毛大娘家铺子的肉包子，最好再买一头牛，像隔壁宋集薪那样能养一窝鸡……

青衣少女依然还在孜孜不倦地"挖山"，神色认真严肃，每次拿起一样新糕点，都像是在对付一个生死大敌。

她正在跟一块桃花糕较劲的时候，突然身体僵硬，意识到大事不妙后，不是逃跑，而是张大嘴巴，囫囵吞下大半块糕点，然后拍拍双手，坐在原地束手就擒。

不知何时多出一个汉子，身材不高，但给人一种敦厚结实的感觉，可也不会让人误以为是个村夫庄稼汉，因为男人的眼神实在太过刺眼，让人不敢正视。

男人看着只剩下"山脚"的那个碎花纹包裹，满脸无可奈何，想要开口教训两句，又舍不得。默默看着自家闺女那种我犯错就认罚的倔强模样，他更是心疼得一塌糊涂，好像自己才是犯错的那个人。

男人很想说些缓和气氛的话，比如闺女你饿了，就在剑炉茅屋那边吃便是，吃完了明天爹再给你去小镇买。可是话到了嘴边，生性内敛的男人又说不出口，仿佛一字千钧，死死压住了舌头，无论如何也不知道怎样安慰女儿。

这一刻，男人觉得自己还不如那个草鞋少年有本事，好歹女儿不用那么紧张兮兮的。

青衣少女突然抬起头，问道："爹，当时为啥不收他当学徒？"

闺女主动说话，让男人如释重负。

男人虽然板着脸，但已经一屁股坐在女儿身边，解释道："那娃儿后天性

207

情挺好，但是根骨太差了，就算爹收下他，他也会一下子就被师兄弟们拉开距离，再努力，也只能眼睁睁看着差距变大，万一到时候又多出一个柳师兄来，何必呢。"

青衣少女脸色黯然，不知是听到那个"柳师兄"的缘故，还是草鞋少年的擦肩而过。

男人犹豫了一下，还是不打算藏掖，以免她误入歧途或是坏了圣人的谋划："再者，这个少年太平凡了，在小镇上，反而显得很特殊。秀儿，你大概不知道，这娃儿的本命瓷器很早就被人打碎了，所以就成了孤魂野鬼一般的货色，不受祖荫的庇护，与此同时，又会有种种不易察觉的怪事发生，这也是宋集薪和那女子选择做他邻居的原因，要不然以宋集薪的身份，会连福禄街也住不得？显然是不可能的。"

少女认真思考了一番："爹，你是说他有点像是鱼饵？"

男人摸了摸她的脑袋："差不多。"

然后他笑道："若我们父女二人不是天底下最不讲究外物、机缘和气数的剑修，说不得爹也会让他留在身边，看能否让你多一些好处。"

青衣少女有些闷闷的，心情不太好。

男人感慨道："秀儿，爹话糙理不糙，别嫌不好听。"

青衣少女还是病恹恹的模样，提不起精神。

男人想了想，指向远处如黑龙横在溪水之上的廊桥："那座廊桥的建造，是大骊王朝耗费无数心血的大手笔，只为镇住那柄不起眼的铁剑。试想一下，一柄元神残破、流逝殆尽的无主之剑，在足足三千余年后，为了压制它仅剩的那点威势，一个王朝仍是需要付出那么巨大的代价，所求之事，不过是让它休憩片刻……"

少女哦了一声，耷拉着脑袋，眼睛余光一直在瞥那个"山脚"，心不在焉地附和道："厉害的厉害的。"

男人哭笑不得，揉着额头。

天大地大，吃饭最大。可是孩子她娘也不是这样的女子啊，那么这闺女到底是随了谁的性子？

男人拍了拍女儿的肩头，柔声道："爹去见个人，你自己吃吧，慢些吃，没人跟你抢。"

少女猛然抬起头，抓住男人手臂，她手腕上一只赤红手镯，熠熠生辉，呈现出头尾衔接的蛟龙之姿，如一条鲜活的火焰小蛟缠绕于手腕。

男人欣慰道："总算还有点良心。行了，别担心，爹是去见齐先生。"

少女松开手，立即抓起糕点，狼吞虎咽起来。

男人气不打一处来，千辛万苦忍到现在，终于忍不住嘀咕道："吃吃吃，姓刘的兔崽子欠揍不假，可是还真没有说错话，迟早有一天要吃成一个肥嘟嘟的胖妞！到时候谁敢娶你当媳妇！难道爹还要抢个上门女婿不成？"

少女停下吃东西，双手捧着糕点，泫然欲泣。

男人落荒而逃，背对自己闺女的他不忘给自己一巴掌。次次都是这样，功亏一篑。

大半夜的，陈平安一路跑回刘羡阳家的宅子，开门的时候，就能听到那家伙打雷一般的鼾声。

心真大。换成是他陈平安的话，今夜绝对睡不安稳。

先将箩筐和鱼篓都放到搭建在院里的灶房，去到刘羡阳给他倒腾出来的右边偏屋，陈平安抓紧时间换了一身衣服后，这才回到院子中的灶房，开始对付那些石板鱼。开膛剖肚，洗干净后放在一只干净瓷碟里，再用另外一只碟子覆上，以免勾引来蛇鼠虫。

陈平安又从箩筐里，挑出五六颗最有眼缘的蛇胆石，搬到自己睡觉的偏屋里。

顺便看了眼宁姑娘之前放在柜子上的那把长剑，长剑还在那儿安安静静地横躺着。

做完这一切后，陈平安终于能够躺在被窝里了，身体渐渐温暖起来，但是他两眼发亮。一方面是左手刺疼，一方面也是没有困倦睡意。但是真正的原因，还是陈平安比刘羡阳更知道那些外乡人的"不讲道理"。

陈平安不敢睡死过去，于是他一宿没睡，始终留心院门和屋门两个地方的动静。

到了拂晓时分，陈平安起床来到灶房，挑起担子，准备去杏花巷的铁锁井那边挑两桶水回来。

睡眼惺忪的刘羡阳躲在被窝里，只露出一颗脑袋，听到轻微声响后，迷迷糊糊喊道："陈平安，起这么早？你干啥去？"

陈平安没好气道："挑水！"

刘羡阳又喊道："要是碰到稚圭，替我问一声好。"

陈平安懒得理睬这家伙。

正要走出小院，陈平安突然听到刘羡阳说道："陈平安，你只要肯帮忙，回头我就帮你去水坑摸石头！"

陈平安灿烂一笑："好嘞！"

刘羡阳翻了个白眼，连脑袋都缩进被子，嘀咕道："没义气的家伙，就知道这招才管用。"

廊桥石阶上，独自坐着一位中年儒士，他枯坐到天明。

当天开青白出现第一缕曙光时，他抬头望去，轻声笑道："千年暗室，一灯即明。"

第六章 —— 敲山

　　陈平安挑着水桶来到铁锁井的时候，中间经过杏花巷的几家早点铺子，肚子不打声招呼就饿了起来，只是囊中羞涩，他只能硬着头皮排队挑水。前面还有三户人家，轮到他的时候，稚圭突然拎着只小水桶横插一脚，后边的人立马不乐意了。虽不至于骂骂咧咧，可话也说得不好听，尤其有个佝偻老妪，人称马婆婆，两个儿子都很出息，各自拥有一座龙窑，虽然极小，在三十几口龙窑里头垫底，可在杏花巷这边自然算是顶天高的富贵门庭了。但是不知为何，老妪和两个儿媳妇的关系都处不好，儿子儿媳早已搬到桃叶巷那边去了，老妪就一直独居在杏花巷的祖宅里。在陈平安、刘羡阳这一辈人眼中，马婆婆一直是很可怕的长辈，骂人极狠，尤为小气吝啬，大冬天院门外的积雪，她都恨不得往自己家里搂，若是有孩子打雪仗使用了她家门口的雪，或是拔掉她家屋檐下的冰锥子，她能拎着扫帚追着打骂几条街也不累。

　　以前小镇西边这些巷子，应该就只有顾璨他娘亲能够压得住马婆婆的气焰。如今顾寡妇据说跟着她那死鬼男人的远房亲戚投奔了夫家的家乡，这些年原本已经稍稍慈眉善目一些的马婆婆，立刻就生龙活虎、重返江湖了，逮着谁都瞧不顺眼。这不，宋集薪的婢女来这么一出，马婆婆立即开始阴阳怪气地说话，嗓门不大，皮笑肉不笑，故意跟身边妇人拉家常，说："有些姑娘家家的，总算可以开脸绞面啦，反正走起路来双腿都没法子并拢了，这是大喜事，终于不用小姐身子丫鬟命，可以光明正大被人喊夫人喽。"

陈平安听得头皮发麻，又不好把有错在先的稚圭赶走，毕竟这么多年的邻居了。两桶水装满后，陈平安赶紧给稚圭也拎上来一桶，想着早点离开这个七嘴八舌的婆娘堆。马婆婆见宋家那小贱婢竟然假装听不到，一时间更加恼火。

高手过招便是如此，最怕对方根本不接招，空有一身好武艺，却无处落脚。

马婆婆以往跟顾寡妇那个骚狐狸吵架，输归输，但每次事后都觉得自己功力见长，下次吵架肯定能找回场子，哪像这个泥瓶巷的小浪蹄子，次次故意闷不吭声，但是每次离开时候的眼神，又透着股让她极其不舒服的意味，真是让马婆婆恨得牙痒痒，很想上前就抓她个满脸花，省得附近几条巷子的少年和青壮汉子，人人恨不得把魂都挂在那不要脸的婢女的腰肢上。

尤其是她那个孙子，虽然在外人眼中一直是个傻子，可最近就连她这个奶奶，也觉得这孩子真真正正是失心疯了，一天到晚都说些胡话，总说以后要把这个泥瓶巷的婢女娶回家当媳妇，然后要把这老天一拳打出个窟窿来。

见可恨至极的婢女没反应，马婆婆就把主意打到了贫寒少年身上，啧啧道："没出息的贱泥坯，害死了爹娘也有脸活在世上，知道自己注定没本事娶媳妇，就觍着脸勾搭别人家的婢女，真是天造地设的一对狗男女，干脆在一起好了，反正泥瓶巷就是住垃圾贱种的地儿，以后生出来的孩子，说不得真能在泥瓶巷称王称霸呢。"

陈平安想了想，弯腰刚要放下肩上的担子，稚圭已经早早放下水桶，大步走向那个有恃无恐的马婆婆。她二话不说就是一巴掌，打得马婆婆整个人原地转了一圈，晕晕乎乎，给旁边妇人们搀扶住才没跌倒。稚圭不等马婆婆回过神，又是上前一步，劈头盖脸就是一耳光甩下去，骂道："老不死的东西，忍你很久了！"

马婆婆晃了晃脑袋，气得七窍生烟，正要还手，不知是不是错觉，身边两位妇人的搀扶，太过尽心尽力，让她一时间无法挣脱开，结果惨遭第三次羞辱，那婢女第三次出手，弯曲着手指在她额头往死里一敲："以后再敢骂人，就把你这个长舌妇的舌头拔出来，你骂一个字，我就用针刺你一次！"马婆婆吓得不轻，竟忘了还嘴，更别提还手。

稚圭转身快步离去，发现邻居陈平安已经帮她提着水桶，她笑了笑，跟他一起向回走。

不等陈平安说话，稚圭就把话说死了："别谢我啊，我骂人跟你没关系。"

陈平安无言以对。

两手空空的稚圭，自己在那边嘀嘀咕咕，反正没想过要从陈平安手里拿回水桶。

铁锁井辘轳车旁边，马婆婆坐在地上干号："挨千刀的小贱婢，要遭天谴啊……我的命好苦啊，老天爷不长眼，怎么不劈个雷下来，砸死这个小浪蹄子啊……"

稚圭脚步轻快，双手一下一下向天空撑起，手势很古怪。

好在陈平安跟她做了这么多年邻居，并不觉得奇怪。

两人经过早点铺子的时候，陈平安看到了一个熟悉的背影。姑娘个子不高，身穿青色衣裳，正在买刚出炉的肉包子，肉包子热气腾腾，香味飘荡整条街。

陈平安会心一笑，有句家乡谚语，能吃是福。

今天清晨，不知何时已是云层低垂的景象，格外厚实，像富人家的一条大被褥铺在那边晒太阳。

轰隆隆，小镇头顶雷声大作。

铁锁井那边的马婆婆麻溜站起身，匆匆忙忙跑回家去了，小水桶摇摇晃晃，一路洒出不少水，估计到家后，不会剩下半桶。

约莫是马婆婆心知肚明，老天爷若真是开眼，第一个雷劈下来，多半就要落在她头上。

陈平安听到雷声后，抬起头望去，有些疑惑，不像是下雨的迹象。

稚圭笑眯眯道："我家少爷说他在书上看到过，传闻每逢初春，就会有天庭正神身披金甲，擂鼓于云霄，辞旧迎新，震慑万邪，以报新春。"

陈平安点头道："你家少爷读书确实多。"

稚圭叹了口气："我家少爷什么都好，就是懒散了些，再就是喜欢骂老天爷，我觉得这样不好。"

陈平安没有背后说人是非的习惯，对此没有说什么。隔壁宋集薪有个坚持很多年的怪脾气，就是骂老天爷，跟马婆婆是一个路数。不过读书人也有读书人的讲究，风雪夜，雷雨天，天边挂满彩霞的时候，这是宋集薪的三不骂，说他是要趁着老天爷打盹的时候，骂他一骂，老天爷听不到，便不会生气，而他宋集薪也能解气舒坦，一举两得。

见陈平安不搭话，稚圭就看似漫不经心地说道："你昨晚没回家，去刘羡阳那边啦？"

陈平安点头道："家里有客人，不方便。"

稚圭冷不丁问道："对了，齐先生是不是跟你见过面，说了什么啊？"

陈平安反问道："为啥这么问？"

稚圭天真无邪笑道："随便问问，因为今天我出门打水的时候，刚好碰到齐先生说是清晨散步，还问我你在不在家呢，我便如实回答了。"

陈平安笑道："之前无意间遇上了齐先生，先生就跟我说了几句家常话，大致意思是当年我应该和刘羡阳一起去学塾读书的。我只能说家里穷，没法子的事情，要不然我也愿意读书。"

稚圭疑惑道："就这样吗？"

陈平安望向她的那双眼眸，笑问道："要不然你以为？"

她一笑置之。

两人在街角分开，稚圭接过水桶去往泥瓶巷，陈平安返回刘羡阳家，在这之后，还要去城东门那边取家书信笺，一封一文钱，要是早早拥有这份生意，就凭陈平安跑遍方圆百里山头的脚力，估计媳妇本都已经攒够了。

泥瓶巷口子上，稚圭看到自家少爷站在那边，打着哈欠。

她快步走去，好奇道：“公子，你怎么出来了？”

宋集薪缓缓伸展身体，懒洋洋道：“待着也无聊。”

她小声问道：“公子，新任督造官什么时候回小镇啊？那之后咱们是不是就能去京城啦？”

宋集薪想了想，“也就一旬之内的事情吧。”

稚圭犹犹豫豫，手里的小水桶也跟着晃晃荡荡。

宋集薪笑问道：“咋了，有心事？”

她怯生生道：“公子，那本地方县志能借给我瞅瞅不？就一两个晚上，我好认字，省得到了那啥京城，给人瞧不起，到时候连累公子给人看笑话。”

宋集薪哑然失笑，略作思量后：“这有啥不好意思开口的，不过记得翻书之前，洗干净手，别在书页上沾上污垢，再就是小心蜡烛油滴上去，其他也没什么需要注意的，一本‘到此为止’的破书而已。”

稚圭灿烂笑道：“奴婢谢过公子！”

宋集薪乐了，开怀大笑道：“来来来，公子帮你提水。”

稚圭躲闪了一下，正色道：“公子！不是说好了君子远庖厨吗？这些杂事，公子哪里能沾碰，传出去的话，我可是会被街坊邻居戳脊梁骨的！”

宋集薪气笑道：“规矩、道理、礼法这些东西，糊弄吓唬别人可以，公子我……”说到这里，这位生长于陋巷的读书种子，不再说下去了。

稚圭好奇道：“公子是什么？”

宋集薪恢复了玩世不恭的笑容，伸手指了指自己：“公子我啊，其实也就是个庄稼汉，把一块田地给一垄垄、一行行，划分出来，然后让人撒种，引水灌溉啊，我就坐等收成，年复一年，就这样！”

稚圭迷迷糊糊。宋集薪哈哈大笑。

宋集薪突然收敛笑意，一本正经道："稚圭啊，姓陈的是不是帮你提了一路的水桶？"稚圭点点头，眼神无辜。

宋集薪语重心长道："有一位圣贤曾经说过，愿意把陌生人的些许善意，视为珍稀的瑰宝，却把身边亲近人的全部付出，当作天经地义的事情，对其视而不见，这是不对的。"

稚圭更加懵懂疑惑："啊？"

宋集薪揉了揉下巴，自言自语道："竟然没有听出我的言下之意，让少爷我怎么接话才好？难道到了京城，要换一个更聪明伶俐、善解人意的漂亮水灵小丫鬟？"

稚圭忍不住笑出声，根本不把自家少爷的威胁放在心上，揭穿真相道："少爷其实是想等我问，谁是这位大学问的圣贤吧？少爷，我知道啦，是你嘛！"

宋集薪爽朗大笑："知我者，稚圭也！"

学塾书屋内，齐静春正襟危坐，他眼前棋盘上的所有黑白棋子，皆在春雷声中化作齑粉。

小镇孩子们在小溪抓石板鱼，有一种法子，是手持铁锤重击溪中石块，就会有躲在石底的鱼被震晕，浮出水面。与书上所谓的敲山震虎，有异曲同工之妙。

可若是要警告一方圣人，莫要逆天行事，背离大道，那么天地间与之身份匹配的重器，大概就只有威势浩荡的天雷了。

陈平安挑水回到刘羡阳家院子，将水倒入灶房水缸里，然后跑到房门口喊道："刘羡阳，我用一下你家的柴火油盐，要给宁姑娘炖鱼汤补补身体，可以吧？"

美滋滋睡着回笼觉的刘羡阳被惊醒后，怒吼道："姓陈的！你烦不烦，老子刚梦到稚圭对我笑了！快赔我一个稚圭！"

陈平安摇了摇头，记起一事，歉意道："刚才还真在铁锁井那边遇上稚圭了，不过被马婆婆打岔，忘了帮你捎话。等会儿我去给宁姑娘送鱼汤的时候，保证帮你把话带到。"

刘羡阳一个鲤鱼打挺，迅速穿上衣服，跑到正房大堂外的门槛上坐下，看着灶房里忙碌的消瘦身影，嘿嘿笑道："等下我跟你一起去送鱼汤。对了，今天稚圭是不是穿那件大红色的石榴裙？还是浅绿色那条？唉，回头等我再攒两百文钱，就能买到那个百余辗龙银粉盒了。我知道她看中它很久了，就是舍不得买。都怪宋集薪那个臭穷酸，实在小气，自己穿得挺像是福禄街的阿猫阿狗，可怜稚圭一年到头也没几件新衣裳，换成我是她家少爷，保准让她看中啥就买啥，比福禄街的千金小姐还富贵，做那万金大小姐！"

陈平安没理睬刘羡阳的痴人说梦，他实在不理解为什么刘羡阳偏偏就喜欢稚圭，当然不是看不起她作为宋集薪婢女的出身，也不是觉得稚圭长得不好看，只不过总觉得她和刘羡阳，怎么看都不像是有姻缘的。

陈平安好奇问道："你怎么也喊她稚圭，不喊王朱了？"

刘羡阳咧嘴笑道："晓得原来你也不知道'稚圭'两个字怎么写之后，我就无所谓了。"

陈平安无奈道："你跟我比有啥用，跟宋集薪比啊，稚圭又不是我的丫鬟。"

刘羡阳嗤笑道："那个家伙也不是样样比你好的，比如他这辈子喊过谁'爹''娘'不？没有吧，这不就不如你陈平安啦？也难怪顾璨他娘，还有马婆婆那些婆娘们嘴巴毒，宋集薪那家伙，本来就算不得什么清清白白的人家，不然为啥不光明正大住在那座督造官衙署，反而要去你们泥瓶巷过苦日子？这家伙竟然还敢狗眼看人低，所以活该给人泼脏水，骂野种。"

陈平安站起身走到灶房门口："刘羡阳，虽然我和宋集薪根本算不上朋友，但是你这么说人家……"

刘羡阳急忙举起双手，坚决不让陈平安继续絮叨下去，狡猾道："我不说了，行了吧？陈平安你这认死理的烂脾气，随谁呢？我爷爷可说过，你爹娘都是很好说话的，尤其是你娘亲，说话细声细气的，还喜欢笑，那脾气好得真是没话说。我爷爷还说早年马婆婆，几乎骂遍了附近巷弄的人，唯独见着你娘亲，非但不挑刺，还会有些笑脸呢。"

陈平安笑得合不拢嘴。

刘羡阳挥手赶人："赶紧给你家小媳妇炖汤去。"

陈平安翻了个白眼："有本事你当着宁姑娘的面说？"

刘羡阳笑道："你傻我又不傻。"

不久之后陈平安捧出一只小陶罐，两人锁好屋门院门，一起走向泥瓶巷。到了院门口，看到陈平安在那儿傻乎乎敲门，刘羡阳才知道原来这家伙，把家门钥匙全留给了宁姚，刘羡阳觉得陈平安是真无药可救了。

宁姚在家的时候并不戴帷帽，开门的时候露出一张清清爽爽的容颜。刘羡阳心底有些害怕这个不苟言笑的少女，他甚至都不知道原因，要说性子冷淡，隔壁稚圭有过之而无不及，刘羡阳一样有胆子死皮赖脸；若说宁姚悬佩刀剑的缘故，也不对，刘羡阳对上福禄街的膏粱子弟，哪怕几次围追堵截，像一条丧家犬逃窜，但他内心其实从头到尾都没怵过。可他就是有点怕这名叫宁姚的外乡小娘。

宁姚坐在桌旁打开罐子后，闻着香味，微微眯起那双狭长眼眸，点头柔声道："谢了。"

陈平安的观察细致入微，知道这应该就是冷漠少女心情很好的意思了。

陈平安先帮她煮上一锅粥，让她自己注意火候，然后对刘羡阳说道："你自己等着稚圭出门？我得去送信。"

刘羡阳正坐在门槛上，竖起耳朵聆听那边的动静，唯恐被他听出一点神仙打架的声响。心情正糟糕的他不耐烦道："你忙你的！"

陈平安离开院子，即将跑到泥瓶巷口的时候，突然发现前方视线昏暗下来，抬头一看，原来是一位身穿一袭雪白袍子的高大男子一手负后，一手搭在腹部的白玉腰带上，放眼远望。大概是意识到自己挡住了狭窄巷弄的去路，男人微微一笑，主动侧身给陈平安让路。

陈平安一肚子疑惑，加快步子离开，回望一眼，男人已经缓缓走入泥瓶巷。

先前哪怕是匆匆一瞥，陈平安也看到一尘不染的雪白袍子上，胸前后背两处，皆绣有疏淡的金丝，隐隐约约，构成两幅图案，好像有活物游走于山雾云海之中，很是奇妙。陈平安不再深思，只当是符南华那般的外乡人，又要来泥瓶巷寻找机缘了。那天和齐先生一起走过老槐树之后，他已经不太担心，总觉得只要有齐先生在小镇，退一万步说，哪怕真出了事情，好歹也能求到一个公道。

陈平安小跑路过杏花巷的时候，看到昨夜遇到的青衣少女，还在那边一家馄饨铺子坐着，一手一根筷子，竖立在桌面上，轻轻敲打，整张略带稚气肥嫩的圆乎乎脸庞神采奕奕。她满眼都是那边热锅里煮着的馄饨，根本没注意到五六步外的陈平安。对青衣少女而言，美食当前，天塌下来也要吃完再跑路！

陈平安由衷佩服这个陌生的姑娘，也不打搅她，笑着继续跑向小镇东边。

某些人和事，哪怕是路边的风景，可是只要看一眼，依然会让人觉得很美好。

陈平安来到东边栅栏门的时候，那邋遢汉子站在树墩子上，踮起脚尖向东边眺望，好像在等待重要的人物。

陈平安以前在老槐树那边听老人闲聊，说起现任督造官大人第一次进入小镇的时候，就有很大的排场，四姓十族的祖祠老辈们几乎倾巢出动，在城东门这边"接驾"。只不过大太阳底下等了几个时辰后，最后一名官署管事火急火燎跑到东门，说督造官大人在衙署后院午睡刚醒，让众人直接去衙署会晤便是，把那帮富贵老爷气得一佛出世二佛升天，不过据说进了衙署大门后，没谁敢放一个屁，一个比一个笑得像人家的乖孙子。

陈平安一直感到奇怪，那些个老人怎么说得跟自己亲眼见到似的，每次说起福禄街、桃叶巷的小道消息，比真的还真。例如说起卢家二姨奶奶跟护院教头成了相好，给人撞破房门的时候，连二姨奶奶慌乱之下，如何收拾衣裳遮挡丰硕胸脯的一大串细节，也说得半点不差。说故事的人，简直就像是那护院教头本人。

刘羡阳每次都听得咽口水，宋集薪偶尔也去，不会带着稚圭，笑得比刘羡阳含蓄些，但跟着众人一起偷偷起哄的时候，格外卖力，比早晚两次读圣贤书还要大声。

陈平安蹲在树墩子旁边，耐心等着小镇看门人。

看门汉子骂了句娘，跳下树墩子，瞥见陈平安后，也不说话，去黄泥茅屋拿了一摞信过来，六封家书，只给了五枚一文的铜钱。

陈平安大略翻了下书信地址，也没说什么，因为有两封信是福禄街的隔壁邻居，陈平安也不愿意占这便宜，当然如果汉子破天荒发善心，起先就给六文钱，陈平安也绝不把钱往外推。

陈平安想好送信的顺序后，随口问道："等人？"

看门汉子瞥了眼东边的宽敞大道，气咻咻道："等大爷！"

陈平安不想留下来当出气筒，赶紧跑路。

看门汉子气笑道："哟呵，还是个有点眼力见儿的。"

看门汉子看了眼天色，滚滚雷声早已没有，原本几乎压到屋檐的低垂云层，已经渐渐散去。

看门汉子一屁股坐在树墩子上，叹息道："神仙打架，凡人遭殃啊。"

六封信，福禄街那边的卢、李、赵、宋四大姓各有一封，还有两封在桃叶巷，其中一封很凑巧，还是先前那位和蔼老人的家书，更巧的是开门收信的还是老人。看到是陈平安后，老人认出了草鞋少年，就玩笑道："孩子，真的不进来喝口水？"

陈平安腼腆一笑，摇摇头。

老人没有觉得意外，只是从袖子里摸出一把铜钱，递给陈平安，笑呵呵解释道："今天家里有好事，这点喜钱，见者有份，图个吉利而已，不多，就十几文钱，所以你就放心拿着吧。"

陈平安这才接过铜钱，笑道："谢谢魏爷爷！"

老人点点头，突然说道："孩子，最近啊，没事的时候，可以经常去槐树底下坐坐，见到地上有槐叶、槐枝啊什么的，就拿回家去放着，能够防蚁虫蜈蚣，多好，还不用你花钱。"

陈平安在台阶下，向老人鞠躬致谢。

老人微笑着："去吧去吧，一年之计在于春，少年多活动筋骨，肯定是好事。"

陈平安跑着离开青石板街面的桃叶巷。

老人久久站在家门口，看着两边的桃树，一个身材婀娜的妙龄丫鬟来到老人身旁，小声道："老祖宗，看什么呢？外边天冷，可别冻着。"

丫鬟服侍老人有些年数了，知道老祖宗菩萨心肠。丫鬟对老人有敬无惧，就笑脸嫣然，俏皮问道："老祖宗，该不是想起少年时遇见的姑娘了吧？那位姑娘当时就站在桃树下？"

白发苍苍的老人笑道："桃芽，你跟那送信少年一样，亦是'有心人'啊。"

丫鬟得了表扬，娇憨笑着。

老人突然笑道："这两天有个远房亲戚要登门拜访，到时候桃芽你就跟随家里那几个孩子，一起离开小镇。"

丫鬟愣了愣，眼睛一下子红了，哭腔道："老祖宗，我不想离开这里。"

一向极好说话的老人挥挥手："我再看一会儿巷子风景，你先回去。桃芽，听话，否则我会生气的。"

丫鬟只得怯生生离去，一步三回头。

桃叶巷的桃叶郁郁，尚无桃花。

老人轻轻呼出一口浊气，跨过门槛，走下台阶，走向最近的一棵桃树，站在树底下，伤感道："桃之夭夭，灼灼其华。真的是再也见不到啦。"

老人回望一眼自己的宅子，呢喃道："小镇的得天独厚，本就不合大道，当初被圣人们硬生生改天换地，享受了整整三千年大气运，历代走出小镇之人，多在整个东宝瓶洲开枝散叶，可是老天爷何等精明，所以是时候来秋后算账、跟咱们收取报酬喽。你们这些孩子，不赶紧离开这里，难道跟随我们这些本就破碎不堪的老朽旧瓷，一起等死吗？要知道，死分大小，咱们小镇几千口人，这一死，是大死啊，连来生也没了。

"所以啊，如今趁着老天爷还睁一只眼闭一只眼的时候，能多走一人是一人。"

老人伸出干枯手掌，扶住桃枝："有心人有心人，希望真能天不负吧。"

不知何时，读书少年郎赵繇的奶奶、拄着拐杖的老妪已经走近这边："都快入土的老头子了，还这般天真，如老娘们涂抹胭脂，真是尤其面目可憎。这场灭顶之灾，是你那点好心肠就能改变丝毫的？"

老人眼神有些恍惚，看着同样满头雪白的老妪，莫名其妙说了一句："你来了啊。"

老妪先是一愣，然后立即恼羞成怒，一拐杖就打了过去："老不羞的贼坯

224

子，一大把年纪了，还敢嘴花花?!"拐杖雨点般落在身上，老人只得落荒而逃，不过哈哈大笑。

老妪站在桃树下，犹然气恼不已，后悔自己不该心软，鬼使神差走这趟桃叶巷。最后，老妪抬起头，看着抽出嫩芽的桃枝。

老妪一步一步走回福禄街，拐杖在青石板上一次次敲响。

一座繁华千年的安详小镇，不承想到最后，皆是没有来生来世的可怜人。

当真就没有一线生机吗?

溪水渐浅，井水渐冷，老槐更老，铁锁生锈，大云低垂。

今年桃叶见不到桃花。

陈平安又一次看到青衣少女，她默默跟在一个中年男人身后，低着头啃着一张葱油鸡蛋饼。那男人一脸生无可恋的模样。

见到陈平安后，男人停下脚步，问道："你是不是上次那个被我赶走的家伙?"

男人后背被重重一磕，撞了"墙壁"的青衣少女，抬头后一脸茫然，突然看到陈平安，她刚想笑，猛然转身背对着陈平安，手忙脚乱地擦拭嘴角。

陈平安忍住笑，对男人点头道："阮师傅，你好。"

看样子，那个姑娘多半是阮师傅的女儿了。

不过父女的长相是真不像，也幸好不像。

被陈平安称呼为阮师傅的男人，正是那个到了小镇没多久，就迁往南边小溪畔的铁匠。他继续问道："刘羡阳这两天怎么没去打铁?"

陈平安刚要帮刘羡阳解释，男人已经冷声道："你去告诉那小子，今天要是再见不着他这位大爷的面，明儿就不用去我家铺子了。"

陈平安急匆匆道："阮师傅，他家里出了点急事……"

男人打断陈平安，很不客气道："那是他的事情，关我屁事?!"

陈平安本就不是擅长言辞的人，愣在当场，急得满脸涨红，又不知如何开口，生怕自己帮倒忙。阮师傅的耿直脾气，他可是切身领教过的。

青衣少女试图帮陈平安说点好话，结果被知女莫若父的男人提前教训道："吃你的饼!"

满腹委屈的少女突然加快脚步，一脚狠狠踩在男人脚背上，然后脚下生风，瞬间就一溜烟没影了。

男人哀叹一声，把陈平安晾在一边，继续前行。

陈平安也叹息一声，跑去早点铺子买了一笼六只包子，赶往泥瓶巷。

到了自家宅子，结果看到刘羡阳蹲在墙头上，半边身体倾向宋集薪家院子，偷听得很是聚精会神。

陈平安有些时候也会觉得，刘羡阳确实是挺欠揍的。他只得提醒道："刚才见到了阮师傅，让你今天就去铁匠铺子帮忙，还说要是今天见不着你，就把你辞退。"

刘羡阳心不在焉道："急啥，我这种既手脚利索又吃苦耐劳的学徒，打着灯笼也难找。阮师傅就是放狠话，明儿再去也没关系。"

陈平安摇头道："我确定阮师傅绝对没有开玩笑。"

刘羡阳烦躁道："等会儿就去，别耽误我干正事。"

陈平安给宁姚送去早餐，直接给刘羡阳拿去三个包子，自己只咬着一个。

刘羡阳三下两下就解决掉了所有的肉包，一边抹嘴一边小声道："刚才宋集薪家来了个客人，一看就是了不得的大人物。如果我没有看错的话，应该就是现任窑务督造官大人。那次他穿着官服去咱们龙窑的时候，姚老头嫌你们这帮不成材的学徒碍眼，根本就没让你们露面长见识，我不一样，姚老头还让我给那位大人演示了一下何谓'跳刀'。"

陈平安笑道："现任督造官比较照顾宋集薪，是小镇所有人都知道的事情，你在这里疑神疑鬼做什么?"

刘羡阳忧心忡忡道:"宋集薪这种小白脸,是绝对争不过我的,可是万一稚圭喜欢上这位气度不凡的官老爷,我胜算就不大了啊!到时候你的未来嫂子就跟人跑了,我咋办?你咋办?"

陈平安直接走回屋子,留下刘羡阳蹲在墙头自怨自艾。

宁姚坐在桌旁,腰杆挺直,一手握住刀柄,如临大敌。她的额头渗出汗水。

这是陈平安第一次看到她如此神情,虽然身体紧绷充满戒备,但是眼神发亮,跃跃欲试。

陈平安退回到门槛那边,她问道:"知道隔壁客人的身份吗?"

陈平安答道:"听刘羡阳说是咱们小镇的现任窑务督造官,人挺和气的,刚才在巷口那边,还给我让了路。"

宁姚冷笑道:"这种人才可怕。"

陈平安疑惑不解。

她问道:"人走在路边,看到蚂蚁,会踩上一脚吗?"

陈平安想了想,回答道:"顾璨肯定会,他经常拿水去浇蚂蚁窝,或是用石头堵住蚁窝的出路。刘羡阳心情不好的时候,估计也会。"

宁姚无言以对。

陈平安咧嘴一笑:"宁姑娘的意思,其实我懂了。"

她讶异道:"真的假的?"

陈平安点头道:"我觉得姑娘你说了两层意思。一层意思是我们小镇的老百姓,在你们这些外乡人眼中,都是脚底爬来爬去的蚂蚁。第二层意思是外人当中,又分高低,符南华、蔡金简是顾璨这样的稚童,才会觉得掌握蚂蚁的生死,会有趣,或者会觉得碍眼。但是来到我们泥瓶巷的那位官老爷,不一样,说话做事,都会符合他的身份,所以显得特别客气。宁姑娘,对吧?"

宁姚问道:"怎么琢磨出来的?"

陈平安玩笑着回了一句:"捡了条命回来后,好像脑子灵光了些。"

宁姚郑重其事问道:"临死之前,你看到了什么?"

"我没看到什么啊。"陈平安有些疑惑,不过仍是诚实回答,"其实在那条巷子里,我从头到尾都没多想什么。这个问题,宁姑娘问苻南华和蔡金简比较好,他们说不定能看到什么。"

宁姚冷哼道:"哟,口气真大!"

说完这句话,她没来由死死盯着陈平安。

陈平安给看得心慌:"咋了?"

宁姚皱紧眉头,有些懊恼,用家乡方言自言自语道:"我家的剑学,无论是剑诀心法,还是用以淬炼体魄神魂的法门,都是独门独路的不传之秘,我学都没学全,哪敢教别人啊。而且我也没学过那些别处天下的粗浅东西,要不然也能给他指条明路,就算只是用来强健体魄、延年益寿也好。现在让我去哪儿找本门槛最低的入门秘籍来?"

宁姚眼睛一亮:"打劫?不对不对,不是打劫,是找人借一本秘籍,有借有还的嘛。"

可惜她很快脸色黯然,恨恨道:"该死的老宦官!给我等着,看我不把你们皇宫掀个底朝天。"

她哭丧着脸,忧伤道:"难道真的只能去找姓阮的铸剑师?砍人我还凑合,有我娘的四五分真传了,可是求人,我真的不擅长啊。"

陈平安坐在门槛上,看着那个名叫宁姚的少女,自说自话,脸色变化不定,就像是天边的云彩。

白袍玉带的英俊男子站在宋集薪的房间里,环顾四周,微微皱眉:"姓宋的他就给你安排了这么个寒酸地方?"

宋集薪嘴唇抿起，没有说话。

婢女稚圭早已识趣地躲到自己的偏屋去了。

按照小镇流传最广的说法，前任督造官宋大人，业务不精，没能造出让朝廷满意的御用贡瓷，靠着那点苦劳，留下一座廊桥，就回京任职了，当然也留下了宋集薪这个私生子，只给他买了个贴身丫鬟照顾起居，再就是"托孤"给好友，即顶替他位置的新任督造官，听说也姓宋。但是事实真相如何，是当局者迷，旁观者未必清。

宋集薪自己也不清楚眼前这家伙跟那个姓宋的男人，到底是何种关系。关系莫逆的官场同僚？昔年求学的同窗好友？还是京城庙堂其他山头派系的对头？姓宋的离开之前，略微提到过几句，说新任督造官到了小镇之后，很快就会带他们主仆二人离开小镇，赶赴京城，对那位大人，要求宋集薪必须极其礼敬，不得有丝毫怠慢。

宋集薪对眼前这个气势凌人的京城男人，大概是恨屋及乌的缘故，并无半点好感。

他在婢女稚圭那边流露出来的胸有成竹，对于接下来离开家乡的从容不迫，不过是他的自尊使然。

男人笑道："罢了，那姓宋的酸秀才，历来就是谨小慎微的性格，不像大老爷，倒像是个娘们，否则也不会让他来这边看顾你。"

宋集薪眉宇间阴沉沉的。男人漫不经心地瞥了眼宋集薪储藏物品的大箱子，撇撇嘴，不屑一顾的神色，缓缓道："来这里之前，我已经见过老龙城的苻南华，真是个倒霉秧子，在这里都会差点道心崩碎。你与他的买卖，照旧进行便是，你小子盈亏自负，我不掺和这种芝麻绿豆大小的破烂事。不过离开之前，你必须跟我去趟廊桥，磕几个头，之后就没你什么事情了。跟我回家，做你该做的事情，坐你该坐的座椅，尽你该尽的本分，就这么简单，听明白了没？"

"听当然听明白了，宋大人的言辞并不晦涩。"

宋集薪讥笑道："只不过凭什么？"

男人笑了，转身第一次正视宋集薪，反问道："姓宋的娘娘腔说你天资卓绝，这评价也真是不怕闪了舌头，你不妨猜猜看，觉得我凭什么？"

若是细看，就会发现两人之间，竟然有几分形似和神似。

宋集薪怒气更重，只是始终隐忍不发。

男人不再卖关子，玩味道："凭什么？当然凭本王是个天字号的大倒霉秧子，竟然会是你小子的亲叔叔。"

宋集薪内心剧震，脸色微白。

白袍男人对此视而不见，双手扶住那根玉带，望向窗外的天空，微笑道："也凭本王是大骊王朝武道第一人。"

其实这句话换成另一个说法，更为震慑人心，只不过男人宁做鸡头不做凤尾，觉得只要是居于人后，哪怕是仅仅一两人之后，也根本不值得宣扬。

男人想起那个坐镇此地的儒家圣人，嘴角满是鄙夷，冷哼一声。

假若不是身处此方天地，老子一只手，就能捶杀你齐静春之流的三教神仙。

学塾茅屋内，齐先生正襟危坐，正在听蒙学稚童们的琅琅书声。

真正意义上的正襟危坐，宋集薪和赵繇这些读书种子，也难以领略其中精髓。

儒教有一部"立教开宗"的经典，名为《大礼》，其中《修身篇》有专门讲到，君子当坐如尸，因为尸者神像，坐姿如尸，则其庄重肃穆，可想而知。

此时此刻，齐静春好像一五一十听到了白袍男人的心中默念，云淡风轻，微笑道："武夫掌国，了不得了不得。只不过，白龙鱼服，非是吉兆啊。"

宋集薪家门口那边传来脚步声，刘羡阳刚想要跳下墙头，但未见其人，先闻其声，有人温声笑问道："你小子是不是宝溪窑口姚老头的徒弟？姓刘？"

是那位身穿白衣腰系玉带的窑务督造官，大步走出门槛，向墙头这边笑脸望来。

刘羡阳随之身体僵硬，发现自己竟然没了力气跳下墙头，心虚干笑道："回大人的话，是我。当时大人去咱们龙窑开窑的时候，师父让我给大人演示过几样活计。"

男人点了点头，打量了一眼刘羡阳，开门见山地问道："少年，想不想去外边看看？比如投军入伍，上阵厮杀，我保证你只要熬得过十年，就能当上大官，到时候我亲自给你在京城摆酒庆功，如何？"

站在男人身后的宋集薪脸色阴沉似水，握紧那块苻南华赠送的老龙布雨玉佩。

这个顶着"私生子""野种"头衔很多年的读书种子，如今已经知道身边男人的真实身份，所以才更加明白男人所说言语的分量，"亲自摆酒"这四个字，将会是一张大骊最厉害的保命符，是一架官场最长的青云梯。

刘羡阳绞尽脑汁想出一些酸文醋字，结结巴巴道："谢过督造官大人厚爱，不胜惶恐……只是小的已经答应要做阮师傅铁匠铺的学徒，实在不好反悔，还望大人不要……大人不计……"

刘羡阳想说的话一下子卡在喉咙那里，死活都记不得了，急得满脸通红。

宋集薪看似善解人意地提醒道："是大人不记小人过。"

白袍男人一笑置之，不以为意："无妨，等你哪天有机会走出小镇，可以去最近的丹阳山口，找到一个叫刘临溪的武人，就说是京城宋长镜举荐你来此投军，他若是不信，你就跟他讲那个叫宋长镜的人说了，你刘临溪还欠他三万颗大隋边骑的头颅。"

刘羡阳痴痴点头道："好的。"

男人笑着离去，宋集薪送到院门口就想止步，男人好似算死了他的心思，没有转头，直接说道："随我去趟督造官衙署，我领你见个人。"

宋集薪两只脚如钉子一般扎根地面，黑着脸道："我不去！"

那个于小镇百姓而言门槛极高的地方，对于听着流言蜚语一年年长大的宋集薪而言，却是一座龙潭虎穴，是一道过不去的心坎。

在外边一向行事雷厉风行的宋长镜，没有恼火宋集薪的不识时务，也没有停下脚步，但是语气放缓了许多："根据衙署谍子眼线的记载，你已经见过那个姓高的隋朝皇子了吧？你知不知道，隋朝高氏与我们大骊宋氏，是有着不共戴天之仇的千年宿敌。同样是皇子，他敢来到这座位于敌国大骊腹地的小镇，而你宋集薪，同样是皇子，却不敢在自己家的江山版图上，去一座小小的官邸？"

宋集薪第一时间不是咀嚼这番话的深意，而是瞬间转头望向刘羡阳，只见高大少年正坐在墙头那边揉手敲腿，好像完全没有听到宋长镜说话。

走在泥瓶巷里的大骊白袍藩王嘴角翘起，他收获了一点意外之喜。不愧是我们老宋家的种。

不过一想到宋集薪还是那个女人的儿子，身为大骊第一武道宗师的权势藩王，也觉得有些心烦和棘手。

宋集薪一咬牙，回头跟站在屋门口的稚圭说道："我去去就回，午饭不用管我。"

宋集薪刚走出院门，又转头笑道："拿上我床头那兜碎银子，去杜家铺子买下那对龙凤香佩，反正以后咱们都不用攒钱了。"

稚圭点点头，打了一个小心的哑语手势。宋集薪开心一笑，潇洒离去。

等到宋集薪走远，坐在墙头上的刘羡阳小心翼翼问道："稚圭，宋集薪跟督造官到底啥关系？"

稚圭用怜悯的眼神看着刘羡阳。

刘羡阳最受不了她这种眼神："干啥，不过是认识个管烧瓷的官老爷，了不起啊？"

稚圭扯了扯嘴角，自顾自回屋取了食物来，开始喂养老母鸡和那群毛茸茸的小鸡崽子。

刘羡阳没来由觉得灰心丧气，跳下墙头对屋内嚷嚷道："姓陈的，咱们去铁匠铺！不受这窝囊气了。"

稚圭背对着一墙之隔的邻家院子，嬉笑道："佛争一炷香，人争一口气，可惜窝囊废就只有一肚子窝囊气。"

刘羡阳热血上涌，连耳根子都通红了，走到黄泥墙边，一拳重重砸在墙头上："王朱！有本事你再说一遍！"

稚圭丢掉所有玉米、菜叶，拍拍手，转头笑眯眯道："你以为你谁啊，让我说就说？"

刘羡阳看着身姿正在抽条、越来越明艳动人的稚圭，说不出话来，感觉空落落的，就像心里有一只瓷碗摔在了地上。

陈平安其实早已站在门槛那边，看到这一幕后快步走到院子中，轻声道："走吧。"

两个少年并肩走在小巷里，刘羡阳突然问道："陈平安，我是不是很没有出息？"

陈平安想了想，认真说道："巷子里的街坊邻居都说我娘亲很好，又说我爹是出了名的闷葫芦，所以我觉得喜欢不喜欢谁，跟有没有出息，可能关系没那么大。"

刘羡阳哭丧着脸："那我更惨啊，就算以后自己打拼出来一座龙窑，或是把阮师傅的手艺都学到手，她岂不是也一样不喜欢我啊！"

陈平安识趣地闭嘴不言，以免火上浇油。

陈平安走在熟悉的小巷里，突然想起一幕场景。早年跟随姚老头沿着溪水进入深山，看到一头小麋鹿在溪边饮水，见到他也不惧怕，麋鹿喝过水后，就低头望着溪水，久久没有离去。溪水水面除了麋鹿的倒影，水中还有一尾徘徊不去的游鱼。

走出祖宅前，宁姑娘建议他既然有了一片槐叶，就早点离开小镇，有了祖荫槐叶的无形庇护，便不至于有太大的意外，最好不要在小镇逗留太久，因为她不知道刘羡阳一事会不会殃及他。但是陈平安坚持要亲眼看到刘羡阳被阮师傅收为徒弟，才能安心离开。因为当年要是没有刘羡阳，他早就饿死了。

当然，陈平安内心也希望能够看到那位宁姑娘在他家里把伤养好了，只不过当时他没敢说出口，怕被她认为是轻薄。

陈平安突然问道："你爷爷留给你的那件宝甲，是不是绝对不会卖给外人？"

刘羡阳一脸天经地义道："废话，当然死也不卖！"

他一拳捶在身边的陈平安肩头，玩笑道："我又不是你这种财迷。"

刘羡阳双手抱住后脑勺："有些东西暂时没有，可以用钱挣来，可有些东西没了，这辈子就真的没了。"

陈平安自言自语道："懂了。"

快走到泥瓶巷巷口的时候，刘羡阳爆了一句粗口，陈平安随之收起思绪，抬头望去，顿时有些心情沉重。

是福禄街的卢家大少卢正淳，当年就是此人带着一帮狐朋狗友，把刘羡阳堵在这条巷子里，差点把他活活打死，如果不是陈平安跑去喊那几嗓子，家中已无长辈亲戚的刘羡阳，恐怕就真要被扔去乱葬岗了。

宋集薪当时蹲在墙头上看热闹，还不停地推波助澜，之后又跟心有余悸的陈平安说，卢正淳他们那种行为，在小镇外叫作"为气任侠"。

卢正淳拦住刘羡阳的去路，挤出笑脸道："别紧张，我今天不是来跟你算旧账的，而是……"

刘羡阳打断卢家公子的话语："还来？好狗不挡道，给老子起开！"

卢正淳脸色尴尬，强颜欢笑道："刘羡阳，我这次是真的有事情跟你商量，上回那事儿，你不等我们把话说完，就直接跑了，这样不好。你好歹听听看我这边给出的条件，对不对？真要说起来，咱们哥们也算不打不相识，没必要闹得那么僵，我和那些客人，是很有诚意的！"

刘羡阳歪了歪脑袋，讥讽道："怎么，你给人牵线搭桥还上瘾了不是？我就奇了怪了，你说你卢正淳，好歹是咱们小镇最阔绰人家的孙子，咋就那么喜欢给外人当狗腿子？"

卢正淳脸色铁青，却依然要维持住脸上的笑容，整个人显得很滑稽可笑，近似哀求道："刘羡阳，只要你开口，不管要什么，他们都会尽量满足你，比如说铜钱？要不然你说个数目，如何？例如……一百五十贯钱？便是……两百贯，我也能帮你还价去，两百贯啊，这都能让你在咱们福禄街买下半栋宅子了。"

刘羡阳凝视着眼前此人的眼神和脸色，鄙夷道："两百贯，你打发叫花子啊？还诚意？劝你就别跟我在这儿虚头巴脑的了，老子还要忙活正事，你滚一边去！"

泥瓶巷外拐角处，粉雕玉琢的小女娃娃骑在魁梧老人肩头，身穿一袭大红袍子的男孩被妇人牵着手，本该天真烂漫的岁数，脸上已经有了与年龄不符的阴鸷神色，用自家家乡那边的言语说道："这个卢家人是不是太蠢了些？要来何用……"

妇人摇头柔声笑道："施恩于人，要懂得斗米恩升米仇，谈买卖，想要获利最大，就该如卢正淳这般，先试探对方心理价位的底线所在。"

男孩疑惑道："跟这些土人贱民做生意，也需要如此麻烦？"

妇人笑道："人性复杂，人心阴暗，并不以修为高低来分多寡。小地方的人物，哪怕见识短浅，可是也不全是傻子。你若作此想，迟早有一天会吃亏的。"

男孩哦了一声:"娘亲熟稔人心,为何不直接出面谈?"

妇人耐心解释道:"看看咱们的穿着,任你去哪家店铺买东西,只要是稍微精明的卖家,都忍不住会宰客的。"

男孩叹了口气:"只是我们如此扭捏,也太不舒心了。"

妇人蹲下身,双手扶住孩子的脸颊,望着那张酷似他爹的容貌,正色道:"记住,修心,亦是修行之一。顺境修力,逆境修心,缺一不可。"

男孩晃了晃脑袋,挣脱开妇人的双手,没好气道:"又来这套空泛道理,烦死了。"

妇人有些无奈,却也没有继续语重心长传授道理,只觉得自家孩子天资好、根骨好,又有两个姓氏的家世作为靠山,所以未来的路还很长,虽说性情稍显偏执阴沉,但是大可以文火慢炖,拔苗助长才是最大的不妥。

听着小巷里的无趣对话,女童有些忧愁:"猿爷爷,要是那人死活不愿意卖,我们怎么办啊?"

双手及膝如猿猴的老人笑了笑:"那就让他去死好了。老奴来此,本就是为了应付这种最坏的情况,要不然那笔钱,就等于打了水漂,连个响儿也没有。不过到时候小姐的安危,会有些麻烦,估计得托付给宋家,或是李家才行。"

抛开其他不说,若是杀人,虽然老人会被圣人驱逐出境,但是比起无声无息打了个水漂,就算是往水里投下一颗石子,好歹有点水花溅起。只不过不到万不得已,老人绝不会出此下策,毕竟那部剑经意义再大,正阳山再视若珍宝,比起自己肩头上这位小姐的长生大道,终究是远远逊色的,至少对老人而言,是如此认为。

小镇四姓十族,以卢氏为首。但如果放在外边,恰恰相反,实则是卢氏垫底。这源于由卢氏主支当国执政的一个王朝,被大骊两大边军联手覆灭后,卢氏在东宝瓶洲的地位，已是岌岌可危。

巷子那边，刘羡阳听卢正淳说着什么高官厚禄、腰缠万贯、美女如云，就像是对着一个掉书袋的宋集薪，格外恼火，上前一步，指着卢正淳的鼻子斩钉截铁道："那铠甲是我刘家的祖传，跟钱没关系！你就算今天就让我搬到你家去住，从今以后你卢正淳每天喊我爷爷，我也懒得理你！姓卢的，听清楚了没?!"

孤零零站在泥瓶巷口子上的卢正淳，死死盯着眼前这个混不吝，摆明了光脚的不怕穿鞋的刘羡阳，一头撞死在这里的心都有了。

之前自己在廊桥那边担任说客，挡住刘羡阳去往铁匠铺子的路，结果出师不利，回到福禄街的宅子，爷爷招待过了那些高高在上的贵客，不露声色地将他喊到密室，没有说任何狠话，也没有说任何家族大业的大话，只是指着白布下的尸体："正淳啊，爷爷没有其他要求，只希望别让你弟弟死不瞑目，希望到了头七那天，你已经走出小镇，就当是替他看看外边的风景。"

卢正淳突然眼眶湿润，哽咽颤声道："刘羡阳，算我求你了，好不好?"

刘羡阳目瞪口呆。

这个锦衣玉食的年轻人，越发脆弱无助，嘴唇颤抖，泣不成声道："好不好? 我给你下跪，我给你认错，行不行?"

扑通一声，卢正淳结结实实跪在泥瓶巷的泥地上，开始磕头。

男儿膝下有黄金。但卢正淳磕头磕得很不含糊，砰砰作响。

泥瓶巷外墙根那边，小女孩脚丫一下一下轻轻踢着老人胸膛，想着这一路行来，相中了哪些入眼的山峰，想着挑选哪一座搬回家乡才好。

男孩有些幸灾乐祸，随口问道："娘亲，这个姓卢的是不是失心疯了? 以后咱们难道真要带着个疯子离开小镇，那多丢人现眼啊?"

妇人神色复杂，想起许多亲眼目睹的奇人异事，欲言又止，最后摇头道："不会的。"

刘羡阳有些手足无措。他打破脑袋也想不到卢正淳会如此作为。一个小镇最富裕门户的嫡长孙，就这么跪在自己脚边磕头？

刘羡阳脸色纠结，就在此时，一直在观察刘羡阳和卢正淳的陈平安，突然扯了扯他的袖子，对他轻轻摇头。刘羡阳于心不忍道："这也太不像话了……"

陈平安眼神坚毅，不言而喻。

大大咧咧的刘羡阳，已经有心软的迹象。可是在宁姚眼中滥好人的陈平安，此刻反而显得极其铁石心肠。

陈平安的直觉告诉他，如果刘羡阳在卢正淳下跪之前，答应下来这笔买卖，说不定最多吃些苦头，但是性命无忧。可是现在刘羡阳，已经陷入自己之前遇到的困境，当时若非齐先生插手，自己的命运就是杀死符南华，然后被杀，或是被云霞山的人，或是被老龙城的人。而且更致命的是，按照宁姑娘告诉他的"规矩"，卢正淳本身就是小镇人氏的话，他或者卢家要杀刘羡阳，齐先生极有可能是无法管束的。

陈平安心思一转，趁着卢正淳还在拼命磕头，压低嗓音跟刘羡阳说道："实在不行就假装答应他，咱们先见到阮师傅，等你被收为徒弟再说。"

刘羡阳点了点头，对卢正淳说道："哥们儿，你还是先起来吧，起来说话！你他娘的这么整，算哪门子事！"

卢正淳没有起身，抬起头，红肿额头上沾满泥土。

刘羡阳无奈道："不过你需要先回去，跟他们好好合计合计，商量出一个公道价格才行。别再糊弄我了，我又不是傻子，什么两百贯铜钱，且不说我会不会亏到姥姥家，只说那帮贵人不嫌掉价吗？"

卢正淳缓缓起身，笑道："是这个理儿！只要你肯松口就好。刘羡阳，以后我卢正淳就是你兄弟了！你认不认我都没关系，反正我认你！"

刘羡阳走过去，跟卢正淳勾肩搭背，一起走向巷口，安慰道："老卢啊，以后可要带着兄弟一起享福。回头等到这笔买卖谈成了，我怎么都该请你喝顿好酒。"

卢正淳一边擦抹额头，一边欢畅笑道："喝酒还不简单，这有什么难的，而且我来请，哪能让你破费，就这么说定，不然老哥我可就生气了。"

刘羡阳哈哈笑道："就知道老卢你是厚道人，以后跟你混准没错！"

陈平安跟在两人身后，稍稍偏向小巷墙壁一侧，死死盯住巷口那边的动静。

宋长镜带着少年宋集薪，在年迈管事的领路下，赶往督造官衙署后厅。

管事说那位远道而来的书院崔先生在此等候了小半个时辰后，说要动身去学塾拜访一位儒门长辈。

宋长镜对此不置一词，只是问道："死在小巷的那个刺客，查出来是哪方势力的棋子没？"

管事有些犹豫。

宋长镜皱眉道："嗯？"

年迈管事赶紧弯腰惶恐道："正是福禄街的宋家。"

宋长镜冷笑道："也不知道给本王一点点惊喜！"

年迈管事汗如雨下。

宋集薪默不作声，眼神炽热。

学塾内，齐静春轻轻放下书本，转头望去，门口那边站着一位面容英俊的年轻人，高冠儒衫，笑而不语。齐静春面容沉静，不苟言笑。

小镇上，一个身穿古怪衣服的光头男人，赤脚而行，神色枯槁，来到铁锁井旁，望向深井，双手合十，闭眼轻声道："佛观一钵水，十万八千虫。"

小镇外，一座山峰之巅，有人立于一株参天古树的粗壮树枝上，眺望小镇轮廓，腰悬一枚虎符，背负一柄长剑。

此方天地之外，一条倾斜向上、仿佛通天的漫长道路上，四周云雾缭绕，看不到任何风景。有年纪轻轻的黄冠道姑，身骑白色麋鹿，缓缓登高。她身旁又有一位面如冠玉的道士，步伐轻灵，如行云流水，有一红一青两条长须大鱼，在他四周萦绕游弋。

儒释道兵，三教一家，即将齐聚于小镇。

小镇南边溪畔的铁匠铺，父女打铁，火星四溅如一场绚烂火雨。

男人手持剑坯，对正在抡锤的马尾辫少女说道："这段时日，不要去小镇了。"

少女手上的力道立即弱了一大截，感觉全身力气都随着小镇上的吃食点心溜走了。

男人气笑道："出息！"

少女化悲愤为力量，重重一锤，使劲砸在通红的剑条上。璀璨火花映照之下，少女如一尊火神降世。

刘羡阳和陈平安走出泥瓶巷后，发现两拨人马分别站在左右两边，小女孩骑在魁梧老人的脖子上，身穿鲜艳红袍的倨傲男孩站在仪态雍容的妇人身边。刘羡阳从中走过的时候，泰然自若，落在白发老人眼中，倒也算有几分大将风度，陈平安竭力隐藏的那份谨慎拘谨，则相当不入法眼。

卢正淳和两人告别后，战战兢兢留在原地，小心翼翼禀报道："刘羡阳提议诸位仙师给出一个适宜价格，下次他便忍痛割爱，卖了传家宝。"

妇人望向正阳山的那位白发老人，笑问道："猿前辈意下如何？"

老人略作思量，沉声道："事不过三。在这之前，就按照刘羡阳所说，给他一份滔天富贵便是，正阳山能够给这少年一个山门真传弟子的身份，除此之外，我还会私自借他一件法宝，为期百年。至于你们清风城许家，自己看着办。"

妇人震惊道："正阳山真传身份，已经尊贵至极，猿前辈竟然还要拿出一件法宝？难道这个刘姓少年，还是一位九岁时被买瓷人放漏的修行天才？"

老人置若罔闻，只是对小主人笑道："小镇好些铺子，各有渊源来历，小姐可以逛逛，说不定就能捡漏。"

小女孩童心童趣地嚷着"驾驾驾"，身为正阳山首席供奉的老人哈哈大笑，慢跑起来，如山岳移动。

男孩笑道："正阳山真是好大的威风！"

妇人示意卢正淳先行打道回府，她自己带着儿子随意走在街道上，给他解释其中渊源："正阳山除去那条普通的登山主路，还有专门的'剑道'，传承至今，已经开辟出六条登顶之路，这就意味着正阳山涌现过六位货真价实的证道剑仙。"

男孩嗤笑道："老皇历再厚有何用，吃老本能吃几年？能够进入小镇的各方练气士，就连比我们后来的那几拨，家家户户，谁家祖上没阔过？"

妇人牵着男孩的手，笑道："那你知不知道，最近百年，有两条崭新剑道即将到达正阳山之巅？那个跟你同龄的小女孩，出奇之处，在于她可以在那座剑气纵横的'剑顶'之上，进退自如，逗留时间之长，甚至比正阳山几位老祖也不逊色。"

男孩愣了愣，随即停下脚步，无比恼火道："既然那蠢丫头这么身世不俗，娘亲你为何不早就告知我，我就不会一路上跟她针锋相对，惹得她有事没事就顶撞我。若是让我过几年娶了她做媳妇，以后再顺势结成道侣，对于我们清风城岂不是一桩大利好？！"

妇人看着那张犹带稚气的漂亮脸蛋，怒气冲冲，像一头雏虎，她不怒反笑："你与那小女孩，都是有望登上'上五境'的修行巨材，所以你们的姻缘线，就会更加复杂多变，一意孤行，刻意为之，反而不美。你真的以为现在那丫头，只是全心全意讨厌你？"

男孩皱眉道："不然呢？"

妇人柔声道："顺其自然吧。"

男孩突然一本正经道："娘亲，我不喜欢跟在刘羡阳身后的那个家伙。从第一眼起，就很不喜欢！"

妇人好奇问道："这是为何？"

男孩用心思考片刻，回答道："这个家伙，有些奇怪，他跟什么都明白的卢正淳，还有什么都不懂的刘羡阳，都不一样。还有，我尤其讨厌他那双眼睛！"

妇人只当是儿子又开始耍孩子气，便劝解道："小镇之内，不可随心所欲，但是你要想啊，这里所有人在此方天地崩塌之后的下场，你心里是不是就舒服很多了。"

男孩点了点头，下意识重复说了初见陈平安时的两个字："蝼蚁！"

出了小镇，陈平安和刘羡阳很快就见到了那座廊桥。刘羡阳随口问道："你说宋集薪他老子，为啥要盖这座廊桥？盖也就盖了，又为啥偏偏要将以前那座石拱桥给覆住，听说石拱桥也没拆，就像穿了件衣服似的，不晓得到了夏天会不会热，哈哈哈……"说到最后，刘羡阳被自己逗乐了。

廊桥这端悬挂一块金字匾额，是一块不知出自谁手笔的"风生水起"四字匾额，字极大。

两个少年走上台阶的时候，刘羡阳狠狠跺了几脚，神秘兮兮道："姚老头有次跟我说，这台阶底下有古怪。说刚刚建造廊桥那会儿，有天深夜，宋集薪他爹命人在这里挖了个大坑，埋下一只等人高的大瓷罐。你怕不怕？"

陈平安没好气道："这有什么好怕的。"

两人走入阴凉的廊桥，刘羡阳低声道："你说会不会是因为桥底下的那个深潭，淹死过好几个人，需要请和尚道士来作法镇邪？"

陈平安从不妄言鬼神之事。刘羡阳得不到答案，也就没了兴致。

这座新建没多久的木制廊桥，如今还泛着一股淡淡的木香和漆味，主要梁柱的木头，全是从封禁无数年的深山老林里砍伐而来，极难搬运出山。绕山而行的小溪平时水位不高，远远不足以浮起那些巨大木料，只好挑选暴雨时分，但那时节山路泥泞湿滑，一个不小心就会掉入洪水当中，可谓极其危险，所幸那一次并无青壮百姓落水身亡。有人说那趟运木出山，学塾先生齐静春亲自前往帮忙，手把手教人如何运作，所以是托了齐先生的福，这才万事平安。

到了北边的廊桥台阶，刘羡阳突然一屁股坐在巨大的长条青石上，陈平安只得跟着他蹲在一旁。

刘羡阳笑问道："如果不是因为我，你和宋集薪会不会成为很要好的朋友？"

陈平安摇头道："可能关系好一些，但也好不到哪里去。"

刘羡阳好奇问道："为啥啊，你们俩街坊邻居的，又是差不多岁数。说实话，宋集薪是喜欢掉书袋，说话也难听，可好像也没做啥伤天害理的事情啊，你又是好相处的脾气，怎么就不行？"

陈平安笑道："不聊这个，等下咱们到了铁匠铺，你千万别吊儿郎当的，能不能保住你家的宝甲，就看你能不能当上阮师傅的入门徒弟了。"

"知道啦知道啦，陈平安，说实话，你这喜欢叨叨叨的脾气，以后真得改改，要不然能被你烦死。"

刘羡阳向后倒去，后脑勺搁在廊桥最上边的台阶上，望着蔚蓝天空，道："你跟着姚老头走得很远，爬山也爬得很高，那到底能看到多远的风景啊？"

陈平安随手拔出一根甘草，掸去尘土后就放在嘴里咀嚼，含糊不清道："最远一次，应该是大前年的时候，我跟姚老头来回一趟，大概是一旬时间，光是封禁的山头就绕过十多个，最后走到一座很奇怪的山，高到吓人，说出来你可能不信，爬到半山腰的时候，你一眼看去，就已经全是云雾了，最后我和姚老头好不容易才到了山顶，结果……"

刘羡阳等了半天，一直没等到下文，转头笑道："没你这么拉屎拉一半，就提起裤裆的啊！"

陈平安有些感伤，轻声说道："你也知道，姚老头对我印象很差，几乎从来没有跟我说过道理，也不愿教我烧瓷的真本事。每次进山，姚老头都不爱说话，往往从进山到返回龙窑，加在一起，都没几句话。可是那次到了山顶之后，姚老头大概是心情好，便多说了一些，说让我看看那边的风景，看到就算了，下山之后别多嘴，做人就该埋头做事，如果光耍嘴皮子，以后就算出了小镇也是丢人。"

刘羡阳安慰道："不是我给姚老头说好话，他不喜欢你，可也不讨厌你，他对谁都是那副臭脾气，也就到我这边稍微好点。"

陈平安点头道："所以其实我心底一直很感激姚老头。"

刘羡阳突然怒道："扯了这么多，你还没说到底看到啥了！"

陈平安伸手指向东边："我们爬的那座山已经很高了，但是我在山顶看去，最东边还有一座山，更高，我都说不出来它到底有多高。"

刘羡阳骂骂咧咧道："不就是看到一座高山嘛，我他娘的还以为你看到腾云驾雾的神仙了！"

陈平安想了想，充满憧憬道："说不定那座山上，真有神仙呢？"

刘羡阳笑问道："陈平安，那你觉得神仙也需要吃喝拉撒不？"

陈平安揉了揉下巴："如果神仙也要拉屎的话，比较不像话啊。"

刘羡阳一巴掌狠狠拍在陈平安脑袋上，然后站起身就跑："这不神仙就拉屎在你头顶啦！"

刘羡阳下手没轻没重，这一下把陈平安打得有点晕乎，他也没想着追打刘羡阳，起身后自言自语道："打雷，是不是神仙们在睡觉打鼾？下雨的话，总不应该是神仙撒尿吧，那咱们也太惨了……"

陈平安加快脚步，很快就追上了刘羡阳。

打打闹闹，终于来到溪畔那座铁匠铺，连同黄泥屋和茅舍在内已经搭建了七八栋，在陈平安眼中，这些都是大把大把的铜钱啊。

有一大拨小镇少年和青壮年正在打井，同龄人多是刘羡阳这般的龙窑学徒出身，没了皇帝老爷赏赐的那口瓷饭碗后，能够在铁匠铺继续混个铁饭碗，已经算运气很好的了。不过按照刘羡阳的说法，这些帮忙的人当中，多是临时打杂干活的短工，阮师傅说他最多只收几个入室弟子，其余人最多成为长工。

刘羡阳挥手道："你在这儿等着，我去跟阮师傅打招呼去，看能不能带你见识见识打铁的光景。啧啧，你要是看到他闺女抡锤打铁的模样，我保证能吓死你！"

陈平安站在原地，没有随意走动。

环顾四周，已经有七口水井的雏形了，井口还留着辘轳架子和围栏，有些井口，不断有人用头顶着簸箕钻出来。

看着忙碌打井的众人，陈平安习惯性蹲下身，捏起一把泥土，在指尖缓缓摩挲。摸上去比较湿润，但其实并不是水性土，恰恰相反，而是火性土，不过属于火性土的最后一种，按照姚老头的说法，这叫"七月流火壤"，土性会自行转为温凉，不算太燥，可塑性强，而且这意味着加固井壁的时候，不易塌方，是好事情。

显而易见，铁匠阮师傅即便不是挖凿水井的行家，也绝对不是外行人。只是陈平安不太明白这么点大的地方，凿出这么多口水井做什么。

陈平安转头望向小溪方向，咧嘴一笑。现在这条无名小溪，落在他眼里，那就是一座躺着金银铜钱的宝库。

只不过今夜摸完蛇胆石之后，陈平安要偷偷去趟泥瓶巷，按照顾璨离开小镇之前的悄悄话，去他家那只大水缸底下挖东西。顾璨当时走得火烧屁股，也没说啥，只说是他家的宝贝，连他娘亲也不晓得东西被他藏在那里了。

陈平安一想到那个鼻涕虫，就想笑。

以前陈平安是刘羡阳屁股后头的跟屁虫，跟着刘羡阳抓鱼捕蛇掏鸟窝，陈平安成为少年之后，自己身后也多出一个小跟班。

对无依无靠的陈平安来说，一个是他的哥哥，一个是他的弟弟。一个需要他报恩，一个需要他照顾。所以这么多年下来，陈平安活得很艰辛，但是不苦。

　　刘羡阳很快背着一只箩筐跑回来，陈平安正在水井旁边观看凿井运土的情景，刘羡阳对着陈平安屁股就是一脚，踹得陈平安差点来一个狗吃屎，回头瞧见是刘羡阳后，便没计较。刘羡阳大大咧咧道："事情成了，阮师傅说让我这些天，老老实实在这边别乱跑，白天挖井，晚上打铁，一旬半之后，我就算他在小镇这边的第一个徒弟，叫啥开山弟子来着。我给你弄了个箩筐过来，帮你摸石头去，从铁匠铺这边摸上去，摸到廊桥那边为止。事先说好，青牛背那个地方的水坑，我是帮不了你的忙了，阮师傅说我这些天敢跨过廊桥以北、以西两个地方半步，就打断我的腿。"

　　刘羡阳一把搂过陈平安的脖子，窃窃私语道："阮师傅说小镇是不会丢东西的，还说那些外乡人，遵守一条很古怪的规矩，做得了公平买卖的商贾，也做得了坑蒙拐骗的骗子，甚至连捡破烂的乞丐也能做，唯独做不了鬼鬼祟祟的窃贼小偷。在这儿，老天爷不会打盹不会闭眼，就盯着咱们看呢，你说瘆人不瘆人，反正我瘆得慌。"

　　刘羡阳突然威胁道："姓陈的，我家宅子你可以继续住着，可是别等我回去，你已经把我家的那件宝甲给卖了啊！"

　　陈平安一拳捶在刘羡阳胸口，捶得刘羡阳连忙松手，使劲揉了几下才缓过气来，骂道："瘦竹竿似的小毛猴子，哪儿来这么大的力气！难道跟姚老头隔三岔五走个一百里山路，或是在深山里砍柴烧炭几个月，就能往死里长气力？"

陈平安笑道："反正我背着一筐石头，还能比你先跑回小镇。"

刘羡阳斜眼道："那咱俩比比谁在水底憋气久？"

临近溪畔，陈平安弯腰卷起裤管，随口道："只比一口气的事情，我才不干。"

下水之前，陈平安拔了许多溪畔春草垫在箩筐里，还唠叨说每捡二十块石头后，就要再垫些草。刘羡阳烦得要把背后箩筐甩给陈平安，陈平安不答应："换成我背箩筐的话，按照你那种毛躁性子，一定会直接丢石头进箩筐，我会心疼。"刘羡阳差点当场就要撂挑子，这些个花花绿绿的石头，千百年来始终一文不值，怎么到了你陈平安这边就金贵娇气起来了？还敢嫌弃刘大爷的手法不够温柔？

只是到最后，刘羡阳仍是不情不愿地下水摸石，陈平安与之一左一右，打算将这条小溪彻底扫荡一遍。这边溪水依然多是膝盖高低，一些个稍高处，才会水位及腰，偶尔也有等人高的小水坑，多是巨石聚拢的落脚处，到了这些地方，就是刘羡阳大显身手的时候了。他先将箩筐摘下递给蹲在巨石上的陈平安，然后一口气潜到水底，从庞然大物的大石缝隙，或是层层叠叠的石堆里，掏出他想要的蛇胆石。当然，陈平安也做得到，只是会很辛苦，耗时耗力远远超过刘羡阳。

还没有摸到廊桥，箩筐就满了七八分，其中有一块墨绿色的蛇胆石，刘羡阳在一处深坑水底摸了三次，才好不容易摸出来。它大如手掌，夹杂有金色的星星点点，有水波状纹路，石质坚细，入手极沉，当陈平安以手摩挲时，竟然烁烁然溅起锋芒之感。只要不是瞎子，就知道这块石头很不一般。

最后两个少年肩并肩坐在一块溪中巨石上，刘羡阳双手撑在石面上，望着缓缓流淌的溪水，问道："陈平安，你想过以后要离开小镇吗？"

陈平安回答道："暂时没想过，出远门总得有钱吧，而且离开之后，宅子怎么办，也没人帮着收拾，万一哪天垮了咋办？而且我爹娘坟头那边，也需要我经常去拔杂草。"

刘羡阳无奈道:"你怎么总想这么多没用的事情,没意思啊,难怪宋集薪说你就是鬼打墙的命,在这么个屁大的地方兜兜转转,一辈子都走不出去。"

陈平安转头笑问道:"你还记得上次我跟你说过的事情吗,就是那棵树。"

刘羡阳没好气道:"坟头长了一棵树,也值得大惊小怪的?再说了,那也是陈氏另外一支老祖宗的坟头,跟你陈平安没有半枚铜钱的关系!"

陈平安盘腿而坐,轻声感慨道:"不知道小镇以外,姓陈的人多不多啊。"

刘羡阳拆台道:"小镇以外的我不知道,我只知道在小镇上,姓陈的只有小猫小狗三两只,而且除了你之外,好像全是那四姓十族的家生子,世世代代的奴婢身份。好笑的是,这些人在宅子里头当牛做马,低头哈腰,可只要出了那些大宅子,见到所有人都立即换了面孔,最喜欢狗眼看人低。所以姚老头说得对,要是你陈平安哪天也去给他们当下人,那你们这一支没有迁出小镇的陈氏,就算全军覆没喽。"

按照姚老头的说法,姓陈的人最早在小镇有两支,只不过其中一支很早就迁了出去,陈平安这一支,以前也旺盛过,只不过这个"以前"实在是太久了,就连姚老头也说不清楚是几百年。五百年?八百年?还是一千年?后来又分成好几房,人丁越来越稀少,运气大概是都给外迁的那支带走了,香火经常断,以至于许多坟头都渐渐没人看管了,加上大部分坟墓所在的山头,陆陆续续被朝廷派来的督造官下令变成了一座座封禁之山。

姚老头最后一次带陈平安进山,经过其中一座山头的时候,指了个地方给他看,说那是陈氏另外一支的老祖宗下葬的地方,坟墓就在那座山上,风水很好。至于陈平安这一支的,姚老头说神仙也找不着了。近几百年来,这一支姓陈的子孙都没出息,尽是些破落户,除了死撑着没给四姓十族当奴做婢,一无是处。

陈平安有次偷偷去找过那座陈氏老祖的坟头,结果到了地方,只是杂草,还看到了许多狐兔，就是没看到坟头，其中有一棵认不得的树，不高，比镇上的老槐树要矮很多。杂草丛生，狐兔出没，孤苦伶仃，一树独茂。

陈平安摇头道："我娘走之前，要我发过誓，可以当要饭的，哪怕饿死，也不许我给那些大户人家当下人。"

刘羡阳脱口而出道："那你娘亲死前，不是还要你发过誓，绝对不可以去龙窑当学徒？"

陈平安脸色黯然，没有反驳，也没有被揭短后的恼羞成怒。

刘羡阳有些愧疚，但他又不是那种做错事后愿意说"对不起"的脾气，只假装什么都没有发生，起身道："走了走了，挖井去。对了，我再跟阮师傅磨一磨，争取让你来这边当个短工学徒，到时候想要摸石头也容易。"

陈平安说道："不急，等那两拨人死心离开小镇再说，这段时间我帮你看家。"

刘羡阳好奇问道："你说为啥我跟阮师傅拜师学艺，就能逃过一劫？"

陈平安想了想，不确定道："就像突然下雨，你总得找个屋檐躲躲吧？"

刘羡阳转头望向剑炉铁铺："你说阮师傅到底是谁啊，看着不像是多厉害的人嘛，压得住那两拨人吗？"

陈平安安慰道："人不可貌相。"

刘羡阳转头说道："你陈平安看着像是穷人，那你是不是穷人？"

陈平安咧咧嘴，无话可说。

刘羡阳站起身，问道："要不要帮你背到廊桥那边？"

陈平安摇头道："不用，也不重。"

"记得下次把箩筐还我。"刘羡阳说完这句话后，直接跳下巨石，在溪水中快步前行，溅起水花无数。

陈平安背起箩筐，小心翼翼下了巨石，上岸后，缓缓向廊桥那边行去。

陈平安走了一段路程后，就听到身后传来一阵脚步声，转头望去，是刘羡阳。

初春的和煦阳光下，刘羡阳抢过陈平安的箩筐，自己背起，转头讥讽道："远远看你背着箩筐，就跟小蚂蚱背大石头似的，真是可怜，就发发善心，帮你背到廊桥那边再说。"

春风里，两个少年一起走着。

"姓陈的，以后我要是学艺有成，一定要出去看看，娶到比稚圭还要好看的媳妇，喝最贵的好酒，住最大的宅子，还要骑最快的马！

"我要去看跟天一样高的山，去看比咱们小溪大上无数的大河。

"总之，我刘羡阳绝对不会这辈子都待在这里等死。"

春风里，刘羡阳憧憬着未来，陈平安细嚼着草根，一个说，一个听。

陈平安将一箩筐石头背回刘羡阳家院子，依然是拣选出最心仪最有眼缘的几块石头拿到偏屋，其余依旧留在灶房那边。锁好屋门和院门后，跑向泥瓶巷，到了自家院子，看到宁姚正坐在院子里晒太阳，陈平安打过招呼后就开始煎药。

隔壁院子不断传来劈砍声，这很奇怪，宋集薪虽说过着外人眼中没爹没娘的日子，但这么多年一直衣食无缺，甚至手头始终很宽裕，不敢说比四姓宅子里的少爷过得好，比起十族嫡系子弟确实不差，文房四宝，案头雅玩，书房清供，许多陈平安没见过也没听过的奢侈物件，隔三岔五，一样样往宋集薪屋子里搬。其实宋集薪那边从来没有真正的脏累活和体力活，腌菜太臭，宋集薪不许婢女稚圭去做；砍柴太累，宋集薪每年都是直接买来一捆捆的柴火、一袋袋上等木炭。

陈平安给宁姚端去药汤的时候，隔壁院子竟然还在断断续续劈柴，陈平安在宁姑娘喝药的时候，忍不住走到院墙旁，踮脚望去，发现稚圭正拎着把菜刀，在砍杀"一个人"——是木头制成的坯子。陈平安烧瓷多年，见过的好东西不少，砍过的树木更是不计其数，所以一眼就看出大致深浅，那木头色泽如玉，肯定是很老的物件，而且木偶身上布满密密麻麻的红点黑点，木偶已经被稚圭连砍带剁，给劈成了好多截。

稚圭突然转头，发现了陈平安，满脸汗水和污渍的她抬起手臂，抹了把脸，牵强笑道："你回来了啊，我先前想跟你借一把柴刀来着，可是你家那位客人，不愿意给我开门。"

陈平安愣了一下："我这就给你拿柴刀去，一开始别太用力，柴刀不比菜刀，容易打滑，别伤到自己。"

稚圭坐在小板凳上，精疲力竭，挥手道："知道啦，快点去拿呀。"

陈平安取来柴刀，稚圭已经站在院墙那边，笑问道："你知道那是什么东西吗？"

陈平安摇头道："不知道。"

稚圭也不给出答案，转身继续坐在小板凳上，使劲劈砍。

她那些生疏凝滞的动作，以及种种吃力不讨好的错误姿势，看得陈平安很着急，只不过人家既然没要求帮忙，陈平安就不自作多情了，转头一看，发现宁姑娘已经不在院子。陈平安记起一事，快步走向屋子，将一样东西放在桌上，放到宁姚对面。

那是块蛇胆石，刚好能一手握在手心，如同一块冻结凝固的蜂蜜，纹理细腻，颜色极正。

宁姚有些奇怪。

陈平安笑道："宁姑娘，送你的。"

刀不离身的宁姚突然问道："你最喜欢这块？"

陈平安有些难为情："这块……大概排第四吧，最好的三块，我已经藏起来了。"

宁姚这才收下那块石头，双指拈住，举过头顶，光线透过窗户进入屋子，映照在石头之上。

她仰起头，眯起眼眸，仔细观察石头的微妙纹路。

她看着石头。

陈平安看着她。

深夜里，陈平安偷偷潜入泥瓶巷，如野猫夜行，无声无息，悄悄来到顾璨家的院子。他找到那口摆在院子角落里的大水缸，蹲下后，发现原本堆砌得整整齐齐的蛇胆石，已经被人翻拣得七零八落，好像此人比他还要更早知晓石头的价值。顾璨是小镇唯一一个喜欢收集蛇胆石的怪胎，而且不管在小溪里找到多少，每次只拿一块回家，孩子只挑选最顺眼的那块石头，日积月累，才攒下五六十块石头，被他用来遮挡水缸底部的空隙。

陈平安挪开许多色泽已经暗淡的蛇胆石后，看到水缸底部并无挖掘痕迹，这才松了口气。

他开始用右手一点一点刨土，最后当他碰到黄油纸的时候，心头一震，放缓了速度。

最后他取出由黄油纸包裹的物件，看样子，像是一本书。

藏入怀中后，陈平安重新将土填回去，再仔细看过了那些蛇胆石，剩下来的石头，都"死"了，比起陈平安这两次从小溪里新捡起的石头，无论是颜色、纹理还是重量，都截然不同，眼前这些石子，就像死气沉沉的老人，而陈平安捞起的那些，就像初生的婴儿，朝气勃勃。

陈平安想了想，打算从自家宅子那个方向离开泥瓶巷。

他走到宋集薪家院门口的时候，听到吱呀一声，屋门打开，陈平安只得装模作样去敲自家门，喊道："宁姑娘，睡了吗，我回来拿点东西。"

屋内很快灯光亮起，宁姚给陈平安打开院门。

隔壁那边，婢女稚圭慢悠悠走出屋子，怀里捧着一本大部头泛黄书籍，到了院子后，看到陈平安那边的影影绰绰，她摇头晃脑，嘴里啧啧啧，像是恰巧抓到了一对狗男女。

她独自一人走在泥瓶巷里，蹦蹦跳跳。她那金黄色的重瞳，在夜幕下小巷里，显得格外冰冷和神圣。纤细婀娜的她，如同一条游走在狭窄石缝里的蛟龙，好像只要走出了小巷，就要走江化龙。

宁姚虽然让陈平安进了院子，甚至进了屋子，但是她的脸色很不好看，坐在桌旁，一条胳膊贴靠在刀鞘上，手指轻轻敲击刀柄。

陈平安在确定稚圭走入小巷后，这才尴尬解释道："我是去顾璨家拿东西，结果她刚好要出门，我只好来这里躲一躲，宁姑娘你千万别多想。"

宁姚问道："什么东西？"

陈平安犹豫了一下，掏出那黄油纸包："我现在也不知道。"

宁姚转过身，道："你先自己打开看看，再决定要不要让我知道。"

陈平安点点头，坐在桌对面，打开一层层黄油纸，不断有泥屑滚落在桌面，最后的的确确露出一本古书。

古书封面唯有二字，陈平安只认识其中一个字——山。

他将古书放在桌面上，掉转方向，推向宁姚，好奇地问道："宁姑娘，这个字读什么？"

宁姚重新转过身，低头瞥了眼，说道："撼。"

书名"撼山"。

撼山？

宁姚皱了皱眉头，伸手就要去拿那本古书，不承想陈平安向后挪了挪。宁姚在这一刻，身体僵硬，怒火中烧，好像从没如此被人羞辱过。

堂堂宁姚，爹娘皆是十二境之上的大剑仙不说，她自己自诞生起，便被誉为最顶尖的剑仙坯子，哪怕离家出走这么多年，也只是与人比剑或是斗法输过，从来没有人会如此侮辱她的人格。一本破书，还需要她宁姚以下作手段去翻阅、偷窥、占有？

宁姚握紧刀柄，眯起那双尤为瞩目的狭长双眉。

细眼朱唇，大概就是形容这位姑娘的了。

其实细看之下，宁姚容颜极美，只是浑身通透的英毅之气，全然压过了脂粉气。

但是陈平安下一句话，拥有一种化腐朽为神奇的效果，让宁姚差点憋出内伤来。

"宁姑娘，这书是从顾璨家拿来的，虽然我觉得这不算偷，但以后还是要还给顾璨的。不过我们是朋友了，所以不管这本书上写了什么，希望宁姑娘看过之后，自己知道就好。"

宁姚深呼吸一口气，一拍桌子瞪眼道："看什么看，自己看去，我不稀罕！"

陈平安下一句话，更是让宁姚感到哭笑不得："宁姑娘，我不认识字啊，你教教我？"

宁姚心思一转，嗤笑道："就不怕我占了你大便宜？你想啊，顾璨明摆着是承受大量祖荫的家伙，就连天然剑坯的刘羡阳也比不上，小镇千年以来，也没几个人能够媲美。那么他小心翼翼珍藏起来的传家宝，能差到哪里去？你就不怕我见财起意？独占了这本价值连城的秘籍？"

一盏灯火微微摇曳的油灯，昏黄光线下，陈平安微微笑着，也不解释什么。

宁姚冷哼一声，挪了挪位置，示意陈平安坐到自己身边，结果对面的陈平安半天没抬屁股。宁姚气笑道："我宁姚一只手能打一百个你……"

说到这里的时候，宁姚自顾自笑起来："难不成你是怕我占你便宜？"

陈平安坐在宁姚身边，有些忐忑，也有些紧张。

少女宁姚还沉浸在先前那句话的语境里，越陷越深，自言自语道："一只手打一百个陈平安，嗯，这个说法，适用范围很广啊，见到谁谁谁，切磋之后，如果败于我手，就撂下一句，'你才三千个陈平安的实力，也敢与我一战'，感觉不错唉；遇见一头洪荒凶兽、一条大泽恶蛟，就告诉自己'这条孽畜相当于三万个陈平安，快跑'，哈哈，可以可以……"

陈平安只觉得莫名其妙，肩并肩坐着的宁姚，突然就傻呵呵笑起来。

宁姚笑得家徒四壁的陈平安突然觉得自己像个有钱人。

而陈平安和宁姚，此时此刻更不会意识到，"一只手打一百个陈平安"这句玩笑话，在将来漫长岁月里展现出来的分量和力气。尤其是当陈平安不再是少年之时，越往后越是如此。

宁姚终于回过神来，咳嗽一声，挺直腰杆，拿过古书，快速翻了几页，然后她合上书，一根手指在封面上点了两下，转头对陈平安淡然道："这是一部拳谱，拳法名'撼山'，如果按照江湖人的规矩，你可以称之为《撼山谱》。"

陈平安满脸期待："然后呢？"

宁姚强忍着翻白眼的冲动，尽量让自己郑重其事地翻开一页，那根嫩如青葱的纤细手指，指向扉页序文，一边向下滑动，一边念道："家乡有小虫名为蚍蜉，终其一生，异于别处同类，皆在搬运山石入水。

"我的拳法，分生死，不分胜负，重神意，不重招式，将此拳六式练至炉火纯青之时，杀力巨大，动辄伤人肺腑至深……

"虽然《撼山谱》一直不曾跻身当世拳谱之清流高品，但我始终坚信，遍观天下武学，必有此拳一席之地。希望有缘人，将其发扬光大……"

宁姚耐着性子，把序文一句句读给陈平安听。

薄薄一本册子，整部拳谱的拳法才六式，序文篇幅倒是不小。

宁姚读完序文之后，把拳谱推到陈平安身边，拍了拍陈平安的肩膀，敷衍道："好好收着啊，别遭了贼。"

陈平安点了点头，小心翼翼伸出双手按住那部古老拳谱。宁姚看得一直想笑，这么本书搁在桌面上，还能自己长脚跑了啊，还是你陈平安怕它会摔跤？

陈平安右手在衣襟上狠狠搓了搓，这才翻开书页，序文一字字看过去，之后图文并茂，反正他看得云里雾里。

宁姚侧身而坐，手肘抵在桌面上，望着陈平安的侧脸，调侃道："是不是觉得自己发大财了？以后砍柴要用金斧头、吃饭要用金饭碗？"

陈平安没有抬头，仔细琢磨那些图画和天书一般的文字内容，直言不讳道："其实方才我看到你的眼神，就知道这本拳谱不会太好，不过没关系，对我来说，它已经足够好了。"

宁姚挑了一下眉头，也开门见山道："我见识过或者听说过的东西，确实是很好的东西，但是在这之外，我只分得出好东西坏东西，可好东西有多好，坏东西有多坏，就很难说了。"

陈平安抬起头："那这本《撼山谱》，是属于'好，又不算太好'的行列喽？"

宁姚没好气道："我是不知道该如何描述，这部破拳谱到底有多糟糕！"

陈平安眨眨眼，嘴角有些笑意。显然早就心里有数，只是跟宁姚打趣罢了。

宁姚伸手推刀出鞘寸余，威胁道："想被砍是不是？"

陈平安低头看了眼她腰间的绿鞘长刀，由衷赞赏道："很好看。"

宁姚坦然受之："我宁姚亲自拣选的刀剑，当然不孬！"

陈平安看着她，有些羡慕和佩服她的那种自信，哪怕她与自己同龄，还身处于人生地不熟的异乡，但是无论何种处境，她都像是一轮朝阳，冉冉升起，势不可挡。这一点，从陆道长跟她打交道时候的小心谨慎，心思敏锐的陈平安就感受得到。

陈平安情不自禁地说道："如果阳光可以换铜钱多好！"

宁姚不明就里，讶异道："陈平安，你是不是想钱想疯了？"

陈平安连忙转移话题，翻到第一招拳谱："宁姑娘，能不能帮我读一遍这幅图画的文字？"

宁姚想了想，没有拒绝，只是问道："知道为什么我第一眼，就判定这部拳谱不怎么样吗？"

陈平安摇头道："我也很奇怪。"

宁姚笑了笑，干脆在长凳上面向陈平安，盘腿而坐，指了指那部摊开的拳谱，耐心解释道："武人的武学秘籍和修行之人的炼气之法，一般都有三种记载方式，第一种就是这部《撼山谱》，用普通材质的纸张书页，能够保存多少年，看运气，兵灾人祸不说，经过漫长岁月的潮湿、蚁害等等，也会逐渐损毁消失，对吧？"

陈平安恍然，点了点头。

宁姚继续道："所以，在这种以实物承载文字的方式当中，就出现了一条不成文的规矩，就是注重材质的珍稀程度，即承载文字的东西，与文字内容的价值能够相匹配，这就像你不会用榆木打造的盒子，去盛放一枚镇国玉玺。"

陈平安若有所思。

宁姚略作犹豫，仍是对陈平安打开天窗说亮话："接下来一种是不立文字，讲究言传身教。这些多是宗门帮派的压箱底本事，往往秘不示人，或者有传男不传女等繁缛规矩，甚至许多所谓的嫡传弟子、入室弟子，也未必能够尽得真传。真传真传，便在于此。"

宁姚叹了口气："至于最后一种，是只可意会，不可言传，连说也说不得，说也无法说。打个比方，这趟进来小镇的两股势力，云霞山的蔡金简，她的云霞山，有'观云海'一事，云海滔滔，云雾霞光尤为特殊，蕴藉灵气，被你们东宝瓶洲练气士誉为'天上尤物'，有些能够自行幻化成历代祖师爷，若有机缘者，就能与之会晤交流。而正阳山之巅的浓郁剑气，据说阴差阳错，因缘际会，也会出现正阳各峰老祖的剑灵，演化剑道，至于能否看到，只看福分大小，不看身份贵贱，不看修为高低。"

宁姚最后说道："当然了，三种方式也无绝对高低划分。第一种方式，若是将文字刻在玉碟之上，或是七十二福地之一的竹海福地，专门出产一种玄之又玄的洗字竹，就要另当别论了。除此之外，还有不计其数的古怪物品，你只要走得够远，就总能遇到惊喜。大千世界，无奇不有。你以后，最好还是要出去走走，不说奢望离开东宝瓶洲，离开这座天下，好歹争取走到大骊王朝的版图边境上。"

陈平安嗯嗯嗯着，明显心思都牵挂在那部拳谱上，他指向一个字："宁姑娘，这个念啥？"

宁姚气不打一处来："滚！"

陈平安一脸怀疑，宁姚怒目相视，指着那串文字："真念'滚'！此拳悟自大骊观雨，拳势滚走之势，拳罡如泼墨大雨，跌落人间后，滚走于大骊皇宫之龙壁，倾泻直下！"

陈平安凝神望着那几幅一气呵成的拳势图，排兵布阵一般，挤在一页之内，所以每个挥拳小人的图画都不大，加上炭笔画工并没有如何精细，也亏得是陈平安眼力好，在昏暗灯光下依然看得纤毫不差。他听到宁姑娘那些听不太懂的话语后，呢喃道："听上去这一式拳法很威猛啊。"

宁姚微微凑过脑袋，看着那几幅画谱，点头道："有一招拳法，在江湖上传了几千年，都没有失传，跟这一招拳谱有几分神似啊。"

陈平安转头好奇问道："怎么说？"

昏黄灯火中，宁姚长眉微弯，如春风压弯了一束桃枝。

她忍住笑意道："江湖上有套老少咸宜的拳法，叫王八拳，一顿瞎抡，保管能够乱拳打死老师傅。"

陈平安无奈道："哪有你这么说的。"

陈平安在脑海中想象了一番，这可不就是顾璨的拿手好戏和成名绝学吗？

记忆当中，顾璨他娘亲在很多年前，好像有过一场不那么美好的争执，是在杏花巷的一间脂粉铺子门口。那时候顾璨才刚刚会走路，顾璨他爹因为是外乡人的缘故，又多年不在家，早已被泥瓶巷的街坊邻居忘记。那时候妇人们开始忧心，忧心自家男人在经过顾氏寡妇家门口的时候，就会不由自主地放慢脚步，仅仅是竹竿上晾晒着的妇人衣物，就轻而易举将男人的魂魄勾走了。后来有一次，马婆婆便召集五六个妇人，联袂去堵顾氏的院门，顾氏在那一战当中，吃了不少亏，但是马婆婆她们也没占到多大便宜，两败俱伤。只不过越到后边，顾氏终究势单力薄，双拳难敌四手，就连衣衫也被扯碎。她衣衫本就单薄，一时间难免春光乍泄，更让那些自惭形秽的妇人们失心疯，抓挠撕咬，无所不用其极，看得巷子周围的男人们一个个咽口水。

好在当时陈平安恰巧从龙窑回到小镇，这么多年一直得到顾氏照拂，就上去帮顾璨他娘挡下许多阴险招式。从头到尾，陈平安没敢还手，他不是怕惹麻烦，而是怕自己一拳就打死人。

那个时候的他，在姚老头的呼喝声、谩骂声中，已经走过无数山和水，才十二三岁，就走过了很多小镇老人几辈子的路。

那会儿，他和顾氏坐在院门口，顾璨始终被关在门内，大概是她不希望孩子看到他娘亲的狼狈模样。

陈平安转头望去，给顾氏指了指嘴角位置。顾氏随意撇了撇嘴，然后伸出大拇指，重重擦掉嘴角的血迹。

顾璨在院子里哭得撕心裂肺，一声声喊着娘亲。

顾氏先是对陈平安笑了笑，然后哗啦一下，眼泪就滚出了眼眶。

第二天，陈平安身边，就多了一个不情不愿的拖油瓶。

宁姚的问话打断了陈平安的幽幽思绪："你想什么呢？"

陈平安问道："你说顾璨和他娘离开小镇后，随了截江真君去了那座书简湖，真能过上好日子吗？"

宁姚反问道："你觉得他们母子在泥瓶巷过得不好？"

陈平安想了想："顾璨那小子没啥良心，年纪又小，肯定没觉得日子难熬，不过顾璨他娘……应该不会觉得小镇是个好地方，尤其是泥瓶巷和杏花巷的女人，她一个都不喜欢。而且我觉得顾璨他娘吧，好像天生就不该在小镇这边，她总觉得很不甘心。如果按照姚老头的话来说，就是心不定，男人心不定，叫志在远方；娘们心不定，就要红杏出墙。可我觉得这话说得不太对……"

宁姚猛然直起腰，一拍桌子："扯什么扯，还要不要学拳谱？！"

陈平安吓了一跳："宁姑娘你继续说。"

宁姚没好气道："与你说修行，并无意义，因为你注定无法修行。所以我只能跟你说武学，说武道。"

陈平安刚想说什么，宁姚已经兀自往下说去："天下武道分九境，当然有人也说其实九境之上，还有第十境，就像各大王朝都会豢养一群棋待诏……"

说到这里，宁姚心情又好了许多，笑眯眯问道："陈平安，知道什么叫棋待诏吗？"

陈平安当然老老实实摇头。

宁姚脸上光彩流溢："围棋高手，九段品秩最高，就等于官场的一品大员吧，但是有一些百年一遇的天才，会被誉为'十段国手'，然后这些人就会有各种花哨的独有头衔，你们大骊王朝的棋待诏啊，特别丢人，据说你们的九段，只等于隋朝的七段实力，整个大骊，也就一个绰号'绣虎'的家伙，被隋朝棋坛真正视为敌手。哦，对了，你知道啥叫围棋吗？"

陈平安点头道："知道，规矩也懂些，就是自己不会下。宋集薪和稚圭家里就有棋盘和棋子。"

宁姚满是失落："这样啊。"

宁姚绕了半天，陈平安仍是不晓得"九境"到底是个啥。

宁姚似乎也意识到自己有点不靠谱，咳嗽一声，郑重其事道："我娘说过，武道九境，一步一台阶，但是哪怕等你登顶第九境，最后的景象，就像身处一座山，抬头望向远处的另外一座山，却只看到了半山腰。"

陈平安若有所思："我懂了。"

因为他亲眼见识过这幅画面。

宁姚也不在意陈平安是否真懂，说道："武道九境，分炼体、炼气和炼神，各有三层境界，步步登顶，一步差不得，更错不得，走得越坚实越好，走得快慢与否，反而没有那么重要，这与修行是不太一样的。

"炼体三境界，第一层泥胚境，听意思就知道，跟你宅子所在的这条泥瓶巷一样，粗糙不堪。不过修至巅峰圆满，自身如一尊泥菩萨，虽是泥塑，却也有几分不俗气象，气沉丹田，不动如山，算是在武道一途真正入门了。总之，这一层的精髓在于一个'散'字，以及一个'沉'字。习武之人的天赋高低，悟性的好坏，领路的师父一下子就能看出来。

"第二层木胎境，寓意你的体魄开始由粗渐细，大成之时，肌肤纹理精密有序，如通体篆刻符箓，就像……对，就像这块从溪里摸出来的蛇胆石，跟一般的鹅卵石，内里其实已经截然不同。这一层境界的深意，为'开山'，拓宽经脉，把一条狭窄如羊肠小道的经脉，变成能够容纳马车通行的阳关大道。习武之人的根骨好坏，会在这个境界当中高下立判。"

说这些话的时候，宁姚高高举起那颗陈平安赠送的石子。

她凝视着灯火映照下的漂亮石头，轻声道："炼体最后一境界，名为'水银境'。血液浓稠如水银，重量却更加轻盈，气血凝聚合一。突破门槛，需要渡过一劫，叫'泥菩萨过江'。能否成功走过最后一个门槛，鲤鱼跳龙门，就得看习武之人的运气了。"

陈平安听得懵懵懂懂，痴痴地望着那盏油灯，灯火摇曳，心神随之摇曳。

宁姚打了个哈欠，趴在桌子上，懒洋洋道："说到这里就差不多了，炼体三境界，已经将八成入品武人挡下来了，再难更进一步。要知道穷学文富学武这个道理，除了我家乡，其余天下皆然。按照你的家底，以及你的悟性，我估摸着这辈子能够到达第二层境界，就该烧高香了。"

陈平安问道："那这本拳谱怎么练？"

宁姚挑了一下眉头："明天再说，我有些困。"

陈平安嗯了一声："那我拿箩筐去捡石头了，明天再来找宁姑娘。"

宁姚说道："如果你放心的话，拳谱留下来，我再看看有没有纰漏，会不会是陷阱之类的。"

陈平安笑道："好的，可是宁姑娘记得小心些，这本《撼山谱》，我以后还要原原本本还给顾璨的。"

宁姚转头皱眉道："你要说几遍才放心?!"

陈平安笑着去角落背起箩筐，离开屋子的时候不忘提醒道："宁姑娘别忘了锁院门。"

宁姚趴在桌子上，没有转头，摆摆手，有气无力道："知道啦知道啦，你怎么比我爹还话多啊。"

陈平安身轻如燕，身影没入小巷。

等到陈平安约莫着已经离开泥瓶巷，宁姚立即直起身，以视若仇寇的眼神，狠狠盯着那部《撼山谱》，然后整个人瞬间垮了下来，再次趴在桌上，愁眉苦脸，自言自语道："这玩意儿怎么教啊，我生下来就是世间第一等的剑仙之体，哪里需要走这些山脚的路程。我连三百六十五座窍穴的名字也记不全，气息如何自然流转，我打从娘胎起就会了啊……"少女双手挠头，悲愤欲绝。

突然有一个嗓音在门外怯生生响起："宁姑娘?"

宁姚身体僵硬地缓缓转身，看到一张极其欠揍的黝黑脸庞。她板起脸，不说话。

陈平安咽了咽口水，歉意道："我是怕你忘了锁门，就来提醒一声。再就是如果宁姑娘晚上肚子会饿的话，我可以先去刘羡阳家做些宵夜，给宁姑娘拿过来，之后再去小溪那边。"

宁姚大手一挥，陈平安立即跑路。

一路上，陈平安脑海中都是拳谱第一式的图画。

拳走人动，脚不离地，如蹚烂泥，势如大雪及膝，缓缓而行。

陈平安自己都没有察觉到，当他试图按照图谱去练习拳架后，他不由自主转变了每次呼吸的快慢长短。

陈平安甚至异想天开，在溪水当中练拳，岂不是更好？

齐静春身前放着两枚印章，由最上等蛇胆石雕刻而成，皆不大，且都尚未篆刻印文。

白天，那位气质温润如玉的读书人，造访学塾，之后两人私下对话，远道而来的儒家君子问了他一个问题："先生可想继承某人遗愿，继续为万世开太平？"

齐静春当时回答道："容我考虑考虑。"

这显然不是一个令人满意的答复，不过那位享誉半洲的年轻君子，没有咄咄逼人，与慕名已久的齐先生，聊了聊小镇的风土人情和小镇之外的风云变幻，然后就告辞离去了。

从头到尾，年轻君子都没有询问那块玉牌如何处置。

但是齐静春心知肚明，东宝瓶洲儒教书院的这位君子可以忍，道教宗门的那对金童玉女，佛教大小禅寺的护经师、那位蜚声海外的苦行僧，以及兵家的代表人物，这三方势力都不太可能会顾忌山崖书院的颜面，尤其不会听从他齐静春的意愿，肯定会毫不犹豫取回各自势力的压胜之物。

不过这些都是意料之中的事情。

齐静春正襟危坐，手握刻刀，破天荒有些为难，不知如何刻写印章的篆文。"杀身成仁，舍生取义"，对这个孩子来说，好像太大了一些，不妥当，也不吉利。"安心在平，立身在正"，是不是太虚了一些？可如果是两枚随手凿就的急就章，好像又显得太没有诚意了。

齐静春转头望向窗外的夜空，夜幕当中，星星点点，如一颗颗夜明珠悬挂于一张黑幕之上。

齐静春怔怔失神，良久才回过神来，一手拿起印章，开始下刀。

最终刻出"静心得意"四个古朴篆文，尤其以为首之"静"字，最为神意饱满，包罗万象。

齐静春轻轻放下手中印章，底款这面朝上，如释重负。

这位两鬓霜白的儒士心意微动，便随手挥袖，只见桌面上很快"风生水起"，山川起伏，依次展开。最后齐静春凝神望去，看到小镇陋巷的破落祖宅当中，陈平安和宁姚并肩而坐，聊着武道九境的概况。

武道九境之上，有第十境。

齐静春早就读书破万卷，对于庙堂江湖更不陌生，自然晓得武道之事。

齐静春那张近乎古板的脸庞上浮现出一些笑意。

于是这位坐镇一方天地的儒家圣人，开了一个无伤大雅的玩笑。他在第二枚私章上篆刻三字：陈十一。

陈平安想着以后若是白天摸石头的话，可以从刘羡阳那边摸起，一直往上游，到那座廊桥为止，所以今夜就选了第一次下水位置的更上游，会远离廊桥，以及那个被土话称为青牛背的青色石崖，即陈平安初次见到青衣少女的地方，他也因此错过了与宋集薪和督造官的见面。

廊桥那边，高高挂着"风生水起"四字匾额。

白袍玉带的男人名义上是窑务督造官，实则是大骊第一权势藩王，在他的带领下，宋集薪来到廊桥台阶底部。来之前，宋集薪不但在官署沐浴更衣，还悬佩香囊，和一枚材质普通的龙形玉佩，色泽黯淡，毫不起眼。反倒是那块无论质地、品相还是寓意，都要更为出彩的老龙布雨玉佩，被宋长镜强令摘掉，绝对不许悬佩。

宋集薪手里捧着三炷香，站在台阶下，不知所措。

大骊藩王宋长镜转过身，伸出一手，双指在三炷香顶部轻轻一搓捻，香便被点燃了。

宋长镜随意道："跪下后，面朝匾额，磕三个响头，把香火往地面上一插，就完事了。"

宋集薪虽然满腹狐疑，但仍是按照这个从天而降的"叔叔"所说，捧香下跪三磕头。

虽然宋长镜说得云淡风轻，可是宋集薪跪下后，他脸色凝重，极为复杂，看着宋集薪磕头的那处地面，流露出隐藏极深的憎恶。

将三炷香插在地面，起身后，宋集薪问道："在这里上香，没有关系？"

宋长镜笑道："也就是走个仪式而已，不用太上心。就从现在开始，先学会逢场作戏吧，要不然以后你可能会忙得焦头烂额。"

宋长镜收起笑意："只不过也别忘了，这座廊桥是你的……龙兴之地。"

宋集薪嘴唇乌青，不知是不是倒春寒给冻伤的。他故作轻松道："这四个字，不好随便乱用吧？"

宋长镜一手拍打肚子，一手扶住腰间那根白玉带，哈哈笑道："到了京城自然如此，在这里便无妨了。既无庙堂家犬，也无江湖野狗，不会有人逮着本王一顿乱咬。"

宋集薪好奇问道："你也怕被人非议？"

男人反问道："本王在大骊王朝，已经打遍山上山下无敌手，如果再没有一点怕的东西，岂不是比那个坐龙椅的人还舒坦？小子，你觉得这像话吗？"

宋集薪略作思量，犹豫之后，仍是下定决心开口问道："你是在韬光养晦，还是养寇自重？"

男人哑然失笑，伸手指了指锋芒毕露的宋集薪，摇头道："这些大逆不道的言语，你也真敢说，太不知轻重利害了。以后到了京城也好，还是去山上某座仙家府邸，暂避风头，本王劝你一句，别如此言行无忌，否则肯定会倒大霉的。"

宋集薪点头道："我记住了。"

宋长镜指向金字匾额："'风生水起''风生水起'，本王问你，'水起'，怎么个起法？"

宋集薪干脆利落道："不知。"

宋长镜嘀咕了一句："知之为知之，不知为不知，是知也。什么狗屁话，读书人就是花花肠子，放个屁也要来个九曲十八弯。"

不过面对宋集薪，宋长镜要稍稍文雅一些："如果本王没有记错，你们小镇三千年来，不管发多大的洪水，这条小溪的最高水位，从来没有高过锈剑条的剑尖。"

宋集薪疑惑道："家住杏花巷铁锁井那边的老人，确实经常在槐树底下，跟我们念叨这个说法。这其中，当真有玄机？"

宋长镜伸手指向极远处，是小溪离开群山之出口处，笑道："山林之间，蛇有蛇道；屋舍之内，鼠有鼠路。至于这江河溪涧之中，则是蛟有蛟道。"

宋长镜缩回手指，耐心解释道："大骊王朝众多地方，其实也有许多桥下挂剑的习俗，只不过那些铜钱剑、桃木剑或是符箓剑，往往挡得住一次山蛟林蟒入江，再也挡不住第二次。甚至许多悬挂法剑之人道行浅薄，一次走江的威力也经受不住，反而惹恼了洪水当中的蛟龙之属，故而洪水一过，本来可以不用倒塌的桥塌了，剑更是没了踪迹。唯独这一处的这一把剑……"

宋长镜话说了一半，就沉默下去了。

宋集薪一直忍着没有追问。

宋长镜叹了口气，道："唯独这把剑，从悬挂在桥下的第一天起，就不是针对什么蛟龙走江的，而是被圣人用来镇压那口锁龙井的出口。所谓出口，也就是桥底下的那口深潭，防止龙气流溢涣散过快，以免将这一方小天地给强行撑破。"

宋集薪一针见血问道："天底下最后那条真龙，到底有没有死？"

宋长镜笑道："三千多年前那场屠龙之战，死了不计其数的练气士，就连三教圣人和百家宗师，也多有陨落，你小子是当他们所有人都是脑子有坑，还是圣人一大把岁数都活到狗身上了？故意留着最后一条真龙，当作一般的花鸟鱼虫来豢养啊？"

宋集薪反驳道："说不定是无法彻底杀死那条真龙呢？只能用上缓兵之计和蚕食之法。我虽然不知数千年之前的圣人的初衷和谋划，但是我猜得出那条真龙绝对不简单！"

宋长镜摇头之后，又点了点头："你说对了一半，真龙是已死无疑了，至于它的真实身份和象征意义，'不简单'三个字可绝对承载不起。"

宋集薪欲言又止。

"总之，大骊所有谋划，付出无数心血，只是为了'风生水起'，为了将来的南下大业。"

男人率先走上台阶，缓缓道："你要是问本王，三千多年前圣人们为何要屠龙，本王不好回答你。可你要是问为何把你丢在这里，你又为何是大骊嫡出的尊贵皇子，本王倒是可以一五一十告诉你真相。"

宋集薪低着头，看不清表情。

宋集薪不问，宋长镜自然也就不自作多情，当他走到台阶最高一层后，转身面向小镇："以后气量大一些，跟刘羡阳之流做意气之争，甚至还起了杀心，你也不嫌掉价？"

宋集薪坐在台阶顶部，与宋长镜一起望向北方，问了一个风马牛不相及的问题："我们大骊在东宝瓶洲的最北端？"

宋长镜点头道："嗯，被视为北方蛮夷近千年了。如今不过是拳头够硬，才赢得一点尊重。"

宋集薪依然低着头，只是眼神炙热。

宋长镜平淡道："到了京城，要小心一个绰号'绣虎'的人。"

宋集薪一头雾水。

宋长镜笑道："他如今便是我们大骊的国师，更是你那位同胞弟弟的授业恩师。我大骊能够在近五十年当中，由开国七十郡、八百城，变成如今的一百四十郡、一千五百城，疆土扩张如此之大，此人有一半功劳。"

宋集薪猛然抬头望去。

宋长镜笑了："小子，你猜得没错。"

宋长镜也坐在台阶上，双手撑在膝盖上，举目远眺。

另一个为大骊开疆拓土的功勋，显而易见，远在天边近在眼前。

宋集薪这一刻，浑身颤抖，头皮发麻。

两两无言，长久之后，宋集薪突然说道："叔叔，我虽然对刘羡阳有杀心，之前甚至考虑过跟老龙城的苻南华做交易，让他想办法杀掉刘羡阳。但是，我心里从来没有觉得一个刘羡阳，有资格跟我平起平坐，哪怕他拥有一份历史悠久的家族传承。我杀他，只是觉得杀了他，我也不用付出多大的代价，仅此而已。"

宋长镜有了一些兴致："如此说来，你另有心结？"

宋集薪摸了摸脖子，沉默不语。

三更半夜，万籁寂静。

小镇竟然还有人走在街道上，她身影纤细，衣衫单薄。当她走过杏花巷铁锁井的时候，有些咬牙切齿；当她经过牌坊楼的时候，还狠狠踹了一脚石柱；最后她来到那棵枝繁叶茂的老槐树下。按照老人的说法，这棵树不知道活了多久，而且无论什么时候掉落枯枝，从不会砸到人，极有灵性。

大摇大摆来到树底下的稚圭，当然对这些说法相当不屑一顾。

她打开那部从自家公子那里借来的古书，开始"按图索骥"。

她一个一个报名字过去，像是沙场秋点兵的大将。

等到有些口干舌燥的时候，她停下点名，一手拿着那本被宋集薪称为"墙外书"的地方县志，一手指向槐树，仰头骂道："给脸不要脸是不是?!"

悄然无声，并无答复。

稚圭立即跺脚，破口大骂："四姓十族，先从四姓开始，卢、李、赵、宋，你们四大姓，识趣识相一点，赶紧的，每个姓氏最少掉三片槐叶下来，少一片槐叶，我王朱这辈子就跟你们没完！出去之后，一个一个收拾过去，管你们是少年青壮，还是妇孺老幼，反正都是一群养不熟的白眼狼，忘恩负义还有理了?!"

她骂得气喘吁吁，一手扶住腰肢，犹然骂骂咧咧："姓宋的，大骊王朝能跟你们姓，最大的功臣是谁？你们心里没数？跟我装傻是不是？信不信我一出去，就让大骊姓卢姓赵姓什么都行，就是不姓宋?!"

"十大家族，每个姓氏两片槐叶，其余普通姓氏，最少一片。当然，谁若是有魄力押注，多多益善，回头我一定让他赚个盆满钵盈！

"十族里的曹家，对，就是出了个王八蛋曹曦的曹家！这兔崽子当年什么恶心事不做，穿着开裆裤的时候就一肚子坏水！你们除了两片槐叶之外，必须多给我一片，作为补偿，否则我王朱发誓出去之后，一定要让曹曦断子绝孙！竟然敢往井里撒尿，这种缺德鬼，是怎么当上一国真君的?!

"还有那个谢家，你们家族出了一个叫谢实的家伙，对不对？嗯，我跟他有点交情，当初如果不是我，他早就给洪水冲走了，所以你们不多给一片槐叶，说得过去？"

远处，齐静春安安静静望着槐树下的景象，不言不语。如一位只会打板子教训子女的严父，看待一个越大越骄纵的子女，有些无奈。

只是当看到稚圭不断翻书，然后那一片片离开枝头的槐叶，纷纷飘落到一页页书之间时，齐静春又有些欣慰。

千言万语，齐静春最后只是呢喃道："离家以后，要好好的。"

稚圭似乎有所感应，蓦然回首，并无人影。

她怅然若失，晃了晃脑袋，不再深思，回头继续骂槐。

陈平安背起箩筐上岸后，往青牛背那边走去，不知道是不是错觉，他觉得小溪水位好像下降了一些。

临近青色石崖，他突然停下脚步，因为他清晰地看到不少人站在那边，每人的容颜几乎纤毫毕现，之所以如此，并非星光璀璨的缘故，而是那座青牛背上，站着一头雪白麋鹿，通体晶莹，散发出丝丝缕缕的白色光线，如同小溪里随水摇晃的水草。

白色麋鹿低下头颅，一个身穿大红棉袄的小女孩，则使劲踮起脚，伸手抚摸它的鹿角。

之外是两个身穿道袍的年轻男女，不知道是不是白色麋鹿光线映照的关系，男女两人肌肤胜雪，晶莹剔透。打个比方，若说小镇百姓是泥坯子捏的土人，那么这两个外乡道人就是烧造而成的精美瓷器，真真正正有着天壤之别。

男女道袍的样式，跟摆算命摊子的陆道长有些像，又有很多细节不同，道冠是最不一样的，陆道长是莲花冠，这两人头顶的道冠，则形若鱼尾。

陈平安怔怔望去，只觉得站在白色麋鹿旁的男女，宛如神仙挂像里走出的人物，仿佛下一刻就会飘然飞升而去，摘星拿月唾手可得。

另外两人稍稍站得远一些，一人陈平安认识，正是铸剑师阮师傅的女儿，青衣少女这次没有携带装满食物的包裹，一手托着块小绣帕，上面只放着几块玲珑可爱的糕点。她低着头，很犹豫的模样，不知从哪一样吃食下手。她身边之人，三十来岁，背负长剑，腰悬一枚怪异佩饰。

陈平安看到他们的同时，几乎所有人也察觉到他的突兀出现，年轻道姑有些讶异，便弯下腰揉了揉红棉袄小女孩的脑袋，一边指向陈平安这个方向，一边窃窃私语。小女孩竖起耳朵听那位神仙姐姐的问话，使劲睁大眼眸，定睛望去，依稀认出陈平安的模样后，就开始竹筒倒豆子，应该是在给白色麋鹿的主人，那位神仙姐姐解释陈平安的身份来历。

这一刻，陈平安也认出那个八九岁的小女孩了，最早见面，是他去龙窑烧瓷之前，曾经就在泥瓶巷遇到过的一个扎羊角辫儿的小女孩，年纪很小，手里拿着一只纸鸢，两条瘦竹竿似的纤细小腿，跑得却跟风一样，让陈平安尤为记忆深刻。后来又断断续续见到过几次，有次小女孩趴在铁锁井井口，往里头偷偷丢石子，被陈平安无意间撞见，小女孩吓得赶紧跑开，跑出去十数步才记得糖葫芦落在井口上，实在熬不过嘴馋，就又跑回铁锁井。这一去一回，太过仓促，结果啪唧一下，整个人扑倒在地上，站起身后一把抓过糖葫芦，然后猛然停下脚步，张开嘴巴，伸手拔下那颗摇摇欲坠的牙齿，放入兜里，不哭不闹，二话不说继续跑路。那一幕看得陈平安满头冷汗。最后一次见到她，是在荒草丛生的那片神像破败之地，是去年秋天的一个黄昏，陈平安离开龙窑回到小镇，四处闲逛，结果看到忙着捉蟋蟀的她，在草丛里四处打滚、蹦跳、飞扑，她看到陈平安后，显然也认出了陈平安，又是一阵清风远遁而去。

后来陈平安听顾璨说，这个整天脏兮兮的小姐姐，虽然看上去是个无人管束的野丫头，但其实是福禄街李家的人，而且不是仆人丫鬟那种。只不过不知道为啥，她就是喜欢一个人瞎逛荡，家里人也不管。顾璨最后说到她的时候，满满的骄傲和鄙视，说她别看跑得快，人可笨了。有次他们两人凑巧一起在溪水里抓鱼，那个笨蛋忙了一下午，才抓到一只螃蟹，一条石板鱼也没逮着，而且她之所以能抓住那只大螃蟹，还是因为螃蟹的蟹钳狠狠夹住了她的手指。顾璨当时在陈平安屋里说这个，笑得在小木板床上捂住肚子打滚，说她是真傻，竟然还故意扬起手，跟他炫耀，好像抓到一只螃蟹有多了不起似的，关键是当时她明显已经被蟹钳夹得快哭了。

面容英俊的年轻道人瞥了眼白色麋鹿，对年纪轻轻的道姑笑道："贺师姐，让你小心些，不要太宠溺它，不过是不到一旬的时间，再者障眼法而已，也不妨碍它的自由，你偏偏不听。这下给凡夫俗子撞了个正着，如何是好？"

有倾城之姿的道姑在听完小女孩的介绍后，微笑道："顺其自然吧。"

年轻道人皱了皱眉头，再次举目望去，一眼之后，又端详片刻，实在看不出背着箩筐的草鞋少年有什么不俗气象。他们所在宗门，看相望气和寻龙点穴的本事，虽算不得冠绝一洲，但也算是颇为擅长，他既然能够代替宗门来此取回压胜之物，还要负责把那件镇山之宝，安然无恙地带回去，未来还要呈交给上宗，当然绝非池中之物，所以当他没有看出陈平安有太多奇异之后，便没了将其招徕进入山门的心思。年轻道人精于看相，不觉得自己会看错人。

两人所在师门，是东宝瓶洲的道家三宗之一，而且是一洲道统之首宗，尊贵无比。他这次和贺师姐两人联袂出山，作为报酬，每人都有一个为宗门招收真传弟子的宝贵名额，这名弟子同时会被他们各自收为徒弟。所以他可不想随意挥霍，必须慎重对待。

宗门上下皆知，贺师姐重修心一事，所以一句轻描淡写的顺其自然，极有可能就是动了收徒的念头。

他和贺小凉，被誉为东宝瓶洲的金童玉女，一洲道家的天之骄女，便是人间君王遇到他们，也要以礼相待，并且礼仪之重，完全不输大国真君。因为他们是一洲之内，最有望跻身上五境的修行天才。

贺小凉牵起小女孩的手，一起走下青牛背，通灵的白色麋鹿尾随其后，不仅仅是同门师弟的年轻道人感到匪夷所思，那位腰佩虎符、背负长剑的兵家巨子，也流露出惊讶之色。

看到年轻道姑缓缓走来，陈平安有些头大。他现在实在是不愿和这些来自外乡的神仙打交道。因为他知道，他们简单的爱憎喜怒，就会决定自己的生死荣辱。而且陈平安知道自己的运气一向不算太好，所以就更怕招惹他们了。只不过陈平安也不至于因此落荒而逃，相反，他还象征性地向前走了一段路程，如此一来，落在旁人眼中，还算得体。

白色麋鹿微微加快步伐，小跑而至，绕着陈平安走了一圈，最后低下头颅，主动蹭了蹭他。

白色麋鹿回到主人身边，主人动作轻柔地摸了摸它的背脊，下一刻它便变成了一匹马的身姿。

贺小凉望向陈平安，微微叹息，笑着说了一句话，然后低头望向身穿红棉袄的小女孩。

小女孩便将其翻译成小镇方言，怯生生道："贺姐姐说了，'你是惜福之人，可惜你我缘浅，做不成道友'。"

陈平安哑口无言，因为根本不知道说什么才不失礼。

背着箩筐，穿着草鞋，卷着裤管，他的模样，显得格外滑稽可笑。

贺小凉笑问道："你也知道了这些石子的妙用？陈平安，你不用担心，我只是随口一问。"

小女孩照搬，语速飞快，声音清脆。

陈平安犹豫了一下，点头道："有位道长提醒过我，可以常来小溪捡石头抓鱼什么的。"

哪怕陈平安对这个年轻女冠心生好感，可是小心起见，连陆道长的姓氏也没有透露。而且真正泄露天机之人，点破蛇胆石价值不菲的人，是宁姚才对。

贺小凉微笑道："你也认识我们那位陆小师叔？"

陈平安愣了。

贺小凉会心一笑，粗略解释道："陆小师叔，严格说来，并非与我们同宗，只不过陆道长多年之前造访我们宗门，与我们一位师叔平辈相交，待了好些年。我们这些晚辈与他相熟，自然也就习惯了以'小师叔'相称。"

陈平安咧嘴一笑，彻底没了戒心。

对那个陆道长，陈平安心怀感恩，这辈子都不会忘记。

他想起一事，弯腰屈膝放下箩筐，拿起其中一颗之前一见倾心的石子，大如鸡蛋，绿莹莹的，清亮似冰，迥异于其他蛇胆石，递给气质如幽兰的贺小凉，问道："道长，以后见到陆道长的话，能不能帮我把这块石头送给他？"

贺小凉听完小女孩的解释后，略作思量，接过石头，缓缓说道："来此之前，我刚好遇到离开的小师叔，他要去南涧国参加一座道统宗门的重要典礼，下次何时见面，还真不好说，但是只要见到陆小师叔，我一定帮你转送给他。"

陈平安听着小女孩的言语，笑容灿烂，向这位观感极好的年轻道姑弯腰致谢。

对于陌生人的好坏，陈平安一直相信自己的直觉。如苻南华、蔡金简，又如陆道长和宁姑娘。

陈平安又拿出一颗蛇胆石，再次递给贺小凉。

这位在东宝瓶洲年轻一辈当中，被誉为"机缘第一"的道家女冠，也不拒绝，笑眯眯收下了，不忘感谢。

红棉袄小女孩双手拧着衣角，小声说道："我也想要一块。"

陈平安笑着转身，去箩筐里挑石头给小女孩。

小女孩跑到他身边，小心翼翼说道："我想要一块大些的，行不行？"

陈平安笑道："只要你搬得动，就送你块最大的。不过这里到小镇，再到家里，可不近。而且我觉得箩筐里这些大的，不如小的好。"

她想了想，双手趴在箩筐边沿："好吧，那我要挑块小的，好看的。"

陈平安便给她挑了块藕粉色的小石头，水润可爱，小女孩握在手心，很满意。

她突然歪着脑袋，咧咧嘴，指了指自己牙齿后，然后对陈平安嘿嘿一笑，满脸得意。估摸着她是在显摆自己牙齿长齐了。

陈平安开心道："下次我们一起去抓蟋蟀。"

小女孩眼睛一亮，但是很快黯然，笑容牵强地点了点头。

陈平安背起箩筐，跟贺小凉告辞离去，朝小女孩挥了挥手，独自小跑返回小镇。

同样是仙子，这位年轻女冠的含金量，远不是云霞山蔡金简能够媲美的，几乎是仙家金精之于世俗金子。

她带着小女孩还有白色麋鹿返回青牛背，年轻道人从陈平安的背影收回视线，盖棺论定道："缘浅便是福薄，自然不当大用。"

东宝瓶洲的道家门派，多如牛毛，每三十年都会选出一对"金童玉女"，他和师姐贺小凉便是这一届的天生道侣。只不过让人惊讶的事情出现了，金童的资质不比以往逊色，但是那位玉女的机缘之好，简直是好到令人发指。出生之时，便有祥瑞之一的白色麋鹿主动走出山野大泽，来到她身边认主，之后涉足修行大道，好像从无坎坷，一路顺风顺水，甚至有人扬言她只有等到跻身上五境之后，才会遇到第一个瓶颈。

师弟对那陈平安的轻视，贺小凉不置可否，一笑置之。

此时，一个矮小少年从廊桥底下的深潭附近，一直来到青牛背底下的水坑，手里只拿着一颗蛇胆石，竟然如先前白色麋鹿一般，在夜色当中大放光彩。

少年手持石头，站在一块露出水面的石头上，如同顶天立地的仙人，手持一轮袖珍圆月。

年轻道人豢养的青红两尾大鱼，不入水中，只在溪水之上，缓缓游走。

如果陈平安看到这个少年，就会知道他正是杏花巷马婆婆的那个孙子。

少年自幼痴呆，很小就被爹娘嫌弃，马婆婆就自己带着孙子。少年很不合群，经常一个人爬到屋顶上去看云彩。

从小到大，跟随马婆婆姓马的少年，被人欺负到最后，觉得踩他一脚都嫌脏鞋子，这个可怜孩子，好像只对泥瓶巷的婢女稚圭笑过。所以马婆婆才会格外记恨那个婢女，认为她就是个不要脸的狐媚子，肯定是她主动勾引自己的宝贝孙子。

贺小凉走到那名背负长剑的男人身边，问道："关于马苦玄，当真没有回旋余地？"

男人语气冷漠道："你们那个小师叔，如果真是想要收这孩子做开山弟子，怎么不自己来？他的名号再响亮又如何？又没跟我打过，凭什么要让给他？他要是不服气，就来真武山找我。赢了，就让他带走这个孩子。"

年轻道人微笑道："无非是让我们小师叔多跑一趟，何苦来哉？"绵里藏针。

负剑挂符的男人眯起眼："哦？"

贺小凉有些气闷，看了一眼同门师弟，年轻道人哈哈一笑，便不与那人针锋相对，自顾自抬头道："今天月色真好。"

她有些无奈。只要涉及自己宗门的那位小师叔，莫说是她和师弟，恐怕一洲之内的所有年轻道士，皆是与有荣焉。

廊桥那边，台阶下，站着一名赤脚僧人，他脸庞方正，有坚韧刚毅的神色。

这个苦行僧没有抬头望向那块金字匾额，而是看着之前宋集薪插香的地面，双手合十，低头悲悯道："阿弥陀佛。"

矮小少年马苦玄上岸，来到青牛背，看了看两个飘飘欲仙的年轻道人，又看了看不苟言笑的背剑男人，最后他死死盯着腰挂虎符的后者，咬牙切齿道："我不要学什么长生大道，你能不能教我杀人？！"

男人傲然笑道："我兵家剑修，自古便是天下杀力第一！"

年轻道人还以颜色，笑道："哦？"

贺小凉摇了摇头，知道大局已定，便觉得辜负了小师叔的托付，心怀愧疚。

一时间溪畔的青牛背上，剑拔弩张，气氛凝重。

李家的红棉袄小女孩，赶紧躲到神仙姐姐身后。

青衣少女刚吃完最后一块糕点，心情正糟糕得很，没好气道："你们有本事找我爹打去！"

跟少女以及她爹大有渊源的男人，不再板着脸，笑道："怎么打？"

年轻道人打趣道："阮秀，这就有些欺负人了啊。你爹可是接替齐先生的下一位圣人，就像是此方天地的主人。"

青衣少女阮秀撇撇嘴，不说话。

僧人缓缓走来，登上青牛背。

贺小凉说道："你们佛门的雷音塔，我们道家的天师印，加上兵家的一座小剑冢，当然还有儒家的山岳玉牌。四位圣人最早留下的四件压胜之物，不说他们儒家自己内部如何钩心斗角，只说我们三方，这次各自取回，虽然名正言顺，但是如果真的跟齐先生一声招呼也不打，是不是不太合适？"

僧人一言不发。

年轻道人忧心道："是有点不近人情，但是上头的旨意难违，师姐你还是不要画蛇添足了。"

那位兵家之人讥笑道："我不是来跟谁套近乎的。"

小镇那边，陈平安回到刘羡阳家所在的巷弄，结果看到齐先生就站在门口。

陈平安快步跑去，不等他发问，齐静春就交给他两方私印，微笑道："陈平安，不是白送给你的，是我有事相求，以后如果山崖书院有难，希望你力所能及地帮上一帮。当然，你也不用刻意打听书院的消息。"

陈平安只说了一个字:"好!"

齐静春点了点头,语重心长道:"切记之前跟你说过的'君子不救',那是我的肺腑之言,并非在试探人心。"

陈平安咧嘴笑了笑:"先生,这个不敢保证。"

齐静春欲言又止,最后还是没有说什么,便要离去。

他原本想说,以后若是山崖书院真有大困局,陈平安你心生悔意,也无须愧疚,只当是没看见没听说便是,不用刻意为之。但是齐静春不知为何,内心深处,偏偏心存一丝侥幸,连他自己也百思不得其解。

思来想去,这位山崖书院的前任山主,只得出一个答案。竟然是因为眼前少年,姓陈名平安。他好像跟谁都不太一样。

你托付他一事,千难万难,哪怕明知道他到最后,拼尽全力也做不到,可是你却能实实在在笃定一件事,他只要答应了,就一定会去做,十分力气做不到,也愿意咬牙使出十二分力气。这就是一件让人感到心安的事情。这本是齐静春苦求多年而不得的事情。这位主动要求贬谪至此的读书人,原先只觉得天地处处是异乡。

在齐静春正要转身的时候,还背着箩筐的陈平安,连忙极为吃力地作揖行礼。巷弄之中,儒家圣人一板一眼地还了陈平安一礼。

夜幕深沉,督造官衙署,宋长镜一人独自返回,少年宋集薪已经去往狗窝一般的泥瓶巷,对此男人没有强求。身为统兵多年的沙场大将,在尸山血海里,尚且能够鼾声大作,所以那个被放养的侄子,这些年日子过得虽没那么符合天潢贵胄的身份,但宋长镜没觉得这就是亏欠。能活着返回大骊京城,就不错了。

衙署的年迈管事,一直等候在门口,手里提着灯笼。

宋长镜率先跨过只开了一扇侧门的门槛,大步向前,说道:"不用带路。"

年迈管事默然点头，放缓脚步，然后悄然离去。

福禄街上的这栋衙署，建造得并不豪奢，占地远远不如卢、李两姓的宅子。前任那位货真价实的窑务督造官，生活得清苦紧巴，小镇大户们也没觉得如何不妥。

但是宋长镜不一样，当今大骊皇帝的同母弟弟，还立下过开疆拓土的不世之功，更是东宝瓶洲名列前茅的武道宗师。他的到来，就像过江龙闯入了一个小湖，地头蛇们哪怕谈不上如何畏惧，面对宋长镜这种人，也都会拿出该有的恭谨姿态。

宋长镜经过一座小院子的时候，看到有人还在房内挑灯夜读，坐姿端正，独处之时，仍是一丝不苟，不愧是一位正人君子。

宋长镜大袖飘摇，快步走过，嘴角泛起讥讽笑意。

昔年有少年求学于观湖书院，书法通神，名动朝野，被南魏国主召入皇宫，于侧殿撰写诏书，正值隆冬大雪，笔冻不能书，帝敕令宫嫔十余人侍于左右身侧，为其呵笔。此事迅速风靡东宝瓶洲，传为美谈。只是无人深思，皇城宫禁何等森严，这种事情，皇帝不说，宦官不说，嫔妃不说，老百姓是如何知道的？

走在幽深小径上，宋长镜蓦然爽朗大笑。

身穿一身素洁衣衫的宋集薪回到泥瓶巷，见院门未锁，推开屋门后，看到婢女稚圭坐在正堂的一张椅子上，半眯着眼，歪着脑袋打瞌睡，当脑袋倾斜到了一个幅度后，就立即坐正，然后继续歪斜。看来稚圭是真的累了。宋集薪弯下腰，轻轻晃了晃她的肩膀，柔声道：“稚圭稚圭，醒醒，赶紧回自己屋子睡觉去，小心冻着。”

睡眼惺忪的稚圭揉着眼睛，迷糊道：“公子，怎么这么晚才回来啊？”

宋集薪笑道：“去了趟廊桥那边，路程有点远，所以晚了些。”

稚圭看到宋集薪的这身陌生礼服，惊讶道：“咦？公子怎么换了一身衣服？"

宋集薪不愿在这个话题上多聊："不提这个。那本地方县志借给你后，读书识字怎么样了，要不要我教你？"

稚圭摇头道："不用。"

宋集薪回到自己屋子，漆黑一片，脱掉外袍，踢掉靴子，摸到床上，呢喃道："王朱，王朱，原来如此。"

稚圭回到自己屋子，熄灯睡觉，整个人缩在被窝里，发出一阵阵轻微的动静，像是在偷吃东西，嘴里嚼着些什么。最后她竟然还打了一个饱嗝。

刘羡阳在铸剑铺子这边，虽然还没有正式成为阮师傅的徒弟，但是谁都看得出来，阮师傅对这个高大少年很器重，否则也不会手把手亲自教他如何锻打剑条。那一排铸剑室，如今并不是谁都可以进入的。

正午歇息的时候，有一个烧瓷窑工出身的年轻人跑到刘羡阳跟前，说有人找他，挤眉弄眼，十分玩味。说是一个比福禄街那些夫人还好看的美妇人。

刘羡阳嬉皮笑脸跟着他走去，心情其实一下子沉重起来。

果不其然，在一座水井旁边，站着一个身材修长的妇人，四周许多挖井搬土的青壮汉子干活特别起劲。

如小夫子宋集薪所鄙夷的那样，刘羡阳确实就是个土鳖，但是女子好看与否，跟读没读过书、识不识字，实在是没有任何关系。也许刘羡阳不知道，笼统含糊的好看一说中其实有一种叫妩媚，尤其是端庄且妩媚，尤为动人心魄。

"媚"这个字，若是解字，本就是画眉之女的意思。

眼前这个不知姓名、根脚的夫人，眉毛细巧如蛾虫之须，额头像蝉，广而方正，光洁丰满。

今天她只身一人来此，没有兴师问罪的架势，也不像是要仗势欺人，刘羡阳稍稍松了口气。

刘羡阳不否认，这位雍容华贵的夫人，脸蛋的确好看，如果是以往，说不定在街边遇上，他还会吹几声口哨，可是这并不意味着他就会动心。他心仪的女子，以前是那个泥瓶巷的婢女，如今是，以后也是。

刘羡阳带着美丽妇人走向小溪，语气坚定道："夫人，你如果是想要说服我，卖给你们那件传家宝，我劝夫人不要开这个口了。"

妇人嫣然笑道："先别急着拒绝，容我跟你说清楚利害关系，你再来做决定。"

刘羡阳脸色不变，故作轻松，其实一颗心瞬间沉入谷底。

远处，阮秀蹲坐在一间铸剑室门槛上，端着一碗饭。白米饭堆积出山尖尖的模样，高耸出大白碗的边沿。她狼吞虎咽吃掉"山头"后，如愿以偿看到了被她隐藏其中的红烧肉，整个人便洋溢着幸福的光彩。她偷偷背转身，背对着坐在门槛另一端细嚼慢咽的男人，问道："爹，不管一管那外乡婆姨？"

男人瓮声瓮气道："不管。"

阮秀忧心道："他可是你以后在这里的开山大弟子，就不怕走岔路？"

男人淡然道："那就是那小子没福气。"

阮秀疑惑道："爹，不会感到可惜啊？"

比如她，看到铺子里那些好吃又精致的糕点，兜里没钱也就罢了，有钱，买了，结果不小心掉地上，真是活该被天打五雷轰。

男人答非所问："红烧肉好吃不？"

阮秀下意识开心点头："好吃好吃！"

阮秀猛然绷紧身体，爹下过"旨意"，她每天只能吃一份荤菜，所以她假装像是只盛了一碗白米饭，将红烧肉藏在其中。为的就是晚上能够光明正大地吃上一份荤菜。

她尴尬转头，高高抬起白碗，理直气壮道："只有一块哟，我又没有坏规矩！"

男人呵呵一笑，问道："那么藏在碗底的那块红烧肉，吃不着，会不会感到可惜啊？"

阮秀微微张大嘴巴，整个人跟被雷劈了似的，心如死灰。

男人还往自家闺女伤口上撒盐："你要是不多嘴问刘羡阳的事情，爹也就睁一只眼闭一只眼了。"

阮秀闷不吭声，小口小口吃着红烧肉，一看就知道以后肯定要勤俭持家了。

男人吃完饭，望向小溪那边的妇人和少年，说道："这小子只要一天不登中五境，爹就不会管他的死活。哪怕进入中五境，爹会管一两次，但也绝不会多管，事不过三吧。福祸无门，唯人自召。"

阮秀赌气道："为啥不管？！"

男人没好气道："文人收学生，武人收徒弟，都不是江湖帮派招徕小喽啰，不是想着以后跟人起了争执，仗着人多势众来跟人吵架或是打架。归根结底，在我眼中，师生也好，师徒也罢，就是同道中人。何况如今刘羡阳还不是我的徒弟。"

阮秀没说话。

男人感叹道："傻闺女，只说这偏居一隅的大骊王朝，知道有多少人吗？两千多万户！这么多天下人，这么多烦心事，你管得过来吗？爹会在接下来的六十年里，从齐静春手里接管小镇，你也别成天乱逛，安心在剑炉这边铸剑练剑，要不然惹了麻烦，爹是管还是不管？"

不等男人把话说完，阮秀就冒出一句话："不用你管。"

她这句话，把男人憋得差点内伤，威力之大，不比某位剑仙的压箱底手笔更弱。

男人真想使劲敲这个傻闺女的榆木脑袋：你的事情，爹能不管？男人有些哀愁。

阮秀一脸"震惊"道："咦，碗底怎么多出一块红烧肉来。唉，我今天的份额用完啦，还是给你吃吧？爹？"

男人不用转头看，都能感受到傻丫头的蹩脚演技，无奈道："算了，你吃吧，爹就当你今天只吃了一块红烧肉。记得下午打铁，别再偷懒了。"

这次阮秀的感激，丝毫不作伪："爹，你真好！"

男人气笑道："是红烧肉好吧。"

阮秀低下头，扒了一口米饭，轻声道："爹也好。"

男人绷着脸，好不容易才忍住笑意，想了想，觉得还是生个闺女好啊。

耳边突然响起一个嗓音："爹，晚上还能再吃一块不？两块和三块，差不太多，对不对？爹你不说话，我就当答应了哦？"阮秀以迅雷不及掩耳之势跑掉了。最后那句话，则是她已经跑出去老远才说的。

男人揉了揉脸颊，自言自语道："我家秀秀以食为天。"

陈平安穿街走巷送完信后，买了一份早点，送去给泥瓶巷的宁姑娘，然后开始熟门熟路地煎药。

宁姚今天穿了一件崭新的墨绿色长袍，干净利落。她本就长得英气勃发，这一身衣饰，加上腰佩长刀，比起福禄街、桃叶巷那边的富家子弟，更有贵气。

宁姚犹豫了一下："就目前而言，你如果真想研习那本《撼山谱》，在学拳势之前，你要先做三件事：站桩、走桩和睡桩。最后一件事，比较讲究窍穴积淀和气息流转，很难用言语描述，先不说它便是。反正前两件事情，无须太考虑天赋根骨，你老老实实按照拳谱上绘画出来的姿势，长此以往坚持下去，终归是有用的，哪怕无法让你在武道上登堂入室，但强健体魄和延年益寿，不是没有可能。"

陈平安说出自己的一个想法："在溪水里练习走桩，是不是也行？"

宁姚点头道："当然。及膝练起，再及腰，最后及脖。"

陈平安顺着她的话问道："最后不是整个人在水里吗？"

宁姚冷笑道："怎么，你是想在水底练习闭气，然后练出一只千年王八万年龟啊？"

陈平安悻悻然不说话。

宁姚想了想："来，我给你演示一下走桩。看仔细了！"

宁姚让陈平安把桌子挪开，然后向前走出六步，步伐为三小三大，当她一脚重重踏下最后一步，整栋屋子的泥地，仿佛都发出了一阵沉闷震动。

宁姚一气呵成，看似轻描淡写，其实行云流水，给陈平安一种说不清道不明的感觉。如一条瀑布直泻而下，天经地义，而且蕴含着巨大的力道。又如树叶在溪水里打了一个旋，圆转如意，轻柔至极。

看到陈平安一脸茫然的神色，宁姚又撤回原位，再次演示一遍。

宁姚站定，转头问道："看明白了吗？来试试看？"

陈平安深呼吸一口气，尝试了一遍。摇摇晃晃，像个醉醺醺的酒鬼。

陈平安站在原地，挠挠头，显然他自己也觉得有点不像话。

宁姚黑着脸，沉声道："再来！"

三遍之后，陈平安已经略有好转，但是宁姚已经脸色阴沉得像要下一场暴雨。

她无法想象，世上怎么会有陈平安这样的笨蛋，练武如此没有悟性，天资如此糟糕！

没办法，宁姚是一个自幼就站在剑道极高处的人，出身、根骨、天赋、眼光，皆是如此。所以她根本无法理解，在距离她有十万八千里之遥的山脚，那些人是如何一步一步登山的，更不会懂得那些人为何要走得踉踉跄跄。

最后宁姚实在没辙，生怕自己一个忍不住，就要拔刀砍人，于是灵机一动，拍了拍陈平安的肩膀，勉强安慰道："陈平安，读书百遍其义自见，习武也是一样的道理，练拳几万下，出不来味道，那就几十万、一百万！你去捡你的石头吧，笨鸟先飞，别灰心丧气，慢慢来，在小溪里一遍遍练习这个走桩。"

陈平安一想，真是这个道理。

以前听宋集薪说过一句话，跟宁姑娘的"读书百遍"差不多意思，叫"读书破万卷，下笔如有神"。不过他觉得更有道理的，还是宁姑娘所说的几万几十万不够，那就练一百万次嘛。

陈平安笑着跑出泥瓶巷，一路上默念三小三大，按照记忆去模仿宁姚的走姿。

陈平安在心中告诉自己的"真相"是，练习一百万次之后，兴许练拳就能小成了。

所以这部《撼山谱》的练拳，起步就是一百万次，在那之后，他陈平安才有资格再来谈其他。

宁姚独自坐在门槛上，自言自语道："为何感觉自己好像挖了一个天大的坑？那家伙会不会爬不出来啊？"

小镇来自外乡的生面孔，越来越多，客栈酒楼的生意随之蒸蒸日上。

与此同时，福禄街和桃叶巷那边，许多高门大户里的这一辈年轻子弟，开始悄然离开小镇，多是少年早发的聪慧俊彦，也有籍籍无名的偏房庶子，或是忠心耿耿的家生子，世家子赵繇便在此列。至于泥瓶巷的孩童顾璨，被截江真君刘志茂一眼相中，算是一个例外。

陈平安去刘羡阳家拿了箩筐鱼篓，离开小镇去往小溪，在人多的时候，陈平安当然不会练习《撼山谱》的走桩，出了小镇，四下无人，他才开始默念口诀，回忆宁姑娘走桩时的步伐、身姿和气势，每个细节都不愿错过，一遍一遍走出那六步。

陈平安当时在泥瓶巷的屋子里，第一次模仿宁姚的时候，那么拙劣滑稽，比起常人还不如。其实二人的认知，出现了一个鬼使神差的误差。陈平安一直知道自己有个毛病，从烧瓷窑工开始就发现了——眼疾，手却慢，准确说是由于他的眼神、眼力过于出彩，导致手脚根本跟不上。这就意味着换成别人来模仿宁姚的走桩，可能第一遍就有三四分相似，粗糙蹩脚，但好歹不至于像陈平安这么只一两分相似，这恰恰是因为陈平安看得太明白真切，对于每一个环节太过苛刻，才过犹不及，手脚跟不上之后，就显得格外可笑，而这九分不像之下，则暗藏着一分难能可贵的神似。

这些宁姚并不知道，模仿她这位天生剑仙坯子的走桩，哪怕是九分形似，也比不得一分神似。

当然，话要说回来，莫说只有她的一分神似，就算有七八分，宁姚也不会觉得如何惊才绝艳。宁姚眼中所见，视线所望，只有人迹罕至的武道远方，以及并肩而立之人、屈指可数的剑道之巅。

陈平安坐在廊桥匾额下的台阶休息，大致算了一下，一天十二个时辰，哪怕每天坚持五到六个时辰，重复练习走桩，撑死了也就三百次左右，一年十万，十年才能完成一百万次的任务。他扭头望向清澈见底的溪水，呢喃道："让我坚持个十年，应该可以的吧？"

虽然这段日子里，陈平安不曾流露出什么异样情绪，但是陆道长临行前的泄露天机，将云霞山蔡金简的阴毒手段一一道破，仍是让他倍感沉重。有一件事情，陈平安对陆道长和宁姑娘都不曾提及，那就是在蔡金简对他一戳眉心和一拍心口之后，当时在泥瓶巷子里，他就已经隐隐约约感受到了身体的不对劲，所以他才会在自家院门口停留那么长时间，为的就是让自己下定决心，大不了破罐子破摔，也要跟蔡金简拼命。

毕竟那时候的陈平安，按照年轻道人陆沉的说法，就是太死气沉沉了，完全不像一个本该朝气勃勃的少年。对于生死之事，陈平安当时看得比绝大多数人都要轻。

蔡金简以武道手段"指点"，让他强行开窍，使得陈平安的身体，就像一座没有院门屋门的宅子，确实可以搬进、吸纳更多物件，但是每逢风雪雨水天气，宅子便会垮得格外厉害、迅速。所以陆沉才会断言，如无例外，没有大病大灾的话，陈平安也只能活到三四十岁。

之后蔡金简又在陈平安心口一拍，坏了他的修行根本。心为修行之人的重镇要隘，城门塌陷后，蔡金简等于几乎封死了这处关隘的正常运转，这不单单是断绝了陈平安的修行大道，也越发加速了陈平安身躯腐朽的速度。

蔡金简这先后两手，真正可怕之处，在于门户大开之后，一方面陈平安已经无法修行长生之法，也就意味着无法以术法神通去弥补门户，无法培本固元；另一方面，哪怕他侥幸在武学上登堂入室，的确能够依靠淬炼体魄来强身健体，但是对陈平安而言，巨大风险也将会一直伴随着他，一着不慎，就会身陷"练外家拳容易招邪"的怪圈，并会造成延年益寿不成，反而早夭的可怜下场。

当务之急，陈平安是需要一门能够细水长流、滋养元气的武学，这门武学是不是招式凌厉、霸道绝伦，是不是让人武道境界一日千里，反而不重要。

陈平安的希望全部在宁姚看不上眼的那部《撼山谱》当中。比如宁姚说过，走桩之后还有站桩"剑炉"，和睡桩"千秋"。

但是陈平安不敢胡乱练习，当时只是瞥了几眼，就忍住不去翻看。他觉得还是应该让宁姑娘鉴定之后，确认无误，再开始修习。

走在正确的道路上，悟性再差，只要够勤奋坚韧，每天终究是在进步；走在错误的方向上，越聪明越努力，只会做越多错越多。

这些话是刘羡阳说的。当然，刘羡阳的重点在于最后一句："你陈平安是第一种人，宋小夫子那个伶俐鬼是第二种，只有我刘羡阳，是那种又聪明又走对路的真正天才。"

当时刘羡阳自吹自夸的时候，不小心被路过的姚老头听到，一直对刘羡阳青眼相加、视为得意弟子的老人，不知道被哪句话戳中了伤心处，他破天荒勃然大怒，追着刘羡阳就是一顿暴揍。反正在那之后，刘羡阳再也没有说过"天才"两个字。

陈平安重重呼出一口气，站起身，走上高高的台阶，进入廊桥后，才发现远处聚集着一拨人。四五人或站或立，好像护卫着其中一名女子。陈平安只看到了女子的侧面，只见女子坐在廊桥栏杆上，双脚自然而然悬在溪水水面上，闭目养神，她的双手五指姿势古怪，手指缠绕或弯曲。给陈平安的感觉是，她明明闭着眼睛，却又像是在用心看什么东西。

陈平安犹豫了一下，不再继续前行，转身走下台阶，打算涉水过溪，再去找刘羡阳。今天他背着两只箩筐，一大一小套放着。他要将那只稍小的箩筐，还给阮师傅的铁匠铺，毕竟那是刘羡阳跟人家借来的。

廊桥远处，那拨人在看到一身寒酸相的草鞋少年识趣转身后，相视一笑，没有说话，生怕打破那位"同年"女子的玄妙水观心境。

此法根本，源自佛家，这一点毋庸置疑。只是后来被许多修行宗门采纳、拣选、融合和精炼，最后一条道路上分出许多小路。只不过东宝瓶洲一直被视为佛家末法之地。在数次波及半洲疆域的灭佛浩劫之后，近千年来佛法渐衰，声势远不如三教中的儒道两家。"只闻真君和天师，不知护法与大德"，便是如今东宝瓶洲的真实状况。不过受惠于佛法的仙家宗门，确实不计其数。

陈平安卷起裤管蹚水而过，上了对岸，突然听到廊桥那边传来惊呼声和怒斥声，想了想，没有去掺和。

到了阮师傅的铁匠铺，见到的仍是热火朝天的场面。陈平安没有随便乱逛，而是站在一口水井旁边，找人帮忙通知一声刘羡阳。

原本以为要等很久，不承想刘羡阳很快就跑来了，拉着他就往溪畔走去，并压低嗓音说道："等你半天了，怎么才来！"

陈平安纳闷道："阮师傅催你还箩筐啦？"

刘羡阳白眼道："一个破箩筐值当什么，是我跟你有重要的事情要说。你捡完石头回到我家院子后，就等那个夫人去找你，就是那个儿子穿一身大红衣服的妇人，上回咱们在泥瓶巷口见着的那对母子。她找上门后，你什么都不要说，只管把那只大箱子交给她，她会给你一袋子钱，你记得当面清点，二十五枚铜钱，可不许少了一枚！"

陈平安震惊道："刘羡阳，你疯了？！为啥要卖家当给外人？！"

刘羡阳使劲搂住陈平安的脖子，瞪眼教训道："你知道个屁，大好前程摆在老子面前，为啥白白错过？"

陈平安满脸怀疑，不相信这是刘羡阳的本心本意。

刘羡阳叹了口气，悄声道："那位夫人要买我家的祖传宝甲，另外那对主仆，则是要一部剑经，我爷爷临终前叮嘱过我，到了实在没办法的时候，宝甲可以卖，当然不许贱卖，但是那部剑经，就是死，也绝对不可以承认在我们老刘家。我答应卖宝甲给那位夫人，除了谈妥价格之外，还要求她答应一个条件，那就是她得到宝甲之后，还要说服那个魁梧老人近期不要找我的麻烦。其实就是一个拖字诀，等到我做了阮师傅的徒弟，这些事也就都不是事了。"

陈平安直截了当问道："为啥你不拖着那位夫人？难不成她还能来铁匠铺找你的麻烦？再说了，她又不能破门而入，抢走你家的宝甲。"

刘羡阳松开手，蹲在溪边，随手摸了块石子丢入溪水，撇嘴道："反正宝甲不是不能卖，现在既然有个公道价格，不也挺好，还能让事情变得更稳妥，说不定都不用宁姑娘冒险出手，所以我觉得不坏。"

陈平安也蹲下身，火急火燎劝说道："你咋知道她现在给的价格很公道？以后要是后悔了，咋办？"

刘羡阳转头咧嘴笑道："后悔？你好好想想，咱俩认识这么多年，我刘羡阳什么时候做过后悔的事情？"

陈平安挠挠头，总觉得哪里不对，可是他口拙，实在不知道如何说服刘羡阳。

刘羡阳这辈子一直活得很自由自在，好像从来没有难倒过他的坎，他也从没有解不开的心结和办不成的事。

刘羡阳站起身，踹了一脚陈平安背后的箩筐："赶紧的，我拿去还给阮师傅，回头等我正式拜师敬茶，你可以来长长见识。"

陈平安缓缓起身，欲言又止，刘羡阳笑骂道："陈平安，你大爷的，我卖的是你的传家宝？还是你媳妇啊？"

陈平安递给他箩筐的时候，试探性问道："不再想想？"

刘羡阳接过箩筐，后退数步，毫无征兆地高高跳起，来了一个花哨的回旋踢。沉稳落地后，刘羡阳得意扬扬，笑问道："厉害吧？怕不怕？"

陈平安没好气地回了一句"你大爷的"。

远离阮家铺子后，心思重重的陈平安下水捡石头，不知是心神不宁的缘故，还是溪水下降的关系，今天收获不大，一直等到陈平安临近廊桥，才捞取了二十多颗蛇胆石，而且没有一颗能够让人眼前一亮、一见钟情的。

陈平安摘下箩筐鱼篓，将它们放在溪边草丛里，深吸一口气，在溪水中转身，开始练习走桩。

一趟来回后，陈平安心头一紧，他看到藏着箩筐鱼篓的地方，蹲着一个矮小少年，嘴里叼着一根绿油油的狗尾巴草。是杏花巷马婆婆的孙子。少年从小就被人当作傻子，加上马婆婆在陈平安这辈少年心中，印象实在糟糕，吝啬且刻薄，连累她的宝贝孙子被人当作出气筒。他之前每次出门，都被人追着欺负，每逢穿新衣新靴，不出半个时辰，铁定会被同龄人或是大一些的少年折腾得满是尘土。试想一下，一双马婆婆刚从铺子里买来的崭新靴子，孙子穿出门后，立即被十几号人一人一脚地踩踏，等孩子回家之后，靴子还能新到哪里去？

这个真名马苦玄、早已不被人记得的傻小子，从来就很怪，被人欺负，却从不主动跟马婆婆告状，也不会号啕大哭或是摇尾乞怜，始终是很平淡的脸色、冷漠的眼神。所以杏花巷那边的孩子，都不爱跟这个小傻子一起玩。马苦玄很早就学会了自己玩自己的，他最喜欢在土坡或是屋顶看天边的云彩。

陈平安从来没有欺负过马苦玄，也从来没有怜悯过这个同龄人，更没想过两个同病相怜的家伙，尝试着抱团取暖。因为陈平安总觉得马苦玄这种人，非但不傻，反而骨子里跟宋集薪很像，甚至犹有过之。

他们好像没有开口说话，但是他们似乎一直在等，好像在跟人无声说着，老天爷欠了我很多东西，迟早有一天我要全部拿回来。欠我一枚铜钱，宋集薪可能是要老天爷乖乖还回来一两银子，马苦玄，甚至是一两金子！陈平安没觉得他们这样不好，只是他自己不喜欢而已。

那个少年不再像之前的那个傻子，口齿清晰，笑问道："你是泥瓶巷的陈平安吧，住在稚圭隔壁？"

陈平安点点头："有事吗？"

马苦玄笑了笑，指了指陈平安的箩筐，提醒道："也许你没有发现，溪水下降了很多，只剩下廊桥底下的深潭和青牛背的水坑这两个地方有好石头了，其他地方都不行。就像你这筐里的，是留不住那股气的，石质很快就会变。有些运气好的，撑死了去做一块上好磨刀石，有些可以成为读书人的砚台。最后这些东西当然还是好东西，卖出高价肯定不难，只不过……算了，说了你也未必懂。"

陈平安笑着嗯了一声，没有多说什么。

马苦玄突然说道："你刚才在小溪里练拳？"

陈平安依然不说话。

马苦玄眼神熠熠，哈哈笑道："原来你也不傻嘛。也对，跟我差不多，是一路人。"

陈平安绕过马苦玄，说了声"我先走了"，然后背起箩筐就上岸。

马苦玄蹲在远处，吐出嘴里嚼烂的狗尾巴草，摇头小声道："拳架不行，纰漏也多，练再多，也练不出花头来。"

马苦玄头也不转："取回咱们兵家信物了？"

背后有男人笑道："以后记得先喊师父。"

马苦玄没搭理，起身后转头问道："能不能给我看看那座小剑冢？"

男人正是背剑悬虎符的兵家宗师，自称来自真武山，他曾经扬言要与金童玉女所在师门的那位小师叔一战。

男人摇头道："还不到火候。"

然后他有些恼火："你干吗要故意坏那女子的水观心境，你知不知道这种事情，一旦做了，就是一辈子的生死大敌！"

马苦玄一脸无所谓道："大道艰辛，如果连这点磨难也经不起，也敢奢望那份高高在上的长生无忧？"

男人气笑道："你连门也未入，就敢大言凿凿，不怕闪了舌头?!"

马苦玄最后咧嘴，露出白森森的牙齿，笑道："以后我在修行路上遇到这种破境机缘，会主动告知那女子一声，到时候师父你不许插手，让她尽管来坏我好事。"

男人感慨道："你知不知道，世间机缘分大小，福运分厚薄，根骨分高低，你若是事事以自己之理衡量众人，以后总有一天会遇到拳头更大、修为更深、境界更高之人，到时候人家心情不好，就一拳打断你的长生桥，你如何自处？"

马苦玄微笑道："那我就认命！"

男人自嘲道："以后为师再也不跟你讲道理了，对牛弹琴。"

马苦玄突然问道："那个泥瓶巷的家伙，怎么晓得水里石头的妙处？还开始练拳了？"

男人突然神色严厉起来："马苦玄！为师不管你什么性格桀骜，但是有一点你必须谨记在心，我们兵家正宗剑修！修一剑破万法，修一剑顺本心，修一剑求无敌，但是绝对不许滥杀无辜，不许欺辱俗人，更不许日后在剑道之上，因为嫉妒他人，就故意给同道中人下绊子！"

马苦玄伸了个懒腰："师父，你想多了，泥瓶巷那家伙就算再厉害，只要不惹到我，就与我无关。说到底，小镇这些人成就再高，将来也无非是我的一块垫脚石而已。嫉妒？我感谢他们还来不及呢。"

男人无奈道："真是讲不通，我估计以后真武山会不消停了。"

马苦玄好奇问道："你在真武山排第几？"

男人笑了笑："不说这个，伤面子。"

马苦玄白眼道："早知道晚些再拜师。"

男人一笑置之。他有句话没跟自己徒弟挑明，世间天才是分很多种的，天赋亦是。先前那个草鞋少年，看似平淡无奇的六步走桩，其实浑身走着拳意。

陈平安没有直接回刘羡阳的宅子，而是先回了泥瓶巷，跟宁姚说了一下刘羡阳的打算。

宁姚听过之后，没有发表意见，只说这是你们之间的事情，她只管收人钱财替人消灾，如果刘羡阳能够不用她出手就躲过一劫，她自会返还那三袋子金精铜钱。陈平安说这不是钱的事情，结果宁姚冷冰冰回了一句："那你是要跟我谈感情，咱俩到那份儿上啦？"陈平安差点被她这句话噎死，只好蹲在门槛那边挠头。

宁姚瞥了眼桌上陈平安捎来的糕点，有物美价廉的糯米枣糕，也有相对昂贵的雨露团，肯定是陈平安竭尽全力的待客之道了。宁姚破天荒有些心软和愧疚，一时间觉得自己好像有些不厚道，吃人家的，住人家的，遇到难事，哪怕帮不上大忙，也不能火上加油，于是问道："刘羡阳会不会是在铁匠铺那边，受到了实实在在的人身威胁，才不得不将那件青黑癞子甲卖出去？比如说铺子里藏有四姓十族的爪牙，暗中教训了一顿刘羡阳？"

陈平安思量片刻后，摇头道："不会，刘羡阳绝对不是那种被威胁就低头认输的人，当年我第一次见到他，哪怕被福禄街那帮人打得呕血，他也没说半句服软的话，就一直扛着，差点真的被人活活打死。这么多年，刘羡阳性子没变。"

宁姚又问道："血气方刚，意气之勇，重诺言轻生死。其实巷弄游侠儿从来不缺，我一路行来，就亲眼见识过不少。只不过一旦大利当前，换了一种诱惑，他刘羡阳到底能不能守得住本心？"

陈平安又陷入沉思，最后眼神坚定道："刘羡阳不会因为外人给了什么，就去当败家子，他跟他爷爷的感情很深。除非真的像他说的，他爷爷临终前叮嘱过他，宝甲可卖，但是别贱卖，而那部剑经则一定要留在他们刘家，以后还要留给后人。"

宁姚说道："就我知道的情况而言，那件痒子甲品相是不俗，但是也算不得太过珍稀。倒是那部剑经，既然能够让正阳山觊觎已久，并且不惜出动两人来此寻宝，摆明了是视为囊中之物了，所以肯定是样好东西。所以卖宝甲留剑经，这个决定，是说得通的。"

陈平安点了点头。

宁姚抚摸着绿色刀鞘，眼神冷冽："小心起见，我陪你一起去刘羡阳家宅子，先打发了那个妇人。既然是刘羡阳亲口说要卖，那么装载宝甲的箱子搬就搬。之后我再跟你一起去阮家铺子，见一见刘羡阳，问他到底是怎么想的。如果真是他爷爷的临终遗嘱，你我就不需要指手画脚了，家家有本难念的经，不该是你管的，就别瞎管。如果不是的话，便让他说出苦衷，大不了我再将那箱子重新抢回来！"

陈平安担忧问道："宁姑娘你的身体没问题？"

宁姚冷笑道："如果是对付正阳山的搬山老猿，肯定会灰头土脸，可要是那个娘们，在这座小镇上，我一只手就够了。"

陈平安好奇道："搬山猿？"

宁姚敷衍道："遗留在这座天下的一种上古凶兽孽种，真身为体形大如山峰的巨猿，传言一旦显露真身，能够将一座山岳拔地而起，扛起背走。只不过这些都是传言，毕竟谁也没真正看到过。正阳山这几百年来一直隐忍不发，其实底蕴很厚，虽然宗门在东宝瓶洲名次不高，可是不容小觑，所以咱们能够不跟他们起争执最好，起了争执……"

陈平安小心翼翼问道："起了争执咋办？"

宁姚站起身，拇指推刀出鞘寸余，一脸看白痴的眼神望向陈平安，天经地义道："还能咋办？砍死他们啊！"陈平安咽了咽口水。

之后背着箩筐的陈平安，带着重新戴上帷帽、腰佩绿鞘狭刀的宁姚，一起缓缓走向刘羡阳的祖宅。

宁姚扭头瞥了眼陈平安的箩筐，问道："今天怎么这么少？"

陈平安叹了口气："马苦玄，哦，就是杏花巷那边马婆婆的孙子，跟我差不多岁数，现在好像完全变了一个人。按照他的说法，是小镇风水变了，所以小溪里的这些石头越来越留不住'气'。"

宁姚神情凝重，沉声道："他说得没错，这座小镇是要变天了。你最好趁早解决掉这档子事，赶紧走出小镇，哪怕离开以后再回来，也比一直待在小镇来得好。"

陈平安不是不撞南墙不回头的一根筋，自小一个人过惯了，反而更加知道人情冷暖和轻重缓急，点头笑道："会的，只要看到刘羡阳跟阮师傅喝过拜师茶，我就马上离开这里。最好那个时候，阮师傅也答应给你铸剑了。"

看着满脸喜悦的家伙，宁姚纳闷道："跟你无关的事情，也值得这么开心？说你滥好人，你凭啥不服气？"

大概是认为两人有些相熟了，陈平安说话也没之前那般遮遮掩掩，理直气壮道："刘羡阳，顾璨，加上宁姑娘你，你想啊，天底下那么多人，我也就在乎三个人的好坏，我咋就滥好人啦？"

宁姚笑眯眯问道："那三个人里头，我排第几？"

陈平安既诚恳又赧颜道："暂时第三。"

宁姚摘下佩刀，随便握在手中，用刀鞘轻轻拍了拍陈平安的肩膀，皮笑肉不笑道："陈平安，你要感谢我的不杀之恩。"

陈平安莫名其妙问道："煎药你不觉得烦？"

宁姚愣了愣，理解了他的想法："陈平安，我突然发现你以后就算到了外边，也能活得挺好。"

陈平安一点都不贪心，诚心诚意道："跟现在一样好就行。"

宁姚不置可否，轻轻摇晃手中绿鞘狭刀，就像乡野少女摇晃着花枝。

到了刘羡阳家的巷子拐角处，一个黑影蓦然蹿出，宁姚差点就要拔刀出鞘，幸好及时忍住。原来是一条黄狗，围绕着陈平安亲昵打转。陈平安弯腰揉了揉黄狗的脑袋，起身后笑道："是刘羡阳隔壁那户人家养的，叫来福，好多年了，胆子特别小。以前我和刘羡阳经常带它上山，它就只会跟在我们屁股后头凑热闹，刘羡阳总嫌弃它抓不住山兔山鸡，总说来福连一只猫都不如。像马苦玄家养的那只猫，有人看到它经常能够往家里叼野鸡和蛇。不过来福年纪大了嘛，十来岁了，很老啦。"说到这里，陈平安忍不住又弯下腰，摸了摸来福的脑袋，柔声道："一大把岁数，就要服老，对吧？放心，以后等我赚到了大钱，一定不饿着你。"

宁姚摇了摇头，对此她是无法感同身受的。哪怕这一路行来，她见过很多人很多事。

宁姚也曾对这异乡心怀成见，只是游历多了，成见依旧有，却比最初要小了许多。

有那佛家的行者，在凄厉风雨夜，赤足托钵而行，唱着佛号，步伐坚定。有赴京赶考的穷书生，在破败古寺里，为披着人皮的狐魅温柔画眉，最后重新动身起程之时，哪怕明知自己已是两鬓微霜，也无悔恨。

有顶着天师头衔的年轻道人，在古战场和乱葬岗之中独自穿行，默念着福生无量天尊，不惜消耗自身修为，为孤魂野鬼们引领一条超脱之路。有上任之初亲手禁绝淫祠龙王庙的中年文官，嘴唇干裂渗出血丝，在干涸河床边上，摆下香案，沙哑诵读着《龙王祈雨文》，最后为了辖境内的百姓，面向龙王庙，下跪请罪。

有前朝遗老的古稀老人，不愿带着出仕新朝的儿子，只带着蒙学的小孙子，登高作赋，面对家国破碎的旧山河，老泪纵横，跟心爱孙子说那些已经改了名的州郡，原本应该叫什么。有一叶扁舟在千里长峡中顺流直下，读书人在两岸猿声中，意气风发，读至快目会心之处，仰天长啸。有覆面甲胄的倾国女子，在硝烟落幕后，纵马饮酒最绝色。

一路行来，一路见闻，一路感悟，宁姚的向道之心，始终稳若磐石，没有任何拖泥带水。

现如今，宁姚又多看到一幕。

一个孤苦伶仃的陋巷少年，背着箩筐系着鱼篓，摸着一条老狗的脑袋，少年对未来充满希望。

两人刚到刘羡阳家没多久，就有人敲响了院门。陈平安和宁姚对视一眼，然后陈平安出去开门，宁姚只是站在屋门口，不过她回头瞥了眼那柄安静躺在柜子上的长剑。

敲门之人是卢正淳，自然是以妇人为首，此外还有两名卢氏忠仆。

卢正淳面容和善，轻声问道："你是刘羡阳的朋友，叫陈平安，对吧？我们是来搬箱子的，刘羡阳应该跟你打过招呼了。所以这袋钱你放心收下。除此之外，我们夫人答应刘羡阳的条件，将来也会半点不差交到他手上。"

陈平安接过那袋子钱，让开道路，雍容大方的妇人率先走入院子，卢正淳带着两名下人紧跟其后。妇人亲自打开已经被摆在正堂的红漆木箱子，蹲下身，伸手抚摸那具模样丑陋的宝甲，眼神出现片刻迷离，然后是难以掩饰的炙热和渴望，但是这抹情绪很快就被妇人收敛。恢复正常神色后，她站起身，示意卢正淳可以动手搬箱子了。东西并不沉重，毕竟里头只有一副甲胄而已。

妇人最后一个离开屋子，走到门槛的时候，回头看了一眼陈平安，微笑道："刘羡阳真的很把你当朋友。"不明深意的陈平安只好一言不发，只是默然送他们这一行人离开院子。

最后陈平安站在门外，久久不肯挪步，宁姚来到他身边。

妇人走在卢正淳三人之后，走到巷子尽头后，转头望去，看到并肩而立的少年少女，玩味笑道："年轻真好，可是也得活着才行啊。"

那座横跨小溪的廊桥里，高大少年刘羡阳倒在血泊中，身体抽搐，不断吐出血水。

只是这一次，他再没有能够听到某个黑黑瘦瘦的家伙，一遍遍撕心裂肺喊着"死人了"。

廊桥北端桥头台阶那边，人头攒动，议论纷纷，远远看着热闹，唯独不敢靠近刘羡阳，生怕惹祸上身。

有两人快步走入廊桥，男子蹲下身，搭住刘羡阳的手腕脉搏后，脸色越发沉重。

青衣少女阮秀恨极，咬牙切齿道："一拳就砸烂了他的胸膛，好狠辣的手段！"

男人不说话。

扎了一根马尾辫的阮秀怒道："爹！你就眼睁睁看着刘羡阳这么被人活活打死？刘羡阳是你的半个徒弟！"

男人一直没有松开刘羡阳的手腕，面无表情，淡然道："我哪里知道堂堂正阳山，这回竟然如此不讲规矩。"

阮秀猛然起身："你不管，我来管！"

男人抬头缓缓问道："阮秀，你是想让爹给你收尸？"

阮秀大踏步前行，一往无前，沉声道："我阮秀不是只会吃一件事！也会杀人！"

男人眉宇间隐约有雷霆之怒。小半原因是自己闺女的愣头愣脑，更多自然是正阳山那头老猿的歹毒出手。

男人想了想，既然自己还未正式接手齐静春的位置，那么是不是就意味着，自己也可以不用那么讲道理？

阮秀突然停下脚步，她看到有个消瘦少年，从廊桥那一头，向自己这边疯狂跑来。

她看到那个熟悉的身影，穿着一双草鞋，面无表情，古井无波。

两人一瞬间就擦肩而过，阮秀想要说些什么，却说不出口，没来由，她便觉得很委屈，一下子就流下眼泪。

当陈平安坐在身边，伸手抓住他的一只手时，视线早已模糊的刘羡阳，好像一下子多出几分精气神，试图挤出一个笑脸，断断续续说道："那婆娘说我不交出宝甲，她就能杀了你……她还说，反正她是母子二人来咱们小镇的，一人被驱逐而已，这个代价她出得起。我怕，很怕她真的去杀你……之前我跟你说的，其实不全是假话，我爷爷的确跟我说过那些话，所以我觉得卖了就卖了，没啥大不了的……只是刚才她又让人去找我，说那个老人疯了，一听说我没有剑经，就执意要先杀你，再来杀我，我实在是担心你，想跟你打声招呼……就一路跑到这里，然后就被那老王八蛋打了一拳，是有点疼……"

陈平安低着头，轻轻擦掉刘羡阳嘴角的鲜血，他死死皱着那张黝黑消瘦的脸庞，轻声道："不怕，没事的，相信我，别说话了，我带你回家……"

刘羡阳那股子强撑起来的精气神，渐渐淡去，视线飘忽，喃喃道："我不后悔，你也别怪自己，真的……就是……我就是有点怕，原来我也是怕死的。"

最后刘羡阳死死攥紧他唯一的朋友的手，呜咽道："陈平安，我真的很怕死。"

陈平安坐在地上，一只手死死握着刘羡阳的手，一只手握拳撑在膝盖上。大口喘息，拼命呼吸。

年纪轻轻的陈平安，此时就像一条老狗。

陈平安眼眶通红。当他想要跟老天爷讨要一个公道的时候，就更像一条狗了。

陈平安不想这样，这辈子都不想再这样了！

福禄街卢氏的宅子，小巧玲珑，却别有洞天，便是清风城许氏妇人，也觉得是螺蛳壳里做道场，做到了极致，不能再苛求什么。在一座临湖水榭里，刚刚成功将刘家瘸子甲收入囊中的许氏妇人，满面春风得意，慵懒地斜靠着围栏。大概是心情实在太好，以至于卢正淳那只苍蝇站在水榭台阶上，也觉得不是那么碍眼了。

身穿一袭大红袍子的儿子站在长凳上，往小湖里丢鱼饵，近百尾红背鲤鱼拥挤在一起，红浪滚滚，画面颇为壮观。

许氏对卢正淳吩咐道："你就不用在这边候着待命了，等到此间事了，你便随我们去往清风城，除了让我家夫君收你为入室弟子外，也会答应你爷爷那个有些无理的请求，务必保证让你有朝一日能够跻身中五境。要知道，这种承诺，才是最值钱的，所以说你爷爷是只老狐狸。"

说到这里，许氏自顾自嫣然而笑："要我看啊，如果你爷爷是卢氏掌舵人，卢氏王朝未必会这么快崩塌。哪怕是眼高于顶的大骊藩王宋长镜，也坦言能够在一年内就立下灭国之功，功劳簿上有你们卢氏皇室一半。当然了，你们这支小镇卢氏，运气不太好，跟主支卢氏，一荣未必俱荣，一损倒真是俱损，所以这次我们清风城给你这个千载难逢的机会，不要错过了，要好好把握住。"

卢正淳弯腰极低，双手作揖高过头顶，感激涕零道："卢正淳绝不敢忘记许夫人大恩大德，日后到了那座名动天下的清风城，必当为许夫人做牛做马，并且我卢正淳发誓，此生只忠心于夫人一人！"

清风城许氏笑意妩媚，眯起眼眸，柔声道："这种掏心窝子的话啊，可别让我夫君，也就是你未来的师父听到，或者到时候你也可以在他面前重复一遍？"

兴许是在泥瓶巷给刘羡阳下跪后，卢正淳对于此事已经不再心怀芥蒂，听到许氏的诛心言论后，立即跪下，整个人匍匐在水榭外的台阶顶部，颤声道：

"卢正淳绝不敢忘本！"

许氏笑了笑，随意挥挥手，开始赶人："行了，起来吧。以后到了清风城，修行一事最耗光阴，路遥知马力，你是不是忘本，自然水落石出。"

卢正淳后退着离开水榭，下了台阶才缓缓转身。这个曾经在小镇呼风唤雨的天字号纨绔，在许氏跟前，好像腰杆就从来没有直起过。

小镇之外的卢氏，作为一座大王朝的掌国之姓，在被大骊边军重创之后，可谓大伤元气，一蹶不振，短期之内很难东山再起，从上到下，卢氏嫡系和旁支以及远房，只得夹着尾巴做人。否则，以清风城的家底和声望，绝对不敢如此在小镇卢氏宅子做起鸠占鹊巢的勾当，还敢居高临下，对卢氏子弟呼来喝去。其实就算换成正阳山的那对主仆，都很勉强。如今卢氏龙游浅滩，时局艰辛，实在是不得不低三下四。

红袍男童嗤笑道："真是个天生奴才命的狗腿子，娘亲你收下这种废物做什么？不会真要让我爹收他做徒弟吧，而且还答应他一个中五境？中五境什么时候如此廉价了？"

许氏微笑道："卢正淳虽然面目可憎，但并非没有可取之处。此人资质一般，本来成为外门弟子就属万幸，不过说到底，这个年轻人只是那笔大买卖之下的小添头而已，掀不起半点风浪。至于表面上看，娘亲许诺给小镇卢氏这么多，答应卢氏皇室那些逃难的皇亲国戚和金枝玉叶，可以在清风城避难并且扎根，清风城会以礼相待，奉为座上宾，甚至在城内专门划分出一大块区域，作为卢氏的私人地盘，期限为一百年。……"

孩子丢完鱼饵，突然跑出水榭，捡了一大把石子回来，然后趴在栏杆上，朝着那些鲤鱼使劲丢掷石子，玩得不亦乐乎，转头说道："娘亲，咱们来小镇寻觅瘕子甲，是不是就是一个掩人耳目的由头，是咱们清风城许氏借此机会掌控卢氏的障眼法？毕竟百足之虫死而不僵，卢氏那拨浩浩荡荡的丧家犬，听说人数仅皇室成员就有三千多，加上内宦奴婢附庸和不愿依附大骊宋氏的亡国遗老，对于我们清风城的人气增长，帮助很大。如此说来，这里才是落魄卢氏如今真正的消息运转枢纽？"

许氏欣慰笑道："能够想到这一层，说明我的儿子很聪明，但是呢，还是错了。"

男孩皱眉，等着答案。

许氏眨了眨眼睛："那副瘊子甲，内有玄机，简单而言，就是不比那部剑经差。"

男孩狠狠丢出一颗石头，砸在一尾鲤鱼背脊上，鲜血四溅，可怜的鲤鱼疯狂拍打着水面。

男孩眼神炙热："我爹最擅长攻伐之道，杀力之大，不比那大骊宋长镜逊色太多，只可惜一直受困于先天身体孱弱，最怕对手和他以伤换伤的无赖打法，这才无法扬名，还沦为笑柄，就连清风城的自家人也敢在背地里取笑我们。娘亲，是不是我爹得了这具宝甲之后，就能够攻防皆备，可以与那宋长镜一较高低了？"

许氏仍是摇头。

红袍男孩重重一拍栏杆，怒色道："你不要跟我卖关子！"他龇牙咧嘴，择人而噬，就像一头虎豹幼崽。

许氏从来没觉得儿子在自己面前大呼小叫有何不妥，毕竟儿子一出生，就得到过一位高人评价极高的谶语："虎狼之相，人主资质。"

许氏耐心解释道："你爹得到宝甲后，一旦参悟成功，能够百尺竿头更进一步，要什么防御，一力降十会，一鼓作气碾压敌人便是。"

男孩哈哈大笑，快意至极："杀杀杀，到时候让我爹就从咱们清风城内部杀起！自己人做的恶心事，才最恶心！"

男孩笑过之后，很快冷静下来，突然想起一事，问道："娘亲，你这么戏耍正阳山，真是要猴了，就不怕那只蠢猿万一回过神来，离开小镇后就对我们大打出手？还有一件事，我始终没想明白，那个姓刘的，既然早早有了买瓷人，本身就根骨极好，加上有宝甲有剑经，这样的香饽饽，简直少之又少，就连我也不得不承认，对他需要刮目相看，那么买瓷人为何迟迟不愿露面，使得娘亲你能够浑水摸鱼，还让那正阳山老猿帮咱们解决掉了烂摊子。他一拳打死刘羡阳后，什么都清净了，天大麻烦由正阳山来兜着，至于我们清风城，便有了极大的回旋余地。"

许氏胸有成竹道："正阳山那只千岁高龄的搬山老猿，脑子不算好用，但还不至于蠢笨到被娘亲任意当猴耍的地步。其实他早已猜出娘亲借刀杀人的手段了。为何老猿愿意捏着鼻子，自己跳入陷阱，其中原因比较复杂，既有正阳山不怕惹祸上身的自负，也有一段不为人知的秘史内幕，你暂时不用管这些。"她陷入沉思，再次捋了捋思路，试图查漏补缺，以免后患无穷。

少年刘羡阳的买瓷人，曾是鼎力支持卢家王朝的一股势力。王朝覆灭后，赔了一个底朝天，血本无归，在这之前，确实是山下世俗王朝一等一的门阀，否则也不至于在确认刘羡阳的剑仙坯子资质后，仍然能够耗费重金将刘羡阳留在小镇，买下了之后的九年时间。

正阳山不知通过什么渠道知晓此事后，便去找到那个破落户，试图购买刘羡阳的本命瓷。正阳山一位老祖，当面就给出了一个天价，但是那户人家吃错药了一般，死活不愿松口，只说是已经转手卖给其他人了，至于是谁，什么来历，更是守口如瓶。

之后迷惑不解的正阳山，便听到风声，说是正阳山的死敌风雷园抢先抓住机会，趁火打劫，得了先机。那户人家自然不敢当着正阳山剑仙的面，说自己已经把东西卖给了你们正阳山的仇敌风雷园。

至于刘家祖传瘊子甲和剑经一事，以及风雷园接手刘羡阳本命瓷的消息，到底是谁泄露给正阳山的？远在天边，近在眼前。正是清风城许氏，不过当然是躲在幕后的那种。她更是主要谋划之人。这趟亲自赶赴小镇，花费巨大代价，她自然要保证这笔买卖最少能够回本，否则她这一支在清风城的地位，就会一落千丈，岌岌可危，更别奢望独力执掌清风城。

事实上小镇这边，卧虎藏龙，不容小觑，不提日薄西山的卢氏，其余三大姓氏，在东宝瓶洲版图上，谁不是雄踞一方，如日中天？

其实四姓十族，真正的底蕴，不是说盘踞着多少条术法通天的地头蛇。这些家主、老祖宗，其实注定已经离不开。老话说树挪死人挪活，可惜他们早已与桃叶巷的桃树、小镇中心的老槐差不多，属于挪了就死，更无来生一说，所以空有一身大神通，无法施展。

这些家族的底蕴，在于他们能够掌握多少口龙窑，管辖多少门户，因为这将直接决定每年为外边提供多少只本命瓷。一旦出现修行的好坯子，押中宝的买瓷人，只要不是手头太拮据，多半还会额外包一个"大红包"，除此之外，也等于双方结下一份香火情，比起点头之交，当然分量要更重。

许氏突然对自己儿子感慨道："千万不要小觑任何人，哪怕是卢正淳这种弯腰做狗的小人物。你以为来了小镇，就能够轻而易举将那些机缘、宝物拿到手吗？不是这样的。老龙城的苻南华，几乎道心崩碎，云霞山的蔡金简更是人间蒸发，生死不知。还有一名资质不俗的后辈，在廊桥那边看似福至心灵，便作水观，给人坏了心境，无异于在心湖底部，被人硬生生砸出一个大坑，使得湖水下降。这类事情，不会到此为止，接下来反而只会越来越多。所以说，修行路上，无一个逍遥人。"

男孩想了想："小心驶得万年船。娘亲，我会注意的。"

许氏点头道："如此最好。"

男孩丢掷出最后一颗石子，问道："那个齐静春到底怎么回事？"

许氏罕见动怒，厉色训斥道："放肆！尊称齐先生！"

男孩一愣，乖乖改口道："齐先生是不是有了麻烦？"

许氏犹豫片刻，缓缓说道："齐先生的恩师，不但曾经陪祭于那座文庙，而且还是儒教教主的左手第二位。"

男孩目瞪口呆。

这意味着齐静春的恩师，是儒家，或者准确说是儒教漫长历史上的第四人？

这是超乎想象的存在。要是有谁夸下海口，说这类圣人一怒之下，能够一脚将东宝瓶洲最大的山岳彻底踩碎，男孩不敢说全信，但也肯定会半信半疑。

许氏心有戚戚，低声道："只是那位圣人中的圣人，如今地位却比这座小镇的那些破败神像……也不如了。"

男孩咽了咽口水，随口问道："刘羡阳那个朋友如何处置？"

许氏想了想："你是说泥瓶巷那个姓陈的孤儿？"

男孩点点头。

许氏笑道："你不也一见面就称其为蝼蚁吗？让他们自生自灭便是。"

督造官衙署来了两位风尘仆仆的客人，两人皆是弱冠之年，玉树临风，如楠如松，头等美质。门房听说是来拜访崔先生后，连身份也不询问，赶紧领进官邸，领到那位崔先生暂居的别院，帮着敲响门扉，门房便恭谨告辞。

开门之人，正是那位代表儒家来此讨要压胜之物的君子，年少时就赢得过呵笔郎的美誉，一直被视为下任观湖书院山主的不二人选。他看到两位年轻人之后，有惊喜也有讶异，望向其中一位斜靠门扉的年轻人，笑问道："灞桥，你身边这位朋友是？"

被称呼为灞桥的年轻人，嬉皮笑脸道："这家伙啊，是大雍王朝龙尾郡的陈氏子弟，崔兄你叫他松风就行。这家伙生平不好美色美酒，唯独有石砚之癖，听说这边的小溪有几个老坑，就想来碰碰运气。他还有一位远房亲戚，这次也与我们随行，要不是因为她，我和松风也不会耽搁到现在才进小镇，本该早两天来的。她不喜欢与人打交道，便自己去逛小镇了。唉，可惜了可惜了，来的路上，听说大隋的一个皇子得了天大机缘，赚到一尾金色龙鲤，以后大有希望走江出龙，把我给眼馋得眼睛都红了。崔兄你瞅瞅，满是血丝，对不对？"

年轻人把头向那位儒家君子伸过去，后者笑着用手指推开他的脑袋，提醒道："刘灞桥，既然已经拖延了行程，就赶紧办正事去，还来我这边空耗做什么？什么时候风雷园的行事风格，变得如此拖拉了？"

那位龙尾郡陈氏子弟面带歉意，苦笑道："来的路上，有过一场冲突意外，灞桥兄伤了作为养剑室的脏腑窍穴，只得冒险将本命剑移至明堂窍。若非我修为不济，成了累赘，绝不至于让灞桥兄受伤。"

刘灞桥爽朗大笑道："几个鬼鬼祟祟的野修罢了，靠着一点歪门邪道，才侥幸伤到本公子，反正已是我剑下亡魂，不值一提！如果不是急着赶路，本公子就要给他们弄几座衣冠冢，立块墓碑，写下他们于某年某月某日死于我刘灞桥剑下，将来等我成为剑道第一人，说不得还会成为一处风景名胜，对不对？"

儒家君子与这位风雷园天才剑修相识已久，知道他天生不着调的性格。他把两人带进院子，刘灞桥突然压低嗓音："崔兄，你给我透个底，此方天地是不是马上要塌了？山崖书院那位流徙至此的齐先生，当真要执意逆天行事？"

崔姓读书人置若罔闻。

刘灞桥嘿嘿一笑，指了指崔先生："我已经懂了。"

那位儒家君子看似漫不经心地说道："松风，我先前去学塾那边拜访过齐先生，先生说起修身一事，有过'时不我待'的感慨。"

修身齐家治国平天下，这位出自崔氏的圣人种子，却只说到修身便打住了。

陈松风一开始本以为是读书人之间的客套寒暄，只是当他看到对方的眼神之后，灵犀一动，立即心领神会，抱拳道："崔先生，我去寻一寻那位远房堂姐，回来之后再向先生讨教治国韬略。"

陈松风言语当中，有意无意跳过"齐家"环节，只是提及了治国。

陈松风匆匆离去。崔姓读书人叹了口气，和刘灞桥坐在小院石桌旁。

刘灞桥跷着二郎腿，直言不讳道："这个陈松风聪明是聪明，一点就透，只不过吃相也太不讲究了，好歹坐下来跟你胡扯几句，再走也不迟，就那么急着去求祖荫槐叶？我看没必要嘛。如今我们东宝瓶洲除了龙尾郡陈氏，还剩下几个上得了台面的姓氏门阀？那些槐叶，不乖乖落入他陈松风口袋，难道还落在小镇土生土长的俗人头上？"

东宝瓶洲的陈氏，以龙尾郡陈氏为尊，虽然沉寂很久，不过瘦死的骆驼比马大，虽然声势不振，但到底是祖上出过一大串枭雄人杰的千年豪阀，因此哪怕是刘灞桥所在的风雷园这样的鼎盛宗门，也不敢小觑，就连刘灞桥这种人，也愿意与之为伍，算是当作半个朋友。

读书人好奇问道："你来此是找那位阮师，求他帮你铸剑？"

刘灞桥吞吞吐吐，语焉不详。大略意思是为宗门做一件事，如果做成了，风雷园就会出面为他向阮师求情铸剑。至于那件事为何，刘灞桥似乎有些难以启齿。

读书人又说道："你知不知道正阳山也来人了，而且是主仆二人。"

刘灞桥愣了愣，震惊道："我根本没听说啊，正阳山是谁来了？"

然后这个在风雷园以跋扈著称的年轻剑修，闭上眼睛，双手合十，碎碎念祷告道："千万别是倾国倾城的苏仙子，小子我跪求不是苏仙子大驾光临，要不然我出剑还是不出剑？苏仙子看我一眼，我就要酥了，哪里舍得祭出飞剑……"

读书人有些无奈："放心，不是你心仪的苏仙子，是护山的白猿，他护送着正阳山纯阳剑祖陶魁的宝贝孙女。"

"老崔你真是我的福星！不是苏仙子就万事大吉！"刘灞桥立即活蹦乱跳，哈哈大笑道，"怕他个卵？！我还怕一头老畜生不成？！咱们风雷园谁都可以怕，唯独不惧他正阳山！"

读书人犹豫了一下："风雷园和正阳山，本是同根同源的剑道正宗，为何就不能解开死结？"

刘灞桥收敛玩笑神色，沉声道："崔明皇，这种话你以后到了风雷园，千万千万别跟人说半个字。"

崔明皇喟然长叹。

风雷园，正阳山，双方从祖师剑仙到刚入门的子弟，往往不需要什么一言不合，只要是遇到了，直接就会拔剑相向。

官署门房和年迈管事突然火急火燎赶到院门外，崔明皇和刘灞桥同时起身。

管事走入院子，行礼之后，说道："崔先生，刚得到一个消息，正阳山对一个叫刘羡阳的少年出手了。"

刘灞桥骤然大怒："哪个刘羡阳？！"

管事对崔先生颇有敬意，至于眼前这位不知姓名的公子，老人其实并不畏惧，淡然回复道："回禀这位公子，我们小镇只有一人叫刘羡阳。"

刘灞桥脸色剧变，冷笑道："好一个正阳山，欺人太甚！"

崔明皇神色自若，问道："齐先生是否出面？"

管事摇头道："尚未。听说那少年被带去了阮师的剑铺，估摸着就算没死，也只剩一口气了。有人亲眼看到那少年胸膛被一拳捶烂，如何活得下来。"

崔明皇笑了笑："谢过老先生告知此事。"

年迈管事连忙摆手："不敢当不敢当，职责所在，叨扰崔先生了。"

在管事领着门房一起离去后，崔明皇看到刘灞桥一屁股坐回石凳，疑惑问道："你难道正是冲着那个少年而来？"

刘灞桥脸色阴晴不定："算是一半吧。接下来会很麻烦，大麻烦。"

崔明皇问道："不只是牵涉风雷园和正阳山的恩怨？"

刘灞桥点点头："远远不止。"

崔明皇袖手而坐，轻声道："树欲静而风不止。看来我是该动身去取回那块四方镇圭了，哪怕会被齐先生误认为是我们观湖书院落井下石，也没办法。"

崔明皇站起身："我去趟学塾，去去就回。"

他离开福禄街的官邸后，途经十二脚牌坊楼，停下脚步，仰头望着"当仁不让"四字匾额。

阳光下，崔明皇伸手遮在额头。他一阵犹豫不决之后，竟是转身返回官署。

福禄街上，魁梧的白发老人牵着瓷娃娃一般容颜精致的女童，并没有进入卢家大宅，反而去了李家。早有人等候在门口，将两人迎入家内，在悬挂"甘露堂"匾额的正堂内，一个气度威严的老人站起身，来到门口相迎，抱拳道："李虹见过猿前辈。"

正阳山的搬山老猿，对李家家主随意点了点头，松开小女孩的手，低头柔声道："小姐，老奴在山顶那边等你。"

小女孩坐在正堂门槛上，气鼓鼓不说话。

李氏家主轻声道："前辈放心，我们李氏一定将陶小姐安然无恙地送出小镇。"

老猿嗯了一声："此次麻烦你们帮忙照顾小姐，就算正阳山欠你们一个人情。让我与小姐说些话。"

李虹立即离开正堂，并且下令让家族所有人都不得靠近甘露堂半步。

老猿也坐在门槛上，想了想："小姐，有些话本不该跟你说的，只是事已至此，再隐瞒也没有意思，老奴就一并跟你说了。此次小镇之行，多半是有人精心策划的一个局。那个清风城许家婆娘，跑不掉，只不过她未必是分量最重之人。这个坑，厉害的地方在于哪怕老奴有所察觉，也无法不跳。小姐有所不知，那部剑经的主人，曾经是一个背叛正阳山的剑道孽徒，剑经由他自创而

315

成。依照你爷爷的说法，这部剑经最可贵之处，在于虽然写书之人，最终剑道成就不过是摸着剑仙的门槛，但是剑经内容，直指大道。小姐你想啊，与咱们正阳山交好的谢家老祖，何等眼界，仍是给予这部剑经'极高'二字评语。"

接下来老猿的语气冷漠了几分："而这个欺师灭祖的剑道天才，走投无路之际，投靠了我们正阳山的宿敌风雷园，风雷园也确实庇护了此人大半生。他当了大半辈子的缩头乌龟，后来为了印证剑经，悄然离开风雷园，寻找过数位证了道的大剑仙，例如谢家老祖，哪怕皆对其人品不屑，但是对于剑经所写，的确都赞赏不已。谢家老祖私下曾说，剑经融合正阳山、风雷园两家剑道精神，一旦哪一方有人修成，那么两家的术道之争，鹿死谁手，就该落幕了。"

老猿沉声道："所以这部剑经，老奴如果能够拿到手，交给小姐你来修行，是最好的结果。退一万步说，就算我们正阳山没有拿到手，如果给什么老龙城、云霞山之流，被那些年轻人得去了机缘，正阳山倒也能忍。唯独一事，绝对不能退让半步，那就是被风雷园的狗杂种们将剑经拿到手！"

老猿脸色铁青狰狞："小姐，别忘了，风雷园的园子最深处，那座试剑场之上，我们正阳山的那位老祖，也正是小姐你这一脉的祖先。她当初在正阳山最为孱弱之际，毅然挑战那一代的风雷园园主，结果堂堂正正战死后，她的尸首，非但没有被风雷园礼送回正阳山安葬，反而任其曝晒，甚至头颅之中，还插着一把风雷园剑士的长剑，故意任人观摩取笑！

"三百年了，整整三百年，哪怕正阳山公认英才辈出，竟然始终连风雷园的一把剑也拔不出来！一代代正阳山剑修，承受着这种奇耻大辱。正阳山一日不灭风雷园，便一日是整个东宝瓶洲的笑话。

"为何我正阳山，每一位老祖成就剑仙之尊后，从不愿召开庆典，普告天下?!"

这些陈年往事，小女孩其实早就烂熟于心，耳朵都听得起茧子了。

只不过之前亲人长辈说起，都尽量以云淡风轻的语气提起这段公案恩怨，远远不像搬山猿这般愤懑满怀，直抒胸臆。

小女孩稚声稚气问道："白猿爷爷，那你为何不干脆一拳打死那死犟死犟的少年？虽说他如今已是经脉寸断，气息崩碎紊乱，剑经自然而然就跟着被捣烂搅碎，神仙也没办法复原。可是不怕一万就怕万一，万一有人救了他，万一有人得到剑经，那我们正阳山咋办？"

那部剑经的传承方式极为特殊玄妙，无法言传，当年那个正阳山叛徒，留下一道流转不定的剑意在子孙体内，代代相传，一直在等待天资卓绝的子孙出现，能够驾驭这道蕴含剑经内容的剑意。所以只要刘羡阳死了，他的买瓷人和风雷园也就彻底没戏了。那部从未真正现世的剑经，就此烟消云散。

老猿哈哈笑道："老奴若是当场就打死那少年，就会被瞬间赶出这座小天地，到时候小姐怎么办，难道要小姐独自面对风雷园的人？再者，此地术法一律禁绝，阮师能铸剑能杀人，可是救人的本事嘛，真是不咋的。除此之外，难不成齐静春出手？绝对不会的，如今他已是泥菩萨过河自身难保。再说了，真惹恼了老奴，大不了就现出真身。老奴倒要看看，这方天地撑不撑得起老奴的千丈真身！"

老猿站起身，气势磅礴，道："小姐，廊桥少年一事，已经不用理会，容老奴杀了风雷园的人，就在那座山顶门外等你。那齐静春若是识相，就隔岸观火，若是他敢插手，老奴就敢撞他个支离破碎。便是阮师出手，老奴也要与之一战到底，才算不虚此行！"

小女孩想了想，灿烂笑道："白猿爷爷，你去吧，不用担心我。"

老猿洒然笑道："小姐就更不需要担心老奴了。"

溪畔剑铺一间屋子里，弥漫着一股浓重的血腥味，一盆盆血水被端出去，然后端回一盆盆清水。

一个几乎是被阮秀拎小鸡一样抓来的老人——杨家药铺的掌柜，就坐在窗前小凳上。他伸手洗去满手血迹，额头渗出汗水，抬头后无奈摇头道："阮师，这少年的伤势实在太重了，如果是小镇之外……"

双手环臂的阮师傅板着脸道："废话就别说了。"

杨掌柜只得苦笑。自己确实说了句废话，如果是在小镇之外，根本就用不着他出手。

青衣少女阮秀，死死盯住那片放在病榻少年额头上的槐叶——已经黯然无光，绿色犹然是绿色，却没有半点绿意。她猛然转头，愤怒问道："不是说好了，陈平安拿出他那片槐叶，刘羡阳就能有一半生机吗？"

杨家铺子老掌柜叹息道："若是槐叶主人自己遭此重创，然后承受槐叶的祖荫，当然是救活的机会有五成，可是用来给别人消受福荫，就另当别论了。"

阮秀怒喝道："姓杨的！那你为何之前胡说八道，还说有五成希望？！为什么不早说！"

杨掌柜哭丧着脸，无比委屈："老夫当时要是不这么说，怕是少年没死，老夫就已经被你活活打死了。"

阮秀气得脸色发白，正要开口骂人，男人沉声道："秀秀，不得对杨掌柜无礼。"

阮秀咬紧牙关，默不作声。

男人沉默片刻后，瞥了眼呆若木鸡、迟迟没有动静的老掌柜，没来由春雷绽放似的，就开始破口大骂道："杨掌柜，你他妈的像一根木头杵在这里，作死啊？！"

碰上这么一对父女，杨掌柜真是欲哭无泪，关键是还不敢流露出丝毫不满，只得硬着头皮继续死马当活马医。

从头到尾，陈平安都没有大呼小叫，也没有号啕大哭，只是一次次端水出门再进门，一盆盆血水换成一盆盆清水。

又一刻钟之后，药铺杨掌柜也是烦躁至极，低头看着那盆清水，猛然一巴掌拍在水里，溅起无数水花，然后抬头对阮师傅无比悲愤道："阮师！你干脆一剑刺死我算了，老子只是个卖药的，不是起死回生的神医！"

打铁汉子一点一点皱起眉头。

杨掌柜立即缩了缩脖子。

陈平安终于出声说话："杨掌柜，再试试看。"

杨掌柜转头望向陈平安。陈平安眼神干干净净，微微加重语气："再试试看！"

杨掌柜吐出一口浊气，于心不忍道："孩子，老夫是真的无能为力啊。"

陈平安艰难挤出一丝笑意："杨掌柜，求你了。"

杨掌柜满脸疲惫，仍是摇了摇头。

陈平安眼睛里仅剩的最后那点希冀神采，消失不见了。

他蹲下身放下脸盆，坐在床边，握住刘羡阳已经微凉的手，挤出一个比哭还难看的笑脸，轻声道："我会回来的。"

陈平安起身离开屋子，走到门槛那边，突然转过身，向一直忙到现在的阮家父女和老掌柜三人，鞠躬致谢。

陈平安跨过门槛，阳光有些刺眼，略作停顿后，他大步向前。

老天爷不给公道，没事，我自己去要，能要多少是多少。

陈平安离开屋子没多久，阮秀一跺脚，就要跟上去，却被从阮师变成阮师傅的中年男人喊住。男人正色道："秀秀！你若是现在掺和进去，只会帮倒忙，害了那个陈平安，到时候才真正是万劫不复。"

阮秀没有转身，只是猛然转头，黑亮的马尾辫，在空中甩出一个漂亮弧度。她眼神凌厉，语气近乎苛责道："爹，刘羡阳的事情你也没掺和，结果又如何了？"

男人欲言又止，最后仍是忍住没有泄露天机，沉声道："相信爹，现在的你，对那个少年最大的帮助，是尽量告诉他一些这座小洞天的秘密和规矩，要他争取在框架之内行事，天时地利人和，能够多占一样是一样。"

阮秀似懂非懂，犹豫不决。男人挥挥手，耐着性子叮嘱道："牵一发而动全身，你是我阮邛的女儿。那泥瓶巷的少年，他丢入池塘的石子再大，溅起的水花有限，不会惊扰到水底的老王八，这就意味着万事可以周旋，可是你阮秀不一样。记住喽，每逢大事要静气，要你多读书多读书，总是不听！心性连一个陋巷少年也比不上，亏你还是修行之人。"

男人其实最后这句话一说出口，就有些后悔了。没办法，到了自家闺女这边，汉子总管不住最后一句肯定拆台的言语。好在这回阮秀竟是没有觉得怎么委屈，她快步跑出屋子，留下一个心情复杂的男人。

本名阮邛的男人挑了张凳子坐下，握住刘羡阳的手腕，一团乱麻的脉象，糟糕至极。本就心情不太好的他脸色越发阴沉，大发牢骚道："齐静春也真是的，正阳山如此投机行事，就算没办法按照规矩将其驱逐出境，好歹也给点教训，杀鸡儆猴，即便杀不得，打几下有什么问题？要不然接下来此方天地不断有新人涌入，更加鱼龙混杂，还不得乱套？怎么，是想着反正没几天就要卸任，大不了就留给我一个稀巴烂的摊子？说好的读书人的担当呢……"

蹩脚老掌柜坐在一旁眼观鼻鼻观心，绝对不插嘴，以免惹祸上身，他只敢在心里不断腹诽，说好的每逢大事要静气呢？

阮邛发完牢骚，最后叹息道："你齐静春如此束手束脚，也是没办法的事情。前边的话，你可以当作耳旁风，这句话，可别漏掉不听啊。"

杨家铺子的老掌柜，其实一直竖着耳朵偷听，闻言后顿时拜服，心想不愧是下一任坐镇洞天的圣人，这脸皮都能挡下飞剑了。

阮邛突然望向杨掌柜，问道："只听说嫁出去的闺女，泼出去的水。这他娘的还没有嫁人啊，就已经胳膊肘往外拐啦？"

杨掌柜实在是憋了半天，忍不住想要说几句良心话了，要不然都对不起自己铁骨铮铮的风骨，于是壮起胆子说道："阮师，是不是老朽老眼昏花的缘故？

总觉得那少年好像也没多喜欢你家秀秀啊。"

阮邛用一种怜悯的眼神看着杨掌柜，斩钉截铁道："不用怀疑，你就是老眼昏花了！"杨掌柜也用一种可怜的眼神看着阮邛。两两无言。

水井那边，阮秀赶上陈平安，也不说话，好像是不知道如何开口。

陈平安朝她笑了笑，记得第一次在青牛背那边遇到，还以为她是哑巴，要么就是不会说小镇这边的方言土话。现在才知道原来她只是不爱说话而已。

跟着陈平安的脚步，走向廊桥那边，阮秀终于鼓起勇气说道："陈平安，我叫阮秀，我爹叫阮邛，是一名铸剑师。我从小就跟我爹打铁铸剑，这次来你们小镇，爹说是碍于宗门托付，加上这里的水土最适宜打造剑炉，所以才来这里蹚浑水。其实我心里清楚，我爹是想为我找一份机缘，我爹这人就是死要面子，就像你的朋友刘羡阳，我爹其实心里很想收这个徒弟。你可能不太知道，我爹如果将来选择在这里开宗立派，开山大弟子的人选，就很重要了，所以他不是见死不救，你别怪他……"

陈平安摇头道："我没有怪你爹。"说到这里，他停顿了一下，抬起手背抹了抹下巴，苦涩道："知道不应该怪别人，但其实心里很气，很生气你爹为什么不早点收下刘羡阳做徒弟，生气为什么刘羡阳出事情的时候，没有人阻拦。哪怕知道这不对，但我还是很生气。"

阮秀点点头："这是人之常情。"

陈平安不愿在这里多耗，问道："阮姑娘，找我有事吗？"

阮秀小心翼翼问道："你现在不会是去找正阳山的人报仇吧？"

陈平安不说话，既不否认也不承认。

阮秀本来就不是擅长言辞的人，干脆就想到什么就说什么了："你别这么鲁莽，正阳山本就是我们东宝瓶洲的名门大派，那只老猿的身份，其实与正阳山老祖无异，哪怕老猿在此地无法使用术法神通，可要是对付你，很简单！再就是他重伤刘羡阳后，齐先生一定会惩罚他的，所以你至少不用担心这件事情会被当作什么都没发生……"

陈平安打断阮秀的言语，说道："阮姑娘你所谓的惩罚，是说杀人凶手会被赶出小镇吗？"

阮秀哑然。

陈平安笑了笑，反过来劝慰阮秀，眼神真诚，清澈得如同小溪流水："阮姑娘，你的好意，我心领了。我当然不会傻乎乎冲上去，直接跟那种神仙拼命。"

阮秀如释重负，习惯性拍了拍胸脯，兴许是觉得自己的举动有些稚气，不够淑雅，不像是大家闺秀，便笑得有些难为情。

陈平安也跟着笑起来，说道："上次只送给你三条鱼，是我太小气了。"

阮秀有些赧颜，很快忧心问道："你的左手？"

陈平安扬起包扎严实的左手："不打紧的，已经不碍事了。"

阮秀整理了一下思绪，缓缓说道："陈平安，千万别冲动，如今学塾齐先生的处境比较困难，而且齐先生和我爹交接的时候，极有可能小镇会迎来翻天覆地的新局面，是好是坏，目前还不好说，所以宜静不宜动。"

陈平安点头道："好的。"

阮秀有些莫名的着急。归根结底，在于她自己就很焦躁。按照她的性情，这会儿本该杀向那个正阳山老猿了，可如今却要反过来苦口婆心劝说陈平安不要冒险，这是有违本心的。但问题在于，就像她自己所说，大势所趋，确实宜静不宜动，这也是她的直觉。她阮秀莽莽撞撞去找人讨要说法，即便惹出捅破天的麻烦，她爹也不会袖手旁观，而且多半压得下来。可是眼前这个陈平安，只能生死自负。

陈平安和阮秀道别离去，独自跑向廊桥。

才别少女，又见少女。

廊桥南端石阶上，坐着一个刀剑叠放的少女，面容肃穆。她身穿墨绿色长袍，双眉狭长，紧抿起嘴唇，身边放着两只织造华美的金丝绣袋。

陈平安快步跑向廊桥，刚到台阶底下，少女宁姚就抛来那两袋子铜钱，淡然道："还你。"

陈平安站在台阶下，双手接住两袋钱，一时间不知道该说什么。

宁姚板着脸说道："说好了要保证刘羡阳的安全，现在是我没有做到，是我宁姚对不起你陈平安和刘羡阳！"

宁姚心知肚明，在这座小镇上，身躯体魄仍属普通的少年，被仙家人物一拳打烂胸膛，谁都救不了。再者，如果刘羡阳有救，哪怕只有一线生机，以陈平安的滥好人性格，恐怕就是待在铁匠铺那边会被人砍头，也绝对不会擅自离开半步。

陈平安走上台阶，蹲在她旁边不远处，把两袋子钱递还给宁姚，轻声说道："宁姑娘，钱，你留着好了，加上泥瓶巷我家藏的那袋，你全部拿去，我已经不需要了。可以的话，以后希望你能帮忙花钱雇个人，照看我和刘羡阳两家的宅子。"

宁姚没有接过钱袋，气极反笑："那要不要帮你每年春节贴春联和门神啊？"

陈平安一脸认真道："如果可以的话，最好。"

宁姚差点气得七窍生烟，大骂道："小时候被牛尾巴打过脸，了不起啊？！就可以名正言顺地做傻事？气死我了！总之这件事情，陈平安你别管，你以为就你那点三脚猫功夫，能对付一只正阳山的搬山猿？刘羡阳那破宅子，以后你自己管去，你家春联门神，也自己滚去买！我宁姚不伺候！"

陈平安望着宁姚说道："宁姑娘，我虽然认识你没多久，但是我能够肯定一件事，如果你有信心帮刘羡阳报仇，你绝对不会把两袋子钱还给我，至少不是在这个时候。"

陈平安把钱放在两人之间的台阶上："宁姑娘，现在都什么时候了，你觉得我还有心情跟你说客气话吗？你跟我，还有刘羡阳，只是做一笔生意买卖，又不是诚心坑我们，只是遇上这样的天灾人祸，谁也想不到，哪有让你赔上性命的道理？相信我，不只是我陈平安不愿意看到这样，刘羡阳那个傻瓜也一样不愿意。他如果能说话，只会说爷们的事，娘们别管……"

陈平安突然咧了咧嘴，说道："我当然不敢这么跟宁姑娘说。"

宁姚双手按在白鞘长剑之上，眯眼道："我之前话只说了一半，愧疚是一半，再就是自离家出走以来，我宁姚行走天下，从来没有遇到一个坎就绕过去的时候！"

宁姚伸出大拇指，指了指自己心口："这里也是！"

陈平安想了想："宁姑娘，你做事之前，能不能先让我找三个人？之后我们各做各的！"

宁姚问道："需要多久？"

陈平安毫不犹豫道："最多半天！"

宁姚又问道："除了齐静春，还有两个是谁？"

陈平安摇头道："宁姑娘你就别问了。"

宁姚皱眉道："窑务督造官衙署，可管不了这个，你真以为是偷鸡摸狗、街头斗殴的小事？"

陈平安刚要站起身，宁姚沉声道："钱拿走！"陈平安只得自己先收起来。

"陈平安！你等下，先转过身去。"在让陈平安转身后，宁姚突然弯下腰，掀起袍子，取下一把绑缚在小腿上的古朴短刀，站起身递给陈平安，语气无比郑重其事道："这是我们家乡那边独有的压裙刀，每个女子都会有。事急从权，便宜行事，我就不讲究什么乡俗了。但是你别忘了，这刀是借给你，不是送给你的！"

陈平安有些茫然，但是伸出一只手去接短刀。

宁姚怒道："用双手！懂点礼数好不好？！"

陈平安赶紧抬起另外一只手，不过仍是疑惑不解。

宁姚没好气道："你以为只凭几片碎瓷，就能杀那只搬山猿？蔡金简只不过是修行路上没走多远的角色，更何况正阳山那只老畜生天生异象，最是皮糙肉厚，别说瓷片，就是寻常的仙家兵器，一样伤不到老畜生分毫，撑死了弄出一两条伤痕，有何意义？屁事不顶用！"

双手接刀又不知如何安置它的陈平安，此刻脸色有些古怪。

宁姚瞪眼道："都要拿刀砍人了，还不许爆几句粗口？！"

陈平安无言以对，不知为何，他坐到了台阶上，抬头望着南方的天空。

宁姚站在他身边。

陈平安最后一次劝说道："真的会死人的。"

宁姚双手环胸，一侧佩剑，一侧悬刀，脸色漠然："我见过的死人，比你见过的活人还多。"然后她故意以一种漫不经心的语气说道："那把压裙刀，回头你可以绑在手臂上，藏于袖中。"

陈平安点头道："好的。"

陈平安使劲拍了一下膝盖，站起身，突然说道："认识你们，我很高兴。"

宁姚猛然转身，率先行走于廊桥中。英气动人的少女，雪白剑鞘的长剑，淡绿刀鞘的狭刀。她此时的身影，是陈平安这辈子见过的最美的画面，没有之一。

这一刻，陈平安觉得自己哪怕能够走出小镇，也不会见到比这更让人心动的场景。这辈子不亏。所以原本因为陆道长一席话，变得有些惜命怕死的他，又像以往那样，一点也不怕死了。死就死。

陈平安和宁姚在十二脚牌坊楼那边分道扬镳，陈平安去了泥瓶巷，敲门喊道："宋集薪，在家吗？"

正在灶房用葫芦瓢勺舀起一瓢水的稚圭，接连打嗝，喝下水后，顿时神清气爽了许多。她放下勺子，从灶房姗姗走出，跑去打开院门，虽然感到有些奇怪，但仍是一板一眼回复道："我家公子不在。陈平安，你怎么敲门了，以前你不都是站在你家院子，跟咱们聊天吗？"

陈平安隔着一扇院门，说道："有点事情。"

稚圭打趣道："稀客稀客。"

她看了眼陈平安的脸色，问道："找我家公子做啥？如果不着急的话，回头我可以帮忙捎句话。着急的话，估计你就得去督造官衙署找人了，之前你也亲眼瞧见了，我家公子跟新任督造官宋大人关系不错。"

她发现陈平安两脚生根似的一动不动，白眼道："倒是进来啊，愣在那边做什么？！我家是龙潭虎穴啊，还是进来喝口水要收你一两银子？"说到这里，稚圭自顾自掩嘴娇笑起来："对你来说，肯定是后者更可怕。"

陈平安扯了扯嘴角，笑容牵强，轻声道："其实我是来找你的，之前那么喊，是怕宋集薪误会。"

稚圭会心一笑，问道："那就说吧，什么事情？丑话说在前头，邻居归邻居，交情归交情，可我到底只是一个泥瓶巷寄人篱下的小丫鬟，肩不能挑手不能提的，帮不了大忙。不过你陈平安要是借钱的话，是能用钱解决的问题，算你运气好，我倒是有一点点小法子。"

陈平安苦笑道："还真不是钱的事情，我就跟你直说了吧，刘羡阳给人在廊桥那边打成重伤了，杨家铺子的老掌柜去看了，也没辙。"

稚圭一脸茫然："我怎么没听说这事儿，刘羡阳惹上谁了？"

陈平安无奈道："是个外地人，来自一个叫正阳山的地方。"

稚圭试探性问道："那你是想托关系走门路，好给刘羡阳找块风水宝地下葬？这倒是不难，我可以让我家公子在督造官那边说一嘴，再由衙署管事门房之类的出面，去桃叶巷请那个魏老头找地方，只要不是在朝廷封禁的地方占个山头，想来不难。"

陈平安本就黝黑的那张脸庞，越发黑了。

约莫稚圭也察觉到自己想岔了，习惯性一龇牙，露出雪亮的整齐牙齿。她背靠墙壁上的春联，歪着脑袋，笑容玩味，问道："陈平安，你是想要我报答你的救命之恩？可是我就是个丫鬟呀，杨家铺子老掌柜都没办法，我能如何？"

陈平安一番天人交战之后，缓缓说道："王朱，我知道你不是一般人。那年大雪天，我在家门口看到你，就知道你跟我们不一样。后来你也是第一个看出蛇胆石不寻常的人。现在回想起来，你当年看待我们这些街坊邻居的眼神，跟当下那些外乡人看我们，本质上没有区别。"

稚圭咧嘴一笑："其实是有的。"我不光光是看待你们这些凡夫俗子，就是看待那些仙家修士，也一样看不起。只不过这句话，稚圭没有说出口。有些道理，在她这边，本就是天经地义，可在别人那边，就成了目中无人，桀骜难驯。

陈平安问道："我找你，是想问问你，到底有没有可能救回刘羡阳。我用掉一片槐叶，但是只能勉强吊住刘羡阳最后一口气，虽然用处不大，但至少是有用处的。所以我想问，你这边有没有槐叶，尤其是多余的槐叶？"

稚圭指了指自己鼻子，问道："你是问我家公子宋集薪有没有槐叶，还是我，一个无父无母的小婢女？"

陈平安死死盯住稚圭，直截了当道："宋集薪就算有，他也不会给我。我是在问你，王朱。如果有，你愿不愿意借给我，如果没有，你知不知道其他法子来救刘羡阳？"

始终被称呼为王朱的少女，一只手揉着下巴，一只手轻轻拍打腹部，摇头道："没啦，真没啦，不骗你，你要是早些来，说不定还剩下几片槐叶。至于其他法子，当然没有，我又不是神仙，哪里晓得让人起死回生、白骨生肉的手段，对吧？陈平安，你可不能强人所难。唉，我真是看错你了，以为你跟他们都不一样，不是那种挟恩图报的家伙。"

陈平安犹不死心："真没有？不管我做不做得到，你可以说说看。"

稚圭摇头，斩钉截铁道："反正我没有！"

陈平安笑了笑："我知道了。"他转身就走，消瘦的身影很快消失在泥瓶巷。

稚圭站在家门口的巷子里，望着陈平安渐行渐远的背影，神色复杂，有一丝哀其不幸怒其不争的意味，愤愤道："好不容易到手的槐叶，就这么被你挥霍掉了？那你可以跟着刘羡阳一起去死了。反正早死早超生，运气好的话，下辈子继续做难兄难弟吧，总好过那些连来生也没有的可怜虫。"

她走回院子，跨过门槛的时候，不小心又打了个饱嗝，讥笑道："有点撑。"

她冷不丁加快步子冲向前，一脚重重踩踏下去，然后缓缓蹲下身，盯着那条头顶生角的土黄色四脚蛇，训斥道："有借有还再借不难，你们这五头小畜生，以后若是胆敢赖账赖账，看我不把你们扒皮抽筋一锅炖！"

她脚底板下的四脚蛇竭力挣扎，发出一阵阵轻微的嘶鸣，似乎在苦苦哀求讨饶。

陈平安离开泥瓶巷后，一路跑到学塾，结果被一个负责清扫学塾的老人告知，齐先生昨天便与三位外乡客人一起去小镇外的深山了，说是要探幽寻奇，一趟来回最少要三天。陈平安满怀失落，转身离去的时候，拎着扫帚的老人猛然记起一事，喊住他，说道："对了，齐先生去之前，交代过我，如果泥瓶巷有人找他，就告诉那个少年，道理他早就说过了，不管他今日在与不在学塾，都不会改变结局。"

陈平安好像早就知道是这么一个结果，眼神黯淡无光。死水微澜，了无生气。但是他仍然弯腰致谢，道："谢谢老先生。"

老人连忙挪开几步，站到一旁，摆手笑道："可担待不起'先生'二字。"

老人看到陈平安缓缓离去，走了一段路程后，好像抬起手臂擦了擦眼睛。

老人轻轻摇头，想起同样是差不多岁数的年轻人，看看另外两个读书种子宋集薪和赵繇，再看看这位，人生际遇，天壤之别。真是有人春风得意，有人多事之秋啊。

陈平安又回了趟泥瓶巷，拿起最后一袋藏在陶罐里的铜钱，带着三袋钱，走入福禄街，找到窑务督造官衙署。

门房一听介绍有些蒙，宋集薪在泥瓶巷的邻居，要找宋集薪和督造官宋大人？

陈平安偷偷递给他一枚早就准备好的金精铜钱，也不说话，门房低头一瞅，一掂量，双指一摩挲，心领神会，却不急着表态。陈平安很快就又递过来一枚金色铜钱，门房笑了，却没有接手，说道："既然是个懂事之人，我也就放心帮你引荐，否则因你丢了这份差使，我就真是冤大头了。你手里这枚铜钱先收着，如果府上管事答应你进衙署，再给我不迟，如果不答应，我也爱莫能助，就当这枚铜钱与我无缘，你觉得如何？"陈平安使劲点头。

没过多久，年迈管事和门房一起赶来，门房对陈平安使了一个眼色，暗示他千万别这个时候掏出一枚铜钱来，公然受贿，罪名可不小。好在少年没有做出那种傻事来，只是跟着年迈管事一起往衙署的后堂走去。

门房叹了口气，有些奇怪，为何管事一听是泥瓶巷姓陈的少年，就点头答应了。什么时候衙署的门槛这么低了？

门房有些心虚，其实他方才见着管事，言语当中明里暗里，都劝管事多一事不如少一事，别让那少年进衙署，只不过他没直说，相信以老管事在公门修行这么多年的高深道行，肯定心知肚明。

年轻门房原先打的小算盘，当然是想着白拿一枚铜钱，又不用担风险，而且拿得心安理得。现在他只希望那穷酸少年可别是什么惹祸精。

在衙署后堂正厅，身穿一袭白色长袍的宋长镜，坐在主位上正在喝茶。

宋集薪坐在左边客人椅子上，单手把玩一柄竹制折扇，不断将其打开合拢，笑望向被带进来的陈平安。

乌黑的椅子，雪白的袍子，很鲜明的反差。

管事退去，主位上的宋长镜放下茶杯，对陈平安笑道："陈平安，随便坐。之前我们其实已在泥瓶巷见过面了，只不过当时我没有认出是你，否则早该打招呼的。"

宋集薪觉得有些好笑，只有他才知道这个男人，在自称"我"的时候，明显会有些拗口。

陈平安坐在宋集薪对面的椅子上。

宋长镜开门见山地问道："陈平安，你来这里，是关于刘羡阳被打伤一事？"

陈平安站起身说道："我希望宋大人能够严惩正阳山的凶手，而不只是将他驱逐出境。"

宋长镜笑了笑："其实小镇这边是'无法之地'，意思是说这里没有任何王朝律法。本来督造官就比较尴尬，是无权过问地方事务的。再者，小镇这边历来奉行民不举官不究，无论是大门大户里打死了丫鬟奴仆，还是小门小户的斗殴伤人，也没有来这座督造官衙署击鼓鸣冤的风俗，所以，陈平安你是提着猪头走错庙，拜错菩萨了。"宋长镜言行举止，和颜悦色，身上没有半点颐指气使的倨傲姿态。

陈平安掏出三袋子铜钱，放在椅子旁边的高凳上，然后对那个神色自若的男人说道："宋大人，我知道你很厉害，我想知道你能不能救下刘羡阳，哪怕不能救，能不能给他一个公道，不让杀人凶手杀了人，只要离开小镇就好像什么事情都没有了。"

宋长镜哈哈笑道："我很厉害？是你家那个黑衣少女告诉你的吧？嗯，由此可见，她的武学天资极好，比你那个叫刘羡阳的朋友还要好。实话告诉你好了，我只会杀人，救人实在不擅长。再说了，我凭什么要为了一个只有一面之缘的少年，坏了这里奉行千年的大规矩？"

宋长镜说到这里，指了指那三袋子铜钱："没了宝甲剑经的刘羡阳，他的命，根本值不了这么多钱，至于想要买下我的人情，这些钱，又远远不够。我大骊跟正阳山闹掰，就为了三袋子钱？绝对不可能的。传出去会是整个东宝瓶洲的笑话。陈平安，你可能暂时不太理解这番话，但是以后如果有机会，你出去走走，就会明白这是大实话。"

陈平安咬牙说道："宋大人，你能不能说出如何才能出手？哪怕你觉得我死也做不到，但是宋大人可以说说看。"

宋长镜不觉得自己有蛛丝马迹流露出，这位权势藩王眼神中出现一抹讶异之色，微微笑道："陈平安，我不是瞧不起你，故意刁难你，恰恰相反，我觉得你这个人有意思，才愿意花时间，心平气和跟你讲道理，做买卖，明白吗？"陈平安点了点头。

宋集薪坐姿不雅，盘腿坐在椅子上，用合拢的折扇轻轻拍打膝盖。隔岸观火，事不关己，高高挂起。

宋长镜不计较宋集薪的不着调，小镇之上，这位藩王掌握情报之多，仅仅输给齐静春而已，他终于一语道破天机："陈平安，你根本不用太过愧疚，误以为你朋友因你而死。其实刘羡阳早就身陷一个死局，只要他不肯交出剑经，就只能是一个死结，因为正阳山一定会要他死的。不管是齐静春还是阮师，谁也拦不住，倒不是说没人打得过那老猿，而是需要付出的代价太大，不划算不值当。"

宋长镜喝了口茶，悠然道："陈平安，你有没有想过，为何连最不该得到祖荫福报的你，都有了一片槐叶，可是刘羡阳天赋根骨那么好，竟然没有得到一片槐叶，你有没有想过这个问题？"

陈平安说道："打扰宋大人了。"

陈平安收起三袋子铜钱，向眼前这位督造官大人告辞离去。

宋长镜虽然没有挽留，但竟是亲自起身相送。宋集薪刚想要不情不愿站起来，却看到这个叔叔微微摇头，他顺势一屁股坐回，舒舒服服靠在椅背上。

走到门槛的时候，宋长镜毫无征兆地说道："有两件事，我做得到，却无法去做，所以只要你做成其中一件，我倒是可以考虑帮你教训那只老猿。"

陈平安赶紧停下脚步，转过身，满脸肃穆。

宋长镜淡然道："一件事是找机会，绑架老猿身边的正阳山小女孩，乱其心志，迫使老猿强行滞留在小镇。还有一件事是夜间偷偷砍倒那棵老槐树，然后拔出铁锁井的那条铁链。你可以两件事都做，也可以只做一件事。一件事做成了，我出手帮你重伤凶手，两件事一并做成了，我就替你杀了正阳山老猿。"

宋长镜微笑着承诺道："一言既出，绝不食言！"然后权势滔天的大骊藩王说了一句莫名其妙的言语："陈平安，我相信你感觉得到一句话的真假。"

陈平安默然离去。

没有看到听到陈平安使劲拍胸脯的大放厥词，宋长镜反而觉得很正常，站在门口，背对着屋内的宋集薪，问道："你跟他比较熟，觉得他会不会去做？"

宋集薪摇头道："不好说。如果正常情况下，要他去做违心的事情，很难很难，但是为了刘羡阳的话，估计就有点悬了。"

宋长镜负手而立，望向天空，问道："假设少年真的给人意外之喜，本王借此机会插手其中，不管是和正阳山交好，还是与风雷园结盟，自然只可取其一，甚至难免会与另一方结怨。相较于本王袖手旁观，任由大骊跟这两方势力始终不咸不淡，老死不相往来，对于我大骊来说，你觉得哪一种结果更好？"

宋集薪站起身，用折扇拍打另外一只手的手心，缓缓踱步，思量之后说道："太平盛世选后者，适逢乱世选前者。"然后笑道，"无论小镇外的天地到底是盛世还是乱世，看来至少叔叔你已经做出了自己的选择。"

宋长镜哂笑道："我辈沙场武人，在太平盛世里做什么？做一条给读书人看家护院的太平犬吗？"

宋长镜转头看着神色僵硬的宋集薪："本王已经看出来了，这个少年，才是你真正的心结所在，而且你短时间内很难解开，一旦留下这个心结离开小镇，这将不利于接下来的修行。所以你可以亲眼看看，一个原本赤子之心的单纯少年，是如何变得一身戾气和俗气的。到时候，你就会觉得跟这种人怄气，很没有意思。"

宋集薪张了张嘴，没有反驳什么，只是陷入了沉思。

宋长镜走回屋子，坐在主位上，仰头一口喝光杯中茶水："最重要的是，本王玩弄这种无聊的小把戏，除了随便找个蹩脚理由，以便浑水摸鱼之外，也是想让你明白一个道理：在你接下来要走的修行路上，谁都有可能是你的敌人……例如你的亲叔叔，我宋长镜。"

宋集薪愕然。

宋长镜冷笑道："心结魔怔，如果不是亲手拔除干净，后患无穷，如荒原野草，春风吹又生。"

他接着又讥讽鄙夷道："即将贵为大骊皇子殿下的宋集薪，你是不是满怀悲愤？可是你现在能怎么办？所以你觉得自己，比起被玩弄于股掌之中的陈平安，能好到哪里去？"

宋集薪死死盯住这个满脸云淡风轻的男人，抓住折扇的五指筋骨毕露。

宋长镜端坐椅上，眼神深沉，望向屋外，仿佛在自言自语："以后你看到的人越多，就越会发现一件有趣的事情，什么善恶有报，快意恩仇，匹夫一怒血溅三尺，什么才子佳人，有情人终成眷属，都是废物们臆想出来的大快人心。所以啊，你自己的拳头一定要硬，靠本王？靠你的亲生父母？我劝你趁早死了这条心。不然带你离开小镇，无异于带着你的尸体去乱葬岗，帝王之家，何尝不是生死自负。"

宋集薪汗流浃背，颓然坐在椅子上。

虽然他在得知自己的真实身份后，将那份志得意满隐藏得很深，在衙署待人接物并无半点异样，可是落在藩王宋长镜眼中，如手持照妖镜，照见一头刚刚化为人形的精魅，故而能够在谈笑之间，让其灰飞烟灭。

宋长镜望向远方，视线好像一直到了东宝瓶洲的最南端，到了那座遥远的老龙城。

这个藩王不知为何，想起一句话："人心是一面镜子，原本越是干净，越是纤尘不染，越是经不起推敲试探。"

宋长镜觉得庙堂上的读书人，虽然絮絮叨叨神憎鬼厌，可是有些时候说出来的大道理，他们这些提刀子的武人，真是活个一千年也想不出说不透。

宋长镜收起思绪，伸手指向南方，如手持枪戟，锋芒毕露："宋集薪，如果你觉得本王今天说得不对，可以，但忍着。只有将来到了老龙城，咱俩换个位置坐，本王才会考虑是不是要洗耳恭听！"

大骊皇子宋集薪已经恢复正常，笑道："拭目以待。"

衙署门口，陈平安如约递给门房第二枚铜钱。

十二脚牌坊楼，陈平安看到宁姚的身影，快步跑去。

宁姚就站在"气冲斗牛"的匾额下，开口问道："怎么样？"

陈平安摇头道："三个人都找过了，其中两人见着面了，齐先生没能看到，不过我一开始就知道答案了。"

君子不救。齐先生确实在此之前早就说过。

宁姚皱眉不语。

陈平安对宁姚说了一句"小心"，就狂奔离开了。

先到了杨家铺子，用一枚金精铜钱跟知根知底的某位老人，买了一大堆治疗跌打和内伤的药瓶、药膏和药材，这些东西如何使用和煎熬，陈平安熟门熟路。龙窑烧瓷是一件靠山吃饭的活计，经常会有各种意外，姚老头虽然看不顺眼只能算半个徒弟的陈平安，但是不得不承认这个少年腿脚利索，人也没有心眼，所以许多跑腿以及花钱的事情，都是让陈平安去做，比如给窑口的伤患们买药以及煎药。

陈平安回到泥瓶巷祖宅，关上门后，先开始煎药，是一服治疗内伤的药，在看着火候的空隙，将一件洗得发白却依旧干净的衣衫摊放在桌上，撕成一条条绑带，以吝啬小气著称的陈平安，此时没有半点心疼。然后除了将那把宁姚借给自己的压裙刀绑在手臂上之外，还在自己小腿和手腕上，都捆绑上了一层层的棉布细条。

陈平安摘下墙壁上那张自制的木弓，犹豫了一下，仍是暂时放弃携带它，反而从窗台上取回弹弓和一袋子石子。

之所以明知不可为而为之，接连三次碰壁也没后悔，这是他独有的犟劲。不去试试看，怎么都会不甘心，就像他在铁匠铺那边，最后一次求老掌柜一定要再试试看，是一样的道理。

先找身份古怪的稚圭，是希望能给刘羡阳找回一线生机；再找齐先生，是心存侥幸，希望他能够主持公道；最后找宁姚所谓的武道宗师、督造官宋大人，是摆明了倾家荡产去做一笔买卖。

陈平安一开始就想得很清楚，所以这时候虽很失落，但也没觉得如何撕心裂肺。

其实藩王宋长镜和邻居宋集薪，根本不懂陈平安。有些事情，死了也要做。但有些事情，是死也不能做的。

陈平安蹲在墙角，安安静静等待药汤出炉，这一罐子药，很古怪，没有别的用处，就是能止痛。曾经龙窑窑口有个汉子，患了一种怪病，在床上熬了大半天，半死不活不说，关键是整个人痛苦得整张脸和四肢都扭曲了。后来杨家铺子就给出这么一服方子，最后那个汉子很快就死了，但是走得并不痛苦，甚至有力气坐起身，交代遗言后，还在姚老头的搀扶下，去最后看了一眼窑口。

陈平安觉得自己应该也用得着。

他看到桌上还有一些碎布片，便脱下脚上那双破败草鞋，拿出一双始终舍不得穿的崭新鞋子，搬来陶罐，拿出其中的碎瓷片。

约莫半个时辰后，做完一切事情的陈平安打开屋门，悄无声息地走出泥瓶巷。

临近黄昏，阳光已经不刺眼，天边有层层叠叠的火烧云，无比绚烂。

陈平安走向福禄街。青石板街道上，已无路人，少年独行。

剑来

笼中雀

贰

◎ 烽火戏诸侯

著

浙江文艺出版社

Zhejiang Literature & Art Publishing House

　　陈平安这些天经常往福禄街、桃叶巷送家书，几乎家家户户的门房都认识了这个送信人，所以并不显得突兀，加上他神色自若，像往常一般小跑在青石板街道上，哪怕有行人看到也不会当回事。陈平安来到一栋宅院，门前摆放有一尊用以镇邪止煞的石敢当，半人高，武将模样，他知道这里是李家大宅。大富大贵的福禄街上，几乎家家户户的辟邪法子都不一样，就连大门张贴的门神都分文武，所以很容易分辨。

　　陈平安迅速环顾四周，继续前行，再往前就是宋家，宋家过后便是窑务督造官衙署了，在李、宋两家毗邻的大宅交界处的外墙边生长有一棵槐树，老干虬枝，枝繁叶茂，虽然比不得小镇那棵老槐的沧桑气象，但也让人一见便觉不俗。

　　在老一辈人嘴里，这棵槐树与小镇中心地带那棵参天老槐，是一脉相承的，那棵被称为祖宗槐，陈平安眼前这一棵则被喊作子孙槐。

　　陈平安之所以来李家，而非卢正淳所在的小镇头姓卢家，是因为离开衙署的时候，一路相送的年迈管事，有意无意聊了一些家长里短，什么这条街上赵家的那位读书种子赵繇已经离开小镇，以后指定是状元郎当大官的命；什么隔壁宋家有位小姐，到了出嫁岁数，连女红也做不好，只喜欢舞刀弄枪，哪里像一位千金小姐，你说好笑不好笑？老人在一大堆鸡毛蒜皮的趣事里，夹杂了一个微不足道的消息：李家宅子刚到了一位身份尊贵的客人，小女娃娃长得粉雕玉琢，跟一件御用瓷器似的，以后只要别女大十八变，肯定是个俊俏美人，也不知道以后哪家有福气，能把这么个儿媳妇娶进家门。

先前离开衙署后堂后一开始只听不说的陈平安，有意无意走得很慢，而且始终在仔细观察衙署的建筑布局，最后偶尔问一两句题外话，像是穷光蛋好奇那些大姓豪族的阔绰富贵。年迈管事知无不言言无不尽，以隔壁宋家和更远些李家作为例子，与少年说了大户人家的庭院分布和种种规矩。管事的真正用意，陈平安心知肚明。只不过陈平安从头到尾，就没想着要按照他们的意愿行事。

此时，沿着街边缓缓小跑向前，陈平安眼见四下无人，骤然发力，突然加快脚步，笔直跑向那棵老槐树，纵身一跃，竟是接连在树干上向上踩踏了四步，才有下坠的迹象，只不过那个时候身形矫健的他，已经足够伸手抓住槐树的一根枝权。刹那之间，深山猿猴般灵活的陈平安就坐在了横出的枝干上，然后稳稳站起身，继续向前攀缘。几个眨眼工夫，陈平安就蹲坐在了一根倾斜的槐枝上，槐枝堪堪高过两丈高的院墙，他将身体隐藏在郁郁槐叶之后，屏气凝神，眯眼望去，根本不急于潜行入内。

在和宁姚从廊桥返回小镇途中，陈平安问了许多问题。比如那只正阳山老猿，在小镇地界上，正常情况下，到底能跑多快，跳多高？他的身体到底有多坚韧，是怎么个铜皮铁骨？如果说我一拳打过去，无异于给老猿挠痒，那么换成弹弓或是木弓的话，在二十步和四十步距离上，分别会造成多大的伤害？正阳山老猿这种所谓的"神仙"，有没有存在致命缺陷，比如说眼珠、档部、喉咙？如果说对手拼了受伤，也要全力杀人，我会不会必死无疑？那会儿宁姚差点被他问得只恨自己不是聋子哑巴。

按照宁姚的说法，无论是练气士，还是纯粹武夫，越是境界高深的修行中人，在此地受到的压力就越大，就像铁骑叩关只能死守，全靠一口气绵绵不绝支撑着，一旦开口，就要经受海水倒灌一般的伤害。试想一下，面对迅猛洪水冲来，然后你在堤坝之上开一个小口子试试看？但是最后宁姚的结论，仍是他跟正阳山老猿捉对厮杀的话，没有一丝一毫的胜算。

槐荫当中，陈平安眼神坚毅，脸色冷漠，碎碎默念道："不要让老猿接近十步以内，十步，至少拉开这段距离。"

宁姚说过，只要老猿不狗急跳墙，就有活命的机会。可是陈平安回答说，就是要逼得老猿朝自己痛下杀手，否则没意义。

一定要逼得正阳山老猿发火生气，让这只老猿不惜运用体内真气，才能真正折损消耗他千年辛苦积攒下来的修为。也许老猿觉得他和刘羡阳这样的小镇百姓，命根本不值钱，但是陈平安很想知道，到时候老猿眼睁睁看着那些消逝的修为道行，会不会心疼，还觉得值不值钱。当然，一切的前提是，自己不要被人一个照面就一拳打死了。

他俯视着大宅里的人来来往往、穿廊过栋，喃喃道："哪怕跑不掉，也一定要多挨几拳。"

陈平安根本就没有想过能杀掉老猿，更没有想过自己能活下来。

李家大宅，那个来自正阳山的小女孩，作为陶家老祖的嫡孙女，被李家上上下下当菩萨供奉了起来，李家在别院安排了多位一、二等丫鬟。这些身为家生子的少女，手脚干净利索，最重要的是知根知底，身世清白，可能从祖辈起就对李家忠诚不贰。

别院位置居中，不贴靠福禄街的街道。

小女孩名叫陶紫，昵称桃子，是正阳山那几位剑仙老祖的开心果，当然不是靠着天真可爱的模样脾性，而是她未来的剑道高度，有资格让正阳山不惜成本地砸入海量资源。

五百年以来，陶紫的根骨、天赋、性情和机缘四样，在历代正阳山各大山峰老祖当中，都算名列前茅。简单来说，就是小女孩陶紫，会是一个长板很长，却没有任何短板的神奇存在。这才是真正名副其实的百年一遇，而不是烂大街的礼节性夸赞。

陶紫当下没了搬山老猿在身边，独自置身于一个完全陌生的地方，谈不上怕生或是怯场，只是有些无聊，还有些遗憾，听猿爷爷的口气，好像是没有办法从这里搬走一座山峰了。这让她很灰心丧气。正阳山的苏姐姐，在跻身中五境的时候，就被老祖赠送了一座山峰作为赠礼，成为苏姐姐的私人领地。那座山峰，正是猿爷爷万里迢迢亲自将其背负回来，安置在正阳山东北方位，虽然不大，但是陶紫一直很羡慕。

她觉得书房内有些闷，就走到正堂，双手负后，老气横秋地仰头看了半天匾额。她身后始终贴身跟着两个清秀丫鬟，其中一人自幼被李家发现天资不俗，便被重点栽培成了武道中人，已小有成就。其实对于李家嫡系而言，这种行径，跟豢养花鸟鱼虫无异，倒并非希望那名少女以后能够成为一位武道宗师。大户高墙之内，奴大欺主的事情，不是没有，更何况升米恩斗米仇，奴婢仆役的眼界太高，潜力太大，对于家族下一代的传承，未必是好事。

陶紫走向大门，在院子里蹦蹦跳跳打转。她倒是没有擅自离开院子，让下人们为难。猿爷爷提醒过她，风雷园的人也到了小镇，在他摆平之前，她不要离开这座院子。陶紫虽然年幼，但是从小耳濡目染山上修行的波谲云诡，危机四伏，而且家教极严，故而不是那种让长辈不省心的顽劣孩子。

百无聊赖的陶紫最后趴在石桌上，桌上放着一个鸟笼，里面装了一只好像叫捕蛇鹰的鸟。鸟儿耷拉着脑袋，病恹恹的，羽毛灰不溜秋，一点都不好看。之前不管怎么逗弄，这只捕蛇鹰都不搭理她，所以她也觉得无趣，现在实在是没事找事，才对着那只扁毛畜生吹口哨玩。

笼内有两个李家龙窑私下打造的瓷器鸟食罐，小巧精致，一只素雅的装水，一只鲜艳的装食物。只是那只捕蛇鹰在被人抓获之后，便滴水不沾，粒米不进，已经快两天了。

在小镇上，捕蛇鹰极少被人抓到过，偶尔有几次，无论是年幼雏鸟还是成年鹰，无一例外都是绝食而亡。如何也养不活，更熬不成供人驱使的猎鹰。

吹口哨的陶紫见那只捕蛇鹰仍是没反应，终于彻底没了耐心，站起身，转身就走。

砰然巨响，鸟笼内的一只鸟食罐轰然粉碎。

陶紫先是出现片刻呆滞，然后几乎本能地一把拽过一名高挑丫鬟，让她挡在自己身前。

身材高挑、体态丰满的婢女，只觉得自己手腕被铁线死死箍紧一般，疼痛得差点就要尖叫出声。倒是那名矮小一些的丫鬟，眼神锐利，第一时间就自己站在陶紫身前，迅速环顾四周。

笼内第二只鸟食罐又轰然炸裂，如同爆竹声在桌上响起。

"有刺客，在清馨院那边的屋顶上！"习武有成的婢女这次总算捕获到那个身影，在隔壁院落的屋脊之上，有一个半蹲的身影。

这个婢女开始助跑，别院墙壁不高，她踩蹬而上，双手抓住墙沿后，凭借出众的臂力迅速爬上墙头。一时间她有些犯难，这座别院和对面清馨院相隔不远，但是那名刺客位于清馨院主屋屋顶，而清馨院就靠近福禄街，那人很容易翻墙而出。所以她几乎是电光火石之间，就做出了决定，没有跳下墙壁跑向那座清馨院，而是沿着墙头猫腰而奔，跃上自家别院的屋脊。这期间婢女始终留心那名刺客，以防偷袭。很奇怪，那名刺客既没有阻扰她的脚步，也没有马上撤退的意思。

两座院子的屋檐之间，大概隔着三丈距离。婢女一边盯着那名刺客的动静，一边在屋檐上悄然后退，最后快速地深吸一口气，准备助跑。

婢女心头剧震，与自己遥遥对峙的刺客，竟是一个穿着寒酸的消瘦少年?！少年腰间捆绑着两只小行囊，手上看不到行凶的器物，应该是已经藏起来了，婢女觉得是弹弓的可能性最大。

她也很疑惑，若是击中自己的头颅，不敢说当场毙命，但是绝对受伤不轻，以少年近乎恐怖的准头，两次有意为之地击碎鸟食罐，当真射不中自己或者那个正阳山的小姑娘？

院子里，陶紫愤怒道："蠢货！小心调虎离山之计！赶紧回来！"

抓住刺客，严刑逼供当然很重要，但是以防不测，保住性命更要紧。

陶紫松开那高大丫鬟的手臂后，扬起手掌，一巴掌把吓傻了的少女狠狠打醒："还有你，赶紧去通风报信！知不知道，我要是死了，你们这栋宅子里的全部都要死！"

屋顶上那名婢女没有第一时间跳入院中，而是高声喊道："有刺客！"然后她开始狂奔，在屋檐边缘起跳，然后整个人开始飞跃奔向对面清馨院的屋脊。

凭借婢女一连串攀缘奔跑的动作，大致判断出她臂力、脚力和气力的刺客少年，蹲下身捡起两块瓦片，右手甩出，正好砸向婢女脑门。还在空中的婢女，下意识双臂交错格挡在脑袋前，只听砰砰两下，被砸得刺骨疼痛不说，力道之大，远远超乎她的想象。婢女整个人前冲的势头，顿时被阻，而就在她后悔逞强之际，原本勉强落在对面屋檐上的她，腹部被人一拳砸中，只砸得她后仰摔去。只不过那名刺客莫名其妙拽住了她一只脚踝，微微停顿后，才松开手。婢女算不得安然落地，不过好歹没受重伤。她整个人脑袋一团糨糊。

少年眼角余光一直在打量四周情况，发现四周出现黑点后，开始转身跑路。速度之快，步伐之大，节奏之好，尤其是配合恰到好处的一次次呼吸吐纳，如果那名婢女能够看到，一定会觉得少年跟她一样，习武多年，浸淫已久，绝对不是什么门外汉。

屋脊上少年身影很快消逝不见，像一只轻盈的飞鸟、出笼的捕蛇鹰。

大概一炷香后，魁梧老猿匆忙赶回李家大宅，杀气腾腾。

从李家家主李虹，到别院丫鬟，个个大气都不敢喘，尤其是那名习武婢女，跪在地上，脸颊两边红肿得厉害。婢女一言不发，不敢有丝毫怨怼神色。

心情已经平静如常的陶紫看到老猿后，叹了口气，摇头教训道："猿爷爷，李家的人，好像全是一群废物啊。你怎么敢把我托付给他们呢？"

搬山猿单膝跪地，仍是比陶紫要高，愧疚道："小姐，是老奴错了。"

老猿转过头，沉声道："李虹！"

李氏家主粗通东宝瓶洲的正统雅言，凑巧正阳山修士的言语就是如此，这位在家族内一言九鼎的男人，只得苦笑赔罪道："这次确是我李家的过失，不容推脱。按照目前我们得到的情况来看，是一个少年，多半并非修行中人，衙署那边暂时并未给出有用的谍报，只说会加派得力人手，日夜守护宅子。"

陶紫想了想，说道："那个刺客倒也不像是来杀我的。"然后补充了一句："至少今天不是。"

李氏家主刚要落下的心，立即重新悬到了嗓子眼儿。

老猿皱眉问道："那少年是不是身材瘦弱，皮肤黝黑，个头差不多只到这个高度？"跪在地上的婢女使劲点头。

老猿咧嘴一笑，眼神阴森："好家伙！原来是示威挑衅来了！"

他摆摆手道："这件事情，你们不要插手了，我晓得那刺客的底细，是泥瓶巷的一个普通少年。"

陶紫低声道："猿爷爷，别掉以轻心呀。"

搬山猿犹豫了下，站起身对李氏家主吩咐道："那就让衙署拿出一份户房档案到李家府上，把那少年的祖宗十八代的底细都翻查清楚，护卫这栋院子的人手方面，易精而少，不易杂而多！"

老猿悄然加重语气，冷笑道："李虹，劝你把你家坐镇此处的定海神针也给请出来，别不当回事情，我家小姐真要在这里有了三长两短，连我这个你们眼中的老畜生也扛不起，你这李氏偏支扛得起？"

李虹连忙作揖致歉，惶恐不安道："猿老祖这是折煞李家啊。"

345

正阳山老猿陷入沉思，呢喃道："是风雷园那小子借机寻衅？还是衙署宋长镜的谋划？"最后摇了摇头，只觉得荒唐可笑："不管是谁怂恿他来送死，竟不晓得找个好一点的过河卒子。一只没几两肉的小蚂蚱，塞牙缝啊？也好，正愁没机会杀人，这个由头不错，先杀那泥瓶巷的土坯子，再将你这个风雷园的小杂种，一并解决干净了便是！"

老猿对陶紫笑道："小姐，老奴这次一定帮你收拾好烂摊子，绝对不会再有意外了。"

陶紫灿烂一笑，扬了扬拳头，为这只正阳山老猿鼓舞士气。

老猿离去之前，看了看李氏家主李虹，后者苦笑道："我这就去请老祖宗出山，亲自为陶小姐担任贴身扈从。"

老猿点点头，大踏步离去。

老猿大大咧咧咬住鱼饵，直截了当地顺着鱼线往泥瓶巷而去。摆明了我已上钩，你来杀便是。

若是在小镇之外，这只正阳山搬山猿还不敢如此目中无人，但是此方天地，术法神通和法宝器物一律禁用，他反而拥有巨大优势，这也是为何正阳山没有出动一位剑仙老祖的缘由。

老猿一路行去，临近泥瓶巷，才意识到一点："巷中少年该不会单纯是为了给朋友报仇吧？"

在这之前，老猿一直是往深了想，涉及草蛇灰线、伏脉千里的阴谋，现在突然意识到这种可能性后，就觉得尤为荒诞不经。

老猿笑了，很快想明白其中道理："若是如此，倒也说得通。也对，不是修行中人，反而没那么怕死，反正只是一条贱命而已。"不过小心起见，老猿仍是没有大摇大摆从这一端走入泥瓶巷。

不管如何，这趟注定都不会白走，那个被风雷园器重的小杂种，无非是比泥瓶巷的小泥腿子多活一会儿。

绕了一大圈，老猿从靠近顾璨家的小巷拐角走入泥瓶巷。其实老猿很怀疑那刺客少年，到底有没有胆识留在祖宅等死。如果聪明胆小一点，倒是可以死在风雷园的年轻人之后。老猿咧嘴一笑，然后笑容瞬间僵硬。

黄昏里的泥瓶巷，小路已经显得阴暗模糊。魁梧老猿猛然抬头，一个清瘦少年不知如何就那么站在小巷前方的高处，双脚踩在两边墙壁刚挖出没多久的窟窿里，正好能够借力。陈平安身背箭囊，手持一张拉满的木弓，箭尖直指老猿的一颗眼珠。他整个人无声无息，拉弓如满月不说，好像就连最细微的呼吸都消失了。以至于这个正阳山的护山祖师，只能凭借对危险的敏锐嗅觉，才察觉到头顶少年的存在。

不给老猿更多的反应机会。那支箭矢激射而至，呼啸成风，势大力沉。陈平安在射出一支箭矢后，根本不做第二选择，脖子一缩，迅速将那张木弓斜挂在肩头，脚尖发力，在两边墙壁上交错借力攀上屋檐，转瞬即逝。

老猿缩回那只挡在额头的手掌，只见那支箭矢钉入手心，不深，依稀可见有伤口绽裂。但是老猿一阵后怕。如果在小镇之上，他被人在咫尺之间，一箭射中眼珠子，那就真是叫天天不应、叫地地不灵的惨剧。

随手拔出箭矢，将其折断，丢在泥瓶巷中。老猿双拳紧握，仰头望向小巷天空，脸色铁青，喉咙鼓动，发出一阵低沉压抑的声响，像一头愤怒至极的远古凶兽。老猿手脚并用，瞬间就攀缘到了屋顶，只是刚一冒头，就有第二支箭矢瞬间赶至。已经有防备的老猿只是随手抬起，任由其钉入手臂些许而已，狞笑着大踏步前行。再次收起木弓的陈平安转身就跑。

泥瓶巷一侧的连绵屋檐之上，响起一大串碎裂声响。老猿终究是步子远远大过陈平安，逐渐拉近距离，不出意外，很快就要追上那个身形其实已经足够灵活的消瘦少年。老猿瞬间发力，整个人腾空而起，向前扑杀而去，一只仿佛蒲扇大小的巨手伸向陈平安的脑袋。陈平安好像身后长了眼睛，就在千钧一发之际，竟是腰杆一拧，整个人一猫腰，然后转身跃向小巷对面的屋顶。轻轻落地后，继续撒腿狂奔。老猿的动作亦是极其敏捷迅猛，同样硬生生折向右手边的泥瓶巷另一侧屋顶。陈平安猛然停步。老猿意识到不对的时候，已经晚了。

原来那座屋顶无人居住，年久失修，早已破败不堪，哪里承受得起老猿这两百多斤重的一跳。哗啦啦，连人带瓦一起摔入屋内。

老猿轰然落地，一手扶住地面后，脑袋一扭，躲过了那支刁钻阴险的箭矢。箭矢直接钉入地面。可见不是陈平安臂力不够强大，而是老猿实在太过皮糙肉厚。

陈平安站在屋顶大洞边缘，动作娴熟地收起木弓，对老猿竖起中指，骂道："老畜生！干你娘！"

陈平安突然脸色古怪起来，突然就给了自己一巴掌，嘀咕道："还不是自己吃亏！"

老猿猛然起身，陈平安又已远去。

一堆破碎瓦砾当中，老猿耳朵微动，听到细微动静，咧咧嘴，弯腰拿起一块破瓦，掂量一番后，起身迅猛砸出，瓦片如刀切豆腐一般，轻而易举穿透墙壁和屋顶，带着风雷之声破空而去，瓦片去向之处正是那阵声音发起之地。

只可惜老猿没有看到陈平安的踪迹。他脚尖一点，魁梧身躯拔地而起，一脚踩在一根旧屋栋梁上，借着反弹之力高高跃出屋顶窟窿，落在屋脊上。

老猿看到极远处，背负木弓的陈平安站在一处屋脊翘檐处，神色凝重地望向白衣老猿。老猿也知道自己失算了，方才丢掷瓦片出手，动静过大，估计已经打草惊蛇，让那个泥瓶巷的小泥腿子意识到不妙，彻底没有了依靠弓箭那点距离优势来占便宜的心思。老猿笑着摊开双手，示意自己手中并无物件，然后伸出手指勾了勾，示意陈平安大可以继续玩花哨手段，他愿意奉陪到底，继续舒展筋骨。

若说是老猿要要诈，还真冤枉了这只正阳山搬山猿。千年修行，千丈真身，其身法手段，便是被赞誉为顶天立地也不为过。

在搬山猿修行路上的漫长岁月里，尤其是在正阳山开山立派的早期，弱小山门，四面树敌，虎狼环视，正阳山的开山鼻祖战死之后，作为头号大将，老猿什么样的死战血战没有经历过？今日这场小巷中屋顶上的"小打小闹"，跟以前的厮杀，其实有着异曲同工之妙。当年那些荡气回肠的大战之中，顶尖修士和大练气士们，也是以法宝重器遥遥牵制老猿，根本不敢正面搏杀，如人间俗世沙场上来去如风的大羌轻骑，绝对不会直接撞上大骊的重甲武卒，而是快刀子慢割肉，一点一点寻找契机，慢慢削去铁桶战阵的表层。

如今老猿算是藩王宋长镜之外，被此地天道压制最多的角色之一。那名悬佩虎符的兵家宗师，因为身份特殊的缘故，被此方天地"青睐"，故而虽然修为极为不俗，但是影响并不明显。

此时此刻，面对一个异于寻常小镇百姓的矫健少年，老猿竟然找到了一丝当年浴血奋战的快意。

老猿不否认，少年给了自己很多意外惊喜，会计算人心，会设置陷阱，会发挥地利，当然，最重要的是胆子还不小。

老猿抬头看了眼天色，西日下坠，暮色已至，视线将会越来越受到影响，而他对于小镇的地理形势，完全不熟悉，这大概就是那个少年的凭仗之一，马马虎虎能算是一张护身符。

老猿开始狂奔，势若奔马，一步就能跨出丈余距离，骇人听闻。

陈平安在老猿动身的瞬间，就已转身飞奔，没有沿着连绵不绝的巷弄屋脊去往北边，毕竟那里有福禄街和桃叶巷，大户扎堆，藏龙卧虎，万一有人为老猿出头，陈平安不觉得自己有本事逃出围剿。所以他果断往西边逃，因为南边廊桥方向，视野开阔，无处藏身，按照两人脚力对比，陈平安估计自己一旦失去障碍遮蔽，很难逃过搬山猿的追杀。

出了小镇往西，就是深山老林，那里草木葱茏，许多隐秘小径上还放有不少猎户下的套子。

山路难行，若是不依循旧有道路，更是极其艰辛，这一点陈平安比谁都清楚。他想得没有错，只是他错估了老猿，要知道老人作为正阳山的搬山猿，对于山川之事，了解之深，远比他深刻长远。

当陈平安跃下最后一座屋顶，落地之时，双膝弯曲，巧妙卸去一部分下坠力道，快速扭头瞥了眼后方景象，继续弓腰前冲。在奔跑途中，那副木弓和箭囊皆不知所终。

山林之中，一旦陈平安选择抛弃祖祖辈辈踩踏而出的小路，去"慌不择路"，那么它们必然会成为累赘。

眼见着那少年就要泥鳅入水，老猿心情有些烦躁，回望了一眼福禄街李家宅子的方向。其实一旦入山，老猿不敢说占尽地利，但是绝对比在小镇跟着那个小兔崽子东跑西窜，要来得更加游刃有余。

老猿下定决心，迅速权衡利弊，深呼吸一口"新鲜之气"，不多不少，如无太大偏差，刚好能够杀人。只见老猿脸色泛起一阵阵青紫涟漪，魁梧身形，毫无征兆地轰然拔地而起，脚底下那座可怜宅子被他一脚踩塌了大半。好在小镇西边住着的都是穷人，宅子远比福禄街那边的要单薄，比如屋梁柱子所用的木头，就很不禁看。那宅子一家四口人，不幸中的万幸，此时都没有待在屋内。

老猿高高跃起，在空中划出一道巨大的弧度，落地之时，刚好位于陈平安身侧，双脚立足之地，出现两个大坑，松软春泥四处飞溅。

老猿一拳砸向陈平安后背心处。

人之后背，有诸阳经所在，所以不论经脉脏腑，皆与背相通。尤其是后背心之处，距离心脏真正是不过咫尺，最是脆弱不堪。

命悬一线之际，听到身旁动静的陈平安骤然发力，比起先前引诱老猿踩踏腐朽屋顶那次，身形竟然还要快出两三分！这至少意味着陈平安从头到尾，始终在隐藏气力。这使得老猿那一拳，非但没能洞穿他的后背心，没能成功打烂一颗心脏，反而只是"擦"了一下他后背心下边一寸的背部。虽然没有硬扛下这一拳，陈平安仍是被大槌撞钟一般，撞得整个人双脚离地飞扑出去。

下一幕景象，陈平安身上那令人叹为观止的矫健灵活，得到了淋漓尽致的表现。只见嘴角渗出血丝的他，在被一拳打飞后，并没有落得头朝地摔个狗吃屎的下场，而是向前伸出双手，撑在地面的瞬间，手肘先弯曲再发力，整个人便一气呵成在空中翻转，变成双脚落地后，又借着向前的惯性，以毫不减速的身姿继续狂奔逃亡。哪怕是见多识广、身经百战的搬山猿，看到他的坚韧，也难免有些牙疼。

老猿抬起手，手背上鲜血模糊。这点伤不算什么，老猿一笑置之。不过对陈平安的必杀之心，越发坚定。

至于为何受伤，原因并不复杂。

春寒料峭，原本衣衫单薄的陌巷少年，今天出现在老猿眼前的时候，明显要穿得厚实许多。除了自己的衣衫之外，他还找了一件刘羡阳的宽大旧衣，套在最外边，两件衣衫之间，另有玄机。原来陈平安给自己做了一件"木瓷甲"，六块长条熟木板分别钻孔，以丝绳串联系紧，胸前三块后背三块，最重要的是这副简陋至极的木甲之上，镶嵌有密密麻麻的小碎瓷片。

老猿这个时候感觉很糟糕，就像是达官显贵不小心踩到了一坨臭狗屎，而且一时半会儿还很难甩掉。

老猿双拳紧握，屏气凝神，站在原地，强压下体内汹涌磅礴的气机翻转，脸上紫青涟漪转为紫金之色，一闪而逝。

老猿勃然大怒，原来就在此刻，一颗石子从树林当中激射而至。老猿伸手握住那颗指甲盖大小，尤其坚硬的石子。

然后一阵窸窸窣窣的声响，显示陈平安正往深处逃窜。

老猿脸色阴沉至极，转头看了眼夜幕下的小镇。生怕这才是对方真正的调虎离山之计。但是直觉告诉老猿，最好将那少年迅速击毙在山中。

福禄街那棵子孙槐，之前刚遭受过少年刺客的攀缘，当下能够承受一个人重量的最高枝上、位置高出屋顶许多的地方，又坐着一个不速之客，往下一些，还站着一人。

这两人的突兀出现，却让风声鹤唳的李家宅子，不得不捏着鼻子装看不见，因为坐在那里的白袍男人，正是督造官大人。他带着宋集薪来到子孙槐上，说是要带他看一出好戏。只不过当时已经是黄昏尾声，宋集薪眼力不够，只能听宋长镜为他讲述那场起始于泥瓶巷屋顶的可笑追杀。

宋长镜一手撑膝，一手托腮，望向远处。在讲述追杀过程的间隙，会时不时穿插一些不为人知的小镇秘事，或是一些随心所欲的修行感悟。

"如果不谈机缘，只说实打实的器物法宝，那部传闻已久的著名剑经，当下能够在小镇排进前三。若是拉长时间线的话，放入整个小镇三千多年的历史，估计前十有点悬，但是前二十肯定没问题，别觉得这个名次很低，事实上很高了。

"再加上那副痒子甲，如果姓刘的小家伙能够消化掉这些，在本王看来，他的机缘，半点都不比你们五个人差了。"

宋集薪没有抬头，因为有个家伙直接就把脚悬挂在他头顶。宋集薪好奇问道："那他为何还被正阳山老猿一拳打死了？"

宋长镜淡然笑道："运气太好了，遭人嫉妒，又没有靠山，很难理解吗？"

宋集薪满脸疑惑，问道："那你当时在泥瓶巷，为什么不拉拢得更加彻底一些？"

宋集薪头顶的大骊藩王哈哈大笑，快意至极，笑了很久才说道："本王对于那些山上的修行天才……总之等你出去之后，听说过本王的某个绰号，就会明白其中缘由了。"

宋长镜突然站起身，望向远处，神色微变，一只手轻轻摩挲着腰间玉带，眼神炙热。

在这位近乎"山登绝顶我为峰"的武道大宗师眼中，小镇最西边，随着搬山猿坏了规矩，刹那之间气机激荡不止，以至于那一块区域的气息紊乱，如同炸裂飞溅的破瓷器。

宋长镜缓缓道："你可能很奇怪，为何那些外乡人，都有一种视他人如蝼蚁的眼神，你当真以为这只是他们天性自负，眼睛长在天上？性格是一小部分原因，更多是大势使然，你不曾走出过小镇，不知道这些仙师在外边天地间的超然地位。"

宋集薪回答道："我可一点都不奇怪。"

"跟读过书的人聊天就是费劲。"宋长镜不感到意外，自顾自继续道，"因为有一条线，摆在你们和他们之间。这条线说大不大，对有些人，比小水沟还不如，只要遇到它，就能够一跨而过，像你和之前的刘羡阳，还有那个被别洲道家大宗相中的读书种子赵繇，皆在此列。但是说小也不小，小镇绝大多数人，看着那条线，就像对着一条天堑，连跨过去的欲望都生不出来。被那条线隔开的两拨人，差距之大，其实就像……人与草木吧，无异于阴阳之隔，甚至更大。"

说到这里的时候，大骊藩王宋长镜突然咦了一声，有些讶异，然后幸灾乐祸笑道："那头老畜生这次运气有点背啊，偏偏惹上这么个小刺猬，隐藏很深啊。宋集薪，本王现在有点理解你了，谁摊上这么个对手都难受，除了干净利落一拳打死之外，实在是一件挺恶心的麻烦事。"

宋集薪脸色不悦。

不远处的李家大宅，呼喝声大振，更有暗处的定海神针愤然出手。

陈平安果然有援手呼应，而且还不是一般人。

宋长镜笑了笑，哪怕那道刺客身影从子孙槐下一闪而过，这位藩王也根本没有要阻拦的意思。

视野之中，老猿的魁梧身影从西边大步而回，不断在小镇上"起起落落"，至于落地之时会不会踩塌屋舍、会不会坏了别人院落的布置，根本不在意。那正阳山老猿似乎认定了一个出气筒。

宋长镜突然皱起眉头，继而释然，然后是瞬间爆发的战意昂扬。

大骊武夫宋长镜，此生喜好三事：筑京观，杀天才，战神仙。

下一刻，宋集薪瞪大眼睛，不知何时头顶的宋长镜已经落在福禄街上，向远处飞奔而来的魁梧老猿，简简单单近乎蛮横地对撞而去。

大骊藩王，搬山老猿，一人一拳互换，砸中各自胸口。

宋长镜不退反进，向前踏出一步，老猿则后退一步。又是各自一拳，这一次砸在各自额头眉心。

宋长镜大踏步向前，这一次只有他出拳了。一步向前重重踩地，双膝微蹲，左手向前伸出，右手握拳后撤。

他一身雪白长袍，大袖飘摇，脚下则是满地碎裂的青石板。一拳直直去，老猿只得伸出一只手掌，挡住宋长镜的拳头。天地之间，似乎先后两次隐隐响起崩裂声响。老猿倒滑出去十数丈，青石板地面被犁出一条触目惊心的沟壑。

宋长镜轻轻挥袖，一手负后，一手扶住腰间白玉带，笑眯眯道："齐静春，你这也不出面拦阻？难道真要破罐子破摔了？别啊，再多撑一会儿。"

老猿吐出一口浊气。

宋长镜竖起一只手掌，摇了摇，笑道："等本王出去之后再打，现在先各忙各的。"

老猿咧嘴一笑："宋长镜，那你到时候最好能打赢我，否则大骊南方边军会不太好受。"

宋长镜微笑道："如你所愿。"

老猿冷哼一声，独自进入李家大宅，见小姐陶紫安然无恙，甚至连惊吓都算不上，老猿便知不过是拙劣的伎俩，略作思量，便狞笑着赶往小镇西边。

入山打猎。

夜色里，陈平安逃向深山，撒腿狂奔，没过多久，便跑入一片泥土格外松软的竹林，他开始故意放重脚步。

约莫半炷香后，即将跑出竹林边缘地带，陈平安突然攀缘上左手边的一根竹子，晃荡向不远处另外一根竹子，比那正阳山的搬山猿更像一只猿猴，重复数次后终于轻飘飘落地，蹲下身用手抹去脚印。转头望去，距离第一根竹子有五六丈远，他这才开始继续奔跑。

不到一炷香的工夫，已经可以依稀听到溪水声，大步狂奔的陈平安非但没有停步，反而一个高高跃起，整个人坠入溪水当中，很快他便站起了身，原来他落在了一块巨石之上。对这一块土地山水无比熟稔的陈平安，竭力睁大眼睛，凭借着过人的眼力和出众的记忆，在小溪当中的石头上跳跃，往下游方向一路逃跑。如果一直这么下去，就能到达小镇南边的溪畔青牛背，然后是廊桥，最后则是阮师傅的铁匠铺。不过陈平安没有太过接近青牛背，而是在小溪出山之后，蓦然收束如女子腰肢的一个最窄的地方靠右上岸。

很快就听到宁姚轻声喊道："陈平安，这边。"

陈平安飞快蹲下身，气喘吁吁，伸手擦了擦额头上的汗水。

宁姚低声问道："真能把老猿往山上骗？"

陈平安苦涩道："尽力了。"

从小镇福禄街同样绕路赶来会合的宁姚，问道："受伤了？"

陈平安摇头道："小伤。"

宁姚心情复杂，愤愤道："敢这么玩，老猿没打死你，算你走狗屎运！"

陈平安咧嘴笑道："老畜生坏过一次规矩了。不过你如果出手再晚一点，我估计就悬了。"

宁姚愣了愣，然后开怀道："还真成了？可以啊，陈平安！"

陈平安嘿嘿笑了。

宁姚翻了个白眼，问道："接下来？"

陈平安想了想："咱俩之前定下的大方向不变，不过有些地方的细节，得改动改动，老猿太厉害了。"

宁姚一巴掌拍在陈平安的脑袋上，气笑道："你才知道？"

陈平安突然说道："宁姑娘，你转过身去，我要往后背敷点草药。顺便帮忙看着点小溪那边。"

宁姚大大方方转过身去，面朝小溪上游。

陈平安脱掉那件原本属于刘羡阳的外衫，摘下那件"木瓷甲"，从腰间一只布囊拿出杨家铺子的瓷瓶，倒出一些浓稠药膏，倒在右手手心，左手提起衣衫，右手涂抹在后背上。

很能扛痛的他，也不由得冷汗直流。

宁姚虽然没有转身，仍是问道："很疼？"

陈平安笑道："这算什么。"

宁姚撇撇嘴，逞什么强啊。

小镇最西边的宅子，有妇人坐在地上号啕大哭，不断使劲拍打胸脯，摇摇晃晃，单薄衣衫有随时炸裂开来的迹象，她那一双满身脏兮兮的年幼子女，不知所措地站在娘亲身边。有个憨厚汉子蹲在屋外，唉声叹气，满脸无奈，屋顶莫名其妙多出个窟窿，春天的寒气还没退尽，自己身子骨熬得住，可接下来自家婆娘和崽子们咋过？

不远处的街坊邻居聚在一起，指指点点，有人说是之前也听到了自家屋顶有声响，一开始以为是野猫捣乱，就没当回事。也有人说今儿小镇西边就不太平，好像有孩子看到一个身穿白衣的老神仙，飘来荡去的，一步就能当老百姓十数步，还会飞檐走壁，也不晓得是土地爷跑出了祠堂，还是那山神出了山。

有位风雷园年轻剑修独自蹲在一处，脸色沉重。刘灞桥之前在督造官衙署陪着崔明皇闲聊，听说李家大宅的动静后，就闻着了腥味，不过这位风雷园的俊彦翘楚，再自负也没敢登门挑衅一只搬山猿，就是寻思着能不能隔岸观火，如果有机会阴一把老猿，更是大快人心。所以刘灞桥摸到了一处大宅书楼翘檐上，俯瞰小镇，寻找老猿的动向，结果很快就发现城西泥瓶巷那边的异样动静，于是生性胆大的刘灞桥就开始悄然盯梢。

在正阳山搬山猿不惜运转气机的瞬间，刘灞桥受伤后，那把不得不挪窝温养在明堂窍的本命飞剑，蠢蠢欲动，几乎就要"脱鞘"而出。因为在这方古怪天地里，修为高低与天道镇压力度成正比，按照刘灞桥的估算，搬山猿并不轻松，哪怕能够强行运气换气，并且事后利用强横体魄或是无上神通，反过来压制天道引发的气海沸腾，但是这种"作弊"的次数，也绝不会太多，否则就要担负起洪水决堤的巨大风险，到时候千年道行毁于一旦，也不是没有可能。退一步说，每次以此方天地之外的"神仙"身份出手，就是一种折损，其实就等于世间俗人的折寿了。但是当刘灞桥看到老猿踩塌屋顶后的这个落地处，自己现在立足之处的两个大坑，这个风雷园剑道天才开始庆幸自己没有轻举妄动，否则必会引火上身。以老猿当时那股新鲜气机的浑厚程度，若非发现福禄街李家大宅的动静，不得不去确定正阳山小女孩的安危，追杀那个狡猾似狐的少年，不一定有十成把握，但是追杀自己刘灞桥，绝对是一杀一个准。

当然，老猿不是瞎子更不是傻子，在自己本命飞剑将出欲出之际，肯定已经察觉到了自己的存在。只不过刘灞桥虽鬼门关前转悠了一圈，后怕归后怕，对于老猿这个存在本身，谈不上如何畏惧。风雷园对正阳山，双方无论实力如何悬殊，不出手还好，一旦有一方选择出手，那就要到不死不休的境地，而且修为低下之人，绝不会向对手磕头求饶。这是两座东宝瓶洲剑道圣地五百年来，用无数条人命证明过的事实，何况刘灞桥在小镇又不是没有后手。

刘灞桥缓缓站起身，没有径直返回衙署，而是走向那栋最西边的破落小宅，站在低矮黄泥墙外，使劲"喂"了一声，在男人和他媳妇都转头望向他之后，他随手丢出一枚金精铜钱，抛给那个梨花带雨的妇人，笑道："大姐，求你就别号了，我在那么远的地方都觉得瘆得慌！"

妇人接过金色铜钱，低头瞥了眼样式，跟铜钱差不多，就是颜色不同，她有些呆滞，小声问道："金子？"

刘灞桥哈哈笑道："不是。不过比金子值钱多了……"

妇人先是一愣，然后暴怒，狠狠将那枚金色铜钱砸向刘灞桥，站起身，叉腰骂道："滚一边去！是金子我还有点相信，还比金子值钱？你当老娘没见过世面啊？！老娘也是亲手摸过银子的人。毛没长齐的小王八蛋玩意儿，也不扒拉扒拉裤裆里的小泥鳅，就敢来老娘这边装大爷，我家男人还没死呢！"说到这里，妇人更火大了，快步走去，不比水桶纤细多少的粗壮腰肢，竟然也能被她拧得别有风情，她对着蹲在地上一言不发的男人就是一脚，踹得男人斜倒在地上。男人别说还手，就是还嘴也不敢，摸爬着猫腰跑远，然后继续蹲着，眼神幽怨。

妇人指着自家汉子骂道："没出息的孬种，跟死了没两样，出了事情就知道装死，成天就知道瞎逛，捞鱼抓蛇，跟穿开裆裤的孩子差不多，比你儿子还不如！小槐好歹知道偷……捡点东西回家。你一个当爹的，为啥杨家铺子的伙计不愿意做，是富得流油还是咋的，非要跟银子较劲？一年到头也不知道干点正经事……"说到这里的时候，胸脯风光当得起"壮观"二字的妇人，突然笑了笑："要不是晚上还算能折腾人，老娘乐意跟你过日子？！"

周围看戏的街坊邻居哗然大笑，也有青壮男人吹口哨说荤话。

妇人终于重新将矛头对准那个罪魁祸首，吼道："还不滚，没断奶是不是？！"

刘灞桥哪里见过这样的乡土气，不但不觉得鄙陋，反而觉得颇为有趣，这份热闹看得津津有味，哪怕被妇人骂得挺惨，却不怒反笑。自己在师门风雷园每次吵架后，都会有一种寂寞，觉得空有一身好武艺，却没有旗鼓相当的对手，不承想今天终于有了用武之地，便来劲了，嬉皮笑脸道："没断奶咋的，大姐你能帮忙啊？"

妇人挑了一下眉头，讥笑道："我怕一不小心把你给憋死。你啊，可以找杏花巷的马婆婆去！管饱！"顿时笑声震天。

刘灞桥虽然不知道马婆婆是何方神圣，但是从四周听众看客的反应，可以得知自己这一仗是惨败。

刘灞桥伸出大拇指，笑容灿烂道："大姐，算你狠。"

然后他双指夹住那枚金精铜钱，晃了晃："真不要？"

妇人明显有些犹豫狐疑。

就在此时，远处有人无奈喊道："灞桥，崔先生让你赶紧回去。"刘灞桥闻声转头望去，是龙尾郡陈氏子弟陈松风，身边站着一个身材高挑的冷峻女子，两手空空，并没携带兵器。女子模样不出挑，身段倒是没得说，一双大长腿，很对刘灞桥的胃口。她正是陈松风的远房亲戚，至于怎么个远法，陈松风没有主动提起过，女子对陈松风也从来是直呼其名。一路同行，三人平时相处，刘灞桥也没觉得女子如何倨傲，就是天生性子冷了一些。

既然是崔明皇发话，刘灞桥不敢多待，便跟着两人赶往福禄街，只是离去之时，下意识多瞥了眼那个愁眉苦脸的中年汉子。

夹杂在人流当中的一个邋遢汉子，犹豫片刻，在街坊邻居陆续散去之后，独自走向院子。

妇人正要带着那对子女去娘家住，又实在是不情不愿。娘家人尽是势利眼，对她挑中的男人那叫一个狗眼看人低，所以这些年除了逢年过节，已经很少来往，但是遭到这种飞来横祸，妇人实在没办法，她倒是想要硬气一些，带着儿子女儿去客栈酒楼住几天，当一回阔绰媳妇，没奈何囊中羞涩，穷得叮当都响不起来，只得厚着脸皮回娘家挨白眼了。所以越想越气的妇人在离去之前，狠狠拧着自己男人的腰肉，直到拧得男人整张脸都歪了，这才罢休。两个孩子是见惯这幅场景的，非但不担心爹娘吵架，还使劲偷着乐呵。

妇人眼尖，看到躲在门口那边鬼鬼祟祟的邋遢汉子，顿时骂道："姓郑的，又来叼走老娘的衣裤？你属狗的是吧？兔子还不吃窝边草，老娘再怎么不愿意承认，终究还是倒了八辈子霉，是你的嫂子，你咋就下得了手偷呢？"

邋遢汉子欲哭无泪，想死的心都有了："嫂子，天地良心啊，我不过是忘了给你家小槐买糖吃，他才故意这么说啊，嫂子你怎么就真信了？"那个小男孩一脸天真。

妇人当然是更相信自家孩子，抬起手就要一巴掌甩向那汉子。那汉子赶紧缩脖子跑到一边去，对蹲地上的男人嚷嚷道："师兄，你也不劝劝嫂子！"

男人瓮声瓮气撂下一句话："不敢劝。"

邋遢汉子哀叹不已："这世道没法让老实人混了。"

妇人一手牵着一个孩子，走向院门，突然扭头丢了个媚眼，笑眯眯道："姓郑的，下次多带些钱，嫂子卖给你，一件只收你五十文钱，咋样？"

邋遢汉子眼前一亮，怯生生道："稍稍贵了点吧？杏花巷铺子的新衣裳，布料顶好的，也就这个价格……"

妇人翻脸比翻书还快，骂骂咧咧："还真敢有这坏心思?! 去死，活该一辈子打光棍！烂命一条，哪天死在东门外都没人替你收尸……"

妇人和孩子们走后，邋遢汉子轻轻往后一跳，坐在了院墙上，愤愤道："师兄，不是我说你，你真是猪油蒙了心，才挑了这么个泼辣娘们当媳妇。"

原来这邋遢汉子便是小镇东门的看门人，姓郑，光棍一条。

院子里还蹲在地上的憨厚汉子蹦出一句："我乐意。"

负责向外乡人收钱的小镇看门人，沉默片刻后，说道："师父他老人家让你在近期忍着点，别跟人动手。"

看门人抬头瞥了眼可怜的屋顶，突然笑起来："师父还说了，实在忍不了，就找你媳妇泄泄火。反正嫂子也不怕你折腾，她就好这调调。"

十棍子也打不出一个屁的汉子抬起头，看着矮墙上的邋遢汉子，后者赶紧改口道："得得得，是我郑大风说的，师父没说过这种话。"

憨厚汉子站起身，五短身材，青铜色的肌肤，双臂肌肉鼓胀，把衣袖绷得厉害。

他还有些驼背，对那个小镇看门人没好气道："师父愿意跟你说超出十个字的话，我跟你姓。"

看门人心中默念师父的叮嘱，然后扳手指算了算，还真没到十个字！这个邋遢汉子先是骂了一句娘，然后很是泄气，有些伤感，竟是破天荒的真情流露，所以显得尤为可怜。

佝偻汉子问道："还有事吗？"

看门人点头道："师父说让你对付那个人。"

佝偻汉子皱了皱眉头，又习惯性蹲下身，面朝破败的屋子，闷闷道："凭啥？"

看门人郑大风白眼道："反正是师父交代的，你爱做不做。"

汉子想了想："你走吧。下次要是让我看到你偷嫂子的东西，打断你三条腿。"

邋遢汉子郑大风暴怒道："李二！你给老子说清楚！谁偷你婆娘衣物了？！这种混账话你也相信？你脑子进水了吧？"

李二转过头，看着暴躁愤怒的同门师弟郑大风，黑着脸默不作声。

郑大风像是一个饱受委屈的幽怨小娘，悲愤欲绝道："我以后再也不敢了。行了吧？！"

这个看门人站起身，脚尖一点，如一片槐叶飘入街道，离得远了，这才胆敢破口大骂道："李二，老子这就找嫂子买她的贴身衣物去！"郑大风一边撂狠话，一边跑得比狗还快。只是李二根本就没起身的意思，吐出一个字："孬。"

三人回到衙署，那个观湖书院的儒家君子崔明皇坐在正厅等候已久。见到陌生女子后，崔明皇起身点头致意，女子也点了点头，脸色依然冰冷，用刘灞桥私底下的话说，就是一副"全天下都欠了她大把银子"的表情。

崔明皇在三人落座后，对刘灞桥笑道："亏得你忍住没出手，要不然肯定会捅出大娄子。你是没有看到，刚才咱们督造官宋大人和那正阳山搬山猿，在福禄街硬碰硬对了三拳，动静不小。说实话，接下来不管你遇到如何千载难逢的机会，我劝你都不要出手，不要觉得有机可乘。"

刘灞桥好奇问道："难不成那老畜生三拳干翻了宋长镜？宋长镜如此绣花枕头不济事？不是都说他摸着了第十境的门槛吗，只差半步就能一脚跨入那个境界？"

崔明皇无奈道："咱们好歹借住在宋大人这里，你能不能说话客气些？"

陈松风感慨道："是宋大人占了一些优势。"

哪怕与那位大骊藩王八竿子打不着，可只要是修行中人，听闻这种壮举之后，无法不心神往之！

一个纯粹武夫，只以肉身就与一只搬山猿硬扛到底！关键是此人还能够占据上风！

女子坐在一旁闭目养神，双手自然而然摊放在膝盖上。听到此事后，手指微动。她也是被陈松风匆忙找到的，原本她打算在小镇一直逛荡下去。之所以没有执意坚持，而是跟随陈松风一起去找刘灞桥，再返回衙署，只是入乡随俗罢了。至于陈松风能否从那棵老槐树那里讨到便宜好处，能够得手几片祖荫槐叶，同样姓陈的女子，并不上心。不过陈松风找到她的时候，她仍然能够清晰感受到，陈松风那种刻意压抑的兴奋激动，多半是收获颇丰，落下槐叶的数量，应该是出乎龙尾郡陈氏老祖的预期了。

刘灞桥突然捧腹大笑："老畜生这次栽了个大跟头，痛快痛快，竟然被一个普通少年遛狗耍猴，被牵着鼻子走了半座小镇，哈哈，这个天大的笑话，够我在风雷园说上十年了！到时候以正阳山那帮土鳖的脾性，肯定要急着跳出来说，这些都是咱们风雷园血口喷人了，有本事拿出证据来啊！我拿你大爷的证据，要不是小镇禁绝术法，坏规矩的代价太大，否则我死也要把这一幕原原本本'拓印'在音容镜当中。"

崔明皇突然脸色微变，对刘灞桥沉声喊道："灞桥！"

女子几乎同时睁开眼睛。

刘灞桥刚想问干啥，蓦然闭上嘴巴。

很快有一个白袍男子缓缓而至，跨过门槛后，对刘灞桥笑眯眯问道："什么事情这么好笑啊？独乐乐不如众乐乐，不如让本王也乐呵乐呵？"

崔明皇早已站起身，正想要开口说话，意思是要将那张主位椅子让给这个大骊藩王，宋长镜对这个观湖书院的读书人，笑着摇摇头，示意不用如此繁文缛节，他随手拉过一把椅子，坐在刘灞桥身边，与陈松风和女子两人，分列左右相对而坐。

刘灞桥虽然给人印象是混不吝的怠懒性格，不过如此近距离，面对一个极有可能跻身传说第十境的武夫，尤其这家伙可谓恶名昭彰，筑京观一事也就罢了，嗜好斩杀天才一事，真是让人毛骨悚然。所以别看这个大骊藩王不在的时候，刘灞桥一口一个宋长镜喊着，这会儿心却虚得很。好在脸皮一事，刘灞桥向来不甚在乎，赔笑道："宋大宗师，我正在说你老人家与正阳山老畜生的巅峰一战呢，真是惊天地泣鬼神。王爷你老人家拳出如龙，若非拳下留情，那搬山猿定会在福禄街上当场死无全尸。宋大人武道之高，武德之好，实在是让晚辈拍马难及！"宋长镜笑着不说话。刘灞桥额头渗出冷汗，后背浸透汗水，终于说不出一个字来，悻悻然彻底闭嘴。

宋长镜突然转头望向对面那名女子，眼神玩味，饶有兴致，问道："你也是龙尾郡陈氏子弟？"

女子摇头，缓缓道："不是。"

宋长镜哦了一声，若有所思。

气氛尴尬，直到宋集薪出现在门口。他见到屋内并无椅子座位，便随意坐在门槛上，望向屋内众人。

宋长镜对此不以为意，对刘灞桥笑道："其实少年能活下来，你是恩人之一。"

若非搬山猿一开始认定陈平安寻衅，是受人指使，而在这座小镇当中，敢给正阳山下套的家伙，都非蠢人，皆是擅长谋而后动之辈，所以老猿觉得螳螂捕蝉黄雀在后的那只黄雀，一定身份不低，身手不弱，这才使得不愿流露出丝毫破绽的老猿，在泥瓶巷那一带显得颇为狼狈。所以一直到小镇最西边的宅子，老猿确定四周并无刺客潜伏后，这才稍稍放开手脚，给了那陈平安后背心一拳。

刘灞桥干笑道："虽然事实如此，但是这种恩人我可不想当。"宋长镜一笑置之。

女子转头瞥了眼坐在门槛上的俊逸少年。宋集薪对她微微一笑。女子转过头，面无表情。宋集薪撇撇嘴，开始正大光明欣赏她的那双长腿。女子二十五六岁，姿色尚可，但是宋集薪觉得她挺有味道的。

女子转过头，眼神冷冽，沙哑道："你找死？"

宋集薪指了指自己，一脸肤浅至极的无辜，很欠揍的表情："我吗？"然后指了指大骊藩王宋长镜："那你得先问过他才行。"

女子刚要起身，宋长镜瞬间眯眼。大堂之内，一阵磅礴威压如暴雨狠狠砸在众人头顶，躲也无处躲，所有人的肌肤，竟然产生了实质性的针刺疼痛，唯独门口那边的宋集薪浑然不觉。

陈松风艰难开口，只是语气不弱："王爷，这位姑娘并非我们东宝瓶洲人氏，所以希望王爷慎重行事！"

女子笑了，站起身："你敢杀我？就不怕你们大骊被灭国吗？"

崔明皇正要阻拦，却只见女子已整个人倒飞出去，身后那张椅子在空中化作齑粉不说，女子高挑身躯全部陷入墙壁，几乎像是嵌入墙壁的一样物件。

宋长镜神出鬼没地站在墙壁下，负手而立，微微仰头，看着七窍流血的女子，笑道："小丫头，是不是觉得你的老子或是老祖很厉害，所以就有资格在本王面前大放……那个字怎么说来着？"

这个藩王转头笑望向自己侄子，宋集薪笑眯眯道："厥，大放厥词。"

宋长镜笑了笑，转头继续望向女子，后者虽然满脸痛苦，但是眼神坚毅，没有丝毫示弱祈求。宋长镜说道："下辈子投胎，别再碰到本王了。"

陈松风肝胆欲裂，满眼血丝，整个人处于复杂至极的情绪当中，大愤怒、大恐惧兼有，正要开口说话，崔明皇已经抢先上前一步，作揖致歉，低头诚恳道："王爷，能不能给在下一个面子，不要跟她一般见识。"宋长镜嘴角扯了扯，满是讥讽。与大骊藩王对视的女子，突然认命一般闭上眼睛。

就在此时，门槛那边的宋集薪哈哈笑道："叔叔！算了。欺负一个娘们，传出去有损你的名声。"宋长镜身形略微停顿，细微到了极点，哪怕是崔明皇和刘灞桥，也只觉得那个杀神根本就是纹丝不动。宋长镜歪了歪脑袋，伸出双指，随意一弹，好似掸去肩头灰尘。风雷园年轻一辈中的第一人刘灞桥呆若木鸡，崔明皇如释重负，陈松风如坠云雾。

宋长镜对刘灞桥笑道："小子，不错，本王看好你。"

女子睁开眼睛，把自己从墙壁里"拔出来"，落地后，身形一晃，对那个背影说道："今日赐教，陈对铭记五内。"

宋长镜不予理会，对刘灞桥说道："离开小镇之后，去大骊京城找本王，有样东西送给你，就看你拿不拿得动、搬不搬得走了。"

刘灞桥脱口而出道："符剑！"

修行之人，都知道符剑是道家主要法器之一，但是如果一把剑，能够直接冠以"符剑"之名，并且世人皆知，可想而知，这把剑会是如何惊艳。

宋长镜和宋集薪走出这栋别院，宋长镜笑道："心胸之间的那口恶气，出完了没？"宋集薪点头道："差不多了。"

之前关于陈平安一事，这个家伙竟然连自己亲侄子也坑，宋集薪当然一肚子愤懑怨怼。

宋集薪突然皱眉问道："那女子一看就来头极大，叔叔你不怕打了小的，惹来大的，揍了大的，惹来老不死的？如果地方县志没骗人，我可知道那些老王八的厉害，到时候咱们大骊真没问题？"

宋长镜一句话就摆平了宋集薪："你太低估宋长镜这三个字了。"

大堂内，崔明皇坐回位置，不露声色。

刘灞桥颓然靠在椅背上，心有余悸道："乖乖，七境、八境和这第九境就相差这么多吗？"

风雷园七境、八境武夫各有一人，而且与刘灞桥关系都不错。

崔明皇摇头道："围棋当中，同样是九段国手，也分强弱，相差很大，何况宋长镜本就是第九境里的最强手。"

然后崔明皇望向名叫陈对的女子，关心地问道："陈姑娘你没事吧？"

陈对也是狠人，虽然脸色苍白，但仍是坦然笑道："无妨。"

陈松风仿佛比这位局中人的远房亲戚，更加惶恐不安。

崔明皇心中一叹，龙尾郡陈氏，恐怕很难在接下来的大争乱局之中脱颖而出了。

刘灞桥啧啧道："一弹指，就能够将我飞剑弹回窍穴，还能不伤我半点神魂，实在是匪夷所思。"

崔明皇打趣道："现在知道山外有山、人上有人了吧？"

刘灞桥狗改不了吃屎，坏笑道："人上有人？崔大先生你真是一点也不君子啊！"

崔明皇哭笑不得，懒得理睬这浑人。

刘灞桥想了想，出声安慰那名字有些古怪的女子，免得她一时想不开，铁了心要以卵击石，去找宋长镜的麻烦，到时候这一屋子的人都吃不了兜着走："陈大姐，虽然我这么说很长他人志气灭自己威风，但是碰到宋长镜，低低头，退一步，不丢人。"陈松风欲言又止。但是陈对嗯了一声，淡然道："宋长镜确实有这个资格，我没有不服气，只是心有不甘而已。"刘灞桥没心没肺道："其实不甘心都不用，看看我，现在就贼高兴，以后回到风雷园，又有十年牛皮可以吹了。竟然与大骊宋长镜交过手，哪怕只有一招，但我刘灞桥到最后毫发无损啊！当然了，如果我真能拿到那把大骊京城的符剑，吹一百年都行！"

陈对思绪转向别处。她没来由想起那个坐在门槛上的少年，那个能够一句话阻止宋长镜出手杀人的少年。

杨家铺子的老掌柜回到小镇后，直奔自家铺子后边的院子。院子不大不小，正好够店里三个长工伙计居住。

掌柜推开后院正屋，看到一个老人坐在椅子上，正在捣鼓他的老旱烟杆子呢。掌柜的关上门后，喊了声"老杨头"，老人赶紧放下老竹烟杆，倒了一碗茶，笑问道："掌柜的，有人急着用药？需要我摸黑上山？"

年迈掌柜看着这个看上去差不多岁数的老头子，摇摇头，端起茶碗，叹了口气道："今儿给阮师那边看了位病人，是个姓刘的少年，给外乡人一拳打了个半死，我这心里不得劲儿，就想着来你这边坐坐，缓一缓。"

满脸皱纹如老槐树皮的老杨头笑道："掌柜的，只管坐便是，都不是外人。"

杨掌柜的突然想起一事："对了，老杨头，你很多年前帮过的一个孩子，就是泥瓶巷那个，小小年纪就给他娘亲抓药的可怜娃儿，他是不是叫陈平安？"

老杨头有些讶异，点头道："对啊，那孩子他娘最后还是走了。如果没记错，没能熬过那个冬天。在那之后，跟孩子还见过几次，次数不多就是了。我当年实在看不下去，还给过孩子一个不值钱的土方子来着，咋了？是这孩子给人打伤啦？"

杨掌柜的喝了口茶，苦笑道："刚刚我不是说了嘛，那少年姓刘。老杨头，你也真是的，啥记性！"

老杨头哈哈大笑，不以为意。

老掌柜小心翼翼试探性问道："老杨头，咱们铺子要不要做点啥？"

老杨头拿起那根小楠竹制成的老烟杆，摇了摇："掌柜的，啥也不用做就行。"

老掌柜像是吃了一颗定心丸，点头道："这就好这就好。老杨头，那你忙你的，我先走了。"

老杨头刚要站起身相送，老掌柜赶紧劝道："不用送不用送。"

老掌柜走下台阶后，回首望去，老杨头正要关门，对视后老杨头咧嘴笑了笑，老掌柜的赶紧转头离开。

老掌柜中年接手铺子的时候，病榻上弥留之际的父亲，最后遗言，竟是一些古怪话："'铺子遇到大事情，就找老杨头，照他说的去做。'这句话，好像是你爷爷的爷爷那会儿，就传下来了。以后你把铺子传给下一辈的时候，一定别忘了说这些，一定不能忘！"老掌柜当时使劲点头答应下来，老父亲这才咽下最后那口气，安然闭眼逝去。

夜色渐浓，老杨头点燃一盏油灯。咂巴着旱烟，他想起了一些陈年往事，都是注定无人在乎的小事而已。

一栋代代相传的祖宅，收拾得整整齐齐，一点不像是泥瓶巷里的人家。

一个敦厚老实的男人蹲在院门口，看着一个清清秀秀的孩子，笑问道：

"儿子，过完了年，是不是大人了？"

孩子扬起一只手，活泼稚气道："爹，我五虚岁，是大人啦！"

男人笑了笑，有些心酸："那以后爹不在的时候，娘亲就要交给你照顾了哦，能不能做到？"

孩子立即挺直腰杆："能！"

男人笑着伸出一只布满老茧的大手："拉钩。"

孩子赶紧伸出白皙小手，开心道："拉钩上吊一百年不许变！"

爷俩小指拉钩，拇指上翻后紧紧挨着。

男人松手后，缓缓站起身，转头看了眼在正屋忙碌的那个婀娜身影，猛然大踏步离去。

身后孩子喊道："爹，糖葫芦好吃。"

男人嘴唇颤抖，转过头，挤出一个笑脸："晓得了！"

孩子到底是懂事的，眨了眨眼睛："小的更好吃一些。"

男人迅速转过头，不敢再看自己儿子，继续前行，喃喃道："儿子，爹走了！"

杨家铺子，一个隔三岔五就来买药的小孩子，这一天被一名不耐烦的店伙计推搡出铺子，那年轻伙计骂道："跟你说过多少次了，这么几粒碎银子，连药渣子也买不了！哪有你这么烦人的，能堵在这里大半天，我们这是药铺，要做生意的，不是寺庙，没有菩萨让你拜！要不是看你年纪小，老子真要动手打人了，滚滚滚！"

小孩子死死攥紧那个干瘪钱袋子，想哭却始终坚持不哭出声，仍是那套翻来覆去无数遍的说辞："我娘亲还在等我熬药，已经很久了，我家真的没有钱了，可是我娘真的病得很厉害……"

年轻伙计随手抄起一把扫帚，作势要打人。站在门槛外的小孩子吓得蹲下身，双手抱住头，那只左手仍是不忘死死握住钱袋。许久之后，孩子抬起头，发现一个板着脸的老爷爷站在那里，与他对视。年轻店伙计已经悻悻然放下扫帚，忙活自己手头的事情去了。

老人伸出一只手："买东西给钱，生意人赚钱，是天经地义的事情，至于赚多赚少，得看良心，但万万没有亏钱的道理。所以你把钱袋子给我，那几粒银子我收下，今天你娘亲治病需要的药材，我先赊账给你，但是你以后得还钱，一分一毫也不许欠铺子。小家伙，听不听得懂？"小孩子眨眨眼，懵懵懂懂，但仍然把钱袋子递了出去。最后，老人有些费劲地趴在柜台上，才能看着那个几乎瞧不见脑袋的小孩子，问道："知道怎么熬药吗？"

小孩子小鸡啄米："知道！"

老人皱眉："真知道？"

孩子这次只敢轻轻点点头。

那年轻伙计在远处笑道："咱们刘师傅当时去过一趟泥瓶巷，给他娘看病后，教过孩子一回。后来不放心，又亲自看着这孩子煎熬，奇了怪了，屁大点孩子，竟然还真没啥差错。是刘师傅亲口说的，应该没错。"

老人对孩子挥挥手："去吧。"

孩子欢天喜地提着一大兜黄油纸包起来的药材，飞快跑回泥瓶巷。

孩子蹑手蹑脚进入屋子后，发现躺在木板床上的娘亲还在睡觉。孩子摸了摸娘亲额头，发现不烫，松了口气，然后悄悄把娘亲的一只手挪回被褥。

孩子来到屋外那座灶房，开始用陶罐熬药，趁着空隙开始烧菜做饭。这些孩子需要踩在小板凳上才能做。

孩子使劲翻动锅铲，被热腾腾的水汽呛得厉害，还不忘碎碎念道："一定要烧得好吃，一定要！要不然娘亲又要没胃口了……"

一个才五虚岁的孩子，背着一个几乎比他人还大的箩筐，往小镇外的山上走去。

这是孩子第二次进山，第一次是杨家铺子的老杨头带着。照顾到孩子的孱弱脚力，老杨头走得很慢，加上老人只是教了孩子需要采摘哪几种草药，而且箩筐也是由老人背着，所以那一趟进山出山，对孩子来说其实还算轻松。今天就不一样了，孩子顶着烈日，背着箩筐，后背传来一阵阵灼烧般的刺痛。孩子一边哭一边走，咬着牙向前走。

那一趟，孩子是天黑才回到杨家铺子的，箩筐里只有一层薄薄的药材。老杨头勃然大怒。孩子带着哭腔说，他家里只有娘亲一个人，他怕娘亲饿了，要不然不会只有这么点药材的，他可以明天早起进山。老人默不作声，转身就走，只说再给他一次机会。之后不到两个月，孩子的手脚就都是老茧了。

有天，一场突如其来的暴雨，使得上山采药忘了时间的孩子，被隔在溪水那边。

看着汹涌的洪水，孩子在大雨中号啕大哭。最后当孩子实在忍不住，打算往溪水里跳的时候，老杨头突然出现在对岸，一步跨过小溪，又一步拎着孩子返回。黄豆大小的雨点砸在身上，孩子在下山路上，却一直笑得很开心。

出了山之后，老人说道："小平安，你帮我做一根烟杆，我教你一个怎么才能够爬山不累的小法子。"孩子伸手胡乱抹着雨水，咧嘴笑道："好嘞！"

孩子蹦蹦跳跳回到泥瓶巷，今天他采到一株很稀罕的名贵草药，所以杨家铺子多给了一些娘亲需要的药材。

一天没吃饭的孩子走着走着，突然感到肚子一阵绞痛。那一刻，孩子就知道在山上吃错东西了。

疼痛从肚子开始，到手脚，最后到脑袋。孩子先是小心翼翼蹲下身，摘下箩筐，然后深深呼吸，试图压抑下那股疼痛。但是一阵火烧滚烫，一阵冰冷打摆子，孩子最后只能疼得在小巷子里打滚。从头到尾，孩子不敢喊出声。不管脑袋怎么胡乱撞到小巷墙壁上，孩子最后也没有喊出声。离家太近了，孩子怕躺在床上的娘亲担心。那个过程里，意识模糊的孩子，只感受到自己心脏的跳动声，就像近在耳边的擂鼓声，轰隆隆作响。

杏花巷，一个孩子又蹲在糖葫芦摊子不远处，每次都蹲一会儿，时间不久，但让摊子主人记得了那张黝黑的小脸庞。终于有一次，卖糖葫芦的男人摘下一支糖葫芦，笑道："给你，不收钱。"孩子赶紧起身，摇摇头，腼腆一笑，撒腿跑了。那之后，卖糖葫芦的男人再也没有看到孩子的身影。

那个冬天，病榻上的女子已经骨瘦如柴，自然面目干枯丑陋。

刚刚从破败神像那边祈求归来的孩子，去杏花巷铁锁井那边挑来了水。孩子来到床边，坐在小板凳上，发现娘亲醒了，便柔声问道："娘，好些没？"

女子艰难笑道："好多了。一点也不疼了。"

孩子欢天喜地："娘亲，求菩萨们是有用的！"

女子点点头，颤颤巍巍伸出一只手，孩子赶紧握住娘亲的手。

女子极其艰辛痛苦地侧过身，凝视着自己孩子的脸庞，受尽病痛折磨的女子，突然洋溢着幸福的光彩，呢喃道："天底下怎么就有这么好的孩子呢，又怎么刚好是我的儿子呢？"

那个冬天，女子终究还是没能熬过年关，没能等到儿子贴上春联和门神，就死了。

她闭眼之前，小镇刚好下起了雪，她让儿子出去看雪。

女子听着儿子跑出屋子的脚步声，闭上眼睛，虔诚默念道："碎碎平碎碎安，碎碎平安，我家小平安，岁岁平安，年年岁岁，岁岁年年，平平安安……"

从那一天起，陈平安就成了孤儿，只不过从孩子变成了少年。

　　返回福禄镇后，跟大骊藩王宋长镜进行了一场蜻蜓点水般的切磋，正阳山老猿并未在李宅待太久，便飞奔出镇。在陈平安入山的地方稍作停留后，老猿仍是退回自己先前出拳之处，仔细观察陈平安在泥地上的脚印深浅。除此之外，老猿视野当中，还有一连串成人的浅淡脚印，老猿猜测多半是风雷园那个年轻剑修留下的。自己对泥瓶巷少年出拳之时，那人分明是想趁火打劫，出现过一刹那的剑气外溢，虽然稍纵即逝，隐藏颇深，但老猿本就身经百战，又在"剑气纵横破宝瓶"的正阳山足足修行了千年岁月，对于剑气剑意，实在太过熟悉。

　　这只正阳山搬山猿活得太久，所以太过见多识广，见识过擅长养育上乘飞剑的剑仙，拥有数十把玲珑袖珍的飞剑，皆微小如细发牛毛；也见识过大如山峰的本命飞剑，一剑劈下，江河断绝。

　　老猿凝神思量之后，这才继续前行。入山后先是杂草丛生，然后是一片竹林，地上多是去年秋冬积攒下来的枯叶，只不过由于靠近小镇，竹林并不显得荒芜杂乱。一路循着不易察觉的脚印，老猿发现自己即将走出竹林。

　　老猿并未直接走出竹林，而是环视四周，并未看到地上有少年的脚印，视线上移，四周青竹也无明显印痕，但是老猿依旧没有径直往山上追赶，而是拔地而起，一脚踩在一竿粗壮青竹的上端，微微加重力道，身体向山上那边倾斜，竹子随之弯曲，在即将崩断之际，老猿骤然散气，魁梧身躯如同轻飘飘的羽毛，没了重压负担的青竹顿时反弹，恢复笔直。老猿如仙人御风站在修修青竹之巅，身形跟随竹子微微摇曳，环顾四方之后，低头俯瞰四周，终于，老猿发现了蛛丝马迹，扯了扯嘴角，往左手边一路远眺，仔细竖耳凝听后，依稀听到了溪涧流水的声响。

老猿冷笑道："果然，一如既往的狡猾。"

老猿踩踏着一根根青竹，往左手边的小溪奔去，一路上不知踩断了多少根竹子。来到溪畔后，对于陈平安是沿着溪水往深山老林去，还是往下游逃窜，老猿一时间有些拿捏不准。老猿蹲在溪畔，眉头紧皱，有些愤懑，若是在外边天地，只要是稍稍有点灵气的山岳，老猿只要随手一抓，就能将那失了靠山的土地神强行敕令而出，一问便知少年的去向了。这也算是搬山猿的本命神通之一，否则其他修士，任你术法通天，威名赫赫，也绝对不能轻易对一方水土的神祇指手画脚。大道殊途，这就像世俗王朝的官场衙门，兵部尚书也很难对一个小小户部员外郎呼来喝去，要员外郎做这做那，最重要的是这位兵部尚书和员外郎，还不在一国庙堂之上。

老猿听着水流声，陷入沉思。按照常理而言，那少年八成是从小上山入水磨砺出来的身手和体力，说不定还研习过粗浅的呼吸吐纳之术，这才有了异于常人的体魄，身轻骨硬，气血强壮，以至于能够跟自己在巷弄屋顶玩猫抓耗子的游戏。这样的话，去熟稔道路的密林深处躲藏，合情合理。若是纯粹的少年心性，先前不过是凭借一腔热血想要报仇，尝到过轻重厉害之后，逐渐冷却，自然而然开始后怕，便跑去南边的铁匠铺子，寻求阮师的庇护，也在情理之中。前者不过是耗时，后者耗力耗神不说，甚至还会消耗正阳山的香火情。

老猿顺乎本心，脱口而出道："这少年必须死。"说完这句话后，老猿再无半点疑虑，选择往溪水下游追踪而去。

小镇南边，有一条黄泥小路，蜿蜒曲折，两边都是小镇百姓的稻田庄稼地。小路半道，有座白墙黑瓦的破败小庙。说是庙，其实就是一个供百姓歇脚休息的地儿，尤其是农忙时节、酷暑时分或是暴雨天气，有没有遮阴挡雨的地方，是天壤之别。此时陈平安和宁姚就在此商议休息。

宁姚天生剑心通明，夜间视物，轻而易举，她发现破败墙壁上满是稚童的炭笔涂鸦，大多是人名，低处多半已经斑驳不清，或是被人涂抹篡改，或是重重叠叠，只是高一些的地方，还有一些清晰可见的名字，宋集薪，稚圭，赵繇，谢实，曹曦……很长一大串，估计是当年骑在脖子上，甚至是站在小伙伴的肩膀上写的，宁姚甚至看到了刘羡阳和陈平安、顾璨三人的名字，聚在左上角最高的地方，显得不太合群。

宁姚收回视线，问道："不管怎么说，第一步是做到了，已经迫使老猿第一次换气。接下来你真要去小镇取回木弓？会不会太冒险了？万一老猿很谨慎，没有上山找你的麻烦，你岂不是羊入虎口？"

陈平安一直在默默吸气吐气，呼吸轻重长短并无定数，一切只看感觉，追求"最舒服"的状态，闻声后眼神坚毅道："没办法，木弓必须拿回来，要不然我们之前就白费功夫了！而且我在泥瓶巷那边，对老猿射出过当头一箭，确实像宁姑娘你所说，哪怕是那么近的距离，只要没有射中老猿眼珠，造成的伤害，都可以忽略不计。"

宁姚有些恼火："早说了，你那些雕虫小技不管用！先前你不信，又不听劝，行，我便由着你，但是现在你既然信了，总该按照我的法子来了吧？"

其实对于怎么对付正阳山老猿，当时在廊桥商议此事的少年少女，最早是决定各做各的，陈平安只是让宁姚等他回小镇找完三个人，但是后来陈平安突然改变主意，在宁姚走到廊桥北端下台阶之前，赶上了她。之后两人出现过巨大分歧，佩刀又佩剑的宁姚，一开始很坚定，你陈平安并非修行中人，甚至连拳把式也不会，就在一边看戏好了，最多帮忙摇旗呐喊，让她来宰掉老猿，为刘羡阳报仇，一泄心头之恨。但是当陈平安问她如何斩杀老猿时，宁姚死活不愿意说，只说她有那压箱底的本事。行走天下，上山下山，大道独行，没点家传的杀手锏怎么行。陈平安没有答应。这才有了之后陈平安的三次找人。

陈平安站起身，扭了扭腰，几乎没有妨碍凝滞了，道："我休息得差不多了。"

宁姚惊讶道："杨家铺子的东西这么有用？"

陈平安出现了片刻的黯然神色，只是很快便点头笑道："很有用的。"

宁姚问道："老猿会不会直接看穿你的逃跑路线？"

陈平安想了想，谨慎回答道："说不定可以。"

宁姚用刀鞘在地上画出两个圈和一条直线，问道："这是小庙和福禄街李宅之间的路线，你的木弓藏在哪边？"

陈平安蹲下身，画了一个圈："靠近东边，差不多是这里，距离泥瓶巷不算太远。"

宁姚点头道："好，哪怕老猿直接赶来小庙这边，我也会拖住他的脚步，给你争取到足够的时间。"

陈平安又在那条线中间地段，用手指画出一个小圈："如果真是这种最糟糕的情况，宁姑娘，你能不能把他引到这里？就是我当初入山的地方，这样我拿到了木弓赶过去，不需要多久。"

一袭墨绿长袍的宁姚以刀拄地，傲然道："说不定到时候我就提着老猿的头颅，去你那边了。"

陈平安摇头道："别逞强，要小心！"

宁姚恨不得拿刀鞘使劲敲打那颗脑袋，到底是谁逞强？她瞪眼道："喂！站在你跟前的人，是我宁姚，未来的全天下第一剑仙好不好？！"

陈平安站起身，低头查看了一下腰间的两个布袋子，以防万一，再次系紧后，抬头笑道："知道了知道了，所以啊，那就怎么都别死在这种小地方，要不然多亏啊。以后等你做成了那么大的大人物，作为朋友，我也好沾沾光。"

宁姚感慨道："陈平安，你这么婆婆妈妈优柔寡断，劝你以后还是别娶媳妇了，随便找个女子嫁了算了。"

陈平安嘿了一声，也不反驳，刚要出庙，宁姚说道："我先把你送到小溪那边，之后我往西北方向走一段路程，防止老猿担心那小女孩的安危，出了竹林没多久，因为没有发现你的踪迹，就果断放弃追捕，掉头返回小镇。"陈平安想了想，没有拒绝。

少年少女一起奔向小溪，宁姚无形中吐纳如大江大河，水深无语，暗流涌动。陈平安呼吸则如溪涧流水，细水长流。气象各异。

宁姚突然忍不住问道："木弓箭头涂抹了你说的那种草药，当真有用？"

陈平安答道："反正对两百多斤的野猪都有用，对那只老猿应该也有用。"宁姚不再说话。

两人临近小溪，正是当时陈平安上岸的地方。少年少女几乎同时气力爆发脚掌蹬地，高高跳起，跃向对岸。

宁姚落地后握住剑鞘，放缓脚步，陈平安则是冲刺起跳、飞跃过河、落地奔跑，一气呵成，瞬间与宁姚擦肩而过。陈平安刚要转头，宁姚说道："你先去小镇，不用管我。"

陈平安继续向前，一边跑一边转头提醒道："我会稍稍绕弯，挑一个僻静巷弄进入小镇，可能会稍微晚一点。"宁姚点了点头，在陈平安身影消失后，不再握住剑柄，开始向西边缓缓行去。

没过多久，宁姚停下身形，眯眼望向上游溪水远处。一道魁梧身影骤然间从溪水大石上激射向北岸，落在她身前二十余步处，盛气凌人。

老猿有些疑惑，四周并无陈平安的隐匿气息。他有意无意地瞥了眼宁姚腰间的白鞘长剑，笑道："小姑娘，先前去福禄街捣乱的人，就是你吧？"宁姚双手按住刀柄剑柄，默不作声。

老猿好奇问道："小姑娘，之前在来小镇的路上，虽然你一直藏头藏尾，可我知道你来历不简单，绝不是清风城、老龙城那两个废物之流。只是我很奇怪，你我之间，有何恩怨，何须如此？或者说你家族师门，跟正阳山有过节？"

宁姚二话不说，腰间刀剑同时出鞘，身形一闪而逝。狭刀先至，对那位正阳山护山老祖当头劈下，老猿竟是随便抬手，以手臂强硬弹开这一刀的锋芒。宁姚借势身形旋转，横剑一扫，扫向老猿的脖子。老猿亦是用手臂蛮横砸开剑锋。

宁姚先手两招未能得逞，并没有近身纠缠，而是与老猿拉开了一段距离，缓缓行走。老猿以强横无匹的肉身，鉴定了两柄兵器的锋利程度后，根本无视手臂外侧被割出的血槽，笑道："兵器是真不错，而且敢随身带着两把，一看就是山上的千年世家弟子，要不然就是山下一流豪阀的嫡传子弟，我差点就要以为你是藏在暗处的另一名风雷园剑修了。"

老猿随着宁姚看似漫不经心的脚步挪动，跟随她的身形微微转移视线，沉声道："小姑娘，知道你哪怕接下来受挫，依旧会不死心，那老夫就最后给你一次机会，容你报上师门身世，在这之后你再被老夫击杀，正阳山可不会为此认错，更不会管你来自何方，师从何人。"宁姚对此根本就是置若罔闻，始终在寻找这只老猿的真正软肋。

她毕竟不是那位已经摸到第十境门槛的大骊藩王，能够正面硬扛一只搬山猿。

自认已经退让太多的老猿冷笑道："如此不识抬举，那就随你去吧。"

老猿一步掠至宁姚跟前，抬臂握拳对着宁姚头颅抡圆砸下。

宁姚举起绿鞘狭刀格挡，刀锋直指老猿手腕，手中长剑迅猛直刺老猿心口，剑尖直指老猿心脏某一点。不料老猿长臂一抡而下的粗糙之势，变为五指灵巧握住刀锋，与此同时，另一只手则无比符合他本性本心，一把攥紧剑尖。显而易见，气势汹汹的杀人为假，诱使宁姚冒失出剑为真。

出身东宝瓶洲剑法圣地的搬山猿，一眼就看出了这把剑的不同寻常。为此老猿不惜第二次更换了一口气机。哪怕剑尖已经推入老猿胸膛肌肤，只差寸余就能刺入心脏。

宁姚见机不妙，果断松开剑柄，一边使劲抽刀，刀口滑过老猿手心，发出一串刺破耳膜的金石之声。

抽刀之后，宁姚身体后仰，脚下不停，往后迅速倒退而去。

果不其然，老猿侧过身，握住剑尖的手往后一甩，长剑被丢掷到数十丈外。

老猿一脚踹向宁姚，宁姚原本握剑抬起的右手被老猿一脚踹中。砰然一声巨响，她整个人被踹得飞出去七八丈远，后背重重摔在地面，翻了几个滚，才用刀尖拄地，刀尖钉入道路一尺深，硬生生止住了倒滑的身形。所幸溪畔小路泥土松软，地上偶有石子也圆润并不尖锐，宁姚后背这才没有落一个血肉模糊的下场。

不给宁姚丝毫喘息机会，巨大的身影从高空坠下。宁姚这一次连拔出狭刀的多余动作也没有，一退再退。

老猿并未追杀宁姚，落地后站在原地，一只脚高高抬起，踩在那柄插入道路的刀的柄上，等到宁姚单膝跪地抬头望来，老猿加重脚下劲道，一脚将整把狭刀踩得深陷地中，刀柄只与地面持平。

老猿脸上有一缕缕紫金气息缓缓流转，深沉夜幕中显得格外耀眼，讥笑道："刀也练，剑也学，非驴非马，不伦不类，便是这般可怜下场！"

宁姚站起身，强行咽下一口血水："你就这点本事？"

老猿摇头笑道："方才只是再给你一次机会罢了。"

宁姚深吸一口气，沉声道："在我家乡，生死之战，从不讲究父母是谁。只要你有本事堂堂正正杀了我，便是我技不如人，我爹娘将来知晓缘由过程，最多就是来东宝瓶洲找你的麻烦，绝对不会牵连正阳山。所以你大可以放心，放手厮杀便是……"

这是老猿第一次听到少女如此健谈，洋洋洒洒，与印象中那个不苟言笑的帷帽少女大相径庭。所以后脖子发凉的一瞬间，老猿猛然侧过脑袋。一道白虹从他脖子旁边擦过，剑锋带出一条不深的伤口。若是不转头，哪怕无法一口气穿透老猿脖子，也绝对算是重伤了，到时候就是实打实的阴沟里翻船，一步错步步错。一想到自己一旦为此过早展露真身法相，便失去了道义上的制高点，导致与齐静春和阮师讨价还价的半点余地也没有，说不得还要连累自家小姐，在此方天地独自承受各种危机，这只正阳山老猿终于第三次愤怒了。

飞剑并未入鞘，而是环绕宁姚四周，飞快旋转，邀功讨好主人。老猿看到这一幕后，怒极反笑，哈哈笑道："好好好，刚好跟宋长镜那一架打得不爽利，接下来就陪你好好耍一耍！就是你晓得你这几斤皮肉，经得起几下重捶？！"

宁姚仔细观察老猿脸上紫金之气，双眉微皱，比起预料之中的事不过三，老猿哪怕三次运用神通术法，分明还留有一定的余力，不至于使得几大主要窍穴的堤坝崩溃，被迫施展真身。况且折寿一事，对上五境之下的人间修士极为致命，对一只搬山猿来说当然也很肉疼，但同时又没有别"人"那么致命。

宁姚手指微动，长剑随之轻灵旋转。她笑了笑："难怪我爹说你们东宝瓶洲的正阳山，不值一提，素来口气大剑道低，人傻胆大剑气浅。"

老猿须发皆张，怒喝一声："找死！"往不知天高地厚的宁姚扑杀而去。

宁姚没有恋战，而是往北方奔去。一路上险象环生，幸亏那柄飞剑得了"气冲斗牛"匾额的其中两字，剑气与神意同时暴涨，并与她心有灵犀，能够心意所至，剑尖所指，且长剑本身就像是一个不讲规矩的存在，这才使得老猿雷霆万钧的攻势次次被阻挠，帮助她在毫厘之间侥幸逃生。

若是一名剑修千辛万苦蕴养出来的本命之物，如此契合心意，老猿不会有任何惊讶，可是老猿清清楚楚感知到那柄出鞘长剑，绝非古怪少女的本命飞剑。少女更像是那寻常武夫行走江湖，拿着把称手的"神兵利器"，只要求锋刃足够锐利就行，根本不曾走那温养剑心、孕育剑灵的剑修大道。但是少女的古怪之处在于，她又不全然是武夫路数，因为一心淬炼体魄的武道宗师，追求的是"天地崩坏我身不朽"，若是被兵器喧宾夺主，就沦为旁门左道的一种了。

一路厮杀，老猿之所以没能擒拿下宁姚，除了飞剑捣乱之外，再就是宁姚所学驳杂，剑修、武夫、练气士，三者兼备，气息精纯且悠长。老猿实在想不透东宝瓶洲哪家宗门，能调教出这么个稀奇古怪的晚辈，所以出手越发小心，想要确定其根脚来历。反正只要不靠近那座小镇，不管那边如何鱼龙混杂，老猿在这边都不会有任何后顾之忧。

四处逃窜的宁姚脸色越发苍白。

"强弩之末！"老猿狞笑道，"且不说你能否支撑到逃回小镇，就算侥幸成功，有人接应，可你当真以为老夫杀你不得？"

老猿一个旱地拔葱，不与飞剑斤斤计较，直接跃过宁姚头顶，落地后转身拦阻了宁姚向北的去路，同时一拳将那柄飞剑砸出去百余丈。只是死缠烂打的飞剑，嗖地一下转瞬即至，又刺向老猿头颅，当老猿试图找机会攥紧飞剑，将其禁锢在手心时，飞剑又未卜先知地狡黠退去，绝不恋战。飞剑来去如风，防不胜防，老猿再皮糙肉厚不怕受伤，也略显狼狈。

宁姚不愿笔直向前与老猿交锋，便路线倾斜，向东北方向奔跑。老猿跟着横移，始终对她造成震慑。

老猿拍苍蝇似的，一掌拍掉从侧面急掠而至的飞剑，把那柄飞剑打得钉入地面两尺。飞剑好似女子扭动腰肢一般，好不容易才把自己从泥地里拔出来，在空中悬停，剑尖剧烈颤抖，像是愤怒的野猫崽子，很快就又气势汹汹地掠向老猿。老猿不厌其烦，忍不住出声问道："这把飞剑为何能够无视此地戒律？你与齐静春或是阮邛，到底是什么关系？！"

宁姚差点就被老猿一掌按在额头之上，身体向后仰去的同时，伸手握住飞剑剑柄，然后被硬生生扯出老猿那一掌范围，整个人就像被人拖拽着条胳膊，往后滑去。

被飞剑拉出一段距离后，宁姚不知为何并未借此机会，一直退入小镇，而是停下身形，站直身体后，歪了歪脑袋，吐出一口鲜血。飞剑悬停在她身侧，嗡嗡作响，像是一个疑惑不解的稚童，在那边跟长辈喋喋不休，聒噪不停。宁姚右手按住左侧肩头。

老猿蓦然放缓脚步，大笑道："果然如此，认你做主人的这把飞剑，确实可以不按照规矩来，但飞剑终究只是飞剑，再通玄有灵性，仍是不如小姑娘你来指挥它。可惜你的身体和魂魄在小镇受过重创，并未痊愈，以至于根本就无法承受对它的驾驭，故而一直断断续续，进攻由它自主行事，反正你也没想过要真正重创老夫，只是用来保命的防御招式，所以不得不由你的心意来控制飞剑。"

宁姚终于再次开口说话："你话真多。"

她嘴唇猩红，脸色雪白，一袭墨绿色长袍。大半夜的，就像是一个夜行村野的女鬼精魅。

老猿一步一步向前行去，啧啧道："空有一把好剑，奈何体魄孱弱。弱干强枝，真是可怜！你跟那小巷少年想尽办法要老夫换气，以便引来这方天地的反扑。小姑娘，现在你不妨猜猜看，等老夫这第三口气息用完，换上下一口新气，到底会不会惹来天地震怒？而老夫又到底能否扛得住那一场海水倒灌？"

宁姚突然笑容玩味，脚尖轻点，向后一跃，高不过一丈，远不过半丈。本想追击的老猿有些莫名其妙，生怕有诈，便继续慢步前行，打定主意静观其变。

身体腾空的宁姚又脚尖一点，这一次脚尖力道稍大，脚踝也有拧转，所以并非笔直后仰跳去，而是向右侧蹦跳而去。原来不等她身形下坠，飞剑就掠至她位于空中最高处的脚下，于是宁姚每次都精准借力，继续向后且向高躲去。就连饱经沧桑的老猿也看得有些发愣，眼前这一幕，古怪而滑稽。

宁姚仿佛一头跳格子的小麋鹿，接连蹦蹦跳跳，充满轻盈灵动的气息，很快就消失在夜空当中。大概是担心老猿在半途发力偷袭，宁姚的蹦跳显得极其没有章法，忽左忽右，忽高忽低，忽前忽后。老猿扯了扯嘴角，眼神复杂道："好一个羚羊挂角。"不过老猿也没有眼睁睁看着她远遁，脚尖一挑，随意挑起一颗石子，握在手心，朝那空中迅猛砸出。随后一颗颗石子被老猿飞快挑出地面，最后在老猿手中以风雷滚动之势，激射而去。虽然大部分石子都落了空，但是仍有七八颗石子对宁姚造成了极大的威胁，使得她不得不驾驭飞剑击碎飞石。夜空中一声声轰然作响，如春雷绽放。

老猿眼神阴沉。那少女要么是失心疯，要么是一根筋缺心眼，明明可以一口气驾驭飞剑，拔高到飞石势弱的高空，她却偏偏大致维持在一个高度上，如同轻骑游弋在沙场边缘地带，诱使敌方弓弩手不断消耗箭矢和膂力。

不知不觉已经临近小镇西边。老猿粗略掂量了一下残余气息，所剩不多，专门挑起两颗大如稚童拳头的石子，一手一颗，一脚前踏，一臂抢出，鼓胀的肌肉高高隆起，令人触目惊心，手中飞石破空之处，竟然嗤嗤作响，夹杂着一长串火星，异于往常，如一条纤细火龙冲天而起。

老猿大喝道："给我下来!"

高空处，亮起一阵绚烂的电光，之后才是春雷炸响。宁姚闷哼一声，整个人开始摔落下坠。歪歪扭扭像醉汉一般的飞剑，不断哀鸣呜咽，但依旧拼命急急掠向主人。

老猿看也不看宁姚和飞剑，反而眯眼盯住小镇西边屋顶那边，当一抹黑影出动之时，老猿重重踏出另一只脚，手中仅剩的一颗石子呼啸而去，痛快大笑道："救人者先死!"

宁姚呕血喊道："别出来!"

本就伤势不轻的宁姚不忍心去看，那一刻，她有些绝望，艰难握住剑柄，当一条手臂支撑不住之时，赶紧换手握剑，如此反复，不断减缓下坠速度。

宁姚没有想到，竟然是她的自作聪明，害死了陈平安。

陈平安穿着草鞋，背着箩筐，系着鱼篓，如风一般，每天都来去匆匆，忙着赚钱忙着熬药。宁姚觉得这样的少年就这样死了，这样不对！

摇摇晃晃落地后，她双指并拢作剑，抵住额头眉心处，咬牙切齿道："出来！给我斩开这方天地！"有一条细微金线从宁姚眉心，由上往下，渐次蔓延。如仙人开天眼！

古老拱桥之下，如今的廊桥之中，有一把剑尖指向水潭不知几千年的生锈老剑条，如从沉睡中醒来的人，打了一个哈欠。锈迹斑斑的剑尖轻轻晃了一晃，于是廊桥也晃了一晃，整条溪水也晃了一晃，整座小天地也跟着晃了一晃。

一座深山当中，风尘仆仆的齐静春和数人结伴出山，这位悠悠走在山路上的教书先生，一脚抬起后，刚要猛然踩下，笑了笑，缓缓落脚。

杨家铺子后院的杨老头，坐在油灯旁打着盹，惊醒后，用老烟杆磕了磕桌面。

大骊藩王宋长镜，没来由地在衙署跳脚骂娘。

铁匠铺一间铸剑室，负责捶打的阮邛竟然一锤落空，握着剑条的马尾辫少女阮秀满脸震惊。

被所有人当作傻子的杏花巷少年马苦玄，原本躺在屋顶看着夜空，突然坐起身，杀气腾腾。

就在此时，有一个熟悉嗓音火急火燎地响起，愈来愈近："宁姑娘，傻乎乎站着干吗？！跑啊！我又没死，那是我脱下来的一件衣服！老畜生脑子不好使，你咋也傻了？"

宁姚已经有些神志不清，在敕令仪式即将大功告成之际，突然感觉到整个人腾云驾雾一般，给人扛在肩头就往小镇巷弄里跑去。

宁姚顿时清醒过来，身体跟着某个少年的肩头，不停颠簸起伏，有些难受，更是难堪。她完全蒙了："唉？"

陈平安扛着她一路撒腿狂奔，跑得竟是比之前上山还要快，像是个抢了黄花大闺女的采花贼。宁姚内伤不轻，给颠簸得难受，但也顾不得什么颜面，若是这时候给老猿一拳捶到身上，估摸着她和陈平安就真要"殉情"了。

宁姚额头满是汗水，问道："你怎么活下来的？没有被石子打中？你怎么知道老猿的后手，是针对你而不是我？"

问了一大串问题后，宁姚猛然惊醒："先别说这些，趁着老猿需要换气的工夫，能跑多远是多远！我已经让那把剑尽量多纠缠老猿，但是估计它撑不了太久。"陈平安轻轻点头，健步如飞，在大小巷弄熟稔穿行，如一尾鱼游走于溪底。

远离小镇西边那条小街后，陈平安依旧脚步不停，抽空小声解释道："先前在泥瓶巷那边，老猿被我骗去一栋破房子的屋顶，然后他就掉坑里去了。之后我偷偷丢了一块小破瓦在窟窿旁边的屋上，果然老猿以为是我不小心，泄露了脚步声，他突然砸出一块瓦片来，连墙壁带隔壁屋顶一起给打穿了，吓得我出了一身冷汗。

"刚才我其实就猫在那边屋顶，没敢露头，是怕你分心，也想着能不能给老猿来一箭，然后看到老猿把你砸下来的那颗石头，跟一条火龙似的挂在天空，估摸着只要抬头，咱们小镇谁都瞧得见，我哪敢掉以轻心。当时我脑子里多转了一个弯，想着如果换成是我的话，肯定用你当诱饵，先打躲在暗处的，再回头收拾明处的，一个鱼饵穿上两条鱼，多好，对吧？所以我就先脱了刘羡阳那件衣服，抛出去后，才敢去救你。"

宁姚眼睛一亮，啧啧称奇，然后莫名其妙开始秋后算账了："陈平安，这些弯弯肠子，你跟谁学的？！道貌岸然，肯定没表面那么老实。说！陆道人救我的那次，在泥瓶巷你家祖宅，你除了摘掉帷帽，到底有没有趁机占我便宜？"

陈平安一阵茫然，就像小时候被牛尾巴甩在脸上差不多："啥？"

宁姚倒是没有继续兴师问罪，反而自顾自笑起来。陈平安是财迷，绝对不是色坯。宁姚对此深信不疑，就像她始终坚信自己将来一定会成为大剑仙，不是什么凤毛麟角、屈指可数，而是唯我一人的那种。

宁姚低声道："放我下来！"

陈平安问道："你能自己走路了？"

宁姚无奈道："暂时还不能走，可你要是再这么跑下去，我的心肝脾胃都要被你颠出来了。到时候没被老猿用拳头砸死，结果挂猪肉一样死在你肩头，老猿还不得被咱们活活笑死。"

陈平安放缓脚步，头疼道："那咋办？就近找个地方藏起来？我本来是想离开小镇的，那个地方不容易被人找到。"

宁姚突然想起一事，好奇问道："你那件自制的'木瓷甲'呢？怎么没穿在身上了？"

陈平安苦笑道："对付老猿，意义不大，反而会影响我的跑路速度，就干脆脱掉了。也亏得如此，不然我都不知道怎么带你离开那边，扛不能扛，背也不能背，抱更不能抱，想想都头疼。"

宁姚叹了口气，下定决心道："陈平安，先放我下来，然后背我去你说的那个地方。"

陈平安自然没有异议，毫不拖泥带水地照做了，背起宁姚继续奔跑，并问道："宁姑娘，你的刀呢？怎么只有刀鞘？"

抱住陈平安脖子的宁姚没好气道："埋土里了。"陈平安也就不再多问，跑向小镇外一个人迹罕至的地方。

荒郊野岭，周围是一座座早已没有后人祭拜的坟茔，坟头杂草丛生，茂盛得像是个菜园子，时不时响起几声夜鸦的叫声，此起彼伏，实在瘆人。好在陈平安对此地，怀有一种同龄人不曾有的情感，倒是没觉得怎么不适。约莫一炷香后，陈平安背着宁姚，穿过无数残肢断骸的倒塌神像，绕到一座巨大的神像背后。泥塑神像倾倒在地，不知为何，已经不见头颅，身长两丈有余，可想而知，这尊塑像完完整整端坐于祠堂寺庙当中时，是何等威严凛凛。

陈平安蹲下身，试图先把宁姚放下来。结果等了片刻竟然没动静，吓得陈平安以为宁姑娘已经死在半路上了。正当陈平安被雷劈了似的呆滞当场，一个字也说不出来的时候，这一路上舒舒服服大睡过去的宁姚，终于醒了过来，下意识用手背抹了抹嘴角，迷迷糊糊问道："到了？"

蹲在地上的陈平安在这一刻，连自己也想不通，为什么差点眼泪都要流出来了。他赶紧深吸一口气，收敛起异样情绪，双手轻轻松开宁姚的腿窝，转头笑道："这是我去年秋天临时搭的一个小屋，以前经常带着顾璨来这里玩。他嚷嚷着要，我就用柴刀砍了一些树枝搭了个架子，再用树叶草叶盖上去，还挺牢，去年冬天那么大的两场雪，也没压塌。"

宁姚站直身体，回首望去，飞剑并未狼狈返回，这是好兆头，至少说明老猿没有找准两人躲藏地点的方向。

陈平安让宁姚稍等，率先弯腰进入木草搭建的临时小窝，略作收拾，这才开门迎客。

宁姚坐进去，小窝并不显狭窄逼仄，她如释重负。

陈平安没有关上那扇粗糙的柴木小门，而是就坐在门口，背对着她。

宁姚问道："怎么不关上门？"

陈平安摇头道："如果老猿找到这里，就没差别了。"

盘腿而坐的宁姚点头道："也是。"

沉默片刻后，宁姚问道："你就没有什么想问的？"

陈平安果真问道："老猿是不是用掉了三口气？"

宁姚嗯了一声："但是告诉你一个不好的消息，老猿至少还能再坏一次规矩。对付咱们两个伤患，多半是绰绰有余。"

陈平安又问道："宁姑娘，你觉得老猿为此付出多大的代价了？"

小窝内满是四周渗入的青草芬芳，沁人心脾，虽然地面有些许湿气，但是宁姚觉得已经不能要求更多了。

宁姚仔细想了想："老猿总计出手三次。从你家泥瓶巷到小镇最西边的第一次，老猿比较含蓄，主要是为了试探你有无靠山，毕竟他当时忌惮有人在幕后布局，害怕有人针对他护送到此的正阳山小主子，所以折寿大概只在三五年之间；之后在溪畔与我对峙，折寿在二十年左右；第三次，估摸着至少五十年，接下来第四次的话，怎么都要一百年起步。"

陈平安眼神熠熠，弯腰伸手拔出一根草，掸去泥土后，嚼在嘴里，开心道："就算一百八十年好了，赚大发了！哪怕不考虑云霞山那蔡姓女子的陷害，寻常人也就活个六十年，那我就是多赚了两辈子回来。再说了，老猿将近两百年阳寿，来换我三辈子性命，我觉得他只要一想到这个，气也气死了。"

宁姚皱眉道："陈平安，你就这么觉得自己的命，不值钱？"

陈平安毫不犹豫道："跟老猿那种活了千年的神仙妖怪相比，我一个小镇窑工出身的老百姓，自然是不值钱的，承认这种事情，又不丢人。"

宁姚被陈平安这套歪理弄得堵得慌。

陈平安转头一笑："当然了，想到这些，认命归认命，心里头憋屈还是会有的。你想啊，凭啥都是来世上走一遭，我的命就天生不值钱呢？"

宁姚刚要附和，然后再与他显摆几句既气概豪迈又有学识底蕴的圣贤箴言，不料陈平安很快自己就给出了答案，正儿八经地扪心自问道："难道是我上辈子好事做少啦？可我这辈子也没来得及做啥好事善事啊，下辈子岂不是还得完蛋，咋办？"

宁姚拿起腿上横放着的空荡荡的绿色刀鞘，用鞘尖轻轻一点陈平安的后背。

陈平安顿时龇牙咧嘴，转头一脸敢怒不敢言的模样。

宁姚瞪眼道："这辈子还没到头呢，想什么下辈子？！"

陈平安赶紧伸出一根手指，示意宁姚不要大嗓门，宁姚赶紧闭嘴。

陈平安屁股往外边挪了挪，试图远离宁姚与刀鞘。

宁姚欲言又止，最后决定还是把真相告诉少年，嗓音沙哑道："陈平安，你有没有想过，虽然已经折寿一百八十年，但是这只正阳山的搬山猿，他原本能够活多久？"

背对宁姚望向远处天空的陈平安，只是摇摇头。这种玄之又玄的事情，他如何能够知道？

有些事情，就像福禄街和桃叶巷的青石板街道，陈平安如果不是因为送信一事，这辈子都不会知道原来天底下的道路，不全是泥路。

宁姚叹气道："这类因天地异象而生的凶兽遗种，窍穴远不如我们人来得别有洞天，虽然因此会修行极难，但好处是精气神的流逝，也更加缓慢，使得它们极为长寿，少则五百年，多则五千年的寿命。搬山猿生性喜动不喜静，若无修行，寿命不会太长，自然不如龟蛟之流，但是搬山猿终究曾经是一方霸主，寿命依旧长达两千年左右，而且这只搬山猿，显然已经修成了道法神通，一旦被他跻身上五境，加上他第九境的体魄，别说两千年寿命，就是三千年、四千年，也不是没有可能。"

宁姚望着那个消瘦背影："所以别觉得自己活够了。"

陈平安一声不吭。宁姚有些心酸。两两无言，道破天机的宁姚心中逐渐生出一些愧疚，便搜肠刮肚地去酝酿措辞，想着安慰一下那家伙。只是当宁姚想得头都大了的时候，却听到了陈平安的一阵轻微鼾声，宁姚顿时傻眼。

杏花巷深处一栋大宅子，从内到外收拾得干干净净，甚至连院门口的道路，也比别人家门口整洁许多。一个面相与慈眉善目绝对无缘的老妪挑了挑灯芯，让屋内灯火更明亮一些，然后满是宠溺地望向自己的孙子，开始日复一日年复一年的絮絮叨叨："又大半夜跑到屋顶上去做甚？老话说春捂秋冻，你总也不听劝。正是长身体的时候，真要冻出病根子来，让奶奶怎么活？"

憨憨傻傻的少年咧嘴一笑。

老妪马婆婆坐下后，哀叹一声，开始念自家那本难念的经："我的乖孙儿哟，你是不知道，今儿白天，那头白眼狼不知道闻到了啥肉味，突然拎着大包小包的礼物登门。你当时不在家，你是没看到他那副嘴脸，真是孝顺儿子慈祥爹，都快把奶奶我给感动哭喽。"

说到这里的时候，马婆婆满脸讥讽，冷不丁往地上吐出一口浓痰，又有些后悔，便赶紧用脚尖踩了踩。马婆婆抬头望向满脸无所谓的少年，气不打一处来，只舍不得打，只好气呼呼道："没心没肺的崽子，也不知道心疼心疼奶奶。你本名叫马玄，只是有爹生没娘养的，不是命苦是什么，奶奶就给你加了个'苦'字。你要是嫌晦气，以后自己改回来便是，不打紧的，不用在意奶奶的想法。奶奶就是乡野老婆子，是田间的蛤蟆，见识短浅，活该一辈子遭罪吃苦……"马婆婆开始擦拭眼泪。

少年马苦玄伸手放在马婆婆皮包骨头的干枯手背上。

马婆婆看了眼自家孙子，马苦玄眼神中终于带了点情感。她欣慰地笑了，反过来拍了拍马苦玄的手背："奶奶我啊，是没福气的人。你爷爷有良心没本事，靠不住；儿子有本事没良心，还是靠不住。所以就只剩下你这么个念想了。要是你再没有出息，奶奶这辈子吃过的那么多苦，算是白吃了。吃苦不算什么，别像奶奶这样就成，以后一定要有出息，有大出息，谁欺负过你，你就往死里欺负回来。千万别当好人，坏人呢，偶尔当几次，也没事的，别一门心思吃饱了撑着去害人就行，小心遭报应不是？老天爷是喜欢一年到头打盹，可总还有睁开眼睛的时候不是，万一给抓个正着，哎哟……"

这些陈芝麻烂谷子的说法，马苦玄是从小听到大的，耳朵起的茧子都好几茬了。不过他始终没有缩回手，任由奶奶轻轻握着。

马婆婆猛然问道："你喜欢稚圭那个小贱婢干啥？"

马苦玄微笑道："好看呗。"

马婆婆稍稍加重力道在马苦玄手背一拍，大骂道："没良心的小烂蛆！连奶奶这里也不肯说实话？"

马苦玄嘿嘿一笑："奶奶你放心，是好事情。"

马婆婆将信将疑，暂且压下这个疑问，换了个话题："知道你爹娘为啥不要你吗？"

马苦玄笑道："那会儿家里穷，养不起我？"

马婆婆骤然提高嗓门，尖叫道："穷？咱们马家这七八辈人，可真算不得穷人门户，也就是装惯了孙子，到最后连大爷也不知道如何当了。其实老祖宗留下一条祖训，再有钱也不许把宅子安置在福禄街上，桃叶巷也不许。你那对活该遭天打雷劈的爹娘，他们如果穷的话，能每天穿金戴银？顿顿吃香的喝辣的？除了没敢搬到四姓十族扎堆的地儿去摆阔，他们什么享福的好事落下一桩一件啦？"每次说到儿子儿媳，马婆婆真是恨得牙痒痒，冷笑道："那些个祖辈规矩，就是埋在土里烂成泥的玩意儿，多少年过去了，如今能值几个钱？孙子，你以后出息了，别太当回事，奶奶活了一大把年纪，见多了有钱人和没钱人，说到底，只有没本事的人，才去当老实人！"

马苦玄笑容灿烂，不知道是觉得有道理，还是认为滑稽可笑。这个少年从小便是这样，什么亏都能吃，什么欺负都能忍，可是有些时候执拗起来，就连他奶奶也劝不动说不动。

马婆婆想了想，起身跑出去看院门闩了没，回到屋子重新落座后，压低嗓音："孙子，别看奶奶这么多年装神弄鬼，除了当接生婆，就是给人喝一碗符水，要不就是厚着脸皮跟人收破烂，但是奶奶告诉你，那些收回来的老物件，可都是顶天的宝贝……"

马苦玄重新恢复惫懒的神态，显而易见，对于奶奶的那一大箱子破烂，他并无兴趣。

马婆婆犹然诉说早年各种坑蒙拐骗的伎俩，得意扬扬。

马苦玄突然问道："奶奶，泥瓶巷陈平安他爹，是不是死在……"

马婆婆脸色剧变，赶紧伸手捂住自己孙子的嘴巴，厉色道："有些事情，可以做，不能说！"马苦玄笑着点头，不再刨根问底。

之后马婆婆也没了炫耀过往荣光的兴致，心思沉重，病恹恹的，时不时望向窗外的夜景。

马苦玄笑问道："奶奶，你在咱们小镇当了这么多年的神婆，杏花巷的街坊邻居，人人都说你老人家能跨过阴阳之隔，接引亡魂回到阳间……"

马婆婆白眼道："别人信这些乌烟瘴气的，你也信？奶奶连打雷也怕的一个人，真要见着了鬼魂，还不得自己把自己吓死？"

"奶奶别怕。"马苦玄轻声笑着，"人鬼殊途，神仙有别。大道朝天，各走一边。"

拂晓时分。

草木小窝内的宁姚缓缓睁开眼睛，已不见陈平安身影。她迅速起身，弯腰走出，脚尖一点，跳到那尊侧卧的破旧神像的巨大肩头之上。

远处陈平安正往这边跑来，脚步不急不慢，不像是被追杀。当他看到一袭墨绿长袍的宁姚后，赶紧招手示意她下来。宁姚跳下佛像肩头，站在他身前。

"老猿没找到咱们这边。"说完之后，陈平安面朝那尊没了头颅的神像，双手合十，低头一拜，碎碎念。宁姚依稀听到是恳请不要怪罪她的言语，翻了个白眼，却也没说什么。

之后陈平安神神秘秘低声道："我带去你看两尊神像，很有意思！"

宁姚问道："是神仙菩萨显灵，愿意出来见你了？那岂不是心诚则灵？"

陈平安悻悻然道："宁姑娘你这话说的……"

宁姚一挑眉头。

陈平安以迅雷不及掩耳之势继续道："一听就是读过书的！"

宁姚霎时间就像变了一个人，咳嗽几声，心中默念"矜持矜持"。

陈平安在前头带路，宁姚默默跟在后边。

宁姚下意识伸出一根手指，揉了揉眉心。真是命悬一线啊。

她天人交战许久，深吸一口气，才弱弱说了两个字："谢谢。"

陈平安其实一直眼观六路耳听八方，自然听到了宁姚突如其来的感谢言语。虽然内心深处没觉得她需要跟自己道谢，反倒是自己应该感谢她才对，只不过他实在不知道如何开口，便干脆不搭理这茬了。

陈平安突然停下脚步，怔怔望向南边，自言自语道："如果老猿已经被齐先生驱逐出境，所以才没有追杀我们，该怎么办？"宁姚无言以对。陈平安继续前行，看不出异样。

宁姚加快脚步，跟他并肩而行，忍不住问道："陈平安，你没事吧？"

陈平安摇头道："没事。我知道有些事情，就是这样的，没办法就是没办法。"

陈平安没有读过书，所以不知道那句话的意思，如果换一个说法，叫作人力终有穷尽之时。

宁姚突然停下脚步，等到陈平安疑惑着转身后，她指了指自己眉心处的红印："知道你好奇，但是没好意思问，我不妨跟你说实话好了。这便是我宁姚的杀手锏。正阳山老猿厉害吧？把你我撵得比丧家之犬还凄惨，对不对？可我眉心窍穴内，放着我娘赠送给我的一样十岁生日礼物，是我的本命之物，它只要出现，别说老猿要死，就是……"

说到这里，宁姚掐断了话头，直接跳过："之所以跟你说这些，我是想告诉你，天地大得很，别小看自己，也别气馁。你现在不是已经习武了吗？不如连剑术也一起练了！"

陈平安问道："你会教剑术？"

宁姚理直气壮道："我天资太好，学剑极早，境界攀升极快，但是教别人剑术，半点不会！"

陈平安挠挠头。

宁姚想了想，正色道："那柄飞剑我就算想送给你，它也不会答应的，而且我也不愿如此辱它。在我家乡，认为世间有灵之剑，皆是我辈同道中人。"

宁姚最后摘下腰间雪白剑鞘："但是这个剑鞘我可以送给你！"

陈平安一头雾水："为啥？"

宁姚使劲拍了拍陈平安肩膀，语重心长道："连剑鞘也有了，距离剑仙还会远吗？"

陈平安傻乎乎接过空荡荡的剑鞘，瞠目结舌道："说啥？"

宁姚大步前行。她当时只觉得自己做了一件极其潇洒的事情，仅此而已。

陈平安小心翼翼拎着剑鞘，心想自己上哪儿去找把剑来？

陈平安领着宁姚来到一尊五彩神像前，神像约莫比青壮男子高出一个脑袋，原本生有三双手臂，如今只剩下最高处高高举起的握拳一臂，以及最低处的握手一臂。之所以单臂却能握手，原来是神像十指交错，故而哪怕另外那条胳膊被齐肩断去，手掌和手腕仍得留下。

五彩泥塑神像为一尊披甲神人，大髯，铠甲铮铮，鳞片连绵。甲片边缘饰有两条珠线，联珠颗粒饱满，比起刘羡阳家祖传瘊子甲的丑陋不堪，仅就卖相而言，实在是稚圭和马婆婆的差距。

神像踩踏在一座四四方方的漆黑石座上，相比昨夜两人寄居处的那尊无头神像，这尊彩绘神像虽然断臂极多，且彩塑斑驳，但是仍然流露出一股神采飞扬的精气神。最重要的是，泥像神人的腰腹处，双手交缠在一起，姿势极其古怪。

宁姚一眼就看出了端倪，明白了陈平安为何要急匆匆带自己来到此地。她点头道："的确有些像《撼山谱》上的那个立桩拳架子，只不过跟拳谱上的剑炉，有点不同。"

宁姚思量片刻，问道："附近找得到其余断臂吗？"

陈平安蹲在地上，一脸惋惜地摇头道："找过了，啥也没找到，估计早就被来这里捉迷藏的孩子踩烂了。这么多年下来，这些土木神仙泥菩萨，估计什么苦头都吃过了。你瞅瞅这位，最高的那颗拳头，手腕那里缺了一大块，旁边还有很多条裂缝，明显是给人用弹弓或是石子糟蹋的。小镇的孩子都这样，大人越不让来这边玩，就越喜欢偷偷来这里捉蟋蟀、挖野菜，尤其是每年下雪的时候，经常是几十号人在这边打雪仗，热闹得很，玩疯了之后，哪里顾得了什么。小时候还喜欢攀比，看谁爬得更高，还有人喜欢爬到神像头顶上去撒尿，比谁尿得更远。所以你想啊，一年年下来，就没个齐全的泥像了。其实我小时候那会儿还有几个木雕的神像，后来听说有懒汉嫌弃上山砍柴太累，就盯上了它们，刚入冬那会儿，就偷偷给拉回家劈成柴火烧掉了。"

陈平安一直在那儿嘀嘀咕咕，有些低沉感伤："我当时被姚老头嫌弃烧窑没悟性，被赶到山上烧炭去了，我如果在镇上，知道有人这么做，一定要劝一劝，实在不行，我可以答应帮他砍柴去。土木神仙泥菩萨，虽说从来不显灵，可那好歹也是菩萨神仙啊，结果被劈砍成柴火，这种缺德事情，怎么可以做呢……"

宁姚和陈平安此刻关注的侧重点，截然不同。宁姚一手捏着下巴，一手托着手肘，那双眼眸流光溢彩，缓缓道："如果我没有猜错，你家拳谱的剑炉正是脱胎于此，不过不是现在你看到的这双手，而是这尊道门灵官像之前中间那对手臂，就是由消失的那双手掐诀而出的剑炉。虽然我不知道为何撰写拳谱之人只选其一，并没有选择现在咱们看到的这个手势，但是我可以确定一点，剑炉，或者说灵官指剑掐诀，说不定有大小之分。"

陈平安听得云里雾里，但是不忘反驳提醒道："拳谱是顾璨的，我是代为保管。"

宁姚没跟陈平安计较，伸手指了指这尊道教灵官的剑炉架子，解释道：

"看到没，拳谱上是右手尾指突出，而这里是九指分别纠缠、环绕、相扣，只伸出左手一根食指而已，一枝独秀。为的就是掐指成剑诀，最终用以滋养食指。"

宁姚自顾自说道："我行走你们这座天下多年，也见过不少寺庙的四大天王，和各路道门灵官，这尊泥像……"

陈平安静待下文，结果等了半天也没等到答案，只得开口问道："有什么奇怪的地方吗？"

宁姚点了点头，一本正经道："是最矮的。"

蹲在地上的陈平安什么话都没有说，只是朝她伸出大拇指。

宁姚转头问道："你见过比你们披云山还高的道门灵官神像吗？"

"当然没见过啊。"陈平安愣了愣，疑惑道，"披云山是我们这边的？"

宁姚恍然，解释道："就是你们这里最高的那座山。很久很久以前，据说曾经有位得道高人，在披云山那边埋下一方天师印，用以镇压此方天地的龙气。"

陈平安眼睛一亮："知道大致方位吗，咱们能不能挖？"

宁姚笑眯眯道："怎么，想挖了卖钱啊？"

被识破心思的陈平安微微赧颜，坦诚道："倒也不一定要卖钱，只要是好东西和值钱物件，留在家里当传家宝也是好的嘛。"

宁姚用手指凌空点了点这个掉到钱眼里的家伙，没好气道："以后你要是能够开宗立派，我估计有你这么个燕子衔泥、持家有道的掌门宗主，门下弟子客卿肯定一辈子吃穿不愁，躺着享福就好了。"

陈平安没想那么远，至于什么开宗立派，更是听也听不懂。

他站起身问道："不管大小，眼前也算是剑炉的一种？"

宁姚点头道："大小剑炉，分左右手，真正滋养的对象，绝对不是左手食指和右手尾指，而是一路逆流而上，直到……"

宁姚说到这里的时候，闭目凝神，她甚至不用掐诀立桩，就能够心生感应。她睁眼后弯曲手指，对着自己指了指后脑勺两个地方，分别是玉枕和天柱两处窍穴，确实是比较适合温养本命飞剑的场所。她笑道："左手剑炉对应这里，右手则是指向此处。"

陈平安茫然道："宁姑娘，其实我一直想问，这剑炉说是拳谱的立桩，可手指这么扭来扭去，这和练拳到底有啥关系？能长力气吗？"

宁姚有些傻眼。要是非让宁姚具体解释武学或是修行的门门道道，那就真是太为难她了，更别提让她说出一路上大大小小的坑坑坎坎如何顺利跨过。毕竟对于宁姚来说，这些最没劲的道理，还需要说出口吗？不是自然而然就该熟门熟路的吗？

于是她板起脸教训陈平安道："境界不到，说了也是白说！你问这么多干什么，只管埋头苦练便是！怎么，吃不得苦？"

陈平安将信将疑，小心翼翼说道："宁姑娘，真是这样？"

宁姚双手环胸，满脸天经地义的正气表情，反问道："不然咧？！"

陈平安便不再追问此事，仰头望向被宁姚称为道门灵官的彩绘神像，道："这就是陆道长他们家的神仙啊。"

宁姚无奈道："什么叫陆道长他们家的神仙？第一，道家道家，虽然有个'家'字，但绝对不是你们小镇百姓人家的那个家，道家之大，远远超出你的想象，甚至连我也不清楚道门到底有多少道士，有多少支脉流派，只听我爹说过，如今祖庭分上下南北四座……算了，跟你说这些就是对牛弹琴。第二，神仙神仙，虽然你们习惯了一起念，甚至全天下的凡夫俗子都这样，可归根结底，神和仙，走的是不一样的路。我举个例子好了，人争一口气佛争一炷香，这句话你听过吧？"

陈平安点头道："以前杏花巷马婆婆经常跟顾璨他娘吵架，我总能听到这句话。"

宁姚此时颇有一些指点江山的意味："佛争一炷香，为啥要争？因为神确实需要香火，没有了香火，神就会逐渐衰弱，最终丧失一身无边法力。道理很简单，就跟一个人好几天不吃五谷杂粮一样，哪来的气力？世俗朝廷为何要各地官员禁绝淫祠？怕的就是人间香火杂乱，使得一些本不该成神的人或什么，坐拥神位。退一步说，哪怕他们擅自成神之后，是天性良善之辈，愿意年复一年荫庇当地百姓，从不逾越天地规矩，可对自诩为'真龙之身'的皇帝君主而言，这些不被朝廷敕封的淫祠，就是在祸乱一方风水，无异于藩镇割据，减弱了王朝气运，是挖墙脚的行径，会缩短国祚的年数。毕竟卧榻之侧岂容他人酣睡？

"至于仙，很简单，你看到的外乡人，十之八九都算是，就连正阳山那只老猿，也算半个仙。他们都是靠自己走在大道上，一步步登山，通往长生不朽的山顶。修行之人，也被称为练气士，修行之事，则被称为修仙或是修真。"

陈平安问道："那么这尊道门灵官到底是神还是仙？按照宁姑娘的说法，应该算是道门里的仙人吧？"

宁姚脸色肃穆，轻轻摇头，没有继续道破天机。

她突然皱了皱眉头，一颗石子莫名其妙激射而至，重重砸在灵官神像高出头颅的那只拳头上，砸出许多碎屑来。宁姚挥了挥手，驱散头顶那些泥屑尘土。

陈平安站起身，顺着宁姚的视线，转头望去，结果看到一个意料之外的身影。有个黝黑精瘦的矮小少年，蹲在远处一座倒地神像上，一只手不断抛出石子、接住石子。

陈平安转身跟宁姚并肩而立，轻声道："他叫马苦玄，是杏花巷那个马婆婆的孙子，很奇怪的一个人，从小就不爱说话。上次在小溪碰到他，他还主动跟我说话来着，他明显早就知道蛇胆石很值钱。"

名叫马苦玄的少年，站起身后继续掂量着那颗石子，朝宁姚和陈平安灿烂一笑，开门见山道："如果我去福禄街李宅，跟正阳山那只老猿说找到你们两个了，我想怎么都可以拿到一袋子钱。不过你们只要给我两袋子钱，我就假装什么都没有看到。事先说好，只是做买卖而已，别想着杀人灭口啊，地上这么多神仙菩萨可都看着咱们呢，小心遭报应。"

恼羞成怒的宁姚正要说话，却被陈平安一把抓住手臂。陈平安向前踏出一步，对马苦玄沉声问道："如果我愿意给钱，你真能不说出去？"

马苦玄微微一愣，好像完全没想到这对少年少女，如此好说话，竟然还真跟自己做起了生意。不过他也懒得继续演戏，掏出一只华美精贵的钱袋子，随手丢在地上，笑道："我已经在李家拿到报酬了，只不过我可不是为了钱。泥瓶巷陈平安，宋集薪的隔壁邻居，对吧？你要怪就怪你身边的家伙，太惹人厌了，她昨天坏了很多人的大事。"马苦玄扯了扯嘴角，伸手指向自己："比如我。"

陈平安环顾四周。

马苦玄望向宁姚，笑道："放心，那只老猿暂时有点事情要处理，我就趁着这个机会，想跟你讨要一样东西，你知道是什么，对不对？"

宁姚冷笑道："小心有命拿没命用。"

马苦玄乐呵呵道："你又不是我媳妇，担心这个做啥。"

陈平安实在无法想象，这么一个满身鬼气森森的家伙，怎么会有人觉得他是个傻子？

宁姚脸色阴沉，碰了碰陈平安肩头，轻声提醒道："不知为何飞剑到了这边周围，便进不来了。"

马苦玄微微转移视线，对陈平安咧嘴笑道："昨天屋顶一战，很精彩，我凑巧都看见了。哦，对了，你可以摘掉绑在小腿上的沙袋了，要不然你是追不上我的。"

陈平安果真蹲下身，缓缓卷起裤管，视线则一直放在马苦玄身上。直到这个时候，宁姚才惊讶地发现，原来陈平安小腿上还绑着一圈不厚不薄的沙袋。

陈平安跟宁姚解释了一句："很小的时候，杨家铺子的杨爷爷就曾经叮嘱过我，死也别取下来。原本是打算用来对付老猿的第四口气，现在想了想，也差不多了，因为我总觉得这个叫马苦玄的家伙，和老猿一样危险。"

马苦玄轻轻跳下神像，瞥了眼一袭墨绿长袍的英气少女，自言自语道："本来以为好歹等我出了小镇，才会遇到第一个大道之敌，没想到这么快就碰上了。哈哈，真是运气来了挡都挡不住啊。"

宁姚突然问道："陈平安，那家伙小时候也给牛尾巴甩过？"

陈平安站起身，轻轻跺了跺脚，左右双脚各数次，认真想着宁姑娘的问题，回答道："马婆婆很有钱，所以我记得这个马苦玄家的黄牛，体形格外大，那牛尾巴甩起来，很吓人的。"

在陈平安站起身的时候，马苦玄却又蹲下身，抓起一把石子放在了左手心。

最后，泥瓶巷少年与杏花巷少年，两个同龄人，遥遥对峙。

陈平安左右脚尖先后不易察觉地跺了跺地面，似乎还在适应变轻了的双腿。

他留意到马苦玄总共捡了五颗石子，四颗握在左手，一颗握在右手。

马苦玄神色自若，望向刀鞘剑鞘皆空的外乡少女，笑道："说好了，现在是我和陈平安单挑。按照我奶奶小时候讲的故事，在演义小说里，两名大将于阵前捉对厮杀，谁喊帮手谁就不是英雄好汉。若是能够阵斩敌人，军心大振，一场仗就算赢了……"

宁姚看着这个马苦玄就心烦，她就没见过这么欠揍的家伙。泥瓶巷的宋集薪城府也深，也喜欢掉书袋，成天摆小夫子的做派，可人家好歹瞧着就是一副读书种子的模样。眼前这个矮小精瘦的少年，肌肤不比陈平安白，眼睛却格外大，整个人给人的感觉就是很怪，尤其是加上这种蹩脚拗口的酸文，就像老妪涂抹了半斤脂粉在那张老树皮上，故做娇羞状，真是惨绝人寰。

陈平安没有跟杏花巷的同龄人放狠话，微微弯腰，骤然发力，笔直前冲，势若奔马。真快！

看着陈平安疾奔而去的背影，几乎一个眨眼就与自己拉开了两丈多距离，饶是见多识广的宁姚也难免感慨。这不是说陈平安放在全天下的同龄人当中，能够飞奔快过狐兔，这件事情本身如何了不得，而是在此方天地这座牢笼里，陈平安能够只依靠十数年如一日的水磨功夫，就把自己的体魄硬生生打熬到这个地步，这才是最让宁姚佩服的地方。宁姚想了想，难道能吃苦，也是一种天赋？

两个少年之间的距离瞬间只剩一半。陈平安甚至已经能够清晰看到，马苦玄脸色的一连串细微变化，片刻惊讶后，转为惶恐，又迅速恢复镇定，然后毫不犹豫地迅猛抬臂，整条纤细手臂，绽放出一股惊人的爆发力。

一直死死盯住马苦玄右手动静的陈平安，不再直线前冲，而是刹那之间折向了右边。

马苦玄那条胳膊竟然出现微妙的停顿，手腕一抖，目标正是偏离直线的陈平安。

激射而出的石子来势汹汹，虽然不如正阳山搬山猿那般恐怖，但是仍然不容小觑。本该手忙脚乱的陈平安并未停步，腰杆一拧，上半身侧过，那颗石子正好从眼前一闪而逝，陈平安额前的发丝被那股清风裹挟得随之一荡。

马苦玄握有剩余石子的左手轻轻一甩，其中一颗石子刚好落入右手手心。

这个杏花巷的矮小少年，好像并不觉得第二次出手就能够解决掉陈平安，故而没有停留在原地，而是开始跑向右手边，与此同时，甩手丢出第二颗石子。

陈平安一个毫无征兆的骤然弯腰，双手几乎能够触及地面，那颗石子从他后背迅速划过，擦破了他的单薄衣衫，所幸只是擦伤，虽然看上去皮开肉绽很吓人，其实伤口不深。

此时两人间距又被拉近一半。

虽然马苦玄也意识到应该要拉开距离才对，但是陈平安的埋头冲刺，实在太过风驰电掣，衬托得马苦玄匆忙之间的转移阵地，仿佛是老牛拉破车，所以当陈平安那张黝黑脸庞越发靠近，他那坚毅明亮的眼神便显得尤为刺眼。与此相反，马苦玄明显出现了一抹迟疑神色，是放弃丢掷石头的举动，果断撒腿撤退，还是孤注一掷，在第三颗石子上分出胜负？马苦玄犹豫不决，和陈平安的一往无前，形成鲜明对比。

此时此刻的陈平安，哪里有半点泥瓶巷滥好人的样子？

马苦玄在这种事关生死的紧要关头，后撤一步，再次挥动手臂。显而易见，马苦玄相信自己手中的石子。

这个别说打架，从来就没跟人吵过架的孤僻少年，从小到大就不喜欢跟同龄人待在一起，比起陈平安或是顾璨，更像是一只独来独往的野猫崽子。他喜欢有事没事就抓一把石子，一边走一边丢，当然力道都很轻，看似漫不经心的玩耍，没有人当回事。只是马苦玄在廊桥底下岸边，四下无人的时候，就会独自打水漂，稍稍薄一些的石子，往往能够在水面上打出十数个涟漪之后，撞在对岸石拱桥的内壁上，砰然粉碎，臂力之大，手劲之巧，可想而知。

马苦玄也时常会蹲在青牛背上，用石子去砸水中的游鱼。不管能否击中，反正他丢入水中的石子，几乎没有水花。而杏花巷的那栋祖宅，院子里，或是屋顶上，经常会躺着几只鸟雀的尸体，血肉模糊。

两人相隔不过十数步而已，之前两次躲避掉马苦玄的石子，陈平安的身形脚步更偏向于敏捷轻灵，并没有任何泄露出筋骨强壮的地方，他就像一片轻飘飘的叶子。但是即将和马苦玄对撞的时候，陈平安终于展露出"重"的一面，接连三大步，既快又猛，充满张力，落地如铁锤砸剑条，抬脚则如拔起一座山峰的山根。三步，近在咫尺。马苦玄仍是没能来得及丢出石子，按理来说，大势已去。但是陈平安没来由心头一震，不过仍是没有任何退缩，因为形势紧迫，已经容不得他悬崖勒马，不如纵身一跃，冒险一搏。

马苦玄嘴角扯起，笑意玩味，左手松开，丢掉剩余石子，抬起的右手本就握拳，所以顺势就是一拳砸出去。

他一开始就给陈平安挖了个陷阱，所谓的狐疑不决，故意给陈平安近身的机会，甚至为何要选择以石子来作为进攻手段，全是这个杏花巷傻小子的缜密谋划罢了。为的就是示敌以弱，把能够从老猿手底下溜走的泥鳅少年，勾引到自己身边，让陈平安自己送上门来！

一臂之距，即是一拳之距。

陈平安是个不算太明显的左撇子，于是左手握拳，与马苦玄的右手拳头，硬碰硬撞在一起。在拳头相撞的瞬间，几乎同时，两个少年分别向对方一脚端去。

陈平安和马苦玄同时倒飞出去，狠狠摔在泥地上。两人又隔开二十余步，马苦玄爬起身，单膝跪地，大口喘息。他抬起手臂，松开拳头，因为手心那颗石子一直没有丢出去，所以此时他手心虽然称不上血肉模糊，但也已经猩红一片，触目惊心。马苦玄咧咧嘴，揉了揉肚子，眼神炙热，对陈平安大声笑道："陈平安！敢不敢再来?！"

陈平安的左手更惨，因为之前在小巷袭杀云霞山蔡金简时，手心被碎瓷划破，创口极深。这段时日，虽然一直敷着从杨家铺子传下来的秘制草药，但是伤筋动骨一百天，他体魄再健壮，终究不是那种生死人、肉白骨的修行神仙，所以跟马苦玄互换的这一拳一脚，陈平安更加吃亏。陈平安包扎有棉布条的左手，已经不由自主地微微颤抖，鲜血渗出棉布，一滴一滴落在脚边野草上。

陈平安刻意深吸了一口气，于是清晰感受到从腹部传来的刺痛，他要确定这种程度的疼痛，对自己接下来的行动到底会造成多大的影响。这是习惯使然。

　　陈平安是穷苦出身，正因为拥有的东西太少，所以格外斤斤计较。反观宋集薪、卢正淳那样的富贵子弟，绝对不会在意口袋里有几枚铜钱。这是大行不顾细谨，陈平安当然不行。所以陈平安给人的印象，一直是跟拘谨、温吞和隐忍这些词语沾边，理所应当的朝气蓬勃，反而不多。至于眼前那个莫名其妙跑出来，要跟陈平安、宁姚打生打死的马苦玄，大概属于不可理喻的怪胎，宁姚至少还可以用锋芒毕露来形容，马苦玄这种就完全让人摸不着头脑了。

　　陈平安没有转头，背对宁姚轻轻摆了摆手，示意自己没事。

　　马苦玄缓缓站起身，起身前抓了一丛杂草，随意擦去手心血迹。陈平安跟着起身。

　　马苦玄率先发力，最初所站位置被踩出两个泥坑。这个瘦猴一般的精瘦少年快得让人匪夷所思，高高跳起，一只膝盖撞向迎面而来的陈平安。陈平安一拳砸得马苦玄膝盖下坠，但是被空中身体前倾的马苦玄闪电一拳砰然砸在额头。马苦玄原本弯曲蜷缩的双脚，瞬间舒展开来，在身体后仰的陈平安胸口重重一踩。陈平安就像被大锤当头一捶，加上同时被当胸一撞，近乎笔直地后仰倒地。

　　马苦玄的身体在空中翻滚一圈，落地后继续狞笑着前冲，很快就飞奔至才半蹲起身的陈平安身前，紧接着就是一脚。陈平安双臂交错格挡在身前，左臂在外右臂在内，死死护住心口和脸庞。

　　陈平安被这一脚踢得倒飞出去，不过重心极低，又护住了要害，所以并没有出现鲜血淋漓的场面。

　　陈平安一路打滚。马苦玄得势不饶人，继续前冲。

　　陈平安停下后滚势头的瞬间，不知不觉，有意无意，整个人变成了单膝跪地、弯腰助跑的姿势。马苦玄神情一滞。下一刻，陈平安如同一支由强弓拉满激射而出的箭矢，瞬间来到马苦玄身前，速度之快，与之前相比，判若两人。

　　示敌以弱。陈平安也会。

马苦玄这次根本来不及出拳，就被陈平安用肩头撞向胸口，马苦玄踉跄后退，腹部又传来一阵绞痛，本能地低头弯腰，左耳太阳穴那边就被陈平安用手臂横扫而中，势大力沉。之前占尽上风的杏花巷少年，以一种诡谲姿势双脚腾空侧飞出去。

陈平安猛然抓住马苦玄双脚脚踝，带着马苦玄旋转一周，怒喝一声，将才九十多斤重的矮小少年狠狠摔向远方！马苦玄刚好撞向一尊碎了半边身躯的坐姿神像。神像高一丈半左右，如果没有意外，马苦玄这一下注定会很凄惨。可是马苦玄愣是不靠外物，亲自造就了一个"意外"。他两只脚先后踩中神像的头颅，然后瞬间弯曲瞬间绷直，整个人借着巨大的反弹力道，向着远处地上的对手激射而去，跟陈平安之前的暗算有异曲同工之妙。但是马苦玄突然惊骇瞪眼。只见陈平安站在原地，高高举起一臂，不知何时，他手中多了一柄凭空出现的短刀，刀尖就直直指向飞速冲来的马苦玄。世人所谓的"自己找死"，说的大概就是这种情况了。

哪怕陈平安握刀的手在剧烈颤抖，但是也已经足够一刀捅透马苦玄的身体了，区别只在切入口是手臂、头颅还是胸膛而已。

马苦玄哪怕深陷绝境，惊惧异常，却丝毫没有放弃的心境，艰难扭转身躯，哪怕只有一丝一毫，也要让自身要害偏离那刀尖。

就在此时，一道修长身形出现在两个少年之间。是个中年男人，背负长剑，腰间悬佩虎符。不见他如何出手，马苦玄就倒转乾坤似的，不但双脚落地，还身躯笔直地站在了男人身边。然后负剑男人转头望向后撤一步的握刀少年，眼神中带着毫不掩饰的赞许激赏，轻声笑道："你们两个这次交手，打得都不错。"

陈平安嘴角渗着血丝，又后退了一步。男人一笑置之，提议道："我出手救下马苦玄，算是欠你一个人情，所以出去之后，我会说服正阳山搬山猿放弃对你们两个的追杀，如何？"

宁姚来到陈平安身边。

这个来自真武山的兵家修士，深深看了眼宁姚，然后对陈平安说道："你没有讨价还价的资格，答应就点头，不答应就继续沉默便是。如果觉得不公平、不甘心，再如果你还能侥幸从老猿手底下逃生，那么以后离开小镇，可以去真武山找我，讨要你以为的公道。"

陈平安收起宁姚借给自己的压裙刀，藏入右袖之中，对那个真武山的男人点头道："如果有机会，我会的。"

马苦玄刚要说话，男人漠然道："死人更没资格跟活人撂狠话。"

马苦玄死死抿起嘴唇，果真低头不语。

一大一小，这对真武山师徒，渐渐远去。

陈平安一屁股坐在地上。宁姚赶紧蹲下身，忧心忡忡道："咋样？哪里伤得最重？陆道长那服药方子，你是不是也用得着？"

鼻青脸肿一身内伤的陈平安满脸苦涩道："不打紧，还知道哪里疼，说明伤得不算厉害。对了，如果老猿这个时候赶过来……"

"来就来！"宁姚干脆也坐在地上，眉眼飞扬，"刚才有你在，等下有我在，怕什么！"

陈平安没说出口的后边半句话，只得偷偷咽了回去。

宁姚突然灿烂笑起来，伸出双手，对陈平安竖起大拇指："帅气！"

在这之前，这辈子从没觉得自己了不起的陌巷少年，使劲忍住嘴角的笑意，故意让自己更云淡风轻一点，但其实谁都看得出来他的开怀。春风少年很得意。

行走在狐兔出没的荒丘野冢之间，负剑男人突然在一座墓碑前停下脚步，走到一座不起眼的小土包前的墓碑旁边，蹲下身伸手拔去缠绕石碑的藤草，露出石碑本来的面容。石碑上字迹模糊，只能依稀辨认出小半文字，男人叹了口气："神道崩坏，礼乐鼎盛。百家之争，就要开始了。"

男人起身后，看到那个尚未进入真武山正式拜师祭祖的徒弟，正面向来时的方向。马苦玄的嘴角、耳朵和鼻子都在淌血，使得那张黝黑脸庞，显得格外狰狞恐怖，他抬起手臂胡乱擦拭一番，继续盯着那边。

男人说道："马苦玄，按照你之前给出的理由，你是因为得知那外乡少女，在巷弄以一手飞剑术，联手大隋皇子和宦官，杀了你生平第一个师父，所以心结难解，必须要在离开小镇之前报这个仇，我觉得这是说得通的，便没有阻拦你，由着你生死自负。毕竟修行中人，能够遇上这种大道之敌，既是危机，也是机遇。"接着男人加重语气，绝不因眼前弟子的天赋卓绝而偏爱，沉声道："但是你盯上泥瓶巷的同龄人，为什么？我之前已经跟你说过，我真武山兵家修士，尤其是剑道中人，绝不可以滥杀无辜！"

马苦玄答非所问："兵家修士，是不是最能够不在乎什么因果报应、气数气运？"

男人点头道："遍观千年史书，能够以一己之力，挽狂澜于既倒的，大多是我们兵家圣人。并非是我身为兵家修士，才刻意为先贤歌功颂德。"

男人盯着马苦玄，没有打算轻易放他一马。如果马苦玄嗜杀成性，仗势欺人，那么他为真武山收取这种弟子做什么？

兵家修士在世俗王朝，靠的是沙场厮杀来提升境界，本就最为接近生死一线，一旦守不住本心，极易堕入魔道。试想一下，一个手握兵权的修行中人，屠城灭国，何其容易？

兵家与儒家，是支撑起山下王朝世道太平的两大支柱，一旦某位受人崇敬的兵家修士，自己立身不正，那么此人的境界修为越高，庙堂地位越高，对于整个世俗王朝的冲击，自然就会越大。在历史上，前车之鉴，历历在目。得民心何其难，失民心何其易。虽然这句话是儒家圣人所言，但是兵家修士不乏饱读诗书的儒将，故对此深以为然。

马苦玄兴许是感受到了气氛的凝重，可是没有急于辩驳。他伸出手，手心轻轻覆盖在耳朵上，牵扯到伤处，顿时龇牙咧嘴，倒吸了一口冷气，缓了缓，收回手后，看着手心的一摊血迹，说道："那家伙叫陈平安，他爹在他很小的时候就死了，那个男人生前是小镇有名的窑工，手艺很好，人也老实，后来突然就暴毙了，尸体也没找着。虽然我奶奶一直不愿意承认，但我记得很清楚，那是一个电闪雷鸣的大雨夜，我被打雷声吵醒了，然后发现我奶奶没在身边，刚推开门缝，就看到我爹鬼鬼祟祟跑回来，又惊喜又害怕，很奇怪的样子，我娘使劲拍打着我爹的后背，笑得合不拢嘴，高兴坏了。"

马苦玄下意识皱着眉头，使劲去回忆那些儿时的惨淡画面："只有我奶奶没笑，好像不太高兴，反而对我爹一顿发火：'你以为那孩子他爹死了，你就能有机会娶到她？也不撒泡尿照照自己的德性！泥瓶巷那一支陈家，好几辈人都是一根独苗，你就不怕害了一个人，最后害得人家一家三口全活不下去？到时候这支陈家就这么断子绝孙了，不怕遭到人家祖上阴神的报应？退一万步说，那女子的性情，你当真不清楚，愿意改嫁给你？'我爹当时就嬉皮笑脸，估计是觉得做也做了，很快就能拿到报酬，在自家人面前，就不惺惺作态假装后悔愧疚了。我奶奶最后指着我娘的鼻子痛骂，我娘也不是好脾气的，婆媳差点在正堂打一架。我爹就是那种喜新厌旧的人，他那一辈的小镇邻居，都不喜欢他，那个时候他当然帮着媳妇不帮老娘，最后我奶奶就坐在地上，狠狠捶胸，一边哭一边对那块匾额诉苦，说马家招了这么个扫把星女人进家门，你们死不瞑目啊。"

男人顺着马苦玄的思路，问道："你是想把虚无缥缈的善恶报应，上一辈人作下的孽，全部拢到自己身上，希望你奶奶和你爹娘能够善终？"

马苦玄咧嘴："我对爹娘实在没啥感情，只有奶奶放心不下。可我奶奶不愿意跟我一起去真武山，她说她这辈子是一定要葬在爷爷旁边的，若是去了那啥不知道几万里之外的真武山，一来要劳烦我这个孙子搬个坛子回家一趟，二来她听说人死之后、入土之前的阳间路，会走得极为坎坷。她说活着的时候已经吃够苦头了，可不想死了之后还要吃苦。"

男人说道："情有可原，但是占不住理。只此一次，下不为例。"

马苦玄撇撇嘴，脸色冷漠，不摇头不反驳，却也不点头不答应。

男人笑了笑，在马苦玄伤口上撒盐道："被同龄人按在地上揍的感觉如何？"

马苦玄愤怒道："如果不是那娘们偷偷给了陈平安一把刀，我会输给他？！我从头到尾，就只出了七分力气！如果不是觉得要玩一下猫抓耗子……"

男人轻轻讥笑道："玩猫抓耗子？得了吧，还不是想着以七分实力打死陈平安外，同时还能让那少女掉以轻心，一箭双雕，想得倒是挺美。"

马苦玄脸微红，硬着脖子愤懑道："你到底是谁师父？！"

男人哈哈大笑。

两人重新上路走向小镇，马苦玄问道："比起那座正阳山，真武山是高还是低？"

男人笑问道："是想听真话还是假话？"

马苦玄眼珠子一转："假话呢？"

男人答道："那就是差不多高。"

马苦玄哀伤叹气，觉得自己真是遇人不淑，认了两个师父，一个莫名其妙横死在小镇骑龙巷，一个本事不大、规矩极多。

男人笑道："在明面上，正阳山虽然是剑道根本之地，但是在东宝瓶洲修士的心目中，地位远远不如他的死敌风雷园，所以正阳山不被视为一流宗门势力。当然，这只是明面上的假象。其实正阳山的底蕴极深，只是当年那桩恩怨发生后，风雷园有一人的剑道造诣，远超同辈，过于惊才绝艳，才使得正阳山不得不数百年忍辱负重……"

马苦玄没好气道："不管你怎么吹捧正阳山，也改变不了真武山不如正阳山的事实。"

男人笑道："马苦玄你想岔了，正阳山与我们真武山的差距，大概算是还隔着一座正阳山吧。"

马苦玄愣了愣，听出男人的言下之意后，随即笑道："这还差不多！"

男人提醒道："宗门是宗门，自己是自己。"

马苦玄笑道："你也想岔了！我的意思是既然真武山这么高，那我以后习武大成，想要找人切磋，就省时省事了，不至于身边全是一群绣花枕头和酒囊饭袋！"

男人一笑置之："这种豪言壮语，换成泥瓶巷少年来说，是不是更有说服力？"

马苦玄怒道："有你这么当师父的吗？小心以后你给人打死，我不帮你报仇！"

男人伸手绕到后背，拍了拍剑鞘，微笑道："除了这把剑，师父孑然一身，身死即道消，你报仇有何用？"

马苦玄疑惑道："不是还有真武山这个师门吗？"

男人卖了一个关子："真武山不同于东宝瓶洲其他宗门，你上山之后就会明白。"

男人腰间那枚虎符轻轻一跳，男人按住虎符片刻，很快沉声道："你我速速返回小镇！我兵家修士，趋吉避凶，预知前程，几近本能。"

马苦玄白眼道："小镇那边就算翻了天，外乡人和小镇百姓杀得血流成河，关我屁事。我们可说好了，我可以答应不会草菅人命，但也绝对不做什么行侠仗义、扶危救困的事。"

男人脸色凝重，一把抓住马苦玄的肩头，命令道："不要说话，屏住呼吸！"

两人身形一闪而逝，下一刻已经出现在十数丈外，如此循环，如少年马苦玄在溪水上打出的一连串水漂。

陈平安除了后背被马苦玄那颗石头擦出来的伤口，其实外伤不算多，但这绝不意味着他就很好受。最麻烦的还是左手手心，下水摸石抓鱼，延缓了痊愈的速度，这次跟马苦玄打了一架，拳头碰拳头，更是雪上加霜，以至于撕下旧棉布条的时候，连陈平安也只能打开腰间一只行囊，拿出瓷瓶，喝下里边的浓稠药汤。药汤正是杨家铺子当年开出的药方，别的没用，就是能够止痛。

宁姚拿回那柄造型古朴的压裙刀后，割下自己内衫的一大截袖口，撕成一条条，帮着满头冷汗的陈平安包扎完毕，问道："杨家铺子的土方子，真有用？"

陈平安轻轻晃了晃左手，挤出一丝笑意："很有用。刚才是真疼，我以前就这么疼过两次。"

宁姚骂道："手心都能瞧见肉里的白骨了，能不疼？你真当自己修成了金刚不败的罗汉金身啊，还是无垢之躯的道教真君？让你逞强！跟那个马苦玄死磕，他不是说单挑吗，可以啊，他单挑我们两个，没毛病啊。连我堂堂宁姚都不嫌丢人，你倒是逞英雄上瘾了，不然等下你单挑正阳山搬山猿，我继续帮你拍手叫好？"

陈平安刚打算跟她掰扯掰扯自己的看法和道理，宁姚蓦然瞪眼，他立即点头道："宁姑娘说得对。"

宁姚气得斜眼道："口服心不服，以为我不知道？"陈平安嘿嘿一笑，眼睛一直偷瞥她手里的那把压裙刀，初看袖珍可爱，细看则锋芒冷冽。陈平安觉得这把压裙刀，和它的主人，好像恰恰相反。

宁姚让陈平安抬起右手，将压裙刀轻轻放回绑缚在手臂上的刀鞘，警告道："不许得寸进尺，不许对这把刀有任何非分之想！"

陈平安无奈道："宁姑娘你想多了。"

宁姚突然伸手指向最早的那尊断臂灵官神像："那块乌漆墨黑的石座，知道是什么石头打造而成的吗？"

陈平安点头道："知道啊，宁姑娘你算问对人了。咱们只要沿着小溪一直进山，得走很远，我估摸着至少也要走大半天，才可以看到一片黑色石崖，全是这种石头，硬得很，用锤头也砸不下一点点碎石，更别提用柴刀砍，石崖那边还有好几条陷下去的长条状凹槽，里边有点坡度，也不平整。姚老头每次经过那里，都会让拿出柴刀去磨一磨，还真别说，磨过之后，柴刀真的会铮亮铮亮的，跟之前很不一样。"

宁姚揉了揉额头，哭笑不得道："用来磨砍树劈柴的柴刀……"

陈平安眼睛一亮："值钱？！"

宁姚没好气道："再值钱，那结成一片的整座石崖，你弄得来一丁点儿吗？我告诉你，寻常神仙也做不到！除非是杀力巨大的大剑仙，加上愿意舍弃一把神兵才能够裂出大概两块三尺长的石条。石条会被剑修专门取名为'斩龙台'，每一块当然价值连城。"

陈平安陷入沉思。

宁姚突然也眼前一亮："灵官神像脚底下那儿，不就有现成的磨剑石吗？

这么大，刚好能劈成两块斩龙台。"

陈平安火烧屁股一般，赶紧劝说道："宁姑娘，咱们可不能拆了搬回家！那位灵官老爷已经够憋屈的了，咱们要是再把他的立足之地也给抢走……"

宁姚猛然起身，冷哼一声："抢?！我是那种人吗?"

然后陈平安跟着宁姚一起走向那尊道门灵官神像，站在泥塑彩绘神像之前，宁姚向前踏出一步，双手分别按住刀鞘和剑鞘，英姿勃发，她仰头喊道："我叫宁姚！今天你只要将脚下这三尺立足之地，赠送给我，那么将来我宁姚成就剑仙之境，一定偿还你百倍千倍！"

陈平安张大嘴巴，心想：这也行?

果不其然，泥塑神像毫无动静。

宁姚没有善罢甘休，继续说道："不愿意给是吧，那我宁姚跟你借总行了吧？有借有还的那种。"宁姚不忘转头对陈平安眨眨眼："我这是借，不是抢，明白不?"

陈平安使劲摇头，实诚回答道："不明白！"

宁姚正要好好跟榆木疙瘩陈平安解释"抢"和"借"的截然不同，陈平安突然喊道："小心！"说话的同时，陈平安身形已动，一把将宁姚扯到自己身后。

原来那尊灵官神像，经历过千百年的风吹日晒后，终于在这一天轰然倒地，向前扑倒在地，碎得很彻底，并未呈现出这里一条腿、那里一条胳膊的残骸姿态，就连原本栩栩如生的大犀头颅也一并化为齑粉。从土里来，往土里去。仿佛人间这一遭，算是真正走完了。而这桩风波的玄妙出奇之处在于，灵官神像的高度要超出少年少女和神像石座之间的那点距离不少，照理说陈平安和宁姚哪怕没有被压塌下，至少也会被砸得不轻。可偏偏到最后，泥塑神像化为尘土，最远也只到了他们两人的脚边。

见多识广的宁姚咽了咽口水，有点心虚，低头望着那些飞扬尘土，嘀咕道："你也忒小气了吧，不借就不借，还要跟我拼一个玉石俱焚？"

陈平安突然摇头道："这叫菩萨点头，是答应你了。"

宁姚跟陈平安并肩而立，看着那些碎屑尘土，再看看更远处那一方光秃秃的黑色斩龙台，最后转头看着陈平安，试探性问道："你确定？"

陈平安笑道："我确定！"

宁姚信了，毫不怀疑。连她自己也不知道为什么。最后在陈平安的带领下，宁姚一起帮着将那些泥屑碎屑，移入旁边早就挖好的一个坑，以土覆盖。

陈平安低头默念道："不论人神，入土为安。"

宁姚也跟着低头小声道："入土为安。"

做完这一切，宁姚好奇问道："陈平安，这是你们小镇的风土习俗？是祖辈传下来的规矩讲究？"

陈平安摇头道："不是啊，是我自己这么觉得的。"

宁姚一挑眉毛。

陈平安笑问道："宁姑娘，你有没有觉得做完这些后，心里很舒服？"

宁姚摇摇头："没感觉。"

陈平安挠挠头，望着那块黑色石座，问道："它叫斩龙台？"

宁姚嗯了一声："武道中人，可能会称其为磨刀石，或者磨剑石，山上剑修才会将其喊作斩龙台。"

宁姚转头望向西南方向，眼神恍惚，小声道："我家乡那边也叫磨剑石，每个人都会有一块，大小不一，一般只有拳头那么大，甚至有些家道衰落、修为低下的剑修，只剩下一粒拇指大小的磨剑石，一样看得比身家性命还重。我家也有，很大……"

陈平安轻声问道："有多大？"

宁姚呢喃道："比你家泥瓶巷宅子还大吧。"

陈平安满脸震惊，然后无比羡慕道："宁姑娘，那你家是真有钱！而且这么大一块磨剑石，还不用怕被人偷，多好。不像我，好不容易攒下一点铜钱，藏哪儿都睡不安稳。"

原本有些伤感的离乡少女，忧愁顿消，她笑道："这块磨剑石，一人一半！"

陈平安摆摆手："我要它做什么，我家柴刀倒是有，可哪里需要用上这么金贵的磨刀石，每磨一次刀，我就要心疼一次，何必呢。所以宁姑娘你全拿去好了。对了，你不是想着求阮师傅帮你铸剑吗？可以用另外一半作为铸剑的钱……"

宁姚无奈道："陈平安，你是真傻啊还是缺心眼啊？"

陈平安想了想，笑道："宁姑娘，你就当我是滥好人吧。"

宁姚突然伸手指向陈平安，一脸恍然大悟的表情，眯眼笑道："陈平安，老实交代，你是不是图谋不轨，心想着以后把'宁姑娘'变成自己媳妇，那还不是所有东西都是自己的了？这小算盘打得噼里啪啦的，厉害啊！"

陈平安欲哭无泪，嘴角抽搐，宋集薪以前说过一句什么话来着，欲加之罪何患无辞？

宁姚哈哈大笑："看把你吓的，我开玩笑呢。"

陈平安叹了口气，感觉自己有点心累啊。

宁姚突然正色道："小心！我那把飞剑已经在返回途中了！"

陈平安如临大敌。

临近小镇，真武山兵家修士松开马苦玄肩头，马苦玄有些头晕目眩，晃了晃脑袋，问道："知道是谁出了问题吗？难不成是我爹或者大伯，家里的宝贝给外边的人看上眼，一个不愿意给，一个强行索要，结果就跟刘羡阳差不多，惹出大麻烦来了？"

负剑男人带着马苦玄快步前行，摇头道："正阳山搬山猿之所以悍然出手，不惜破坏规矩，那部剑经本身珍贵是一部分原因，但最重要的原因，仍是正阳山和风雷园的陈年旧怨。如果不是风雷园陈松风前后脚就来到小镇，那头搬山猿绝不至于出手行凶。所以说小镇这边，修行之人即便出手，也不敢太过明目张胆，坐镇此地的齐先生终究……"

男人突然停下言语，望向街道远处一座屋顶，屋顶上蹲着一只通体漆黑如墨的野猫。野猫看到马苦玄后，立即尖叫起来。等到马苦玄发现它后，野猫就开始撒腿奔跑，跑向杏花巷那边。马苦玄刹那间脸色苍白，疯了一般跟着屋顶上的野猫一起狂奔。

男人想通其中关节，叹息一声，不急不缓跟在马苦玄身后，始终没有被马苦玄拉开距离。

马苦玄一路跑回那条熟悉至极的巷弄，当他看到自家院门大开的时候，可谓胆大包天的他竟然在门外停步，再也不敢跨过门槛。马苦玄知道，自家院门一年到头，几乎就没有这么长久开着的时候，因为奶奶常念叨一个道理：杏花巷就数没出息的穷光蛋最多，偏偏人穷志短、马瘦毛长，咱们家又容易让人眼红，所以家门一定要记得关严实，否则会遭贼惦记。

马苦玄红着眼睛走入院子，正屋大门也没有关。他看到一个熟悉的瘦弱身影倒在地上。那只黑猫蹲在门槛上，一声声叫喊着，惊吓瘆人。

"不要过去！"负剑男人伸手按住马苦玄的肩头，叮嘱道，"事已至此，稳住心神！"

马苦玄强忍住眼泪，不断深呼吸，放缓脚步，轻轻喊道："奶奶？"

兵家剑修率先一步掠至马婆婆身旁，双指并拢在她鼻尖一探，已无气息。

那只黑猫吓得赶紧跑入屋内，一闪而逝。

负剑男人略作思量，抬起头对站在门外的马苦玄沉声道："停步！你天生阳气极重，再靠近一步，你奶奶哪怕还剩一些魂魄滞留屋内，也会被你害得灰飞烟灭！"

马苦玄整张黝黑脸庞使劲皱着，竟然强忍住让自己一点哭声也没有发出。

男人下定决心，握住腰间那枚虎符后，沉声道："齐先生，此事不容小觑，你有你的规矩，我也有我的苦衷，希望齐先生接下来莫要插手此事。"

说完这些之后，男人气势浑然一变，衣袂鼓荡，头发飘摇，默念了一串晦涩难懂的口诀后，最后以五字收官："真武山有请！"

马苦玄痴痴转头望去。只见一尊高达丈余的金甲神人从天而降，双拳在胸口一撞，声响如雷，道："真武后裔，有何吩咐？"

"此地术法禁绝，我又不擅长拘押魂魄之事，所以请你帮忙巡视此屋四周，如果发现这位老妇的游荡魂魄，就将其收拢起来，记得切莫伤及根本。"

那名金甲神人沉默片刻，仍是点头道："得令！"

金光消散，不见神将。

窑务督造官衙署，龙尾郡陈氏子弟陈松风，正在一间宽敞屋内埋头翻阅档案。他脚边搁着一口朱漆木箱，里边堆了大半箱子的泛黄古籍。女子陈对从木箱里随手拎了本出来，站在不远处的临窗位置，一页页缓缓翻阅过去。

衙署老管事正坐在屋内一把椅子上喝茶，风雷园剑修刘灞桥坐在对面跟老人客套寒暄。精神矍铄的老管事笑道："也亏得事情巧了，李家宅子那边的李虹，亲自登咱们衙署门，开口讨要咱们小镇儿支陈氏的档案，而且只要最近三四百年的户籍档案，王爷点头答应了，我便叫李虹让人带走了箱子上边的那七八十本籍书，下边剩下的籍书，年岁更大，刚好是陈公子你们想要的老皇历。话说回来，若非每年衙署要求在夏秋时节，各晒书一次，这些早就给虫子蛀烂吃光喽。"

站在窗口的陈对头也不抬，淡然问道："听说小镇如今姓陈的人，都给福禄街、桃叶巷的四姓十族当了奴仆丫鬟，有些个陈氏人，甚至都当上了这些高门大户的家生子，世世代代给人下跪磕头不说，见着了小镇普通百姓，还会趾高气扬？"

老管事有些尴尬，陈对口口声声说着的"四姓十族"或是"高门大户"，可是真正传承千年的世族豪阀，龙尾郡陈氏的嫡长孙，就坐在那边跟个下人似的，一声不吭埋头查阅档案，而这位同样姓陈的女子，竟然能够如此心安理得，那么她真实身份的悠久清贵，老得成了精的管事用膝盖想想都知道。

虽说老管事没有养着什么姓陈的婢女杂役，可是跟那些作为小镇地头蛇的大姓人家，关系一向不差，不想在这件事情上，因为自己的应对不妥，给所有人惹来一条来势汹汹的过江龙。于是小心斟酌一番措辞后，他放下手中那只冰裂纹的水润茶盏，缓缓道："陈小姐，这也是没法子的事情。依着咱们衙署一位老前辈早年的说法，这座小镇最早有两支远祖不同的陈氏，其中一支很早就举族迁出小镇，没有嫡系后人留在小镇，只是依稀听说这支陈氏，当初搬离小镇的时候，是专门留了守墓人的，只是太过久远，那个负责为那支陈氏扫墓上香的姓氏家族，已经无法考据。至于另外那支陈氏呢，很久之前也在大姓之列，名次还很靠前，只可惜世事无常，里里外外折腾了几次，就逐渐没落了。尤其是近几百年，就像陈小姐你所说的，确实是一代不如一代，这会儿已经没有自立门户的陈氏人了……不对，我想起来了，还真剩下一根独苗，应该是现如今小镇所有陈氏子弟当中，唯一一个没有依附四姓十族的。那孩子他爹，烧瓷手艺精湛，还受到过前两任督造官大人的嘉奖，所以我才记得清楚。只是他死得早，如今他孩子过得如何，我可就不知道了。不过话说回来，就只说我看到的、听到的，小镇这边对陈氏后人总体上都还算不错，尤其是宋、赵两大姓，府上大管事都姓陈，名义上是主仆，其实跟一家人差不多了。"一口气说完这些陈芝麻烂谷子的旧事，老管事转身拿起茶盏喝了口茶水。

陈对笑着点头道："薛管事是明白人，难怪衙署上下运转自如。"

老管事笑逐颜开道："陈小姐谬赞了，像我们这种人，只是知道自己的那点斤两，所以唯有尽心尽力而已。劳碌命，劳碌命罢了。"

陈对一笑置之，转移视线，望向正襟危坐的陈松风，冷声道："实在不行，就把箱子翻个底朝天，从最下边那些籍书看起。薛管事刚才的话，你没听到吗？小镇千年以来，档案籍书只与其中一支陈氏有关。如果我没有记错，小镇这一支陈氏，与你们龙尾郡陈氏可算同一个远祖。怎么，翻来覆去，一本本族谱从头到尾，那些个名字不是奴仆就是丫鬟，好玩吗？"

陈松风额头渗出细密的汗水，嘴唇微白，竟是不敢反驳一个字，连忙从椅子上起身，去弯腰翻箱子搬书。衙署老管事立即绷直腰杆后背，再无半点忙里偷闲的轻松意味。

刘灞桥实在看不下去，陈松风性子绵软不假，可好歹是龙尾郡陈氏的未来家主，不管你陈对什么来历背景，是不是同宗同族，至少也应该给予必要的尊重，所以刘灞桥沉声道："陈对，我没有眼瞎的话，应该看得出陈松风现在是给你帮忙，你就算不领情，也别说话这么难听！"

陈松风赶紧抬头对刘灞桥使眼色，后者睁大眼睛瞪回去："连皇帝也有几个穷亲戚，怎么，有人例外啊？！好，就算某人例外，就能看不起人啊？"

直来直去，这就是风雷园刘灞桥的本性本心。

陈松风满脸苦涩。

老管事低下头喝茶，视而不见，听而不闻。

陈对愣了一下，微笑道："有道理。"

这下子轮到刘灞桥有些不适了。

陈对把手中籍书放在桌上，打算出门透透气，薛管事当然要尽到地主之谊，只不过被这个陈氏女子婉言谢绝了。

陈对走出衙署偏厅，站在走廊里往远处望去。衙署大堂外有个占地不小的广场，有一座牌坊正对着大门，写着一个大大的古体字，山岳的"嶽"，上"山"下"獄"。这并不罕见，每一个世俗王朝和邦国都按律，在辖境内敕封五座山为五岳，东南西北中，山门必然会有开国皇帝御笔亲题的两个字，那个榜书岳字，必然是以古体写就。后世文人骚客和修士仙师，对此解释有千百种，至于真正的缘由，恐怕早已湮灭在历史的尘埃中了。

陈对看到一大一小两个背影，坐在牌坊的白石台阶上窃窃私语。她犹豫了一下，缓缓行去。为了不落下一个偷听的嫌疑，陈对在走上两人身后台阶的时候，故意轻轻咳嗽了一声，不承想两人一个说得起劲，一个听得认真，仿佛对陈对的出现浑然不觉。陈对对此也不以为意，她大大方方坐在台阶的最远处，她虽然闲散，随意而坐，但是坐姿无形中散发出来的韵味，仍然给人一种端庄的感觉。

一大一小，用的是东宝瓶洲的正统雅言官话，陈对听得懂，否则她也不会来到这座小镇。不过雅言她说起来比较生涩，所以与陈松风、刘灞桥一路行来，就很沉默寡言。当然，她不想说话的主要理由，还是觉得跟陈松风、刘灞桥说不到一块去，遂不愿意开口。

刘灞桥表面上玩世不恭，但骨子里专注于剑道，看似有趣其实乏味；陈松风则一心想要重振家风，看似质朴其实多思。两个所谓的东宝瓶洲顶尖俊彦，都跟她不是一路人。道不同不相为谋，就是如此。

少年瞥了眼约莫比自己大十岁的女子，印象实在一般。

陈对安安静静坐在那里，没有开口说话的迹象。不过之前惊鸿一瞥，发现小女孩捧着一只光泽晶莹的翠绿葫芦。陈对眼光何其老辣，一看就知道不是俗物。

衣衫富贵的少年和瓷娃娃似的精致小女孩，正是泥瓶巷宋集薪和正阳山陶紫。

宋集薪之前和宋长镜去李宅慰问，一眼看到小丫头陶紫就喜欢上了，因为他从小就喜欢精致华美的事物，粗犷质朴之物，则不入其法眼。陶紫跟宋集薪也很有眼缘，两人莫名其妙就成了好朋友，关键是年龄悬殊，还能聊到一块去。宋集薪甚至都没觉得自己敷衍应酬，以至于他最后请求叔叔宋长镜强行让李家放行，带着陶紫来督造官衙署这边玩耍。宋集薪不管李家人如丧考妣的凄惨模样，牵着陶紫的手就离开了李宅大门。与此同时，让人捎话给小宅里的婢女稚圭，让她找出箱子里的翠绿葫芦，送给陶紫当见面礼。

陶紫跟宋集薪亲昵得很，撒娇问道："搬柴哥哥，你刚说到了十二脚牌坊里的学宫书院坊，我来这里之前，听爷爷跟人聊天的时候说起，你们大骊的那座山崖书院，如今混得很惨啊，你知道他们山崖书院的牌坊上写了啥吗？"

因为宋集薪名字里的后两个字，陶紫给他取了个"搬柴哥哥"的绰号，宋集薪对此无所谓，此时不再关心那个外乡女子陈对的去留，低头对陶紫笑道："不知道啊，我这辈子还没走出过小镇子，书读得也不多，跟你聊了这么久，肚子里差不多已经掏空啦。"

陶紫叹了口气："不知道猿爷爷在外边找人找得怎么样了。"

宋集薪笑了笑，低头拍了拍锦袍下摆，那一刻，眼神复杂。

远处陈对突然柔声问道："小姑娘，你这只葫芦会不会在某些时候，自己发出声响？"

陶紫转过头，双手高高举起葫芦，笑得眯起眼，炫耀道："是搬柴哥哥送给我的哟。"

答非所问。陈对只得一笑置之。

宋集薪随口说道："每逢雷雨天气，会嗡嗡作响。"

陈对点头道："果然是养剑葫。"

宋集薪有些疑惑。正阳山陶紫争先恐后道："我知道我知道，我们家就有三只养剑葫。我爷爷有一只，灰不溜秋的，丑死了。太白峰刘爷爷的那只最可爱，小小的，巴掌大小，嗖嗖嗖，会飞出几十把小飞剑。苏姐姐那只不大不小，紫金颜色，可惜苏姐姐平时不太愿意拿出来，我求了好多次才摸了摸，苏姐姐很快就藏起来啦。"

陈对解释道："小丫头，你可不好埋怨你家苏姐姐，紫金养剑葫，在养剑葫里十分稀少罕见，可以排入前三名，估计整座东宝瓶洲，也就她手上那么一只，而且紫金葫芦相比其他养剑葫，虽然养剑极优，但缺点是太脆，很容易被利器磕破。"

陶紫重新抱住翠绿葫芦："那我这只呢？"

陈对笑了："也很珍贵就是了。"

陶紫扯了扯宋集薪的袖子，怯生生道："搬柴哥哥，你要收回去吗？"

宋集薪揉了揉陶紫的脑袋，满是宠溺眼神，哈哈笑道："别说是这只小葫芦，就算我手上还有，也愿意一并送给你。"

陈对想起一桩趣事，说道："相传历史上，天材地宝楼有一次举办拍卖会，最后压轴之物，正是一棵从未出现过的养剑葫芦藤，上边结有六个小葫芦果子。据说是道祖成仙之前，亲自在咱们这座天下种下的幼苗，不知道过了几千年，才结出那一串小葫芦，大小不一，颜色各异，十分神奇。"

宋集薪由衷感慨道："大千世界，无奇不有。"

荒郊野岭的边缘地带，一柄飞剑老老实实悬停在空中，如家教良好的小家碧玉，见着了自家制定家法的长辈，只能眉眼低敛，乖乖束手而立。

飞剑身边站着一个风尘仆仆的中年儒士，儒士双鬓霜白更胜，若是赵繇、宋集薪两个读书种子在场，就会发现短短一旬时光，这个学塾先生的白发已经多了许多。

飞剑剑尖所指，则是沉默不言的正阳山搬山猿。搬山猿浑身上下隐隐散发出一种一言不合就要分生死的暴躁气势。

搬山猿终于忍不住沉声问道："方才为何真武山的人去得，我就去不得？齐先生你是不是也太势利眼了？"这种当面质问，可谓极其不客气，但是搬山猿仍然没有觉得有丝毫不妥。真武山虽然是东宝瓶洲的兵家圣地，可向来一盘散沙，宗门意识并不强，身负大神通的修士武夫，更多像是在真武山挂个名而已。真武山的规矩，又是出了名的大而空，谈不上约束力，何来的凝聚力？

满脸疲倦的齐静春对飞剑说道："去吧，你家主人已经无事了。"那柄飞剑如获大赦，剑身欢快一跳，掉转剑头，一掠而去。

搬山猿自以为猜出事情缘由，怒气更盛："那少女果然是你齐先生挑中的晚辈。若是齐先生早就对刘氏剑经心动，大可以与我明言！只要不落入风雷园之手，被齐先生你的不记名弟子拿去，便拿去了。可是齐先生你偏偏如此藏藏掖掖，怎么，既想着当婊子，又想要立贞节牌坊？好处由你齐静春偷偷拿走，恶名却要我正阳山来背？！"

若说之前指责质问是生气使然，所以口不择言，那么现在搬山猿这番辱人至极的言语，无疑是撕破脸皮的意思。

齐静春脸色如常，缓缓道："我齐静春，作为负责看管此地风水气运一甲子的儒家门生，有些话还是应该与你解释一下。首先，我与那少女并无瓜葛渊源，只是见她天资极好，'气冲斗牛'四字匾额，蕴含着东宝瓶洲一部分剑道气数，当少女站在匾额下的时候，四字便主动与她生出了感应，可惜少女当时佩剑材质，不足以支撑起四字气运，我便顺水推舟地摘下其中两字，放入她剑中。我与这个少女的关系，到此为止。并非你所揣测的那般，是我选中的不记名弟子。"

齐静春自嘲笑道："若是真舍得脸皮去监守自盗，作为一家之主，往自己怀里搂东西，外人岂能察觉到丝毫？一部梦中杀人的剑经罢了，需要我齐静春谋划将近一甲子，才动手谋夺吗？"

搬山猿作为正阳山的顶层角色，见识过太多伏线千里的阴谋诡计，更领教过许多道貌岸然的高人仙人的厉害手腕，哪里肯轻易相信先前齐静春的说辞，不过比起先前的言辞激烈，平缓许多，只是冷笑道："哦？那是我以小人之心度君子之腹喽？"

齐静春看了眼搬山猿："我之所以来此拦你一拦，而对真武山之人放行，其实道理很简单，很多人笑称真武山有'两真'，真君子和真小人，故而这个兵家剑修与我说了什么，我便可以信他什么。而你不一样，你重伤刘羡阳，坏其大道前程，却故意留其性命，以防自己被我过早驱逐出境，你这种人……"说到这里，齐静春笑了笑："哦，差点忘了，你不是人。"

搬山猿眯起双眼，双拳紧握，关节咯吱作响。如果是死敌风雷园，或是看不惯正阳山的修士，对他这只护山猿进行冷嘲热讽，拿"不是人"这个说法来嘴上占便宜，活了千年的搬山猿根本不介意。但是眼前这个中年儒士，以平淡温和的语气说出口，搬山猿却莫名其妙感到了莫大羞辱。

齐静春对于搬山猿的暴怒，浑然不觉，继续说道："拦下你，是为正阳山好。当初少女差点就要祭出她的本命之物，你来自正阳山，跟剑气剑意打了一千年的交道，难道感受不到那股压力？"

"小女娃娃那会儿不过是垂死挣扎，那一点道法神通，齐先生也好意思拿来吓唬人？"老猿哈哈大笑，故作恍然大悟道，"之前有人说齐静春你的那位恩师，晚节不保，神像一次次位置下降，最后被搬出文庙不说，还给人砸得稀巴烂。我当时还不信来着，心想堂堂儒教文庙第四圣，便是万一真有机会见着了传说中的道祖佛陀，也是勉强能够说上几句话的读书人，只是现在看来，从你恩师到你齐静春的这条儒家文脉，传了不过两代，就要断绝！君子之泽五世而斩，是谁说的？为何偏偏你这支文脉如此不济事。难不成你恩师，确实如某些书院所传那般，哪里是什么继往开来的儒家圣贤，根本就是一个千年未有的大骗子？"

齐静春虽然微微皱眉，但始终安静听完搬山猿的言语，从头到尾，不置一词。

老猿放肆大笑，一脚踏出，伸出手指，指向那个被人痛打落水狗的读书人，狞笑道："齐静春，你们儒家不是最恪守礼仪吗？我就站在这规矩之内，你能奈我何?！"

齐静春转头望向小镇那边，轻轻叹息一声，重新望向这只搬山猿，问道："说完了？"

搬山猿愣了愣，从头到脚打量了齐静春一番，收起手指，龇牙道："没劲，泥菩萨也有火气，不承想读书人脾气更好，骂也不还口，不晓得是不是打不还手？"

齐静春微笑道："你可以试试看。"

搬山猿似有心动，不过总算没有出手。

搬山猿问道："齐静春，你一定要拦阻我进去？"

齐静春答道："后果之重，一座正阳山承受不起。"

搬山猿沉声问道："当真？"

齐静春没有故弄玄虚，也没有一气之下就给搬山猿让路，仍是耐着性子点头道："当真。"

搬山猿揉了揉下巴，最后瞥了眼齐静春身后的远处，冷哼道："算那两个小家伙运气好，转告他们一句，以后别给我碰上！"搬山猿转身大步离去，背对着齐静春，突然高高抬起一条胳膊，竖起一根大拇指。只是大拇指缓缓掉转方向，朝下。

齐静春抬头看着灰蒙蒙的天色，天雨将落。

耳畔突然响起来自小镇那边的一个嗓音，是那个真武山兵家修士的请求，希望他能够网开一面，准许他请下真武山供奉的一尊神祇，齐静春点头轻声道："可。"

当齐静春说出这个字后，此时若是有人恰好抬头，就可以看到天穹之顶，骤然出现一点米粒之光，然后一根极其纤细的金线从天而降，转瞬之间落在小镇内。

"齐先生？"齐静春背后响起一个少年的喊声。齐静春转身望去，一对少年少女快步跑向自己。

看到那个一袭墨绿长袍的外乡少女宁姚，齐静春有些唏嘘感慨，当初读书种子赵繇对其一见钟情，他就点拨过一句话，将宁姚形容成无鞘的剑，最伤旁人心神。少年赵繇到底不知情为何物，不理解这句话的深意，仍是深陷其中。齐静春不便一语道破天机，不好说宁姚一颗问道之心，最是无情。此无情，绝非贬义，而是再大不过的褒义。世间情爱，男女之情，到底只是其中一种。

山下世俗市井当中，兴许此情可以感人肺腑，可以让痴男怨女不惜生死相许，但是在山上修行，要复杂得多。

齐静春看到陈平安后，笑容就要自然许多，温声打趣道："接连几场架，打得惊天地泣鬼神了。"陈平安有些难为情。

齐静春开门见山道："跟你说两件事情，一件事是正阳山的搬山猿撤退了，很快就要离开小镇。"

陈平安没有任何犹豫，直截了当问道："老猿从小镇东门走？"

齐静春伸出手掌轻轻下压了两下，笑道："先听我把话说完，刘羡阳活下来了。"

陈平安身体紧绷，小心翼翼问道："齐先生，刘羡阳是不是不会死了？"

齐静春点头道："有人出手相助，刘羡阳性命无忧，毋庸置疑，不过坏消息是他身体遭受重创，以后未必能够像以前那样行动自如。"

陈平安咧嘴一笑。

这些天陈平安的心神，就像一张弓弦始终被拉伸到满月状态，一刻也没有得到舒缓，在听到刘羡阳活过来之后，突然一松，整个人就后仰倒去，彻底昏死过去了。宁姚赶紧抱住陈平安。

齐静春解释道："陈平安先前被云霞山蔡金简一指开窍，强行打烂心神门户，其实精气神一直在流散外泄，结果刘羡阳刚好在这个时候出事，他就只好拼了命激发潜力，这就是所谓的破罐子破摔了。他原本能剩下半年寿命，如今估计最多也就一旬吧。"这意味着陈平安从泥瓶巷开始，到小镇屋顶，再到深山小溪，最后到这荒郊野岭，每次奔跑，都在大幅度持续减寿。陈平安对此心知肚明。

宁姚问道："齐先生你只需要告诉我，怎么救陈平安！"

齐静春心中叹息。这正是道心的玄妙之处。宁姚并非对陈平安没有情感，否则也不会并肩作战到这一步。

正常人听闻噩耗后，必然会有一个惊慌、悲伤、同情的过程，快慢、长短、深浅不同而已。但是宁姚丝毫也没有。她一下子就跳到了自己最想要的"结果"，我该如何救人。

世间修行，修力可见，步步为营，只需要往上走，差异只是每一步的步子，各有大小。修心则缥缈，四面八方，处处是路，仿佛条条道路都能证得大道，但又好像条条道路都是旁门左道，谁也给不了指点。在修心一事上，身怀道心之人，可一步登天。所以宁姚可以大大方方、眼神清澈地望着陈平安，直截了当问他是不是喜欢自己。

齐静春想起了那个头顶莲花冠的年轻道士陆沉，心情越发凝重。

宁姚蹲下身，动作轻柔地把陈平安背在身上，问道："齐先生你倒是说啊。不过事先说好，我觉得杨家铺子的老掌柜，救死扶伤的本事很不咋的，倒是陈平安认识一个铺子里的老人，挺厉害的。"

齐静春看着满脸认真的宁姚，问了一个奇怪的问题："世间何事，最为逆天而行、逆流而上？"

宁姚想也不想，大声道："一人一剑杀光妖族！"

齐静春哭笑不得，有些无奈道："是修行。"

宁姚仔细一想："其实是一样的。"

齐静春指向两人之前所处的位置，又点了另外一处："剑炉可滋养体魄，千秋可壮大神魂，只不过对于陈平安来说，至多是勉强维持一个收支平衡，运气好，说不定小有盈余。所以等他醒来后，帮我告诉他，以后练拳，哪怕不追求其他，只为活命，也一定要下苦功夫。"

宁姚松了口气，其实她比陈平安好不到哪里去，只是底子要好太多，才不至于昏厥过去："齐先生，那现在我是带着陈平安去泥瓶巷养伤，还是先去刘羡阳那边看看情况？"

齐静春笑道："如今已经都可以了。"

宁姚想了想："我背后这家伙，肯定希望睁开第一眼，就能看到刘羡阳，所以我去阮师那边好了。"

齐静春点头道："我陪你们走一段路程。"

两人并肩而行。春风拂面，读书人双手负后，宁姚背着陈平安。

宁姚走着走着，突然问道："齐先生，作为这座小洞天的主人，你有没有因为近水楼台，收取几个天赋好的弟子？"

齐静春笑着摇头："没有，只收了个不算弟子的书童。以前是为了避嫌，现在回头来看，确实错过了几个好苗子。"

宁姚又问："齐先生，你在这里，是不是什么事情都知道？"

齐静春笑道："只要是我想知道的，都可以知道，不过未必全是真相。毕竟有些事情，差之毫厘谬以千里。"有句话齐静春没有说，从离开小镇起，他就失去了那份"心镜照彻天地"的神通。因为有人取走了那块镇圭，那是儒家亚圣之一留在小镇的信物，也是大阵枢纽之一。

宁姚犹豫了一下，仍是忍不住问道："齐先生，你如今是啥境界，有没有跻身上五境啊？还有，先生你坐镇这方天地，真的能够天下无敌吗？当然，先生如果觉得不方便，可以不回答，我就随便问问。"

齐静春果然不回答。宁姚翻了个白眼，不再说话。

齐静春有意无意放慢脚步，转头望去。陈平安眨了眨眼。齐静春也眨眨眼。齐静春会心一笑，不露声色地悄悄加快脚步。君子有成人之美。

一起走出很远后，齐静春停下脚步，笑道："我就不送了。"站在原地，满鬓霜白的他，望着渐行渐远的身影，沉默不言。

齐静春走出一步，瞬间来到那块斩龙台附近。

儒家圣人，皆有一个本命之字，独占魁首。

世间任你是谁，只要写到、用到、念到此字，便能够为那位儒家圣人增加一丝道行修为，积少成多，滴水穿石。

齐静春是个例外。不是一字没有，而是有两个。且字之意味极其悠长，境界极其深远。

静。静心得意。

春。天下迎春。

所以他才会被贬谪到这方小天地，与外边大天地完全隔绝。

虽然齐静春不过是儒家三学宫七十二书院的书院山主之一，但是他确实不能以常理待之。

这个面对正阳山搬山猿屡屡挑衅羞辱却没有任何反应的窝囊读书人，闭上眼睛，默想"静"字第三笔，然后伸出并拢的双指，在空中轻轻往下一划。那块坚不可摧的斩龙台，瞬间被对半切割成两块。

齐静春一挥袖，两块齐整大石，一块落在阮邛的铁匠铺子，另一块则出现在泥瓶巷一栋小宅里。

做完这一切，齐静春陷入了沉思，如围棋国手陷入长考。先是站在细密雨幕当中，最后已是大雨滂沱，电闪雷鸣，他也未回过神来。一直被小镇百姓喊作先生的齐静春，在想自己的先生。

杏花巷马家祖宅，逛遍小镇的金甲神人走回院子，奇怪的是这么大一尊真神，行走四方，竟然无人察觉。

少年马苦玄蹲在门外台阶上，看到这尊金甲神人后，满脸希冀神色，真武山兵家修士问道："如何？"

神人一身金色甲胄，宝相庄严，只见其嘴唇微动，马苦玄却听不见任何声音，便火急火燎地望向屋内的剑修，后者叹气道："他说你奶奶生前造孽太多，死前三魂七魄就已经同身躯一般，如风烛残年，所以你奶奶死后，是命魂同时腐朽。小镇此处又异于别处，天生抗拒鬼魅阴物，所以他并未找到你奶奶的残余魂魄。"

马苦玄脸色狰狞，仰起头对着那尊神将咆哮道："我不管你用什么法子，快去给我把奶奶的魂魄找回来！"

真武山剑修脸色剧变，生怕马苦玄惹恼了这尊姓殷的真神，正要出声阻拦马苦玄，金甲神人不知为何，竟然以东宝瓶洲正统官话开口说道："非不为，实不能也。"说完这句话后，笼罩在金光之内的威武神将望向屋内的真武山剑修，后者深吸一口气，双手做捧香状，对着院中神将拜了三拜。每拜一次，就有一股如发丝粗细的淡金色气息，从真武山剑修泥丸穴中飘出，然后被金甲神人轻轻吸入鼻中。三次过后，神人拔地而起，化作一道璀璨光柱离开此方天地。真武山剑修脸色惨白，搬了把椅子坐下，轻轻吐出一口浊气。这便是市井俗语"请神容易送神难"的真正缘由。

马苦玄脸色冷漠地收回视线后，转身走入屋内，坐在那具冰冷尸体旁边，伸手抓住马婆婆的干枯手掌，死死盯着她那张脸庞，长久不说话。

负剑男人摘下腰间那枚虎符，色泽比起之前已经略显黯淡，缓缓收入袖中。

负剑男人休息片刻，起身后没有走到马苦玄身边，而是坐在门槛上，背对着他，缓缓道："你奶奶应该是在门口，被人扇了一耳光，力气极大，整个人被飞摔入屋内致死。接下来有些话，可能你不爱听，但是你至少应该知道实情。出手之人多半是练气士，出手不知轻重，加上你奶奶身子骨并不结实，所以就死了。既然是练气士出手，那么多半与泥瓶巷陈平安和那个外乡少女有关，或是先前在廊桥那边，被你故意坏了水观心境的年轻女子，为了报复出手。前者可能性很小，后者可能性极大，所以，你去乱葬岗那边杀陈平安，是出于对你奶奶的孝顺，去了却因果，但是你绝对没有想到，你这一出门，刚好就有人登门寻衅。"

马苦玄颤颤巍巍伸出一只手，用手背轻轻贴着奶奶的脸颊，奶奶的脸颊高高肿起，已经呈现出乌青色。

他轻声道："所以是我害死了我奶奶，对吧？"

负剑男子道："按照世俗眼光来看，是也不是。若是按照……"

马苦玄不愿再听此人说话，站起身狞笑道："屠城灭国做不得，滥杀无辜做不得，这些事情做不得，那些事情做不得！那么报仇杀人，到底做不做得？！"不等男子给出答案，马苦玄继续道："如果连这也做不得，那我当兵家修士有什么用？我为何不干脆当个随心所欲的大魔头？为何当时不答应那对道士道姑，去那什么宗？！"

男人犹豫片刻，说道："只要你自己能够承受所有后果，就行。就像今天这样。还有，其实有些话我之前可能没有说透彻，例如这杀人，其实每个人都各自有一条线，你能杀多少人，我能杀多少人，绝对是不一样的。不只是因为我比你实力强、境界高，一个人的心性也是很重要的。可能我杀了一百人，全是该杀之人，而你只杀了两三个，便有不该杀之人。"

马苦玄突然嗤笑道："杀不杀人，如何杀人，我问你作甚，难不成还需要你帮忙不成！差点忘了，我现在还不是正式的真武山弟子！"他低头看了眼奶奶的面容，然后转头对正堂八仙桌那边怒吼道："滚去带路！"

一只黑猫从八仙桌底下飞快蹿出，马苦玄跟随着它一起奔向屋外。男人不以为意。要知道男人所在的国家，一百五十年前陷入动乱，山河破碎，战乱频仍，惨绝人寰的程度，冠绝东宝瓶洲。原本一千万户人，等到新王朝结束那场浩劫，仅剩八十万户不到。以至于最后许多年纪不大的稚童，觉得天底下所有的人死后，都是不需要收殓下葬的。男人就是这些孩子里的一个。

男人缓缓起身，相比提醒马苦玄那个凶手已经被赶出小镇，他更想去阮师那边询问一个问题。为何佛家在东宝瓶洲，已经式微千年，只有一些小国才会将其奉为国师，在这座小镇之上，也是势力最弱，可是因果循环，却如此明显。

这个兵家剑修远远跟在马苦玄身后。不过哪怕马苦玄当下已经是真武山弟子，男人也不会过多插手马苦玄的私人恩怨。沙场之上同生共死，修行路上生死自负。当然，事无绝对。就像马苦玄之前差点死于陈平安之手，男人就出手救下了马苦玄。原因有两个：一个是内心深处不希望马苦玄这样的天才，过早夭折，希望马苦玄能够在真武山砥砺一番，无论是天赋还是性情，都更上一层楼，希望他能够成为兵家代表人物之一，在接下来的大争乱世之中，大放异彩。另一个是齐先生主动开口，说马苦玄和陈平安两个少年，分出胜负就行了，切莫分出生死。当时他以为齐先生是担忧陈平安会毙命，事后才发现根本不是那么一回事。

男人远远跟在马苦玄身后，发现马苦玄在经历过初期的热血上头后，脚步越来越慢，越来越轻松自如，最后就像是寻常少年在逛街。那只黑猫从一处屋顶跳到马苦玄肩头，再跳到地上，转头之后，飞奔离开，似乎是在告诉马苦玄已经找到目标。在这之后，马苦玄开始慢跑，再一次变了气质。

春雨细微，不过是让街上行人脚步匆匆，远未到檐下躲雨的地步。

一对衣衫华贵的年轻男女正从骑龙巷走向大街，似乎各有机缘，满脸喜庆，只是一个少年教会了他们何谓福祸相依。少年从两人身后五十余步处开始奔跑，二十步的时候大声喊了一声"喂"，等到那个年轻男人转头望来，看到的是马苦玄毫不留力的迅猛一拳。

当头一拳。年轻男子整个人飞出去，重重摔在街上后，身体微微抽搐，没有半点挣扎起身的迹象。一拳之后，双脚落地的马苦玄，刚好与年轻女子并肩而立。

马苦玄身形一拧，左手闪电般挥向女子脖颈，比他个头还要高出半个脑袋的修行女子，砰然一声，就被马苦玄这一臂砸得扑倒在地。女子脑袋轰然撞在泥泞地面上。

马苦玄伸出一只脚，踩在女子额头上，凝视着那张晕乎乎的脸庞，弯腰低头，用雅言官话说道："我知道凶手不在小镇了，但是没有关系，我自己可以查。"

容颜极好的年轻女子，眼眶里满是血丝，鼻子耳朵也都渗出了血丝，满脸惊恐地望向居高临下的马苦玄。

马苦玄脸色狰狞："我马苦玄坏了你的修道心境，你之后报复，就算把我乱刀剁死，我认命便是，绝不怨恨你。甚至哪怕你报仇不成，我心情好的话，还会放过你，愿意陪你多玩几次。在我看来，世道就该是这么清清爽爽的。"

女子估计是自家宗门的天之骄子，哪里见识过这种场面，吓得梨花带雨，估计连凶神恶煞的马苦玄说了什么都记不清，只是求饶道："放过我，求你放过我，你奶奶不是我杀的，我一点都不知情啊……"

马苦玄逐渐加重脚底板的力道，把女子脑袋一侧缓缓压入泥泞当中："知道我最恨你们什么吗？是造孽之后，还能这么不当回事！半点愧疚也没有，半点也没有啊……"马苦玄言语带着哭腔，眼神中带着刻骨的恨意。

那女子艰难伸手，抱住马苦玄的脚踝，眼中满是哀怜乞求之色："放过我，我爷爷是海潮铁骑的统帅，我是他最疼爱的孙女，我可以赔偿你，你想要什么，我都可以答应……"

马苦玄皮笑肉不笑道："哦？这么巧，我是我奶奶马兰花的孙子！"

马苦玄突然抬起脚些许，然后鞋底板在女子精致脸颊上擦了擦："海潮铁骑是吧？等着，我陪你们慢慢玩。"

马苦玄收起脚，分别扭头看了左右两个方向，左手边，真武山男子站在远处，负剑而立；右手边，有一个撑着油纸伞的儒雅公子哥，站在倒地不起的可怜虫身边，望向马苦玄。马苦玄的直觉告诉自己，那个撑伞的家伙，其实就是在等自己杀了脚边的女子。

马苦玄突然蹲下身，那个女子试图逃避，却被浑身湿漉漉的马苦玄一把按住脖子。女子不敢动弹之后，马苦玄松开手，用手掌一下一下拍打着女子的脸颊，笑道："记住喽，我叫马苦玄，以后我一定会去找你的。还有那个不在小镇的家伙，你一定要好好感谢他，要不然我们关系也不会这么好。"马苦玄最后吐了一口唾沫在女子脸上。

马苦玄起身走向真武山男子，低声问道："那人是谁?"

剑修淡然道："是儒家七十二书院之一、观湖书院的未来山主，叫崔明皇，身世显赫。这次是来取回压胜之物的，城府很深，以后要小心，如果没有意外，你已经被他盯上了。"

马苦玄皱眉道："这个人，跟学塾齐先生给人的感觉，很不一样。"

剑修哑然失笑道："你以为有几个读书人能够像齐先生这般，恪守本心?"

剑修犹豫了一下，还是解释道："外界都传齐先生在他恩师败落之后，境界跌落，心境破碎，所以才答应被贬谪到这方小天地，虽然时时刻刻要承受天道威压的侵蚀，可是能够为所欲为。我看啊，未必。"

马苦玄对这些不感兴趣，转头望去，看到崔明皇蹲在女子身边，应该是在好言安慰。

马苦玄收回视线，与负剑男子并肩而行，他脚步沉重，返回杏花巷。

剑修开口说道："你身体受伤不轻，千万别留下暗疾，否则会妨碍以后修行。"

马苦玄伸手抹去满脸雨水，突然问道："我们这座小镇，对那些外人来说算什么?"

剑修回答道："就像小镇外的那条小溪吧，鱼龙混杂，有不过膝盖的浅水滩，也有深不见底的深水潭。"

马苦玄问道："以前外乡人来此历练寻宝，淹死过人吗？"

剑修笑了笑，摇头道："以前几乎不会，多是和气生财，皆大欢喜。这一次是例外。"

杨家铺子，有个英气少女背着少年快步跨过门槛，对一个中年店伙计问道："杨老先生在不在？"

那人眼见宁姚气度不凡，不敢怠慢，点头道："在后院刚收拾完药材，你们有事？"

宁姚点头沉声道："我们跟杨老先生熟悉，要跟他求一服药。"

伙计犹豫片刻，没有纠缠，领着他们来到后院正屋，一个老人正在用老烟杆子轻轻磕着桌面，屋子角落远远站着一个邋遢汉子，正是小镇东边的看门人、光棍郑大风。可能是一物降一物，郑大风碰到了杨老头，便是大气不敢喘的模样，再无平时油滑无赖的欠打德行。

杨老头挥了挥烟杆，郑大风赶紧溜出屋子，带着店伙计一起离开。

杨老头望着宁姚背后的熟悉少年陈平安。陈平安此时嘴唇发白，浑身颤抖，双手几乎是拼死环住宁姚的脖子。

杨老头不紧不慢地站起身，一手负后，一手持烟杆，来到宁姚身前，与陈平安对视，沙哑道："与你说过多少次了，越是命贱福薄，就越要惜命惜福。怎么，稍稍遇到一些挫折，就要死要活，那你当初怎么不跟着你娘亲一起走，岂不是更省事一些？你姚师傅是对的，他生前总念叨三岁看老三岁看老，你是个活不长久的人，哪怕教了你好手艺真功夫，也是浪费，一样要早早丢到土里去。"

宁姚目瞪口呆，在她印象中，杨老头应该是一个慈眉善目的老人，成天笑眯眯的。谁承想是这么个尖酸刻薄的老头子。

杨老头讥讽道："是不是很疼？"陈平安微微点头，早已说不出话来。

在宁姚后背醒来时，大概是药效退去，疼痛就已经开始发作，只是陈平安觉得可以撑一撑，等到宁姚背着他到廊桥附近时，他知道无论如何也撑不下去了，于是宁姚甚至顾不得取回溪边道路上的那柄刀，就赶紧背着他赶往杨家铺子。

杨老头笑呵呵道："疼啊，那就乖乖受着。"然后杨老头瞥了眼宁姚，没好气道："让他自己坐在长凳上！"杨老头随即嘀咕道："给个小娘们背着，也不嫌砢碜。"

宁姚强忍住怒气，小心翼翼地让陈平安坐在长凳上，只是她刚一放手，陈平安就摇摇欲坠。宁姚刚要伸手搀扶，陈平安虽然口不能言，仍是用眼神示意不用她帮忙。

杨老头抽了一口自制旱烟，看着陈平安的身体和气象，啧啧道："真是个名副其实的破落户了。好嘛，问心无愧倒是问心无愧了。"

杨老头对陈平安的刺骨疼痛根本无动于衷："刘羡阳是什么好命，你是什么贱命，这么多年心里就没个数？他死一次，差不多都够你死十次了，知道不？"

宁姚实在受不了杨老头阴阳怪气的言语，沉声道："杨老先生，能不能先帮陈平安止痛？"

杨老头身形伛偻，转头斜眼看着宁姚，云淡风轻问道："你男人啊？"

宁姚怒目相向。杨老头不再理睬宁姚，转回头，看着陈平安。

杨老头自顾自陷入沉思，最后撇撇嘴，叹了口气，用老烟杆在陈平安肩头一点，手臂和腿上各点了两下。刹那之间，陈平安以侧卧之姿，手肘抵住脑袋，卧在了长凳之上。

杨老头轻喝道："睡去！"陈平安瞬间闭眼睡去，立即鼾声如雷。

衙署牌坊下。

陈对聊了天南地北许多奇人趣闻逸事，正阳山小女孩陶紫听得津津有味，啧啧道："姐姐，你懂得真多。"

陈对微笑道："等你长大了，也会知道很多事情。"

宋集薪半真半假道："平时相处，感觉你也挺正常一人啊。"

陈对长眉微挑，问道："你的意思，是说在你们大骊藩王宋长镜面前，就要低眉顺眼，卑躬屈膝？"

宋集薪哈哈大笑，伸手指着陈对："姑娘你这说话的路数，要是被咱们小镇学塾的齐先生听见了，先生他一定会皱眉头的。知道吗，你这叫非此即彼，很不讲道理的，乍一听好像蛮有道理，其实根本经不起推敲。我真正的意思，当然是你可以不用对宋长镜谄媚相向，也不应当如此。但是他宋长镜好歹是大骊最大的一条地头蛇，还是首屈一指的武道大宗师。你作为一个外人，入乡随俗，对一栋屋子的主人稍稍客气点，难道不应该吗？为何非要摆着一张臭脸装大爷，你说装也就装了，装完被宋长镜打得半死，还敢当着他的面放狠话，我真不知道该怎么说你好。"最后宋集薪指了指自己，自嘲道："连我这种嘴贱心肠坏的人，也晓得审时度势，看碟下菜。"

陈对犹豫了一下，说道："算是同类相斥吧，我也是习武之人，对于你们东宝瓶洲的武夫，实话实说，一直不是特别瞧得起，当然最后证明我是错的，大错特错。"

宋集薪讶异道："你倒是够实在的。"

陈对淡然道："习武之人，不认拳头，能认什么？"

宋集薪突然问了一个尖锐问题："你们这些来小镇寻找宝物机缘的外乡人，好像讲的道理跟我们认为的不太一样。是因为你们拳头硬？"

陈对摇头笑道："根本不用我解释什么，以后只要你走出小镇，很快就会变成我们这样的人。等你哪天自己踏上修行之路，自然而然就会明白，否则我说破嘴，你也不理解。"

宋集薪感慨道："变成你们这样的人，那多没意思啊。"

陶紫插科打诨道："那就去我们正阳山玩，可有意思了。"

宋集薪摸了摸她的小脑袋，漫不经心道："好啊。"

陈对转头望去，有些本能的紧张。

只见白袍玉带的大骊藩王宋长镜站在牌坊那边，对宋集薪说道："回泥瓶巷收拾收拾，准备离开这里。"

宋集薪笑道："得嘞，这就要背井离乡喽。"

陶紫恋恋不舍，问道："背井离乡，是背着一口水井离开家乡吗？"

宋集薪哈哈笑着，起身道："走，先把你送回李家宅子，这叫有始有终。"

宋集薪牵着陶紫走向衙署大门，转头问道："门外这条福禄街上不会出现刺客吧？"

宋长镜笑道："这得问你的邻居朋友。"

宋集薪撇撇嘴，转身看了眼天色，乌云汇聚，有点下雨的迹象。他的心情一下子就变得极差。

把正阳山陶紫送回去后，宋集薪惊讶地发现宋长镜竟然就站在那棵子孙槐之下，他快步走去，好奇问道："这么着急离开？"

宋长镜点头道："临时收到个消息，外边有点事情，需要亲自去解决，所以直接乘坐马车去泥瓶巷，收拾完东西就走。"宋集薪举目望去，果然衙署门外停着三辆马车，这应该是他平生第一次坐马车。

宋集薪弯腰坐入最前边一辆马车车厢，宋长镜紧随其后，盘腿而坐。宋集薪环顾四周，空落落的，就只有自己屁股底下的那个草编蒲团，完全没有想象中的豪奢气派，更不会给人别有洞天的惊艳。这让宋集薪有些失望，原本他还很期待看到稚圭登上马车后的惊讶。

密集的马蹄在青石板街道上，嗒嗒嗒嗒踩出清脆声响，三辆马车先后驶出福禄街。

宋长镜掀起帘子，望向车窗外的小镇景象，从今往后，大骊王朝就要彻底失去这座小洞天名义上的掌控权了。不过反过来想，大骊开国以来，正是靠着这座小洞天带来的巨大收益，才一步一步从偏居一隅的小小割据势力，变成如今东宝瓶洲北部最大的世俗王朝，没有之一。

千里河山小洞天。以后恐怕只能在大骊皇宫秘史里去找了。

宋长镜收起思绪，随口问道："不跟那陈平安道一声别？"

驶出福禄街后，道路不平，宋集薪身体开始跟随马车轻轻摇晃，摇头道："那家伙能不能活下来，还不好说，万一只等到一具尸体，多恶心。他陈平安没爹没娘的，如今连好朋友也死翘翘了，那可不就得由我这个邻居，来给他处理后事？"宋长镜嗯了一声。

宋集薪问道："那个正阳山的小女孩提到过一个人，叫马苦玄，是杏花巷的，跟我差不多岁数，好像他开价一袋子供养钱，把陈平安和那少女的藏身之地卖给了正阳山。你知不知道这家伙到底是什么来历？以前我只听说是个傻子，不承想隐藏得这么深。"

宋长镜想了想："之前潜伏在宋家的刺客，在骑龙巷刺杀过那个大隋皇子，原本已经被找到一点蛛丝马迹，其中涉及这个名叫马苦玄的少年。这些年里，那名刑徒出身的刺客，私底下多次和马苦玄接触，有可能是师徒关系。如今真武山横插一脚，只能暂且搁置，毕竟大骊军伍当中，就有许多真武子弟，而且官位都还不低。"

宋集薪笑道："叔叔，你也有说'只能'的时候？"

宋长镜不以为意道："谁让本王还有个尾大不掉的身份，狗屁大骊藩王。"

马车临近泥瓶巷的时候，宋集薪有意无意道："陈平安，真的就只是陈平安？"

宋长镜哑然失笑："在让你搬去泥瓶巷之前，衙署早就彻彻底底查过了，陈平安他家祖宗十八代，很清楚的脉络，没有任何问题，跟'富贵权势'四个

字，不沾边。怎么，那个陈对吓到你了？放心，本王已经大致猜出她的身份
了。她那一支陈氏，跟陈平安祖上留在小镇这一支，没有半点渊源，所以放宽
心吧，陈平安就只是陈平安。勉强扯得上亲戚关系的，是那个陈松风所在的龙
尾郡陈氏，但是你想一想，几百年没联系的亲戚，还算亲戚吗？再者，小镇陈
氏这一支，已经落魄到只剩下一个人不是奴仆丫鬟，穷在闹市无人问，富在深
山有远亲。你好歹读了些书，连这个道理也不懂？"

宋集薪仍不死心："那祖宗十八代之前的十八代呢？就没有出现过一个惊
才绝艳的大人物？一个也没有？"

宋长镜笑道："原来你是希望陈平安身世特殊一些？"

宋集薪没有掩饰自己的心思，点头道："如果他跟寻常人不一样，我心里
也会好受一些。"

宋长镜越发好奇，打趣道："那家伙到底怎么欺负你了，让你有如此执念？
可是按照我对那少年的了解，不像是个……"

宋集薪冷笑着打断大骊藩王的言语："小地方的人，眼界兴许不高，眼窝
子会浅，但是绝对不能就觉得他们傻。好也好得赤子之心纯朴善良，坏也会坏
得头顶生疮脚底流脓，还有些人，则真的会蠢得无药可救，甚至是又蠢又坏。"

宋长镜更加疑惑不解："那陈平安属于哪一种？"

宋集薪叹了口气，懊恼道："他哪一种都不算，真是个傻子，所以我才觉
得特别憋屈啊。"

宁姚蹲在长凳前，端详陈平安的熟睡脸庞，内心充满震撼。此等神通，妙
不可言。

陈平安的奇怪睡姿，使得他从头到脚，流露着一股返璞归真的意味。

虽然说不清道不明，但是对于一门神通术法的好坏，宁姚天生拥有极其敏
锐的直觉。

宁姚转头好奇问道："你才是陈平安修行的领路人？"

杨老头吧嗒吧嗒抽着旱烟，跷着二郎腿，望向屋外晦暗雨幕，笑道："修行？这就算修行了？怎么，如今外边天地，又多出一个有资格立教称祖的家伙了？才害得世风日下，修行路上的光景，一年不如一年？不至于吧，那几位可不是吃素的，既然自己已经当了饕餮，就只能在这条不归路上，继续走下去，决不允许外人来分一杯羹。"

宁姚一头雾水："杨老前辈，你在说什么？"

杨老头愣了愣："你家长辈没跟你说过那些老古董的陈年旧账？"

宁姚摇摇头："我祖父那一辈人，走得早，我爹娘又不爱说其他几座天下的故事，生怕我离家出走。"

杨老头扭头望去，仔仔细细打量了一下宁姚，最后冒出一句话来："那道城墙上，如今刻下多少个字了？"

宁姚老实回答道："我祖父那一辈，出了很多英雄人物，所以短短百年之内，就新刻了两个字，如今总计十八字。"

杨老头唏嘘道："都已经十八个字了啊。道法，浩然，西天，六字之后，还多了哪些？"

宁姚沉声道："雷池重地四个字，剑气长存又是四个字，齐，陈，董。"

杨老头皱眉问道："小姑娘，还剩下个字，被你吃啦？"

宁姚没好气道："忘了！"

杨老头没有打破砂锅问到底，换了个问题："还是老规矩，每斩杀一个飞升境妖族，才有资格在城墙上刻下一字？"

宁姚皱眉道："你为何如此了解我家乡那边的情况？"

杨老头笑道："很久以前有个外来剑修，有写游记的习惯，一路风土人情，都被他写了下来，最后死在咱们小镇附近，我就把那本厚厚的游记拿回来，没事情的时候翻一翻。"

宁姚怀疑这个说法的真实性。

杨老头好像后背长了眼睛："信不信由你。"

宁姚观察陈平安的状态，有点像是道家的坐忘或是佛门的禅定，问道："他怎么了？"

杨老头缓缓道："小死。"人睡为小死。

宁姚有些无奈，杨家铺子这个老人，说话要么刺耳难听，要么稀奇古怪。

杨老头自言自语道："小姑娘，我问你，当一个人在心中默念的时候，所谓心声，到底是何人之声。"

宁姚愣了愣，陷入沉思。很快就自然而然地闭目凝神，之后昏昏欲睡，最后她竟是猛然一点头，酣睡过去。

杨老头站起身，绕过宁姚，来到陈平安身前，用烟杆指着宁姚，对陈平安说道："瞧瞧人家，一个点拨，几句话的事情，就能一举破境，再看看你，屁本事还没有，就喜欢犟，你跟谁犟呢，老天爷打盹多少年了，乐意搭理你这么个家伙？"

杨老头回到原位坐着，望向屋外渐渐壮大的雨幕，急骤雨点敲在院落地面上，噼里啪啦作响。杨老头神色有些伤感："这么多年过去了，挑来选去，找了那么多人，不承想反倒是最不抱希望的一个，命最硬。"

一个干瘦干瘦的孩子，背着一大背篓的野菜，手里用狗尾草穿着七八条小鱼，走在巷弄里。孩子打开自家院门，刚走入院子，隔壁那边马上就有个身穿绸缎衣衫的小公子哥踩上凳子，再娴熟地爬上不高的院墙，蹲在那里，全然不顾会脏了昂贵衣衫，笑道："喂，姓陈的，又上山下水刨食啦？你靠山吃山、靠水吃水的本事，真不小，以后能带我一起耍耍不？我打赏给你铜钱哦？"

干瘦孩子笑了笑："不用给钱。"

满身富贵气的小公子撇嘴道："不要拉倒，我还不乐意去呢。"

孩子把那些小鱼从狗尾草上一条条摘下，大的有巴掌那么长，小的不过拇指长短。孩子踮起脚把鱼放在自家窗台上曝晒，晒干就能吃，不用撒盐，也不用开膛剖肚，挤掉内脏，并非孩子怕麻烦，因为若是那么做了，就剩不下几两肉了，反正不弄，吃起来也嘎嘣脆，很香。

院墙上那个小公子说完话后，其实有些后悔，事实上他一直都很羡慕身为同龄人的邻居，每次回家都不空手，野兔泥鳅啊，溪鱼野果子啊，看得他很心动，不是嘴馋，只是眼馋而已。但是要强的他并不愿意改口，加上看到隔壁姓陈的动作轻快、无忧无虑的模样，他便有些闷闷不乐。

你说你陈平安，每天穷得揭不开锅，睡着一间四面漏风的破房子，一年到头连一串糖葫芦也吃不着，你还乐呵个啥？墙头上名叫宋集薪的小公子哥，对此完全无法理解。

有一天，衣食无忧却只能生活在泥瓶巷的宋集薪回到家的时候，鼻青脸肿，满身泥土。

刚刚做了他贴身婢女的稚圭，问他怎么了，宋集薪死活不说，回到自己屋子后，关上门，躺在床上。他今天跟人吵架，甚至还打架了。有一些恶毒言语，到现在还萦绕耳畔，让他这个自尊心极强的孩子心如刀割，脸色时而哀伤，时而狰狞。

"你不就有点臭钱吗？得意个什么劲儿？你连陈平安也不如，人家虽然死了爹娘，可好歹知道自己爹娘是谁，你知道自己爹娘是谁吗？"姓宋的孩子，在床上翻来覆去，怎么也睡不着。

第二天，宋集薪没有像往常那样，蹲在墙头上跟邻居聊天，而是破天荒登门串户，走到了陈平安屋子里。他跟陈平安说了一句话后，没过多久，陈平安就离开了小镇，违背娘亲去世时他立下的誓言，小小年纪就去龙窑当起了学徒。

有一个身影，鬼鬼祟祟地站在铺子正堂后门那边，杨老头瞥见后，也没说什么，只是转过身，嫌弃碍眼。那个身影看到杨老头的动作后，格外受伤。更让他受伤的是一个自己应该称呼为嫂子的妇人。妇人一手撑伞，一手狠狠推开他的脑袋，大踏步走向后院正屋那边，看到杨老头后，立即就要扯开嗓门喊话。

杨老头叹了口气，赶紧起身走出屋子，关上门。站在台阶上，看着那个摆出兴师问罪架势的妇人，杨老头连抽旱烟的兴致都没了。

妇人停下脚步，单手叉腰骂道："干啥咧，你防贼呢?! 杨老头，你好歹是我家汉子的师傅，怎么尽做这些缺德事? 李二铺子伙计做得好好的，你凭啥让他卷铺盖滚蛋? 杨家铺子是你开的? 啊? 李二是睡了他师娘啊，还是睡了他师父的闺女啊?!"

被从街上堵回来的郑大风，缩着脖子，躲在后门那边，恨不得挖个洞把自己埋了。师父是什么性子，李二他媳妇又是什么德行，他怎么会不清楚，所以他觉得自己这次不死也得掉层皮。

杨老头面无表情："说完了? 说完了就回家叫春去，听说小镇最西边的猫叫声，一年到头就没断过，白天叫晚上也叫，好些人给吵得搬了家……"

妇人好像被说中伤心处，嗓音不由得往上高涨："老不死的东西，你还好意思说回家! 你徒弟没了营生活计，成天就知道瞎逛荡，前两天咱家屋顶塌了，连修修补补的钱也拿不出来，害得我只好带着金山银山回娘家去，受尽了欺负! 要不是李二给你赶出铺子，我们一家四口人会这么惨? 杨老头，赶紧掏出棺材本来，给咱家修房子，要不然我今天跟你没完!"

杨老头视线冷冷地望向躲躲藏藏的郑大风。

郑大风哭丧着脸道："师父，李二按照您老吩咐，去办那件事情了啊，一时半会肯定回不来。"

杨老头脸色阴沉，郑大风连下跪磕头的心都有了。

妇人丢了油纸伞，一屁股坐在雨地上，号啕大哭："老不死的东西，喜欢扒灰啊，连自己徒弟的媳妇也不放过啊。"

杨老头从屋檐下搬来一条小板凳，慢悠悠坐下，从腰间袋子里拈出烟丝，碾成一团放入烟斗当中，抽起了旱烟，仰头看着天空，根本不理睬妇人。

郑大风看着妇人在院子里撒泼打滚，下这么大雨，妇人又是好生养的丰满身段，衣衫又单薄，以至于杨家铺子好多伙计都赶来凑热闹，一个个偷着乐，大饱眼福。

妇人哭得撕心裂肺，只是骤然停歇，像是给人掐住了脖子，她揉了揉眼睛后，赶紧起身，拿起油纸伞就跑了。妇人一边跑一边喊道："有鬼啊！"

杨老头扯了扯嘴角，道："香台上的老鼠屎，神憎鬼厌。"

惹祸精妇人一走，没了春光乍泄的风景可看，杨家铺子的人群很快也就散了。

郑大风缩头缩脑跑到正屋檐下，蹲在远处，不敢离杨老头太近。同样是徒弟，他和李二在这个师父面前，待遇是云泥之别。郑大风也怨师父偏心，只不过有些事情，实在是不认命不行。

郑大风怯生生问道："师父，齐静春是铁了心要不按规矩来，到时候咱们何去何从？"

杨老头一言不发，抽着旱烟，一只黑猫不知何时从何处到来，蹲在他脚边不远处，抖了抖毛皮，溅起许多雨水。

郑大风忧心忡忡道："真武山那厮竟然请神下山，会不会有麻烦？毕竟现在有无数人盯着这边呢。"杨老头依然不说话。

习惯了自己师父的沉默寡言，郑大风也不觉得尴尬，胡思乱想着，又想起了齐静春，咒骂道："他娘的你齐静春当了五十九年的孙子，还差这几天工夫？读书人就是死脑筋，不可理喻！"

杨老头终于说话了："你不读书也是死脑筋。"

郑大风不以为耻，转头谄媚道："要不要给师父您老人家揉揉肩敲敲腿？"

杨老头淡然道："我没什么棺材本，你就死了这条心吧。"

郑大风赧颜道："师父你这话说的，伤人心了啊，我这个做徒弟的，本事不大，可是孝心足啊，哪里会惦记那些，我又不是李二他媳妇。"

杨老头嗯了一声，道："你比她还不如。"郑大风整张脸都黑了，耷拉着脑袋，霜打茄子似的，没有半点精气神。不过他猛然间满脸惊喜，才发现师父今天说的话，虽然还是不堪入耳，可好歹说了这么多，难得难得，等回到东边屋子那边，可以喝一壶酒庆祝庆祝了。

郑大风心情愉悦了几分，随口问道："师兄拦得住那家伙？"

这次不等杨老头拿话刺他，郑大风自己就扇了自己一耳光："师兄拦不住才有戏，要真拦下来，以后就真要喝西北风了。"

杨老头莫名其妙问道："郑大风，你知道自己为什么没大出息吗？"

郑大风愣在当场。心想师父这个问题大有玄机啊，自己必须小心应对，好好酝酿一番。

不承想杨老头已经自顾自给出了答案："人丑。"

郑大风双手抱住脑袋，望向院子里四溅的雨水，这么个老大不小的汉子，欲哭无泪。

衙署管事都不用怎么察言观色，就知道自己不适合继续待下去，随便找了个由头离开了屋子。

陈松风继续埋头查阅档案，只是相比陈对在场时的战战兢兢，总算恢复了几分世家子弟的潇洒气度，但他越是如此，一旁看在眼里的刘灞桥就越觉得气闷，一肚子憋屈想要吐，只是性子耿直是一回事，口无遮拦又是一回事，刘灞桥便想着也出去散散步，眼不见心不烦。

陈松风突然抬头笑道："灞桥，终于坐不住了？"

刘灞桥刚从椅子上抬起屁股，闻言后一屁股坐回去，气笑道："哟呵，还有心情调侃我，你小子胸襟气度可以啊。"

陈松风放下手中一本老旧籍书，苦涩道："让你看笑话了。刚才为我打抱不平，我并非不识好歹，只是……"

刘灞桥最受不了别人的苦情和煽情，赶紧摆手道："别别别，我就是瞧不上你家远房亲戚的欺软怕硬，我说她几句，纯粹是我自己管不住嘴，你陈松风不用感恩戴德。"

陈松风后背向后仰去，慢慢靠在椅背上，轻轻呼出一口气。这要是在龙尾郡陈氏家门，这个透着一股懒散的坐姿，一旦被长辈发现，无论嫡庶子，小孩子一律要挨板子，成年人则要挨训。豪阀世族的读书人，虽然往往被武人讥讽为道貌岸然、装腔作势，可规矩就是规矩，打从娘胎生下来，就走在既定的道路上，大大小小的士族子弟，无一例外，从小耳濡目染。当然，也有盛产清谈名士和荒诞狂士的南涧国，以言行不拘泥于礼仪著称于世。

刘灞桥问道："你和陈对到底什么关系，至于如此畏惧她？如果涉及家族机密，就当我没问。"

陈松风站起身，关上屋门，坐在原本管事的椅子上，轻声反问道："刘姓少年的买瓷人名分，几经波折，最后辗转到我龙尾郡陈氏手中，你就不好奇是为何？"

刘灞桥点点头。恐怕搬山猿打破脑袋也想不到，因为那部剑经闻风而动的竞争对手，竟然不是死敌风雷园，而是横空出世的龙尾郡陈氏。

陈松风面容疲惫，应该是一路行来长期郁结，多思者心必累，终于忍不住要找个人吐吐苦水了，加上他深信刘灞桥的人品性情，所以缓缓说道："虽说我们陈氏与你们风雷园关系更近，但陈氏子孙恪守祖训，不掺和山上山下的恩怨，已经坚守这么多年，难道一本对于陈氏子弟来说十分鸡肋的剑经，就能够让我们为此破例？陈氏是书香门第，不是修行世家，蹚这浑水，有何意义？"

刘灞桥顺着这个思路往下想了想："是那个陈对的家族，想要将这部剑经收入囊中？难不成她家是哪个不出世的剑修豪族？"

陈松风摇头道："并非如此。先前你也听薛管事提及，小镇陈氏分两支，陈对就属于最早迁出去的那一支，走得很彻底，干脆连东宝瓶洲也不待了，直接去了别洲，经过一代代的繁衍生息，开枝散叶，陈对所在家族，如今已经被誉为'世间坊楼之集大成者'。当然，这些消息，在东宝瓶洲从未流传，我们龙尾郡陈氏也只是因为与他们有丁点儿渊源，才得以知晓内幕。"

刘灞桥嗤笑道："是那娘们吹牛不打草稿，还是欺负我刘灞桥没学问？她家能有功德坊？"

陈松风伸出两根手指。

刘灞桥白眼道："听清楚了，我说的是功德坊，不是功名坊！"

陈松风没有收起手指。

刘灞桥有些吃瘪，继续不服气地问道："那学宫书院坊，她家能有？！"

刘灞桥所谓的学宫书院坊，自然是儒家正统的三学宫七十二书院，绝非世俗王朝的普通书院。偌大一座东宝瓶洲，不过山崖、观湖两座书院。

陈松风缓缓收起一根手指，还剩下一根。

刘灞桥佯装要起身，双手撑在椅子把手上，故作惊慌道："我赶紧给那位姑奶奶道歉去，我了个乖乖，就这种蛮横不讲理的身世，别说让你陈松风翻几本书，就是让你做牛做马也没半点问题嘛。"陈松风笑而不语。

这大概就是刘灞桥的独有魅力，能够把原本一件憋屈窝囊的糗事，说得让当事人完全不生气。

刘灞桥扭了扭屁股，双臂环胸，好整以暇道："好了，知道那位姑奶奶的吓人来历了，你接着说正题。"

陈松风笑道："其实答案薛管事也说了。"

刘灞桥灵光一现："刘姓少年的祖上，是陈对那一支陈氏留在小镇的守墓人？"

陈松风点头道："孺子可教。"

刘灞桥咦了一声："不对啊，刘姓少年家祖传的剑经，不是出自正阳山那个叛徒吗？当然了，也算是我们风雷园的祖师之一，但不论如何，时间对不上，怎么能够成为陈对家族的守墓人？"

陈松风解释道："我可以确定，刘家最早正是陈对家族的守墓人，至于后来躲去你们风雷园的那位剑修，最后又为何来到小镇，成为刘家人，还传下剑经，估计有一些隐晦的内幕吧。所以最后传家宝成了两样东西，剑经加上瘊子甲。至于陈对，她其实志不在宝物，只是来祭祖罢了。除此之外，如果刘家人还有后人，无论资质如何，她都会带回家族倾力栽培，算是回报当年刘家老祖的守墓之功。"

刘灞桥一脸匪夷所思："那么大一个家族，就让一个年纪轻轻的女子来祭祖？然后搞得差点被那个大骊藩王一拳打死？陈松风，我读书不少的，虽然多是一些床上神仙打架的脂粉书，可确实由此领悟到了好多人情世故，所以我觉得那娘们肯定是个冒牌货！"

陈松风摇头苦笑道："那你是没有看到我祖父见到她后，是何等……客气。"

为尊者讳，所以陈松风实在说不出口真相，只能以"客气"二字含糊形容。

家族为陈对大开中门，家主对她一揖到底，举族上下将她奉为上宾，接风宴上让她来坐主位。这一切对陈松风的冲击之大，可想而知。

刘灞桥疑惑道："那刘姓少年，不是差点被那只老猿一拳打死吗？"

陈松风叹了口气："你自己都说了，是差一点。"

陈松风起身来到窗口，窗外暂时斜风细雨，只是看天色，像是要下一场滂沱大雨。

陈松风轻声道："那位阮师，好像与陈对的一个长辈是旧识，曾经一起行走天下，属于莫逆之交。"

刘灞桥试探性问道："你是说阮邛能够接替齐静春，坐镇此地，陈对家族是出了力的？"

陈松风淡然道："我可什么都没有说。"

刘灞桥啧啧称奇。

难怪陈对面对宋长镜，也能如此硬气。远在天边的家族威势，近在眼前的圣人庇护，她能不嚣张吗？

刘灞桥突然问道："说说本命瓷和买瓷人的事情吧，我一直挺感兴趣的，只可惜咱们风雷园不兴这一套，直到这次被师父强行拉来当壮丁，才粗略听说了一些。好像现如今咱们东宝瓶洲，有几个声名赫赫的山顶人物，最早也是从这个小镇走出去的？"

陈松风略作犹豫，还是选择知无不言言无不尽，泄露天机道："有些类似俗世的赌石。每年小镇有三十余婴儿诞生，三十座龙窑窑口按照交椅座位，依次选择某个孩子作为自家龙窑的'瓷器'。打个比方，今年小镇生下三十二个孩子，那么排名最前面的两座龙窑，就能有两个瓷器，如果明年只有二十九个新生儿，就意味着排名垫底的龙窑，只能一整年没收成了。

"所以小镇土生土长的人，都有自己的本命瓷。如今在本洲风头无两的曹曦、谢实二人，一个有望成为天君的道教真君，一个杀力无穷的野修剑仙，也不例外。虽然小镇这个鱼塘相比外边，已算是极其容易出蛟龙，但是化龙的代价巨大。这些'瓷器'，在成功跻身中五境后，生前不登上五境，是注定没有来生的，魂飞魄散，生生世世，万事皆休，恐怕连道祖佛祖也奈何不得。而在这期间，就会被买瓷人抓住致命把柄，生死操控于他人之手，任你是曹曦、谢实这般人物，一样如此。

"话说回来，等到成为曹曦、谢实这样的通天人物，买瓷之人自会恨不得把他们当祖宗供奉起来，哪里敢以瓷器主人自居。毕竟是互利互惠的事情，任何一个家族，能够拥有曹曦、谢实这样的战力，睡觉都能踏实。理由很简单，平时小事，兴许请不动他们的大驾，但是面临家族存亡之际，他们肯定要来助一臂之力。不愿为我的家族作战，可以，那我就打碎你的本命瓷，大伙儿一起玉石俱焚便是。"

刘灞桥听得叹为观止，难怪大骊王朝在短短两三百年间迅猛崛起，已经形成了吞并一洲北部疆土的恢宏气势。刘灞桥听得入神，干脆盘腿坐在椅子上，用手心摩擦着下巴，问道："我知道小镇女孩六岁、男孩九岁是一个大门槛，与我们修行是一个道理，在那个时候就能够知晓未来修行成就的高低了。如果说在那个时候，买瓷人来小镇带走大道可期的孩子，那么那些不成器的'瓷器'呢？那些赌输了的小镇孩子，他们不值钱的本命瓷，各大龙窑又该如何处置？"

陈松风轻声道："会被拿出龙窑，当场敲碎丢弃，小镇外有一座瓷山，就来源于此。"

刘灞桥心中隐隐不快，问道："那些孩子的下场如何？"

陈松风摇头道："不曾听说过，估计不会好到哪里去。"

刘灞桥叹了口气，抬手狠狠揉了揉脸颊。这一桩由各方圣人亲自敲定规矩的秘事，绝不是他小小风雷园剑修能够指手画脚的。可他就是觉得有些不痛快。

长久沉默后，刘灞桥轻声道："如此说来，从这里走出去的家伙，人人都是过河卒。"

陈松风跟着说道："修行路上谁不是？"

刘灞桥心有戚戚然，点头道："也是。"

屋门吱呀一声轻轻打开，脸色微白的陈平安蹑手蹑脚跨过门槛，转身轻轻关上木门。他也学着杨老头搬来一条小板凳，坐在台阶上，雨点大如黄豆，天色昏暗如深夜，只是不知为何，这么大一场暴雨，落入屋檐下的雨点反而不多，杨老头坐了很久，衣衫上也不过是有些许水汽而已。陈平安十指交错，安静地望向院子里积水而成的小水塘。

杨老头抽着旱烟，大团大团的烟雾弥漫四周，只是檐下烟雾与檐外雨幕，井水不犯河水。好像天地间存在着一条看不见的线。

杨老头不讨厌陈平安的最大一个原因，就是他不管什么时候，都不会胡乱嚷嚷，不会吵到自己。能不说话烦人，就绝不开口。陈平安这一点，跟徒弟李二很像。郑大风就差太远了。

陈平安轻声道："杨爷爷，这么多年，谢谢你。"

杨老头皱眉道："谢我？如果没有记错，我可从来没有白白帮过你，哪次缺了报酬？"陈平安笑了笑。

就像杨老头当年答应陈平安上山给杨家铺子采药，然后低价购买的同时，药铺里许多草药也低价卖给陈平安。看似公平，其实陈平安心知肚明，这就是最实实在在的帮忙。还有，一支自制的竹烟杆子，值得了几个钱？但是陈平安能够这么多年坚持下来，一年到头无病无灾，很大程度上，靠的都是杨老头当年传授的那套呼吸法子。

杨老头抬起头，望向天空，讥笑道："别人施舍一点小恩小惠，就恨不得把他当作救苦救难的菩萨，尤其是大人物从牙缝里抠出一点渣滓，就格外感恩戴德，甚至自己都能被自己的赤子之心感动，觉得自己这是知恩图报，所以是醇儒忠臣、是某某某的得意门生，美其名曰士为知己者死，一群忘本的混账王八蛋，当初就不该让他们从娘胎里爬出来……"

陈平安挠挠头，有些忐忑，不知道杨老头是不是在说自己。

杨老头收回视线，漠然道："不是说你。"

陈平安突然看到一个熟悉的身影，于是有些发愣。正堂后门有回廊屋檐，一个双鬓霜白的中年儒士撑伞而至，一手持伞，一手拎着长凳，穿过侧门后，将长凳放在廊中，坐下后把油纸伞斜靠在凳子旁，然后双手拍了拍膝盖，端正坐姿，最后笑望向后院正屋檐下的杨老头和陈平安，温声道："山崖书院齐静春，拜见杨老先生。"

齐静春脚上的靴子已被雨水浸透，沾染淤泥，袍子下摆也是如此。

杨老头意态闲适，用烟杆指向那位此方圣人："你来的第一天，我就知道是个不得志的，不过这么多年处下来，没听到你半句牢骚，也是怪事。你齐静春可不像是唾面自干的人物。所以这次你失心疯，估计外边有些蒙，我倒是半点也不奇怪。"

齐静春伸手拍了拍肚子，微笑道："牢骚有啊，满肚子都是，只是没说出口而已。"

杨老头想了想："你的本事我不清楚，不过你家先生，就凭他敢说出那四个字，在我眼中就能算这个。"杨老头伸出大拇指。

齐静春苦笑道："先生其实学问更大。"

杨老头讥笑道："我又不是读书人，你先生学问就算已经大过了至圣先师，我也不会说他半句好。"

齐静春正色问道："杨老先生，你是觉得我们先生那四个字，才是对的？"

杨老头哈哈笑道："我没觉得对，只是之前世间所有衣冠之辈，皆信奉之前四字，看得我心烦，所以有人出来唱反调，我便觉得解气，仅此而已。你们读书人自己打擂台，打得斯文扫地，满地鸡毛，我高兴得很！"

齐静春失声而笑。

齐静春刚要说话，已经会意的杨老头摆手道："客套话莫要说，我不爱听，咱们就不是一路人，一代代都是如此，别坏了规矩。再说了，你齐静春如今就是过街老鼠人人喊打，我可不敢跟你攀上交情。"

齐静春点点头，起身跟陈平安招手道："实在是闲来无事，便用你送去的蛇胆石，又刻了两方私章，一隶书一小篆，送给你。"

陈平安冒雨跑过水塘似的院子，站在齐静春身前，接过一只白布袋子。

齐静春微笑道："记得收好。以后看到了心仪字画，例如一些觉得气象不俗的山河形势图，可以拿出印章往上一盖。"

陈平安迷迷糊糊点头道："好的。"

杨老头瞥了眼陈平安手中的袋子，问道："那个'春'字呢？"

齐静春笑道："早先刻了一方印章，送给了赵家一个孩子。"

杨老头笑道："你齐静春是散财童子啊？"

齐静春对于杨老头的调侃，不以为意，告辞离去。

看到陈平安像一根木头似的杵在原地，杨老头气笑道："白拿人家东西，就想着蹦蹦跳跳回家钻被子里偷着乐呵？不知道送一送齐先生？"

陈平安赶紧跑向正堂后门，杨老头笑骂道："带上伞！你现在这身子骨，经得起这风吹雨打？"

陈平安跟店铺伙计借了一把伞，跟上齐先生，一起走在大街上。

杨老头始终坐在檐下抽着旱烟，烟雾缭绕。想起那两方私印，虽然犹在袋中，可是杨老头察觉得到其中端倪，所以才有"春"字一问。方寸之间，大为壮观。

没过多久，陈平安就回到了院子，杨老头问道："最后说了啥？"

陈平安叹了口气，坐回小板凳上："齐先生说了一句话，说'君子可欺以其方'。"

杨老头闷闷道："立在文庙里的那帮老头子，脑子坏了吧，明摆着有人在针对山崖书院和齐静春，还一直袖手旁观，真当自己是泥塑木雕的死东西啦？"

陈平安没听清楚，问道："杨爷爷，你说什么？"

杨老头默不作声。

好一个不做圣贤做君子。

宁姚悠悠然醒来，之前她睡得无比香甜酣畅，睁眼后发现自己坐在凳子上，有些茫然，发呆片刻后，起身推开屋门，看到门外廊中坐着一老一小，两只闷葫芦，也不说话。听到宁姚的脚步声后，陈平安扭头笑道："醒了啊，看你睡得沉，之前就没喊你。"

宁姚点点头，对此并不上心，询问道："杨老前辈？"

杨老头没好气道："咋的，还怕陈平安在你睡着的时候揩油啊。放心，我帮你盯着呢，他小子只有贼心没贼胆。"

陈平安赶紧解释道："宁姑娘，你别听杨爷爷瞎说，我保证贼心也没有！"

宁姚双手做了一个气沉丹田的姿势，告诉自己："大人有大量。"

杨老头斜瞥一眼陈平安，幸灾乐祸地乐呵呵道："七窍通了六窍，一窍不通啊。"

雨已经很小，杨老头直截了当道："回头把那袋子供养钱拿过来，然后这小丫头片子，还有你接下来的用药，就算一起付清。"

宁姚皱眉道："杨家铺子什么药材，这么贵？！"

杨老头淡然道："人快饿死的时候，我手里的馒头，能值多少钱？"

宁姚沉声道："你这是趁火打劫！"

杨老头抽旱烟很凶，以至于整个上半身都笼罩在淡淡的烟雾当中。"云海"中传出老人沙哑冷漠的嗓音："漫天要价坐地还钱，那是低劣商贾的勾当，我做不来。我这边的规矩，说一不二，只有一口价，你们爱买不买、爱卖不卖。"

宁姚还要说话，却发现陈平安在扯自己的袖子，偷偷使眼色，最终她还是咽下了那口恶气。

这座小洞天出产的那些药材草药，品质的确上佳，可这座享誉东宝瓶洲的骊珠小洞天，从来不以天材地宝出名，而是因为那些"瓷器"和机缘宝物名动天下，所以就算杨家铺子的药材堆积成山，也值不了几枚金精铜钱。

杨老头摇了摇烟杆："雨也停了，你们俩别在我这儿眉来眼去，也不害臊。"

陈平安拉着宁姚的手臂走下台阶，穿过铺子正堂来到大街上。陈平安笑问道："是不是想不通？没事，杨爷爷就这样，不爱跟你讲人情，做什么事情都很……公道，对，就是很公道。"

宁姚冷笑道："公道？人人心中有杆秤，他凭什么就觉得自己公道了？就凭年纪大啊？"

陈平安摇头道："我没觉得花出去一袋子铜钱，是当冤大头啊。"

宁姚瞥了眼陈平安："这句话，你要是在外边混过十年，还能够拍胸脯重复一遍，就算你赢！"

陈平安笑道："那就到时候再说。"

宁姚叹了口气，真是拿他没辙："接下来去哪儿？"

陈平安想了想："去铺子那边看看刘羡阳咋样了，顺便把你的那把刀从地底下拔出来。"

宁姚雷厉风行道："那就带路。"之后突然问道："你身体没事了？"

陈平安咧咧嘴："大问题没有，但是除了练拳之外，接下来每天跟你一样，得煎药吃。杨爷爷说如果效果不好，可能还得再花钱。"

宁姚疑惑道："你真信啊？"

陈平安笑着摇头，好像根本就懒得跟她计较这类问题。

走出小镇后陈平安便卷起袖管，摘下了那柄压裙刀，还给了宁姚。宁姚藏好压裙刀，又去取回那柄被搬山猿踏入地下的狭刀，至于那把送出去的剑鞘，被陈平安暂且寄放在她这边，她将其悬挂腰间，于是那柄飞剑就有了栖身之处。

当陈平安和宁姚走到廊桥南端时，看到一个梳着马尾辫的青衣少女坐在台阶顶，双手托起腮帮凝视远方，留给两人一个背影。

杨家铺子后院，独自一人的杨老头收起烟杆，挥了挥手，把身边那些烟雾驱散后，说道："放心，事成之后，答应会给你一个河婆的不朽之身，至于将来能否真正成就神位真身，提拔为一方江水正神，得看你自己的造化。"

杨老头最后拿烟杆轻轻一磕地面，抬头望向小镇老槐方向，啧啧道："树倒猢狲散喽。"

三辆马车依次驶向泥瓶巷。

大骊藩王宋长镜实在想不明白，自己这个侄子，为何偏偏要跟一个陋巷少年较劲，竟然连心结都有了。

宋长镜笑道："反正你和陈平安之间的这笔糊涂账，本王既然已经插手一次，就不会再搅和了，你自行解决。"

最后宋长镜提醒道："你和正阳山可以有私交，但是不要牵扯太深。"

宋集薪乐了："私交？是说那个小闺女吗？哈哈，好玩而已，谈不上什么交情。"

宋长镜笑道："只是好玩而已，就随手送出去一个养剑葫？"

宋集薪悻悻然不再说话。

马车进不去小巷，宋长镜也不愿下车，宋集薪便独自下了车，发现下雨了。目前仍是春雨淅沥，细雨朦胧，但是有越下越大的趋势。他快步跑入泥瓶巷，来到自家院子，推门而入后，看到稚圭坐在正屋门槛上发着呆。

宋集薪笑着喊道："走，公子带你去大骊京城长见识去！"

稚圭回过神："啊？这么快就走？"

宋集薪点头道："反正东西早就收拾好了，我屋子里两只大箱子，加上你那只小箱子，咱们家能搬走的想搬走的，都没落下啥了，早走晚走没两样。"

稚圭把下巴搁在膝盖上，伤感道："对啊，这里是咱们家啊。"

宋集薪叹了口气，陪她一起坐在门槛上，伸手抹去额头的雨水，柔声道："怎么，舍不得走？如果真舍不得，那咱们就晚些再走。没事，我去跟那边打招呼。"

稚圭突然笑了，伸出小拳头使劲摇了摇："不用！走就走，谁怕谁！"

宋集薪提醒道："那条四脚蛇别忘了。"

稚圭顿时大怒，气呼呼道："那个挨千刀的蠢货，昨天就偷偷溜进我箱子底下趴着了，害我找了大半天，好不容易才给我找到。箱子底下好几只胭脂盒都脏死了！真是罪无可赦，死罪难逃！"

宋集薪开始有些担心那条四脚蛇的下场，试探性问道："那蠢货该不会被你……宰掉了吧？"

稚圭摇摇头："没呢，暂且留它一条小命，到了京城再跟它秋后算账。对了，公子，到了京城那边，咱们多养几只老母鸡，好不好？至少要五只！"

宋集薪奇怪道："鸡蛋够吃了啊，为什么还要买？你不总嫌弃咱家那只老母鸡太吵吗？"

稚圭一本正经道："到时候我在每只老母鸡脚上系一根绳，然后分别系在那只蠢货的四条腿和脑袋上。只要一不开心，我就可以去驱赶老母鸡啊。不然那条四脚蛇蠢归蠢，跑得可不慢，以前每次都累死个人，只会更加生气……"

听着自家婢女的碎碎念，宋集薪满脑子都是那幅行刑的画面，自言自语道："岂不是五马分尸……哦，不对，是五鸡分尸。"宋集薪捧腹大笑。

稚圭习惯了自家公子天马行空的思维方式，见怪不怪，只是问道："公子，箱子那么重，我们两个怎么搬啊？而且还有些好东西，该扔的也没扔。"

宋集薪站起身，打了个响指："出来吧，我知道你们躲在附近，劳烦你们把箱子搬到马车上去。"

四周并无回应。

宋集薪沉默许久，脸色阴沉道："滚出来！信不信我去让叔叔亲自来搬?!"

片刻之后，数道隐蔽身影从泥瓶巷对面屋顶落入小巷，或是从院门外的小巷当中悄然出现。总计五名黑衣死士，在首领推门之后，鱼贯而入。

为首一人犹豫了一下，抱拳闷声道："之前职责所在，不敢擅自现身，还望殿下恕罪。"

宋集薪面无表情道："忙你们的。"

那人始终低着头："属下斗胆恳请殿下，帮忙在王爷那边解释一二。"

宋集薪不耐烦道："这点鸡毛蒜皮的小事，我叔叔会跟你们计较?!"

五人身形纹丝不动，站在院子里淋着小雨，死也不肯挪动脚步。

宋集薪妥协道："好吧，我会帮你们说明情况。"那五人这才进入屋子，三个黑衣人轻而易举地分别扛起箱子，首尾两人空手护驾，缓步走入泥瓶巷后，皆是飞奔而走。

宋集薪若有所思。稚圭撑起一把油纸伞，递给宋集薪一把稍大的，锁上正屋门、灶房门和院门后，主仆二人撑着伞站在院门口，宋集薪望着红底黑字的春联和彩绘的文门神，轻声道："不知道下次我们回来，还能不能瞧见这对联。"

稚圭说道："走了就走了，还回来做甚?"

宋集薪自嘲道："也对，混好了，回来都找不着人炫耀；混不好，看笑话的人又不少。"

雨下不停，小巷逐渐泥泞起来，稚圭实在不愿意多待，催促道："走啦走啦。"

宋集薪点点头，两人一前一后走向泥瓶巷巷口。稚圭走在前边，脚步匆匆。宋集薪走在她身后，脚步缓慢。当经过一户人家院门所对的小巷院墙时，手持雨伞的宋集薪停下脚步，转头望去。他看着并无半点出奇之处的黄泥墙壁，怔怔出神。

前边稚圭转头一看，忍不住埋怨道："公子，再不走快点，雨就要下大啦！"

伞下的宋集薪看不清表情，抬起手臂做了一个动作后，应了一声稚圭的召唤，终于开始加快前行。

泥瓶巷外街道上的车厢内，大骊藩王宋长镜正在闭目养神。

督造官衙署每日都会建立一份秘档，秘档由九名大骊最顶尖的死士谍子负责观察记录，上边所写，全部是"督造官宋大人私生子"的日常琐碎。今日与婢女去逛了什么街，花了多少钱买了什么吃食货物，清晨朗诵的文章内容是哪本圣贤书籍，何时第一次偷偷喝酒，与谁一起去小镇外放纸鸢捉蟋蟀，因为何事与何人在何地起了争执，等等，事无巨细，全部记录在案。然后每三个月一次寄往大骊京城，被送到那座皇宫的御书房桌上，最后汇聚一起编订成册，被那个最喜欢舞文弄墨的兄长，亲自命名为"小起居录"。从《小起居录一》，到如今的《小起居录十五》，一个十五岁的陋巷少年，十五年的点点滴滴，被人写成了十五本书。

宋长镜来小镇之前，翻阅过那些全是无聊小事的书册，但是他敏锐地发现其中一本中间少了一页，显然是被人撕掉了。这应该意味着在宋集薪十二岁那年夏秋之际，发生过一场巨大变故。

宋长镜来到小镇之前，以为是一场起始于大骊京城的血腥刺杀，牵涉了某些连兄长也只能哑巴吃黄连的人物。但是宋长镜后来意识到，恐怕那一页记载的故事，对少年宋集薪来说，绝对不是什么愉快的回忆，而且必然与泥瓶巷陈平安有关。

宋长镜开始梳理思绪，这位难得忙里偷闲的大骊头号藩王，仔细回想两个少年被记录在册的对话细节，以及当时的场景画面。

宋长镜睁开眼睛，掀起车窗帘子，先看到了那名撑伞婢女的纤细身影，然后是侄子宋集薪，主仆二人走向第二辆马车，三只箱子则都已经搬到了最后一辆马车上。

宋长镜轻声道："动身。"马车缓缓行驶起来。

还没走几步，马车骤然而停，没过多久，宋集薪气急败坏地冲进车厢，满脸愤怒道："你什么意思?!"

宋长镜问道："你是说你那辆马车上的尸体?"

宋集薪脸色铁青，死死盯住宋长镜。

宋长镜神色平淡："知道尸体的身份吗？大骊谍报机构有七个，本王掌控其中三个，主要是用以渗透各国朝堂、刺探重要军情和收买敌国文臣武将。国师绣虎掌握三个，主要是针对王朝内部的朝野舆情和江湖动态，尤其是需要盯着京城的风吹草动。最后一个专门负责对付山上修士，直辖于……某人。这座小镇共有九名大骊谍子，分别来自这七个地方，为的就是保证你的安危，绝对不能出现半点差错。"

宋集薪沉声道："你到底想要说什么？"

宋长镜笑道："这里头的弯弯曲曲，那人到底忠诚于谁，一大堆乌烟瘴气的真相，要本王给你讲清楚，估计很难，反正此人是死有余辜。不过你需要记住一点，现如今外人把你当作大骊殿下，视为了不得的天潢贵胄，他们面子上对你敬畏也好，诌媚也罢，你可以全盘接下，但是别忘记他们为何如此。"

宋集薪冷笑道："哦？为何？"

宋长镜微笑道："你以为当真是你有多重要？一切不过是因为本王待在你

身边罢了。怕你记不住这件事情，所以借此机会，让你长点心眼。跟死人待在一起，很不好受，但总好过下一次需要本王待在你的尸体旁边。"

宋集薪满脸涨红。

宋长镜瞥了眼宋集薪，语气冷漠道："下车。"

宋集薪瞬间咽回了已到嘴边的话语，沉默转过身，咬牙切齿地恨恨离去。

宋长镜等到宋集薪下车后，一笑置之："就这么点道行，以后到了京城，还不得被那些掉了牙的老虎、狐狸们立马盯上，恨不得从你身上撕下几块肉？"

这位藩王一想到要去京城，其实也很头疼。

车厢内，反倒是那个死人最占地盘。

宋集薪很不适应，倒是婢女稚圭脸色如常。

宋集薪随口问道："对了，稚圭，你带上咱们家的旧钥匙没？"

稚圭疑惑道："没啊，随手放在我屋子里了，我又不想回去。咋了，公子你问这个做什么？再说了，公子你不是也有一串家门钥匙吗？"

宋集薪哦了一声，笑道："我也丢屋里了。"

三辆马车驶过老槐树，驶出小镇，最后颠簸在泥泞不堪的道路上，一路往东。

经过小镇东边那道栅栏门的时候，在自家泥屋躲雨的看门人郑大风，双手笼袖蹲在门口，看着三辆马车，这个老光棍打了个哈欠。

约莫半个时辰后，宋长镜沉声道："停车！"

宋长镜走下马车，后边马车上的宋集薪和稚圭都掀起车帘，两颗脑袋挤在一起，好奇地望向宋长镜这边。宋长镜摆摆手，宋集薪拉着稚圭赶紧缩了回去。

宋长镜往前行去，不远处，有一个其貌不扬的中年敦厚汉子拦在道路中央，那双草鞋和两腿裤管上全是泥浆。

宋长镜一边向前走一边开口笑道："真是没有想到，小镇还藏着你这么一号人物。看来我们大骊的谍子，真是不吃饭光吃屎啊。"

这位藩王原本纤尘不染的雪白长袍，亦是沾满淤泥，靴子自然更是难以幸免。

宋长镜最后在距离那汉子十步外停步："既然没有一见面就开打，那就不妨说说看，你到底是要怎样？"

连自家屋顶都被搬山猿踩破的小镇汉子李二，此时面对这位大骊藩王，哪里还有半点蹲在地上生闷气的窝囊样子，沉声道："宋长镜，只要打过之后，你还能活下来，自然会知道答案！"

宋长镜皱了皱眉头，李二会意道："让马车先行通过便是。"

宋长镜笑着点头，没有转身，始终盯住李二，高声喊道："马车先行，只管往前。"

李二走到道路旁边，让那三辆马车畅通无阻地过去。宋长镜一直等到马车彻底消失于视野，这才望向耐心等候的李二。此人境界比自己只高不低，不过两人差距有限。宋长镜毫无惧意，相反战意昂扬，热血沸腾，扯了扯领口。眼前此人，虽然名不见经传，但绝对是一块砥砺武道的最佳磨刀石。宋长镜的直觉告诉自己，今天是死是活，明天是九是十，全在此一举！

之前在小街上，雨水渐歇，宁姚转头看着气息平稳、神态从容的陈平安，虽然她内心不喜欢杨老头，但不得不承认那个老人，是真正的世外高人。

"杨老头不是一个简单的人。"宁姚停顿片刻，转头望向那座不起眼的杨家铺子。天街小雨润如酥，雨后的药铺，轮廓柔和，水汽朦胧，宁姚自顾自做了一些细微修改："杨老头，很不简单。"

陈平安没有听到两者之间的差别，只是嗯了一声，笑道："以前只是觉得杨爷爷人很好，很公道，现在才知道原来杨爷爷深藏不露。宁姑娘，他应该也算是修行中人吧？"

宁姚说了一句陈平安听不懂的言语："有些像，但其实不一样，不过对你来说，没啥区别。"

现在到了廊桥南端，大难不死的陈平安，再看那个青衣少女，心境也大不一样。

青衣少女听到脚步声后，笑容腼腆地站起身，看到并肩而立的陈平安和宁姚，扎了一根马尾辫的少女略显局促不安。陈平安不敢再把眼前这个名叫阮秀的姑娘，当成普普通通的少女看待，当然，阮秀让他印象最深的形象，依然是"坐吃山空"四个字。

阮秀看了眼一脸冷漠、英气逼人的宁姚，没敢打招呼。宁姚瞥了眼身材娇小玲珑却好生养的清秀少女，不太愿意打招呼。

三人一起走下廊桥台阶，陈平安轻声道："我听齐先生说，刘羡阳没事了。"

阮秀使劲点头道："醒过来了醒过来了，杨家铺子的掌柜看了之后，说是阎王爷开恩，放了刘羡阳一马，他才捡回这条性命。老掌柜还说只要醒得过来，就算彻底没大事了。我怕你着急，就想着第一时间跟你说，可我爹不让我走过廊桥……"阮秀絮絮叨叨，像一只叽叽喳喳的枝头黄雀，说到最后，有些歉意。

阮秀其实有些事情没有说出口，刘羡阳醒过来后，她第一时间就冲出了门。她光顾着要告诉陈平安消息，压根就忘了她爹不许她进入小镇的叮嘱。只是她刚要从北端台阶跑下廊桥，就被她那个神出鬼没的爹拎住耳朵扯回去了。她好说歹说，才让父亲答应她坐在南端台阶等人。

这并非情窦初开，或是什么儿女情长，而是油然而生的善心。当然，前提是陈平安这个家伙，没有让她觉得讨厌，相反还有一些好感，或者说是对陈平安的认同。这一切，是陈平安自身积攒下来的福报，点点滴滴。两人青牛背初见，陈平安愿意为别人下水摸鱼，事后左手伤口疼得抽冷气，也没觉得后悔；之后刘羡阳遭遇变故，陈平安又愿意挺身而出，担当起应该担当的事情……

这一切，是少年陈平安长久以来的坚持，只恰好被阮秀撞见了而已。其实陈平安错过的，更多。比如鱼篓里的那尾金色鲤鱼，那条送给顾璨的泥鳅，还有那条四脚蛇，那些在陈平安眼前飘落的槐叶，等等。所有这些错过的福缘机缘，绝不会因为陈平安是个惜福之人，就被他抓在手里。

陈平安和宁姚、阮秀三人走下廊桥，少年少女都没有意识到，一颗颗高低不同的水珠，悄然落入溪水。那些水珠，或是原本缀在廊桥檐下，或是聚在廊桥栏杆上，或是来自廊桥过道外缘的坑洼里，不一而同。最后它们都落入小溪，融入溪水。与此同时，杨家铺子积水众多、小水塘一般的后院，涟漪阵阵，重新恢复了浑浊泥泞的面貌，就像世间所有的后院。水面之上，立着一个浑身烟气弥漫的模糊身影，依稀可见，是一个面容不清的驼背老妪。

杨老头对此见怪不怪，又抽起了旱烟，问道："你看出了什么？"

那道身影如一株水草，不由自主地"随水"摇曳，沙哑开口道："那小丫头片子，好歹是咱们这儿下一位圣人的独女，身份何等尊贵，为何偏偏钟情于陋巷少年？"

杨老头嗤笑道："就这？"

水上老妪战战兢兢，再不敢开口。

杨老头缓缓说道："你如今既然已经走到这一步，有些规矩就该跟你说清楚，免得以后身死道消，也不晓得怎么回事，还觉得自个儿委屈。"杨老头似乎在酝酿天机，没有急着开口。

雨停之后，院中积水渐渐下潜，老妪身影便越发模糊，可怜兮兮道："大仙，我只想多看孙子儿眼。"被打断思绪的杨老头有些不耐烦："你如何想，是你的事情，我懒得管这些。"说到这里，杨老头眼神有些恍惚，自言自语道：

"算你运气好，若是落入三教之手，你有没有来生都两说，哪来现在的光景。佛家有降伏心猿意马的说法，起念和发愿两事，至关重要。儒家好一些，管得那没那么宽泛，只是苦口婆心谆谆教导，告诫徒子徒孙们，一定要讲求慎独，意思就是说别口是心非。道家呢，又把'如何想'的重要性拔高了，不惜视心魔为修行大敌，比佛家还严苛，因此许多人一走岔路，就有了许多所谓的旁门外道。因为道家追求清净，重视扪心自问，一旦被道教祖师爷留下的那些个问题把自己给问住了，就会心乱如麻……"

抽着旱烟的杨老头如云海滔滔里的隐龙，那老妪听得更是如坠云雾。她毕竟是此地土生土长的人物，又没有读过书，自然听不懂这些玄之又玄的学问道理，只能硬着头皮死记硬背。

杨老头突然笑道："你倒是不用记这些，因为我们不管这个。"

老妪呆住。

杨老头重复一遍："我们不管你们怎么想，只看你们怎么做。"

老妪忐忑道："大仙，我记住了。"

杨老头扯了扯嘴角，说道："既然身为河婆，就要负责所有河中事务，既是为自己积攒阴德，也要为自己赢得一方水土的百姓香火。你若是能够让人为你建立祠庙，塑造金身，使得一缕分身立于其中，那就是你的本事。在这之后，就要争取让朝廷容纳你，跻身一国之内山岳江河的正统谱牒，得一个官方认可的身份，做不到的话，至少也要被载入地方县志。要是供奉你的祠庙，最后被当作一座淫祠，给官府奉命铲除，金身推倒，那你的日子就不好过了，比孤魂野鬼还难受。"

老妪壮起胆子问道："大仙，如你先前所说，咱们这儿一律禁绝，那我这小小河婆，除了沾光续命，又能做什么？大仙你所说的祠庙香火、山河谱牒什么的，还有那地方县志……"

杨老头说道："这是以前，以后就不好说了。将来这里，会从一座小洞天，降格成为一块没了门槛的小福地，谁都能来此，再也不用缴纳那三袋子铜钱。这也是大骊皇帝为何如此不择手段的根源所在，有些事情早六十年做，还是晚六十年再做，结果会截然不同。"

老妪一咬牙，问道："大仙，你之所以愿意庇护我，是不是因为我那孙子？"杨老头点了点头，并未隐瞒初衷。

老妪又问："既然如此，大仙为何任由那真武山兵家，带走我家马苦玄？为何不自己来栽培？"

原来这个化身为河婆的老妪，便是被人一巴掌打死的杏花巷马婆婆。

杨老头轻轻一磕烟杆，马婆婆魂魄凝聚而成的水上身影，顿时扭曲不定，哀号不止。这份毫无征兆的疼痛，就像一个凡夫俗子，突然遭受到摧心裂骨搅肺腑的苦痛，马婆婆如何能够承受？

杨老头淡然道："虽然在我眼中，没有好坏之分，没有正邪之别，不以此来称量阴德，可这并不意味着我就喜欢你的所作所为。以前不好与你计较什么，但是以后我就算让你灰飞烟灭，也只是一念之间的事，所以别得寸进尺。"

马婆婆跪倒在地，求饶道："大仙，我不敢了不敢了！"

真武山剑修耗费巨大代价，请下的那尊殷姓真神，面对少年马苦玄的无礼质问，当时连那位兵家剑修也感到心悸，生怕惹来雷霆震怒，为何到最后，殷姓真神却是一本正经地回复马苦玄？甚至是以人间话语回答"非不为，实不能也"七个字？这全然不是人神之间该有的问答。只不过这一点异样，恐怕连那位地位已算超然的剑修也不明就里，只当作是那尊真神自有不为人知的规矩和考量，但是小院里的杨老头心知肚明。马苦玄，才是天命所归，丝毫不比婢女稚圭逊色半点。

王朱，王朱。合在一起即"珠"字。一条真龙，何物最珍贵？珠！

她为何选择依附大骊皇子宋集薪？世间帝王一贯喜好以真龙自居，一人气运能够与王朝国祚挂钩，显而易见，两人算是强强联手，相辅相成。但是话说回来，修行一事，大道漫长，气运、天赋、根骨、机缘、性情，缺一不可，可最后修行路上，既有一步先步步先，也有厚积薄发大器晚成，所以并无绝对。小镇这一辈，除了马苦玄和稚圭，其实宋集薪、赵繇、顾璨、阮秀、刘羡阳，还有那些个各有机缘命数的孩子，可谓皆是天之骄子。哪怕是深不见底的杨老头，也不敢说谁的成就一定会高过谁。

杨老头瞥了眼院中积水，说道："去吧，你暂时只需要盯着廊桥那边的动静。"

马婆婆惶恐道："大仙，廊桥那边，尤其是那口深潭，连我也无法靠近，每次只要过去些许，就像在油锅里炸似的……"

杨老头笑了笑："不用靠近，只要眼睛盯住那座廊桥即可。比如说日后有什么东西从廊桥底下飞出，你看准它的去向即可。"

马婆婆连忙领命离去。院中积水之上，瞬间没了马婆婆如烟似雾的缥缈身影。

"师父！师父！"杨家铺子正堂后门那边，郑大风大笑着喊着，急急忙忙来报喜。

一前一后两人来到后院，前边的郑大风脚下生风："师兄回了，天大的好消息！"

杨老头望向郑大风身后的敦厚汉子李二，后者点了点头。但是李二欲言又止，满肚子疑问，只是木讷口拙，不知从何问起。到最后，他只是闷声闷气道："师父，为何收马苦玄为徒弟，而不是那少年？我不喜欢姓马的小子。"

杨老头瞪眼道："所以你就擅自主张抓起那条金色鲤鱼，卖给陈平安?!"

比起在老人面前束手束脚的郑大风，李二要有骨气得多，坐在先前陈平安坐的板凳上："咋了？我乐意。师父你不也挺喜欢那孩子的吗？"

如果陈平安在场，一定会感到震惊，因为当初街上遇到的卖鱼中年人，正是李二。

杨老头气得笑道:"结果呢?那只鱼篓和那条金鲤,送到陈平安手上了?嗯?!"

李二闷闷不乐,不吭声。

郑大风在一旁煽风点火:"师兄啊,不是我说你,白瞎了你那只龙王篓啊。给谁不好,偏偏给了大骊的死对头,大隋的那位小皇子。小心以后宋长镜跟你秋后算账。再说了,肥水不流外人田,留给我侄子侄女也好嘛。怎么,师兄你觉得宝贝烫手啊,实在不行,送给我也成啊。"

杨老头视线冷冷抛来,郑大风噤若寒蝉,再也不敢多说半个字,举起双手,老老实实坐在台阶上。

杨老头说道:"带着苻南华,一起去老龙城。"

郑大风满脸惊讶,转头望去,只看到杨老头那张面无表情的沧桑脸庞。

这个为小镇看门的光棍汉子,缓缓收回视线后,拍了拍膝盖,苦笑着起身,没有说一个字,走下台阶,走向铺子后门。

背后传来杨老头威严的嗓音:"记住,死也不许泄露根脚!"

郑大风苦笑更甚,点了点头,没有转身,加快了步子。走到正堂后门走廊后,这个汉子转过身,跪下磕了三个响头,沉声道:"师父保重身体。"从头到尾,杨老头一言不发。郑大风黯然离开了杨家铺子。

坐在板凳上的汉子李二,有些替同门师弟郑大风打抱不平:"师父,你对师弟也太……"

杨老头笑道:"不近人情?"

李二点头:"师弟虽然成天没个正行,可是对师父你是打心眼里的好。说实话,这一点我比不上他。"

杨老头对此不置可否:"反正是无根浮萍,连路边野草也比不过,死在哪里不是死。"

李二叹了口气道:"师弟这次离开小镇,肯定走得心里不舒坦。"

"一般而言，想要一脉相承，薪火相传，需要有三名弟子。一个是'能大用'，能够光大师门，师父死后，挑得起大梁，镇得住场子，既是面子也是里子。一个是能'续香火'，看上去什么本事都不如前者，可是胜在有韧性，天塌下来，就算那个有用的弟子死了，可偏偏是这个人，能保证师门香火不断。鼎盛时分，作用不明显，一到门庭不振的危险时刻，就很重要了。最后一个，必须'有意思'，天赋好，根骨好，什么都好，很有意思，甚至不必对师父和宗门如何感恩，做师父的，不会跟这么一个弟子事事讲规矩，俗话说教会徒弟饿死师父，最后这个徒弟，就是如此。"

李二好奇问道："我，师弟，还有马苦玄，咱仨分别是哪个？"

杨老头笑道："这么多年过去了，谁说我只有你们三个徒弟的？"

李二愣了愣，笑容有些尴尬："我忘了这茬。"

杨老头笑问道："那宋长镜如何？"

李二认真思考片刻，结果只蹦出两个字："不错。"

杨老头抽着旱烟，吞云吐雾，啧啧称奇道："那就是很厉害了。"

李二说道："宋长镜答应……"不等徒弟说完，杨老头一跺脚，天地寂静。

李二笑道："师父，咱们这些年做事情，可算不上隐蔽，还用在乎这些？"

杨老头缓缓道："连做做样子也不愿意，你是要造反啊？"

李二反问道："有两样？"

杨老头抬头看了眼天空，视线透过三层天地，默不作声。

李二心情沉重，问道："师父，我家两个崽儿，真要去那山崖书院？"

杨老头道："既然齐静春愿意拿此作为交换，为何不去？这等好事，说是百年不遇，一点也不夸张。"

李二问道："为何齐静春不一口气送给陈平安？"

杨老头笑道："你以为那就是帮陈平安？嫌弃那孩子死得不够快还差不多。你信不信当时如果你成功送出去龙王篓和金鲤鱼，不出三天，陈平安必然暴毙在小镇某处？"

李二疑惑道："陈平安在六岁之前，就被他爹打碎了本命瓷，于是没了约束，虽说使得这孩子留不住什么大机缘，可这既是坏事，同时也是好事啊。他就像暗室里的一盏灯火，便有了那么多飞蛾扑火的事情发生。在这期间，那可怜孩子捞到手一样东西，不是挺正常的事情吗？"

杨老头解释道："只要是在小镇上，陈平安就不会有什么好运气，机缘太大，那孩子拿不起，留不住，就是两手空空的贫贱命。他能活下来，已经相当不容易了。换成那些个所谓的天之骄子，哪个不死上七八回。"

李二咧嘴笑道："所以这也是师父你愿意帮他一把的原因嘛。师父你能给的，刚好是陈平安唯一能够接得住的。"

杨老头犹豫了一下，吐出一口浓重烟雾："那你知不知道，你试图送给陈平安那份机缘，差点就害死了他。大隋皇子和宦官，宁姚，刑徒刺客，那古怪道人……陈平安差点就死在这条线上。"李二皱了皱眉头。

杨老头换了一个话题："以往负责坐镇此方天地的圣人，往往上任第一件事，就是查看那四件老祖宗留下的压胜之物；第二件事就是来我这边，打声招呼。但哪怕是这些个圣人，其中绝大多数人，也是知其然，不知其所以然。还有两种人，不会来我这边。第一种情况，多是早期岁月，那会儿东宝瓶洲佛家势力昌盛，秃驴和尚还很多，这拨人是不敢来，怕沾因果。另一种情况，就是齐静春这样的，上边根本就是故意不告诉他真相，巴不得齐静春与我起了冲突，大打出手。齐静春今天之所以来，是他自己琢磨出了余味，或是……"杨老头脸色凝重："这种情况可能性太小，后果也太大，无法想象，我希望不是，也……应该不是。"

小天地之中，又别有洞天。

齐静春坐镇一方，杨老头则像是藩镇割据，且没有半点寄人篱下的迹象。

杨老头感慨道："齐静春那位先生之前的一位儒家圣人，说'圣人竭尽目力，以规矩准绳，以为方圆平直'，意思是什么呢，简单说来就是你们这些老百姓啊，要感恩至圣先师的大恩大德，是他老人家花了老大气力，穷尽目力，才订立下这些规矩框架，以供后人在其中行走，不遭灾厄横祸，下辈子才有继续投胎做人的机会。"

李二挠头道："师父你跟我说这些做啥，我也整不明白，郑大风才能跟你聊。"

杨老头笑道："你李二要是能聊，我反而就不开这个口了。一个说，一个听，一个问，一个答，刚刚好。"

杨老头站起身，举目远眺："如果有一天，那孩子能够活着走出小镇，在外边闯荡个几十年后，一定会惊讶，原来当初那个家乡小镇，是如此之大。"

师父站起身了，李二也只好跟着起身，他虽然不会溜须拍马，可规矩还是懂的。

杨老头说道："你也别留在这里了，带上你家那个泼妇，去一个地方。在东宝瓶洲，你这辈子都没希望破境。宋长镜是个小心眼，以后被他压着境界，你不嫌恶心，我这个当师父的还觉得恶心人呢。对了，儿子女儿，你要是真舍不得，可以带走一个，大不了就少分走一点齐静春的馈赠。"

李二问道："师父，要是我媳妇非要两个娃儿一起带走，我咋办？"

杨老头怒道："你家到底谁做主？！"

李二一脸天经地义道："她啊！"

杨老头深吸一口气，挥手赶人："滚滚滚，一家四口都滚，爱咋咋的！"

李二走下台阶，突然转头问道："那师父你？"

杨老头坐回板凳，伸手去摸口袋里的旱烟丝，发现已经空无一物，收回手后，脸色平静道："还能如何，等死而已。"

李二走到那边檐下，没来由转头笑道："我觉得马苦玄带不走那样东西。"

杨老头神色灰暗，自嘲道："他要是带不走，那就真是谁也带不走了。"

小镇四姓十族突然得到消息，三天之内，所有外乡人必须全部撤出小镇，骊珠洞天暂时只许出，不许进。虽然怨气冲天，但是到最后竟然没有一人质疑此事。东行队伍当中，李家老祖不惜亲自出面，暗中护送那位正阳山小祖宗陶紫离去。

第二天，小镇西边极远处，传来一阵阵轰隆隆声响，如地牛翻身，惊天动地。原来是那只正阳山搬山猿，真真正正拔起了一座巨大山峰。

现出千丈真身的老猿，正要将其扛在背上，肩头猛然一倾斜，似有重物压在上面。老猿抬起头，眯眼望去，肩头山巅之上，有"一粒"渺小身影。是齐静春。

老猿大笑道："齐静春！莫要如此小气，误了大事！"

齐静春沉声道："将这座披云山放回去。"

老猿肩头向上挑起，怒喝一声，猖狂道："不放又如何？！"

下一刻，搬山猿突然双手离开那座山峰底部，一个侧滚，巨大身形压得附近树木倒塌无数。再下一刻，千丈巨猿被人一脚踩得陷入地面。那人才是真正的顶天立地，搬山猿与之相比，仿佛成了别人脚底的蝼蚁。又一脚，将试图挣扎起身的老猿踩得再度深陷地下。再一脚，千丈老猿瘫软在大坑之中，浑身是血，奄奄一息。

那人躬着身，像是脑袋顶住了天穹，俯视着那只搬山猿，讥笑道："要是六十年前的我，出去之后第一件事情，就是一脚踏平正阳山！"

陈平安摇身一变，成了铁匠铺的临时学徒，按照阮师傅的说法，需要有人顶替刘羡阳的活计，挖井、盖房、凿渠，都需要人手，他没有白白养活那位刘大爷的道理。于是陈平安就成了铺子里最忙碌的人，只要是力气活，他还真不输给任何青壮汉子。劳作间隙，陈平安就去那栋屋子看望刘羡阳，从鬼门关转悠了一圈的刘羡阳，不知道是死里逃生后犹然心有余悸，还是被搬山猿那一拳伤到了元气精神，变得有些沉默寡言，病恹恹的，经常躺在床上望着屋顶愣愣出神。除了陈平安能跟他聊上几句之外，刘羡阳几乎没有跟谁说过话，陈平安对此也束手无策。好在刘羡阳虽受伤极重，但是胸膛伤口的痊愈速度，竟然比陈平安的左手还要快上许多。

宁姚仍然住在泥瓶巷的宅子里，那个被她称呼为阮师的男人，出人意料地答应为她铸剑，更意外的是阮师还说此次铸剑，运气好的话，半年就能出炉，运气不好的话，等上十年也未必成功。宁姚对此倒是心宽得很，笑着说自己运气一向不坏，等上半年便是。

宁姚虽然每天住在陈平安的祖宅，但是药罐子什么的，都搬来了铺子这边，省得陈平安来回跑。陈平安则住在刘羡阳家，主要还是怕宅子遭贼。陈平安之前大半夜又去溪里摸石头，结果到最后却是颗粒无收，就是青牛背那边的深坑也摸不上蛇胆石。用宁姚的说法就是蛇胆石这玩意儿，跟人差不多，得有精气神，没有，就是寻常富贵门庭的清供雅玩，也就只能当作一方砚台，可有了精气神，就跟人穿上了龙袍差不多，两者差距，一个天一个地。这让陈平安每次走在溪边都要忍不住唉声叹气。

宁姚给陈平安带了一串老旧钥匙回来，说是有人丢在院子里的，然后她试了试，果然是隔壁宋集薪家的钥匙，从院门到屋门到房门，全都能开。陈平安猜不出宋集薪想做什么，照理说就他那种大手大脚的作风，应该不会想到让自己去帮忙打扫屋子，毕竟以宋集薪的脾气，估计屋子塌了，也不愿意让外人进入他的地盘。陈平安比任何人都要了解宋集薪。宋集薪是一个很大方的人，不光是给他自己，哪怕是给婢女稚圭花钱，兜里有十枚铜钱也敢全部砸出去。同时宋集薪也是一个很小气的人，只要是他希望独占的东西，一丝一毫他也不愿意施舍。简而言之，就是宋集薪想要给谁什么，一掷千金，也是毛毛雨，但是别人主动跟他求什么，他板上钉钉不会乐意。心情好，愿意对谁都锦上添花，但是不管心情好与不好，宋集薪都不会雪中送炭。

或者是稚圭故意丢到他家的钥匙？陈平安觉得可能性不大。

在这期间，当陈平安听到宁姚说她拿钥匙开门的时候，有些目瞪口呆，欲言又止。于是宁姚眯起眼眸，她那双狭长双眉，格外气势逼人。她就这么死死盯着陈平安。当时阮秀在不远处愣愣看着这一幕，偷偷吃着让陈平安帮忙从小镇买来的碎嘴吃食。最后宁姚率先转身离去。那天宁姚没让陈平安煎药，捧着陶罐去了铁匠铺子后边的空地，自己忙活了半天，给烟熏成一张大花脸不说，还煮出了一大罐子黑炭。扎马尾辫的阮秀远远经过，一边走一边嗑着瓜子，津津有味。宁姚蹲在地上，恶狠狠盯着那罐子药材，觉得这比练剑练刀难多了。她满脸愤愤不平，世间竟有我宁姚也做不好的事情？看来世上就不该有煎药这么一回事！

陈平安默默走到她身边，帮她重新煎药，动作娴熟。宁姚嘴唇微动，但是没有阻拦，只是趁陈平安不注意的时候抹了把脸。

陈平安蹲在药罐旁，仔细盯着火候，双手叠放在膝盖上，下巴又搁在手臂上。

宁姚冷哼一声："想笑就笑！"

陈平安没有笑话她，依然盯着轻轻摇曳的青色火苗，小声说道："不是认为宁姑娘你会做什么坏事，只不过钥匙终究是别人的，不管为什么会落在咱们院子，都不好拿去开门。哪怕宋集薪和稚圭这辈子也不回小镇，隔壁终究还是他家的院子，我们都是外人。"

宁姚撇撇嘴："滥好人，死脑筋，穷讲究，叨叨叨！"

陈平安和宁姚几乎同时转头，看到一个年轻男子，身材修长，气质清雅，一看就是外乡读书人。

陈平安发现此人看自己的眼神，很古怪，既不像正阳山搬山猿、老龙城苻南华，那么自恃高人一等，也不像陆道长和宁姑娘这样。那个年轻男人的视线，十分复杂矛盾，似乎有怜悯、欣赏，又夹杂着一丝嫌弃。最终年轻人选择沉默离去。

宁姚皱眉道："一看就是冲着你来的，怎么回事？"

陈平安也纳闷，摇头道："不明白。"

被那个莫名其妙的外乡人打岔后，少年少女之间，那点甚至谈不上是什么隔阂芥蒂的赌气，很快就烟消云散了。只是那个年轻男人很快就去而复还，身边还有一个双腿极长的年轻女子，不知为何还有阮秀。

阮秀开口解释道："他们说不来小镇方言，就让我来帮忙。陈平安，这个姐姐就是救了刘羡阳的人，跟你一样姓陈，但不是我们东宝瓶洲人氏。陈姐姐身边这人，是龙尾郡陈氏的嫡长孙，姓陈名松风。听陈姐姐说，陈松风好像跟你这一支陈氏，算是好几百年前的远房亲戚吧，至于陈姐姐，跟你们哪怕往上推一两千年，也没啥关系。这次陈姐姐是来祭祖的，但是小镇这边，从督造官衙署，到福禄街、桃叶巷那些个大家族，已经没谁知道她们家的祖坟到底在哪里了，刘羡阳就说到了你，说你如今是小镇最熟悉四周山水的人，找你准没错。陈姐姐说如果你能帮上忙，她可以支付报酬，一袋子金精铜钱，我觉得你可以答应……"说到这里的时候，阮秀偷偷摸摸并拢双指，在腰侧晃了晃，除此之外，口型也是"两袋"。阮秀明摆着是要提醒陈平安，尽管狮子大开口，否则过了这村儿就没这店儿。

陈平安仔细思考后，笑道："我想到一个地方，有可能是她想要找的地方。至于报酬就算了，就是走几步路的事情。"阮秀有些着急。

宁姚已经向前踏出一步，用东宝瓶洲正统雅言说道："让陈平安带你去找坟头祭祖没问题，但是你得拿出两袋金精铜钱，没得商量！他这会儿受伤很重，不宜长途跋涉，你也清楚，如今齐先生让人速速离开小镇，陈平安不过是一介凡夫俗子，却必须要加快脚步赶路，一袋钱，不够。"陈对和陈松风其实第一眼看到宁姚，俱是眼前一亮，见之忘俗。如荒芜稻田之中，见到一株芝兰，亭亭玉立。

陈对正大光明打量着宁姚，一袭绿袍，悬刀佩剑，赏心悦目。陈对的沉闷心情也有些变好，微笑道："只要找得到我家祖坟，就两袋钱。但是丑话说前头，万一找不到的话，我一袋子也不会给你们，如何？"

宁姚沉声道："一言为定！"

从始至终，仿佛没有陈平安任何事情。

宁姚盯着陈平安，那双眼眸充满了"你不要跟我叨叨叨，要不然我真会砍人啊"的意味。陈平安忍住笑意，认真想了想，跟阮秀说道："麻烦你跟他们说一声，我要先帮宁姑娘煎好药，差不多还需要两刻钟，然后我去跟刘羡阳聊聊，最后就是还要阮姑娘帮我跟阮师傅说一声，今天我手头落下的事情，明天肯定补上。"

听说没办法立即动身后，陈对有些神情不悦，她看着这个不识好歹的草鞋少年，脸色阴晴不定。陈平安没有迟疑退缩，宁姚更是双手环胸，笑意冷漠。

陈对忍着心中不快，默念一句"大局为重"，对阮秀笑道："秀秀，跟他说，我们在廊桥那边等他，最多等半个时辰，如果到时候见不到人影，让这家伙后果自负。"

阮秀不咸不淡地嗯了一声。陈对和陈松风双双离去。

阮秀笑道："我去跟我爹说一声。"

陈平安给宁姚煎完药后，去找刘羡阳。药味浓重的屋子里，躺在床上的刘羡阳听到脚步声后，转头看来，脸色依旧谈不上红润，只是比起之前的惨白，已经要好上许多。

刘羡阳挤出一个笑脸，沙哑道："叫陈对的女人找过你了？"

陈平安点头道："我等下就要带他们进山。"

刘羡阳想了想道："我会跟她一起离开，去一个据说比咱们东宝瓶洲还要大的地方。"

其实之前陈对就找过刘羡阳一次，但是在那之后，刘羡阳兴致并不高，更没有要跟陈平安聊她到底说了什么的意思。

刘羡阳扯了扯嘴角："其实我连东宝瓶洲是个啥也不晓得。"

陈平安弯腰帮刘羡阳理了理被褥，笑道："你以为我知道啊？"

刘羡阳翻了个白眼，问道："你知道我最担心什么吗？"

陈平安摇摇头。刘羡阳转头重新望着屋顶："在这里，好歹你能搀扶我下床，之后咬咬牙自己也能解决，出了小镇后，一路上拉屎撒尿怎么办？难道要我跟他们说：'喂，你们谁谁谁，来给我搭把手？'"

陈平安坐在凳子上，只能挠头。

刘羡阳突然笑了："只是又一想，连死都死过了，还怕这个？"

陈平安说道："日子终归是越来越好的，放心吧。姚老头不是说过嘛，大难不死必有后福。"

一说到姚老头，刘羡阳就有些感伤："姚老头这辈子就没说过几句好话，丧气话，晦气话，骂人的话，倒是一箩筐一箩筐的。"

宁姚站在门外，也不说话。

陈平安又一次帮刘羡阳盖好被子，起身道："我去带他们进山了，你好好休息。"

刘羡阳点点头："记得小心点。"

陈平安轻轻走出屋子，宁姚跟他并肩而行，陈平安好奇问道："你也要上山？"

宁姚皱眉道："我信不过那两个姓陈的。"

陈平安点头道："也对，小心总归没错。"

两人快步行走在溪边，宁姚说道："小镇那边的外人，走得七七八八了。"

春雷震动，蛰虫惊而出走。

两拨人在廊桥南端碰头。除了宁姚和赶来凑热闹的风雷园剑修刘灞桥，其余三人，是别洲陈对、本洲龙尾郡陈松风和小镇泥瓶巷陈平安。

风雷园年轻剑修刘灞桥一看到少年少女，立即神采飞扬，对宁姚说的第一句话就是："小姑娘，你年纪再大一些，肯定不比我家苏仙子差。"这恐怕是刘灞桥对世间女子的最高评价了。

宁姚当然脸色不太好看，只是不等她说什么，会说小镇方言的刘灞桥就已经转头，对陈平安伸出一根大拇指，这个风雷园的天才剑修，眼神清澈道："只是一副凡人之躯，就敢叫板正阳山搬山猿，关键还活下来了，简直就是一个奇迹！"刘灞桥实在好奇，眼前这个看着细胳膊细腿的草鞋少年，是如何蕴养出如此惊人的爆发力的？

刘灞桥收起大拇指，不去和走在前边的陈对、陈松风并肩而行，反而走在陈平安一侧，扭头笑道："虽说那正阳山就是个小山包，躲着一些名不副实的缩头乌龟，可那只搬山猿凶名赫赫，是一拳一拳打出来的名号，尤其是正阳山开山老祖死后，在正阳山开出第三峰前的头个两百年里，几乎都是靠着这只老猿护着，正阳山才没被周边势力吞并。当然了，那会儿的正阳山，到底还只是个不成气候的小门小户，需要面对的敌人，不算太强，要是那会儿就惹上咱们风雷园，嘿，没悬念，只需要老祖一声令下，赏我一块御剑牌，我就可以一个人跑到正阳山的上空，轻轻丢下咱们那座雷池剑阵，下过这场剑雨之后，正阳山就算玩完了。"刘灞桥做了一个往地上随手丢掷物品的手势。

宁姚毫不留情面地直接拆穿："正阳山没你说的那么不堪，风雷园也没你说的那么强大。"

刘灞桥没有任何尴尬神色，以迅雷不及掩耳之势转换话题，对陈平安神秘兮兮道："听说这座廊桥的前身，是一座石拱桥，石拱桥底下挂着一柄生锈的老剑条，以防龙走水？一般而言，这种瞧着不起眼的老玩意儿，肯定不是俗物，说不得就是惊天地泣鬼神的灵宝神物。"

刘灞桥在木板廊道上使劲跺了跺脚，道："可是我刚才趴在地上，用手敲了半天，也没能发现端倪，难道此物与我无缘？照理来说不可能啊，如我这般不世出的剑道天才，那老剑条若真是神兵利器，不说自己跑到我跟前来认主，好歹应该有所感应共鸣吧？难道老剑条其实不过尔尔，当真只是个岁月久一点的老物件而已？唉，可惜了可惜了。"

旁边的陈平安有些呆滞，这家伙一点都不像是在开玩笑，很一本正经，虽然绝对跟"有理有据"八竿子打不着，可你又不能说他纯粹在胡说八道。

刘灞桥也不管陈平安烦不烦，自顾自说起了小镇那边的趣闻逸事，说那谁谁谁得了一份让人眼红的机缘，竟然把铁锁井的整条铁链子拽出了深井；还有某某逛了几天也没找着机缘，结果最后在一条破败小巷，就那么随意抬头一看，发现大门顶上的墙壁上镶嵌着一面青铜小镜，那人抱着死马当活马医的心态，爬梯子上去一看，乖乖，竟是照妖镜里的老祖宗，云雷连弧纹，篆刻有八个小字，'日月之光，天下大明'，那兄弟高兴得站在梯子上就号啕大哭起来；还有海潮铁骑出身的一位千金小姐，因祸得福，认识了观湖书院的崔公子，两人一见如故……

过了廊桥之后，陈对、陈松风自然而然放慢脚步，让陈平安在前头带路。一行人沿着那条无名小溪往上游走。陈平安背着一只竹片泛黄的大背篓，陈松风则背着一只色泽依旧碧绿可爱的竹编书箱。刘灞桥很好奇陈平安背篓里到底装了什么，非要一探究竟，就让陈平安放慢脚步，他一边跟着一边在背篓里翻来翻去，发现乱七八糟的东西还真不少。三顶叠放在一起的斗笠；两把壶，一把水壶，一把装油；大小两把柴刀；两块打火石和一捆火折子。背篓底部，还有一排被对半剖开后合拢的竹筒，有七八截，一个装有鱼钩鱼线的小布袋。

刘灞桥问道："陈平安，那一截截竹筒是做啥的？"

陈平安给出答案："竹筒总共有八个，其中六个，每截竹筒里放了四个白米饭团，还有两个，装了一些不容易坏的腌菜。"

刘灞桥满脸得意，走路的步伐都有些飘，大声道："腌菜啊，我吃过的！"

陈平安奇怪地瞥了他一眼，心想吃过腌菜有这么了不起吗？除非你能不喝水不就饭，一口气吃完一竹筒腌菜，那才了不起。

刘灞桥突然好奇道："这趟进山，咱们撑死了就三顿饭，需要两大竹筒腌菜吗？腌菜这东西，我小小一筷子，就能下半碗饭！"

陈平安正想着选择哪条山路最快，随口道："我和宁姑娘吃一个竹筒的腌菜，你和你的两个朋友一起。"

刘灞桥愣了愣，低声笑道："别这么见外啊，我跟你们吃一个竹筒。"

宁姚斩钉截铁道："不行！你跟你朋友吃去。"

刘灞桥愤懑道："凭啥？！"

宁姚抬了抬下巴，示意答案在陈平安那边，意思是我都不屑跟你刘灞桥多说话。刘灞桥转移视线，眼神有些幽怨，幽怨里又透着股期待。陈平安笑着摇了摇头。

刘灞桥无奈叹息："重色轻友，我能理解。"

宁姚讥讽道："这么快就成朋友了，那你的朋友没有几万，也有几千吧？"

刘灞桥瞪眼道："怎么可能！"

宁姚一挑眉头，替他加了三个字："怎么可能这么少？"

刘灞桥啧啧道："宁姑娘你这性子，就不如我家苏仙子了。"

宁姚皱眉道："是正阳山的苏稼？"

刘灞桥越发得意："对！苏稼，禾之秀实为稼，那位圣人所谓'好稼者众矣'的稼！怎么样，我家苏仙子，是不是名字也动人心魄？"

宁姚问了一个陈平安绝对听不懂的问题："你如果真的这么喜欢苏稼，那你有没有想过，一旦她也喜欢你，怎么办？"刘灞桥顿时吃瘪，嗫嗫嚅嚅，最后心虚地自言自语："她怎么可能喜欢我呢。"

陈平安觉得刘灞桥这个人，不坏。

陈对和陈松风跟前面三人拉开十数步距离。看到刘灞桥跟陈平安聊得那么投缘，陈松风有些羡慕，刘灞桥仿佛天生就擅长与人打交道，三教九流百家，帝王将相贩夫走卒，根本就没有他不能聊天的对象。

陈松风小声问道："那妇人听到风声后，就立即拜访衙署，主动提出要归还那具甲胄，作为清风城许氏的赔罪，你为何不收？"

相比进入小镇之前，陈对如今明显要和气许多，搁在以前陈松风问这种问题，她只当耳旁风，现在她耐着性子解释道："如果清风城早就知道真相，刘姓少年祖上是我颍阴陈氏留在小镇的守墓人，那么他们胆敢如此行事，理所当然要付出代价，而且远远不是归还甲胄这么简单。但是既然他们事先并不知晓内幕，大道机缘本就宝贵珍稀，人人可争，我颍阴陈氏还不至于如此霸道。"

陈松风笑道："说不定清风城也有算计正阳山一把的念头，如果不是那老猿冲在前头，被妇人扯来当了回虎皮大旗，估计清风城还真就拿不走宝甲。"

陈对恢复本来面貌，冷笑道："蝇营狗苟，只会随波逐流，从来不在乎真正的大势是什么。"

陈松风放低声音，看似漫不经心，说道："兴许是有心无力吧，与其做些徒劳无功的大事，不如捞些蝇头小利。"陈对转头瞥了眼这个龙尾郡陈氏子弟，对于陈松风的"无心之语"，她不置可否。

马上要进山了，陈平安停下脚步，陈对几乎同时就开口说道："刘灞桥，告诉他，只管带路，越快越好。"

因为陈平安与搬山猿的小镇屋顶一役，刘灞桥远远观战了大半场，回去之后就跟陈松风大肆宣扬了一番，当时陈对也在场，所以她知道不可以将陈平安视为普通的市井少年。因此到最后，陈松风沦为拖后腿的那个人。这个豪阀俊彦，虽然也喜欢登高作赋、探幽寻奇，但是比起其他四人，实在相形见绌。陈对是武道高手；刘灞桥是天底下所有练气士当中，极为重视淬炼体魄的剑修；那对少年少女，更是能够戏耍一只肉身强横至极的搬山猿的人。山路难行，尤其是春雨过后，泥泞地滑，加上时不时就需要跨越溪涧石崖，陈松风口干舌燥，汗如雨下。再往后，哪怕刘灞桥帮陈松风背起书箱，陈松风依然气喘如牛，脸色发白。陈平安其间问过陈对一次，要不要放慢脚步，陈对的答复是摇头。

一行人需要在溪涧当中涉水而上的时候，陈松风踩在一块长有青苔的石头上，一个脚步打滑，整个人摔入溪水当中，成了落汤鸡，狼狈至极。陈对停下脚步转身望去，虽然没有说话，但是脸色阴沉。刘灞桥赶忙回身去搀扶陈松风起身。

陈松风歉然道："我没事，不用管我，肯定能跟上。"

陈平安干脆摘下背篓，放在石崖凹陷处，说道："休息一刻钟好了。"

宁姚当然无所谓，蹲在陈平安附近，百无聊赖的她双手手心分别抵住刀柄剑柄，轻轻下压，刀鞘剑鞘尾端随之轻轻敲击青色石崖，一声一声，如同与溪水声唱和一般。

陈对沉声道："继续赶路！"

陈平安摇头道："进山不要一口气用掉所有力气，缓一下再继续，等到他逐渐适应后，是可以跟上我们的。他不是体力不济，只是气息乱了。"

于翻山越岭涉水一事，陈平安确实是行家里的行家。不承想陈对根本不听陈平安的解释，直接对陈松风说道："你回小镇便是。"

陈松风满脸苦涩，看着不容置疑的陈对，转过头对刘灞桥说道："那接下来就劳烦你背书箱了。"

刘灞桥大怒，拿下书箱摔向陈对："老子还不伺候了！"

陈对脸色平淡，接过书箱后自己背起来，对陈平安说道："走。"

陈平安想了想，从背篓里拿出两截竹筒，轻轻抛给刘灞桥："回去路上饿了，可以填肚子。"

陈松风轻声劝说刘灞桥，后者拿着竹筒，冷笑道："才不受这窝囊气，跟你一起打道回府，到了衙署那边，要一桌子好酒好菜，大鱼大肉！不比这舒服？"

陈对转身继续前行。陈平安背起背篓后，有些不放心，看着刘灞桥问道："知道回去的路吗？"

刘灞桥笑了笑："记得的。"

陈平安点点头，和宁姚一起离去。

前方三人身影渐行渐远，陈松风干脆一屁股坐在石头上，苦笑道："你这是何苦来哉？跟颍阴陈氏结下一些香火情，对你对风雷园，怎么都不是坏事，为何要意气用事？"

刘灞桥打开一截竹筒，露出雪白的饭团，兴高采烈道："还是陈平安厚道，不愧是我的好兄弟。"

陈松风知道刘灞桥的脾气，不再劝说什么。

陈松风自嘲道："百无一用是书生啊。"

刘灞桥嘀嘀咕咕道："早知道应该让陈平安留下一竹筒腌菜的。"

他抓起一只饭团大啃起来，含糊不清问道："你说得也不对，小镇齐先生，当然还有齐先生的先生，就很厉害。"

陈松风眼神恍惚："你说齐先生到底想做什么？"

刘灞桥随口答道："天晓得。"

陈松风伸手抖了抖湿透的外衫，唏嘘道："好一个'天晓得'。"

溪畔铺子，刘羡阳又睡去了。阮邛坐在床头，眼神凝重。刘羡阳每一次呼吸，都绵长悠远，这也就罢了，关键是每次吐出的气息，似山间雾气，又似湖上水烟，白蒙蒙的。它们并不随风流散，而是一点点凝聚在口鼻之间。最终刘羡阳脸庞之上，如盘踞着一条三寸长短的白蛟。

以梦境为剑炉，一气呵成神仙剑。

阮邛揉了揉下巴，赞叹道："原来走的是破而后立的极端路子，窍穴破尽，关隘无阻，虽然这副身躯彻底坏朽，可这剑，到底是成了。既能铸剑，也可练剑，难怪这部剑经如此抢手。睡也修行，梦也修行，大道可期。"

阮邛站起身，自嘲道："早知道就不该答应把你借给颍阴陈氏二十年了。"

三辆马车，沿着仿佛没有尽头的山路一直向上，总算登顶了。

宋集薪和稚圭走下马车，面面相觑，山顶是一块地面平整的大平台，中央地带竖立起两个石柱，但是石柱之间如水流转，看不清"水面"之后的景象，少年少女面前就像矗立着一道天门。稚圭死死盯住那道大门。宋集薪则转身走到山顶边缘，举目远眺，大好河山，只觉得心旷神怡。

大骊藩王宋长镜裹了一件狐裘，脸色苍白，但是精神极好，来到宋集薪身边，笑道："这座位于东宝瓶洲的骊珠洞天，是三十六小洞天之一，不以占地广袤见长，版图不过方圆千里而已。"

宋长镜没有转头，只是抬手指了指身后那道大门："过了那道门，再沿着云梯一直向下，约莫三十里路后，就算踩在了我大骊的疆土之上。那时候你可能回头也看不清楚什么，但是可以明白一件事情，那就是这座骊珠洞天，其实是高悬于天空的……"宋长镜略作停顿，"一颗珠子。"

宋集薪站在山顶，视野开阔，这么多年待在泥瓶巷，看来望去皆是泥墙，他喜欢当下这种感觉，登高望远，千里山河，全在自己脚下。

宋长镜拢了拢名贵却老旧的狐裘，这位藩王今天谈兴出奇高，伸手指向西边一座高山："那座山名叫披云山，以后有可能被大骊敕封为五岳之外的十大正山之一，按照祖辈留下的老规矩，会出现一位载入谱牒前列的山神，得以塑造金身神像，堂堂正正，享受人间香火，为大骊镇压一地气运，不至于流散别处，以免为邻国作嫁衣裳。小镇百姓只有站在披云山的山巅，才有可能看到我们脚下这座龙头山。因为龙头山受大阵护持，寻常肉眼凡胎，看不到此地的光景，这也算是一桩机缘。根据衙署秘档记录，历史上就有几人因登上龙头山，成功走出此方天地。"

宋集薪问道："那这些人是不是都出人头地了？在咱们大骊或是东宝瓶洲成了人上人？"

宋长镜笑道："有两个在大骊混得不错，相隔不过三十年，一文一武，被后世誉为大骊双璧，文的那个，死后谥文正，武的那个，则给子孙赢得了世袭上柱国的不小祖荫。虽说本王对两人的子孙观感极差，但是两家跟大骊的香火情，本王捏着鼻子也得认，毕竟当年要不是他们联手力挽狂澜，大骊宋氏熬不过那次难关。"

宋集薪感受着山顶的清风吹拂，有一种羽化飞升之感，问道："那其他人呢？"

宋长镜轻轻呼出一口气，越发神清气爽，压下体内蠢蠢欲动的气海升腾，如同用一只手强行按下一轮冉冉升起的红日。宋长镜此刻无比确定，自己只要踏出那道大门，就会立即跻身第十境，被誉为武道止境的第十境！

上五境之下所有练气士，对阵一位登顶武道止境的大宗师，几乎毫无胜算，只有被碾压轰杀一种结果。

宋长镜平缓了一下心境，给了宋集薪一个不太温馨的真相："死绝了。本王就曾亲手宰掉一个，当时本王还只是七境武夫，那人还是一个相对棘手的剑修，而且人生正值巅峰。那次本王与他相互追杀，辗转了七八百里路，最后在大骊南部边境一个叫白狐关的小地方，本王终于追上了他，打烂了他所有傍身法器和本命飞剑之后，本王拧断了他的脖子。没办法，不肯为大骊所用，就只有这个下场。宋家一向厚待练气士不假，可前提是这些练气士，必须要为宋家卖命，哪怕只是做做样子。"

那一次捉对厮杀的后半程，宋长镜进入了第八境。

宋集薪对这个藩王叔叔的传奇经历，并不感兴趣，只是好奇问道："是其他王朝出了更高的价格，才使得他们不惜叛离大骊？"

宋长镜笑道："在那名剑修之前，大多是如此。大骊地处偏远，民风彪悍，本就是崇武之国，武道天才辈出，一点也不值钱，倒是文绉绉软趴趴的练气士，凤毛麟角，所以每出世几个，历任大骊皇帝都恨不得当菩萨供奉起来。当今天子，嗯，也就是我那位皇兄，当然也不例外。有次那个剑修入宫觐见皇兄，负剑而行，鼻孔朝天的样子，很欠揍啊。他当时刚好碰运气得到一件称手的护身宝物，朝野上下，如日中天，所以见到本王之后，连招呼也不打，就是这样。"

宋集薪问道："然后呢？"

宋长镜用看待白痴一样的眼神，斜瞥了一眼自己的侄子："然后不就死了？"

宋集薪满脸匪夷所思："叔叔你就因为人家没跟你打招呼，就痛下杀手，斩杀一名足可称为国之砥柱的大修士？"

宋长镜淡然道："有些人，你就不能惯着他。"

宋集薪眼神狐疑，似乎想不明白这么一个桀骜不驯、不顾大局的大骊皇族，是怎么活到今天的。

宋长镜笑道："你可能不知道一件事，那就是整个东宝瓶洲，只有一个王朝的练气士，无论什么出身什么靠山，都必须为皇帝去往边境沙场效劳卖命，实打实厮杀三年，若是战功不足，就继续留在边境喝西北风，直到攒够了才能回家享福。"

宋集薪更加疑惑："叔叔你不是才说大骊最推崇练气士吗？怎么就有这么个规矩了？退一步说，大骊就不怕这些人夭折在沙场？"

宋长镜哈哈笑道："这条不成文的规矩，是在本王掌握兵权之后订立的。"

宋集薪恍然道："是那个剑修不愿去沙场，折了你的面子？使得其他练气士上行下效，无形中坏了大骊的军心民心？所以只能两害相权取其轻？"

宋长镜摇头道："那个剑修年轻时候投军边境，短短一年就攒够了战功，在大骊口碑相当不错。"

宋集薪恼羞成怒道:"那到底是为何?!难道是与你争风吃醋,还是犯了宋氏的忌讳,或是暗中通敌叛国?"

宋长镜的答案很简单:"虽说修士和武夫是两条路上的人,前者也确实更加……嗯,用那头绣虎的话说,就是更加金枝玉叶。武夫第十境就算走到了尽头,但是练气士却还有上五境可以攀爬,两者之差,确实不小。如果拎出两者中最拔尖的一小撮人,上五境练气士,就像站在这里的山顶,本王这样的武道中人,却只能是站在那座披云山的山顶。当然了,武道止境宗师,跟十一、十二境界的修士,也不是没得打,不过说到底,在世俗人眼中,武夫就是只会打打杀杀的大老粗,要矮人家修士一头的。所以那次宫中相见,他非但没跟本王打招呼,还故意斜眼瞅我,嘴角翘起,很挑衅啊,本王就想教他做人。"

宋集薪呆若木鸡。教人做人,那你好歹给人家留一条活路啊,就非要拧断人家的脖子?

宋长镜却不想再聊那个已死之人的话题:"是不是很想了解一下,那个跟我生死相搏的中年人?"

宋集薪下意识咽了口唾沫,没有说话。

虽然三辆马车先行,后边两人的硬碰硬,打得天昏地暗,宋集薪是知道的。其中一次宋长镜整个人从天而降,在马车十几丈外的地方砸出一个大坑,之后又有一次,宋长镜还以颜色,当时宋集薪已经爬到车顶上,亲眼看到那个气势如陆地蛟龙一般的壮实汉子,被宋长镜一拳砸得撞入一座小山头之中,溅射而起的尘土,极其壮观。非人。这是宋集薪当时唯一的观感。其实宋长镜跟那个横空出世的汉子,打得一点都不神仙缥缈,仿佛拳拳到肉,从头到尾都像是在以伤换伤,以命换命!比的就是谁更蛮不讲理。

宋长镜突然揉了揉宋集薪的脑袋,嗓音语气破天荒有些温暖:"皇兄的野心很大,在大隋皇帝还只盯着大骊的时候,他就已经看到了东宝瓶洲最南边的老龙城。你是不是很奇怪，为何本王既是大骊嫡出的皇子，又是掌握一国军权的藩王，在军中和民间威信之高，无人能比，却还是能跟你爹做到兄友弟恭？"

宋集薪笑了笑，狡黠道："叔叔你愿意说就说呗。"

宋长镜收回手，沉声道："因为本王唯一想要的，是看到止境之上的武道风光，只有走到了那里，我宋长镜才不枉此生。"

这一刻宋集薪心胸间好似有洪流激荡，颤声问道："如果我一心一意，能够有叔叔你今天的高度吗？"

宋长镜摇头笑道："你啊，若是习武，撑死了也就到第八境，没前途，还是乖乖当个练气士好了，成就肯定更高。"

宋集薪有些不服气："为何我就只能到武道第八境？"

宋长镜玩味笑道："只能？"

宋集薪有些脸红。

宋长镜也不计较宋集薪的不知天高地厚，眯眼望向远方，缓缓道："练气士嘛，是个靠老天爷赏饭吃的行当，命好不好，很重要，今天在这里撞见个机缘，明天再在那里捡到个法宝，后天不小心遇到个深藏不露的神仙，大后天看个风景，指不定就悟了，好像做什么都能增长修为。至于我们武道中人，大不一样，没什么捷径可走，只能靠一步一步走出来，无趣得很。"

宋集薪心情复杂，有些失落。

宋长镜不再理会这个侄子，转身走向马车，眼角余光看到稚圭的背影后，犹豫了一下，走到她身边，跟她一起抬头望向那道大门。

宋长镜自言自语道："真龙之气，凝结成珠。世间蛟龙之属，皆以珠为贵，如同修士的本命元神。"婢女稚圭没有转头，但是流露出一丝紧张。

宋长镜笑道："为了廊桥匾额所写的'风生水起'这四个字，我大骊付出的代价之大，外人无法想象。风生水起，水起，为何要水起？还不是希望蛟龙走江的时候，能够畅通无阻。本王呢，其实对这些不上心，一切只是你家少爷他那个狠心老爹的意愿，你出了这座小洞天之后，估计除了京城那头绣虎，不会再有谁能对你指手画脚。"

宋长镜转头，望着稚圭的侧脸："虽说你和本王那个侄子的命数挂钩，息息相关，荣辱与共，但是你也别太过恃宠而骄，不要让本王有出手的念头。嗯，看在大骊江山和侄子宋集薪的面子上，本王可以破例，给你两次找死的机会，刚好应了'事不过三'那句老话。"

稚圭蓦然发怒，先转身，再后退两步，狠狠盯着这个让她心生恐怖的大骊藩王："我本来就不是人，你们却要以世人的规矩来约束我，到底是谁不讲道理？你们人的金科玉律，规矩方圆，关我何事？！"

宋长镜快意笑道："别误会，本王绝不会在小事上苛求你，恰恰相反，本王才是你最大的护身符。"

宋长镜凝视着稚圭，她有一双泛起黄金色彩的诡谲眼眸。他最后说道："打了那一架后，本王与你，其实已是一条船上的盟友了。记住这句话，尤其是将来，在你有资格做出重大抉择的时候，好好想想这句话。"宋长镜转身离去。

马车旁，一个满身沙场粗粝气息的中年车夫，看着大骊藩王身上那件扎眼的雪白狐裘，实在忍不住，开口笑道："王爷，啥时候换一件新狐裘啊，这都多少年了，王爷穿着不烦，咱们可是看着都烦了。"宋长镜登上马车，弯腰掀起帘子，没好气地撂下一句："打下大隋再说。"车夫爽朗大笑，面对这个大骊一人之下万人之上的权贵藩王，竟是一点也不拘谨。

宋长镜戎马生涯二十年，虽说为将做帅，不可能次次大战都身先士卒，更多是在大帐内运筹帷幄，但大骊边境硝烟四起，每逢死战，宋长镜必然亲身陷阵。堂堂藩王，平时的生活起居，从无醇酒美妇，几乎可以用"身无外物"来形容。

宋长镜坐入车厢后，盘腿而坐，眉头紧皱："那人要本王离开骊珠洞天之后，不用着急赶赴京城，'不妨在山脚等一等，抬头看一看'，等什么？看什么？"

宋集薪和婢女稚圭也进了车厢，马车已经准备穿过那道大门。

宋集薪发现稚圭蜷缩在角落，瑟瑟发抖，他担忧道："怎么了？"

稚圭颤声道："我感觉得到，门那边，有无数可怕的东西。"

宋集薪笑着安慰道："有我叔叔在，你怕什么？别怕，天塌下来他也能顶着。"

不料稚圭越发恐慌，使劲缩在角落，带着哭腔道："就算是他，也扛不起来的！"

小镇最大的酒楼，来了一位稀客。一个双鬓霜白的教书先生，要了一壶酒和几碟子下酒小菜，自饮自酌，快哉快哉。原来今天这个学塾先生，没有教书授课，学塾蒙童一个个欢天喜地回家了。他喝完最后一杯酒，吃完最后一口菜，便轻轻放下了筷子。啪一声过后，千里江山小洞天，寂静无声，一切静止。此方天地瞬间崩碎。

这一刻，整个东宝瓶洲的山上神仙，山下凡人，皆不由自主地抬头望去。但是下一刻，仿佛有犹在仙人之上的仙人，以改天换日的大神通，遮蔽了整座骊珠洞天的景象。

东宝瓶洲北部的高空，万里云海翻滚，缓缓下垂。有一人通体雪白，大袖飘摇，身高仿佛不知几千几万丈，正襟危坐，身前悬浮着一颗如他手心大小的破碎珠子。此人法相之巨，像是将一个东宝瓶洲当作了私塾学堂。

无边无际的云海之上，有一道道威严声音如天雷纷纷炸响。

"齐静春，你放肆！"

"大逆不道！"

"回头是岸！"

那个读书人低头凝视着那颗珠子，缓缓收起视线，最后抬头朗声道："小镇三千年积累而成的天道反扑，我齐静春一肩挑之！"

在齐静春放下那双筷子之前的两天，小镇出现了一些不好的兆头，铁锁井水位下降得很厉害，槐枝从树干断裂坠落，枝叶皆枯黄，明显不符合春荣秋枯的规律，还有小镇外横七竖八躺着许多泥塑木雕神像的地方，经常大半夜传来爆竹一般的炸裂声，好事者跑去一看，靠近小镇一带，去年冬天肯定还存世的那拨泥菩萨木神仙们，竟然已经消失大半。

从福禄街和桃叶巷动身的牛车马车，就没有断过，那大块青石板铺就的街面上，连大半夜都能听到扰人清梦的牛马蹄声。那些衣衫华美、满身富贵气的外乡人，也开始匆匆忙忙往外走，大多神色不悦，三三两两，经常有人朝小镇学塾方向指指点点，颇为愤懑。

小镇东门的光棍郑大风没了身影，窑务督造官衙署也没有要找人顶替的意思，于是小镇就像没了两颗门牙的人，说话容易漏风。

刘灞桥和陈松风沿着原路返回，两人能够看到廊桥轮廓的时候，已是黄昏时分。刘灞桥沿着一条小径走到溪畔，蹲下身掬了一捧水洗脸，约莫是嫌弃不够酣畅淋漓，干脆撅起屁股趴在地上，将整个脑袋沉入溪水当中，最后猛然抬头，大呼痛快。转头看着大汗淋漓的陈松风，刘灞桥打趣道："一介文弱书生，手无缚鸡之力啊。"

陈松风只是掬着喝了口溪水，嗓子沙哑道："我当初之所以辛辛苦苦成为练气士，只是希望强身健体，能够多活几年，多看几本书而已，如何比得上你们剑修。何况在这处骊珠小洞天，剑修之外的练气士最吃亏，一不留神，运转气机，就要损耗道行，境界越高，折损越多。不承想我修为低下，反而成了好事。"

刘灞桥拍了拍陈松风肩膀："不如改换门庭，加入我们风雷园练剑，以后我罩着你。你想啊，成为一名剑修，御剑凌风，万丈高空，风驰电掣，尤其是雷雨时分，踏剑穿梭其中……"

陈松风突然笑道："听说风雷园被雷劈次数最多的剑修，名叫……"

刘灞桥伸出一只手掌："打住！"

剑修亦是练气士之一，只不过比起寻常练气士，体魄要更为靠近另一条路上的纯粹武夫，简单说来，就是筋骨肉和精气神，剑修追求两者兼备，其他练气士，体魄一事，只要不拖后腿就行，并不刻意淬炼。当然，练气士在养气、炼气的同时，对于身体的完善，其实就像春风化雨一般，始终在打熬磨砺。可是比起剑修，锤炼体魄之事，练气士无论是力度还是次数，远远不如，更不可能像武夫那么一心一意、孜孜不倦。对于世间练气士而言，存在一个共识，身躯皮囊，终究是不断腐朽之物，够用就行。能够侥幸修炼成金刚不败之身、无垢琉璃之躯，那是最好，不能也无妨，切莫钻牛角尖，误了大道根本。

刘灞桥随口问道："你家那位远房亲戚，到底是第几境的武人？"

陈松风无奈道："我如何知道这等机要秘事？"

刘灞桥想起那天在衙署正堂爆发的冲突，感慨道："宋长镜实在是太强了，最可怕的是这个大骊藩王还如此年轻，一般的第八、第九境武人，谁不是半百、甲子年龄往上走的，甚至百岁也不算高龄，可是如果我没有记错的话，宋长镜才将近四十岁吧。难怪当初要被那人笑称'需要压一压气焰'。"

陈松风轻声道："应运而生，得天独厚。"

上五境修士，神龙见首不见尾，很难寻觅。但是武人当中的第八、第九境，往往天下皆知，与世俗王朝也离得不远。何况武道攀升，靠的就是一场场生死大战。于生死一线，见过生死，方能破开生死，获得一种类似佛家"自在"、道家"清净"的超然心境。

除了两名大宗师之间的切磋，第八、第九两境武人，最喜欢欺负中五境里的顶尖练气士，尤其是宋长镜这样的第九境最强者，几乎可以说是上五境之下无敌手，也就只有练气士当中的剑修能够与之一战，但也只能争取让自己输得不那么难看，赢得一个虽败犹荣的说法。不过这其中存在一个隐晦原因，才使得第九境武道强者肆无忌惮，那就是中五境里的最后一层，第十境大修士，根本已经无心世俗纷争，甚至连家族存亡、王朝兴衰也顾不得，为的只是那"大道"二字了。

刘灞桥还沉浸在自己的思绪当中："宋长镜要我出了小镇后，凭自己本事取走符剑。要不要给风雷园打声招呼呢，让他们早早摆好庆功宴？"

陈松风哭笑不得，望着深不过膝盖的潺潺流水，想到宋长镜以及这个藩王身边的风流少年，陈松风隐隐约约感受到一种大势凝聚的迹象，决定这趟返回龙尾郡陈氏祖宅后，必须说服家族押注在大骊王朝，哪怕没办法孤注一掷，也要让陈氏子弟趁早融入大骊庙堂。

陈松风呢喃道："大骊气象，已是时来天地皆同力。因此我陈氏要扶龙，不可与人只争着附龙而已。"

刘灞桥问道："你嘀嘀咕咕个什么？"

陈松风站起身，甩了甩手，笑道："你好像跟那个泥瓶巷少年很投缘啊。"

刘灞桥跟着起身，大大咧咧道："萍水相逢，聚散不定，天晓得以后还能不能再见到。"

两人一起踩着溪畔春草走上岸，陈松风问道："听说南涧国辖境内的那块福地，要在今年冬天对外开放，准许数十人进入，你当下不是仍然无法破开瓶颈吗，要不要下去碰碰运气？"

刘灞桥冷笑道："坚决不去，去蚂蚁堆里作威作福，老子臊得慌。"

陈松风摇头道："我家柳先生曾经说过，心境如镜，越擦越亮，故而心境修行，能够在道祖莲台上坐忘，当然大有裨益，可是偶尔在小泥塘里摸爬滚打，未必就没有好处。去福地当个抛却前身、忘记前生的谪仙人，享福也好，受难也罢，多多少少……"

不等陈松风说完，刘灞桥已经嚷嚷道："我这人胜负心太重，一旦去了灵气稀薄的福地，若是无法靠自己的本事破开禁忌，重返家乡，那我肯定会留下心结，那就会得不偿失，弊大于利。再说了，要是不小心在福地里给'当地人'欺负了，又是一桩心病，等我还魂回神之后，哪怕需要耗费巨大代价，我肯定也要以'真人真身'降世，才能痛快。只是如此一来，不是有违我初衷本心？"

刘灞桥双手抱住后脑勺，满脸不屑道："说句难听的话，如今咱们东宝瓶洲那三块福地，谁不心知肚明，早就变味了，已经成为那些个世俗王朝的豪阀子弟花钱下去找乐子的地儿，难怪被说成是仙家治下的青楼勾栏之地，乌烟瘴气。"

陈松风笑道："也不可一概而论，不说我们这些外乡人，只说那些当地人，不乏惊才绝艳之辈。"

刘灞桥白眼道："一座福地，那么多人口，每年能有几人脱颖而出？一个都未必有吧。那些成功来到我们这里的，百年当中，最终被咱们记住名字的，又能有几个？屈指可数吧。所以我就不明白，这些个福地为何如此受人推崇，还有人扬言，只要拥有一块福地的一部分统辖权，好处不比拥有一位上五境修士来得少，疯了吧。"

陈松风笑道："福地收益，细水长流啊，偶尔还能蹦出一两个惊喜，最关键是所有的好处，属于坐享其成，谁不乐意从中分一杯羹？"

洞天走出去的人，命多半好。福地升上来的人，命尤其硬。

刘灞桥问道："你好像不太喜欢那个姓陈的少年？"

陈松风想了想，选择袒露心扉："如果出于个人，我对他没有任何意见。但如果就事论事，他的存在，其实让我们整个家族都很尴尬。骊珠小洞天的陈氏子弟，本就是本洲的一个笑话，小镇之内，一个人数不算少的姓氏，仅剩一人，其余全部成了别家奴仆，沦为笑谈，实属正常。在龙尾郡陈氏眼中，我们和小镇上的陈姓之人，虽说远祖相同，可那都是多少年前的老皇历了，谈不上丁点儿情分，但是所有龙尾郡陈氏的对手，岂会如此看待。在这种情况下，如果泥瓶巷少年干脆也成了大户人家的下人，也就罢了，当时当世一场大笑过后，很难多年持续成为一桩谈资，可这个少年的咬牙坚持，孤零零的存在，就显得格外引人注目。外边许多人甚至在打赌，小镇这一支这一房这一个陈氏子弟，何时不再是那个'唯一'。"

刘灞桥皱眉道："这又不是那少年的错。"

陈松风笑道："当然，少年何错之有，可是世上有些事情，终究是很难说清楚道理的。"

刘灞桥摇头道："不是道理很难说清楚，事实上，本来就是你们没道理。只是因为那个少年太弱小，所以才让你们能够显得理直气壮，加上你们龙尾郡陈氏的声势，比少年大许多，可是比起身边那些看笑话的人，又很一般，所以处境越发尴尬，到最后，不愿意承认自己无能，只好反过来暗示自己，认为那个少年才是罪魁祸首。我相信如果不是这座骊珠洞天不容易进入，那个让龙尾郡陈氏难堪的陋巷少年，早就被龙尾郡陈氏子弟悄悄找个由头做掉了，或是被某个附庸家族的家伙杀了邀功了。"

陈松风脸色涨红，一时间竟是有几分恼羞成怒。

刘灞桥抱着后脑勺，扬起脑袋望向天空，仍是优哉游哉的慵懒神色："我知道你陈松风不是这样的人，可惜像你这样的人，到底少，不像你的人，终究多。

"就说正阳山那只搬山猿，自己拿不到剑经，害怕我风雷园拿到，就要一拳打死那刘姓少年，你觉得这样讲理吗？我觉得这样很不讲理。可是有用吗？没用啊。我连正面挑衅老猿也不敢。"

刘灞桥叹了口气，松开一只手，拍了拍自己的肚子，自嘲道："我呢，就是口拙嘴笨，拳头也不够硬，剑还不够快，要不然我这肚子里，真是积攒了一大堆道理，想要跟这个世道，好好说上一说。"

陈松风吐出一口气："所以你觉得那个少年不错？"

刘灞桥转头望向红日坠落的西边高山："觉得不错？怎么可能。"

陈松风有些疑惑。

刘灞桥笑道："我一看到那个少年，就自惭形秽。"

陈松风觉得匪夷所思，摇头笑道："何至于此？"

刘灞桥把到了嘴边的一些话咽了回去，省得伤感情。陈松风这个家伙，虽然没那么合胃口对脾气，可是比起一般的读书人，已经好上许多，自己就知足吧。话痨刘灞桥就这么一路沉默下去。

夜幕深沉，陈平安自制了三支火把，三人举火而行。

最后来到一座高山山脚，陈平安擦了擦额头的汗水，对宁姚说道："宁姑娘，跟她说一下，这是一座朝廷封禁之山，她有没有忌讳？"

宁姚转告陈对后，后者摇头。

陈对举目望去，她无比确定，颍阴陈氏的祖坟，肯定就在此地。游子还乡，心有感应。

陈对缓缓闭上眼睛，片刻之后，她蹲下身，用手指在地面上写了一长串字符，写完之后，嘴唇微动。最后她用手掌缓缓抹平所有痕迹，起身后，脚步绕过符文销毁的地方，率先登山，甚至不用陈平安指路。

三人来到半山腰某处，陈平安指向不远处，一座小土包上生长有一棵树，主干古怪，极其笔直，竟是比青竹还直。陈平安如释重负，点头道："就是这里了。"

陈对沉声道："你们去山下等我。"

宁姚扯了扯陈平安袖子，示意一起下山。

陈对放下书箱，一件件一样样，小心翼翼拿出那些精心准备的祭品，用以祀神供祖。

中途陈对有刹那间的恍惚失神，痴痴望向那棵小树，热泪盈眶，喜极而泣，喃喃道："果然如此，果然如此。"最后陈对无比虔诚地对着那座小土包，行三叩九拜的大礼。之后她伏地不起，颤声道："我颍阴陈氏，叩谢始祖庇护！"

山脚，陈平安和宁姚各坐在背篓一边，背对而坐，宁姚问道："之前有段路程，你为何故意要绕远路？"

陈平安愣了愣，震惊道："宁姑娘，连你都看出来啦？"

宁姚手握刀鞘，往后一推，刀鞘顶端在陈平安后腰一撞："把'连'字去掉！"

陈平安龇牙咧嘴，轻轻揉腰，放低声音道："我不是跟你说过吗，有老大一片山崖，全是那种被你们称为斩龙台的黑色石头，我怕给她看了去，然后她也是识货的，到时候万一她起了歹心咋办？害人之心不可有，防人之心不可无，这个道理我还是懂的。"

宁姚笑道："守财奴，你还不是担心她如果想法子搬走它，会害得你两手空空。"

陈平安傻呵呵笑道："宁姑娘，你这么耿直，朋友一定不多吧？"

"哎哟。"蓦然又是一阵吃疼的陈平安，赶紧腾出一只手，去揉腰的另外一侧。

陈平安突然用手肘轻轻碰了一下宁姚后背，问道："吃不吃野果子？我来的路上摘了三个，被我藏在袖袋里了，她应该没瞧见。"

宁姚没好气道："这个时节的山果，能好吃？"

陈平安转身，递过去两颗桃子大小的通红野果，笑道："宁姑娘，那你就是不晓得了，这种果子还真就只有在春天才能吃着。冬末结实，初春成熟，这会儿彻底熟透，一口下去，啧啧啧，那滋味，不小心舌头都能咬掉。更奇怪的是，咱们这里那么多座山，果子就只有这附近有。我当年也是跟着姚老头来找一种泥土时，他告诉我的。其他地方，也有些野果子味道不错，可我吃来吃去，啃东啃西，觉得都不如这种。"

宁姚接过两颗果子，打定主意难吃的话，一定要把剩下那颗还回去："还吃来吃去、啃东啃西，你是山里的野猪啊？"

陈平安咬着野果，笑道："小的时候家里穷，可不是逮着什么就吃什么，你还别说，有一次还真因为瞎吃东西，把肚子给吃坏了，痛得我在巷子里满地打滚。那是我第一次听到自己的心跳声，打雷擂鼓似的。"

只可惜宁姚忙着吃果子，没听清楚陈平安最后说了啥。第一口咬下去，她就觉得这果子甘美异常，果肉下肚后，整个人都暖洋洋的，身体如同一座铺设有地龙的屋子，野果就是一袋袋炭火。宁姚闭上眼睛，感受五脏六腑，虽说通体舒泰，但是其余并无异样，这意味着这种野果，大体上可以位列神仙脚下的山上之物，但也仅限于此，肯定可以在世俗王朝卖出高价，却也不至于让修士眼红。对于山下的凡夫俗子而言，则无疑是延年益寿的无上珍品。早知道如此，宁姚就干脆不接这果子了。

宁姚有些怅惜，抹了抹嘴，转身把剩下的野果递过去："不好吃，还给你。"

陈平安悻悻然收回去，有些失落，他还以为宁姑娘会觉得不错呢。

宁姚双手轻轻踢着背篓，随口问道："是留着给那个叫陈对的女子？"

陈平安摇头道："给她干什么，非亲非故的，当然是留给刘羡阳了。"

宁姚突然好奇道："如果阮秀在这里，你是不是不给陈对，给阮秀？"

陈平安点头道："当然。"

宁姚又问："那如果你手上只有两颗野果，你是给我，还是给阮秀？"

陈平安毫不犹豫道："一颗给你，一颗给阮秀啊。我看你们吃就行。"

陈平安又遭受偷袭，揉着后腰，无辜道："宁姑娘，你干吗？"

宁姚再问："如果只有一颗呢？"

陈平安呵呵笑道："给你。"

宁姚："为啥？"

陈平安既狡黠又实诚道："阮姑娘又不在这儿，可宁姑娘你在啊。"

陈平安后腰瞬间遭受两下重击，疼得他赶紧起身，蹦蹦跳跳，如此一来，害得宁姚一屁股跌入那只大背篓。陈平安赶紧把她从背篓里拉出来。宁姚倒也没生气，只是狠狠瞪了陈平安一眼。

陈平安重新扶好背篓，两人再次背对背而坐。

宁姚问道："你知道那棵树是什么树吗？"

陈平安摇头道："不知道，我只在这个地方看到过，其他山上好像都没有。"

宁姚沉声道："相传若是有家族陵墓生出楷树，是儒家圣人即将出世的祥瑞气象，且这位圣人，必然极其刚直，一身浩然正气，所以在你们这座天下，必定会得到格外青睐。"

陈平安哦了一声。什么儒家圣人，祥瑞啊正气啊，这个草鞋少年都听不懂。

宁姚问道："你就不羡慕山上那个女人？也没有想过为什么这棵楷树，不是长在自家祖先坟上？"

陈平安答非所问，开心道："今年清明节，我还能给爹娘上坟，真好。"

宁姚猛然站起身，这次轮到陈平安一屁股坐进背篓。宁姚在一旁捧腹大笑。

小镇学塾仅剩下五个蒙童，出身高低不同，年龄大小各异，其中一个身穿大红棉袄的小女孩，虽然出身福禄街，但是她在学塾里从不欺负人，不过也不喜欢凑热闹，从来只喜欢自己胡乱逛荡。小镇最西边那户人家，李二的儿子李槐，也在这座乡塾求学，他爹娘带着姐姐离开了小镇，唯独留下了他。李槐非但没有哭闹，反而高兴坏了，终于不用受人管束了，只是到了晚上，这个寄住在舅舅家的孩子，做了噩梦醒来后，就开始撕心裂肺地号叫，结果被惊醒后的舅舅舅妈联手镇压，一个使用鸡毛掸子，一个使用扫帚。其余三人，分别来自桃叶巷、骑龙巷、杏花巷，两男一女。

齐先生下课后，送给他们一人一幅字，要他们妥善保管，仔细临摹，说是三天之后他要检查课业。那是一个"齐"字。

蒙学散去之后，垂垂老矣的扫地老人，沐浴更衣后，来到齐先生书房外，席地而坐。老人开口询问了一个关于"春王正月"的儒家经典之问。齐静春会心一笑，为之解惑，讲述何谓春，何谓王，何谓正，何谓月。这就是儒家各大书院特有的"执经问难"，课堂之上，会安排一位"问师"，向讲学之人询问，可以有一问数问，十问甚至百问。这一场问对，发生于齐先生和老人的第一次见面。那已经是八十年前的陈年往事了。

不过当时齐静春是询问之人，回答之人，则是两人共同的先生。

老人问完所有问题后，望向齐静春："可还记得我们去往山崖书院之前，先生的临别赠言？"

齐静春笑而不言。

老人自问自答："给我的那句，是'天地生君子，君子理天地'。给你的那句，是'学不可以已。青取之于蓝，而青于蓝'。"

老人突然激动万分："先生对你，何等器重，希望你青出于蓝！你为何偏偏要在此地，不撞南墙不回头？为何要为一座不过五六千人的小小城镇，就舍去百年修为和千年大道，全部不要？！若是寻常读书人也就罢了，你是齐静春，是我们先生最器重的得意弟子！是有望别开生面，甚至是立教称祖的读书人！"

老人浑身颤抖道："我知道了，是佛家误你！什么众生平等！难道你忘了先生说过的明贵贱……"

齐静春笑着摇头，道："先生虽是先生，学问自然极大，可道理未必全对。"

老人被震惊得无以复加，满脸错愕，继而怒喝道："礼者，所以正身也！"

齐静春笑着回复一句："君子时诎则诎，时伸则伸也。"

看似无缘无故，隔着十万八千里，但是老人听到之后，脸色剧变，满是惊疑。

齐静春叹了口气，望向这个跟随自己在此一甲子的同门师弟，正色道："事已至此。那几个孩子，就托付给你送往山崖书院了。"老人点点头，神色复杂地起身离去。

齐静春自言自语道："先生，世间可有真正的天经地义？"

两辆马车在天远远未亮时分，就从福禄街出发，早早离开了小镇。

晨曦时分，一个草鞋少年带着两个大布袋子，动身去往窑务督造官衙署外等人。一个布袋子，装着一袋袋金精铜钱；另外一个，装着他觉得最值钱的蛇胆石。但是等到天大亮，衙署门房提着扫帚出来清扫街道了，陈平安也没有看到出发的马车。他只好厚着脸皮去问，问衙署名叫陈对的那拨客人，什么时候才从福禄街出发。

门房笑着说："他们啊，早就离开小镇了。"

陈平安目瞪口呆，刘羡阳那家伙不是跟自己约好了天亮以后，才动身吗？那一刻，陈平安的视线有些模糊。

跟门房道谢之后，陈平安转身开始狂奔。跑出小镇，陈平安一口气跑了将近六十里路，最后筋疲力尽的他沿着一道斜坡走到坡顶，看着蜿蜒的道路，一直向前延伸出去。

陈平安蹲在坡顶，脚边放着没有送出去的铜钱和石头。佩剑悬刀的宁姚悄无声息地坐到他身边，气喘吁吁，气呼呼道："你不是掉钱眼里的财迷吗，怎么这么大方了？全部家当都要送出去？就算刘羡阳是你朋友，也没你这么大手大脚的啊。"

陈平安只是抱着头，望向远方。

齐静春的那尊巨大法相，洁白缥缈，肃然危坐于东宝瓶洲最北端的版图上。

云海滚滚涌动，缓缓下压，不断靠近齐静春头颅。齐静春抬头望去，笑意洒脱。

云海之上，有威严嗓音响起："齐静春，须知天道无私！你身为儒家门生，对骊珠洞天生出恻隐之心，情有可原，若是此时回心转意，犹有余地。"

伴随着这个天上仙人的话语，仿佛有阵阵雷声迅猛滚走于云海之中，那些一闪即逝的电闪雷鸣，不断从云海底端渗透而出。言出法随。

又有一个仙人嗤笑道："与这书呆子废什么话！想要做出顶天立地的壮举，得先问过我的拳头答应不答应！"与此同时，一只金黄色的巨大手掌向下一捞，云海被拨开厚重云雾后，露出一个窟窿，一道光柱落在齐静春法相前。

西方响起佛唱一声，悲悯开口："齐施主，一念静心，顿超佛地。"

齐静春沉声道："斩龙一役之后，小镇得以享受三千年大气运，后世子孙英才辈出，无非是寅吃卯粮的手段。只不过既然是四位圣人订立下的规矩，最早那拨选择扎根骊珠洞天的修士，也未有异议，我齐静春自然没有资格在此事上指手画脚。如今天道要镇压此方天地，来便是了，无非是换成我齐静春一人，来替小镇百姓承受这一场劫难，天道和规矩未曾落在空处，诸位又为何阻拦？"

伸手将云海搅出一个大窟窿的仙人肆意大笑："哈哈，姓齐的，你是真不知道缘由，还是装疯卖傻？"

齐静春不知何时已经伸出一只手，手掌变拳，将那颗蕴藏一座小洞天的珠子虚握于手心之中。想来掌心之中，洞天之内，小镇之上，已是白昼骤然变成黑夜的玄妙光景。

此时，那只护住骊珠洞天的雪白手掌，仿佛遭受到一股四面八方而来的无形攻势，嗞嗞作响，手背之上不断溅射、绽放出白色电弧，不断有看似小如飞羽、实则大如山峰的"雪花"从齐静春手背脱落，坠落人间，只是不等落地，就已烟消云散。

高坐于云海窟窿附近的云上仙人，放声讥笑道："小小儒士，悖逆大道，不自量力！就由本座先陪你玩玩！"

若是从东宝瓶洲的极远处举目望去，并且能够破开仙人联手造就的遮掩法阵，那就能够依稀看到无比壮观的一幕。破开云海的宏大窟窿当中，先是露出一粒黑点，笔直朝下，然后是一截剑尖，最后终于显露出全貌，是一柄齐静春法相手指长短的"袖珍"飞剑。

第一把刚刚现世，第二把又尾随其后，从别处落下，第三、第四把，依次从天上云海降临人间，总计十二把飞剑。一线排开，悬停于高空。如铁骑列阵，被人勒紧缰绳，只等一声令下，便可冲锋凿阵。

云海之上，一尊金色巨人随意盘腿而坐，睁着巨大的金色眼眸，双拳撑在膝盖上，右拳缓缓伸出一根食指，屈指一弹。一把飞剑率先激射向齐静春拳头虚握的那条胳膊。飞剑下坠的速度快如闪电，轨迹上，拉扯出一条连绵不绝的云尾。飞剑瞬间穿透齐静春法相的手臂，在距离地面只有咫尺之遥的时候，骤然停止。云海之上，金色巨人右拳食指轻轻旋转，飞剑划出一道弧线，重返高空，同时左手叩指轻弹，原本悬在空中的一把飞剑轰然落下，再一次刺穿齐静春的手臂。两根手指相互起落。十二把飞剑笔直落下，弧线返回。起起落落，如此反复。

齐静春那条胳膊被飞剑一阵阵密集攒射后，变得伤痕累累，出现无数个黑色孔洞，相比原本通体莹白的巍峨法相，显得格外触目惊心。齐静春对此神色自若，眼见着又要再来一拨飞剑穿刺，展开新一轮冲杀，真是咄咄逼人。

齐静春云淡风轻地说出四个字："春风得意。"

一把飞剑依然直直刺向齐静春手臂，只是这一次它没有钉入手臂，而是像松针被一阵清风吹拂得飘荡歪斜。不但是这一把飞剑，之后十一把飞剑无一例外，都是无功而返。飞剑围绕在齐静春法相四周，遵循某种既定轨迹缓慢飞行，剑身颤抖，伺机而动，轻微嘶鸣作响。不但如此，一阵阵弥漫天地间的春风，还不露痕迹地托住了下坠的云海。

那尊金色巨人袒露胸膛，一身恣意放肆的意味，居高临下，眼见着那十二把飞剑竟然找不到任何破绽，有些惊讶："咦？"

这些对人间修士而言威力无匹的飞剑袭扰，齐静春并不太上心，他始终盯住那只虚握的拳头。

世间有人老珠黄一说，骊珠洞天这颗悬浮在东宝瓶洲上空的珠子，也已经有三千年岁月，六十年后，在下一任圣人阮邛手上，包裹庇护珠子的外壁将会彻底破碎，如同一件瓷器，外层釉色脱落剥离殆尽。到时候天道碾压而至，必然势如破竹，虽然不会当场死人，但是小镇所有人都会失去来生。齐静春为此专门翻阅佛经，甚至推断出一个可怕的后果：小镇这六千余人，被用来承受天威浩荡的"替死鬼"，有可能生生世世堕入西方佛国的饿鬼道，永世不得超脱。兵家修士、铸剑师阮邛，作为骊珠洞天最后一位坐镇四方的圣人，他到时候的职责，可不是守护小镇百姓的安危，而是不让任何一人逃脱这份天道责罚。

那金色巨人声如擂鼓，轰隆隆传遍天空，大笑道："有人说你齐静春不简单，拥有两个本命字，'春'字之外，还有一个坏了规矩的'静'字，来来来，让本座开开眼！"巨人每说一个"来"字，就用拳头砸在膝盖上一次。三次过后，云海如锅内沸水，剧烈涌动。云海底部，那阵原本肉眼不可见的清风，也摇晃起来，光线混乱，明暗交替。

巨人道："你有春风，本座则有一场飞剑法雨，要给你这家伙泼泼冷水！"

言语过后，无数金色的丝线透过云海，又渗透清风。如果用巨人身躯作为对比，那些金色丝线，就像是指甲长短的小小绣花针，只是密密麻麻，成千上万，汇聚之后，声势之大，惊心动魄。

齐静春依然凝视着拳头，闻声后面不改色，轻声道："好雨知时节，当春乃发生。"

只见正襟危坐的法相四周地面，迸溅出一颗颗雨滴，每一滴雨珠，看似渺小可忽略不计，其实皆大如水潭。然后这些不断涌现的雨珠，违反常理地哗啦啦向天空滑去。雨幕倒挂，只因儒家圣人齐静春默念的那一句诗词。

金色绚烂的飞剑法雨，从上往下，起于大地的春雨水幕，由下往上，狠狠撞在一起！

头顶气象万千，齐静春却对此不见，不听，不言。

齐静春那颗拳头四周，凭空生出一条条闪电蛟龙，砸在手背之上。闪电颜色分为猩红、青紫、雪白三种，看似杂乱无章，三者却泾渭分明，并不交替缠绕，分别交织成三张大网。法相的拳头，碎屑四溅，飞羽飘摇，不断衰减。

齐静春轻声道："风平浪静。"三色闪电，唯独雪白闪电毫无征兆地静止不动，但是其余两种闪电依然遵循规律而行，这就使得一条猩红闪电砰然撞断一条雪白闪电，一条青紫闪电又捆绑住猩红闪电。疏而不漏的恢恢天网，竟变得混乱无序。

云海之上，有苍老嗓音悠然响起："动静有法！"

只不过转瞬过后，原本趋于混乱的三张闪电法网，重新恢复乱中有序的浩大天威。一次次敲打撞击齐静春那尊法相的拳头。齐静春微微叹息。

"小打小闹也差不多了，齐静春，可敢接下本座这一拳！"一只金色拳头从云海窟窿之中落向齐静春的头颅。

齐静春空闲的右手高高举起，掌心向上，阻挡住那压顶一拳。齐静春法相猛然下坠百丈，只是云海也被一股激荡清风托起百丈，像是天地之间拉开了两百丈距离。

"再来!"金色仙人一拳拳落下,每一次拳势都雷霆万钧,恐怕东宝瓶洲任何一座王朝的五岳雄山,都经不起他这一拳。一身雪白的齐静春法相,只是扬起手臂,高高举起。先是法相手心被砸出一个大坑,然后整只手掌砰然而碎,紧接着手臂一节一节被金色拳头打烂。法相大损的齐静春仍然无动于衷,所有的注意力,始终放在虚握拳头的左手之上。

从拳头蔓延到整条手臂,再到肩头,覆满了雷电游走的道家符箓,每个字都大如屋。

苍老嗓音继续响起:"莫要冥顽不化。齐静春,你若是愿意,可以追随贫道修行。"

齐静春稍稍转过头,低头凝望着那只千疮百孔的手臂,上面已经布满道家一脉掌教圣人写就的无上谶箓,好一个替天行道。

齐静春轻轻呵出一口气,沉声道:"清静……"

苍老声音透露出一股震怒:"齐静春,你大胆!"

一声怒喝,硬生生盖过了齐静春在"清静"之后的两个字。

高空有双指并拢作剑,轻而易举破开云海,一斩而下!竟是直接将齐静春握拳的那条手臂,从肩头处斩落!

极远处,有一声不易察觉的叹息,充满惋惜。儒家圣人不逾矩。齐静春不该跨过道家那座雷池的。

那指剑成功斩断齐静春手臂后,似乎主人怒气犹在,双指快速缩回云海,却并未就此罢休,而是以更快的速度刺向那个已是无本之木、无源之水的悬空拳头。齐静春收回头顶只剩半截的右手手臂,迅速挡在珠子上方,往自己这边一搂,护在自己身前。仙人双指一往无前,毫无悬念地洞穿齐静春法相的胳膊,来自窟窿的金色巨人那一拳,更是结结实实砸在齐静春法相的头颅之上。齐静春这尊法相,摇摇欲坠。

虽然残肢断臂，依然大袖飘摇，自有读书人的风流，可越是如此，越显得惨不忍睹。

又是被当头一拳，齐静春法相继续下沉。一拳紧接着一拳，好像不把这读书人砸得深陷地下就不罢休。

破败不堪的法相，死死护住身前的那颗拳头，那颗珠子，那座骊珠洞天，那些见了面就会喊他一声"齐先生"的百姓。这尊法相嘴唇微动，无声而念："列星随旋，日月递炤，四时代御，阴阳大化，风雨博施，万物各得其和以生，各得其养以成……"

小洞天之内，乡塾之中，没有一个蒙童在场。有一个独坐的青衫儒士，不仅仅是双鬓霜白，头发已雪白。

齐静春七窍流血，血肉模糊。魂魄破碎，比一件重重摔在地上的瓷器还碎得彻底。齐静春竟是快意至极的神色，闭目而笑，溘然而逝。

天下有我齐静春。天下快哉，我亦快哉。

这一年，这座天下，春去极晚，夏来极迟。

第十二章 —— 天亮

　　小镇好似遇上了百年难遇的天狗食日，一下子就变得漆黑一片，人人伸手不见五指。小镇外一尊尊神像如爆竹炸裂，声响愈来愈频繁，当小镇因为天黑而寂静之时，就显得格外刺耳，这无疑又加深了小镇普通百姓的猜测，联想到之前那些载着大户子弟的牛车马车，市井巷弄里的老百姓一个个惶恐不安。四姓十族的高大门墙内，无一例外，每当有奴仆丫鬟想要自作主张，高高挂起灯笼时，很快就会遭受大声呵斥，一些脾气急躁的家族管事人，甚至当场就拍掉那些灯笼，将其一脚踩烂，脸色狰狞，以视若寇仇的眼神，死死盯住那些原本出于好心的下人。

　　铁匠铺子这边，陈平安正和宁姚坐在井口吃午饭。天黑之后，陈平安虽然奇怪，但是不耽误他低头扒饭。铁匠铺的伙食相当不错，长短工每餐都能分到一块食指长宽的肥腻红烧肉，外加一勺汤汁。饭管够，但是肉就只有一块。陈平安大概是两大碗米饭的饭量，所以每次从掌厨师傅那边分到一块肉后，因为有汤汁，第一碗往往是只吃饭不动肉，吃到最后，那块红烧肉就会从碗顶一点点滑落到碗底，然后跑去盛第二碗米饭，这才干净利落解决掉那块肉。宁姚每次看到陈平安那样吃饭，都有些想笑。阮秀倒是不会像宁姚这样，阮秀望向陈平安的眼神里，仿佛写着四个大字：同道中人。

　　此时陈平安一手端着空荡荡的大白碗，一手持筷，竭尽目力环顾四周，只能依稀看到两三丈距离以内的景象。

最近这两天，除了给阮师傅的铁匠铺子做牛做马，陈平安会抽出三个时辰去练习走桩，白天一个时辰，午时到未时间，晚上两个时辰，亥时到丑时间。到后来陈平安尝试着走桩的同时，十指结剑炉桩，但是他发现如此一来，会让自己呼吸不畅，步伐更加不稳，遂果断放弃。陈平安只在劳作间隙，趁人不注意的时候，锻炼剑炉来滋养身躯。其实对陈平安而言，只不过是把以往的烧瓷拉坯，换成了《撼山谱》里的立桩剑炉。

午时到未时间那个时辰的走桩，一开始宁姚偶尔还会尾随其后，装模作样指点过几次后，就不再出现。陈平安不想惹来流言蜚语，白天这一个时辰的拳桩，会沿着小溪下游方向，跑出铁匠铺子一里地后，才开始练习。来回一趟，差不多能走上十里路左右。对于陈平安来说，这就算一条雷打不动的新家规了。

此时坐在井口，宁姚望着覆盖黑布似的天空，害得她失去"漂亮"印象的狭长双眉，微微皱起。

陈平安小声问道："是不是跟齐先生有关？"

宁姚不打算告诉他真相，只给出一个模糊答案："齐先生既然是这座洞天的主人，应该跟他有关系吧。"

陈平安又问道："按照宋集薪和稚圭之前的说法，齐先生原本打算跟学塾书童赵繇一起离开小镇，为什么最后不走了？"

宁姚摇头笑道："圣人的心思，就像一条龙脉，能够绵延千万里，我可猜不到，也懒得猜。"说完这句话，她把碗筷往陈平安手里一丢，起身去往一栋独属于她的黄泥墙茅草屋。宁姚自己也很奇怪为何阮师对自己如此客气，难道阮师看出了自己的身份？可能性极小才对。毕竟倒悬山并不位于东宝瓶洲；况且倒悬山与外界几乎没有牵连，名声很大，客人极少；再者倒悬山那边，对自己的身份也吃不准。只不过宁姚是船到桥头自然直、不直我也能用剑劈出一条直路的性情，堂堂东宝瓶洲第一铸剑大家阮师的示好，她就大大方方笑纳了。

陈平安拿着碗筷，刚想要去灶房那边，发现不远处有人要从这边走过，是一个袖子宽大的年轻男人，比读书人陈松风更像读书人，有一种说不清道不明的感觉，有点像齐先生，又有点像当时在泥瓶巷遇到的督造官宋大人。男人看到独自坐在井口发呆的陈平安与自己对视后，微微惊讶。他来到陈平安身边，笑容温醇道："我找阮师傅有点事情，你知道他在哪里吗？"

陈平安这次没有像当初在泥瓶巷故意瞒着蔡金简、苻南华那样，而是直截了当给那人指明了方向。一来宁姑娘跟自己说过阮师傅的厉害，二来眼前这个男人，没有给陈平安一种阴沉且有城府的感觉。

陈平安客气问道："需要我带路吗？"

年轻男人没有着急赶路，望着陈平安，微笑道："不用，就几步路的事情，不麻烦了。谢谢你啊。"

陈平安笑着点头，走向灶房，那年轻男人则走向远处一间铸剑室。

陈平安还了碗筷后，发现短工学徒们都聚在几栋屋内，点上油灯，在那里聊着为何会昼夜颠倒。有人言之凿凿，说是某座大山的山神过界，害得溪水井水下降，所以惹恼了管辖溪涧的河神老爷，一场神仙打架，打得天昏地暗。也有人用老一辈人的说法来反驳，说咱们这儿，大山都给朝廷封禁了，哪里来的山神，再说了，那么点大的小溪，绝对出不了河神。陈平安没去掺和，反正闲着也是闲着，就借着自己超乎寻常的眼力，独自去往最后一口水井底下，一背篓一背篓搬土出井。

一次沿着木梯爬出井口后，恰好看到那个年轻男子从铸剑室返回，他也发现了陈平安的身影，并未走近，也没有停步，只是与陈平安遥遥挥手告别。陈平安有些感慨，不论此人是好是坏，至少他跟正阳山、云霞山两座山，还有清风城、老龙城两座城的外乡人，确实不同。

陈平安在井口一趟趟搬运土壤，最后一趟出井后，发现阮秀站在井口辘轳附近，手心摊放着一块巾帕，上面堆满了小巧糕点。等到陈平安出现后，阮秀向他伸出手掌，满身泥土、双手脏兮兮的陈平安笑着摇头，随后阮秀坐在井口上，低头吃着骑龙巷压岁铺子的精致糕点。阮秀迅速沉浸其中，整个人洋溢着满满的幸福欢喜。

陈平安继续来来回回搬运积土，十数次后，阮秀已经不见踪迹，不过井口留着巾帕和一块糕点，是压岁铺子最著名的桃花酒酿糕。陈平安愣了愣，只好摘下背篓，放在脚边，坐在巾帕附近的井口，在衣衫上擦了擦手，双指拈起糕点，放入嘴中。陈平安使劲点头，果然很好吃。毕竟自己吃的是整整十文钱啊，一想到这点，陈平安立即觉得更好吃了。

之后几个时辰，天色依旧昏暗，天空时不时会传来一阵阵沉闷的擂鼓声响，除此之外，小镇其实并无异样。阮师傅破例让自家铁匠铺的短工休息两天，让他们各回各家，不用待在这边等着"天亮"继续干活。陈平安也在此列，他干脆返回小镇，去了趟刘羡阳家，没发现少东西后，就赶紧熄灯，再锁好屋门，跑向泥瓶巷的自家宅子。

不知为何，陈平安觉得如今的小镇，死气沉沉，没了生气。

陈平安并不知道，当他跑过廊桥廊道的时候，桥底下的水面上，悬浮着一个衣袂飘摇的高大女子，衣裙雪白，头发雪白，裸露在外的手脚肌肤亦是如羊脂美玉一般。她正歪着脑袋，以溪水为镜，一手绾发一手梳理，谁也看不清她的面容。

小镇如今的光景，就像大骊将帅命人打造的一块沙盘，战事已经落下帷幕，决定弃之不用，就用黑布随意一遮。

陈平安在自家宅子里点起一盏油灯，开始清点自己的家当，三袋子金精铜钱，供养钱、迎春钱、压胜钱各一袋，一袋是大隋皇子所赠，说是感谢让他撞见那条金色鲤鱼，顾璨留下的两袋，算是买泥鳅的钱。至于陈对原本答谢他的那两袋钱，陈平安在出山途中，恳请陈对转交给刘羡阳，陈对虽然疑惑，可是并未拒绝。兴许对陈平安的选择比较惊讶，也可能是祭祖成功后心情不错，陈对破天荒露出笑容，嗓音柔和地说了些肺腑之言，让陈平安大可以放心，坦言她这个颍阴陈氏嫡系子弟的许诺，绝对要比两袋子金精铜钱更值钱。陈平安其实对此将信将疑，不敢全信，只不过宁姚听说"颍阴陈氏嫡系子弟"后，私下让陈平安放宽心。

齐先生先后两次赠送印章，共计四方。最早两方印章，"静心得意"和"陈十一"，是齐先生用自己私藏的蛇胆石刻的，之后两方印章，是齐先生根据陈平安赠送的蛇胆石，随形刻就，一小篆一隶书，巧合的是两方印章能够合拢，凑出一幅青山绿水图，一敦厚一纤柔，齐先生分别刻下"山""水"二字，依照宁姚的说法，大概能够称之为一对"山水印"。

陈平安把陆道长的两份药方三张纸放在桌面上。宁姚曾经嫌弃过陆道长的字寡淡无味，人气才气烟火气仙佛气，啥也没有，就像是世俗王朝的举人秀才，为了科举功名而迎合奉行的馆阁体，规规矩矩，低三下四。陈平安自然看不出年轻道长陆沉这一手字的韵味深浅、造诣高低，也不会因为宁姚的评价不高，就轻视了这三张纸。再者陆道长临行之前亲口说过，小镇购书识字大不易，陈平安想要学字，可以从他的药方学起。

此时陈平安小心翼翼拿起最后一张纸，之前看过末尾朱红印文的"陆沉敕令"四字，并未深思，只是如今自己也有了多达四方的印章，便觉得那几个小字，格外可爱可亲。陈平安想到以后自己兜里有了闲钱，哪天买了书，归入家中私藏，就在扉页或是尾页轻轻以"陈十一"印钤盖朱字。陈平安一想到这个，就忍不住咧嘴乐呵。只是很快陈平安就有些为难，有了印章，就需要印泥。骑龙巷那间专门售卖糕点的压岁铺子隔壁就有一间什么杂物都卖的铺子，挂"草头"二字招牌，宋集薪和婢女稚圭就经常光顾这间铺子，所谓的文房四宝、书案清供都是那边买来的。陈平安犹豫片刻，觉得等到将来识字了，哪天遇见了一见钟情的书籍，再去买一盒印泥。除此之外，还有那一麻袋精心挑选出来的蛇胆石，七八颗，颜色各异，但哪怕出水这么长时间，依然颜色不褪。桌上麻袋的袋口打开，大如青壮手心、中如稚童拳头、小如鸽蛋的各色石子，相依相偎，模样讨喜。

陈平安本来希望把它们送给刘羡阳，宋集薪虽然是个言语刻薄的读书种子，但是有句话说得很有道理，大概意思是同样一件小东西，摆在泥瓶巷外的摊贩手上，卖几文钱，还得费很大工夫，可要是摆在草头铺子的柜子里，就要三四两银子起步，顾客爱买不买，没钱滚蛋。说者无意听者有心，陈平安觉得宋集薪这话挺有道理，所以蛇胆石放在他这边，留在小镇上，估计撑死了也卖不出什么高价，可要是给了刘羡阳，拿去那什么颍阴陈氏所在的大地方，哪怕给人坑骗杀价，也绝对比陈平安得到的钱更多。至于是自己手握一栋茅屋，还是让朋友赢得一座金山银山，两者孰好孰坏，对陈平安来说，根本不用考虑。否则为什么要和刘羡阳做朋友？所以哪怕那个风雷园的刘灞桥，陈平安觉得这个人不坏，可不管刘灞桥嘴上如何跟自己称兄道弟，陈平安从头到尾都不会当真，也从不附和。

陈平安最后拿起那支玉簪子，齐先生说是早年他的先生所赠，是寻常之物，并非什么奇珍异宝。碧玉簪子上篆刻有八个小字。宁姚解释过"言念君子，温其如玉"这句话。

"君子"，陈平安虽然没读过书，但依然觉得这个词语，肯定是分量很重的称呼。

门口那边传来宁姚的嗓音："你怎么不把这支簪子别上？人家既然愿意送给你，自然是希望你物尽其用。"

怔怔出神的陈平安抬头望去，笑问道："你怎么来了？"

宁姚坐在陈平安桌对面，瞥了眼陈平安手中的簪子："我仔细查看过了，的确是普通的簪子而已，没有暗藏玄机，一开始我还以为是座小洞天呢。"

陈平安一头雾水："啥？"

宁姚看着那一桌子陈平安的"压箱底传家宝"，解释道："别有洞天，这个说法听说过吧？老百姓只当是读书人的修辞说法，没当真。其实这里头很有讲究，天底下洞天分两种，一种就是我们身处的这座骊珠洞天，属于十大洞天、三十六小洞天之一，就是'洞天福地'的那个洞天，有些疆域广袤，不知几千几万里。传说中，道祖拥有一座莲花洞天，虽是三十六座小洞天之一，但其中一张荷叶的叶面，就比你们大骊王朝的京城还要大。"

陈平安一惊一乍，怀疑道："不可能吧？"

宁姚笑着伸出大拇指，跷起伸向自己，胸有成竹道："我也不信，所以将来我去亲眼看过之后，回来告诉你真假！"

陈平安轻声道："这么稀奇古怪的地方，不是谁都能进去的吧？"

宁姚呵呵笑道："你以为我是谁？"

陈平安赶紧岔开话题："宁姑娘你继续说洞天的事情。"

宁姚随手拿起一块小巧玲珑的蛇胆石，桃花色，握在手心摩挲，说道："任意一座大洞天，能够贯通天地，灵气充沛，那才是名副其实的仙家府邸。练气士身在其中修行，事半功倍，洞天之主，非是身负大气运之人不得占据，早已被三教百家里的佼佼者瓜分殆尽，不容他人染指。三十六小洞天，有点像是藏藏掖掖的秘境，如女子犹抱琵琶半遮面，其中以桃源洞天风景最宜人，以罡风洞天最为幽奇险峻，以骊珠洞天……"

陈平安好奇问道："我们这儿怎么了？"

宁姚嘴角翘起，伸出两根手指，轻轻捻动，道："最小，就这么点大，弹丸之地，不值一提。"

陈平安干脆盘腿而坐，懒洋洋地趴在桌上，然后扬起一只拳头，依次竖起一根根手指，柔声笑道："可是我在这里，遇到了齐先生、杨老头、刘羡阳、顾璨，当然还有你，宁姑娘。"

宁姚也笑了："还有一种小洞天，就是收纳物品的地方，佛家有须弥芥子一说，道家则是袖有乾坤，其余百家也各有各的说法，其宗旨都是'方寸之地容天地'。简而言之，就是说一点点大的物件，能够放下很多玩意儿，只是相较真正的洞天福地，这种冠以'洞天'头衔的宝贝，放不得活物，我娘亲以前最值钱的嫁妆之一，就是一只玉镯子，里边洞天的大小，差不多是这栋屋子这么大的地方。"

不知外边天高地厚的陈平安，便有些失望："这么小啊，你看人家道祖的一片莲叶，就有一座城池那么大呢。"

宁姚恼羞成怒，身体前倾，伸手就想要给陈平安脑袋一巴掌，陈平安赶紧身体后仰，左右躲闪。

宁姚出手数次也没能得逞，灵机一动，那只握有桃花色蛇胆石的手，作势要丢出石头。

陈平安慌张道："别扔别扔，要是边边角角磕坏了，肯定要少赚很多铜钱的！"

宁姚撇撇嘴，放下蛇胆石，只是突然又迅猛抬手。吓得陈平安赶紧闭上眼睛，不忍心去看。啪的一声，将石头重重拍在桌面上，宁姚捧腹大笑。

陈平安睁眼后，无奈道："宁姑娘，你能不能不要这么幼稚啊。"

宁姚一挑狭长眉毛，手肘一扫，那颗石头被扫落桌面。陈平安双手挠头，苦着脸。跟宁姑娘讲道理，讲不通啊。宁姚嬉笑一声，从桌面下伸出另外一只手，那颗本该摔落在地的石头，赫然躺在她白皙的手心。陈平安还是双手抱头，可怜兮兮。

宁姚不再捉弄陈平安，正色问道："你以后做什么？"

陈平安想了想，老实回答道："帮阮师傅做完那些力气活，我想以后自己进山烧炭，还可以顺便采药，卖给杨家铺子。"

宁姚犹豫了一下，问道："那么除了正阳山的那只搬山猿，还有清风城许家的妇人，截江真君刘志茂，以及蔡金简和苻南华背后的云霞山和老龙城，你怎么应付？万一人家要找你麻烦，你往哪里逃？"宁姚不等陈平安说话，沉声道："所以当初陆道长让你不管如何，都要厚着脸皮待在铁匠铺子，是一条正路。"

陈平安忧心忡忡道："那如果给阮师傅惹来一大串麻烦，怎么办？"

宁姚冷笑道："一位主持小洞天运转的圣人，还会怕这些麻烦？"

陈平安点点头："那我回头问问阮师傅，先把所有实情告诉他，看他还愿不愿意收我做长期学徒。"

宁姚一手支撑着腮帮，一手翻翻检检那些蛇胆石，道："在小镇这里，没有什么是一袋子金精铜钱解决不了的，如果有，那就两袋。"

陈平安哭丧着脸道："我心疼啊。"

宁姚斜眼道："你打算一股脑给刘羡阳的时候，怎么不心疼？"

陈平安摇头道："两回事，不能比。"

宁姚白眼道："以后哪个女人，不幸做了你的媳妇，我估计她每天恨不得一巴掌打死你。"

陈平安一本正经道："真要有了媳妇，就是另一回事。我可不傻，不会让自己媳妇受委屈。"

宁姚一脸不信，满满的讥讽神色。

黑炭似的陈平安双手抱胸，盘腿而坐，难得有些嚣张神色，哼哼道："要是我媳妇受了委屈，别说是正阳山老猿，就是你说的那啥道祖，我也要砍死他，砍不砍得死先不说，反正先砍了再说！"

宁姚很是惊讶，目瞪口呆。她一直觉得陈平安不是个硬脾气的人，当然杀蔡金简、斗搬山猿除外，平时相处，陈平安好像永远也不会生气，性情也不偏执，不温不火的好脾气。这种话如果是苻南华、宋集薪这些天之骄子说出口，宁姚会觉得理所应当、毫不意外，可从陈平安的嘴里说出来，宁姚有点不敢相信，于是她忍不住问道："为什么？"

陈平安咧嘴笑道："我爹这辈子只跟人打过一次架，就是为了我娘。因为骑龙巷有人骂我娘，我爹气不过，就去狠狠打了一架。回来的时候，被我娘埋怨了很久，但是我爹私下跟我说，打不打得过，是一回事，打不打又是一回事，男人不护着自己媳妇，娶进门做什么?!"

宁姚有些奇怪："嗯?"

陈平安挠挠头，赧颜道："我爹烧瓷厉害，打架很不行的，回家的时候鼻青脸肿，给人打惨了。"

宁姚伸手扶住额头，不想说话。她沉默片刻，起身道："走了，回铺子。"

陈平安问道："我送你到泥瓶巷口子上?"

宁姚没好气道："不用。"

陈平安没有强求，只是把宁姚送到院门口。宁姚没有转头，也知道陈平安一直站在门口。不迂腐的好人，他们的心，会格外温暖灿烂，如向阳花木。这本身就是很美好的事情。

无依无靠的陈平安，被那些个外乡人一口一个"泥腿子贱命""市井陋巷刨土吃的蝼蚁"地说着，可是他终究有自己的生活要过，他也很想要自己活得好。当然不是贪图享受，事实上陈平安从小就是一个很能吃苦的孩子，他只是单纯想着爹娘若是地下有知，他们肯定就会放心。虽然陈家只有陈平安一个人了，但是一个人，照样也能过上好日子，这就意味着爹娘传下来的这个家，还不错，哪怕这个家只剩下一个人；哪怕有钱买了春联，需要他自己一人张贴，不会有人告诉他是歪了斜了还是正了；哪怕在门头上贴一个"福"字，需要自己架梯子，也无人扶。人活一世，生死自负，不想着跟老天爷求任何东西。所以这种人看似好脾气，其实骨头格外硬，命也会尤其硬。

走出泥瓶巷的宁姚，突然有些失落，也有些愧疚，为了自己的不告而别。

陈平安回到屋子后，对着油灯发呆。迷迷糊糊，似睡非睡，似梦非梦。他好像莫名其妙就走到了廊桥南端，只依稀记得一路上漆黑，连他也看不到几尺外的景象。但是当他一脚踏上台阶之后，天地之间，骤然大放光明。

陈平安浑浑噩噩走在廊桥过道，突然廊道中央那里，绽放出无比炫目的雪白光芒，仿佛比之前的天地光明更加刺眼，蕴含的道意更加崇高。陈平安明明眼睛刺痛得流泪，但是不知为何，反而能够更加清晰地看到那里的奇异风景。

有一个高大人物，面容模糊，站在廊桥当中。和陈平安在小巷初见齐先生时有些相似，大袖飘摇，一身雪白，如神似仙。但是在脱缰野马一般混乱的潜意识当中，陈平安无比确定眼前之人，比齐先生更加虚无缥缈，就像他或是她距离人间更远。

陈平安缓缓前行，耳边仿佛有狐魅女子细语呢喃，蛊惑人心："跪下吧，便可鸿运当头。"之后又有人威严大喝，震慑人心："凡夫俗子，还不速速下跪！"又有中正平和的声音淡然道："如世俗人，需要下跪天地君亲师，跪一跪又何妨，换来一个大道登顶。"还有沧桑沙哑的嗓音响起："这一跪，就等于走过了长生桥，登上了青云梯，跨过了天地堑，休要迟疑，快快下跪。天予不取，反受其咎！"一声熟悉嗓音竭力响起："陈平安，快快停步！既不要前行，也不要转身，更不可下跪。只需在原地坚持一炷香便可，你一介凡人之躯，能够承载多少斤两的神气意愿？不要逆天行事……"有点像是杨老头的训斥和告诫。只是老人的嗓音越到后边越低。与此同时，又有人温醇笑道："陈平安，不妨站直，往前走几步试试看？"这像是齐先生。

陈平安本能地挺直腰杆，停下脚步，眼神茫然地向四周张望。他只知道自己有很多问题，想要问齐先生。

许多嘈杂声音此起彼伏："这是马苦玄应得的机缘！你这小子速速滚出去！"

"便是马苦玄拿不到，也该顺势落入那天仙坯子宁姚之手，你算个什么东西！"

"你这一支陈氏就是一摊扶不起的烂泥，早该香火断绝，也敢垂涎神物，厚颜无耻的小杂种！"

"陈平安，你不是很在乎宁姚和刘羡阳他们吗，转身返回小镇吧，把机缘留给你的朋友，不是更好？齐静春已经用他的一死来换取你们这些凡人的安稳，以后安心做个富家翁，娶妻生子，还有来生，岂不是很好？"

"胆敢再往前一步，就将你挫骨扬灰！"

陈平安一步踏出，廊桥轰然一震。天地寂静，杂音顿消。有叹息，有恐惧，有慌乱，有敬畏，有唏嘘，一团乱麻。

陈平安一步走出之后，就自然而然向前走出第二步，这个时候他才发现齐先生与自己并肩而行。整座廊桥以及廊桥之外，突然又变得伸手不见五指。

陈平安之前停步的时候，就已经不再被光线刺得流泪，这会儿没来由一下子哽咽起来，灵犀所至，问道："齐先生，你是要走了吗？"

"嗯，要走了。外边有太多人，希望我死，也由不得我自己做选择。"

"齐先生，那我们要去见谁？"

"不是'我们'，是你。你要见的是一个……老人？"

砰然一声巨响，齐先生好像被人一击打飞，但是齐先生反而爽朗大笑，最后不忘沉声道："陈平安，大道就在脚下，走！"

陈平安深吸一口气，抬起脚准备踏出第三步。有一个极远、极高之地的嗓音响起，瞬间穿透一层层天地，微笑道："事不过三，点到即止。"廊桥中间那边随之有人冷哼一声。

陈平安猛然惊醒，发现自己趴在桌上，油灯还在燃烧，他下意识转头望向窗外。天亮了。

陈平安神情恍惚地走出屋子，来到小院，抬头望去，烈日当空，视线尤为清晰，天空如同褪下一层层釉色的瓷坯，光洁可人。

陈平安无意中察觉到自己呼吸有些凝滞，便坐在门槛上，屏气凝神，双手十指结剑炉拳桩。一炷香后，陈平安才感觉到气息平稳顺畅起来，刚要站起身，眼角余光一瞥，一屁股又坐回了门槛。他瞪大眼睛望去，不知何时院子角落里安安静静躺着一块黑色石头，是世间最好的磨剑石，斩龙台！

陈平安赶紧起身，快步走去，蹲下身端详，跟之前那座倒塌的天官神像台座相比，这块石头好像被人刀切豆腐似的，一刀直直下去，就干脆利落地一分为二。陈平安揉着下巴，一点一点挪位置，换了一个方位蹲着，东南西北挪了一圈，屁股回到原位后，越发确定，正是"菩萨点头"那尊神像脚下的台座。这让陈平安悚然，宁姑娘虽然喜欢说一些口气很大的话，但是她所有冷眼袖手的言语，绝对不会有半点作假。她说牢固异常的斩龙台，只能大剑仙花大代价才能劈开，陈平安就确信无疑。那么这块斩龙台是自己长了脚，然后一路跑到他陈平安家宅子？

如今陈平安已经知道世上确有神仙鬼怪，还有不计其数的山魈精魅，但是石头成精，可能性不大吧？再说了，它跑谁家里都能享点福，跑到自己这栋宅子，除了遭罪还能做什么，有这么笨的石头精吗？

陈平安试探性问道："喂，你能说话不？或者能听懂我说话吗？"当然不能。

疑神疑鬼的陈平安摇晃脑袋，看不够。大概是之前那个梦境太过真切，他其实还没有缓过来，导致现在看什么都透着古怪。许多当年没有深思的小事，如今穿在一起，好像一下子就说得通了。

齐先生说世上的确有很多事情不能以常理衡量，宁姚更是说过外边天地光怪陆离。哪怕是姚老头，其实也早就零零碎碎说了许多，简简单单的入山一事，就有诸多讲究。姚老头曾经说过很多，比如那些个不起眼的老树墩子，有可能是山神的座椅，坐不得。还说天底下的山，无论大小，其实一脉相承，只不过有着祖孙之分。陈平安在这一刻，突然很好奇，很想知道小镇所在的骊珠洞天，到底如何才能看到全貌？是不是只有爬到那座比披云山更高的山峰，才能一览无余？

陈平安收起思绪，低头看着那块黑色石头，想着要把它搬去铁匠铺子，宁姑娘肯定用得着这块磨剑石。至于到时候宁姑娘如何处置石头，是选择自己磨剑，还是交给阮师傅，作为帮忙铸剑的谢礼，陈平安反正无所谓，他只是很好奇磨剑石到底如何磨剑，会不会跟自己磨柴刀差不多？

陈平安做事情从来不拖泥带水，下定决心之后就立即动手，伸出双手将磨剑石往上抬，能够抬离地面寸余距离，有些沉重，但还不至于搬不动，这就好办。于是陈平安去屋里找来一只箩筐。很快他就背着箩筐走在泥瓶巷，磨剑石之上覆盖着一件衣衫。

走出泥瓶巷后，陈平安发现大街上行人众多，估计是那场突如其来的黑夜，让人瘆得慌，如今好不容易看到了大太阳，就都想着出来透口气。所以绝大多数小镇百姓都离开家门，走出巷弄来到大街，议论纷纷，时不时有人匆忙跑过，嚷嚷着铁锁井已经彻底干枯了，连那条悬挂于井中千百年的铁链，也不知被哪个混蛋偷偷搬走藏在家里了。更有唯恐天下不乱的稚童孩子，三三两两，蹦蹦跳跳，满脸雀跃，乱七八糟说着那棵老槐树的变故。

原来那棵老槐树"一夜之间"被连根拔起，倒在大街上，满地的碎裂槐枝和枯黄槐叶。一开始很多附近百姓觉得别浪费了，就顺手捡了枝叶回家烧火，一些个惫懒青壮男人，被自家婆娘催促，不情不愿拎着柴刀去劈砍更粗大一些的槐枝。不是没有人阻拦，祖祖辈辈生活在老槐树周边的小镇老人，大多痛心疾首，对那些占这种缺德便宜的汉子婆娘直接破口大骂，也有老人苦口婆心说着老槐树跟小镇的渊源，说这棵树是有灵气的，这么多年来，连枯枝坠落也只挑夜深人静的时候，不愿砸在人头上，更不要说每逢收成不好的时候，老槐树的槐花如米，填饱了多少人的肚子。不管用，那些青壮男人要么不理不睬，只管埋头砍树，脾气差一点的，就跟老人起了冲突，推推搡搡。总之有点乱。

听到老槐树那边的动静后，陈平安背着箩筐，犹豫不决，于是放慢脚步，三步一回头，望向老槐树方向。直觉告诉他应该去老槐树那边瞅瞅，但是心底又有一个声音，让他赶紧去铁匠铺子。

突然他看到一个风一般的灵巧身影，从自己身边擦肩而过，是个身穿大红棉袄的小女孩，让人哭笑不得的是小女孩肩膀上，扛着一根粗如青壮手臂的槐枝，槐枝等人长，小女孩脚步飞快，跟车辘轳似的，活泼俏皮得很。陈平安一眼就认出了她，是那个独来独往的小女孩，来去如风，喜欢在小镇四处逛荡。她跟顾璨属于不打不相识，前不久在青牛背又见过一面。她跟在那些神仙人物身边，好像跟那位年轻道姑关系尤其好，陈平安还送了她一小块蛇胆石。

陈平安赶紧出声喊她，红棉袄小女孩转过头，看到是陈平安后，咧嘴一笑，一双会说话的秋水眼眸，好像在说你有事快说啊，我听着呢，我还要忙着蚂蚁搬家！

陈平安忍住笑，招手道："我跟你商量个事，最多耽误你一会儿。"

大红棉袄小女孩，扛着树枝雷厉风行地跑过来，微微侧身，她抬起头，有些疑惑。

陈平安问道："这根树枝，你是从老槐树那边搬来的吧？"

小女孩使劲点头，遗憾道："不快一点的话，要被人抢光了。我力气小，只搬得动这么点大的，我争取多跑几趟。"

陈平安心思急转，试探性问道："你家如果是在福禄街那边，那就远了，你如果信得过我，可以先把槐枝放在我家院子，这样你就可以来回多跑几趟。"

小女孩默默权衡利弊，认真思量的同时，一直在观察陈平安的眼神和脸色，大概是觉得陈平安没坏心，她点头道："那你要我做什么？事先说好，我可扛不动太大的树枝，很沉的，我现在肩膀就有点像是火烧着了。"

陈平安掏出一串钥匙，摘下其中一把，递给小女孩："这是我家院门的钥匙，你拿着。我不要你多做什么，只是让你抢槐树枝的时候，看看地上有没有没变黄的绿色树叶，有的话就记得帮我收起来。"

小女孩没有接过钥匙，瞪大眼睛："就这？"

陈平安笑道："对，就这。你知道我家地方吧？"

小女孩嗯了一声："泥瓶巷左手边数起，第十二个宅子。"

小女孩最后还是没有接过钥匙："你家那边院墙不高，我可以把槐枝轻轻放进去，不用打开院门。"

陈平安才收起钥匙，红棉袄小女孩已经转身飞奔离去。陈平安觉得她就像是进了山的自己，她是走街串巷，自己则是翻山越岭。

陈平安走出小镇，一直往南，等到靠近廊桥的时候，骇然发现廊桥不见了。已经恢复成记忆当中的那座老旧石拱桥。

不知为何，廊桥虽然崭新大气，还挂着亮眼的金字匾额，可陈平安还是喜欢眼前的老桥。陈平安站在石拱桥这一头，没来由想起那个无法解释的梦，深吸一口气，缓缓走上斜坡。越是临近桥中央，陈平安就越是紧张，本就大汗淋漓，现在更是汗如雨下，只是等他走到了石拱桥那一头，也没有任何事情发生。陈平安自嘲一笑，加快步子往铁匠铺子走去。

青牛背那边，杨老头坐在青色石崖边缘，大口大口抽着旱烟。杨老头脚下的水潭，涟漪阵阵，波光粼粼，水面之下，好像有大把大把的水草在摇晃，大太阳底下，仍是透着一股无法言喻的阴森诡谲。水面上，逐渐浮现出一张模糊的老妪面孔，但是她却拥有一头鸦青色的头发，在水中绽放，此时马婆婆如丧考妣，颤声道："大仙，昨夜我是真的不敢靠近那边啊，我试了好几次，一过去就像是钻进了油锅，比千刀万剐还难受。大仙，你就饶过小的吧，实在是没有办法啊。"

杨老头冷漠道："我不是来兴师问罪的，你以后也一样，只需要做力所能及的事情，不含糊，就可以了。不过现在有一个千载难逢的机会，摆在你面前，就看你自己敢不敢争取了。"

马婆婆幽绿色的脸庞随水晃荡，说不出的鬼气森森，听到这位大仙有意为自己指点一条明路，赶紧摆出洗耳恭听的姿态。

杨老头缓缓说道："如今小洞天已经缓缓落回人间，跟大地接壤，正处于落地生根的关键时期，过不了多久，就要与大骊王朝版图同气连枝。你现在之所以只能被称为河婆，而不是河神，是因为就像是在世俗王朝，你仍然只是个不入清流品秩的胥吏，并未真正获得官身，一步之差，天壤之别。"杨老头用老烟杆往石拱桥那边一指："之所以如此，根源不在于你辖境小，而在于你的地盘被拦腰斩断了，瞧见那座桥没，就是它把你的未来香火斩断了。你现在只要能够从桥底下游过去，就能有一份大前程。你所处的这条小溪，将来会成为许多重要河流的源头，别说是一头青丝长不过数百里的下等河神，就是被大骊敕封为江神，发丝长达几千里，也不难。"

马婆婆眼珠子微微转动。

杨老头也不催促，笑道："烂泥里躺着其实也蛮舒服的，对不对，为什么要别人扶起来，对不对？"

马婆婆之前心生怯意不敢一口应下，此时听到大仙的冷嘲热讽，心知不妙，立即讨饶，深潭溪水顿时翻涌。

杨老头无动于衷，淡然道："是继续做摇尾乞怜的泥鳅，还是化为坐镇一方水运的河蛟，在此一举。还有，别忘了当初我是怎么跟你说的。这条路，没有回头路可走，只能一条道走到黑。天底下没有一劳永逸的好事，说句难听的，小镇百姓谁都可以有善报，但是无论如何也轮不到你。"

这位神通广大的大仙，越是如此云淡风轻，河婆马婆婆越是心里打鼓，最后狠狠一咬牙，迅猛潜入水中。片刻之后，马婆婆身影消失不见，但是在青牛背和石拱桥之间的溪水中，好像有一抹幽绿暗影，歪歪扭扭奔向下游。这道暗影临近石拱桥后，速度放缓，最后简直就是乌龟划水一般。距离石拱桥那座深潭还有十余丈，河婆马婆婆的身影骤然加速，显然是富贵险中求，要拼死一搏了。

一游而过，畅通无阻。马婆婆一口气冲出数十丈后，水下身影打了一个旋儿，为了庆贺自己劫后余生，情不自禁地一圈圈转动起来，一团青丝缠绕着那具已无血肉的干瘦躯壳。

这位河婆站直悬停在溪水当中，抬头望向那座石拱桥，终于清清楚楚看到了那根老剑条。依旧锈迹斑斑，跟她还是孩提时、年少时、少妇时所见，并无半点异样。但是下一刻，只是多看了老剑条一眼的河婆马婆婆，一双眼珠子当场爆裂。

哀号，溪水翻滚，浪花阵阵。

许久之后，这一段小溪总算恢复风平浪静，老妪重新生出了一双眼睛，但是她变得气息孱弱，耳畔响起杨老头的嗓音："人家不稀罕理睬你，那是你祖上冒青烟，你别得寸进尺。以后经过石拱桥的时候，切记不要抬头了。"

马婆婆嗫嗫嚅嚅道："不敢了，再也不敢了。"

杨老头的嗓音幽幽传来："你只管往下游去，试试看能游到哪里。经过那座铁匠铺的时候，也别太猖狂。不过不用太担心，你的存在，能够让这条溪水变得尤为'阴沉'，一旦催生出水精，有利于铸剑淬炼，所以那位阮师，不会为难你。你要是做事勤勉，说不得人家还会施舍给你一点机缘。骊珠洞天虽然碎裂了，灵气迅速流溢四散，可大抵上还能延续个三四十年，阮师的圣人之位，稳固得很，对他来说，反而是好事。"

马婆婆松了口气，谄媚道："谨遵大仙法旨。"

青牛背这边，有人言语中满是钦佩："前辈好大的神通，竟然能够自行敕封一方河婆，关键是还能够不惊扰到天道。"

杨老头依然保持原先的坐姿，头也不转，冷笑道："河婆，和河神，一字之差，云泥之别。你这种读书人，会不懂？"

来者正是观湖书院最大的读书种子崔明皇，他应该会是最后一个离开此地的外乡人。

这个丰神俊朗的英俊书生，笑道："已经很骇人听闻了。在一条断头路上，硬生生岔出小路来，这等手笔，由不得晚辈不佩服。"

杨老头淡然问道："小子，你知道我的身份？"

崔明皇摇头笑道："山主事先并未告知，但是我勉强猜出一点端倪。"

杨老头不耐烦道："去去去，你小子还不够格与我谈，换成你们山主还差不多。"

崔明皇非但没有离去，反而在青牛背席地而坐，落座之前，不忘伸手将腰间玉佩小心翼翼挽住，以免撞击在石崖上。他抬头望着再无遮拦的蔚蓝天空，轻声道："空有一身通天修为，为了护住这座骊珠洞天，不让天道渗透进来些许，竟是半点也不愿使出，到最后只能靠两个本命字，真正死撑到最后。杨老先生，你说我们这位齐先生，到底图什么？"

杨老头只是抽着烟，神色阴沉。

崔明皇喃喃道："若是图一个'为生民立命'，那也太亏了。他是齐静春啊，山崖书院的山主，儒教第四圣的得意弟子，他的一条命，换来六千多凡夫俗子的来生来世，划算吗？我看不划算，换成是我，绝对做不来。"

杨老头吐出一口烟雾："你这话，也就只能跟我唠叨，要不然传出去，你这辈子都别想当书院山主。看在你先说了几句心里话的分上，咱们随便聊聊？"

崔明皇微笑道："那敢情好，晚辈求之不得。"

杨老头望着水面："不过在这之前，我想问你一个问题。"

崔明皇点头道："前辈问便是了。"

杨老头缓缓道："一步步把齐静春逼到那个唯有求死的境地，是不是你的手笔？"

崔明皇先是一愣，随即苦笑，最后自嘲道："前辈是不是太高看我了？"

杨老头没有转头，一团团烟雾在他身前袅袅升起："我别的本事没有，看人心一事，还算凑合，所以你不该来这里的。"

崔明皇笑着解释道："哪怕是晚一些来算，从我儒家第四圣在文庙位置第一次下降，以此作为开端，那也是八十年前的事情了，我如今不过而立之年，怎么说得通？"

杨老头转过头，笑眯眯道："你的意思，是说自己不过凑巧来这里取走镇国玉圭，又凑巧碰上这桩惨案而已，属于黄泥巴落在裤裆里，不是屎也是屎？"

崔明皇神色自若，笑道："世事无常，无巧不成书。"

杨老头呵呵笑着，皮笑肉不笑。

崔明皇不愿继续空耗下去，开门见山道："晚辈对那座披云山情有独钟，希望将它作为一座新书院的地址，晚辈来此是客，入乡随俗，于情于理，都应该跟杨老前辈打声招呼。不知道前辈有什么要求？"

杨老头皱着脸，默不作声。

崔明皇似乎不敢擅自催促杨老头，缓缓起身，轻声道："前辈放心，只要前辈一天不点头，晚辈的书院就一天不敢破土动工。如果哪天前辈觉得此事可行，可以让窑务督造官衙署那边，捎句话给观湖书院崔明皇即可。"

杨老头嗯了一声，没有拒人于千里之外。崔明皇作揖告辞。

无论是河婆马婆婆这种小棋子，能否真正成就神位，还是观湖书院要在大骊王朝寻求一块围棋上的飞地，选中了那座披云山，其实杨老头并不太上心，因为无足轻重。他唯一在意的事情，是那夜齐静春到了廊桥，与阮邛说了什么，最后他独自坐在廊桥一夜，天亮之后才起身返回小镇，在那期间，齐静春又到底说了什么，做了什么？

杨老头拎着老烟杆站起身，低声骂道："就没一个是让人省心的。"

学塾内，四个蒙童面面相觑。

孩子们没有见到齐先生，反而是那位好像一年到头都在扫地的老大爷，换上了一身跟齐先生装束相似的儒衫，腰间悬挂了一枚玉佩，霜白头发收拾得整整齐齐，头戴高冠。老人坐在原本齐先生的位置上，告诉四个孩子，齐先生已经辞去教书先生和书院山主的职务，所以之后就由他来带领孩子们游学。出门远游一事，是齐先生跟孩子们早就说好的，他们家中长辈也都点头答应下来了。

老人不复以往的慈眉善目，气势威严，问道："李宝瓶呢？为何没有来上学？"

鬼头鬼脑的李槐，平时就跟那个李宝瓶不对付，立即告密道："李宝瓶在来的路上，听说老槐树倒了，就非要跑去凑热闹，我拉不住她。她脾气差得很，我怎么劝都不听，她还要动手打人呢。"其余三个蒙童各自腹诽，李槐真是随他娘，睁眼说瞎话的能耐，比谁都厉害。

老人转头对一个扎羊角辫的小女孩说道："你去喊李宝瓶回来，我们今天就要离开小镇。"

小女孩哦了一声，有些不情愿地站起身，小跑着离开学塾。

李槐年纪不大，嘴巴很刁，不忘火上浇油，老气横秋道："老马啊，李宝瓶这种顽劣学生，一定要好好管束才行，要不然成不了材的。既然齐先生不在了，老马你就要挑起担子来……"

老人厉色瞪去，李槐吓得噤若寒蝉，乖乖闭嘴，只是在心里不断骂这个马老头不是个东西，老虎不在山就猴子称大王。以前李槐很厌烦齐先生的规矩，如今倒是怀念起齐先生的好了。

学塾课堂隔壁，属于齐静春的那间屋子，观湖书院的崔明皇坐在书案后，环顾四周，鸠占鹊巢的他笑容恬淡，有些失望地轻声道："书也没有几本啊。"

陈平安到了铁匠铺后，听到那个消息，有点蒙。

宁姚天没亮就离开小镇了，阮秀说是倒悬山那边，飞剑传书，宁姑娘听说后急匆匆就离开了铺子。陈平安这个时候才知道，原来宁姑娘之前去泥瓶巷，是跟自己告别的。

陈平安背着箩筐，站在宁姚暂住的那栋屋子檐下，抿起嘴唇。

阮秀柔声道："宁姑娘让我告诉你，那把剑鞘她先借用一段时间，以后会还你的。"

陈平安摇头道："没关系。"

阮秀欲言又止，陈平安才醒悟这句话跟阮姑娘说，没什么意义，挠头道："那我先回趟泥瓶巷。"

阮秀点点头。陈平安向前行去。

阮秀突然记起一事，喊道："陈平安，我爹说你这段时间就在铺子里安心做事，以后可能需要你帮忙打铁。"

陈平安转头笑道："谢了。"

阮秀嫣然一笑。

陈平安独自走在溪畔，走上石拱桥后，突然停下脚步，摘下背篓，坐在石拱桥边缘，双脚悬挂空中，装着沉重斩龙台的箩筐就放在身边。穿着一双草鞋的脚，轻轻晃荡。

对于宁姑娘的离去，他没有太多感伤，因为一开始就知道她会走的。只是有些话，来不及说了啊。

不知过了多久，陈平安被桥底下一阵巨大的水花声响猛然惊醒，他赶紧转头，箩筐已经不见了！

陈平安没有丝毫犹豫，双手一撑，任由自己摔入溪水。入水后，迅速转换水中姿势，头朝下，使劲向水底钻去。

陈平安瞪大眼睛，依稀看到一点光亮，那一瞬间，他就失去了知觉。下一刻，陈平安发现自己站在镜子一般的水面上，轻轻跺脚，能够跺出一圈圈涟漪，但是镜面并未塌陷。

陈平安突然抬起手臂遮住眼睛。正前方有刺眼光芒，照彻天地。等到光芒淡去，陈平安放下手臂，看到远处有一人悬空而坐，一脚屈起，一脚下垂，如同坐在悬崖边上，姿态懒散。那人整个人沐浴在洁白光辉之中，丝丝缕缕的光线，不断摇曳。陈平安无论如何也看不清那人的面容。那人跟之前泥瓶巷家中那场梦中站在廊桥中央的人物，很相像。但是陈平安不敢确定是不是同一人。

那人抬头打了个哈欠，缓缓道："那个叫齐静春的读书人，说对这个世界很失望。那么你呢？"

陈平安在那个人开口后，呼吸困难，遂咬紧牙关。很快，陈平安又一次听到了自己的心跳声，如有人擂鼓震天响，他满脸涨红，伸手使劲捂住心口。

神人擂动报春鼓，告知天下春将至。鼓不响，春不来。

那人随手一挥，大袖晃动如一条银河。石拱桥上，小鸡啄米的陈平安恍恍惚惚醒来，转头望去，箩筐仍老老实实放在自己身边。

陈平安抱头道："又来？！"

陈平安使劲给了自己一耳光，疼。他慌慌张张站起身，背起箩筐就跑。

陈平安一路跑回泥瓶巷，打开院门，发现靠近院门的地方，一根根槐枝横七竖八躺着。心想那丫头是真能跑真能扛啊。

陈平安放下背篓，然后坐在院门口，擦着汗水。

一抹红色从泥瓶巷一端快步跑来。小女孩满头大汗，看到陈平安后，咧嘴一笑。她以槐枝拄地，气喘吁吁，从腰间绣袋里捞出一把鲜艳欲滴的翠绿槐叶。陈平安接过后，低头一看，相比那次齐先生带他求来的槐叶，这些槐叶虽然也是绿色，但是叶脉已经枯黄，长久端详，也看不出有绿色莹光游走其中。

陈平安看着左右张望的小姑娘，笑着伸出手。小女孩一脸茫然。陈平安没有收回手。小女孩坚持片刻后，神色懊恼地从绣袋里掏出最后一片树叶，重重拍在陈平安手心上。陈平安继续伸着手。她使劲鼓起腮帮，转身不知从哪里又摸出一片槐叶，哭丧着脸交给陈平安。

陈平安忍住笑意，将那八片槐叶合拢在一起，不过抽出其中三张，递给红棉袄小女孩，柔声道："送给你的。"

小女孩没有接过槐叶，黑葡萄似的水润大眼眸，满是疑惑。

陈平安揉了揉小丫头的脑袋，温声解释道："你自己事先藏起来，跟我事后送给你，是不一样的。以后别忘了，答应别人的事情，就一定要做到。"

陈平安看着那张天真无邪的稚嫩脸庞，笑道："如果努力了，还是做不到，记得打声招呼。"

小女孩虽然觉得他说的挺有道理，可是这样自己多没有面子啊，于是使出浑身解数皱着小脸，气鼓鼓道："你怎么跟学塾齐先生这么像啊。我要不喜欢你了！"

陈平安哭笑不得，说道："我帮你把槐枝搬到你家去，我力气大，跑一趟就够了。"

累惨了的红棉袄小姑娘，顿时眼睛一亮，笑得双眼眯成月牙儿："那我可以多喜欢你一会儿！"

陈平安虽然看着身形瘦弱，可是当他双肩扛起那些槐枝，一点也不勉强地轻松走在泥瓶巷时，把后头那个红棉袄小姑娘看得目瞪口呆。之前如果不是她坚持，陈平安连她纤细肩膀上的那根槐枝也要一并拿去。

泥瓶巷口子上站着一个扎羊角辫的小丫头，估计是冬天冻伤了脸颊，两坨腮红很惹眼，看到大摇大摆扛着槐枝的红棉袄小姑娘后，她闷闷道："李宝瓶，不是说好了丢下槐枝，就跟我一起去学塾的吗？你是不知道，今儿马爷爷怪得很，穿得跟齐先生一样，说要由他来带着我们游学，去那山崖书院，到时候马爷爷朝我们发火的话，就怪你。"

李宝瓶根本就没有听进去，从腰间绣袋里拈起一张陈平安送给她的翠绿槐叶，对着身边的同龄人，捻动旋转，得意扬扬，一脸"你没有吧，我有很多哟"的表情。

羊角辫小丫头只觉得莫名其妙，不知道一片破叶子，有什么值得炫耀的，但是她就是受不了李宝瓶的那副模样，很欠揍。问题是学塾里差不多大的孩子，哪怕是李槐这样的刺头，也打不过李宝瓶。李槐曾经被她打得趴在地上装死，李宝瓶犹不罢休，扒掉李槐的裤子，再把那条裤子往树上一丢，高高挂在那里，光屁股李槐一路号啕大哭着回了家。李槐他娘可不是省油的灯，二话不说就拽着李槐一起杀向福禄街，结果还没到李家，看着街道两边气派威严的石狮子、彩绘门神和高大院墙，妇人就气不打一处来，又将李槐暴打了一顿，连李家大门也没敲，就扯着自己儿子的耳朵，灰溜溜回到了小镇最西边的破落宅子，不过那晚妇人宰了只鸡炖了，李槐光屁股站在凳子上，晃来晃去，吃得比谁都欢快，哪里还记得被李宝瓶按在地上拍脑袋的糗事。

羊角辫小姑娘伸出双手比画了一下长短，满脸嫌弃道："槐树叶子而已，有什么好神气的，我爹昨夜给了我一只金算盘，金子做的算盘，有这么大！"只可惜李宝瓶完全沉浸在自己的世界里，根本不在乎什么金算盘。她继续在伙伴眼前轻轻摇晃槐叶，尖尖的小下巴抬了抬，指向前边的陈平安，说道："他送我的，我袋子里还有哦。"

羊角辫小姑娘唉声叹气，从她第一天认识李宝瓶起，李宝瓶就是这么个讨人嫌的德行。李宝瓶只说她想说的，只听她想听的，只做她想做的事情。如果不是在骑龙巷那边实在没几个同龄人，羊角辫小姑娘才不愿意跟她一起玩耍。很多时候，连齐先生也对李宝瓶无可奈何，因为李宝瓶总会问一些奇奇怪怪的问题，偏偏齐先生每次都会认真回答，只可惜经常说不出让李宝瓶信服的答案。有些时候齐先生想通了一个问题，第二天兴致勃勃打算跟李宝瓶好好授业解惑一番，结果李宝瓶自己都忘了昨天问了啥，一想到要钓泥鳅啊捉蟋蟀啊放纸鸢啊，撒腿就跑，就那么直接把齐先生晾在了一边。

陈平安双肩扛着那些槐枝，不好转头，只能稍稍大声问道："学塾现在有多少人？"

李宝瓶正在吃力地换肩膀扛槐枝，之前已经来回换过很多次，火辣辣地疼。

羊角辫伸出一只手掌，回答道："如今只剩下五个人啦，我，李宝瓶，李槐，林守一，董水井。"她闲着也是闲着，竹筒倒豆子，把学塾的境况一口气说了出来："齐先生之前答应要带我们出去游学，最后要去山崖书院读书，当时我们学塾还有十四五个人，家里人都同意的。后来呢，那些大多住在福禄街和桃叶巷的有钱孩子，先是托病不来学塾，后来听李宝瓶说，他们直接离开小镇了，说是去投奔远房亲戚。当初听说要去山崖书院的时候，这拨人最高兴，我都不知道他们高兴什么，要跟着齐先生走那么远的路，不累啊。"小女孩说话稚声稚气，但是条理清晰，有些早慧且性情温和，像个小大人。陈平安没来由就想起了顾璨，只不过她跟刺猬似的鼻涕虫，还是不太一样的。

陈平安笑问道："那你叫什么？"

扎两根羊角辫的小姑娘淡然道："我啊，叫石春嘉，所以你可以喊我石姑娘。"

陈平安无言以对。

李宝瓶拆台道："你喊她小石头就行了。"

石春嘉像是一只炸毛的小猫，对李宝瓶怒色道："不许喊小石头！李宝瓶你也不可以！"

成天喜欢胡思乱想的李宝瓶，此时的想法念头，早已从小伙伴的绰号，转移到别处去了，所以根本没搭理石春嘉的反驳。石春嘉却是喜欢较真的性子，不厌其烦地跟李宝瓶晓之以理动之以情，只为了摆脱"小石头"这个不讨喜的绰号，因为石春嘉知道，将来到了齐先生的那座山崖书院，只要李宝瓶开口喊她一次小石头，那么这个绰号估计就要彻底甩不掉了。

听着身后两个小姑娘你来我往的鸡同鸭讲，陈平安在临近福禄街的时候，问道："福禄街这边有很多户李姓人的宅子，你家在哪边？"

陈平安想着只要不是四大姓之一的李家宅子，都行。毕竟当时为了诱使正阳山老猿出山，他利用福禄街那棵子孙槐爬上了李家大宅的墙头，说起来他还用弹弓打碎了李家的两只鸟食罐。

石春嘉没好气道："她啊，就是墙外有槐树的那户人家，以前每次家里不让她出门，怕她疯玩，她就自己偷偷架梯子上墙，再沿着槐树落在福禄街上。有次她爹娘实在是气坏了，就把梯子搬走了，非要她从大门进入，没想到她直接就跳了下去，之后那个月她就没来学塾，后边两个月，一直是拄着拐杖来的。"

李宝瓶并没有觉得丢人现眼，而是一本正经道："我事后反省了，那次是我落地姿势不对，不该直不楞登双脚戳下去的，所以等我腿好了之后，我再去试就……"

石春嘉气呼呼道："不就是又休学半个月吗？"

李宝瓶撇撇嘴："第三次不就没事了。"

石春嘉愤愤道："那是因为一年后，你长身体了，个子蹿得很快，所以才经得起折腾，跟你落地姿势正确与否，没有半枚铜钱关系！"

陈平安对于两个小姑娘的吵吵闹闹，没有掺和。一来是正在头疼，到时候自己会不会被李家认出来，一怒之下就关门放狗。再就是陈平安在内心深处，很羡慕她们，羡慕她们的幸福安稳，在家有长辈管束，在学塾可以读书。虽然头疼，陈平安仍是决定帮助李宝瓶把槐枝送到她家门口。大概这就是现世报吧，刚刚跟她说过，答应的事情就要做到，结果就只能硬着头皮去李家大宅自投罗网。

不知道是不是老天爷总算从打盹里睁眼醒来，觉得也该轮到陈平安时来运转了，门房并未认出他，李宝瓶也没有让他帮着把槐枝扛进府里，如释重负的陈平安刚要转身离去，李宝瓶就把自己肩头扛着的那根槐枝交给了他，说这算是她的报答。陈平安没有拒绝李宝瓶的善意，随意扛在肩上，挥手告辞。

那个门房早就习惯了自家小姐的古怪脾气，哪怕搬了一堆烧火都嫌弃的槐枝回家，也不觉得如何意外，只是有些心疼小姐的那件大红色棉袄，它可比那些槐枝值钱多了。自家这个小姐，不到五岁的时候，就能够自己去小溪抓来一只大螃蟹，到家后，一边流眼泪，一边高高举起小手，小手上头有一只死也不愿松开钳子的螃蟹，把爹娘和老祖宗给心疼得不行。到如今，那只蟹壳青黑色、蟹钳却是赤红的螃蟹还养在她的大鱼缸里，小姐实在是不喜欢读书，有事没事就跟它聊天说话。

看着陈平安离去的身影，石春嘉瞥了眼身边的李宝瓶，嘿嘿笑道："就是他啊，害得你摔掉了一颗大门牙？"

李宝瓶突然走到石春嘉身后，双手握住她的两根羊角辫，准备往上提："相信我，这次肯定行。"

石春嘉吓得连忙蹲下身，闭着眼睛，双手胡乱在头顶挥动，以免自己又被李宝瓶扯住辫子往上"拔草"。

李宝瓶蹲在比自己矮小一圈的石春嘉身边，自信满满道："小石头，不疼的，你没有试过第二次，怎么知道不行呢？对不对？"

石春嘉吓得哇哇大哭。那个门房于心不忍，忙为骑龙巷那间压岁铺子的小掌柜解围，说道："方才学塾马先生让李槐来捎话，让府上这边准备好一辆马车，小姐你带上行李，先去学塾，然后离开小镇，与石小姐一起游学至山崖书院。当然，在去学塾之前，小姐可以顺路去趟骑龙巷，把石小姐的东西装上马车。"李宝瓶只好先放过石春嘉，满脸失望，一起走进大门的时候，还不忘替石春嘉感到可惜。劫后余生的石春嘉，默默下定决心今天就要拆掉辫子。

"咦？"李宝瓶突然惊讶出声，抬头望天。

石春嘉顺着她的视线望去，纳闷道："不会下雨吧。"

一大朵黑云从北往南从小镇上空飘过。

刚走出福禄街的陈平安，也抬头望去。那一刻，陈平安被震惊得说不出话来。哪里是什么黑云，分明是密密麻麻的天上飞剑，无数仙人御剑凌空。陈平安缓缓转动脖子，视线追寻着那朵剑云南下。

骤然之间，有一粒黑点从南往北，与那些飞剑仙人背道而驰。那一粒黑点愈来愈大。最后，眼力极好的陈平安瞪大眼睛，像是白天见了鬼。小镇南边上空，有一人踩着飞剑倾斜向下，在距离小镇地面百余丈的时候，稍作停留，御剑之人低头俯瞰小镇，视线巡视四方，然后就对着福禄街这边一冲而下。转瞬之间，一日千万里的御剑飞行，裹挟着一股呼啸破空的风雷声，最终落在陈平安身前。剑悬停在地面上空半丈，剑身之上，是一袭墨绿色长袍的英气少女宁姚，她双脚亦是悬停在飞剑剑身之上。

风尘仆仆的宁姚咧嘴一笑，双手环胸，英姿勃发，道："我觉得应该跟你说一声再见，所以我来了。"

只是不等扛着槐枝的陈平安说什么，腰间悬刀的宁姚心意一动，剑尖立即掉转方向，倾斜向上，一闪而逝。

陈平安下意识伸出手，只是宁姚与飞剑早已没了踪迹。尴尬的陈平安悻悻然缩回手，挠挠头，往泥瓶巷走去，时不时抬头望天。

陈平安一开始有些失落，但是很快就高兴起来，原来宁姑娘是神仙啊。以至于经过骑龙巷一间铺子的时候，他破天荒花钱买了一串糖葫芦，边走边吃。吃着吃着，不知为何，他心里又有些空落落的。陈平安很用心地想了想，难道是心疼铜钱的缘故？

陈平安吃着将近十年没尝过滋味的糖葫芦，扛着槐枝返回泥瓶巷，经过一栋比自家祖宅还要破败的宅子时，陈平安心怀愧疚，想着是不是先跟阮师傅借些银子，把这栋屋子给修一修。虽说从小就生活在这条泥瓶巷，可陈平安从来没有见过这栋宅子有人居住，之前跟搬山猿在屋顶追逐搏杀，故意将其骗到这里，害得屋顶被老猿踩出个大窟窿。陈平安觉得必须把这个烂摊子揽在身上，否则这栋宅子以后免不了要风吹日晒，受那下雨刮风的罪，可能宅子原本还能熬个二三十年光阴，现在恐怕连五年都撑不过去，房屋栋梁会腐朽得很快。这一点，跟陈平安被蔡金简强行"指点"的身躯极为相似，都是四面漏风的境地，所以陈平安越发心有戚戚然，想着怎么也要把这栋无主的宅子修好，不说多光鲜气派，牢固结实总是跑不掉的。

陈平安不是没有想过拿出一枚金精铜钱，跟人兑换成真金白银或是铜钱，比如杨家铺子的杨老头，或是铁匠铺子的阮师傅，但是陈平安有一种直觉，金精铜钱这种东西，是真正的可遇不可求，每用掉一枚就少一枚，至于银子铜钱，到哪里都可以挣，无非是出力大小而已。所以陈平安决定先问阮师傅借借看，如果借不成，再用金精铜钱来解决难题，心疼肯定会心疼，但是既然有些迫在眉睫的问题，已经一清二楚地摆在眼前，总不能假装视而不见，陈平安很怕亏欠别人。

陈平安回到院子，把那根李宝瓶赠送的槐枝，靠着院墙斜放着，那块价值连城的磨剑石依然还在箩筐里，不过当然不会就那么光明正大地丢在院子里，而是已经让陈平安搬去了屋内。如果不是时间紧迫，陈平安恨不得在院子里挖个一丈深的深坑，将那不起眼却值钱的磨剑石埋起来，斩龙台，只是听听这名字，就感觉比那三袋子金精铜钱还要珍贵。

陈平安听到隔壁院子的鸡叫声，宋集薪和稚圭离开小镇的时候，顾不上的那一笼子老母鸡和鸡崽儿，估计这会儿有点饿伤了。陈平安去屋内拿起那串钥匙，再从自家带上一把稻米，走向隔壁院门，打开鸡笼，蹲下身让稻米一点点漏出指缝。喂过了鸡，陈平安打开灶房的房门，想看看有没有稻米之类的余粮，以免白白放坏发霉。结果进了灶房，陈平安大开眼界，一大缸大米，只是打开盖子一看，陈平安就饱了，橱柜里锅碗瓢盆，应有尽有，墙壁那边还挂着一排火腿和鱼干，一切都收拾得干干净净，清清爽爽，大小物件，杂而不乱。

陈平安突然被灶台附近的一堆柴火吸引了视线，走近蹲下，果不其然，是那次看到的稚圭用菜刀劈砍的木人。稚圭根本不会砍柴，所以当时砍了半天也收效甚微，换成是陈平安，三两下就能把约莫等人高的木人给劈烂。此时此刻，陈平安低头蹲着，发现木人很奇怪，身上刻有很多红点，遍布全身，稀疏不定，有些地方密密麻麻攒簇在一起，有些地方隔着老远才有一粒朱砂似的红点。陈平安拿起一截木人胳膊仔细望去，每一粒红点旁边，竟然还刻有极其微小的墨色小字，红点本就米粒大小，那些小字的笔画就更加细不可见了，亏得是陈平安，换成寻常人，恐怕只看作是红点和墨点而已。

陈平安尝试着将那些残肢断骸重新拼凑起来，没过多久，木人就重现原形，幸运的是木人并未缺少什么大件，遗憾的是许多拼接起来的地方，红点和墨字已经被稚圭的菜刀砍掉或是刮磨殆尽，估计相对完整的朱点墨字，还剩下十之七八。

陈平安起身打开窗户，让灶房光线更加通透明亮，这才继续蹲下身，仔仔细细看过去，不敢漏过任何一点细节，这就耗费了差不多一个时辰。虽然陈平安不认识绝大多数的墨字，但是依然尽力记住它们的笔画结构。

对于读书识字，陈平安内心深处一直怀有期望。做窑工的时候，许多次陈平安登上山顶后，远眺小镇，除了寻找泥瓶巷在哪个方位，往往第二个想要知道的地方，就是那座学塾。年少时，有个黝黑消瘦的孩子，经常会去学塾，蹲靠在墙根，头顶就是书声琅琅，虽然听不懂在说什么，但是孩子会莫名觉得安心，心很静，一天受到的委屈，听着听着就没了。不过读书一事，对当时的泥瓶巷孤儿陈平安来说，是比糖葫芦还要奢侈许多的东西，远远看看就好。

此时陈平安闭上眼睛，凭借记忆，在脑海当中构建了一个完整的木人。若是有记忆模糊的地方，陈平安并不急于睁开眼睛去查看实物，而是先行跳过，结果从头到尾，木人大概有四五十处不确定的朱点墨字。将那些遗漏一一辨识记忆过去，陈平安深吸一口气，本想再来一遍，只是刚闭上眼，就脑袋发胀，有些晕乎，陈平安果断不再勉强自己。有些努力，不是下死力气就行的，否则只会越忙越乱。陈平安学习烧瓷之后，对此感触颇深，不是天资聪颖，纯粹是整天被姚老头破口大骂，不断挨骂后的心得之一。

陈平安重新将木人打乱，堆放在灶台角落，走出灶房，关好院门后，想了想，还是要去一趟小镇东门，再找一次看门人。以后做了铁匠铺子的正式学徒，多半要住在那边，就不太可能送信了，所以陈平安想跟那个光棍汉打声招呼，不过之前找过一次，没找着。

陈平安小跑来到小镇东门，那栋黄泥屋依旧是房门紧闭上锁的光景。他叹了口气，就坐在看门人郑大风经常坐的那只树墩子上，小镇不比进山，可没有什么山神座椅的讲究。陈平安坐在那里发着呆，难得忙里偷闲。

不知道过了多久，小镇内的道路上，传来一阵阵车辘辘声，陈平安转头望去，当头一辆牛车，后边跟着两辆有车厢的马车，牛车上坐着一群孩子，当中有两张熟悉的脸庞，大红棉袄的李宝瓶，两坨腮红的石春嘉，除此之外，想来就是石春嘉所说的李槐、林守一、董水井三个学塾蒙童。

牛车上五个孩子，叽叽喳喳，热热闹闹。车夫是一张陌生的中年人脸孔，之前在学塾扫地的老人坐在车夫身后。

陈平安一眼望去，除了出身福禄街四大姓之一李氏的李宝瓶，其余四个孩子，仅是穿着就有着天壤之别。石春嘉的祖辈，世世代代生活在骑龙巷，守着那间名叫压岁的老铺子，衣食无忧，但算不得大富大贵，所以小姑娘穿得只能算舒适暖和。但是石春嘉身边有个神色冷峻的同龄人，披着一件崭新名贵的黑色狐裘，脸色微白，眉眼冷漠。李槐的父亲李二，是小镇出了名的窝囊汉，李槐还有个姐姐叫李柳，不过爹娘和姐姐三人都出去讨生活了，只留下李槐一个人寄养在舅舅家，如今也一样要离开家乡，跟随姓马的老人去往那座山崖书院。最后一名少年，春衫单薄，便穿了两件缝缝补补的外衫，满身穷苦气，一看就是穷巷子里长大的苦孩子。

李宝瓶、石春嘉、李槐、林守一、董水井，五个小镇蒙童，乘坐着无法遮风挡雨的牛车，驶向那个东宝瓶洲无数读书人心中的圣地——山崖书院，儒家七十二书院之一。此时此刻，五个孩子肯定不会知道，在王朝林立的一洲版图上，无数世代簪缨的豪阀高门，哪怕削尖了脑袋，用尽了人情香火，也想要把自家子弟送入其中，跟随那些广袖博带的夫子先生们，学习儒家圣贤的修身治国平天下。他们自然更不会知道，能够喊齐静春一声先生，有多么难得。相反这些孩子当下只会觉得齐先生规矩多，经常板着脸，一点也不让人心生亲近，齐先生偶尔笑了，孩子们甚至根本不知道自己做对了什么，让先生如此开怀。

李宝瓶眼尖，看到了坐在树墩子上的陈平安，以迅雷不及掩耳之势跳下牛车，跟跄了一下，飞快跑到陈平安身前，猛然站定，却又好像不知道该说什么，最后只挺起胸膛，说了一句"我要去很远很远的地方"，小脸上满是骄傲。

头戴高冠的老人沉声道："李宝瓶！"

虽然不太高兴，老人仍是让车夫停下牛车。李宝瓶撇撇嘴，但还是转身跑向牛车，她突然听到身后那家伙喊了自己的名字，回头后，看到陈平安朝自己扬起拳头，轻轻晃了一晃，应该是要她努力。李宝瓶也朝他挥了挥拳头，示意自己会努力的。陈平安会心一笑，觉得这个红棉袄小姑娘的努力，多半是用在玩耍上，山崖书院处处都会留下她的足迹吧。

陈平安抬头望去，在学塾见过几次的扫地老人，向自己点了点头，陈平安下意识就笑着还礼。与此同时，后边一辆马车上有人轻轻放下了窗帘。虽然只是惊鸿一瞥，但是陈平安看清了那人的面容，正是去铁匠铺子找阮师傅的读书人。

陈平安目送牛车马车缓缓驶出小镇。

若是陈平安能够像宁姚那般御剑凌空，俯瞰这座刚刚落地生根的千里山河，一定会被种种异象震撼。有不计其数的各类飞禽走兽，在这座骊珠洞天与大骊版图接壤的边界线外，盘踞不动，更外边，还有无数它们的同类在疯狂奔向此处，像是在汲取着什么。在那根无形的边界线外，它们既不敢向前跨过一步，也不愿往后撤离一步。

还有一个老妪站在界线以内的溪水尽头，上半身露出水面，一头鸦青色发丝如瀑布一般泻下，在身躯四周蔓延开来，像一朵黑色的莲花。原本脸庞斑驳如枯树皮的马婆婆，此时此刻已是不到四十岁的妇人模样。

又有那座披云山，好似被地表拱起，以肉眼可见的速度缓缓升高。

洞天破碎，降为福地。在昔日骊珠洞天内土生土长的小镇百姓，无论富贵贫贱，无论禀性善恶，皆有来生。

陈平安回到铁匠铺子，劳作之后，趁着吃饭休息的时候，端着碗找到和阮姑娘一起蹲在檐下的阮师傅，陈平安说要借钱，可能要十五六两银子。阮邛甚至没有询问陈平安借钱的理由，停下筷子，斜瞥了一眼陈平安，蹦出两个字："滚蛋。"

陈平安赶紧乖乖跑路。

阮秀皱眉道："爹，你就不能好好说话？"

阮邛冷哼道："没揍他就已经算很好说话了。"

阮秀打抱不平道："人家这么辛辛苦苦给你当学徒，工钱一文钱也没收，天黑那段时间，所有人要么待在屋里呼呼大睡，要么就是闲聊，只有陈平安还在从井里搬土，一趟一趟，忙这忙那，一点也没闲着。这些时候谁做事最勤快，爹，你心里没数？你自己摸着良心说，人家问你借十五六两银子，怎么就过分了？"

阮邛黑着脸不说话，心想你爹我就是心里太有数了，才想砍死这个挖墙脚的小王八蛋。要是这少年有正阳山搬山猿的修为本事，我早就学那齐静春，将其打个半死才痛快。只是一想到这里，阮邛就有些灰心丧气，虽说自己哪怕抛开此方天地的圣人身份，胜过搬山猿，依然是板上钉钉的事情，可想跟齐静春那样一脚定胜负，显然不可能。阮邛只好安慰自己，自己虽然是名义上的兵家剑修，但自己的真正追求，非是那战阵厮杀的强弱高低，而是成为这座天下名列前茅的铸剑师，铸造出一把有希望蕴养出自我灵性的活剑，使得天地间多出一位有生有死、能修行、可轮回，甚至可以追求大道的真正生灵。

阮邛放下碗筷，抬起头望向天空，莫名其妙骂起娘来："真以为齐静春死了之后，你们就能够无法无天了？我的规矩已经明明白白跟你们说了，现在既然你们不遵守，就拿出能够不守规矩的本事来，如果没有，那就去死吧。"

眼见四周无人，原本蹲着的阮邛拔地而起，如一道雪白长虹炸起于大地，激射向高空云海。云海之上，有几个宫装女子、妇人和锦衣玉带的男子，联袂御空而行，言笑晏晏，俱是风流潇洒的神仙中人，时不时俯瞰昔日骊珠洞天的大地全貌，可谓是名副其实的谈笑之间有风生。

砰然一声巨响，雍容华贵的金钗妇人那颗脑袋崩裂开来，然后她身边的一个貌美少女，脑袋也开了花。依次下去，男男女女，无人例外。

阮邛身形悬停在金光绚烂的云海之上，眼神凌厉，环顾四周，冷笑道："怎么，就只用这么点小杂鱼来试探我阮邛的底线？是不是太瞧不起人了。我阮邛虽然就是个打铁的，远远比不得齐静春，可要说在此地斩杀一两个不长眼的十境修士，又有何难？那么从现在起，这儿规矩多出一条，诸位听清楚喽，哪怕你躲在边界线之外观觑骊珠福地，只要我阮邛哪天心情不好，一样把你抓进福地上空，然后将你的脑袋打烂，信不信由你们。"

阮邛才说完，往边界线外一闪而逝，下一刻只见他单手按住一个老人的头颅，抓回边界线之内后，五指一按，仙风道骨的老人苦苦求饶道："阮师！阮师！有话好好说！老夫是附近紫烟河的……"不等老人说完，阮邛便捏爆了那名仙师的脑袋，将尸体随手丢出自家福地版图之外，不过对那抹从尸体内逃窜而出的碧绿虹光，阮邛仅是冷冷瞥了一眼，并未痛打落水狗。那条长短不过三尺有余的碧绿虹光，疯狂飞掠将近千里，一头扑入一条淡淡紫烟升腾缭绕的大河，河水之盛大壮观，远胜大骊疆域一般的大江之水。

五指犹有血迹的阮邛高声道："甲子之内，一律如此。"

远处云海当中，有女子修士借着云雾隐匿身形，愤懑道："手段如此血腥残忍，哪里是巍巍然坐镇一地气运的圣人所为。"

阮邛气笑了："哟呵，学聪明了，躲那么远才敢嘀嘀咕咕，觉得我拿你没辙是吧？他娘的，老子又不是齐静春那读书读傻了的家伙，你跟我一个兵家剑修讲道德礼仪，你脑子里有坑吧？"

阮邛一臂倾斜向下，双指并拢，心中默念道："天罡扶摇风，地煞雷池火，急急如律令！"

刹那之间，天上地下有两处气息迅猛翻涌，如两座刚刚现世的泉眼。

另一处有温厚嗓音急促提醒道："不好，是阮邛的本命风雷双剑！兰嬛，速速撤退！阮邛的本命之物，异于常人，并不蕴养在窍穴当中，而是存在于他四周的三千里天地之间，跟随他的那两尊兵家阴神，四处游走……"

云海之上，有一抹流光溢彩的绿色萤火，拼死往外逃命而去，萤火之外，又有一枝枝晶莹剔透的桃花萦绕盘旋，为主人护驾。这抹幽绿流光差不多一口气掠出八百里后，被从天而降的一根青色丝线，从头颅当中贯穿而过。

为她仗义执言的那个男人，见机不妙，便早早以独门遁术消失了。天上为之寂静，再无人胆敢聒噪出声。

阮邛冷笑一声，不再跟这群心怀不轨的鬼蜮之辈计较，身形落回铁匠铺附近溪畔。满身煞气和血腥气的铁匠，伸手在溪水中冲刷掉血迹。

阮邛叹了口气，感伤道："齐静春，你要是有我一半的不讲道理，何至于走得如此憋屈？"

岸上，陈平安进行了一个时辰的走桩后，正在返回途中舒展放松筋骨。陈平安突然看到阮师傅从溪边走上岸，他犹豫了一下，放缓脚步，不去碰钉子。不知为何，陈平安总觉得阮师傅对自己印象算不上好，看自己的眼神，跟姚老头有点像，透着股嫌弃。阮邛也没搭理陈平安，自顾自大踏步走回铁匠铺子。

陈平安蓦然回头，望向溪水，溪水平静如常，并无异样。但是陈平安方才冷不丁心一紧，如芒在背，就像是溪水当中有冤死的水鬼，盯住了自己，很荒诞的感觉。只是视线当中，溪水潺潺，欢快柔和。

陈平安不死心，捡起几粒轻重正好的石子，转身沿着溪水往下游走去，仔细打量着溪水里的动静，试图找出一点蛛丝马迹。陈平安越看越觉得不对劲，光天化日之下，溪水竟然给人一种阴气森森的观感。陈平安哪怕那么多次潜入青牛背下的深坑，也不曾有过如此清晰的厌烦感觉。陈平安如今能够确定一点，世上有着匪夷所思的精怪妖物、孤魂野鬼，以前齐先生在小镇，所以万邪不侵，如今齐先生不在了，说不定当下就是鬼魅四处作祟的境地，自己一定要小心谨慎。哪怕阮师傅是下一任所谓的"圣人"，陈平安也不敢掉以轻心，说到底，陈平安还是更加信任齐先生，对于不苟言笑的阮师傅，敬畏之心肯定有，亲近之心则半点无。

陈平安之所以胆敢跟着感觉走，主动查寻溪水中的古怪，在于阮师傅前脚才走，他不觉得如果水中真有鬼物，胆敢在圣人的眼皮子底下，出水扑杀自己。再说了，陈平安如今袖中藏着齐先生赠送的那对山水印，其中一方正是"水"字印，所以他胆气尤为粗壮。

陈平安先后丢完两把石子后，正要弯腰拾捡，不远处有人问道："你在做什么？"

少女青衣马尾辫，原来是阮秀。

陈平安一直在全神贯注对付水中异物，没有察觉到阮姑娘的靠近，他没有藏掖，也不怕她笑话，伸手指了指溪水水面，老实回答道："我觉得水里有脏东西，就想着能不能用石子把它砸出来。"

阮秀望向溪水，凝神望去，脸色一沉。

陈平安问道："是不是真的有问题？"

阮秀摇摇头："看不出来。"

陈平安笑道："应该是我疑神疑鬼了。"

阮秀低声道："你先回去，我要在这边吃点东西再回铺子，我爹问起的话，你就说没看见。"

陈平安点头道："没问题。"

陈平安记起一事，从地上找出一块棱角分明的石头，问道："阮姑娘，我能不能问你有些字是什么意思，怎么个读法？"

阮秀顿时如临大敌。读书？书本这种东西，根本就是世上最恐怖的敌人。随便翻开一页书，每个文字都像是排兵布阵的大修士，对阮秀耀武扬威，阮秀实在是每次看到就头疼。原本她跟随父亲阮邛进入小镇后，是应该去学塾读书的，完全不用帮忙打铁铸剑，但是她打死不去，今天肚子疼，明天脑袋热，后天有可能下雨，大后天脚崴了……阮邛实在是懒得再听她那些蹩脚借口，才放她一马。只是今天阮秀不愿在陈平安面前露怯，强自镇定，笑容牵强道："你先写写看。"

当陈平安用石头在地面刻出两个字后，阮秀摇身一变，神采飞扬，自信笑道："这两个字啊，太简单了，我很小就晓得它们了，一个'神'字，一个'庭'字，合在一起，就是一个人体穴位的称呼——'神庭'，是所谓的窍穴之一。我们人之所以是万灵之长，许多修成大道的精魅妖物，最后不得不幻化为人，就在于人之身躯最适合修行，三百六十五个大小窍穴，皆是金山银山似的宝藏。古人有云，窍穴，即是'神气之所游行出入也'。我们人的三魂六魄，就像是吃百家饭的小孩子，这家里吃一碗饭，那家里喝一碗水，然后不断温养孕育，成长壮大。"阮秀娓娓道来，然后伸出一根手指，按住自己的脑袋，微笑道："至于这神庭，你顺着头上的发际线，往上五分距离，就在这里。这个窍穴，对于我和我爹这样的兵家剑修，算不得如何重要。嗯，用我们的行话来说，便不属于'兵家必争之地'，可有可无，倒是对那些靠香火生存的玩意儿来说，此处窍穴至关重要。不过我爹说过，那些神神鬼鬼，没有大出息，神通再大，鬼道再宽，也不过是寄人篱下的可怜虫，不值一提。"

陈平安全部听不懂，只能死记硬背，之后又分别问了"巨阙""太渊"。阮秀也一一作答。阮秀虽然不爱读书，那也只是不喜欢那些儒家圣贤的经典书籍，对于兵家修行和铸剑练剑，她喜欢得很，这些窍穴名称，她自小就烂熟于心。

不等陈平安开口求人，阮秀就大大咧咧笑道："以后有空的时候，我把三百六十五个窍穴的名称、方位和用处，一一告诉你。"

陈平安笑道："麻烦阮姑娘你了。"

阮秀问道："那么多次让你帮我买糕点，你觉得麻烦吗？"

陈平安摇摇头。举手之劳，当然不麻烦。

阮秀开心笑道："这不就得了。"她突然有些遗憾惋惜，"窍穴这些东西，哪怕知道了，其实也意义不大。世间修行，之所以有那么多旁门左道和歪门邪道，就在于各自的养气、炼气路数不同，差以毫厘，失之千里。我家当然也有自己一脉相承的散气和养气两大心法，可是无法外传的，这不是我爹答应不答应的问题。陈平安，对不起啊。"

陈平安又不是那种得寸进尺的人，赶紧笑着解释道："没事没事，我就是想多认识一些字，没有想那么多。再说了，我自己有一部拳谱可以练习，只是这个拳谱上的拳桩，我就已经差点练不过来了，哪能分心。"

阮秀释然而笑，轻轻拍了拍胸脯："那就好。"颤颤巍巍，风景这边独好。

陈平安赶紧收敛无心的视线，起身正色道："阮姑娘，回头等你空闲了，我再来请教，我反正可以晚点回泥瓶巷。"

阮秀跟着起身，点头笑道："好的。"

陈平安小跑向铁匠铺子。

阮秀走下岸，来到溪畔，她先掏出一块巾帕，丢了块糕点到嘴里，慢慢咀嚼回味。等到陈平安大约到达铁匠铺子后，她才伸手卷起一截袖管，露出那只猩红色的镯子，望向清澈的溪水，沉声道："火龙走水。"那只手镯瞬间液化，有一活物苏醒，不断挣扎扭曲，最终变成一条通体火焰缠绕的小蛟龙，它首尾衔接，刚好环住阮秀的手腕。

随着阮秀一声令下，这条原本长不足一尺的赤红蛟龙，一跃跃向溪水。一丈，三丈，十丈。火龙亦可走于水！

阮秀命令道："可以了。"

身躯长达十丈的火龙不再继续增长，但是附近溪水已全部蒸发殆尽，不仅如此，上游溪水如同吓破胆的溃败士兵，死也不敢继续冲锋陷阵，于是簇拥积压在一起，使得溪水水面不断上升，而下游溪水则继续一冲而去。

阮秀眯眼望去，静待水落石出。

她走在干涸的溪水河床，跟随着那条十丈火龙向前行去。

如今洞天破碎，四位圣人精心布置的禁制，也随之消失，所以已经不禁术法神通。这也是阮邛为何要订立规矩并且一出手就雷霆万钧的根源。此处哪怕曾是三十六小洞天当中占地最小的一个，也最不以天材地宝见长，但终究是小洞天出身的一块福地，种种好处，仍是大大裨益修行。如今没了大阵牵制，一旦无人约束，外界修士蜂拥而入，鱼龙混杂，心思不纯，到最后小镇六千多人，除去那些侥幸活下来的老乌龟大王八，其余凡人，估计一天之内就会死绝。

兵家行事，其实也重规矩，但是更讲究变通，远比儒家要灵活多变，能够因事因地而异，便宜行事。

约莫一炷香后，不断在河床当中左右扑腾的火龙好像终于逮住了那个狡猾的目标，一爪凶猛按下，缓缓低下头颅。阮秀走到火龙头颅附近，低头望去，火龙爪下，是一个蜷缩起来的妇人，被火龙爪子一把抓住腰肢，妇人有一头及腰的青丝，死死护住全身。

阮秀好奇问道："小小河婆，也敢在我家门口撒野？我爹当年连斩六位江水正神，你没听说过吗？"

从干枯老妪变成年轻妇人的马兰花哀求道："大仙大仙，奴婢只是经过此地，绝无害人之心啊。何况奴婢斗胆泄露阴神气息，是希冀着帮助阮圣人增加溪水的水重，想着能够尽一点绵薄之力而已。大仙莫要生气，若是觉得小的相貌丑陋，碍眼惹人烦，小的以后便只敢在夜间游走……"

阮秀直截了当问道："你认识陈平安？"

被火龙按住腰肢的马兰花，容貌迅速衰老，却只敢可怜呜咽，小鸡啄米点头道："认识认识，小的本是杏花巷人氏，那陈平安是泥瓶巷的孤儿，偶有交集，但是并无恩怨啊。奴婢只是最近很少在溪边看到小镇之人，今日看到那少年练拳，觉得好奇，便多瞧了几眼，哪里想到便惹来了此等泼天大祸，大仙念在奴婢不懂规矩的分上，手下留情啊……"

阮秀挥挥手，火龙重新化为一只花纹古朴的红色镯子，戴在手腕上。

阮秀依旧站在远处，身后就是汹涌而至的迅猛溪水。但是让马兰花心惊胆战的一幕出现了，溪水如遇高高在上的天敌，未战先降，自动绕行，往下游涌去。更可怕的是，马兰花能够感知到这个青衣少女根本没有动用任何道法神通。

阮秀笑眯眯道："别发呆，说说看杏花巷和泥瓶巷的事情，所有的，你知道什么就说什么。"

重获自由之身的马兰花，姿容皮囊开始缓缓恢复青春，但是下一刻，她骤然惊惧得忍不住尖叫起来，原来那一头鸦青色的瀑布青丝，在缩减长度，她撕心裂肺道："为何我的道行在流逝！"

阮秀吃着糕点，含糊不清道："啊？这样啊，不好意思，忘了告诉你，我是天生火神之体，与水是天敌。"

马兰花强自冷静下来，默默垂泪哀求道："求大仙大发慈悲，饶过奴婢的这次无心冒犯。"

阮秀认真想了想："以后我会喊你过来讲故事，放心，我到时候会隐藏本命气息。"

马兰花哭丧着脸，不敢拒绝，只得答应下来。

阮秀走向岸边，回头道："下不为例啊。"

马兰花连连说道："不敢不敢。"

阮秀上岸后摇晃着马尾辫，走向铁匠铺子。马兰花身躯没入溪水，一张脸庞充满狰狞怨恨，不过数次吃亏之后，她开始懂得死死压抑住这股戾气。

一串起于别处的别人心声，却在她心头重重响起。

"蠢货，收起你的无知。你知不知道，那少女将来证道契机为何事？就是杀尽一洲江河水神，你小小河婆，还敢对此人心怀杀心？也不怕让人笑掉大牙。人家就算伸长脖子让你杀，最后也只会是你死！你知不知道，她对水中任何阴物的感知，是何等敏锐？所以你此刻心中所想……没有猜错，她将来第一个要杀的河神，就是你！所以接下来好好想一想如何补救，这桩原本灭顶之灾的祸事，亦是你得到大机缘的种子。

"这是最后一次提醒你了，你再有丝毫逾越规矩的举动，不用其他人出手，我自己就会让你求生不得求死不能。"

马兰花在声音消失后，痴痴呆呆悬停在水中，身躯摇曳生姿，却了无生气。大道缥缈不定，让人心灰意冷。

阮邛在铸剑室看到自己女儿蹦蹦跳跳进来，没好气道："欺负一个不成气候的河婆，很高兴吗？"

阮秀笑容灿烂道："那就等她成为江河之神，我再欺负她。"

阮邛皱眉道："秀秀，千万别不把河神江神当回事，到底是纳入一洲山川湖海谱牒的正统水神，虽然比不得各国的五岳正神，但在水中杀他们，并不轻松。"

阮秀哦了一声，随口道："那就让他们无水可栖嘛。"

阮邛心头一震，随即迅速压下嘴角即将浮现的笑意。

暮色中，铁匠铺子来了一个陌生客人，男子约莫而立之年的岁数，身材高大，双眉修长，肌肤白皙，秀气阴柔的容貌，配合魁梧阳刚的体魄，有一股别样的风采。

阮邛得知此人身份后，没有像上次接待观湖书院崔明皇那么随意，只是在铸剑室门口聊了几句，而是让阮秀搬了两张竹椅到廊中，还拿出来两壶好酒，一人一壶。那男人也不扭捏，拿过酒壶解开泥封就灌了一口酒，笑道："阮师，你此次出手，朝野震动，朝廷那边具体如何应对，我暂时不知，但是作为新任窑务督造官兼首任龙泉县衙主官，我倒是省去许多口水。照理说，该我拎着好酒登门拜访才是，只是当时在半路听闻变故后，快马加鞭，实在是来得匆忙，骑龙巷压岁铺子的两大坛子杏花酿，就当我先欠着阮师。"

阮邛挥挥手："这些客套话就不用多说了，如果今天你我谈妥，以后有的是机会喝酒聊天，如果谈崩了，你我更不用费劲联络感情。"

那男人爽朗大笑，不像身兼双职的大骊朝廷官员，更像是一位行走江湖的任侠之士。他擦了擦嘴角，将酒壶放在膝盖上，没有了边喝酒边谈事的迹象："在大骊春徽年间封禁的甲六山，当然，这是朝廷户部机密档案的官方说法，依照地方县志的记载，应该是龙脊山，它的半山腰处，有一座天然生就的大型斩龙台。在我来此赴任之前，有过一场君臣奏对，皇帝陛下明言，此物交由阮师所在的风雪庙以及真武山，你们双方共同占有，至于你们两大兵家势力，具体如何对斩龙台进行挖掘、切割、划分，是留下不动，作为祖宗产业，还是搬回各自宗门，我大骊朝廷绝不插手，悉听尊便。甚至如果需要大骊出人出力，例如驱使大骊麾下的那两头年幼搬山猿，打裂甲六山，使得裸露出斩龙台，诸如此类小事，阮师无须客气。"

阮邛笑眯眯道："你们大骊诚意不小。"

新任督造官正要顺势说一些场面话，阮邛又说道："那处斩龙台，在我来这里之前，我们风雪庙和那真武山早就谈妥，我阮邛、风雪庙、真武山，各占其一。你应该从你们皇帝那里听到了一些小道消息，我是打算在这里开山立派的，所以父女身份都已从风雪庙那边迁出。接下来六十年之内，我肯定不方便正式开山，但是你们大骊只要让我看得顺眼，六十年之期一结束，我就会在此选择一座过得去的山峰，作为将来山门宗派的发轫之地。"

年轻督造官兼此地县令，毫不遮掩自己的满脸喜气，好像就在等阮邛开这个口，立即顺杆子说道："阮师，你大可以放心，除去披云山，如今骊珠洞天境内大致划分出六十一座山，阮师可以任意选取三座，作为将来开山立派的根基。若是阮师不愿意急着下决心，本官可以先给阮师看过骊珠洞天的新旧两幅山川形势图，本官再陪着阮师亲自去勘探巡视过，阮师再做定夺，如何？"

任何一个王朝，能够拥有阮邛这样的大修士帮忙坐镇山河，都是莫大的幸事。尤其阮邛的言下之意，是他选择在此扎根，而不仅仅是以类似客卿、供奉、国师这样的身份依附大骊，因此不是那种合则聚、不合则散的形势。阮邛如果真正在大骊国土上开枝散叶，无形中与王朝气运戚戚相关，别说是一个小小督造官，就是大骊皇帝坐在这里，也会心生欣喜。

大骊武人辈出，以藩王宋长镜领衔，五境之上的高手数量，冠绝东宝瓶洲。但是山上神仙实在少得可怜，与大骊强盛国力完全不符，这一直是大骊皇帝的心病。

阮邛笑道："占山为王一事，不用着急，说句难听的，除去你们不愿拿出来的披云山，也没哪座山入得了我眼。"

年轻督造官神色有些尴尬。事实上来这里之前，不光是他，就连大骊皇帝和自己的恩师，也觉得阮邛在大骊开山的可能性，有，但绝对不大，因为大骊其实拿不出足够分量的诚意。斩龙台？如果不是阮邛自己有本事去与风雪庙、真武山谈拢，硬生生拿到手一份，大骊岂敢为了拉拢阮邛一人而与风雪庙、真武山交恶，代价实在太大，哪怕是气吞万里如虎的大骊王朝，也承受不起。

阮邛突然说道："虽然风雪庙和真武山从无提议，但是我个人希望你们大骊，能够拿出两件足够锋利的神兵利器，剑也好，刀也罢，都无所谓，只要够用就行，到时候我可以帮你们，转交给来此的两位兵家修士，用来分开那座斩龙台。你可以先禀报给朝廷，等待大骊皇帝的答复，此事一样不着急。"

年轻督造官略作思量，沉声道："此事我就能够一言决之，先行答应阮师！"

阮邛点点头，喝了口酒，比较满意此人的姿态和魄力。毕竟之后很长一段时间，自己都需要跟这个名叫吴鸢的男人直接打交道，如果是个蠢人，会很累；如果是个小气胆小的家伙，就更累了。

吴鸢犹豫了一下，喝了口酒，有点像是给自己壮胆的意味，道："阮师，首先，小镇外大小三十余口龙窑，会重新开窑烧瓷，只不过从今往后，只是烧制普通的朝廷御用礼器而已。其次，新建于小镇东边的县衙，建成之后，就会张榜贴出大骊律法，也会让略通文采的户房衙役在小镇各处宣讲解释，为的是让小镇普通百姓，真正晓得自己的身份，是大骊子民。"

阮邛神色冷峻，瞥了眼名义上的龙泉县令吴鸢，后者笑着解释道："这只是针对凡俗夫子的表面功夫罢了。小镇六十年内，仍是以阮师的规矩最大，四姓十族的规矩，紧随其后，大骊律法最低，若有冲突，一律以这个排序为准绳。阮师在小镇方圆千里之内，一切所作所为，大骊不但不干涉，还会毫无悬念地站在阮师这一边。就像阮师先前打烂紫烟河修士的肉身，那人死不悔改，竟然疏通京城关系，试图向皇帝陛下告御状，我恩师得知消息后，二话不说，便派人镇杀了这个修士的元神。"

阮邛微微皱眉，有些不耐烦："告诉你家先生，以后这种画蛇添足的烂事少做，面子不面子的，算得了什么。我就是个打铁的粗坯，不习惯弯弯肠子，你们大骊真有心，给我实打实的好处，就够了，至于到时候我收不收，另说。紫烟河修士这种废物，我当时要是真想杀他，他跑得了？再给他一百条腿也不行。要是真想杀人，你们大骊有几个人拦得住？哪怕拦得住，他们愿意拦吗？"

吴鸢脸色微白，嗓音微涩道："阮师，本官知道了。"

阮邛也不愿闹得太僵，毕竟两人是初次交往，不能奢望别人处处顺遂自己的心意，那是强人所难，于是主动开口问道："世俗王朝，建造文昌阁和武圣庙，敕封山水正神和禁绝地方淫祠，都是一个朝廷的应有之义，在小镇这边，你们是怎么打算的？"

刚刚才吃过亏的吴鸢小心措辞回答道："关于文昌阁和武圣庙，目前我们大骊钦天监地师相中的两处，分别是小镇北边的瓷山和东南方位的神仙坟，祭祀之人，分别是当年从小镇走出去的那两位，刚好一文一武，对我大骊也是功莫大焉，阮师意下如何？"

阮邛语气并不轻松："享受文武香火的两人，挺合适，但是选址就这么敲定了？你们有没有问过杨老先生的意思？"

吴鸢愣在当场，小心翼翼问道："阮师，敢问杨老先生是谁？"

阮邛也愣了一下，打趣道："你那位绣虎先生，连这个也没告诉你？就让你来当督造官和父母官？吴鸢，你老老实实告诉我，你是不是跟齐静春差不多，官场失意，沦为弃子，被贬谪至此？如果这样的话，之前谈妥的事情，我可就要反悔了。"

吴鸢百口莫辩，不知道如何解释，自己更是一头雾水。

远处一口水井旁边，三个同龄人蹲在地上，阮秀在教陈平安那些窍穴的名称、作用和修行意义，多余的那个少年，是自己死皮赖脸凑上去的。一开始阮秀和陈平安就抹去了字迹，不说话，两个人一起盯着少年。少年长得眉清目秀，眉心处还有一颗画龙点睛似的红痣，挺招人喜欢的喜庆模样，可是陈平安和阮秀都低估了他的耐心和脸皮。少年笑呵呵左看看陈平安，右看看阮秀，三人熬了半炷香后，少年仿佛觉得自己同样低估了身边两人的毅力，终于主动开口说话，用流畅圆润的小镇方言，说他是从京城来的，跟随督造官大人来这里看看风景，尤其想要去看看那座瓷山。

"你们继续聊你们的窍穴气府啊，你们别这么小气，我听一听又如何？难道我听过之后就能一下子变成陆地神仙？"

之后陈平安和阮秀忙自己的，不去管这个奇怪家伙的搭讪。

"你这个字写得不咋的啊，一看就是没下过苦功夫的，飘得很，跟浮在水面上的油渣差不多。

"姑娘，你这里解释得不够完整，所谓的半边锅里煮江山，还有那画图不知窍惹得鬼神笑，其实是这样的……啊，你们这就跳过这个气府不聊啦？

"呵呵呵，姑娘你怎么不给他解释膻中穴在哪里呢，是不是很难指点给他看啊。唉，姑娘你要是不好意思的话，我可以帮忙啊……姑娘你眼神里有杀气啊，姑娘你肯定是误会了，我的意思是说我来指给他看，我身上的膻中穴在哪里，姑娘你身上的那膻中穴，神仙也难寻啊，我何必自找麻烦……

"唉？姑娘你怎么打人呢？还来？姑娘，我错了！

"姑娘，尾闾、夹脊、玉枕这后背三关，你咋也漏掉了呢，古人说后关通一半功，缩肾开乾是正功。可见是很重要的……"

到最后，是督造官吴鸢的出现，帮助陈平安和阮秀脱离了困境，眉心有痣的话痨少年和沉默寡言的年轻大骊官员吴鸢，并肩离开了铁匠铺子。

陈平安和阮秀坐在水井口子上，阮秀瞥了眼那两人的背影，轻声道："年纪大的，是个当官的，刚才在我们身边的这个，不清楚，我也感觉不到异样，可能是年轻人的书童吧，外边很多大家族都有这样的伴读。"陈平安点点头。

阮邛板着脸走到水井附近，撂下一句话就转身走了："陈平安，你跟我来。"

陈平安茫然起身，阮秀之前说她爹答应借钱给自己，不过得等一句左右，难道是反悔了？

阮秀有些心虚，跟在陈平安身后。

阮邛坐在竹椅上，让陈平安坐在之前吴鸢坐的椅子上。

阮秀咳嗽一声，笑道："爹，这两张椅子是陈平安做的，还不错吧？"

阮邛黑着脸道："我跟陈平安谈正事，秀秀你别打岔。"

陈平安赶紧坐端正："阮师傅你说。"

阮邛从袖子里摸出一把碎银子，大概有三四两的样子："去小镇骑龙巷那边，给爹买一壶上好的桃花春烧，剩下的零钱你自己买些糕点。"阮秀有些不愿意。

阮邛佯装收起银子："那你去铸剑室盯着炉子火候吧，一个时辰后结束。"阮秀抢过钱就跑。

等到自家闺女跑远，阮邛开门见山问道："陈平安，你是不是有三袋子金精铜钱？"

陈平安脸色如常，点头道："是。"

阮邛似乎比较满意陈平安的诚实，脸色好转几分："像你这样手头有三袋子金精铜钱的小镇百姓，找不出第二个。哪怕是福禄街、桃叶巷的四姓十族，最多的宋氏也不过两袋子，更多是只有一袋子，除此之外，小镇的小户人家，有八户用自家的宝贝各自换来一袋子金精铜钱。基本上小镇上的值钱老物件，都流失出去了，如今差不多还能剩下个七八件，品相还可以。

"接下来小镇会有越来越多的外乡人，当然，你肯定性命无忧，我之所以跟你打开天窗说亮话，是希望你好好利用手上三袋子金精铜钱，既别捂在手里烂掉，也别随随便便用掉。在我之前，小镇每六十年，会开门一次，大概放二三十数量不等的人进来，任由他们寻找机缘。从今往后，就没有这样的规矩了，会越来越像是普普通通的大骊小镇，所以你的三袋子金精铜钱，就格外扎眼，终究会给你惹来很多不必要的麻烦。我这个人，又很怕麻烦，到时候难免要为你出头，但是让我阮邛三天两头跟一群小屁孩过招，我嫌丢人。所以我就给你提一个建议，听不听，听完之后，你自己决定。

"在说建议之前，跟你事先说清楚一点，当下是金精铜钱最值钱的时候，却不是谁都能花出去的，四大姓外，恐怕十大族也不例外，因为大骊皇帝打算要将披云山之外的六十一座封禁大山，全部解禁开山，卖给与大骊交好的各大势力门派。这六十一座山，价格高低，因大小而异。外界之所以趋之若鹜，在于如今骊珠洞天大阵破碎，降为人间福地一样的存在，灵气虽然骤减，但是比起寻常大山，仍要高出一大截，丝毫不比有正统山神坐镇的山脉逊色，况且大骊皇帝许诺此地将来会敕封一尊山岳大神、三位山神和一位河神，如此密集的山河正神坐镇，使得六十年之后方圆千里，依然风生水起，灵气充沛，所以现在'买下山头'这笔买卖，稳赚不赔。"

陈平安问道："如果我今天买下山头，然后我明天死了，怎么办？"这个问题，一针见血。

阮邛破天荒露出一丝笑容："首先，只要你在小镇老老实实做事，本本分分做人，肯定不会莫名其妙就暴毙，例如再有搬山猿那样的货色找你麻烦。如今小镇已经没有破碎不破碎的忌惮。需要齐静春担心的，我不用；齐静春想要遵守的，我也不用。所以我大可以出手帮你摆平，因为到了这会儿，这就是合情合理的事情。其次，大骊朝廷此次贱卖山头，是为了赚取大骊境外的香火情，属于亏本赚吆喝，答应买下任何一座山之后，三百年之内，哪怕买山之人死了，甚至没有子嗣继承，大骊一样在三百年之期内，绝不擅自收回山头，会任其荒废。最后，就是我这次会率先拿到三座山，风水肯定最好，如果你之后也能拿到几座，我们可以接壤毗邻。假设你无力开山获利，哪怕只是借我租用山峰三百年，你也能年年分红，坐享其成，子孙后代，亦是如此。"这是细水长流的富贵，多少世族豪阀梦寐以求。阮邛不屑自夸，便没有说破。

陈平安好奇问道："阮师傅，那些山头大致价格如何？"

阮邛随口说道："最小的那座山头，孤零零一座山峰而已，被大骊朝廷命名为真珠山，叫价是一枚金精铜钱，不过必须是迎春钱。"

陈平安惊讶道："只需要一枚？"

阮邛笑道："屁大点地方，美其名曰山，其实连峰字也不沾边，一座小山包而已，一枚迎春钱，不划算，这是因为大骊实在没办法喊价半枚金精铜钱。"

陈平安嘀咕道："一枚铜钱而已，再小的山头，三百年，整整三百年都归自己了，怎么想都划算啊。"

阮邛继续说道："中等山头如玄李山、大雁山、莲灯峰等，大骊那边估价在十到十五枚金精铜钱。最大的一条小山脉和其他两座山，枯泉山脉和香火山、神秀山，都要二十五到三十枚金精铜钱。这还是因为无人竞价一说，归根结底，大骊想要留下的，不是那一袋袋金精，而是四姓十族，以及他们在东宝瓶洲的各条人脉，希望他们背后的真正靠山财主，能够浮水出面，主动与大骊接触。"

陈平安皱眉道："阮师傅，那我这个时候占这么大便宜，不是很出风头吗？不会被人记恨在心？"

阮邛哈哈笑道："你也有靠山啊，远在天边，近在眼前。"

陈平安挠挠头，没有立即答应。阮邛非但没有恼火陈平安的不识好歹，反而欣慰道："没有得意忘形，还不错，回去泥瓶巷之后，好好想一想，争取明天给我答复，久则生变，这可不是我诈唬你，事实如此。"

陈平安离开铁匠铺子后，一直走到石拱桥那边，都还没从震惊中清醒过来。

陈平安以前也想象过以后自己有钱的日子。比如说能够隔三岔五吃上肉包子、糖葫芦，自家院门有春联、门神和"福"字，把祖宅修补得跟屋子似的，给爹娘上坟的时候能捎一壶好酒、一包糕点，等等。

陈平安打死都没有想过自己有一天，能够拥有一座甚至几座大山。

临近石拱桥，陈平安咽了咽口水，不太敢继续前行，一番天人交战之后，便沿着溪水继续往上，到了溪水束腰的最为狭窄地带，助跑飞奔，一跃而过，这才走向青牛背。陈平安并不知道，自己因为绕远路，刚好和阮秀错过，青衣少女拎着一壶桃花春烧飞奔过桥。这次在小镇买酒，阮秀经过压岁铺子的时候，低头快步走过，生怕被那些眼花缭乱的糕点勾走魂魄，因为她要开始积攒私房钱了。

陈平安先去了趟刘羡阳家的宅子，点燃油灯，提着灯盏，走了一遍屋内屋外，确定并无缺少大小物件家当之后，才熄灯锁门，返回泥瓶巷。经过那栋塌陷出一个窟窿的老宅子，陈平安松了口气，肩上的担子还在，但是比起之前离开泥瓶巷那会，已经轻了太多，陈平安忍不住偷着乐呵，兜里有钱的感觉，不坏！

陈平安这辈子只见过碎银子，沉甸甸的银锭，还没瞧见过一眼，更别说跟神仙一样稀罕的金子。

陈平安回到自家祖宅，打开屋门后，又跑去确定是否真的闩好了院门，回到屋子后，小心翼翼点燃油灯，昏暗黄晕的灯火，映照着冰冷的黄泥墙壁。陈平安从墙根陶罐里掏出三个钱袋子，迎春钱、供养钱、压胜钱，分别装有二十五枚、二十六枚、二十八枚。总计七十九枚铜钱。

关于这些来历不俗的铜钱，宁姚粗略解释过，它们是世俗花钱的延伸，之所以价值连城，是物以稀为贵，当然最主要的原因，还是外乡人进入小镇需要铜钱作为信物。至于这个不成文规矩的由来，年代久远，宁姚又不是东宝瓶洲人氏，自然说不出个子丑寅卯。

三种铜钱，陈平安分别拿出一枚，放在桌上，迎春钱铸有"新年大吉"四字吉语，镂空透雕，祥云飞流，有一尊披甲神人在擂鼓。压胜钱正面雕刻有五毒、蛇、蝎、蜈蚣、壁虎和蟾蜍，背面除了铸有"天中辟邪"四个字，还有龟蛇缠剑的图案。供养钱正面是"心诚则灵"四字，背面是"神仙在上"，并无精美图案，样式最为朴素。

陈平安拿起一枚迎春钱，反复观看，他实在很难想象这么一枚小小的铜钱，就能够买下整座真珠山。陈平安知道阮师傅嘴里所谓的这个小山包，姚老头第一次带他进山找土，就到过真珠山的山顶，土性可分轻重、肥瘠在内诸多种类，更复杂的是需要辨认某种泥土，天生亲近水火金木中的哪一种，讲究门道很多，陈平安只学到姚老头一身"吃土"学问的七七八八。

在那座不起眼的真珠山，姚老头当时跺了跺脚，然后低头对在那儿扒土的陈平安说了一句话，这儿土味最全，可惜就是地方太小，跟人缩在角落里头差不多，伸头就碰头，伸腿也磕脚，俗话把这种地方称为"螺蛳壳"。

陈平安轻轻放下迎春钱，又拿起压胜钱，只是很快就放下了，他脸色有些黯然。

五月初五，五毒并出。陈平安却刚好是这一天生日。隔壁宋集薪甚至说过外边许多地方，把这一天生下来的孩子视为不祥，有把孩子直接溺死于河中的习俗。陈平安摇摇头，拿起最后一枚供养钱，简简单单的正反八个字。

陈平安突然想起一件事，当初第一次见到宁姑娘和符南华、蔡金简，记得他们进入小镇大门的时候，每人都需要交给看门人一袋子铜钱，那么这些铜钱最后落入谁手中了？是进了大骊朝皇帝陛下的私人口袋？

陈平安叹了口气，不去想自己打破脑袋也想不明白的问题，开始在心里噼里啪啦打起了小算盘，阮师傅说真珠山这座小山头，只需要一枚迎春钱，玄李山和莲灯峰这样的中等山头，大概是十到十五枚铜钱，枯泉山脉和香火山在内的大山头，则需要二十五到三十枚。

陈平安其实稍稍琢磨，就领会了阮师傅的言下之意。

首先，大骊王朝对阮师傅很尊重，所以白白送给他三座山。其次，阮师傅既然要什么开山立派，显然三座山最好连在一起，扎堆毗邻，否则东一块西一座肯定不像话，这恐怕也是朝廷聪明的地方，知道阮师傅根本不可能挑出三座最值钱的山头，所以假装大度得很。最后，他陈平安当然需要跟着阮师傅选取山头。当然，陈平安觉得自己也不是不可以在别处选一两座规模不大的中小山头，比如真珠山这样的，就很合适。虽是无人理会的小山包，可是陈平安就特别在乎，山头再小，那也是一整座啊，何况才一枚铜钱而已。陈平安觉得一定要把这座小山包收入囊中，落袋为安！

陈平安对阮师傅言语中提及的枯泉山脉、神秀山和香火山，这一拨最昂贵的山头，不是不感兴趣，但他打算在此之外，买下一座比它们差却差得不多的大山头，预计最多耗费一袋金精铜钱，然后买下一些类似真珠山的小山头，争取花个十枚铜钱左右，其余全部都用来跟随阮师傅下注，阮师傅在哪里挑中三座大山之后，陈平安就在附近买，再买，使劲买！

至于那座拥有斩龙台的不知名大山，陈平安已经彻底死心，告诫自己绝对不可以去沾碰，哪怕如今依旧无人知晓，眼前摆着这么个大好机会，陈平安也绝不去买。如今小镇八方来客，再也不是当初那个对外封禁的什么骊珠小洞天，几百里山路，连陈平安自己都能走下来，以后又能挡住谁的脚步，更何况是天上那些踩着长剑飞来飞去的神仙？

不过在掏钱买山之前，陈平安打算再亲自进山一趟。一下子花出去这么多钱，结果事先不知道自己买了什么，哪怕明知道是一本万利的稳赚生意，陈平安仍会觉得浑身不得劲儿。这其实就是吃苦吃惯了。

陈平安如今有八颗并未丝毫褪色的蛇胆石，其余分别藏在自家和刘羡阳家的蛇胆石，数量不少，不知是不是从小溪里早早脱困"逃过一劫"的缘故，虽然颜色润度都有不同程度的减退，瞧着不如出水时候那么亮眼舒服，但是或多或少还带着点"灵气"，这种说不清道不明的感觉，就像陈平安第一眼看到泥瓶巷的顾璨，或是福禄街的李宝瓶，就觉得肯定是聪明伶俐的孩子。

陈平安收起三袋子金精铜钱，放回陶罐。一想到又要跟阮邛请假入山，陈平安就有点头大。姚老头是这样，阮邛也是，陈平安怀疑自己是不是没啥长辈缘，尤其是没有什么师父缘。

陈平安去角落蹲在笸箩旁边，盯着里边的那块斩龙台，伸手抚摸黑色石块的细腻肌理，入手微凉。他很好奇这么一块不起眼的石头，怎么就跟宁姑娘那样踩在剑上的神仙有关系，更想不出斩龙台到底能够把一柄剑磨到什么程度的锋利。

陈平安突然想起一事，掏出那五片槐叶，当时李宝瓶从老槐树那边捡了八片，陈平安送给她三片当酬劳。陈平安仔细翻看槐叶，看似纤薄，实则颇为坚韧，只可惜失去了那种沿着叶脉灵动流走的幽绿莹光。陈平安猜测那大概就是所谓的祖宗福荫吧，只在一些节点，会有点点绿莹残留停滞。

陈平安把五片槐叶小心翼翼夹入《撼山谱》当中。做完这一切后，他出门在院子里开始走桩。

左右两边的邻居都已先后搬走。

陈平安很快便沉浸于拳桩之中，浑然忘我。一身拳意如溪水流淌。

宁姚姑娘说过，练拳一百万次，才是习武的起步而已。陈平安哪里愿意偷懒。

陈平安无意间想起那个木人身上的朱点墨字，那些传说中以便气流出入的一个个窍穴气府。他通体舒坦，滚滚发热，体内像是有一条火龙在快速游走，从头往下游去，磕磕碰碰，并不顺畅。那些窍穴就像是破败不堪的粗糙关隘，关隘之间的道路，更是绝对称不上阳关大道，有些宽大却崎岖不平，有些狭窄且陡峭，火龙经过的时候，晃晃悠悠，如行人走过铁索桥。最后这条火龙在下丹田附近的几座气府间来回穿梭，似乎在寻找最适合它盘踞的窝点，作为龙宫。

宁姚曾言武道炼体三境界，第一境泥胚境，巅峰圆满之时，自身生出一股气，如泥菩萨高坐神龛，气沉于丹田，不动如山，身体便有了一股新气象，开始反哺血肉筋骨，使得整个人仿佛枯木逢春，许多杂质和淤积物，都会被一点点排出体外。陈平安现在就走在这条路上。

没有名师指点，也不能算误打误撞。靠的是勤能补拙，整整八年的上山下水，翻山越岭，以及虽然粗劣却得其法门的一种呼吸吐纳。八年尚未破开武道第一境。

世俗王朝和天下江湖，除了宁姚家乡，讲究一个穷学文富学武，好在武道一途，没有比拼境界攀升速度的陋习，越是登堂入室之辈，越是造诣高深的宗师，越是看每一步的脚踏实地和每一层武道台阶的夯实程度。不过像陈平安这么慢的，如何丢人现眼算不上，毕竟世间无数豪横门第的年轻人，确实就被挡在第一个门槛之外，终其一生，也找不到那股气的存在，但目前来看，陈平安肯定是跟武学天才无法挂钩了。

陈平安猛然"清醒"过来，轻轻呼出一口浊气。他在院子里缓缓行走，逐渐放松身体四肢。

陈平安低头看到墙根斜放着的那根槐枝，突然异想天开，想给自己削出一把木剑。

小时候爹娘走后，陈平安每次在神仙坟那边远远看着同龄人玩耍，女孩子大都是放飞纸鸢，男孩子则是用他们父亲帮忙做出来的木剑竹剑，噼里啪啦过招，打得不亦乐乎，陈平安那时候一直想要一把，只是后来成为烧瓷的窑工学徒，一年到头疲于奔波劳碌，便断了念想。

陈平安蹲在槐枝前，觉得做一把木剑肯定没问题，两把的话就比较悬。

陈平安先把槐枝搬到屋门外，再去拿了那把进山开路的柴刀，准备动手给自己做一把木剑。只是当他提着柴刀坐在门槛上时，又有些犹豫，想了想又把刀放回去，觉得老槐树不能单纯视为一棵老树而已，毕竟齐先生和老槐树之间还有过一场对话，于是眼前这一截槐枝，让陈平安感到有些别扭。

陈平安重新把槐枝放回墙根，发现自己实在没有睡意，便离开院子，锁好门后，一路走出泥瓶巷。他鬼使神差地来到石拱桥附近，想到以后总不能次次跳河过岸，一咬牙走上石拱桥，再次坐在中间石板上，双脚悬在溪面上。陈平安有些紧张，低头望着幽幽水面，喃喃道："不管你是神仙，还是妖怪，我们应该无冤无仇，如果你真的有话要跟我说，就别再托梦了啊，我现在就在这里，你跟我说就是了。"

一炷香，一刻钟，一个时辰。除了有点冷，陈平安没有察觉到任何异样。

陈平安双手撑在石板上，摇晃双脚，眺望远方，在很小的时候，他就很好奇，小溪的尽头会在哪里。陈平安怔怔出神。

刘羡阳、顾璨、宁姑娘、齐先生、姚老头，都走了。

陈平安从来没有这么富裕阔绰过。但是他也从来没有这么孤单过。

陈平安背对着的石拱桥那边，一个衣衫雪白绚烂的高大身形，似仙人似鬼魅，亦是双手撑着石板，双脚悬空摇晃，仰头望天。只是这一幕，别说是开始自说自话的陈平安，就连杨老头和阮邛也无法察觉。

阮秀跑回铁匠铺子后，发现檐下只有父亲一人坐在竹椅上，她将那壶酒递过去，然后自己坐在另外一张椅子上："爹，你们谈完事情啦？"

阮邛打开酒壶，不用喝，只是嗅了嗅，就有些头疼，是桃花春烧不假，可这哪里是需要二两银子的上等桃花春烧，分明是只需要八钱银子一壶的最廉价春烧。阮邛眼角余光瞥见做贼心虚的自家闺女，正双手拧着衣角，视线游移不定，分明在害怕自己揭穿她。阮邛在心中叹了口气，只得假装什么都没有发现，仰头灌了一口酒，真是一肚子郁闷憋屈，他缓缓道："谈完了，谈得还行，回头我让人去窑务督造官衙署，找到那个叫吴鸢的大骊官员，拿新旧两份山川形势图，估计陈平安回过神后，会来跟我讨要。"

阮秀如释重负，笑着哦了一声，双腿并拢直直伸出，舒舒服服伸了个大懒腰，靠在那张小竹椅光滑清凉的椅背上。

阮邛想到自己就要在这里打开局面，万事开头难，兆头不错，心情也就好了几分，难得说了陈平安一句好话："泥瓶巷那小子，性子简单归简单，其实不蠢的。"

阮秀开心笑道："爹，那叫大智若愚，晓得不？"

阮邛呵呵一笑，没说什么。他只是在心里腹诽，我晓得个锤子的大智若愚。

阮邛望着远方的小溪，双指握住酒壶壶颈，轻轻摇晃："有些话，爹不方便跟他直说，免得他想多想岔，反而弄巧成拙，明儿你见着他，你来说。"

阮秀好奇问道："啥事？"

阮邛沉默片刻，拎起酒壶喝了一小口烈酒，这才说道："你就跟他说，龙脊山别奢望了，哪怕一些个没有根脚的上五境之人，也未必敢开这个口，那么大一块斩龙台，风雪庙和真武山花了不小力气，加上爹如今的身份，才勉强吃了下来，这还有不少人暗中眼红，躲在幕后偷偷咬牙切齿呢。当然，你不用跟陈平安解释这些弯弯道道，直截了当跟他说明白，龙脊山不用多想。再就是此次大骊朝廷低价贩卖山峰，毕竟总共才六十多座，他陈平安最多只能买下五座山头，再多，我也很难护得了他和他的山头周全。第三，爹也是刚刚下定决心，要跟大骊索要以神秀山为主的三座山，你让陈平安查看山川形势图的时候，留心一下神秀山、挑灯山和横槊峰周边的大小山头，爹不是不讲道理的人，不会让他全部砸钱买在附近，只需要他拿出半数金精铜钱就够了。话说回来，如果他真的聪明，多买一些山头围绕你爹的两山一峰，才是正途。最后呢，你还可以告诉他，如果能留下几枚铜钱，就在小镇买几间铺子，估计接下来会有很多不错的铺子要转手，因为很多在外边有关系的小镇门户，多半要迁出去，所以价格肯定不贵，撑死了就一枚铜钱。"

阮秀试探性问道："爹，要不你把压岁铺子给买下来呗？我那两袋子铜钱，不是你给收起来了嘛，你先还给我一枚，就一枚，如何？"

阮邛皮笑肉不笑道："爹这边攒着的铜钱，你就别想了，劝你赶紧死心。对了，你可以让陈平安掏腰包嘛，现在他才是我们小镇的大财主。"

阮秀毫不犹豫道："那怎么行，他可穷了，十几两银子都要跟人借。"

阮邛嘴角抽搐，实在忍不住了，转头问道："哦，爹的钱不是钱，就他陈平安是啊？"

阮秀嘿嘿笑道："我跟他不是不熟嘛。"

阮邛差点一口老血喷出来，这还不熟？不熟你能昧着良心让自己爹喝这种烂酒，然后中饱私囊，就为了借钱给那王八蛋？闺女你觉得到底多熟才算熟？阮邛狠狠灌了口滋味平平的烧酒，站起身："反正该说的爹都说了，你自己拣选一些话头，明天跟陈平安说去。"

阮邛大步离去，其实用屁股想也知道，该说的，不该说的，闺女明天都会说的。阮邛越想越憋屈，闺女骂不得，那个扛着小锄头刨墙脚的兔崽子，打不得，他只好低声骂了句娘，散步到了四下无人的空地，扔掉那只再难喝也喝光了的酒壶，身形拔地而起，转瞬之间，便落在了小镇卖桃花春烧的铺子门口，此时铺子当然已经打烊歇业，他使劲敲门，很快就有一个妇人睡眼惺忪地从后院起床开门，嘴上骂骂咧咧，什么"急着找死投胎""大半夜喝酒，你怎么不喝尿啊，还不花钱""敢晚上敲寡妇门，不怕老娘打断你三条腿"，一点不客气。阮邛站在门口，脸色阴沉，一言不发。

看到是铁匠铺子的阮师傅后，妇人借着月色，瞥了一眼阮邛肌肉紧绷的手臂，顿时变了一张脸庞，媚眼如丝，无比热情地拉住阮邛的胳膊，真是坚硬如铁，久旱逢甘霖的妇人笑意越发殷切，领路的时候，一个踉跄就要摔倒在阮邛的怀中，只可惜打铁的汉子不解风情，轻轻扶住她的肩头，最后丢下银子，拿了两壶酒就大步离去了。

妇人站在门口，满脸讥讽，大声调笑道："好好一个健壮汉子，结果跟姓氏一个鸟样！软师傅，哦，不，阮师傅，以后再来我家铺子买酒，可要收你双倍价钱喽！如果阮师傅哪天腰杆硬了，我说不定就一文钱也不收了，酒白喝，人白睡。"

阮邛一路漠然走到街道尽头，身形一闪，没有返回小镇南边的铺子，而是去了北面，来到一座小山之前。尽是碎瓷，堆积成山。

阮邛在距离这座小山三十步外的地方，随便找了个地方盘腿而坐。

一个嗓音在不远处响起："这么巧，你也在。"

阮邛点点头，丢过去一壶酒。

老人接过酒，掂量了一下，啧啧道："这会儿去刘寡妇铺子买酒，是个男人都得吃点亏。"

阮邛当然不愿意聊这个，而是问道："杨老先生，新任督造官吴鸢身边的少年，到底是何方神圣，我看不出深浅，表面上倒是与常人无异。"

老人正是杨家铺子的杨老头，他喝了口酒："身份未知，但老话说得好，来者不善善者不来，对不对啊？"杨老头说完这句话后，便笑着仰头望去。

瓷山之巅，有一个青衫少年，双手笼袖而立，眉心有痣，满面春风。少年从袖子里抽出一只手，摇了摇："进门先喊人，入庙先拜神。我是懂规矩的，先见过了阮师，又来见杨老，礼数上挑不出毛病。"

杨老头没继续喝酒，不知从哪里找了根绳子，把酒壶系在腰间，抽了口旱烟，笑道："进山入泽，画符震慑。只是不知道你画的是鬼画符，还是神仙符啊？"

少年收起手，身体微微前倾，笑眯眯道："不管杨老和阮师如何误会，总之我此次登门，保证跟两位打过招呼之后，就不再有交集了。嗯，如果说真有，恐怕就只是城隍庙的建立，暂时是我负责，会稍稍跟两位沾边，至于什么文昌阁、武圣庙，我可管不着，我就只管得着一座芝麻绿豆大小的城隍庙。"

按照市井坊间的说法，一县地界之内，县令全权管辖所有阳间事务，至于那尊高高在上的泥塑城隍爷，其实会负责盯着治下夜间和阴物。

阮邛皱紧眉头，这人是大骊朝廷的礼部供奉，还是钦天监的练气士？不过无论根脚是在礼部、钦天监，还是在大骊皇宫的某处，既然能够这么胆大包天地站在瓷山之巅，肯定至少也是一个站在中五境最高处的十境修士。所以这个少年肯定不是少年。

眉心好似一点朱砂的清秀修士，看着杨老头说道："老先生，有言在先，小心驶得万年船啊。"

杨老头使劲抽了一口旱烟，最后却只吐出一缕极其纤细的烟雾，并且烟雾很快无声无息消散于天地间。

貌似清秀少年的修士双手依旧笼在袖中，只是袖口微动，他像是在十指掐诀。

阮邛重重叹了口气："看在我的面子上，两位就此作罢，要不然我们三人混战，难不成真要打烂这方圆千里？"

少年立即双手离开袖子，高高举起，很有见风转舵的嫌疑，笑嘻嘻道："我没问题。"

杨老头鼻子一吸，两缕不易察觉的青紫烟气迅速飞入老人鼻子。

杨老头冷笑道："你知道不少啊。"

少年伸手捏了捏鼻子："不多不少刚刚好，比如我只知道该称呼你为青……大先生，而不是什么杨老先生。"少年故意漏掉了一个字。不是玩笑或是有趣，而是在那个字即将脱口而出的那一刻，他真切感受到了老人的杀意，坚决而果断，所以他选择暂时退让一步。

少年身体后仰倒去，笑道："就此别过，希望不会有什么再见，阳关道，独木桥，还是鬼门关，各走各的，各显神通嘛。"向后倒去的青衫少年瞬间不见踪迹。

阮邛沉声道："有可能是上五境！"

杨老头嗤笑道："大惊小怪，你阮邛不也是上五境。东宝瓶洲再小，那也是九洲之一，莫说是十一、十二境，十三境练气士，也不是没机会冒头。"

阮邛心情并不轻松，摇头道："我毕竟只是初登十一境，境界尚未稳固，虽然是兵家出身，还算擅长攻伐之道、厮杀之术，可……"

杨老头摇头晃脑，转身离去，手持烟杆，吞云吐雾："你就知足吧，世间修士何止千万，十境修士就已是凤毛麟角，何况是上五境。说到底，其实你忌惮那人，那人何尝不在忌惮你。瓷器撞玉器，你们两个其实都心虚的。"

阮邛想想也是，本就不是钻牛角尖的性子，干脆不再计较那个奇怪少年的来历，双方能够井水不犯河水最好，和气生财。

轰然一声，阮邛身形冲天而起，到了云海之后，迅猛坠向溪畔。

慢慢悠悠晃荡回小镇的杨老头笑了笑："年轻气盛啊。"

一个青衫少年郎走在小镇巷弄之中，嘀嘀咕咕道："夜禁得有，更夫得有，坊市也得有，百废待兴，咱们县令大人有的忙了。"

眉心有痣的清秀少年手指轻轻旋转着一串老旧钥匙，走入一条名叫二郎巷的巷弄。巷弄紧挨着杏花巷，相传祖上出过两位了不得的厉害人物，不过到底是谁，做了什么，没人说得出来，久而久之，就又成了昔年老槐树底下，老人们故弄玄虚的谈资。

如今老槐树一倒，小镇的人气好像一下子就清减了许多。孩子们感触不深，年轻人反而觉得视野开阔，白白多出一大片空地来，挺好，只有怀旧的老人偶尔会长吁短叹。二郎巷和杏花巷没住着大富大贵的有钱人家，只是比上不足，比下绰绰有余，比如泥瓶巷附近的百姓，见到这两条巷弄的人，大多抬不起头来，马婆婆和孙子马苦玄就住在杏花巷，在小镇算是家境很不错的了。

少年在一栋宅子门口停下，大门上贴上了两张崭新的彩绘门神，少年抬头看着其中一个手持短戟的银甲门神，威风凛凛，一脚跷起，金鸡独立，做金刚怒目状。少年笑道："衣锦还乡，不过如此了。"

少年开门而入，是一座不大却精致的宅子，头顶开有一口方方正正的天井，地上凿有一座水池，通风极好，二楼设有美人靠，适合夜观星斗冬赏雪。少年很满意，念叨着"不错不错，是个修身养气的好地方"。

少年搬了一张雕花木椅，坐在水池旁边，抖了抖衣袖，哗啦啦，滑落出一大堆破碎瓷器，大如拳头小如米粒，不计其数。最后满满当当，估计一箩筐也装不下，全部悬浮在天井下的水池上空。这一手，是名副其实的袖有乾坤。

少年左右张望，揉了揉眉心，自言自语道："从哪里开始呢？"

"就你了。"最后他相中最有眼缘的一粒枣红色碎瓷，心意微动，它便从碎瓷堆里飞掠而出，安静地停在少年身前一尺外的空中。之后，不断有碎瓷从那座小山飞出，来到少年身前，然后被他轻轻放置在某处，像是在拼凑一件瓷器。

第二天，在铁匠铺子，阮秀交给陈平安两幅地图，一旧，纸张泛黄，地图上山峦起伏，只是山头名字皆是甲一、乙三等等，而犹然泛着清馨墨香的新地图上，除此之外，还多出了龙脊山、真珠山、神秀山这些没那么枯燥乏味的名称，最后还多了一个"大骊龙泉县"。

阮秀指着那些地名山名，一一给陈平安解释和介绍过去，最后提醒道："虽然两幅地图上看着只是指甲盖大小的位置偏移，但是等到你进山，就会发现可能是好几里山路的差距。因为骊珠洞天落在大骊地面后，地表震动很大，甚至有一些山根不牢的山峰，就在那个时候直接倒塌崩碎了，这同时会让你的前行道路上出现很多意外，你一定要自己小心啊。"

陈平安小心收起两幅地图，最后背起一只背篓，跟上次带着陈对他们进山差不多，对阮秀歉然道："这次我争取走到地图上的挑灯山、横槊峰一带，估计最少半个月，最多一个月后返回这里。"

阮秀轻声道："这么久啊，那你带的东西怎么够吃？"

陈平安忍住笑："我是山里待惯了的，野味山果都能吃，也都找得到，我保证饿不着自己。"

阮秀点头笑道："我爹答应借你的十几两银子，你出山之后，我肯定能给你。"

陈平安想了想，还是实话实说："阮姑娘，你就别委屈自己了，钱我自己能想办法，你总不能真的坚持十天半个月，都不吃压岁铺子的点心吧？"

阮秀脸色涨红，想不明白他是怎么知道真相的。陈平安有些无奈，笑着不说话。心想就阮师傅那臭脾气，肯借给自己银子才是怪事，所以不是我目光如炬，而是阮姑娘你的掩饰实在不高明啊。

陈平安看阮秀有些失落，连忙安慰道："阮姑娘，你的好意我心领了，谢谢啊。"

阮秀抿嘴一笑。她突然说道："我送送你。"

陈平安已经大踏步离去，转头摆手道："不用，路我熟得很，闭着眼睛都能走。"

阮秀轻轻哦了一声，然后跟陈平安挥手告别。

陈平安走出阮家铺子后，一路沿着溪水往上游飞奔。临近小镇的几座山头，陈平安并不感兴趣，虽然不大，价格不贵，但是他不希望买在这里，距离小镇实在太近，这种风头出不得，而且阮师傅之前说过几句暗示言语，地真山、远幕峰几座山峰在内的这一带，山头的底子原先其实都不错，只可惜这么多年差不多给掏空了，所以就是几个绣花枕头，要一直往西走，到了那座真珠山才有所好转。

陈平安走了足足一天一夜，其间只休息了不到两个时辰，才终于爬上一座小山包的山顶，深吸一口气，心肺之间满是山野草木清香。他挺起胸膛，重重跺脚，豪气干云道："这是我的！"

已经五天过去了，夕阳西下，陈平安终于登上了那张官府崭新地图上的鳌头峰。此峰在方圆数十里之内，一枝独秀，格外高耸入云。陈平安啃着一张生硬的干饼，坐在峰顶一棵老松横出悬崖外的枝干上，清风阵阵，吹拂得他鬓角发丝肆意飞扬。

箩筐已经被放在树底下，陈平安胆子还没有大到背着箩筐爬树的地步。以前对于爬山一事，他不过是当作一门并不轻松的差事活计，总是想着跟紧姚老头的脚步，不像现在，累了就停下脚步，好好看看远处的青山绿水。而且许多让陈平安叹为观止的风景，以前都属于大骊朝廷封禁的大山，他只能跟着沉默寡言的姚老头绕道而行，鳌头峰就在此列。

这一路走过山走过水，陈平安见识到很多陌生的壮丽画面，有层层叠叠的瀑布群，在雨后挂起小小的彩虹，他好像伸手一搂，就能带回家珍藏起来。有千万飞鸟聚集的陡峭山崖，一粒粒串在一起，像是挂在墙壁上的雪白帘子。有只有一条险峻小径可以登顶的险峰，最后蓦然步入一座大石坪，视野豁然开朗，让人忍不住屏住呼吸。夜间他披上一件衣衫，背靠箩筐昏昏睡去，仿佛可以听到天上仙人的喃喃低语。

又跋山涉水三天后，陈平安终于来到了阮师傅所说的神秀山，西北两个方向，隔着约莫十里路，各有挑灯山和横槊峰，与神秀山呈现掎角之势，如同三尊巨人各立一方。

按照地图显示，在这一峰两山周围百里之内，矗立着大大小小五座山头，小的有彩云峰和仙草山，其余分别是较大的灯芯台、黄湖山和宝箓山。陈平安来到神秀山之前，去过其中的仙草山和黄湖山，仙草山只比真珠山大上一筹，虽然山势矮小，但是草木格外茂盛，参天大树颇多，至于黄湖山，应该是因为半山腰有一座小湖泊的缘故，远观湖水泛黄，近看又极为清澈，只不过除了这个小湖之外，陈平安觉得比起脚下的神秀山，黄湖山要差很多。

陈平安接下来花了整整四天时间，在神秀山、横槊峰周围晃悠，最终选定了三座山峰。仙草山、宝箓山和彩云峰，仙草山小，宝箓山大，彩云峰高。其中宝箓山让陈平安耗时最多，真可谓云深山高水长，在陈平安走过的诸多山头当中，规模仅次于披云山和神秀山。不过陈平安有些纳闷，宝箓山这么大一块地盘，又临近横槊峰，况且就连修行门外汉的陈平安，也能感受到这座山头的山清水秀，阮师傅为何不舍弃挑灯山选择宝箓山？

陈平安估算了一下，自己选中的三座山头，大概会花费四十五枚金精铜钱，剩下三十四枚铜钱，真珠山必然会用掉一枚迎春钱，还剩下三十三枚，足够让自己出手阔绰地买下一座真正意义上的大山头！毕竟阮师傅说过，就连枯泉山脉、香火山和神秀山这样一等一的大山，也不过需二十五到三十枚金精铜钱。

阮师傅还泄露天机，说将来在这方圆千里以内，大骊朝廷会敕封一尊山岳大神、三位山神和一位河神。对此，阮秀第二天也曾详细解释过。所谓山神，就是朝廷礼部衙门选出一位合适人选，可以是地方上著名的历史人物，也可以是战死殉国的功勋武将，然后大骊皇帝认可钦点为山神，以一支特殊朱笔正式写入山河谱牒，一番焚香祭奠礼毕，寓示着作为代天巡狩人间的天子，已经告知上神，一般而言就算完事了。之后不过是钦天监制造出金券玉牒，交由国师亲笔书写敕文，派人埋于山脚。最后才是让官府请人塑造一尊金身泥像，供奉于山神庙。那位山神有资格光明正大地享受百姓香火，庇护一山地界的生灵，镇压、降伏或是驱逐各路越境的鬼魅阴物。

陈平安不奢望自己选定的神秀山附近的三座山头，能够出现一位山神坐镇，帮忙看家护院，而是把希望放在那座花钱最多的大山头上，如此一来，主要家业在三百年内，得到阮师傅的庇护，远离此地的那座孤零零大山，若是能请来一位山神，无疑会让陈平安放心许多。至于只值一枚迎春钱的小土包真珠山，估计除了陈平安，没有谁看得上。

陈平安此时坐在彩云峰之巅的大石崖上，身前摊放着崭新的大骊龙泉山川形势图，他已经将那些大山名称和地理位置记得烂熟，仍是无法下定决心，最后购买哪一座山头。

陈平安双手托住腮帮，眉头紧皱，身体轻轻前后摇晃。陈平安思绪神游万里，买了山又能做什么，他其实心里没底。但只要一想到三百年里，自己始终是那五座山名义上的主人，这本身就已经是一件很幸福的事情。

可以先娶个媳妇，成家立业，以后传给子女，子女将来再传给他们的子女。原来娶媳妇一事，虽然不是当务之急，但也需要考虑考虑了啊。一想到这里，呵呵傻笑的陈平安猛然回神，有些难为情。

陈平安向后倒去，有些犯困，就想要眯一会儿，不知道过了多久，睁眼后，陈平安顿时头大如斗，自己如今在大白天也能做梦？原来这是自己第三次，撞见那个白衣人了。一次在廊桥上，一次在石拱桥底，加上这次在山巅。

沐浴在雪白光芒之中的高大白衣人，这一次盘腿而坐，距离陈平安不过两丈距离，可是陈平安偏偏无法看清对方的容貌。陈平安觉得总这么担惊受怕也不是个事，壮起胆子，小心翼翼开口道："老前辈……"

啪！陈平安下一刻感觉就像是少年时被牛尾巴甩在脸上，一阵火辣辣的疼。如梦惊醒一般的陈平安猛然坐起身，发现自己就坐在原先位置上，环顾四周，并无异样，但是摸了摸一边脸颊，却是真的还在疼。他打破脑袋也想不出原因，只得茫然挠头。

陈平安还没有出山，就已经感受到了小镇翻天覆地的变化，除了在地真山山顶眺望小镇，发现四处尘土飞扬之外，还在远幕峰一带看到了近百名青壮年，多是窑工出身，膂力出众，吃苦耐劳，正在热火朝天地砍伐巨木。

陈平安凑过去，找到一个原来在同一座窑口烧瓷的熟人，一问才知道原来小镇要一口气打造县衙、文昌阁、武圣庙和城隍庙四座大建筑，领头人是一位年纪轻轻的新任督造官，姓吴名鸢，至于另外那个县令头衔，到底是个什么官身，县府大衙又到底是怎么个地方，小镇百姓弄不明白，也不关心，只知道现在暂时多出一个铁饭碗，工钱很诱人，比起以往在龙窑烧瓷，盈余更丰。之前窑务断绝、窑火尽熄，青壮年窑工一年到头面朝黄土背朝天，只能跟庄稼地打交道，养家糊口本就已经不容易，更挣不来几枚铜钱，所以现如今小镇上上下下人心振奋，把吴鸢吴大人当作了财神爷。再者，四姓十族那些深居简出的富贵老爷们，对比他们年轻一辈甚至是两辈的小吴大人，行为举止尤为尊敬之余，言语中还透着股官民鱼水的亲近，至于更加微妙的眼神视线，藏掖着讨好之意。小镇百姓眼睛可不瞎，哪怕是井底之蛙，见识粗浅，可察言观色的本事并不差。

现在县令吴鸢让四姓十族的家主出面，雇用了五六百名小镇青壮年进山伐木，搬运出山，为此远幕峰还专门凿出了一条滑道，因为许多作为大梁廊柱的巨木，仅靠人力肩扛下山，太过耗时耗力，放入那条滑道，一根大木就会自行滑到山脚。不过如此一来，远幕峰就像脸面上被人为割出了一条疤痕。

除了入山，还有下水，小镇许多男苦力，都从小溪那边挑沙运石。小镇城东门那边作为县衙选址，推倒了郑大风的那座黄泥小屋，重新夯实地基，就连那道不知道挨了多少场风雨的栅栏木门，也全部拆卸。

陈平安出山的时候，没有选择弯弯曲曲的山间小路，而是直接踩在溪涧的石头上，往下游蹦蹦跳跳，这能省去很多时间。一些小镇百姓见到背着箩筐的陈平安的身影，也不会大惊小怪，大多知道泥瓶巷有个孤儿，从小就擅长采药和烧炭，进了山就跟猴子似的，谁也追不上。

陈平安在两条溪涧汇合处停下身形，原来再往下走两丈多，有一片坑坑洼洼的石崖，聚集着一群人，岸上和石崖附近一块突出水面的青石上，各自站着一名身材魁梧的青年男子，腰间皆悬佩有金色缠丝刀鞘的佩刀，身穿一袭干净利落的黑色长袍，外罩一层青色薄纱，束发别簪，两人浑身散发出凌厉的气息。

在陈平安出现的瞬间，两人不约而同地猛然转移视线，死死盯住横空出世的陈平安，手已经按住刀柄。背着一箩筐草药的陈平安站住不动，脸色如常。

陈平安先后经历过与蔡金简、苻南华的两场小巷博命，在正阳山搬山猿的追杀下四处流窜，最后还要加上跟同龄人马苦玄在神仙坟的捉对厮杀，对手不是高高在上的神仙中人，就是身经百战的大荒异种，要么就是天命所归的幸运儿，可陈平安到最后仍是活了下来。所以说那两名佩刀男子的阴沉视线，能够让市井百姓战战兢兢，却无法让陈平安生出太多情绪起伏。不过陈平安不愿横生枝节，刚打算往岸上走，然后沿着溪畔山路返回小镇，就发现一名被众星拱月的年轻男子，笑着对小溪里站着的佩刀扈从说了句话，后者立即松开按住刀柄的手。本来盘腿而坐的年轻男子缓缓起身，竟然比两名佩刀扈从还要高出半个脑袋，肌肤白皙似女子，面容略显阴柔，他朝陈平安招招手，换上了小镇这边的方言，神色温和，笑道："别怕，你继续按照原先的路线走就是了，我们不是坏人。"小镇方言说得略微晦涩凝滞，不过陈平安听得一清二楚。犹豫了一下，陈平安对那个高大男子露出一个笑容，然后伸手指了指岸上，示意自己很快就上岸，不会打搅他们聊天。不等那男人说什么，陈平安身形矫健的几个跳跃，毫不拖泥带水地上了岸，消瘦身影很快就消失于绿荫渐浓的林间小路。

有些女相的男子悻悻然收回手，身边佐吏扈从们忍住笑，男子尴尬道："那采药少年身手不俗嘛。看吧，我就说这里人杰地灵，所以啊，你们别抱怨这里比不得京城繁华，小地方有小地方的钟灵毓秀，别有一番滋味。"不说还好，这位父母官的此地无银三百两，顿时惹来一阵肆无忌惮的哄然大笑。

高大男子正是小镇百姓眼中的财神爷吴鸢，窑务督造官，兼任龙泉县首任县令，面对下属们的嘲笑，他也不恼火，坐下后继续先前的话题："龙泉县衙，文昌阁，武圣庙，城隍庙，四处建筑，光是匾额，零零散散就需要至少十五六块，对于这次骊珠洞天安稳下坠，与大骊版图顺利接壤，维持住了七八分地理全貌，竟然没有出现一次大的地牛翻身，陛下龙颜大悦，御赐一块'温故知新'匾额给了文昌阁……"

吴鸢说到这里的时候，一个风雅清逸的年轻人微笑道："吴大人，你就没帮着咱们县衙跟陛下求一份墨宝？"

吴鸢叹气道："求啊，怎么不求，可是陛下不答应，我有什么办法。这倒也怨不得陛下，毕竟小小一座县衙，若是得了陛下金笔御赐，让那么多当郡守、做刺史的封疆大吏怎么活？我以后还想不想混官场了？"所有人会心一笑。

吴鸢安慰众人："好在刘先生和国子监齐大祭酒分别答应了，到时候会让人送来两套匾额，分别悬挂在县衙和武圣庙，现在问题就在于文昌阁还差三块，城隍庙也缺两块，要不然在座各位，想想法子？难不成真要我自己提笔不成？我那一手蚯蚓爬的字，可是连我家先生也感到绝望的。当然，你们不嫌丢人的话，我当然无所谓，这辈子唯一一次将自己墨宝制成榜书匾额的机会，总算到来了！"

那个气质不俗的年轻人想了想："那我给祖父写一封信去，我家祖父与那位隐世不出的白虹先生关系不错，看能不能想办法给咱们吴大人脸面争光。"

吴鸢拍了拍他的肩膀："那本官的脸面就交给你了，要是万一匾额不够，县令大人的脸面就等于丢在地上捡不起来了，到时候唯你是问。"

年轻人脸色一僵，感觉自己给自己挖了一个坑。其余几个岁数相差不大的同僚，纷纷流露出同情神色。咱们这位吴大人，那是出了名的顺杆子往上爬，稍微给点颜色就敢开京城最大的染坊，你敢跟他比拼谁的脸皮更厚？

这些个官气不重的年轻人，身上都有一个在东宝瓶洲北部王朝盛行的官职，秘书郎。这个官职分文武两种，文秘书郎，像是幕僚谋士，为谋主出谋划策、排忧解难，武秘书郎，就是那两名腰间悬佩金丝佩刀的健硕青年，担任贴身扈从，护卫主官的安全。不过秘书郎一职，属于胥吏阶层，不纳入朝廷的清流正官，世家豪阀子弟出仕，往往由家族聘请或是雇用清客、供奉担任文武秘书郎，当然朝廷也有配发名额，人数从两人到二十人不等，一律可以领取大骊俸禄。吴鸢是寒族出身，私自请不起秘书郎，这些文秘书郎皆是朝廷配给。龙泉县在大骊版图上不过是一个大县，连郡都不是，原本只能配给文武秘书郎各一人，但是那两名金丝缠绕刀鞘的武秘书郎，分明是获得过卓越功勋的大骊军方高手，否则根本没有资格悬佩此刀。其实吴鸢能够出任大骊龙泉县的第一任父母官，就已经能够说明很多问题。年轻县令的授业恩师，是绰号"绣虎"的大骊国师。他的未来老丈人，是在大骊边境沙场戎马半生的某位上柱国。

玩笑之后，吴鸢正色道："这四座建筑，工程量已经很大，况且神仙坟和老瓷山的选址，小镇这边，从圣人阮师到四姓十族扎堆的福禄街、桃叶巷，很默契地敷衍应付，显然接下来不会顺利，有的磨。但是真正的大事和麻烦事，还是接下来朝廷礼部、钦天监和书院三方将齐聚于此，进行敕封山神河神之事。如果不是山岳正神一事，受到的阻力实在太大，让陛下都有些犹豫，否则连陛下也会御驾亲临我们龙泉县。"

吴鸢看到他们脸色一个比一个凝重，掏出干饼使劲咬了口，轻松打趣道："山岳大神这座大庙，最后能不能建在咱们辖境内的那座披云山上，能不能成为新的大骊北岳，真不是咱们可以掺和的，我们啊，就是县衙里的小鱼小虾，所以别啃着干饼操着中枢大臣的心了，随那些身着黄紫的官老爷们折腾去。"周围人的心情稍稍好转。

吴鸢默默啃着干饼，犹豫了一下，含糊不清道："有个消息，既是好消息也是坏消息。卢氏王朝覆灭后，如何安置那些亡国遗民，一直是个大问题，我们龙泉县接下来会接收五千到一万人的刑徒，鱼龙混杂，三教九流都会有，所以大骊军方会一路严密监督，负责将这拨戴罪之身的刑徒迁徙至此。此举对我们而言，有利有弊，好处是龙泉县终于有点大县的雏形了，坏处嘛，就是乌烟瘴气，让本来就人生地不熟的我们更加无从下手，不得不卖力拉拢那些选择留在小镇的地头蛇。"

世家子出身却当了秘书郎的年轻人问道："能不能将那些大族分而治之？"

吴鸢毫不犹豫地摇头道："难。初来乍到，谁愿意相信我们？"

吴鸢沉声道："与其弄巧成拙，打草惊蛇，还不如慢慢来，来到这个历史渊源极其复杂的地方，诸位自然是想跟随我吴鸢一起博取锦绣前程，但是我们必须清楚一件事情，大困境下的大磨砺，才能换取大富贵，所以你们谁要是想一两年就升官发财，我觉得现在就可以掉头走人了，路费我吴鸢帮忙出。"

六个文武秘书郎神色坚毅，无一人有畏难退缩的心思。

吴鸢轻声道："切记切记，不可急躁行事。"

这绝非是吴鸢说大话空话，而是在进入小镇没多久，他就吃了一个闷亏。当时出动大骊官方势力镇压那个紫烟河练气士，是他吴鸢一意孤行，冒着被朝廷问责的风险，果断地先斩后奏，试图以此打破僵局，先赢得阮师的好感，继而借圣人之势压一压小镇四姓十族。事实证明皇帝陛下那边并未追责，可是当时圣人阮师的反应，却让吴鸢汗流浃背，恨不得使劲扇自己一耳光。

有人好奇问道："那些遗民刑徒，是用来给练气士们当苦力，帮着开辟荒山的？"

吴鸢点头道："除此之外，朝廷官方还会让练气士驱使两头年幼搬山猿过来，加上道家符箓派打造的卸岭甲士和墨家巨子打造的开山傀儡，争取在十年之内，将那六十多座山头全部开辟出来，道观寺庙，亭台楼阁，应有尽有。"

吴鸢身边那些年轻人，全部流露出神往之色。小镇那边，处处平地起高楼，深山之中，多出一座座神仙府邸。所有人相视一笑，尽在不言中。他们作为大骊龙泉县历史上第一拨官吏，注定会被载入青史，岂敢不勠力同心，不为注定前程远大的主心骨吴鸢效忠效命？

披云山之巅，眉心有痣的清秀少年随手一挥袖，半山腰的云海被左右拨开，竭力远望，视线尽头，出现了一辆牛车和一辆马车。

他快意笑道："开赌喽开赌喽。齐静春，我要是这一把赌赢了，那么你苦心孤诣留下的两炷香火，就要彻底断绝了啊。可怜可怜。"

少年两根手指拈住一枚印章，篆文为"天下迎春"四个字。

笑眯眯的少年双指骤然发力，印章崩裂，化作齑粉，迅速消散在天地间。之所以如此轻而易举捏碎印章，源于其中四字真意，如人之心灰意冷，失望至极，故而早已自动消散。

少年迅速收回视线，最后看到一个背着箩筐的少年，独自走向小镇。

陈平安出山之后，先去了铁匠铺子，走过那座石拱桥的时候，他双手合十，低头快步而行，神色无比庄重诚恳，碎碎念道："老神仙有话好好说，千万别打人啊。如果有什么请求，可以晚上托梦给我，最好别大白天的，我是真的有点怕啊。"所幸走到石拱桥那一头，陈平安仍安然无恙，他顿时眉开眼笑，屁颠屁颠去找阮师傅和阮秀。少年不知愁滋味。

阮邛依然是在檐下招待陈平安，一人一张小竹椅，阮秀站在她爹身后，满脸遮掩不住的喜悦。

阮邛看着满身尘土的陈平安，小心翼翼地将箩筐放在身前，又动作轻柔地从大半箩筐草药底下掏出包裹两幅山川形势图的布囊，递给他的时候，愧疚道："爬挑灯山的时候，山路被一条大瀑布拦住了，我就在瀑布下的深潭附近，找了个地方藏起箩筐，还搭建了一个小树架子遮风挡雨，没想到爬到瀑布顶没多久，就下起了大雨，雨水实在是太大了，等我赶紧下去，树架子果然已经被压塌了，箩筐和棉布行囊被雨水浸透，好在两张地图用黄油纸包裹得比较严实，等到太阳出来后，我拿出来看了一下，只是地图边角有些湿，晒干之后还是有明显的痕迹……"

阮邛打开布囊和黄油纸，发现两幅地图几乎完好无缺，那点折损根本可以忽略不计。再说了，两幅摹本地图而已，所以窑务督造官衙署和龙泉县衙那边，根本就没有要拿回去的意图，但是阮邛可不愿意拿这个真相来安慰陈平安。他瞥了眼站在自己身前局促不安的陈平安，问道："暴雨时分，在挑灯山的那条龙湫瀑爬上爬下，你找死啊？"

陈平安笑着不说话。

阮邛挥挥手，示意陈平安坐回去，别站在自己身前碍眼。陈平安坐回那张翠绿可爱的小竹椅上，当他把两幅地图送还给阮师傅后，整个人终于如释重负，这一路上如果不是害怕糟践了这两幅珍贵地图，他这趟入山出山至少可以省下三四天时间。而且这么多天相依为命，一向念旧的他其实内心深处，对两幅地图有些不舍。每逢天气晴朗、登高望远的时分，陈平安就喜欢拣选一个视野最开阔的地方，然后摊开那两幅地图，举目远眺看一下山河，收回视线再低头看一下地图。大半个月来，陈平安觉得自己从来没有如此充实过。

阮邛突然将两幅地图轻轻抛给陈平安："椅子还不错，回头再做两张，地图就当是报酬了，送给你。"

虽然阮邛还是不喜欢这个泥瓶巷少年，但是他还不至于因此而全盘否定陈平安。

阮邛完全能够想象那幅场景，一场滂沱大雨里，心急如焚的陈平安沿着瀑布往下，只为了看一眼地图才能安心。当然，在阮邛眼中，这种行为一点都没有英雄气概，相反还很刻板迂腐。

说实话，相比这个苦兮兮的陈平安，阮邛更欣赏小小年纪就懂得审时度势的大骊皇子宋集薪，或是生性开朗、万事不愁的刘羡阳，哪怕是锋芒毕露的马苦玄，也有很多可取之处，就算是自幼跟随在齐静春身边的读书种子赵繇，也没有陈平安这么死板不开窍。之所以临时改变主意，将地图找个由头送给陈平安，其实是下定决心要跟这个少年划清界限，铁匠铺子可以收纳他作为铸剑学徒，但他绝对不会成为自己的开山弟子，以后自己按照承诺，庇护他买下的山头，但是这小子绝对不要想着跟自己闺女有任何牵连。其实说到底，阮邛并非是因为出身看轻陈平安，而是道不同，不相为谋。阮邛的徒弟，必须是他的同道中人，双方亦师亦友，能够联手为宗门打造千年盛世，所以性情相合，极为重要。

陈平安自然不知道阮师傅的思绪绕了那么一大圈，他只是接住地图，抱在怀里，问道："衙署那边督造官大人不会有想法？"

阮邛冷笑道："至少在六十年之内，我都是这龙泉县的太上皇，所以我的规矩最大。"

阮秀嘀咕道："爹，哪有你这么往自己脸上贴金的人。"

对于女儿的拆台，阮邛置若罔闻，对陈平安沉声道："说正事，你最后选中了哪五座山？"

陈平安下意识坐直身体："在神秀山周围，我选中了三座，宝箓山，彩云峰，仙草山。"

阮邛点了点头："眼光还算不错，宝箓山占地很大，在六十多座山头里名列前茅，而且不是什么空架子。我如果不是为了今后的那座护山大阵考虑，会舍弃横槊峰选择宝箓山，毕竟在这千里山河当中，除非是有山神坐镇或是藏有秘宝，否则谁占据的地盘更大，谁拥有的灵气就更多，肯定就更占便宜。

"仙草山是唯一一座有望诞生草木精魅的风水宝地，只可惜地方实在太小，哪怕出现一个，根脚和品相应该也不会太好，道理很简单，小小池塘如何养得出一条大蛟龙。至于彩云峰，比较一般，除了地势高、风景秀美之外，对于修行一事，并无多少神益，除非你有本事从云霞山弄来云根石，安置在彩云峰几处山脉窍穴，才有可能是一桩好买卖。

"你没有去看过黄湖山的那个湖泊？"

阮邛的最后一个问题，让陈平安愣了愣："看过。"

"你继续，还有两座山头是什么？"

阮邛点到即止，没有继续之前的话题，已算仁至义尽，不再继续泄露玄机。

因为黄湖山的那个小湖，与仙草山有异曲同工之妙，不同之处，在于仙草山有希望出现草木精魅，黄湖山则盘踞着一条井口粗细的蟒蛇，是名副其实的"地头蛇"，只是在与某条小泥鳅的"争水之战"中遗憾落败，失去了近在咫尺的大道机缘。

但是大道之妙就在于并无绝人之路，如今骊珠洞天破碎下坠，被龙王篓抓去大隋的金色鲤鱼，化作阮秀手腕上那只镯子的火龙，截江真君刘志茂身边的那条泥鳅，被赵繇画龙点睛的木龙，再加上拼了命也要死死跟随王朱的土黄色四脚蛇，这五个小玩意儿，便是骊珠小洞天，历经三千年即将寿终正寝之际，真正积淀下来的五份大机缘，至于那些养剑葫、照妖镜之类的法宝灵器，当然肯定不差，可是比起那五份活生生的福缘气运，仍是逊色许多。

而黄湖山的那条大蟒，如今反而因祸得福，方圆千里，已经没有对手能够跟它掰手腕，因而它一举成为雄踞一方的霸主。以后山神河神一旦入驻其中，这条大蟒只要识趣一些，能够被其中一位招安至麾下，获得大骊朝廷的官府护身符后，说不定从此就是一片坦途，真正走上修行之路。

陈平安说道："我打算买下真珠山和落魄山。"

阮邛愣了愣，好奇问道："真珠山也就罢了，一枚迎春钱而已，可以说是千金难买心头好。可那落魄山，你是如何看上眼的？照理说此山位于大骊龙泉县的西南边境，按照你的行程，肯定没有去过，以前更是大骊的封禁之山，你凭一个名字就选中了它？"

陈平安有些汗颜，不愿意说出原因。

当时陈平安摊放着地图，犹豫不决到底选取哪一座大山，结果有一只飞鸟从头顶掠过，竟然拉了坨屎在山川形势图上，陈平安赶紧擦拭干净，发现之前那坨屎的位置，刚好就在"落魄山"三个字上。陈平安不再多想什么，就毅然决然选中了落魄山，也不管这个山名晦气不晦气。

姚老头曾经说过，山水之间皆有神灵。所以陈平安就当作是山神老爷的一次暗示。

阮邛想了想："选中落魄山，不是不行。那就这么说定了，落魄山、宝篆山、仙草山、彩云峰、真珠山。五座山头，三百年期限，在此期间，你就算把一座山峰全部挖空搬走，也没有人拦阻。山上一切出产，无论草木灵药，还是飞禽走兽，甚至是偶然所得的秘宝，都属于在大骊山河谱牒契约上画押的那个人名。"

陈平安点头道："明白了。"

阮邛耐心道："需要注意的事项，一个是你死之前，必须通过龙泉县衙向大骊朝廷告知消息，你需要更换继承五座山头的某个或者某些个人名。当然，大骊户部那边会存放一份秘密档案，你可以在名下五座山头，分别写下一个遗产受惠人，为的是怕你某天暴毙，死前来不及交代后事立下遗嘱。再一个是在三百年内，你如果想要卖出山头，并不是随时随地就能够决定的，必须大骊官府那边至少三方势力点头答应，交易才能实现，而且我不建议你卖出这几座山头，因为你不管卖出什么样的高价，最后你都会发现自己卖亏了。"

阮邛虽是坐镇一方的兵家圣人，却与一个骤然富贵而已的陋巷少年，平起平坐地讨论事务，看似荒诞不经，实则再合情合理不过。涉及开山立派的千秋大业，还有自家闺女的证道契机，容不得阮邛他不苦口婆心，恨不得把道理情况一点点掰碎了解释给眼前的陈平安听。

阮邛问道："陈平安，有什么想问的吗？"

陈平安摇头笑道："没了。"

阮邛点头道："那就先这样，我估计你还剩下些铜钱，回头我帮你留心一下小镇那边的铺子交易，你同样可以趁机入手，但是贪多嚼不烂，以后小镇八方势力鱼龙混杂，你买下一两间底子相对厚实的老字号铺子，就可以了。"

陈平安脸色微微涨红："谢谢阮师傅。"

阮邛自嘲笑道："君子怀德，小人怀土。"

陈平安有些疑惑，因为不懂这句话是什么意思。

阮邛挥挥手赶人道："忙你的，不用管这些无病呻吟，何况你小小年纪，本就没有到可以谈心胸、谈境界的地步。"

陈平安站起身，背起箩筐，突然听到阮邛说了一句没头没脑的题外话："齐先生走了之后，偶尔怀念一下齐先生，当然没有问题，人之常情，但是别让自己陷进去，更别想着刨根问底。等到买下五座山头和一两间铺子，你就舒舒服服躺着收钱，娶妻生子，开枝散叶，也算光宗耀祖了。我阮邛也好，大骊朝廷也罢，都会看护着你和你的家业。就像你的名字，平平安安，比什么都重要，说不得以后哪天时来运转，走上修行路，也不是没有机会。"

陈平安默然离去。

陈平安离开铺子后，阮秀坐到竹椅上，问道："爹，你那句话是什么意思？"

阮邛淡然道："意思是说，思想境界不如君子的小人，只会一门心思想着获得一块安逸之地。"

阮秀奇怪道："这有什么错，安土重迁，搁哪儿也挑不出毛病来啊，怎么就小人了？这句话谁说的，我觉得不讲道理。"

阮邛脸色晦暗，轻声道："所以儒家圣人又说了，吾心安处即吾乡。"

阮秀气呼呼道："读书人真可恼，天底下的道理全给他们说光了！"

阮邛语重心长道："秀秀啊，这也不是你不爱读书的理由啊。"

阮秀故作惊讶，咦了一声，连忙起身道："爹，我怎么突然多出一大把力气，那我打铁去了啊。"

陈平安赶往杨家铺子，将大半箩筐的各色草药送到一名店伙计手里，称完斤两，陈平安拿到手二两银子，其实许多稀罕草药都算是陈平安半卖半送给铺子，一些个那名年轻店伙计根本认不出不识货的草药，其实是杨老头颇为看重的重要药材，这些花花草草才是真正值钱的好东西。但是陈平安这趟进山，采摘草药本就是顺手而为，根本没想着赚钱。事实上陈平安学会进山烧炭之后，除了卖给店铺里那个名叫李二的憨厚汉子，其余数十次卖药给杨家铺子其他店伙计，几乎次次都是亏的。

杨老头从不会收取陈平安的药材，如果陈平安敢白送给铺子，就会被杨老头扔到大街上，可如果卖给店里伙计或是坐馆郎中，那么不管什么离谱的价格，性情古怪的杨老头都会不闻不问。这次陈平安没有见到杨老头。

走出铺子后，陈平安发现路上很多人都在议论纷纷，说是那座十二只脚的螃蟹牌坊那边出了大事情。说是老督造官大人，卸任之前出钱建造廊桥的那个宋大人，风风光光地回到小镇了，而且这次是以一个礼部郎中的了不得身份。宋大人带着一批文绉绉威风八面的官老爷，看上了螃蟹坊那四块匾额的字，毕竟都是读书人嘛，可以理解，但是不知为何，督造官衙署那边得到消息后，立即就火烧屁股地入山，通知那位原本打算去远幕峰查看伐木事宜的小吴大人，然后这位财神爷就带着幕僚佐吏，更加火急火燎地一起出山，拦住了官场老前辈宋大人那一行人。

无事一身轻的陈平安顺着人流往牌坊楼走去，远远站在人群外边。

看到牌坊四方匾额下，架起了八架梯子，一块匾额左右两边各有梯子。但是当下只有"当仁不让"匾额左右，站着两个年龄悬殊的儒士，其中年长一人，正低着头，似乎对着脚下某人疾言厉色，用外边的大骊官方雅言训斥着什么。

有人拍了一下陈平安的肩膀，笑呵呵道："陈平安，这么巧啊，你也看热闹呢？"

陈平安转头一看，是那个眉心一颗朱红小痣的话痨少年，实在是有些怕他的絮絮叨叨，就说道："随便看看，好像也听不懂他们讲什么，马上就回家。"

模样清雅秀气的少年笑道："别啊，你听不懂，我可以解释给你听嘛。这件事情可有意思了，你要是错过了，以后肯定后悔！你们小镇的父母官吴鸢大人，这会儿是跟品秩更高的礼部老爷们起了冲突，站在梯子上那个，是礼部的右侍郎，算是正儿八经的大骊重臣。一边呢，估计是老资历的前前任督造官宋大人，拿那匾额的事情跟人拍胸脯邀功，说保管把匾额给你老人家留着，送回你老家里不敢说，送到礼部衙门肯定板上钉钉的，于是这才当上了正五品的郎中，所以这次礼部老爷们趁着敕封山神河神一事，名正言顺过来收取东西了。另一边呢，是把小镇所有宝贝视为自己禁脔的小吴大人，一听有人要拿走小镇仅剩不多的珍贵老物件，如何能答应？退一步说，哪怕心里愿意捏着鼻子受这窝囊气，可要知道四姓十族那么多老狐狸，正在旁边憋着坏看笑话呢，如果他这个时候装了孙子，估计以后就很难当上那些大族门户的爷爷喽。本来就不顺的文武两庙选址，肯定要黄了。"

陈平安认真听完少年眉飞色舞的讲解，问道："你到底是谁？怎么知道这么多？"

少年伸出一根手指，指着自己，笑道："我？哈哈，我可不是大骊朝廷命官。我姓崔名瀺，瀺字比较生僻难写，麻烦得很，你不用管。"

陈平安看着崔瀺的眼睛。崔瀺神色自若，嬉笑道："我年纪比你大，所以你可以喊我崔师伯。"

陈平安笑了笑。崔瀺也跟着笑起来，双手轻轻搓着脸颊："没关系，我还有个绰号，喊起来应该比较顺口，叫绣虎。"

看着笑眯眯的崔瀺，陈平安感到紧张，身体紧绷，完全不由自主。

当初与蔡金简、符南华生死相搏，陈平安其实越是接近他们，就越是心如止水。哪怕后边跟正阳山搬山猿纠缠，然后被追杀，陈平安大概是一开始就存有必死之心，虽然事后想起会有些后怕，但交手期间，不管如何命悬一线，他其实没有紧张，当然也可能是根本顾不上。

唯一一次记忆深刻的紧张，是与杏花巷的同龄人马苦玄，在神仙坟那场势均力敌的交手，陈平安当时手心里其实满是汗水。

紧张源自陈平安近乎本能的敏锐直觉，崔瀺仿佛对此丝毫不感到意外。崔瀺既然胆敢在老瓷山，出言挑衅深不可测的杨老头，当然不是故弄玄虚的伎俩，否则也不至于让跻身十一境的兵家圣人阮邛心生忌惮。

崔瀺对陈平安掩饰不住的那点紧张，故意视而不见，转移视线，面朝那座跟大骊京城极有渊源的大学士坊，伸出一根手指，神色依然热络殷勤，解释道："儒教的'当仁不让'，道教的'希言自然'，佛教的'莫向外求'，兵家的'气冲斗牛'，四块匾额，十六个字，蕴含着书写之人磅礴充沛的神意，还有当初在这里订立规矩的三教一家四位圣人，他们故意留在此地的一部分气数。你瞧见那位侍郎大人手里的物件没，是专门用来拓碑的，目的是要把那些字里的精气神一层层剥下来。第一道拓碑，肯定与真迹最相似，形似且神似，越到后面，距离真迹原貌就会越远，价值当然就越小。我觉得除了'莫向外求'四个字能够勉强撑住六次，其余三块匾额恐怕都撑不过四次，尤其是兵家的'气冲斗牛'，好像有两个字不久之前死了，所以两次过后就可以收工了。"

陈平安有些震惊，原来这里头还有这么多门道，字不仅仅排列在书籍里，或是写春联挂在墙上，或是在墓碑上刻下已故之人的名字。陈平安没来由想起齐先生赠送的印章，以及年轻陆道长的药方。

崔瀺继续说道："作为拓碑的那些纸张，极其名贵，每一张都厚如木片，是别洲道教真诰宗独有的宝贝，名叫风雷笺。写字的时候，笔尖与纸张摩擦，带起一阵阵风雷之声。咱们皇帝陛下也库藏不多，平时根本舍不得用，偶尔会拿出来犒赏功勋大臣，或是年末赏赐给六部里某个衙门。所以这次礼部对那些字是志在必得，咱们这位前程远大的小吴大人，心思太重，方方面面都想抓住、抓稳，估计以后在小镇会处处碰壁，别处的灭门太守、破家县令，到了他这里，就当得殊为不易啊。"陈平安仿佛听天书一般。

虽然身边的崔瀺口气很大，但是陈平安没觉得他是在胡说八道。

眉心一点朱砂的崔瀺说自己不是大骊的官员，不似作伪，但当时出现在铁匠铺子，却跟随在督造官吴鸢身边，阮秀说有可能是吴大人的伴读书童。所谓书童，就是自家公子负笈游学时，那个在旁边背着书箱的家伙。可陈平安现在可以确定，眼前这个自称绰号绣虎的清秀少年，绝对不简单。谈吐见识也好，风雅气度也罢，比起龙尾郡嫡长孙陈松风和老龙城少城主苻南华，只好不差。

在陈平安印象中，他所认识的所有人当中，其中一小撮人很特别，比如窑头姚老头，常年沉默寡言，偶尔说话多半是在骂人，但是每次进山后，姚老头整个人的精气神就格外好，会给人一种比青壮男子还体魄雄健的错觉。又比如杨家药铺的杨老头，很公道，跟你关系再差，也不会对你如何，但是跟你关系再好，也不会故意多给你什么。还有刚认识没多久的宁姚宁姑娘，身上也带着一股英气。以及流露出真面目的杏花巷马苦玄，就是满身的锐气和戾气。这个绰号绣虎的崔瀺，也是如此。就像是比苻南华、蔡金简这拨神仙子弟，更高高在上的存在。陈平安甚至觉得哪怕截江真君刘志茂在他面前，崔瀺的眼神脸色也一样是这么漫不经心。当然，崔瀺的话痨，只有风雷园的刘灞桥，能够与之媲美。

崔瀺突然笑问道："陈平安，你能不能带我去一趟宋集薪家的院子？"

陈平安心弦一紧，貌似随意地问道："可是牌坊这边还没散呢？"

崔瀺笑得眯起眼的时候，像一个人畜无害的俊美狐仙："知道你在担心我意图不轨。实话告诉你好了，我跟宋集薪的弟弟很熟悉，他很好奇自己哥哥在小镇这十多年，到底是如何生活的，就托付我一定去亲眼看一看，回到京城后好跟他说道说道。"

陈平安问道："他既然跟宋集薪是亲兄弟，就不能自己问吗？"

崔瀺打了个响指，赞赏道："陈平安你挺聪明啊，这么快就找出漏洞了。"

陈平安有点跟不上这个家伙的思路。

崔瀺揉了揉眉心，无奈道："因为父母的缘故，他跟那个素未谋面的哥哥宋集薪，还没见面就关系很差了。富贵门庭里的龌龊事，就跟泥瓶巷、杏花巷的鸡毛蒜皮事情一样多，所以你要体谅一下。"

陈平安笑问道："如果我不答应，你是不是就会找我的麻烦？"

崔瀺一脸疑惑，然后指着自己鼻子，委屈道："我像是穷凶极恶之辈？你看看我，瞪大眼睛仔细看看，我像是那种一言不合就要杀人全家的人吗？"

陈平安老实回答："看着是不像。"

崔瀺倒抽一口冷气："这话怎么听着不像好话啊。"

他双手环胸，冷哼道："你不愿意带我去，那我自己问路去。"

陈平安问道："你又没钥匙，连院子也进不去，去了看什么？"

崔瀺脸上浮现出"你陈平安太年轻了"的欠揍表情，微笑不语。陈平安对这种笑容再熟悉不过了，刘羡阳和顾璨经常有。

陈平安叹了口气："那我带你去泥瓶巷，院子你就别翻墙进去了，只能带你到门口。"

崔瀺一巴掌重重拍在陈平安肩膀上："早干吗去了？！"

崔瀺转身大步离去，远离人头攒动的牌坊楼。他突然停下脚步，转头一看，背着箩筐的陈平安走在方向相反的街道上。有些狼狈的他赶紧小跑跟上。

进了泥瓶巷后，崔瀺左右张望，啧啧道："原来这就是传说中的泥瓶巷啊，藏龙卧虎，出人才，出人才啊，以后百年，除去杏花巷，估计福禄街和桃叶巷加在一起，也比不过这里了。"崔瀺说起这些神神道道的言语，竟然一点也不让人觉得突兀。

一路行去，崔瀺时不时会蹦跳几下，观望一些矮墙后头院子里的景象。

陈平安带着他来到宋集薪家门口："就是这里。"

崔瀺站在巷子里，很快就看到了那副宋集薪自己书写的春联，眼前一亮，感慨道："这就是宋集薪和那个婢女稚圭居住的宅子？嗯，字真不错，比他弟弟要有悟性多了，越看越喜欢。"说着说着他走上前，踮起脚尖，就要动手去撕下春联。

陈平安急了，赶紧拦下崔瀺："你要做什么？"

崔瀺一脸天真无辜："宋集薪这辈子都不会回到这里了，留着这副春联风吹日晒，渐渐消失，还不如我留着拿去京城呢。"

陈平安坚持己见，摇头道："不行，在除夕自己更换春联之前，贴着的春联是不能撕掉的，否则容易家门晦气。"

崔瀺哦了一声，失落道："小镇还有这个讲究啊。"

陈平安问道："要不要去我院子坐坐？"

崔瀺摆摆手："算了算了，那么大点地方，估计连杯茶都喝不上，走了走了。对了，这条巷子不是断头巷吧，这么一直向前走，能走出去？"

陈平安笑道："能走出去的。"

崔瀺大步离去，不忘背对陈平安抬起手，晃了晃。陈平安目送崔瀺离去，然后回到自己院子，看到墙根的槐枝还在，放下箩筐，从屋内搬出一条板凳坐下。

陈平安猛然起身，飞快跑到泥瓶巷巷子里，果不其然，一个鬼鬼祟祟的家伙跑得飞快。

陈平安来到宋集薪家门口一看，春联被偷了。陈平安站在原地，看着院门两边光溜溜的墙壁，有些说不出话来，苦笑道："这什么人啊，太不厚道了。"

陈平安唉声叹气地走回自家院子，却发现杨老头不知何时坐在了那条板凳上，大口吐着烟雾。

杨老头缓缓道："年纪轻轻，唉声叹气做什么，好不容易积攒下来一点元气，也要外泄，练拳之人尤其不能如此。"

陈平安悚然，沉声道："记住了。"

杨老头问道："姓宁的那个小闺女，怎么突然就走了？害我少赚了一袋子迎春钱。"

陈平安蹲在杨老头身边，摇头道："我也不清楚。只知道宁姑娘跟一个叫倒悬山的地方有些关系。"

杨老头点头笑道："倒悬山啊，鸟不拉屎的破烂地方，是两个地方的交界口，为了防止双方胡乱流窜，道祖三位弟子之一的一个大掌教，就使用了乾坤颠倒的神通，用来威慑外族。说到底，倒悬山其实就是一方世间天字号的山字印，手段霸气得很哪。"杨老头言语之中，既有讥讽也有怅然，陈平安当然不知其中缘故。

杨老头问道："你打算买山头？"

陈平安在这个老人面前从不打马虎眼，老实回答道："打算买五座山，宝篆山、彩云峰和仙草山，在阮师傅的三座山头附近，还有落魄山和真珠山两座……"

杨老头打断了陈平安的话语，皱眉道："你为何会买下落魄山？是谁暗示你了？阮邛？不应该啊，他明摆着不想跟你牵扯太深。"

陈平安疑惑道："落魄山很奇怪吗？"

杨老头犹豫了一下，重重吐出一个烟圈，点点头："除了披云山和香火山，就属这座落魄山最有嚼头，不过到目前为止，恐怕连大骊钦天监地师也看不出来，所以标价不会太高，你算是占到天大的便宜了。"

杨老头眼神凌厉，无形中加重了语气："你还没有说为什么会买下它！"

陈平安尴尬道："看地图的时候，头顶掉下一坨鸟粪，刚好落在'落魄山'三个字上。以前姚师傅总说山水之间有看不见的神灵，我觉得挺有缘分，而且当时实在不知道该买什么山头，就胡乱决定买下它了。"

杨老头听到"姚师傅"三个字之后，白茫茫烟雾之后的眼神有些复杂，点点头："如果是这样，倒也勉强说得通。"

陈平安笑问道："阮师傅已经答应，帮我去买下那五座山，那么我是买赚了？"

杨老头嗯了一声，轻声道："赚到了。"

杨老头有些疑惑，当真是因为没了骊珠洞天的规矩限制，陈平安开始否极泰来了？

陈平安突然记起一件事："那个眉心有痣的少年，说自己姓崔，绰号绣虎，还说我可以喊他师伯。"

杨老头没有说话。

果然如此。

大骊国师崔瀺，虽然没有官身，却是大骊王朝所有练气士名义上的领袖，听说还是东宝瓶洲屈指可数的围棋国手。但是师伯一事，从何说起？

杨老头站起身，提醒道："好好留着齐先生送给你的那四方印章，尤其是带有'静'字的那一方，小心藏好。这个崔瀺也好，之后遇到的任何人也罢，你都不用怕，当然也别轻易挑衅。只需要记住一点，你在成功买下五座山头之后，宜静不宜动，哪怕是夹着尾巴做人都不会错。"

陈平安仔细思量一番，使劲点头道："记下了！"

离开了狭窄阴暗的泥瓶巷，走在宽阔明亮的二郎巷，眉眼灵动的崔瀺脚步轻盈，大袖晃荡，手里拿着那副从泥瓶巷墙头偷来的对联。

一个本该出现在督造官衙署的高大男子，此时站在门外，已经等候良久。他始终闭眼屏气凝神，听到脚步声后，睁眼看到那个熟悉又陌生的少年后，赶紧侧过身，束手而立，恭声道："先生。"

崔瀺嗯了一声，随手把对联交给吴鸢，摸出钥匙打开门，刚要跨过门槛，突然后退一步，重新拉上两扇院门。吴鸢差点撞上自家先生的后背，这位龙泉县的父母官连忙后退数步，有些奇怪先生的举动。

名叫崔瀺的少年双手笼袖，朝两个彩绘门神努了努嘴："你那位老丈人的先祖，就挂在这儿呢，威风吧？"这个别扭至极的说法，让吴鸢一阵头大。

他虽然跟顶着上柱国头衔的老丈人不对付，可跟那位尚未娶过门的媳妇，那真是情投意合，两人是京城出了名的一双良人美眷。尤其是一个英俊潇洒的寒族书生，饱读诗书，赴京赶考，科举落第，却赢得美人心，在不被所有人看好这段姻缘的形势下，一举成为大骊国师的亲传弟子，名动朝野，瞬间传为美谈，以至于惊动了皇帝陛下，下旨在养正斋召见。在那之后，未来老丈人就对吴鸢睁一只眼闭一只眼，不再对女儿扬言要打断吴鸢三条腿了。

崔瀺跨过门槛，随口道："我一直在思考一个问题，咱们儒家信誓旦旦的'谆信明义，崇德报功，垂拱而天下治'，到底有没有机会实现？"

吴鸢轻声问道："先生想出答案了吗？"

崔瀺撇撇嘴："很难。"

吴鸢哑然。

崔瀺笑问道："是不是觉得问了句废话？"

吴鸢诚实回答："有一些。"

大概是师生之间的对话，一贯如此坦诚相见，崔瀺并未恼火，只是斜眼瞥了一下吴鸢，惋惜道："世间很多事情，珍贵之处不在结果，而在过程。"

吴鸢鼓起勇气问道："先生能否举例？"

崔瀺一边领着吴鸢走向正堂匾额下的朱漆大方桌，一边说道："比如你跟袁上柱国家的千金小姐，如今恩恩爱爱，缠缠绵绵，牵个小手都能开心好几天，可是等到哪天总算把她给明媒正娶了，上了床一番神仙打架之后，你很快就会感到失落，原来不过如此啊。"吴鸢龇牙咧嘴，这话没法接。

崔瀺示意吴鸢自己找位置坐下，自己继续站着仰头望向那块匾额，说道："可是你会因为这个无趣的结果，而放弃跟袁家大小姐滚被窝的机会吗？显然不会吧。"

崔瀺自己也觉得这说法不太入流："那我就换个说法，比如修行，寻常练气士，目标肯定是中五境，天才一些的，会选择上五境。又比如为官，野心小的，是入流品就行，志向大的，是做黄紫公卿。然后在漫长的登山途中，很多人会一直抬着头盯着山顶的风光，身边的树木葱茏，脚下的春花烂漫，都是看不到的，就算看到了，也不会驻足欣赏，枉费了圣人的谆谆教导，天地有大美而不言啊。"

吴鸢陷入沉思。

崔瀺突然哈哈大笑起来："你连这种狗屁道理也相信？天底下最没有意思的东西，就是道理了。"

吴鸢无奈道："要是以前，我肯定不会在这种问题上深思，可是先生此次出关，先是换了这身'行头'，又莫名其妙要来这个小镇见故人，学生实在是吃不准了。"

崔瀺笑过之后，懒洋洋瘫靠在宽大的椅子上："话说回来，这番大道理也不全是废话，我虽然重事功而轻学问，但这并不意味着学问一事，就不需要用心对待。说句最实在话，凡夫俗子不下苦功夫、死力气去努力做成一件事，根本就没资格去谈什么天赋不天赋。"

崔瀺一根手指轻轻敲击椅子把手，脸色平淡从容，微笑道："只有真正努力之后的人，才会对真正有天赋的人，生出绝望的念头。那个时候，会幡然醒悟，流着眼泪告诉自己，原来我是真的比不上那个天才。"

吴鸢笑道："围棋一道，整个东宝瓶洲的国手和棋待诏，想必都是以这种心态面对先生的。"

崔瀺扯了扯嘴角："可是对有些事情，天纵奇才如先生我，也一样用这种眼光看待某些人。"

吴鸢摇头道："学生不信！"

崔瀺伸出手指，点了点满身正气的督造官大人，笑嘻嘻道："小吴大人，这激将法用得拙劣了啊。"

吴鸢哈哈大笑，抱拳作揖讨饶道："先生慧眼如炬。"

吴鸢眼角余光时不时掠过一个肌肤晶莹的木讷少年。少年呆呆痴痴，眼神空洞，就坐在不远处天井旁边的小板凳上，双手轻轻放在膝盖上，微微仰起头，姿势如坐井观天。其实吴鸢刚才一进屋子就看到了他，便觉得浑身不舒服，但既然先生不愿主动开口，他就不好问什么。

吴鸢望向桌上那副春联，拿起一张仔细观摩，抬头问道："先生，这副对联是谁写的？这个人很有意思啊。"

崔瀺打了个哈欠，换了个更慵懒舒服的姿势缩在椅子里："暂时还是名叫宋集薪吧，不过估计过几年，会改回宗人府档案上那个被划掉的老名字，宋睦。"吴鸢立即觉得这张轻飘飘的春联很烫手。

他忍不住问道："先生要这春联做什么?"

崔瀺笑道："给你那位宝贝师兄长长见识，省得经常说我是仗着年纪大，才能字写得比他好。现在好了，这副春联是他的同胞兄弟写的，我不信他还能找到什么借口。"

吴鸢想了想，忍住笑意，轻声道："比如宋集薪在乡野之地，整天没事做，光顾着练字，勤能补拙，所以写出来的字就好一些?"

崔瀺一脸惊讶："这也行?"

吴鸢笑着点头："小师兄做得出来。"

崔瀺摇头道："说一千道一万，还是打得少了，规矩从来棍棒出啊。"

吴鸢把那张春联放回桌上，随意说道："先生，你的先生一定规矩很重。"

吴鸢一直不知道自家先生师承何处，甚至连大致文脉流传都不清楚。恐怕整个大骊，晓得此事的人物，屈指可数。

崔瀺突然微微坐直身体："错喽，先生教我，就跟我教你们差不多，一样的，所以我的先生，才教出我这么个学生，数典忘祖，做人忘本，嗯，还有欺师灭祖。"

吴鸢以为自己听错了。

崔瀺淡然道："你没有听错。"

崔瀺伸了个懒腰："我求学之时，还没有现在这般激进，只敢提出'学问事功，两者兼备'之议，先生就赏了我'世风日下、罪魁祸首'八个大字。"

崔瀺身体越来越正，直视着对面自己学生的眼睛："你知道最可气的地方，是什么吗? 是我这位先生，不等我说完议题，就打断了我，一向以治学严谨著称于世的先生，甚至不愿意为这个问题多想一天、一个时辰、一炷香，都没有，就直接丢给我那八个字。我有个师弟，每次跟先生询问经典疑难，先生必然次次如长考一般，悉心教导，唯恐出现丝毫偏差，其中一次，你知道我家先生想了多久，才给出他的答案吗？"

崔瀺伸出一根手指。吴鸢尽可能往多了去想，试探性说道："一个月？"

这一刻，以清秀少年面貌现世的大骊国师，脸色古怪至极，似笑非笑，似哭非哭："十年。"

吴鸢咽了咽口水，再也不敢多说一个字。

崔瀺重重呼出一口气，自嘲道："故人故事故纸堆，都无所谓了。何况不无所谓，又能如何呢？"

崔瀺站起身，收起那股罕见的复杂情绪，对吴鸢说道："今天让你来这里，是要你见一个人，我先忙点事情，你去门口等着。"

吴鸢如获大赦，起身离开。

崔瀺走到那个容貌精致的痴呆少年身边，蹲下身后，揉着下巴，像是在寻找瑕疵。

暮色中，吴鸢带着一名戴着斗笠的男子走入大堂，崔瀺这才站起身，对他们两人说道："自己人，随便坐。"

那人落座后，轻轻摘下斗笠，露出一张英俊却病态苍白的脸庞，整个人精气神极其糟糕，像是身负重伤，咳嗽不断，散发出淡淡的血腥味。

吴鸢脸色凝重："观湖书院崔明皇？！"

然后吴鸢迅速望向自家先生。

崔瀺，崔明皇。大骊国师，观湖书院。难道？吴鸢头皮发麻，心头震动，开始担心自己能否活着离开这座宅子了。

先生杀人，口头禅是"按规矩办事"。但问题是大骊王朝的练气士，几乎没有谁能够理解先生的规矩。就算是吴鸢这种嫡传弟子，也从来不敢认为自己真正了解先生的心思。

崔瀺搬了张椅子到木讷少年身边，背对着吴鸢和崔明皇，笑道："不用紧张，一个是我难得欣赏的家族子弟，一个是有望继承我衣钵的得意门生，所以你们两个不用猜来猜去，可以把事情往好处想。"

吴鸢壮起胆子，问道："先生出自崔氏？"

崔瀺没理睬。

崔明皇苦笑道："师伯祖早就被崔家逐出宗族，还下令生不同祖堂，死不共坟山。"

吴鸢脸色阴晴不定。

始终没有回头的崔瀺笑着说道："放心，这些腌臜往事，咱们英明神武的皇帝陛下，一开始就知道的。对了，崔明皇，吴鸢接下来有任何问题，你知无不言，言无不尽。"

吴鸢灵犀一动，直接问了一个最大的问题："齐静春之死，是先生的手笔？"

崔瀺不愿意开口说话。

崔明皇脸色如常，回答道："齐静春之前得到过一封密信，来自山崖书院，写信之人告诉齐静春，他们那位自囚于某座学宫功德林的先生，真的死了。"

吴鸢皱了皱眉头，这是他不曾听闻的一桩天大秘事，估计是只有儒家三大学宫和七十二书院的当家人物才有资格知晓的内幕。但是其他一些风言风语，吴鸢和许多出身世族的读书种子一样，大多有所耳闻。

不过短短百年，昔年被尊奉于儒教文庙第四位的神像，先是从文圣之位撤下，挪到了陪祭的七十二圣贤之列，然后从陪祭首贤的位置上不断后移，直到垫底，今年开春时分，更是被彻底搬出了文庙。不但如此，有人试图偷偷将其供奉在一座道观内，却被发现，最终被一群所谓的无知百姓推倒打烂。朝野上下，这位圣人的毕生心血，所撰写的经典文章，一律禁绝销毁，所推行的律法政策，被各大王朝全部推翻，名讳从正史中删除。先是江河日下，然后日薄西山，摇摇欲坠，最后一夜之间泥牛入海，悄无声息。

崔明皇将一桩惊天阴谋娓娓道来："山崖书院如今已经被撤掉了七十二书

院之一的身份，你们大骊对此心有不甘，毕竟齐静春和书院对于教化百姓一事，以及帮助大骊摆脱北方蛮夷的身份，居功至伟。再者，没了书院吸引东宝瓶洲北方门阀士子，大骊的文官体系，必然遭受巨大冲击。但是大势所趋，大骊终究不能螳臂当车，大骊皇帝也不会愚蠢到为了一个齐静春，一口气招惹那么多豪横至极的山上山下势力。

"既然外援已经不可靠，那么如何凭借一己之力，保住山崖书院不被撤销，这个天大的难题，就跟随那封密信一起摆在了齐静春的书案上。

"但是他心知肚明，甲子之期一过，他走出骊珠洞天，那么他在此处的蛰伏隐忍，境界不跌反升的骇人真相，必然会惹来儒家内部某些大人物的更大打压。当然，不只是儒家、道家，还有其他一些诸子百家里的大人物，也会蠢蠢欲动，毕竟好不容易打压下一个老的，再来一个新的，实在太可笑了。"

崔明皇露出一丝笑容，下意识望向那个依旧在凝视少年的家族前辈——崔瀺。

崔明皇眼神当中满是钦佩，道："这个时候，阮邛的提前出现，就成了一招胜负手。彻底断绝了齐静春原先最有可能会走的一条退路。"

崔瀺不知何时已经站起身，正在用手指轻轻撑开少年的眼帘，听到崔明皇的言语后，喃喃道："酒呢？方才路过酒肆的时候，应该买几壶的。"

崔明皇眼见吴鸢有些疑惑，解释道："阮邛早早来到骊珠洞天，虽然这位兵家宗师并不插手小镇事务，保持绝对中立，但是阮邛存在本身，就已意味深长。这意味着齐静春再没有办法开口讨价还价，跟三教一家的四方圣人提议自己继续留在小镇，再画地为牢六十年，以此换取山崖书院又一个六十年的苟延残喘。"

崔明皇微笑道："自家先生死了，先生的道德文章没人读了，政策主张也无人推行了。而齐静春来到东宝瓶洲后，辛辛苦苦在蛮夷之地建立起来的山崖书院，也没了。俗世的立身之处已无，支撑他走到今天这一步的安心之地，好像也没了。不死何为？只有他齐静春死了，才能让那些人觉得彻底没了威胁，对于支离破碎的山崖书院，自然懒得再看一眼。事实上如果不是有齐静春，别说成为名副其实的七十二书院之一，大骊境内的山崖书院恐怕连我们观湖书院的一半底蕴都没有。"

崔瀺评价道："观湖书院底蕴有余，朝气不足，如果不是山崖书院的存在，迫使观湖书院不得不跟着做出诸多改变，恐怕更加不堪。在接下来的大争变局当中，只会一步慢步步慢，逐渐消亡。"

崔明皇发自肺腑地赞美道："师伯祖真知灼见，一针见血！"

崔瀺总算不再折腾那个没有半点"人气"的少年，站在并无积水的水池旁边，跟随少年一起仰头望向蔚蓝天空，收回视线后，说了一句很奇怪的定论："所以我精心安排了一场大考，考生只有一人，就是那个泥瓶巷名叫陈平安的孤儿。他只是很普通的出身背景，但是有着很有趣的成长经历。"

吴鸢越发丈二和尚摸不着头脑。这是什么意思？

崔瀺开始绕着水池慢慢绕圈踱步，双手负后，低着头自言自语道："照理说，齐静春在必死无疑的情况下，会垂死挣扎一番，那么有三个人就不得不注意：一起在骊珠洞天陪他吃苦的师弟马瞻，手把手传授学问的书童赵繇，看似关系一般的宋集薪。因为这三个人，最有可能让齐静春寄托希望。

"想着让马瞻延续山崖书院的香火，哪怕只有一名弟子，也无所谓。

"想着让赵繇将师门学问发扬光大，至于是不是在大骊王朝，甚至是不是在东宝瓶洲，也无所谓。

"我一开始，得知齐静春将所有书本留给宋集薪后，以为宋集薪会是他的香火传承之一，但是很快，我就发现这是个障眼法。"

崔瀺说到这里的时候，开始长久沉默，似乎在一步步逆向推演，确定并无纰漏。

吴鸢小心翼翼插嘴道："障眼法之后，藏着那个叫陈平安的人？"

被打断思绪的崔瀺停下脚步，猛然抬起头，冷冷看着吴鸢。吴鸢立即站起身，冷汗渗出额头，作揖低头道："还望先生恕罪。"

崔瀺继续散步："马瞻，算是那人的半个弟子吧，只不过比起齐静春，差太远了。心比天高命比纸薄，说的就是此人。

"我让崔明皇去骗马瞻，骗他可以顶替齐静春担任山崖书院下一任山主。虽然七十二书院之一的名头没了，但是书院本身还在，书院在，就需要山主。如此一来，对齐静春这一支文脉，对咱们大骊的皇帝陛下，其实面子上都说得过去，这也是一开始各方势力默认的一个结局。

"但是我不喜欢啊，这么团团圆圆的结局，太无趣了。反正儒家内部本来就有一些声音，要求文圣、齐静春和山崖书院，三者一起消失，省得人心反复，死灰复燃。

"所以我提议在披云山新起一座书院，而儒教三座学宫也答应在五十年内，会提拔这座书院为七十二书院之一，咱们皇帝陛下一听，好像不错嘛，比起齐静春这么个鸡肋，换上一个能够完全听从大骊的傀儡，当然更适合大骊的南下霸业。

"于是崔明皇再骗马瞻，告诉他既然事已至此，不如退而求其次，干脆改换门庭，跟山崖书院撇清关系，回到小镇后就能够担任新书院的山主，而且是新书院的第一位山主，比起在山崖书院拾人牙慧，仰人鼻息，不是更好？"

崔瀺继续行走，不过望向默默呼吸吐纳的崔明皇："是不是在这个时候出现了问题？"

崔明皇点头道："应该就是在这个时候起了疑心，开始与我虚与委蛇。当时马瞻不露声色，我虽然小心提防，但是没有想到马瞻这么个废物，发起狠来，是如此不遗余力，拼得经脉寸断，窍穴炸碎，也要杀我。"

崔瀺点点头："马瞻虽然远不如齐静春，可到底是在那人门下待了十多年，不能纯粹以蠢人视之。"

崔明皇用手捂住嘴巴，吐出一口瘀血，握紧拳头后，脸色反而轻松几分，多了几丝红润，问道："师伯祖，为何要允许山崖书院那个仅剩的老夫子，带领学生离开大骊，去往敌国大隋，还继续使用山崖书院的名号？大骊皇帝是如何答应的？这件事，晚辈一直想不通。"

崔瀺缓缓而行："一来山崖书院就算保留下来，也名存实亡。没了七十二书院之一的金字招牌，就是个空壳子，再也无法跟蒸蒸日上的观湖书院，争抢东宝瓶洲最出彩的读书人。二来披云山一旦设立新书院，观湖书院的副山主会来此坐镇，当然，第二任山主，肯定是你这位观湖君子。三来，大隋接纳了山崖书院的丧家之犬，就等于接过了烫手山芋，我们大骊随时可以找个由头，向大隋宣战。到时候，山崖书院不一样还是在大骊版图之上？

"谁都知道山崖书院等同于大骊王朝的国子监，可是哪个王朝的皇帝君主，敢说观湖书院是自己的私塾？所以大骊哪天能够完完整整掌握一座书院，是陛下从小就梦寐以求的事情。当然了，皇帝陛下心里未尝没有补偿齐静春的意思。哪怕齐静春担任山主那些年，不愿对陛下卑躬屈膝，但是陛下对齐静春是真的很欣赏，甚至可能还有一点敬畏。"

崔瀺突然笑起来："当然，最主要的原因，是我需要，我需要有这么一局棋。

"我除了需要齐静春必须死在骊珠洞天，我还需要他按照我的棋路，选定我希望他选中的棋子。最后由我来一一毁掉。齐静春死前，就像手里还攥着几粒种子，或者是还捧着几炷香，只能交到身边人的手上。

"文脉一事，讲究薪火相传，甚至信奉一种学说的门生弟子可以死绝，但是香火未必就会断绝，所以香火和文运到底是什么，说不清道不明。齐静春估计已经抓住了端倪，我仍是有些琢磨不透，不敢太过确定，我需要用事实来证明自己的想法。

"所以设置这次大考，摆下这盘棋局，既是用来断掉那个人的文脉香火，更是我的证道契机。"

崔瀺走到坐在板凳上的少年身后，伸手轻轻拍了拍他的脑袋，笑道："曾有诗云，仙人抚我顶，结发受长生。写得真是……仙气十足。"

少年身体的各个关节咯吱作响，最终动作凝滞地缓缓站起身，他一双眼眸渐渐焕发出夺目光彩，等到站直身体后，转身面对亲手拼凑出自己这副身躯的崔瀺。少年尚且口不能言，如婴儿牙牙学语，手舞足蹈，欢天喜地，但是同时对崔瀺又带着一股先天的敬畏。

别说算不得修行人的吴鸢，就连崔明皇看到这一幕后，也是目瞪口呆。

不知为何，今天听到先生一席话后，吴鸢只觉得自己遍体发凉，有气无力，嗓音沙哑问道："先生，就不能杀人了事吗？需要如此大费周章？"

崔瀺哈哈大笑，好像等了半天，终于等到了一个真正有趣的问题，啧啧道："大道之争，可不是俗世间抄家灭族、灭人满门那么简单的事情，想要真真正正地斩草除根，很难很难，很多时候杀人，反而会让简单的事情变成一团乱麻，所以要诛心啊。为何修行之人，能有十五境那么高？因为修心嘛，而修力的武夫呢，只有这么高，九境就是顶点，想要跻身十境，比登天还难。"

崔瀺一下子跳进天井正对着的水池当中，踩了踩镶嵌在底部的五彩鹅卵石，随心所欲走在水池里，只是相比地面，下边显然更加局促。他想了想，说道："那我就给你们这两只井底之蛙，讲一讲两桩原本秘不外传的公案，听完之后，就会发现我这些手段，不过尔尔，不过尔尔啊。

"有一位当初差点帮助兵家立教的天纵奇才，虽然功亏一篑，但毕竟是身负大气运的家伙，无人胆敢对此人痛下杀手，最后你们知道那些真正的圣人们，是如何对付此人的吗？将其丢入一块福地中去，生生世世都安排棋子待在他身边，不断消磨其兵家意气，这一世，让其沦为村野的教书先生，却衣食无忧；下一世，让他成为性情软弱的粗鄙屠子，却有佳人相伴；又一世，变成了玩世不恭的纨绔子弟，千金散尽还复来；再一世，成了太平盛世里的文人皇帝……总之，生生世世，就这么始终被人玩弄于股掌之中。如今还是一样。兵家后辈们，不是不想出手，但是只敢暗中动手，试图唤醒那位兵家老祖的神志，可是希望何其渺茫，去跟那些老家伙比拼修为、谋略还有耐心？怎么赢？

"又有一位兵家枭雄，战力之强，惊世骇俗，最后一着不慎满盘皆输，为了个傀儡女子，魂飞魄散，然后立即被圣人们抓住机会，三魂六魄，全部被瓜分殆尽，然后让其成为各大福地的头等谪仙人，每一道魂魄，竟然皆从福地升到我们这方天地，而且大道顺遂，人人都成了一方霸主。这九人，最低修为也是第十境，或是武道第七境，你觉得他们都愿意舍弃自己的独立意志，成为'一个人'？

"听上去，好像也不算太复杂，但是真正实施起来，将是一段极其漫长的岁月。"

崔瀺说到这里的时候，感慨道："大道之争，何其残酷。"

崔瀺伸了个大大的懒腰，双手揉着脖子，笑道："马瞻愧疚愤懑而死，赵繇已经失去了'春'字印主人的身份，那么接下来就只有那个坏了大规矩的'静'字了。

"一个贫贱至极的陋巷孤儿，吃尽苦头，内心深处无比希望有一份安稳，如今真的梦想成真，一下子成为小镇最阔绰的有钱人，又突然迎来了千载难逢的发财机会，福地之上的五座山头，全部被他收入囊中，三百年，整整三百年细水长流的富贵，都属于他了。

"除了这些雪中送炭，我又帮他锦上添花了两次。第一次是帮他选中那座落魄山，而这座山头，我会让大骊敕封一位山神坐镇，你说这个少年会不会觉得很惊喜？第二次，则是草头铺子和压岁铺子，很快都会以低价出售，然后不出意外，就会由他陈平安'顺理成章'地买下来。试想一下，小镇之外日入斗金的五座山头，小镇之内两座老字号铺子，以后山下有县令吴鸢与之一见如故，山上会有书院副山主崔先生，对其青眼相加。你们觉得这个少年，是不是已经几乎没有什么追求了？"

"但是，"崔瀺说到这两个字的时候，笑容格外玩味，自言自语道，"世间事，真是最怕这两个字了。"

他继续说道："但是呢，就在这个时候，出去的时候是两辆马车一辆牛车，回来的时候，只有一辆马车一辆牛车，而且少了个温文尔雅的观湖书院崔先生，还死了一个学塾马先生。然后那个车夫就会找到陈平安，告诉这个少年，学塾齐先生和马先生，生前都希望他能够带着那……五个蒙童赶赴大骊王朝的死敌大隋，去那座迁往大隋的山崖书院继续求学。此次出行，路途艰辛，虎狼环伺，最后那个车夫还会善解人意地劝解少年，如果齐先生还活着，一定不希望你涉险去往大隋山崖书院。"

吴鸢小心翼翼问道："那些已经担惊受怕的孩子，如果想要留在小镇家中，岂不是让陈平安名正言顺地不用走出去？先生这次谋划不是……"

崔明皇笑道："在这些孩子离开小镇没多久，他们的家族就已经被强行迁往大骊京城了，大骊当然不会缺了他们的富贵荣华。但是每个家族都会留下来几个人，会告诉那些孩子进入山崖书院是何等机会难得，以及家中父母长辈又是如何殷切希望他们能够去书院学成归来。"

崔瀺站在天井正下方，面无表情。

吴鸢越发小心谨慎，问道："先生，是如何肯定这场大考，能够让齐静春这一支文脉，彻底断绝香火。"

崔瀺挑了一下眉头，转头望向吴鸢，笑道："难道你没有听出来，我和齐静春是同门师兄弟吗？作为他的师兄，我曾经代替外出游学的先生，为他解惑儒家经典，整整三年之久，所以他的大道为何，我崔瀺会不清楚？"

崔瀺走出水池，小声呢喃道："正人君子，赤子之心……不过如此了，只是齐静春这家伙命太好，竟然拥有两个本命字。如果不是死在这里，指不定就是前无古人后无来者的三字本命了，他不死，谁死？"

崔瀺走向大门："我兴师动众布下这么大一个局，为的就是这么小一件事。这么小。"崔瀺举起手，拇指抵住食指，啧啧道："这要是还输了的话……"最后崔瀺所说的那几个字，细不可闻。

崔瀺刚打开门，一步跨过门槛，突然停下身形，原本想要去买酒喝的大骊国师，突然觉得好像喝酒也没啥意思。于是他最后干脆就坐在门槛上。吴鸢和崔明皇望着那个略显纤细的少年背影，面面相觑，不知道发生了什么。

崔瀺双手笼在袖中，弯着腰，望向街对面的宅子，廉价的黑白双色门神，内容寓意粗俗的春联，倒着张贴的丑陋"福"字。崔瀺自言自语道："齐静春，你最后还是会失望的。"

不知何处，轻轻响起一个略带笑意的温醇嗓音："这样啊。"

崔瀺对此无动于衷，依然直直望着远方，点头道："到了那个时候，我再喝酒。"

当陈平安背着一箩筐泥土爬出井口的时候，有点蒙。井口外边站着一群高冠博带的读书人，为首一人，正是当时站在牌坊匾额下一架梯子上，对督造官大人大声训斥的礼部老先生，身边站着离任前建造了廊桥的前前任督造官、相传是宋集薪父亲的那位宋大人，他的皮肤比起在小镇那会儿稍稍白了一些，其余五六人，多是三四十岁的样子，人人气度不凡，看着比宋大人都更像是当大官的。

其实不光是陈平安一脸呆滞，这群在大骊六部衙门之中，身份最清贵的礼部官员，看到小镇唯一一位拥有三袋子金精铜钱的大财主，也很震惊，就是眼前这个满身灰土的穷酸少年，手里握着等同于大骊皇帝半座钱库的财富？然后一掷千金，一口气买下落魄山在内的整整五座山头？

阮邛没有露面，而是青衣少女阮秀与龙泉县令吴鸢并肩而立，后者眼观鼻鼻观心，脸色漠然，视线微微低敛，让人觉得靠山大到吓人的小吴大人，是在跟那帮礼部老爷怄气，毕竟在自己地盘上，给一帮外人剐去那么大一块肥肉，谁心里都不会痛快。

那场发生在牌坊楼下的风波，最后是吴鸢出人意料地一退到底，让礼部右侍郎董湖将十六个字全部拓碑而走，哪怕一个担任秘密扈从的七境练气士，确定那些匾额上的字已经全无精神，无须再拿出珍贵的风雷笺，董侍郎仍是一副恨不得把匾额都拆掉搬走的蛮横架势，坚持己见，将带来的风雷笺全部拓碑完毕，这才心满意足地带着礼部下属，下榻于桃叶巷一栋大户人家的宅院。

吴鸢好不容易利用小镇大兴土木一事，在普通百姓当中赢得的口碑声望，一下子就被打回原形。福禄街和桃叶巷对此乐见其成，成了茶余饭后的谈资，大多幸灾乐祸，觉得吴鸢就是个绣花枕头，不顶事儿。有人就说他吴鸢要是敢硬着脖子，跟礼部那帮人犟到底，还会佩服这小子的骨气，现在嘛，就怕在礼部那边当缩头乌龟，以后正式穿上那身县令官服后，就要窝里横了。

陈平安背着一箩筐泥土轻轻跳下井口，站在这些大骊官员身前，侍郎董湖满脸笑意，抚须笑道："你是叫陈平安吧，老夫姓董，在我们大骊礼部任职，这次找你，并非公事，只是老夫一时兴起，想要看看五座山头的主人长什么样子，现在得偿所愿，不虚此行啊。"说到最后，老侍郎左右看了一下，同时爽朗笑着。除了窑务督造官出身的宋大人没有动静，其余礼部官员都跟着大笑起来，好像董侍郎说了一个天大的笑话。

陈平安有些尴尬，老先生你说的大骊雅言官话，我根本听不懂啊。

吴鸢嘴角扯起一个微妙弧度。精通小镇方言的宋大人，则完全没有要帮这位衙门上官解围的意思。因为两人分属于不同的山头，而且前不久双方已经彻底撕破脸皮，如果不是皇帝陛下钦点他宋煜章必须随行南下，这趟美差绝对没有他的份。礼部衙门嘛，都是读书人，还是千军万马从独木桥厮杀出来的读书种子，所以这座衙门里头的唇枪舌剑，那真是高妙文雅，精彩纷呈。好在宋煜章本就是一个在小镇都能待习惯的怪人，回到京城后，闷不吭声做事便是，倒是没觉得有什么憋屈愤懑。

董侍郎公门修行了大半辈子，几乎全在礼部衙门攀爬，作为大骊朝廷唯一一个能够与兵部抗衡的衙门，董湖在礼部做到了三把手，显然是心思敏锐的老狐狸，一下子就意识到自己的失策，想着给自己找个台阶下，便转头笑望向那位阮师的独女，希望她能够帮自己传话。只是董湖几乎一瞬间就打消了念头，一个连皇帝陛下都要奉为座上宾的风雪庙兵家圣人，自己一个礼部侍郎，就敢劳驾阮师的女儿做这做那？若是那少女是个不懂礼数的难缠角色，觉得自己怠慢了她，回头去她爹那边告自己一个刁状，然后圣人阮师只需要轻飘飘往京城递个一句半句话，估摸着自己这个从三品官，当还能当，但绝对会当得不舒坦。他心思急转不定，其实就是一瞬间的事情，侍郎大人决定改变初衷，微笑着望向阮秀，刚要问一句阮小姐在这边住着适应不适应，需不需要礼部帮着在小镇福禄街或是桃叶巷那边，弄一栋素雅洁净的宅子，但是下一刻让人瞠目结舌的事情发生了，在所有礼部官员心目中高不可攀的阮师之女，赶紧走到那泥腿子少年身边，估计是把董侍郎的话给他说了一遍，而那少年满脸平常神色地听着阮秀的话语，真是让这些礼部官员震撼得不行。

陈平安哪里知道这么点小事，就能够让这些身份尊贵的京城大人物，仿佛心思百转到了千万里之外。认真听完阮秀的传话后，陈平安笑着跟她说道："秀秀，麻烦你跟这位老先生说，我就是个龙窑窑工，如今在铁匠铺子打杂，之所以能够买下那些山头，要感谢阮师傅。"

阮秀一听到"秀秀"这个称呼，笑得一双秋水长眸眯成了一双月牙儿，最后她语气欢快地用东宝瓶洲正统雅言，跟那位大骊老侍郎说了一遍。董湖在内的所有礼部官员，当然精通一洲大雅之言，要不然岂不是坐实了大骊王朝就是北方蛮夷的谬论？甚至在大骊京城，能否流利娴熟地说上一口大雅之言，已成为区分高门寒庶的一个重要标准。

董湖神色越发和蔼可亲，笑眯眯地轻轻点着头，听完阮秀的解释后，就说不打扰陈平安做事了，劳烦阮小姐帮他们跟阮师告辞一声，既然阮师忙于铸剑，更是叨扰不得，否则对阮师仰慕已久的陛下，一定会问罪的。

阮秀对于这些客套话没什么兴致，哦了一声就没了下文，早已成精的老侍郎不敢有任何不满，与阮秀介绍了大骊京城的几处景色之后，便神色自若地带队离去了。宋煜章走在队伍最后，吴鸢又走在宋煜章之后。

阮秀陪着陈平安去倒掉箩筐里的泥土，她一边走一边说道："我爹说买山一事，很快就有定论了，除了这拨大骊礼部官员，还需要钦天监的地师出面，加上你，三方一起画押签字，才算一锤定音。只是那些由两位青乌先生领头的地师，暂时还在仔细勘察所有山头的地势风水，估计还有几天才能出山。"

陈平安想了想，放下箩筐，看着四周忙碌的身影，问道："咱们去小溪那边，边走边聊？"

阮秀笑道："好啊。"

阮秀有意放低嗓音，轻声说道："钦天监这次除了出动青乌先生和普通地师，许多百家、旁门的练气士也来了，还带了两只年幼的搬山猿，一只是银背猿，一只是通臂猿，平时放养在深山大林之中，只有需要的时候才会驱使其出力，打裂山峰或是搬动山丘。

"还有道家符箓派打造的卸岭甲士，很神奇的东西，一张薄薄的符纸，被练气士灌输真气之后，就能够变成身高七八丈的高大甲士，力大无穷，虽然不如搬山猿，但是好在听话，绝对不会出现意外。搬山猿性情暴戾，尤其是年幼的搬山猿，尤其难以驯服，一旦失控，肯定会死亡惨重，哪怕镇压打杀了，也是一笔很大的损失。听说还有墨家巨子亲手打造的开山傀儡，我以前也没见过，有机会的话，以后我一定要去亲眼瞧瞧。

"我爹帮你挑了两间铺子，一间压岁铺子，一间草头铺子，刚好紧挨着，你也很熟悉。要是没有意见的话，我爹马上就可以帮你去敲定买卖，因为这种小交易，不涉及一个王朝的风水盈亏和山河气运，不用像买山那么麻烦。"

陈平安想了想，笑道："当然没问题。"

阮秀猛然记起一事，神秘兮兮道："我爹私下说过一个消息，那个大骊皇帝亲自发话了，说既然如今小镇已经归属大骊疆土，那么那些遗留在市井民间的法宝器物，一律高价收回国库。最后在小镇收缴了二十来件不错的老物件，福禄街、桃叶巷和普通百姓交出去的东西，一半一半吧，只是卖出去的价格，可一点都不高。最后大骊皇帝又私人掏出七八件物品，凑足了三十件，作为其中三十座山头的彩头，等于是白送给买家了。一般人当然不知道到底哪些山头有彩头，哪些没有，但是我爹得知神秀山和落魄山肯定会有，而且品相极好，是数一数二的。除此之外，我家挑灯山和你的落魄山，大骊朝廷都有可能分别敕封一位山神坐镇其中。"

陈平安深吸一口气，蹲在溪边，眉头紧皱。好像有些不真实。陈平安做梦都没有想过自己能有这么一天。他的梦想，最多只跟喜庆的春联、威风凛凛的门神、香喷喷的肉包子和满满一袋子哗啦啦作响的铜钱有关。

阮秀跟着他一起蹲下身，好奇地问道："怎么了？"

陈平安欲言又止，但好像又说不出个所以然来，只好摇摇头，随手拔起一根甘草，熟门熟路地放在嘴里嚼。沉默片刻后，陈平安转头笑道："阮姑娘，刚才在外人面前喊你秀秀，你别生气啊，我看到那么多当大官的，紧张得很，就想着跟你假装很熟的样子。"

阮秀眨了眨眼睛，问了一个不沾边的问题："嗯，你那个朋友最近有没有消息啊，就是佩刀又佩剑的那位。"

陈平安一头雾水道："你说宁姑娘啊，她走了之后，我可不知道她的消息。"

阮秀笑了。

陈平安突然抬起头转向石拱桥那边，一抹熟悉的大红色飞奔而来，两条腿跟车轱辘似的。陈平安有一种不好的预感，赶紧站起身，那个身穿又脏又皱大红棉袄的李宝瓶，来到他身前，仰着小脑袋望向他。李宝瓶竟然满脸泪水，伤心欲绝地皱着那张被晒黑了许多的小脸，哽咽道："学塾马先生死了，他死前让我来找你。"

陈平安第一时间环顾四周，并没有察觉到异样，这才牵起李宝瓶的手，轻声道："我们去别处说话。"

陈平安想了想，溪边安静，容易躲藏起来避人耳目，但是自从那次察觉到溪水里有脏东西之后，他就不再轻易下水了。

李宝瓶心急之下说出那句话后，立即有些后悔，因为陈平安身边站着一个外人——青衣马尾辫的阮姐姐。虽然之前那次在青牛背，李宝瓶其实已经跟阮秀见过一面，但当时还有道家的那双金童玉女在场，他们一个豢养青红两尾大鱼，一个牵着雪白麋鹿，与李宝瓶所在的家族有渊源。此时此刻的阮秀，看着当然不像是坏人，但是李宝瓶现在最怕的，恰恰就是这类人，半生不熟的关系，瞧着很善良，最后不见递出刀子，身边亲近的人就已经被捅死了。

一开始马先生和那个姓崔的，两人一路同行，引经据典高谈阔论，诗词唱和对酒当歌，用李槐的话说，这姓崔的要么是马老头的私生子，要么就是嫡孙，否则关系不至于这么好。谁都没有想到意气风发的马先生，就死在了那个名动天下的正人君子手中。按照马先生最早的说法，东宝瓶洲的所有儒家君子贤人当中，有两人格外出类拔萃，被誉为"大小君"，崔先生即是大名鼎鼎的"观湖小君"。而在变故横生之前，几乎所有人对崔明皇的印象都极好，温文尔雅，而且学问极大，好像无所不知，问他什么他都能回答上来。唯独林守一一开始就不喜欢崔明皇，不过出身桃叶巷大门大户的林守一，好像天生就是那副你欠我几百万两银子的冷峻表情。因为跟其余四个蒙童关系疏离，所以一开始虽然林守一对崔明皇有过多次冷嘲热讽，但没有人心领神会，只当是林守一嫉妒崔明皇比他更堪称翩翩佳公子罢了。

阮秀虽然不明白为何李宝瓶看自己的眼神不太友善，但仍是提议道："不然去我们那间刚刚打造好的新铸剑室？"

已是风声鹤唳的李宝瓶，死死抓紧陈平安的手，使劲摇头，眼神充满乞求："陈平安，我们不去陌生人多的地方，好不好？"

陈平安轻轻握了握李宝瓶的小手，柔声道："相信我，铁匠铺子的铸剑室，是最安全的地方。"

李宝瓶抬头看着陈平安那双眼睛，像是她年幼时，第一次独自走到水边时见到的溪水，清澈见底，水流动得那么慢，当时就让她觉得自己是不是永远也长不大了。此时遭逢生死险境的李宝瓶，一肚子委屈莫名其妙就涌上了心头，又哭了，抽泣道："陈平安你不许骗我！"

陈平安眼神坚定道："不骗你！"

阮秀带着他们一大一小到了铸剑室，掏出钥匙打开门，她站在原地，柔声笑道："我就不进去了，给你们在外边望风，哪怕我爹来了，也不许他进。"

陈平安有些尴尬，小声解释道："能不能给她带点吃的喝的，我估计等下她没那么紧张后，精气神会一下子垮掉的，到时候填饱肚子比什么都强，我小的时候就经常这样。"

阮秀使劲点头，微微侧身，只见她手腕一翻，不知道从哪里变出了一个小绸袋，递给陈平安："压岁铺子新制的五块桃花糕，先拿去吧。我再去拿壶水过来，让她别吃太快，别噎着。"

陈平安和李宝瓶各自坐在小板凳上，相对而坐。李宝瓶虽然接下了桃花糕，但是没有要吃的迹象。

陈平安轻声道："到底怎么回事，说说看。"

李宝瓶说话极慢，跟她平时做什么都火急火燎的性格，好像很矛盾。不过她说话慢，刚好能够让陈平安捋一捋思路，设身处地地去换位思考问题。在学塾那个年迈的马先生死之前，五个蒙童远游求学的离乡之路，走得很顺风顺水，牛车和两辆马车走出了好几百里路，马先生和观湖书院的崔明皇相谈甚欢，成了忘年之交。但是有一天，马先生在检查他们功课的时候，突然说要去跟崔先生谈谈行程，有可能双方会分道扬镳，从此别过，毕竟天下无不散之筵席。但是孩子们等了很久，也没见到马先生和崔明皇返回，于是李宝瓶和李槐就跑去找人，结果李槐率先找到倒在血泊中的马先生，别说是手脚，老人伤势重到连眼眶、耳朵都在淌血，感觉老人的身躯，就像一只从溪水里提起的竹篓，水全部漏了。奄奄一息的马先生让李槐只许把李宝瓶一个人带到身边，李宝瓶到了他身边之后，老人只是抓着她的手，可能是回光返照，可能是拼尽力气竭力一搏，原本已经一个字都说不出口的老先生，终于断断续续跟李宝瓶简单交代了后事。

说到这里的时候，李宝瓶已经泣不成声，哭成一个泪人儿了。

陈平安不是那种会安慰人的性格，只好默默搬凳子靠近李宝瓶一些，伸手帮她擦眼泪，反复念叨道："不哭不哭……"

李宝瓶使劲抽了抽鼻子，继续说道："马先生抓住我的手，告诉我一定要单独找到你，要你小心观湖书院和大骊京城这两个地方的人，谁都不要相信！"

陈平安脸色凝重，问道："石春嘉他们人呢？"

满脸泪痕的李宝瓶蓦然咧嘴一笑，说道："他们正带着那个外乡人车夫，在泥瓶巷附近兜圈子呢。林守一觉得那个车夫不是好人，说不定跟姓崔的是一路人，合伙害死了马先生。我们把马先生找了个地方下葬后，车夫就说山崖书院去不得了，因为马先生和崔先生刚刚得到消息，齐先生担任山主的书院，已经从大骊搬去了敌国大隋，如今没有马先生带路，不等到了大隋，我们所有人到了大骊边境，就会被边军用通敌叛国的名头杀掉。我们当时也没什么主意，马先生到最后也没告诉我们该怎么办，是回小镇学塾等待下一位先生，还是到大隋继续去山崖书院求学，所以只好跟着那个车夫回到这里。但是车夫又说我们所有人的家族长辈都搬迁去了大骊京城，如果不信的话，可以到了小镇家里问人，一问就知道他说的是不是真话，因为大骊官府让每个家族都留了人在小镇。"

阮秀拿了一壶水敲门后走进铸剑室，李宝瓶立即闭口不言。阮秀走后不忘关上门。

李宝瓶等到房门关闭，这才继续说道："那个车夫很奇怪，故意问了我们一句，谁认识一个叫陈平安的少年，住在一个叫泥瓶巷的地方。说他要帮马先生捎话给你。我当时没说话。"

陈平安点了点头："做得对。先填一下肚子。"

李宝瓶狼吞虎咽地接连吃掉三块糕点，狠狠灌了一口水，用手背胡乱擦了一把脸，快速说道："后来我们五个人找机会一合计，总觉得束手待毙绝对不行，就想出了一个法子。在快回到小镇的前一天，石春嘉开始装病，我就时时刻刻照顾她。然后我私下告诉李槐泥瓶巷那一带的巷弄分布，要他承认自己其实早就认识你，理由是他爹李二在杨家铺子当过伙计，曾经有个泥瓶巷的少年姓陈，经常去铺子卖草药，只是车夫一开始问起的时候，他根本没想起这茬。"

陈平安有些疑惑。

李宝瓶赧颜解释道："我经常在小镇溪水那边看到你一个人上山采药，或是下山的时候，背着一大背篓草药。"

陈平安哭笑不得，用眼神示意自己明白了。陈平安同时又有些后怕，沉声道："你们这么做，其实很危险。"

李宝瓶点头道："知道。所以我们五个人商量这个事情之前，我就跟他们把话说清楚了，林守一说李宝瓶的命最值钱，她都不怕死，他不过是个惹人厌的私生子，就更无所谓了。石春嘉比较笨，说反正都听我的。李槐说怕什么，人死卵朝天，再说了，他如果出了事情，他爹李二虽然很孬，屁本事没有，但是他娘亲一定会帮他报仇的。董水井最干脆利落，说他力气大，如果事情败露，让我们四个先跑，他来跟那车夫拼命。

"不过我觉得其实没那么危险，如果车夫真要杀我们，不用拖延到小镇，他肯定是有所图谋，我猜幕后黑手的真正目的之一，肯定跟你有关。"

李宝瓶吃掉最后两块桃花糕，深吸一口气："后来我们终于到了小镇杏花巷那边，我就让董水井和李槐带着车夫下车，说是可以抄近路走到泥瓶巷，其实李槐要带着他绕很大一个圈子，我等他们一走，就立即跑下车，去泥瓶巷找你，结果你家院门房门都锁着，亏得当时有个街坊邻居经过，我一问，才知道你在铁匠铺子当学徒，当时真是急死我了。"

陈平安这次是有些震惊，问道："这一连串谋划，都是你想出来的？"

李宝瓶摇头道："林守一也出过主意，比如一开始不能随便找个距离泥瓶巷很远的地方，随口说这就是泥瓶巷，那样很容易露馅，我反而跑不远。最好是让车停在董水井家所在的杏花巷，离着泥瓶巷不远也不近，有绕路的余地，况且那车夫到了杏花巷，一定会先找人询问，确定是真的之后，我们再骗他就容易多了。"

李宝瓶沉声道："最后证明，确实如此。"

陈平安忍不住揉了揉李宝瓶的脑袋，赞赏道："很厉害。"

李宝瓶笑道："你不在家的话，李槐和董水井就更加没事了，不用担心被逼着当面对质，揭穿真相。"

李宝瓶好奇问道："为什么学塾马先生，和那个小镇方言都说不太清楚的车夫，都想要找你？"

陈平安摇头道："我也很奇怪，暂时只知道可能跟齐先生送给我的几样东西有关。"

齐先生曾经带着自己去求槐叶，只是最后那片有"姚"字的槐叶，已经用掉了。

那支碧玉簪子？可是齐先生自己和宁姚都说过那支簪子材质普通，只是用来别头发的平常簪子。

印章？陈平安心情凝重，多半是如此了。齐先生送过自己两次印章，总计四方。杨老头不久前，才说过让自己要格外珍藏好那枚带"静"字的印章。完整印文为"静心得意"四字。除此之外，齐先生也曾随口说过，将来如果见到觉得有意思的山水形势图，可以用那对山水印往画上盖。联系如今骊珠洞天落地后的千里山河，当真会有山河神灵坐镇，其中自己即将买下的那座落魄山就是如此。

李宝瓶突然掏出三片枯黄的槐叶，捧在手心给陈平安看，心疼道："翠绿叶子变黄了。"

陈平安恍然大悟，当时肯定是这三片祖荫槐叶，帮助学塾那个马先生续了命，才能让他多说了几句话。事实上这就是真相，如果不是李宝瓶福至心灵，始终贴身收藏着这三片祖荫槐叶，恐怕马先生连一个字都说不出口，就会不甘心地死去。

陈平安如今已经把值钱家当全部寄存在了铁匠铺子这边，阮师傅把之前宁姚居住的那栋黄泥茅屋让给了他，不说那八颗犹然色泽如常的蛇胆石，其余一百来颗大大小小的普通蛇胆石，也分别从泥瓶巷祖宅和刘羡阳家的院子搬出，全部堆积在这边屋子的墙根。但是那方"静"字印和《撼山谱》，这两样东西，陈平安始终随身携带。

陈平安深思之后，缓缓道："现在那车夫应该在赶来铁匠铺子的路上，要不然你先藏在这里，我去把留在牛车马车那边的石春嘉，还有林守一偷偷带过来？如果车夫问起，我可以让这边的人告诉他，就说我有外出散步的习惯。还有就是，你们绕远路这件事情，等车夫到了泥瓶巷我家宅子的时候，他应该就会有所察觉。当然，他表面上可能不会说什么，但是在这之后，你们就真的危险了。"

陈平安看到李宝瓶还有些犹豫，沉声道："相信我，如果你们的家人都已经搬走了，那么小镇只剩下这里安全了。"

李宝瓶想了想，问道："你很信任在这里打铁的阮师傅？"

陈平安摇头道："我更相信齐先生曾经说过的'规矩'。"

李宝瓶灿烂一笑："我懂了！"

李宝瓶一旦下定决心，瞬间就爆发出惊人的决断力："既然你相信那个阮姐姐，那我就让她带着我去把石春嘉和林守一带过来，然后找地方藏起来，你就安心跟那坏蛋车夫应付着聊，先看看他葫芦里到底卖什么药再说。"

陈平安笑道："可以。"

陈平安带着李宝瓶走出铸剑室，大概是为了避嫌，阮秀在门外稍远的地方，坐在一张颜色碧绿的小竹椅子上，百无聊赖地左右摇晃身体。等到陈平安把请求说完之后，阮秀毫不犹豫道："没问题。"

然后阮秀蹲下身，转头望向李宝瓶，示意她趴在自己后背上。李宝瓶一脸不情愿："我跑得可快了！"

阮秀笑道："我肯定更快。"

李宝瓶恼火地转头望向陈平安，显然是希望他能够证明自己的确跑得飞快。

陈平安刚要说话，阮秀对这一大一小正色道："我来回好几趟，你和陈平安都还没有跑到小镇上。"

李宝瓶撇撇嘴："我知道天底下有神仙鬼怪，可是你以为神仙那么好当啊。"

陈平安一锤定音："听阮姐姐的话，快！"

李宝瓶叹了口气，只得乖乖地趴在阮秀后背上，软绵绵舒服得让她直犯困打瞌睡。

阮秀走之前对陈平安说道："如果有事情，可以找我爹。"陈平安点了点头。

嗖一下，抱住阮秀脖子的李宝瓶，突然吓得整个人汗毛倒竖，感觉到耳边有大风呼啸而过。她扭头往下一看，怎么屋子变得跟福禄街上的青石板一样小？那条溪水则跟绳子一样细了？

地面上，陈平安呆若木鸡，眼睁睁看着阮秀背着李宝瓶拔地而起，一闪而逝。陈平安心想，原来阮姑娘和宁姑娘一样，都是神仙啊。

二郎巷一栋幽静安详的宅子里，崔瀺站在水池旁，木讷少年安安静静地坐在小板凳上。

崔瀺轻声吩咐道："去拿一杯水来。"少年立即站起身，双手端来一杯凉水。

崔瀺拿过水杯，一抖手腕，一杯水随意洒向水池，变成一道薄薄的青色水幕。崔瀺念头微动，水幕当中，随之出现那辆牛车和马车先后进入小镇的画面，人与物，纤毫毕露。

崔瀺双手笼袖，整个人显得很有闲情逸致，脚尖和脚后跟分别发力，整个人就像不倒翁似的，前后晃荡。全无半点证道契机来临之际，一位练气士该有的紧张焦躁。

崔瀺看到红棉袄小姑娘与两坨腮红的同龄人告别，跳下马车，在街道上飞奔，然后那个车夫被两个少年骗去了杏花巷。这个大骊国师啧啧道："之前我还嘲讽宋长镜豢养的谍子是吃屎长大的，没想到我调教出来的谍子，也差不多嘛，是喝尿长大的。"

不过崔瀺很快就释然了，水幕中一直出现李宝瓶奔跑的身影。崔瀺自言自语道："这里的孩子，本来就聪明，尤其是宋集薪、赵繇这拨人，年纪稍大，再就是这个小丫头在内的第二拨，地灵人杰嘛，早慧得很，开窍也快，真是不容小觑。"

当看到红棉袄小姑娘跑向石拱桥的时候，崔瀺眼眸里的光彩，泛起一阵阵激荡涟漪，如大浪拍石。崔瀺稍稍转移视线，不再盯着水幕，闭上眼睛缓了缓，等到睁眼后，小女孩已经跑过了石拱桥。

崔瀺眉头微皱："是因为大骊皇室的手段过于血腥残忍，所以惹来那根老剑条的天然反感？以至于对我这个大骊扶龙之人，也顺带产生了一些憎恶情绪？可是照理说，这根剑条的真实历史，虽然已经无据可查，只有一些虚无缥缈的小道传闻，但既然是古剑，那么什么样的厮杀场景没经历过，不至于如此小气吧？"

水幕景象越来越临近那座铁匠铺子，杯水造就的水幕，毫无征兆地砰然碎裂。那些向四面八方溅射出去的无数水珠，撞击在院内的墙壁窗户、大梁廊柱后，竟然炸出无数孔洞窟窿。不过激射向崔瀺和少年的珠子，像是撞在一堵无形的铜墙铁壁之上，瞬间炸裂成更加细微的水珠。

一道阮邛的嗓音从天井处落下："你不要得寸进尺！"

崔瀺仰起头嬉笑道："圣人就是小气，不看就不看，有话好好说嘛。这里毕竟是袁家祖宅，以后我回到京城被人秋后算账，怎么办？"

崔瀺自言自语道："卢氏王朝的遗民刑徒也该到了吧。"

崔瀺低头斜瞥一眼少年，收回视线后，藏在袖中的左右食指，轻轻敲击，轻声道："以防万一，以防万一啊。"

李槐和董水井带着车夫找到陈平安的时候，陈平安正在跟人搭建一座房子。

李槐鬼头鬼脑，眼珠子急转。董水井脸色如常，很有大将风度。

一身灰尘的陈平安走到三人面前，疑惑道："你们找我？"

那车夫貌不惊人，瞧着像是憨厚老实的庄稼汉，搓着手来到陈平安身前，小声道："能不能换个地方说？"

陈平安摇头沉声道："就在这里说！"

车夫虽然脸上流露出不悦的神色，但是心里微微放松了一些，这才是一般市井少年该有的心性。

车夫犹豫了一下："你是不是认识小镇学塾齐先生？"

陈平安没好气道："小镇谁不认识齐先生，但是齐先生认不认识我们，就不好说了。"

李槐在一旁憋着坏笑，杏花巷的董水井则深深看了眼泥瓶巷的陈平安。

屋子那边有人急匆匆吼道："姓陈的别偷懒啊，赶紧说完，滚回来做事！"

陈平安叹了口气，对车夫说道："有话直说，行不行？"

车夫双手揉了揉脸颊，呼出一口气，低声说道："我是一名大骊朝廷的死士，负责保护这些孩子去往山崖书院求学。当然，我不否认也有监督他们不被外人拐跑的职责，比如大隋，又比如观湖书院，这些你听不懂也没有关系，你不信也没有关系。但是我不管你跟齐先生关系如何，也不管你认不认识马瞻马老先生，我都希望你近期小心安全，因为马先生在送孩子们去山崖书院的路上，被人害死了。而马先生在这之前，偶尔跟我闲聊，无意间说起过你两次，一次是说他记得很早以前，扫地的时候，经常看到有个孩子喜欢蹲在学塾窗外，第二次是齐先生在辞去教书先生和书院山主的职务之前，说你也是读书种子，只可惜他没办法带你去山崖书院。"

车夫苦笑道："只是可惜了这几个孩子，现在真是无家可归的可怜人，书院不敢去，小镇的家也没了。要知道齐先生创办的山崖书院，可不是人人都能进去读书的，我们那座大骊京城百万人，据说这么多年累积下来，也才十几个山崖书院出身的弟子，如今一个个都当了大官。"

李槐低着头，看不清表情。董水井站在原地，面无表情。

远处阮秀轻轻咳嗽一声，陈平安转过头去，阮秀笑着点点头。

陈平安心中了然，只喊了李槐的名字："李槐，你们两个过来，我有话要先问你们。"

李槐哦了一声，拉着董水井往前走。

当车夫意识到不对劲的时候，陈平安猛然将李槐和董水井拉到自己身后，他则一步向前，沉声道："谢谢你跟我打招呼，这些学塾孩子，我会替马老先生照顾他们的。以后是去京城找他们父母，还是做什么，我得问过他们的意见。"

车夫干笑道："陈平安，这不妥吧，我毕竟比你更能看护他们的安危。"

陈平安笑道："没事，我如今有钱，而且认识了县令大人吴鸢，还有礼部右侍郎董湖，如果真有事情，我会找他们的。当然，是先请我们阮师傅帮忙传话。"

这名车夫努了努嘴，眼角余光瞥了一下，发现一个身材并不高大的男人站在屋檐下。原本杀心已起的车夫顿时汗流浃背，对陈平安笑脸道："行，既然马老先生愿意相信你，我当然信得过你的人品。陈平安，如果以后有事情需要我帮忙，就去小镇北边的三女冢巷找我，我就住在巷子最北边头上那栋小宅子。"

陈平安和和气气笑道："一言为定。"

车夫转身离去。

陈平安额头渗出汗水，等到车夫彻底消失在视野中，才说道："李槐，董水井，跟我去见李宝瓶。"

李槐问道："李宝瓶已经跟你全说了？"陈平安点头。

董水井则问道："石春嘉和林守一怎么办？"

陈平安笑道："已经被接过来了。"

董水井看了他一眼，不说话。

仍然是那间暂时空荡荡的铸剑室内，陈平安站着，面对着排排坐在两条长凳上的五个学塾蒙童，按照年纪来分，依次是骑龙巷的石春嘉，桃叶巷的林守一，杏花巷的董水井，福禄街的李宝瓶，小镇最西边的李槐。除了李槐年纪最小，跟他们悬殊比较大，其余四人其实各自相差不过几个月。

陈平安问道："李槐和董水井已经把刚才的情况说了，你们觉得那个自称大骊死士的外乡人，到底想做什么？"

名贵狐裘早已不见的林守一冷漠道："连那姓崔的为何要杀马先生，我们都不知道答案，何谈其他？"

石春嘉紧紧依偎着李宝瓶的肩膀，脸色微白，仍然有些惶恐不安，但是回到小镇后，尤其是见到相对比较熟悉的陈平安，这个扎羊角辫的小女孩心定了许多，至少不用担心突然就变成马先生死后的那么个凄惨样子。他们帮着挖坑下葬的时候，石春嘉吓得躲在远处，抱头痛哭，从头到尾也没能帮上忙，李槐也好不到哪里去，躲在比她更远的地方，牙齿打架。

这会儿李槐抱着肚子，哭丧着脸，嘀咕道："又饿又渴，所谓饥寒交迫，不过如此了。爹娘啊，你们的儿子如今过得好苦啊。"

李宝瓶扭头瞪眼道："李槐！"

李槐耷拉着脑袋，偷偷扯了扯坐在最右边的董水井的袖子："水井，你饿不饿？"

董水井平静道："我可以装着不饿。"

李槐翻了个白眼。

李宝瓶灰心丧气，下意识伸手抓住一旁石春嘉的羊角辫，使劲摇晃了一下："其实现在什么事情都在云里雾里，看不穿猜不透的。林守一说得对，对方下棋的人肯定是高手，我们太嫩了，当务之急，是保住性命，确认安全无虞之后，再来谈其他，比如赶紧跟迁去大骊京城的家里人打招呼，报声平安。"

李宝瓶顺嘴讲出"报声平安"这个说法后，所有人都下意识望向对面那个穿草鞋的家伙。

陈平安沉默许久，问道："既然想不出别人怎么想，那我们就先搞清楚自己怎么想。"

看到对面五人没有异议后，陈平安问道："你们是想平平安安去大骊京城，找你们爹娘长辈，还是……"

李槐痛苦哀号道："我爹娘带着我姐不知道去哪儿享福了，我去个屁的京城，就我舅他们家那脾气，真有钱了，只会更欺负我啊。以前是当贼看，以后还不得当仇人？天大地大，竟然没有我李槐的容身之处啊！"

李宝瓶绕过石春嘉就是一爆栗砸下去，打得李槐顿时没了脾气。

董水井想了想，闷闷道："我想念书，如果我爹娘是留在小镇，不读书就不读书，帮他们下地干活也行，可去了京城，我能做啥？连大骊的官话也不会说，我又不像李宝瓶，是学什么都快的人。再说了，我爷爷死的时候，要我死要也死在学塾里，说以后当不成读书人，就别去给他上坟，他不认我这个孙子了。要是小镇这边学塾继续办下去，我就留在镇上。"

石春嘉红着眼睛，怯生生道："我想去京城找爹娘。"

坐在长凳最左边的林守一皱眉道："哪里安全，我去哪儿。"

李宝瓶双臂环胸，眼神熠熠，神采飞扬，大声道："我要去山崖书院！去齐先生读书的地方！"

李宝瓶站起身，站在陈平安和四个同窗蒙童之间，她伸手指了指董水井："别说大骊，整个东宝瓶洲，就数齐先生的山崖书院最有名气，你爷爷要是知道你留在小镇读书，而不去山崖书院，我估计他老人家的棺材板都要盖不住了。当然，怕死你别去，在这里读书，熬个十来年，也能算个半吊子读书人，总比死在去求学的路上好。"

董水井被李宝瓶这番话憋得满脸通红。

李宝瓶指向林守一："你不是被人瞧不起的私生子吗？而且你不是也打心底瞧不起我这种出生在福禄街的有钱人家孩子吗？你到了山崖书院之后，谁敢看不起你？当然，齐先生说过，君子不立危墙之下。所以你林守一愿意留在这里，我才懒得管你。"

石春嘉一看到李宝瓶伸手指向自己，哇一下就哭了出来。李宝瓶一脸怒其不争哀其不幸的表情，坐回原位。李槐纳闷道："李宝瓶，你咋不说我呢？"

李宝瓶答道："不想跟你说话。"

李槐呆了呆，之后默默仰起头，满脸悲愤。

陈平安不去看其余四人，只是看向李宝瓶一人，问道："确定要去山崖书院？"

李宝瓶点头道："齐先生说过，我们山崖书院的藏书之精，冠绝一洲！齐先生还说了，我所有的问题，哪怕他无法回答，但是全部可以从那里的书本上找到答案！"

我们山崖书院。显而易见，李宝瓶早就把自己当作那座书院的学生弟子了。

陈平安最后问道："不怕吃苦？"

李宝瓶身上那股气势微微下降些许："一个人，就有点怕。"

陈平安笑容灿烂道："好的。"

李宝瓶一脸茫然："嗯？"

陈平安一本正经道："我陪你去那座山崖书院。"

李宝瓶欲言又止，眼眶通红，这个天不怕地不怕的红棉袄小姑娘，如果不是因为身边坐着四个胆小鬼，她早就又要哭出声了。就像很久很久之前，第一次去小溪"抓住"那只螃蟹，其实在家门外她就已经偷偷哭过了，所以飞奔进家门后才能那么骄傲。

陈平安对李宝瓶招招手，等李宝瓶走到他身前后，他对长凳上其余四人说道："你们四个在这里等会儿，我和李宝瓶去找人，说点事情，跟你们也会有关系。所以别急着走。"然后陈平安牵着李宝瓶的手，一起走向铸剑室外边。

陈平安既像是在自言自语，又像是在对谁说话："我说过，答应过的事情，就一定要做。"

李宝瓶一边擦着眼泪一边说道："可是那会儿你也说过啊，万一做不到的话，可以打声招呼。"

陈平安摇了摇头，柔声道："齐先生已经不在了。我打招呼，他听不到。"

大约短短一炷香工夫而已，哪怕陈平安已经带着李宝瓶走远，兵家圣人阮邛依然坐在小竹椅上，有些没回过神来。

阮秀也坐在椅子上，看着空落落的那张竹椅，心乱如麻。

陈平安让阮邛帮忙买下五座山头，但是他很快就要离开小镇，如果回不来了，就把五座山头里的四座，落魄山、宝篆山、彩云峰、仙草山，分别送给刘羡阳、顾璨、宁姚、阮秀。他只留下那座孤零零的真珠山，留给自己三百年。

小镇上压岁和草头两间相邻的铺子，可以请阮邛雇人帮忙看管，如果经营不善，有天店门关闭也无所谓。不过他会留下那百来颗普通的蛇胆石，让阮邛在那边帮着卖，赚来的银子，用来维持店铺的运转。两间铺子虽然不用考虑赢利挣钱，但是陈平安希望铺子里每个伙计，都能被告知这里的店主，是泥瓶巷一户姓陈的人家，店是他们家开的。

再就是阮邛必须将四个学塾蒙童安全送去大骊京城。作为报酬，陈平安把半块斩龙台，以及买山买铺子之后剩余的全部金精铜钱，交给阮邛。阮邛没有拒绝。不过阮邛说只能保证把他和李宝瓶送到大骊南端边境，出境之后，生死富贵就只能听天由命了。陈平安点头答应。

暮色里，陈平安安置好五个孩子后，独自走向小镇。走过石拱桥，走入小镇，走入泥瓶巷，回到自家宅子。夜幕降临，陈平安神色平静，点燃一盏灯火。他对着灯火，守夜不睡，就像以往每年除夕的守岁一般。灯火摇曳，映照出他沉默坚忍的眼神。

石拱桥上，有人笑问道："千年暗室，一灯即明。前辈，如何？"
有人回答："可。"

当陈平安"醒来"时，发现自己第四次见到了那人，悬停于空中，雪白衣袖无风飘曳。

那人脚尖轻轻落地，走向陈平安。每走一步，那人的面容就清晰一分。那人依然身材高大，却丝毫不给人臃肿的感觉。那人竟然是一名女子。对于陈平安而言，只能说她生得极其好看，好看到不能再好看一点点。

她站在陈平安身前，终于停下脚步。她低头弯腰，凝视着陈平安那双干净眼眸，嗓音轻柔地开口道："我已经等了八千年了。陈平安，虽然你的修行天赋，远远比不上我之前的主人，但是没有关系。"她又低头凑近了几分，额头几乎就要碰到陈平安的额头了："陈平安，我想请你帮我跟外边的四座天下，说一句话，可以吗？"陈平安下意识地点了点头。高大女子蓦然一笑。

她突然单膝跪地，哪怕如此，她依然只是微微仰头，就能与身材消瘦的陈平安对视："好，从今天起，陈平安，你就是我的第二位，也是最后一位主人了。"陈平安一脸呆滞。

满身雪白光亮、单膝跪向懵懵懂懂少年的高大女子眯起极长的眼眸，嘴角带着笑意。她神采飞扬，那双眼眸里仿佛映着万里山河风光。她沉声道："陈平安，请你跟我念一遍那句誓言。可以吗？"

她伸出一只手掌，轻轻竖起在陈平安身前。陈平安也伸出一只手掌，轻轻合掌在一起。

她闭上眼睛，缓缓道："天道崩塌，我陈平安，唯有一剑，可搬山，断江，倒海，降妖，镇魔，敕神，摘星，摧城，开天！"

陈平安跟着她在心中默念道："天道崩塌，我陈平安，唯有一剑，可搬山，断江，倒海，降妖，镇魔，敕神，摘星，摧城，开天！"